BIOY & BORGES

"Em *O médico e o monstro*, de Stevenson, dr. Jekyll se transforma em duas pessoas. A arte da colaboração literária é a de executar o milagre inverso: fazer com que dois sejam um", escreveu Borges. Na página anterior, retratos de Adolfo Bioy Casares e Jorge Luis Borges sobrepostos pela fotógrafa Gisèle Freund, 2012.

ADOLFO BIOY CASARES E JORGE LUIS BORGES

Bioy & Borges
Obra completa em colaboração

Tradução
Maria Paula Gurgel Ribeiro

COMPANHIA DAS LETRAS

SEIS PROBLEMAS PARA DOM ISIDRO PARODI
Copyright © 1995 by Maria Kodama
Copyright © 1942 by herdeiros de Adolfo Bioy Casares
Todos os direitos reservados.

DUAS FANTASIAS MEMORÁVEIS/ UM MODELO PARA
A MORTE
Copyright © 1995 by Maria Kodama
Copyright © 1946 by herdeiros de Adolfo Bioy Casares
Todos os direitos reservados.

OS SUBURBANOS/ O PARAÍSO DOS CRENTES
Copyright © 1995 by Maria Kodama
Copyright © 1955 by herdeiros de Adolfo Bioy Casares
Todos os direitos reservados.

CRÔNICAS DE BUSTOS DOMECQ
Copyright © 1995 by Maria Kodama
Copyright © 1967 by herdeiros de Adolfo Bioy Casares
Todos os direitos reservados.

NOVOS CONTOS DE BUSTOS DOMECQ
Copyright © 1995 by Maria Kodama
Copyright © 1977 by herdeiros de Adolfo Bioy Casares
Todos os direitos reservados.

*Grafia atualizada segundo o Acordo Ortográfico da Língua Portuguesa de 1990,
que entrou em vigor no Brasil em 2009.*

Os textos "A coalhada La Martona" e "Dois argumentos" foram traduzidos por Josely Vianna Baptista.

Título original Obra completa en colaboración

Capa Celso Longo + Daniel Trench

Foto da p. 3 Gisèle Freund/ © RMN gestion droit d'auteur/ Fonds MCC/ IMEC

Preparação Julia Passos

Revisão Clara Diament e Angela das Neves

Dados Internacionais de Catalogação na Publicação (CIP)
(Câmara Brasileira do Livro, SP, Brasil)

Bioy & Borges : Obra completa em colaboração / Adolfo Bioy
Casares, Jorge Luis Borges ; tradução Maria Paula Gurgel Ribeiro,
Josely Vianna Baptista. — 1ª ed. — São Paulo: Companhia das
Letras, 2023.

Título original: Obra completa en colaboración.
ISBN 978-85-359-3495-3

1. Literatura argentina I. Borges, Jorge Luis, 1899-1986.
II. Título.

23-154168   CDD-860.9

Índice para catálogo sistemático:
1. Autores argentinos : Literatura argentina :
    Apreciação crítica   860.9

Tábata Alves da Silva – Bibliotecária – CRB-8/9253

Todos os direitos desta edição reservados à
EDITORA SCHWARCZ S.A.
Rua Bandeira Paulista, 702, cj. 32
04532-002 — São Paulo — SP
Telefone: (11) 3707-3500
www.companhiadasletras.com.br
www.blogdacompanhia.com.br
facebook.com/companhiadasletras
instagram.com/companhiadasletras
twitter.com/cialetras

Sumário

SEIS PROBLEMAS PARA DOM ISIDRO PARODI (1942), 11
H. Bustos Domecq, 13
Palavra preliminar, 15
As doze figuras do mundo, 20
As noites de Goliadkin, 34
O deus dos touros, 47
As previsões de Sangiácomo, 61
A vítima de Tadeo Limardo, 85
A prolongada procura de Tai An, 105

DUAS FANTASIAS MEMORÁVEIS (1946), 123
A testemunha, 125
O sinal, 134

UM MODELO PARA A MORTE (1946), 143
À maneira de prólogo, 147
Dramatis personae, 151

OS SUBURBANOS/ O PARAÍSO DOS CRENTES (1955), 199
Prólogo, 201

Os suburbanos, 205
O paraíso dos crentes, 263

CRÔNICAS DE BUSTOS DOMECQ (1967), 313
Prólogo, 319
Homenagem a César Paladión, 322
Uma tarde com Ramón Bonavena, 326
Em busca do absoluto, 331
Naturalismo em dia, 336
Catálogo e análise dos diversos livros de Loomis, 341
Uma arte abstrata, 345
O gremialista, 349
O teatro universal, 353
Eclode uma arte, 356
Gradus ad Parnasum, 360
O olho seletivo, 365
O que falta não prejudica, 369
Esse polifacético: Vilaseco, 372
Um pincel nosso: Tafas, 374
Vestuário I, 377
Vestuário II, 381
Um enfoque flamante, 383
Esse est percipi, 386
Os ociosos, 389
Os imortais, 391
De aporte positivo, 396

NOVOS CONTOS DE BUSTOS DOMECQ (1977), 399
Uma amizade até a morte, 401
Além do bem e do mal, 407
A festa do monstro, 419
O filho do seu amigo, 431
Penumbra e pompa, 452
As formas da glória, 458
O inimigo número um da censura, 465
A salvação pelas obras, 471
Deslindando responsabilidades, 481

OUTROS TEXTOS, 487
A coalhada La Martona (1935-6), 489
Dois argumentos (1969-74), 499

POSFÁCIOS, 501
Nós é um outro — Michel Lafon, 503
De igual para igual — Júlio Pimentel Pinto, 513
Quando dois são três ou mais — Davi Arrigucci Jr., 525

Sobre os autores, 541

SEIS PROBLEMAS PARA DOM ISIDRO PARODI
1942

H. Bustos Domecq

H. Bustos Domecq

Transcrevemos, a seguir, o perfil da educadora, srta. Adelma Badoglio:

"O dr. Honorio Bustos Domecq nasceu na localidade de Pujato (província de Santa Fé), no ano 1893. Depois de interessantes estudos primários, transferiu-se com toda a família para a Chicago argentina. Em 1907, as colunas da imprensa de Rosario acolhiam as primeiras produções daquele modesto amigo das musas, sem acaso suspeitar sua idade. Daquela época são as composições: *Vanitas, Os avanços do progresso, A pátria azul e branca, A ela e Noturnos*. Em 1915, leu, diante de uma seleta plateia, no Centro Balear, sua *Ode à "Elegia à morte de seu pai", de Jorge Manrique*, proeza que lhe valera uma notoriedade ruidosa, mas efêmera. Nesse mesmo ano publicou *Cidadão!*, obra de voo sustentado, desgraçadamente afeada por certos galicismos, imputáveis à juventude do autor e às poucas luzes da época. Em 1919, lança *Fata Morgana*, fina obrinha de circunstância, cujos cantos finais já anunciam o vigoroso prosista de *Falemos com mais propriedade!* (1932) e de *Entre livros e papéis* (1934). Durante a intervenção de Labruna, foi nomeado, primeiro, inspetor de ensino e, depois, defensor de pobres. Longe das branduras do lar, o áspero contato com a realidade lhe deu essa experiência que é, talvez, o mais alto ensinamento de sua obra. Entre seus livros, citaremos: *O Congresso Eucarístico: Órgão da propaganda argentina; Vida e morte de dom Chicho*

Grande; Já sei ler! (aprovado pela Inspeção de Ensino da cidade de Rosario); *O aporte santafesino aos Exércitos da Independência; Astros novos: Azorín, Gabriel Miró, Bontempelli.* Seus contos policiais descobrem um novo veio do fecundo polígrafo: neles, quer combater o frio intelectualismo em que mergulharam esse gênero Sir Conan Doyle, Ottolenghi etc. *Os contos de Pujato,* como carinhosamente os chama o autor, não são a filigrana de um bizantino trancado na torre de marfim; são a voz de um contemporâneo, atento às pulsações humanas e que derrama de uma penada os caudais de sua verdade."

Palavra preliminar

Good! It shall be! Revealment of myself!
But listen, for we must co-operate;
I don't drink tea: permit me the cigar!
Robert Browning

Fatal e interessante idiossincrasia do *homme de lettres*! A Buenos Aires literária não deve ter esquecido, e me atrevo a sugerir que não esquecerá, minha franca decisão de não conceder mais um prólogo aos reclamos, sem dúvida já tão legítimos, da irrecusável amizade ou da meritória valia. Reconheçamos, no entanto, que este socrático "Bicho Feio"[1] é irresistível. Diabo de homem! Com uma gargalhada que me desarma, admite a rotunda validade de meus argumentos; com uma gargalhada contagiosa, reitera, persuasivo e tenaz, que seu livro e nossa velha camaradagem exigem meu prólogo. Todo protesto é vão. De *guerre lasse*, resigno-me a encarar minha certeira Remington, cúmplice e muda confidente de tantas escapadas pelo azul...

As modernas premências da banca, da bolsa e do turfe não foram óbice

---

1. Apelido carinhoso de H. Bustos Domecq na intimidade. (Nota de H. B. D.)

para que eu pagasse tributo, refestelado nas poltronas do Pullman ou cliente cético de banhos de lama em cassinos mais ou menos termais, aos calafrios e truculências do *roman policier*. Arrisco-me, no entanto, a confessar que não sou um escravo da moda: noite após noite, na solidão central de meu dormitório, postergo o engenhoso Sherlock Holmes e me engolfo nas aventuras imarcescíveis do vagabundo Ulisses, filho de Laerte, da semente de Zeus... Mas o cultor da severa epopeia mediterrânea liba em todo jardim: tonificado por M. Lecoq, desenterrei dossiês empoeirados; aguçei o ouvido, em imensos hotéis imaginários, para captar os sigilosos passos do *gentleman-cambrioleur*; no horror do páramo de Dartmoor, sob a neblina britânica, o grande mastim fosforescente me devorou. Tinha sido de péssimo gosto insistir. O leitor conhece minhas credenciais: eu também estive na Beócia...

Antes de abordar a fecunda análise das grandes diretivas deste *recueil*, peço a vênia do leitor para congratular-me de que, enfim, no confuso Musée Grevin das belas-letras... criminológicas, faça sua aparição um herói argentino; em palcos nitidamente argentinos. Insólito prazer de saborear, entre duas tragadas aromáticas e ao lado de um irrefragável conhaque do Primeiro Império, um livro policial que não obedece às torvas consignas de um mercado anglo-saxão, estrangeiro, e que não hesito em comparar com as melhores assinaturas que recomenda aos bons *amateurs* londrinos o incorruptível Crime Club! Também sublinharei, na surdina, minha satisfação de portenho, ao constatar que o nosso folhetinista, embora provinciano, mostrou-se insensível aos reclamos de um localismo estreito e soube escolher para suas típicas águas-fortes o contexto natural: Buenos Aires. Tampouco deixarei de aplaudir a coragem, o bom gosto, de que se gaba o nosso popular "Bicho Feio"[2] ao dar as costas à crapulosa e obscura figura do "pançudo" rosarino. Não obstante, nesta paleta metropolitana faltam duas notas, que me atrevo a solicitar de livros futuros: nossa sedosa e feminina Calle Florida, em supremo desfile perante os ávidos olhos das vitrines, o melancólico pedaço boquense, que dormita junto às docas, quando o último botequim da noite fechou suas pálpebras de metal, e um acordeão, invicto na sombra, cumprimenta as constelações já pálidas...

Enquadremos agora a característica mais saliente e ao mesmo tempo mais profunda do autor de *Seis problemas para dom Isidro Parodi*. Aludi, não

---

2. Veja-se nota anterior. (Nota de H. B. D.)

duvideis, à concisão, à arte de *brûler les étapes*. H. Bustos Domecq é, o tempo todo, um atento servidor de seu público. Em seus contos não há planos a serem esquecidos nem horários a serem confundidos. Economiza-nos qualquer tropeção intermediário. Novo rebento da tradição de Edgar Poe, o patético, do principesco M. P. Shiel e da baronesa Orczy, atém-se aos momentos capitais de seus problemas: a proposição enigmática e a solução iluminadora. Meros títeres da curiosidade, quando não pressionados pela polícia, os personagens acodem em pitoresco tropel à cela 273, já proverbial. Na primeira consulta, expõem o mistério que os aflige; na segunda, ouvem a solução que pasma por igual a crianças e anciãos. O autor, mediante um artifício não menos condensado que artístico, simplifica a prismática realidade e aglutina todos os lauréis do caso na única testa de Parodi. O leitor menos avisado sorri: adivinha a omissão oportuna de algum tedioso interrogatório e a omissão involuntária de mais de um vislumbre genial, expedido por um cavalheiro sobre cujos sinais particulares resultaria indelicado insistir...

Examinemos o volume com ponderação. Seis relatos o integram. Não ocultarei, certamente, meu *penchant* por *A vítima de Tadeo Limardo*, peça de corte eslavo, que une ao calafrio da trama o estudo sincero de mais de uma psicologia dostoievskiana, morbosa, tudo isso sem desdenhar os atrativos da revelação de um mundo sui generis, à margem de nosso verniz europeu e de nosso refinado egoísmo. Também lembro sem desapego *A prolongada busca de Tai An*, que renova, a seu modo, o clássico problema do objeto escondido. Poe inicia a marcha em *A carta roubada*; Lynn Brock ensaia uma variação parisiense em *The Two of Diamonds*, obra de galhardos contornos, afeada por um cachorro embalsamado; Carter Dickson, menos feliz, recorre ao radiador da calefação... Seria, de todas as formas, deixar de lado *As previsões de Sangiácomo*, enigma cuja solução impecável confundirá, *parole de gentilhomme*, ao mais tonificado dos leitores.

Uma das tarefas que põem à prova a garra do escritor de valor é, não há dúvida, a destra e elegante diferenciação dos personagens. O ingênuo titereiro napolitano que ilusionara os domingos de nossa meninice resolvia o dilema com um expediente caseiro: dotava de uma giba o Polichinelo, de um engomado colarinho o Pierrô, do sorriso mais travesso do mundo a Colombina, de uma roupa de arlequim... o Arlequim. H. Bustos Domecq manobra, mutatis mutandis, de modo análogo. Recorre, em suma, aos grossos traços do caricaturista, se bem que, sob essa pena regozijada, as inevitáveis deformações que comporta o gênero roçam apenas o físico dos fantoches e se obstinam, com feliz encarniçamento, nos modos de falar. Em troca de algum abuso do bom sal da cozinha *criolla*, o panorama que nos brinda o incontido satírico é toda uma galeria de nosso tempo, em que não faltam a grande dama católica, de poderosa sensibilidade; o jornalista de lápis afiado, que despacha, talvez com menos ponderação que soltura, os mais diversos misteres; o destrambelhado decididamente simpático, de família abastada, caveira com ares de noctâmbulo, reconhecível pelo brilhante crânio engomado e os inevitáveis cavalos de polo; o chinês cortesão e melífluo da velha convenção literária, em quem vejo, mais do que um homem vivente, um *pasticcio* de ordem retórica; o cavalheiro de arte e de paixão atento por igual às festas do espírito e da carne, aos estudiosos in-fólios da Biblioteca do Jockey Club e à concorrida plataforma do mesmo estabelecimento... Traço que augura o mais sombrio dos diagnósticos sociológicos: neste afresco que não vacilo em chamar a Argentina contemporânea, falta o perfil equestre do *gaucho* e em seu lugar campeia o judeu, o israelita, para denunciar o fenômeno em toda a sua repugnante crueza... a galharda figura de nosso "compadre suburbano" acusa análoga capitis diminutio: o vigoroso mestiço que impusera outrora a lubricidade a seus "cortes e medialunas" na inesquecível pista de Hansen, onde a adaga só se refreava perante nosso *upper cut*, hoje se chama Tulio Savastano e dilapida seus dotes nada vulgares no mais insubstancial das conversas de comadre... Desta enervante lassidão apenas consegue redimir-nos, talvez, o Pardo Salivazo, enérgica vinheta lateral que é mais uma prova dos quilates estilísticos de H. Bustos.

Mas nem tudo são flores. O ático censor que há em mim condena sem apelação o fatigante esbanjamento de pinceladas coloridas, mas episódicas: vegetação viciada que recarga e escamoteia as severas linhas do Parthenon...

O bisturi que faz as vezes de pena na mão de nosso satírico rapidamente depõe todos os seus fios quando trabalha em carne viva de dom Isidro Parodi. Burla burlando, o autor nos apresenta o mais impagável dos *criollos* velhos, retrato que já ocupa seu setial junto aos não menos famosos que nos legaram Del Campo, Hernández e outros supremos sacerdotes de nosso violão folclórico, entre os quais sobressai o autor de *Martín Fierro*.

Na confusa crônica da investigação policial, cabe a dom Isidro a honra de ser o primeiro detetive preso. O crítico de olfato reconhecido pode destacar, no entanto, mais de uma sugestiva aproximação. Sem evadir-se de seu gabinete noturno do Faubourg St. Germain, o cavalheiro Augusto Dupin captura o inquietante símio que motivara as tragédias da Rue Morgue: o príncipe Zaleski, do retiro do remoto palácio onde suntuosamente se confundem a gema com a caixa de música, as ânforas com o sarcófago, o ídolo com o touro alado, resolve os enigmas de Londres; Max Garrados, not least, leva consigo por onde for a portátil prisão da cegueira... Tais pesquisadores estáticos, tais curiosos *voyageurs autour de la chambre*, pressagiam, ainda que parcialmente, nosso Parodi: figura acaso inevitável no curso das letras policiais, mas cuja revelação, cuja *trouvaille*, é uma proeza argentina, realizada, convém proclamá-lo, sob a presidência do dr. Castillo. A imobilidade de Parodi é todo um símbolo intelectual e representa o mais rotundo dos destemidos à vã e febril agitação norte-americana, que algum espírito implacável, mas certeiro, comparará, talvez, com o célebre esquilo da fábula...

Mas acredito advertir uma velada impaciência no rosto de meu leitor. Hoje em dia, os prestígios da aventura primam sobre o pensativo colóquio. Soa a hora do adeus. Até aqui, caminhamos de mãos dadas; agora você está sozinho, diante do livro.

Gervasio Montenegro
Da Academia Argentina de Letras
Buenos Aires, 20 de novembro de 1942

As doze figuras do mundo

À memória de José S. Álvarez

I

Capricórnio, Aquário, Peixes, Áries, Touro, pensava Aquiles Molinari, adormecido. Depois, teve um momento de incerteza. Viu Libra, Escorpião. Compreendeu que havia se enganado; acordou, tremendo.

O sol havia aquecido seu rosto. Na mesa de cabeceira, em cima do *Almanaque Bristol* e de alguns números de *La Fija*, o despertador Tic Tac marcava vinte para as dez. Sempre repetindo os signos, Molinari se levantou. Olhou pela janela. Na esquina, estava o desconhecido.

Sorriu de forma astuta. Foi para os fundos; voltou com o barbeador, o pincel, os restos do sabonete amarelo e uma xícara de água fervendo. Abriu a janela de par em par, com enfática serenidade olhou para o desconhecido e, lentamente, barbeou-se, assobiando o tango "Naipe marcado".

Dez minutos depois estava na rua, com o terno marrom cujas últimas duas mensalidades ainda devia às Grandes Alfaiatarias Inglesas Rabuffi. Foi até a esquina; o desconhecido bruscamente se interessou por um extrato de loteria. Molinari, já habituado a essas monótonas dissimulações, dirigiu-se à esquina da Humberto I. O ônibus chegou em seguida; Molinari subiu. Para facilitar o trabalho do seu perseguidor, ocupou um dos assentos da frente. Depois de duas ou três quadras, virou-se; o desconhecido, facilmente reconhecível pelos óculos escuros, lia o jornal. Antes de chegar ao centro, o ônibus estava cheio; Molinari poderia ter descido sem que o desconhecido o notasse, mas seu plano era melhor. Seguiu até a Cervejaria Palermo. Depois, sem se virar, dobrou para o bairro Norte, seguiu o paredão da penitenciária, entrou nos jardins; acreditava proceder com tranquilidade, mas, antes de chegar à guarita, jogou um cigarro que havia acendido pouco antes. Teve um diálogo nada memorável com um empregado em mangas de camisa. Um carcereiro o acompanhou até a cela 273.

Há catorze anos, o açougueiro Agustín R. Bonorino, que havia assistido ao corso de Belgrano disfarçado de carcamano, recebeu uma garrafada mortal na têmpora. Ninguém ignorava que a garrafa de Bilz que o derrubou tinha sido esgrimida por um dos rapazes da turma do Pata Santa. Mas como o Pata Santa era um elemento eleitoral precioso, a polícia resolveu que o culpado era Isidro Parodi, de quem alguns afirmavam que era ácrata, querendo dizer que era espírita. Na verdade, Isidro Parodi não era nenhuma das duas coisas: era dono de uma barbearia no bairro Sul e havia cometido a imprudência de alugar um quarto a um escrevente da delegacia 18, que já lhe devia um ano. Essa conjunção de circunstâncias adversas selou a sorte de Parodi: as declarações das testemunhas (que pertenciam à turma do Pata Santa) foram unânimes: o juiz o condenou a vinte e um anos de reclusão. A vida sedentária havia influído no homicida de 1919: hoje era um homem quarentão, sentencioso, obeso, com a cabeça raspada e olhos singularmente sábios. Esses olhos, agora, olhavam para o jovem Molinari.

— O que deseja, amigo?

Sua voz não era excessivamente cordial, mas Molinari sabia que as visitas não lhe desagradavam. Além disso, a possível reação de Parodi lhe importava menos do que a necessidade de encontrar um confidente e um conselheiro. Lento e eficaz, o velho Parodi cevava um mate numa canequinha azul-celeste. Ofereceu a Molinari. Este, embora muito impaciente por explicar a irrevogável aventura que havia transtornado sua vida, sabia que era inútil querer apressar Isidro Parodi; com uma tranquilidade que o espantou, iniciou um diálogo trivial sobre as corridas, que são pura trapaça e ninguém sabe quem vai ganhar. Dom Isidro não o levou em conta; voltou a seu rancor predileto: descarregou contra os italianos, que haviam se metido em todos os lugares, não respeitando nem sequer a Penitenciária Nacional.

— Agora está cheia de estrangeiros de antecedentes dos mais duvidosos, e ninguém sabe de onde eles vêm.

Molinari, facilmente nacionalista, colaborou nessas queixas e disse que já estava farto de italianos e drusos, sem contar os capitalistas ingleses que haviam enchido o país de estradas de ferro e frigoríficos. Ontem, nem bem entrou na Grande Pizzaria Os Torcedores, e a primeira coisa que viu foi um italiano.

— É um italiano ou uma italiana que o deixa mal-humorado?

— Nem um italiano, nem uma italiana — disse simplesmente Molinari. — Dom Isidro, matei um homem.

— Dizem que eu também matei um e, no entanto, estou aqui. Não fique nervoso; esse assunto dos drusos é complicado, mas se algum escrevente da 18 não estiver com bronca de você, talvez possa salvar sua pele.

Molinari o olhou atônito. Depois lembrou que seu nome havia sido vinculado ao mistério da chácara de Abenjaldún por um jornal inescrupuloso — muito diferente, sem dúvida, do dinâmico jornal de Cordone, no qual ele cobria esportes elegantes e *football*. Lembrou que Parodi mantinha sua agilidade espiritual e, graças à sua esperteza e à generosa distração do subdelegado Grondona, submetia a lúcido exame os jornais da tarde. Efetivamente, dom Isidro não ignorava o recente desaparecimento de Abenjaldún; no entanto, pediu a Molinari que lhe contasse os fatos, mas que não falasse tão rápido, porque ele já estava meio ruim do ouvido. Molinari, quase tranquilo, narrou a história:

— Acredite, eu sou um rapaz moderno, um homem do meu tempo; vivi, mas também gosto de meditar. Compreendo que já superamos a etapa do materialismo; as comunhões e a aglomeração de pessoas do Congresso Eucarístico me deixaram uma marca inesquecível. Como o senhor dizia na última vez, e, acredite, a sentença não entrou por um ouvido e saiu pelo outro, é preciso esclarecer a incógnita. Veja, os faquires e os iogues, com seus exercícios respiratórios e suas bobagens, sabem uma porção de coisas. Eu, como católico, renunciei ao centro espírita Honra e Pátria, mas compreendi que os drusos formam uma coletividade progressista e estão mais próximos do mistério do que muitos que vão à missa todos os domingos. Até onde se sabe, o dr. Abenjaldún tinha uma chácara magnífica em Villa Mazzini, com uma biblioteca fenomenal. Eu o conheci na Rádio Fênix, no Dia da Árvore. Pronunciou um discurso muito conceituoso e gostou de um artiguinho que eu fiz e que alguém lhe mandou. Me levou para sua casa, me emprestou livros sérios e me convidou para festas que dava no sítio; falta elemento feminino, mas são torneios de cultura, eu lhe asseguro. Alguns dizem que acreditam em ídolos, mas na sala de atos há um touro de metal que vale mais do que um *tramway*. Todas as sextas-feiras os akils, que são, por assim dizer, os iniciados, se reúnem em volta do touro. Fazia tempo que o dr. Abenjaldún queria que me iniciassem; eu não podia me negar, convinha-me estar bem com o velho, nem só de pão vive o homem. Os drusos são pessoas muito fechadas, e alguns não acreditavam que um ocidental fosse digno de entrar na confraria. Sem ir muito longe, Abul Hasán, o dono da frota de caminhões para carne em trânsito, havia lembrado que o número de eleitos é fixo e que é ilícito fazer convertidos; o tesoureiro Izedín também se opôs; mas é um infeliz que passa o dia escrevendo, e o dr. Abenjaldún ria dele e de seus livrinhos. No entanto, esses reacionários, com seus preconceitos antiquados, continuaram o trabalho de bastidor, e não trepido em afirmar que, indiretamente, eles são os culpados de tudo.

"No dia 11 de agosto eu recebi uma carta de Abenjaldún, anunciando-me que no dia 14 me submeteriam a uma prova um pouco difícil, para a qual teria de me preparar."

— E como tinha de se preparar? — inquiriu Parodi.

— Ah, o senhor sabe, três dias só na base do chá, aprendendo os signos do zodíaco, em ordem, do jeito que estão no *Almanaque Bristol*. Eu disse nas Obras Sanitárias, onde trabalho pela manhã, que estava doente. No início, me espantou que a cerimônia se efetuasse num domingo, e não numa sexta-feira, mas a carta explicava que para um exame tão importante convinha mais o dia do Senhor. Eu tinha de me apresentar na chácara antes da meia-noite. Passei a sexta-feira e o sábado bem tranquilo, mas no domingo amanheci nervoso. Veja, dom Isidro, agora que estou pensando, tenho certeza de que eu já pressentia o que ia acontecer. Mas não relaxei, fiquei o dia todo com o livro. Era cômico; eu olhava o relógio a cada cinco minutos para ver se já podia tomar outra xícara de chá. Não sei para que olhava, de qualquer forma tinha de tomá-lo: a garganta estava seca e pedia líquido. Esperei tanto a hora do exame e, apesar disso, cheguei tarde à estação de Retiro e tive de pegar o trem misto[1] das 23h18, em vez do anterior.

---

1. De carga e de passageiros. Também chamado apenas de "misto". (N. T.)

"Embora estivesse preparadíssimo, continuei estudando o almanaque no trem. Eu me aborreci com uns imbecis que discutiam o triunfo dos Millonarios versus Chacarita Juniors e, acredite, não sabiam nadica de nada de *football*. Desci em Belgrano R. A chácara fica a treze quadras da estação. Pensei que a caminhada ia me refrescar, mas me deixou meio morto. Cumprindo as instruções de Abenjaldún, telefonei para ele do armazém da Calle Rosetti.

"Na frente da chácara havia uma fila de carros; a casa tinha mais luzes que um velório, e de longe se ouvia o rumorejar das pessoas. Abenjaldún estava me esperando no portão. Notei-o envelhecido. Eu o havia visto muitas vezes de dia; só nesta noite me dei conta de que se parecia um pouco com Repetto, mas com barba. Ironia do destino, como quem diz: esta noite, com o exame me deixando louco, vou e presto atenção nesse disparate. Fomos pelo caminho de tijolos que rodeia a casa e entramos pelos fundos. Izedín estava na secretaria, ao lado do arquivo."

— Faz catorze anos que estou arquivado — dom Isidro observou com suavidade. — Mas esse arquivo eu não conheço. Descreva-me um pouco o lugar.

— Veja, é muito simples. A secretaria fica no andar de cima: uma escada desce diretamente para a sala de atos. Ali estavam os drusos, uns cento e cinquenta, todos velados e com túnicas brancas, em volta do touro de metal. O arquivo é um quartinho colado à secretaria: é um quarto interno. Eu sempre digo que um recinto sem uma janela, como as pessoas, resulta insalubre com o passar do tempo. O senhor não compartilha do meu critério?

— Nem me fale. Desde que me estabeleci no bairro Norte, estou cansado dos recintos. Descreva-me a secretaria.

— É um cômodo grande. Há uma escrivaninha de carvalho onde está a Olivetti, umas poltronas muito cômodas, nas quais o senhor afunda até o cangote, um cachimbo turco meio podre, que vale um dinheirão, um lustre com pingentes, um tapete persa, futurista, um busto de Napoleão, uma biblioteca de livros sérios: a *História universal*, de Cesare Cantú, *As maravilhas do mundo e do homem*, a *Biblioteca internacional de obras famosas*, o *Anuário de A Razão*, *O jardineiro ilustrado*, de Peluffo, *O tesouro da juventude*, *A donna delinquente*, de Lombroso, e sei lá mais o quê.

"Izedín estava nervoso. Eu descobri em seguida o porquê: havia voltado à carga com sua literatura. Na mesa havia um enorme pacote de livros. O doutor, preocupado com o meu exame, queria se safar de Izedín, e lhe disse: 'Não se preocupe. Esta noite vou ler seus livros'.

"Ignoro se o outro acreditou; foi vestir a túnica para entrar na sala de atos; nem sequer me lançou um olhar. Assim que ficamos sozinhos, o dr. Abenjaldún me disse: 'Você jejuou com fidelidade, aprendeu as doze figuras do mundo?'.

"Assegurei-lhe que desde a quinta-feira às dez (essa noite, em companhia de alguns tigres da nova sensibilidade, havia jantado uma dobradinha leve e um lagarto ao forno, no Mercado de Abasto) estava só na base do chá.

"Depois Abenjaldún me pediu que lhe recitasse os nomes das doze figuras. Recitei-os sem um único erro; ele me fez repetir essa lista umas cinco ou seis vezes. Por fim, disse: 'Vejo que você acatou as instruções. De nada te valeriam, no entanto, se você não fosse aplicado e valente. Consta-me que você o é; resolvi não dar ouvidos aos que negam sua capacidade: te submeterei a uma só prova, a mais desamparada e a mais difícil. Há trinta anos, nos montes do Líbano, eu a executei com felicidade; mas antes os mestres me concederam outras provas mais fáceis: descobri uma moeda no fundo do mar, uma selva feita de ar, um cálice no centro da terra, um alfanje condenado ao inferno. Você não procurará quatro objetos mágicos; procurará os quatro mestres que formam o velado tetrágono da Divindade. Agora, entregues a piedosas tarefas, rodeiam o touro de metal; rezam com seus irmãos, os akils, velados como eles; nenhum indício os distingue, mas seu coração os reconhecerá. Eu lhe ordenarei que traga Yusuf; você descerá para a sala dos atos, imaginando, em sua ordem exata, as figuras do céu; quando chegar à última figura, a de Peixes, vai voltar para a primeira, que é Áries, e assim continuamente; vai dar três voltas ao redor dos akils, e seus passos o levarão a Yusuf, se você não tiver alterado a ordem das figuras. Você lhe dirá: "Abenjaldún te chama" e o trará aqui. Depois te ordenarei que traga o segundo mestre; depois o terceiro, depois o quarto'.

"Felizmente, de tanto ler e reler o *Almanaque Bristol*, eu tinha gravado as doze figuras; mas basta que digam a alguém para não se enganar para que tema enganar-se. Não me acovardei, asseguro-lhe, mas tive um pressentimento. Abenjaldún me deu a mão, disse que suas pregações me acompanhariam, e desci a escada que dá para a sala de atos. Eu estava muito atarefado com as figuras; além disso, essas costas brancas, essas cabeças abaixadas, essas máscaras lisas e esse touro sagrado que eu nunca havia visto de perto deixavam-me inquieto. No entanto, dei minhas três voltas como todo mundo e me encontrei atrás de um sujeito coberto com um lençol, que me pareceu igual a todos os outros; mas, como estava imaginando as figuras do zodíaco, não tive tempo de pensar, e lhe disse: 'Abenjaldún o chama'. O homem me seguiu; sempre imaginando as figuras do zodíaco, subimos a escada e entramos na secretaria. Abenjaldún estava rezando; fez Yusuf entrar no arquivo e quase em seguida voltou e me disse: 'Agora traga Ibrahim'. Voltei para a sala de atos, dei minhas três voltas, parei atrás de outro sujeito coberto com um lençol e lhe disse: 'Abenjaldún o chama'. Com ele voltei para a secretaria."

— Devagar com o andor, amigo — disse Parodi. — O senhor tem certeza de que, enquanto dava suas voltas, ninguém saiu da secretaria?

— Veja, garanto que não. Eu estava muito atento às figuras e tudo mais o que o senhor quiser, mas não sou tão sonso. Não tirava os olhos dessa porta. Não se preocupe: ninguém entrou nem saiu.

"Abenjaldún segurou o braço de Ibrahim e o levou ao arquivo; depois me disse: 'Agora traga Izedín'. Coisa estranha, dom Isidro, nas duas primeiras vezes eu estava confiante; dessa vez estava acovardado. Desci, caminhei três vezes em volta dos drusos e voltei com Izedín. Eu estava cansadíssimo: na escada, minha vista ficou nublada, coisas do rim; tudo me pareceu diferente, até meu companheiro. O próprio Abenjaldún, que já tinha tanta fé em mim que em vez de rezar pusera-se a jogar paciência, levou Izedín ao arquivo e me disse, falando comigo como um pai: 'Este exercício te rendeu. Eu vou procurar o quarto iniciado, que é Jalil'.

"A fadiga é o inimigo da atenção, mas assim que Abenjaldún saiu eu me agarrei às grades da galeria e me pus a espiá-lo. O homem deu suas três voltas bem apagado, segurou Jalil por um braço e o trouxe para cima. Já lhe disse que a única porta do arquivo é a da secretaria. Por essa porta entrou Abenjaldún com Jalil; em seguida, saiu com os quatro drusos velados; fez para mim o sinal da cruz, porque é gente muito devota; depois lhes disse em *criollo* que tirassem os véus; o senhor vai me dizer que é pura fábula, mas ali estavam Izedín, com sua cara de estrangeiro, e Jalil, o subgerente de A Formal, e Yusuf, o cunhado daquele que é fanho, e Ibrahim pálido como um morto e barbudo, o sócio de Abenjaldún, o senhor sabe. Cento e cinquenta drusos iguais e ali estavam os quatro mestres! O dr. Abenjaldún quase me abraçou; mas os outros, que são pessoas refratárias à evidência e cheias de superstições e agourices, não deram o braço a torcer e se irritaram com ele, em druso. O pobre

Abenjaldún quis convencê-los, mas no fim teve que ceder. Disse que me submeteria a outra prova, dificílima, mas que nessa prova jogaria com a vida de todos eles e, talvez, a sorte do mundo. Continuou: 'Vendaremos seus olhos com este véu, colocaremos na sua mão direita esta vara comprida, e cada um de nós se esconderá em algum canto da casa ou dos jardins. Você vai esperar aqui até que o relógio marque meia-noite; depois você nos encontrará sucessivamente, guiado pelas figuras. Essas figuras regem o mundo; enquanto durar o exame, confiamos a você o curso das figuras: o cosmo estará em seu poder. Se você não alterar a ordem do zodíaco, nossos destinos e o destino do mundo seguirão o curso prefixado; se a sua imaginação se enganar, se depois de Libra imaginar Leão, e não Escorpião, o mestre a quem procura perecerá e o mundo conhecerá a ameaça do ar, da água e do fogo'.

"Todos disseram que sim, menos Izedín, que havia ingerido tanto salame que seus olhos já estavam se fechando e ele estava tão distraído que, ao ir embora, deu a mão a todos nós, um por um, coisa que nunca faz.

"Eles me deram uma vara de bambu, puseram em mim a venda e foram embora. Fiquei sozinho. Que ansiedade a minha: imaginar as figuras, sem alterar a ordem; esperar as badaladas que não soavam nunca; o medo de que soassem e começar a andar por essa casa, que de repente me pareceu interminável e desconhecida. Sem querer, pensei na escada, nos descansos, nos móveis que haveria no meu caminho, nos porões, no quintal, nas claraboias, sei lá mais o quê. Comecei a escutar de tudo: os galhos das árvores do jardim, uns passos em cima, os drusos que iam embora da chácara, o motor do velho Issota de Abd-el-Melek: o senhor sabe, aquele que ganhou a rifa do óleo Raggio. Enfim, todos iam embora e eu ficava sozinho no casarão, com esses drusos escondidos sabe-se lá onde. Pronto: quando o relógio tocou, levei um susto. Saí com a minha varinha, eu, um jovem rapaz pletórico de vida, caminhando como inválido, como um cego, se o senhor me entende; em seguida, virei para a esquerda, porque o cunhado do fanho tem muito savoir-faire e eu pensei que ia encontrá-lo debaixo da mesa; o tempo todo via claramente Libra, Escorpião, Sagitário e todas essas ilustrações; esqueci o primeiro patamar da escada e continuei descendo em falso; depois entrei no jardim de inverno. De repente me perdi. Não encontrava nem a porta, nem as paredes. Também, é preciso ver: três dias só na base do chá e o grande desgaste mental que eu exigia de mim. Dominei, contudo, a situação, e entrei pelo lado do elevador de cargas; eu maliciei que alguém teria se enfiado na carvoeira; mas esses drusos, por mais instruídos que sejam, não têm nossa esperteza *criolla*. Então me virei para a sala. Tropecei numa mesinha de três pernas, que alguns drusos que ainda acreditam no espiritismo usam, como se estivessem na Idade Média. Senti que todos os olhos dos retratos a óleo me olhavam — o senhor vai rir, talvez; a minha irmãzinha sempre diz que tenho alguma coisa de louco e de poeta. Mas não dormi e, em seguida, descobri Abenjaldún: estiquei o braço e ali estava. Sem maior dificuldade, encontramos a escada, que estava muito mais perto do que eu imaginava, e ganhamos a secretaria. No trajeto, não dissemos uma única palavra. Eu estava ocupado com as figuras. Deixei-o e saí para procurar outro druso. Nisso, ouvi como que uma risada abafada. Pela primeira vez tive uma dúvida: cheguei a pensar que riam de mim. Em seguida, ouvi um grito. Podia jurar que não tinha me enganado nas imagens; mas primeiro com a raiva e depois com a surpresa, talvez tenha me confundido. Eu nunca nego a evidência. Virei-me e, tateando com a vara, entrei na secretaria. Tropecei em alguma coisa no chão. Agachei-me. Toquei o cabelo com a mão. Toquei um nariz, uns olhos. Sem me dar conta do que fazia, arranquei a venda.

"Abenjaldún estava estirado no tapete, tinha a boca toda babada e com sangue; apalpei-o; ainda estava quentinho, mas já era cadáver. No quarto, não havia ninguém. Eu via a vara, que tinha caído da minha mão: tinha sangue na ponta. Só então compreendi que eu o havia matado. Sem dúvida, quando ouvi a risada e o grito me confundi por um momento e troquei a ordem das figuras: essa confusão havia custado a vida de um homem. Talvez a dos quatro mestres... Apareci na galeria e os chamei. Ninguém me respondeu. Aterrorizado, fugi pelos fundos, repetindo em voz baixa Áries, Touro, Gêmeos, para que o mundo não viesse abaixo. Em seguida, cheguei à cerca, e isso que a chácara tem três quartos de quarteirão; Tullido Ferrarotti sempre costumava me dizer que meu futuro estava nas corridas de meio fundo. Mas nessa noite fui uma revelação em salto em altura. De um salto, pulei a cerca, que tem quase dois metros; quando estava me levantando da vala e tirando uma porção de cacos de garrafa que tinham se incrustado em mim em todos os lugares, comecei a tossir com a fumaça. Da chácara saía uma fumaça preta e espessa como lã de colchão. Embora eu não estivesse treinado, corri como nos meus bons tempos; ao chegar a Rosetti me virei: havia uma luz como a da 25 de Mayo no céu, a casa estava em chamas. Aí está o que pode significar uma troca de figuras! Só de pensar, minha boca ficou mais seca que língua de papaio. Divisei um agente na esquina e dei marcha a ré; depois me enfiei em uns andurriais, que é uma vergonha que ainda existam na capital; eu sofria como argentino, asseguro-lhe, e uns cachorros estavam me deixando enjoado, tanto que bastou que só um latisse para que todos se pusessem a me ensurdecer de muito perto, e nesses bairros do Oeste não há segurança para o pedestre nem vigilância de nenhuma espécie. De repente me tranquilizei, porque vi que estava na Calle Charlone; uns infelizes que estavam em patota num armazém se puseram a dizer 'Áries, Touro' e a fazer ruídos que não ficam bem numa boca; mas eu não liguei para eles e passei ao largo. O senhor acredita que só pouco depois me dei conta de que eu estivera repetindo as figuras, em voz alta? Tornei a me perder. O senhor sabe que esses bairros ignoram os rudimentos do urbanismo, e as ruas estão perdidas num labirinto. Nem me passou pela cabeça tomar algum veículo: cheguei em casa com o calçado em petição de miséria, na hora em que os lixeiros saem. Eu estava doente de cansaço nessa madrugada. Acho até que tinha febre. Me joguei na cama, mas resolvi não dormir, para não me distrair das figuras.

"Ao meio-dia, disse na redação e nas Obras Sanitárias que estava doente. Nisso entrou meu vizinho, o viajante da Brancato, e foi firme e me levou para seu quarto para uma talharinada. Falo com o coração na mão: a princípio me senti um pouco melhor. Meu amigo tem estrada e destampou um moscatel do país. Mas eu não estava para diálogos finos e, aproveitando que o molho havia caído em mim feito chumbo, fui para o meu quarto. Não saí durante todo o dia. No entanto, como não sou um ermitão e o caso da véspera me preocupava, pedi à dona da pensão que me trouxesse as *Notícias*. Sem sequer examinar a página de esportes, engolfei-me na crônica policial e vi a fotografia do sinistro: à meia-noite e vinte e três havia estourado um incêndio de vastas proporções na casa-chácara do dr. Abenjaldún, situada em Villa Mazzini. Apesar da louvável intervenção do Corpo de Bombeiros, o imóvel foi alimento das chamas, tendo perecido na combustão seu proprietário, o distinto membro da coletividade sírio-libanesa dr. Abenjaldún, um dos grandes *pioneers* da importação de substitutos do linóleo. Fiquei horrorizado. Baudizzone, que sempre descuida sua página, havia cometido alguns erros: por exemplo, não havia mencionado de jeito nenhum a cerimônia religiosa e dizia que nessa noite haviam se reunido para ler a Memória e renovar autoridades. Pouco antes do sinistro, haviam abandonado a chácara os senhores Jalil, Yusuf e Ibrahim. Estes declararam que até a meia-noite estiveram confabulando amigavelmente com o extinto, que, longe de pressentir a tragédia que poria um ponto-final a seus dias e transformaria em cinzas uma tradicional residência da zona Oeste, gabou-se de seu habitual *esprit*. A origem da magna conflagração ficava por esclarecer.

"O trabalho não me assusta, mas desde então não voltei ao jornal nem às Obras, e ando com o ânimo no chão. Uns dois dias atrás, veio me visitar um senhor muito afável, que me interrogou sobre a minha participação na compra de escovões e capas de tela para a cantina do pessoal do estábulo da Calle Bucarelli; depois mudou de assunto e falou das coletividades estrangeiras e se interessou especialmente pela sírio-libanesa. Prometeu, sem maior certeza, repetir a visita. Mas não voltou. Em compensação, um desconhecido se instalou na esquina e me segue, com suma dissimulação, por todos os lados. Eu sei que o senhor não é homem de se deixar enredar pela polícia nem por ninguém. Salve-me, dom Isidro, estou desesperado!"

— Eu não sou bruxo nem jejuador para andar resolvendo adivinhas. Mas não vou te negar uma mãozinha. Mas com uma condição. Prometa que vai me dar ouvidos em tudo.

— O senhor manda, dom Isidro.

— Muito bem. Vamos começar logo. Diga em ordem as figuras do almanaque.

— Áries, Touro, Gêmeos, Câncer, Leão, Virgem, Libra, Escorpião, Sagitário, Capricórnio, Aquário, Peixes.

— Muito bem. Agora diga ao contrário.

Molinari, pálido, balbuciou:

— Esria, Rotou...

— Deixe de gracinha. Estou te dizendo para mudar a ordem, para dizer as figuras de qualquer jeito.

— Para mudar a ordem? O senhor não me entendeu, dom Isidro, isso não pode ser feito...

— Não? Diga a primeira, a última e a penúltima.

Molinari, aterrorizado, obedeceu. Depois olhou à sua volta.

— Bom, agora que você tirou essas fantasias da cabeça, vá para o jornal. Não se deixe envenenar.

Mudo, redimido, aturdido, Molinari saiu da prisão. Lá fora, o outro o estava esperando.

II

Na semana seguinte, Molinari admitiu que não podia postergar uma segunda visita à penitenciária. No entanto, incomodava-o ficar cara a cara com Parodi, que havia penetrado sua presunção e sua miserável credulidade. Um homem moderno, como ele, ter se deixado embromar por uns estrangeiros fanáticos! As aparições do senhor afável se fizeram mais frequentes e mais sinistras: não só falava dos sírio-libaneses como também dos drusos do Líbano; seu diálogo havia sido enriquecido com temas novos: por exemplo, a abolição da tortura em 1813, as vantagens de uma aguilhada elétrica recém-importada de Bremen pela Seção de Investigações etc.

Uma manhã chuvosa, Molinari pegou o ônibus na esquina da Humberto I. Quando desceu em Palermo, desceu também o desconhecido, que havia passado dos óculos à barba loira...

Parodi, como sempre, recebeu-o com certa secura; teve o tino de não aludir ao mistério da Villa Mazzini: falou, tema habitual para ele, do que pode fazer o homem que tem um sólido conhecimento do baralho. Evocou a memória tutelar do Lince Rivarola, que recebeu uma cadeirada no exato momento de tirar um segundo ás de espadas de um dispositivo especial que tinha na manga. Para complementar esse episódio, tirou de uma gaveta um maço engordurado, fez com que Molinari o embaralhasse e lhe pediu que distribuísse as cartas sobre a mesa, com as figuras para baixo. Disse-lhe:

— Meu amiguinho, o senhor, que é bruxo, vai dar a este pobre ancião o quatro de copas.

Molinari balbuciou:

— Eu nunca pretendi ser bruxo, meu senhor... O senhor sabe que eu cortei qualquer relação com esses fanáticos.

— Cortou e embaralhou; me dê logo o quatro de copas. Não tenha medo; é a primeira carta que você vai pegar.

Trêmulo, Molinari esticou a mão, pegou uma carta qualquer e deu a Parodi. Este a olhou e disse:

— Você é um tigre. Agora vai me dar o valete de espadas.

Molinari tirou outra carta e a entregou.

— Agora o sete de paus.

Molinari lhe deu uma carta.

— O exercício te deixou cansado. Eu vou tirar por você a última carta, que é o rei de copas.

Pegou, quase com negligência, uma carta e a acrescentou às três anteriores. Depois disse a Molinari que as virasse. Eram o rei de copas, o sete de paus, o valete de espadas e o quatro de copas.

— Não arregale tanto os olhos — disse Parodi. — Entre todas essas cartas iguais há uma marcada; a primeira que eu te pedi, mas não a primeira que você me deu. Eu te pedi o quatro de copas, você me deu o valete de espadas; te pedi o valete de espadas, você me deu o sete de paus; te pedi o sete de paus, e você me deu o rei de copas; eu disse que você estava cansado e eu mesmo ia tirar a quarta carta, o rei de copas. Tirei o quatro de copas, que tem esses pontinhos pretos.

"Abenjaldún fez a mesma coisa. Falou para você procurar o druso número um, você lhe trouxe o número dois; te disse para trazer o dois, você lhe trouxe o três; te disse para trazer o três, você lhe trouxe o quatro; te disse que ia buscar o quatro e trouxe o um. O um era Ibrahim, seu amigo íntimo. Abenjaldún podia reconhecê-lo entre muitos… Isso é o que acontece com quem se mete com os estrangeiros… Você mesmo me disse que os drusos são uma gente muito fechada. Você tinha razão, e o mais fechado de todos era Abenjaldún, o decano da coletividade. Para os outros bastava desprezar um *criollo*; ele quis fazê-lo de palhaço. Te disse para ir num domingo, e você mesmo me disse que a sexta-feira era o dia das suas missas; para que você estivesse nervoso, o fez passar três dias à base de chá e do *Almanaque Bristol*; ainda por cima, te fez caminhar não sei quantas quadras; te largou numa função de drusos cobertos por lençóis e, como se o medo fosse pouco para te confundir, inventou o assunto das figuras do almanaque. O homem estava brincando; ainda não tinha verificado (nem nunca verificaria) os livros de contabilidade de Izedín; estavam falando desses livros quando você entrou; você acreditou que falavam de romancezinhos e de versos. Sabe-se lá que manobras o tesoureiro tinha feito; a verdade é que matou Abenjaldún e queimou a casa, para que ninguém visse os livros. Despediu-se de vocês, deu-lhes a mão — coisa que nunca fazia —, para que dessem por certo que tinha ido embora. Escondeu-se ali por perto, esperou que os outros partissem, que já estavam fartos da brincadeira, e quando você, com a vara e a venda, estava procurando Abenjaldún, voltou para a secretaria. Quando você voltou com o velho, os dois deram risada ao vê-lo caminhando como um ceguinho. Você saiu para procurar um segundo druso; Abenjaldún te seguiu para que você voltasse a encontrá-lo e fizesse quatro viagens aos trancos, trazendo sempre a mesma pessoa. O tesoureiro, então, deu-lhe uma punhalada nas costas: você ouviu o grito dele. Enquanto voltava para o quarto, tateando, Izedín fugiu, pôs fogo nos livros. Depois, para justificar que os livros tinham desaparecido, colocou fogo na casa."

Pujato, 27 de dezembro de 1941

As noites de Goliadkin

À memória do Bom Ladrão

I

Com uma fatigada elegância, Gervasio Montenegro — alto, distinto, confuso, de perfil romântico e de bigode liso e tingido — subiu ao camburão e se deixou *voiturer* à penitenciária. Encontrava-se numa situação paradoxal: os inúmeros leitores dos jornais da tarde se indignavam, em todas as catorze províncias, de que um ator tão conhecido fosse acusado de roubo e assassinato; os inúmeros leitores dos jornais da tarde sabiam que Gervasio Montenegro era um ator conhecido, porque estava sendo acusado de roubo e assassinato. Esta admirável confusão era obra exclusiva de Aquiles Molinari, o ágil jornalista a quem dera tanto prestígio o esclarecimento do mistério de Abenjaldún. Também se devia a Molinari que a polícia permitisse a Gervasio Montenegro essa visita irregular à prisão: na cela 273 estava recluso Isidro Parodi, o detetive sedentário, a quem Molinari (com uma generosidade que não enganava ninguém) atribuía todos os seus triunfos. Montenegro, fundamentalmente cético, duvidava de um detetive que hoje era um presidiário numerado e ontem havia sido barbeiro na Calle México; por outro lado, seu espírito, sensível como um Stradivarius, crispava-se diante dessa visita de mau agouro. No entanto, havia se deixado persuadir; compreendia que não devia indispor-se com Aquiles Molinari, que, segundo sua vigorosa expressão, representava o quarto poder.

Parodi recebeu o aclamado ator, sem levantar os olhos. Cevava, lento e eficaz, um mate numa canequinha azul-celeste. Montenegro já se dispunha a aceitá-lo; Parodi, sem dúvida coibido pela timidez, não o ofereceu; Montenegro, para lhe dar coragem, deu uns tapinhas no seu ombro e acendeu um cigarro de um maço de Sublimes que havia num banquinho.

— O senhor veio antes da hora, dom Montenegro; já sei o que o traz. É aquele assunto do brilhante.

— Vejo que estes sólidos muros não são obstáculo para minha fama — Montenegro apressou-se em observar.

— O que se pode fazer? Nada como este recinto para saber o que acontece na República: desde as patifarias de um general de divisão até a obra cultural que realiza o último infeliz do rádio.

— Compartilho da sua aversão ao rádio. Como sempre me dizia Margarita — Margarita Xirgu, o senhor sabe —, nós, artistas, que levamos o tablado no sangue, precisamos do calor do público. O microfone é frio, contranatura. Eu mesmo, diante desse artefato indesejável, senti que perdia a comunhão com meu público.

— Se eu fosse o senhor deixava para lá artefatos e comunhões. Li os artiguinhos do Molinari. O rapaz é habilidoso com a pena, mas tanta literatura e tanto retrato acabam enjoando. Por que não me conta as coisas do seu jeito, sem nenhuma arte? Eu gosto que me falem de maneira clara.

— Estamos de acordo. Além disso, estou capacitado para comprazê-lo. A clareza é privilégio dos latinos. No entanto, o senhor vai me permitir lançar um véu sobre certo acontecimento que compromete uma dama da melhor sociedade de La Quiaca — ali, como o senhor sabe, ainda resta gente de bem. Laissez-faire, laissez-passer. A necessidade impostergável de não manchar o nome dessa dama que para o mundo é uma fada de salão — e, para mim, uma fada e um anjo — me obrigou a interromper minha turnê triunfal pelas repúblicas indo-americanas. Portenho no fim das contas, eu havia esperado, não sem nostalgia, a hora do regresso e jamais acreditei que a perturbariam circunstâncias que bem podem ser qualificadas de policiais. Efetivamente, assim que cheguei à estação de Retiro, me prenderam; agora me acusam de um roubo e de dois assassinatos. Para coroar o *accueil*, os policiais me despojaram de uma joia tradicional que eu havia adquirido horas antes, em circunstâncias muito pitorescas, ao atravessar o rio Tercero. *Bref*, tenho aversão aos circunlóquios vãos e contarei a história ab initio, sem excluir, claro, a vigorosa ironia que, invencivelmente, sugere o espetáculo moderno. Também me permitirei algum toque de paisagista, alguma nota de cor.

"No dia 7 de janeiro, às 4h14, caracterizado de maneira sóbria de tape[1] boliviano, abordei o Panamericano, em Mococo, eludindo de forma hábil — questão de savoir-faire, meu querido amigo — meus torpes e numerosos perseguidores. A generosa distribuição de alguns autorretratos autografados conseguiu mitigar, já que não abolir, a desconfiança dos empregados do expresso. Destinaram-me um camarote que me resignei a compartilhar com um desconhecido, de notório aspecto israelita, a quem minha chegada despertou. Eu soube depois que esse intruso se chamava Goliadkin e que comercializava diamantes. Quem diria que o mal-humorado israelita que o acaso ferroviário fez com que me deparasse ia me envolver numa indecifrável tragédia!

"No dia seguinte, diante do perigoso *capo lavoro* de algum *chef calchaquí*,[2] pude examinar com bonomia a fauna humana que povoava esse estreito universo que é um trem em movimento. Meu rigoroso exame começou — *cherchez la femme* — por uma interessante silhueta que até na Florida, às oito da noite, teria merecido a homenagem masculina de uma olhada. Nessa matéria não me engano: constatei, pouco depois, que se tratava de uma mulher exótica, excepcional: a *baronne* Puffendorf-Duvernois: uma mulher já feita, sem a fatal insipidez das colegiais, curioso espécime do nosso tempo, de corpo rígido, modelado pelo *lawn-tennis*, uma cara talvez blasée, mas sutilmente comentada por cremes e cosméticos, uma mulher, para dizer tudo numa só palavra, a quem a esbeltez dava altura e o mutismo, elegância. Tinha, no entanto, o *faible*, imperdoável numa autêntica Duvernois, de flertar com o comunismo. A princípio conseguiu interessar-me, mas depois compreendi que seu atraente verniz ocultava um espírito banal e pedi a esse pobre sr. Goliadkin que me substituísse; ela, traço típico de mulher, fingiu não perceber a troca. No entanto, surpreendi uma conversa da *baronne* com outro passageiro — um tal coronel Harrap, do Texas — na qual usou o qualificativo 'imbe-

---

1. Grupo indígena guarani já extinto. (N. T.)
2. Indígena de tribos que habitavam o Noroeste argentino. (N. T.)

cil' aludindo, sem dúvida, a *ce pauvre M. Goliadkin*. Volto a mencionar Goliadkin: trata-se de um russo, de um judeu, cuja figura na chapa fotográfica da minha memória é sem dúvida frágil. Era mais para loiro, fornido, de olhos atônitos; punha-se no seu lugar: sempre se precipitava para abrir para mim as portas. Em compensação, é impossível, embora desejável, esquecer o barbudo e apolético coronel Harrap, típico exemplar da vigorosa vulgaridade de um país que conseguiu o gigantismo, mas que ignora os matizes, as nuances, que não desconhece o último pilantra de uma trattoria de Nápoles, e que são a marca de fábrica da raça latina."

— Não sei onde fica Nápoles, mas se alguém não ajeitar esse assunto para o senhor, vai se armar um salseiro que nem lhe conto.

— Invejo sua reclusão de beneditino, sr. Parodi, mas minha vida tem sido errante. Procurei a luz nas Baleares, a cor em Brindisi, o pecado elegante em Paris. Também, como Renan, disse minha prece na Acrópole. Em todos os lugares espremi o suculento racemo da vida... Retomo o fio do meu relato. No Pullman, enquanto esse pobre Goliadkin — judeu, enfim, predestinado às persecuções — suportava com resignação a incansável, e cansativa, esgrima verbal da baronesa, eu, com Bibiloni, um jovem poeta catamarquenho, me divertia como um ateniense, conversando sobre poesia e as províncias. Agora confesso que a princípio o aspecto escuro, mais para enegrecido, do jovem laureado pelas cozinhas Volcán não me predipôs a seu favor. Os óculos-bicicleta, a gravata-borboleta e elástico, as luvas de cor creme, fizeram-me acreditar que me encontrava diante de um dos inúmeros pedagogos que Sarmiento nos proporcionou — profeta genial a quem é absurdo exigir as vulgares virtudes da previsão. No entanto, a viva complacência com que escutou uma coroa de *triolets* que eu havia burilado de uma penada no trem misto que une o moderno engenho açucareiro de Jaramí com a ciclópica estátua à bandeira, que Fioravanti cinzelou, demonstrou-me que era um dos sólidos valores da nossa jovem literatura. Não era um desses intoleráveis rimadores que aproveitam o primeiro tête-à-tête para infligir-nos os abortos de sua pena: era um estudioso, um discreto, que não malbaratava a oportunidade de calar diante dos mestres. Deleitei-o, depois, com a primeira das minhas odes a José Martí; pouco antes da décima primeira, tive que privá-lo desse prazer: o tédio que a incessante baronesa transmitia ao jovem Goliadkin havia contagiado meu catamarquenho, mediante um interessante fenômeno de *simpatia psico-*

lógica que muitas vezes observei em outros pacientes. Com minha proverbial franqueza, que é o *apanage* do homem do mundo, não vacilei diante de um procedimento radical: sacudi-o até que abriu os olhos. O diálogo, depois dessa *mésaventure*, havia decaído; para dar-lhe altura, falei de tabacos finos. Fiquei atinado: Bibiloni foi todo animação e interesse. Depois de explorar os bolsos internos de sua jaqueta, extraiu um charuto de Hamburgo e, não se atrevendo a oferecê-lo a mim, disse que o havia adquirido para fumá-lo nessa mesma noite no camarote. Compreendi o inocente subterfúgio. Aceitei o charuto, com um movimento rápido, e não tardei a acendê-lo. Alguma dolorosa recordação atravessou a mente do jovem; pelo menos assim entendi eu, seguro catador de fisionomias, e, refestelado na poltrona e exalando baforadas de fumaça azuis, pedi que me falasse de seus triunfos. O interessante rosto moreno se iluminou. Escutei a velha história do homem da pena, que luta contra a incompreensão do burguês e atravessa as ondas da vida carregando nos ombros sua quimera. A família de Bibiloni, depois de vários lustros consagrados à farmacopeia serrana, conseguiu transpor os confins de Catamarca e progredir até Bancalari. Ali nasceu o poeta. Sua primeira professora foi a Natureza: por um lado, os legumes da chácara paterna; por outro, os galinheiros limítrofes, que o menino visitara mais de uma vez, em noites sem lua, munido de uma longa vara de pescar... galinhas. Depois de sólidos estudos primários no km 24, o poeta voltou à gleba; conheceu as profícuas e viris fadigas da agricultura, que valem mais do que todos os aplausos vazios, até que o resgatou o bom juízo das cozinhas Volcán, que premiaram seu livro *Catamarquenhas* (*recordações da província*). A importância do laurel lhe permitiu conhecer a província que com tanto carinho havia cantado. Agora, enriquecido de romances e vilancicos, regressava ao Bancalari natal.

"Passamos para a sala de jantar. Esse pobre Goliadkin teve de se sentar perto da *baronne*; do outro lado da mesma mesa, sentamos o padre Brown e eu. O aspecto desse eclesiástico não era interessante: tinha o cabelo castanho e a cara vácua e redonda. Eu, no entanto, olhava-o com certa inveja. Nós, que temos a desgraça de haver perdido a fé do carvoeiro e da criança, não encontramos na fria inteligência o bálsamo reconfortante que a Igreja brinda a seu rebanho. No fim das contas, que aporte o nosso século, menino blasé e grisalho, deve ao profundo ceticismo de Anatole France e Julio Dantas? A todos nós, meu prezado Parodi, conviria uma dose de inocência e de simplicidade.

"Lembro-me de maneira muito confusa da conversa dessa tarde. A *baronne*, a pretexto do rigor da canícula, dilatava incessantemente seu decote e se apertava contra Goliadkin — tudo para provocar-me. O judeu, pouco avezado a essas lides, evitava em vão o contato e, consciente do desairado papel que desempenhava, falava de forma nervosa de assuntos que não interessavam a ninguém, tais como a futura queda dos diamantes, a impossibilidade de substituir um diamante falso por um verdadeiro e outras minúcias de boutique. O padre Brown, que parecia esquecer a diferença que há entre a sala de jantar de um Express de luxo e um auditório de beatos indefesos, repetia não sei que paradoxo sobre a necessidade de perder a alma para salvá-la: néscios bizantinismos de teólogos, que escureceram a claridade dos Evangelhos.

"*Noblesse oblige*: não dar ouvidos aos invites afrodisíacos da *baronne* teria sido cobrir-me de ridículo; nessa mesma noite deslizei na ponta dos pés até seu camarote e, de cócoras, a sonhadora testa apoiada na porta e o olho na fechadura, pus-me a cantarolar confidencialmente 'Mon ami Pierrot'. Dessa aprazível trégua que o lutador conseguira em plena batalha da vida, despertou-me o antiquado puritanismo do coronel Harrap. Efetivamente, esse barbudo ancião, relíquia da pirática guerra de Cuba, segurou-me pelos ombros, elevou-me a uma altura considerável e me depositou diante do banheiro para cavalheiros. Minha reação foi imediata: entrei e fechei a porta no seu nariz. Ali permaneci duas escassas horas, fazendo ouvidos de mercador a suas confusas ameaças, emitidas num castelhano incorreto. Quando abandonei meu retiro, o caminho estava expedito. Via livre!, exclamei com os meus botões e fui, no ato, para o meu camarote. Sem dúvida, a deusa Aventura me acompanhava. No camarote estava a *baronne*, esperando-me. Saltou ao meu encontro. Na retaguarda, Goliadkin colocava o paletó. A *baronne*, com rápida intuição feminina, compreendeu que a intromissão de Goliadkin abolia esse clima de intimidade que os casais enamorados exigem. Foi embora, sem dirigir-lhe uma só palavra. Conheço meu temperamento: se me encontrasse com o coronel, bateríamo-nos em duelo. Isso é incômodo numa estrada de ferro. Além disso, embora seja duro confessar, a época dos duelos já passou. Optei por dormir.

"Estranho servilismo esse dos hebreus! Minha entrada havia frustrado sabe--se lá que infundados propósitos de Goliadkin; no entanto, a partir desse momento, mostrou-se cordialíssimo comigo, obrigou-me a aceitar um charuto Avanti e me cobriu de atenções.

"No dia seguinte, todos estavam de mau humor. Eu, sensível ao clima psicológico, quis animar meus companheiros de mesa, fazendo referência a umas piadas de Roberto Payró e algum mordaz epigrama de Marcos Sastre. A sra. Puffendorf-Duvernois, despeitada pelo percalço da noite anterior, estava emburrada; sem dúvida, algum eco de sua *mésaventure* havia chegado aos ouvidos do padre Brown; o pároco a tratou com uma secura que não condiz com a tonsura eclesiástica.

"Depois do almoço, dei uma lição no coronel Harrap. Para provar-lhe que seu *faux pas* não havia afetado a invariável cordialidade de nossas relações, ofereci-lhe um dos Avanti de Goliadkin e me dei o prazer de acendê-lo. Um tapa com luvas de pelica!

"Essa noite, a terceira da nossa viagem, o jovem Bibiloni me enganou. Eu havia pensado em fazer-lhe referência a algumas aventuras galantes, dessas que não costumo confiar ao primeiro que aparece; mas não estava em seu camarote. Incomodava-me que um catamarquenho mulato pudesse introduzir-se no compartimento da *baronne* Puffendorf. Às vezes me pareço com Sherlock Holmes: evitando astutamente o guarda, a quem subornei com um interessante exemplar da numismática paraguaia, tratei, frio sabujo de Baskerville, de ouvir, mais ainda de espionar, o que acontecia nesse recinto ferroviário. (O coronel havia se retirado cedo.) O silêncio total e a escuridão foram o fruto de meu exame. Mas a ansiedade durou pouco. Qual não seria minha surpresa ao ver a *baronne* sair do compartimento do padre Brown. Tive um momento de brutal rebeldia, perdoável num homem por cujas veias corre o abrasador sangue dos Montenegro. Depois compreendi. A *baronne* acabava de confessar-se. Estava despenteada e sua roupa era ascética — um roupão carmesim, com bailarinas de prata e palhaços de ouro. Estava sem maquiagem e, mulher no fim das contas, fugiu para seu camarote para que eu não a surpreendesse sem sua couraça facial. Acendi um dos péssimos charutos do jovem Bibiloni e, filosoficamente, bati em retirada.

"Grande surpresa em meu compartimento: apesar do avançado da hora, Goliadkin estava de pé. Sorri: dois dias de convivência ferroviária haviam bastado para que o opaco israelita imitasse o noctambulismo do homem de teatro e de clube. É claro, conduzia mal seu novo costume. Estava desequilibrado, nervoso. Sem respeitar minhas cabeceadas e meus bocejos, infligiu-me todas as circunstâncias de sua autobiografia insignificante e, talvez, apócrifa. Pretendeu haver sido cavalariço e, depois, amante da princesa Clavdia Fiodorovna; com um cinismo que me lembrou as páginas mais atrevidas de *Gil Blas de Santillana*, declarou que, burlando a confiança da princesa e de seu confessor, o padre Abramowicz, havia lhe subtraído um grande diamante de pedra antiga, um *non-pareil* que, por um simples defeito de lapidação, não era o mais valioso do mundo. Vinte anos o separavam dessa noite de paixão, de roubo e de fuga; nesse ínterim, a onda vermelha havia expulsado do Império dos Tsares a grande dama despojada e o cavalariço infiel. Na própria fronteira começou a tripla odisseia: a da princesa, em busca do pão de todo dia; a de Goliadkin, em busca da princesa, para restituir-lhe o diamante; a de um bando de ladrões internacionais, em busca do diamante roubado — na implacável perseguição de Goliadkin. Este, nas minas da África do Sul, nos laboratórios do Brasil e nos bazares da Bolívia, havia conhecido os rigores da aventura e da miséria; mas jamais quis vender o diamante, que era seu remorso e sua esperança. Com o tempo, a princesa Clavdia foi para Goliadkin o símbolo dessa Rússia amável e faustosa, pisoteada pelos palafreneiros e utopistas. À força de não encontrar a princesa, a cada dia gostava mais dela; há pouco tempo soube que ela estava na República Argentina, dirigindo, sem abdicar de sua *morgue* de aristocrata, um sólido estabelecimento em Avellaneda. Só no último momento tirou o diamante do canto secreto onde jazia escondido; agora que sabia o paradeiro da princesa, teria preferido morrer a perdê-lo.

"Naturalmente, essa longa história na boca de um homem que, por confissão própria, era cavalariço e ladrão incomodou-me. Com a franqueza que me caracteriza, permiti-me expressar uma dúvida elegante sobre a existência da joia. Minha estocada a fundo o trespassou. De uma mala de imitação de crocodilo Goliadkin tirou dois estojos iguais e abriu um deles. Impossível duvidar. Ali, em seu ninho de veludo, refulgia um legítimo irmão do Koh-i-nur. Nada humano me é estranho. Apiedou-me esse pobre Goliadkin que antanho compartilhara o leito fugaz de uma Fiodorovna e que no presente ano, num rangente vagão, confiava suas aflições a um cavalheiro argentino que não lhe negaria seus bons ofícios para chegar à princesa. Para reanimá-lo, afirmei que a perseguição de um bando de ladrões era menos grave que a perseguição da polícia; improvisei, fraterno e magnânimo, que uma batida policial no Salón Doré havia deparado a inclusão do meu nome — um dos mais antigos da República — em não sei que prontuário infamante.

"Bizarra psicologia a do meu amigo! Vinte anos sem ver o rosto amado, e agora, quase às vésperas da felicidade, seu espírito se debatia e duvidava.

"Apesar da minha fama de boêmio, *d'ailleurs* justificada, sou homem de hábitos regulares; era tarde e já não consegui conciliar o sono. Revolvi na mente a história do diamante imediato e da princesa distante. Goliadkin (sem dúvida emocionado pela nobre franqueza de minhas palavras) tampouco pôde dormir. Pelo menos ficou se mexendo durante a noite toda na liteira superior.

"A manhã me reservava duas satisfações. Primeiro, uma distante antecipação do pampa, que falou à minha alma de argentino e de artista. Um raio de sol caiu sobre o campo. Sob a benéfica dissipação solar, os postes, as cercas de arame, os cardos choraram de alegria. O céu se fez imenso, e a luz se calcou fortemente sobre a planície. Os novilhos pareciam ter vestido roupas novas... Minha segunda satisfação foi de ordem psicológica. Diante das cordiais xícaras do café da manhã, o padre Brown nos demonstrou claramente que a cruz não está renhida com a espada: com a autoridade e o prestígio que dá a tonsura, repreendeu o coronel Harrap, a quem qualificou (de maneira muito certeira, segundo minhas luzes) de asno e de animal. Disse-lhe também que só valia para se meter com infelizes, mas que diante de um homem de caráter sabia guardar distância. Harrap nem abriu o bico.

"Só depois alcancei o pleno significado da reprimenda do pároco. Soube que Bibiloni havia desaparecido essa noite; esse homem da pena era o infeliz a quem o soldadinho havia agredido."

— Espere um pouco, amigo Montenegro — disse Parodi. — Esse trem tão estranho de vocês não para em nenhum lugar?

— Mas onde o senhor vive, amigo Parodi? O senhor ignora que o Panamericano faz a viagem, direta, da Bolívia até Buenos Aires? Prossigo. Nessa tarde, o diálogo foi monótono. Ninguém queria falar de outra coisa a não ser do desaparecimento de Bibiloni. É verdade que um ou outro passageiro observou que a tão alardeada segurança que os capitalistas saxões atribuem ao comboio ferroviário foi posta em xeque depois desse acontecimento. Eu, sem dissentir, anotei que a atitude de Bibiloni bem podia ser fruto de uma distração própria do temperamento poético, e que eu mesmo, atazanado pela quimera, costumava estar nas nuvens. Essas hipóteses, aceitáveis no dia ébrio de cores e de luz, desvaneceram-se com a última pirueta solar. Ao cair da tarde, tudo se tornou melancólico. A intervalos, chegava da noite o queixume fatídico de uma coruja escura, que arremeda a tosse rascante de um doente. Era o momento em que cada viajante revolvia em sua mente as longínquas lembranças ou sentia a vaga e tenebrosa apreensão da vida sombria; em uníssono, todas as rodas do comboio pareciam soletrar as palavras: *Bi-bi-lo-ni-foi-as-sas-si-na-do, Bi-bi-lo-ni-foi-as-sas-si-na-do, Bi-bi-lo-ni-foi-as-sas-si-na-do...*

"Nessa noite, depois de jantar, Goliadkin (sem dúvida para mitigar o clima de angústia que havia sentado suas bases na sala de jantar) cometeu a leviandade de desafiar-me no pôquer, mano a mano. Tal era seu desejo de se medir comigo, que rechaçou, com uma obstinação surpreendente, as proposições da baronesa e do coronel de jogar um quatro. Estes tiveram que se resignar ao papel de ávidos espectadores. Naturalmente, as esperanças de Goliadkin receberam um duro golpe. O *clubman* do Salón Doré não enganou seu público. A princípio, as cartas não me favoreceram, mas depois, apesar de minhas admonições paternas, Goliadkin perdeu todo seu dinheiro: trezentos e quinze pesos e quarenta centavos, que os policiais me subtraíram arbitrariamente. Não esquecerei esse duelo: o plebeu contra o homem do mundo, o ambicioso contra o indiferente, o judeu contra o ariano. Valioso retrato para minha galeria interior. Goliadkin, em busca de uma desforra suprema, abandona de repente a sala de jantar. Não tarda em regressar, com a mala de imitação de crocodilo. Tira um dos estojos e o põe sobre a mesa. Propõe-me jogar os trezentos pesos perdidos contra o diamante. Não lhe nego essa última chance. Dou as cartas; tenho na mão um pôquer de ases; mostramos o jogo; o diamante da princesa Fiodorovna passa ao meu poder. O israelita se retira, *navré*. Interessante momento!

"*À tout seigneur, tout honneur.* Os enluvados aplausos da *baronne* Puffendorf, que havia seguido com interesse mal reprimido a vitória de seu campeão, coroaram a cena. Como sempre dizem no Salón Doré, eu não faço as coisas pela metade. Minha decisão estava tomada: chamei o garçom e lhe pedi ipso facto a carta de vinhos. Um rápido exame me aconselhou a conveniência de um champanhe El Gaitero, meia garrafa. Brindei com a *baronne*.

"O homem de clube se reconhece em todos os momentos. Depois de tamanha aventura, outro que não fosse eu teria conciliado o sono a noite toda. Eu, bruscamente insensível aos encantos do tête-à-tête, ansiei pela solidão do meu camarote. Bocejei uma desculpa e me retirei. Era prodigioso o meu cansaço. Lembro de ter caminhado entre sonhos pelos intermináveis corredores do trem; sem dar bola para os regulamentos que as companhias saxãs inventam para coibir a liberdade do viajante argentino, por fim entrei num compartimento qualquer e, fiel guardião de minha joia, encerrei-me com ferrolho.

"Declaro-lhe sem me ruborizar, prezado Parodi, que nessa noite dormi vestido. Caí como um tronco na liteira.

"Todo esforço mental tem seu castigo. Essa noite um pesadelo angustiante me subjugou. O *ritornello* desse pesadelo era a gozadora voz de Goliadkin, que repetia: *Não direi onde está o diamante*. Acordei sobressaltado. Meu primeiro movimento se dirigiu ao bolso interno; ali estava o estojo; lá dentro, o autêntico *non-pareil*.

"Aliviado, abri a janelinha.

"Claridade. Frescura. Louco alvoroço madrugador de passarinhos. Manhãzinha nebulosa de princípios de janeiro. Manhãzinha sonolenta, envolta ainda nos lençóis de um vapor esbranquiçado.

"Dessa poesia matinal passei no ato à prosa da vida, que bateu na minha porta. Abri. Era o subdelegado Grondona. Perguntou-me o que eu estava fazendo nesse camarote e, sem esperar resposta, disse que fôssemos para o meu. Eu sempre fui como as andorinhas para a orientação. Por incrível que pareça, meu camarote estava ao lado. Encontrei-o todo revirado. Grondona me sugeriu que não fingisse espanto. Eu soube depois o que o senhor já deve ter lido nos jornais. Goliadkin tinha sido jogado do trem. Um guarda ouviu seu grito e tocou o alarme. A polícia subiu em San Martín. Todos me acusaram, até a *baronne*, sem dúvida por despeito. Traço que denota o observador que há em mim: em meio à movimentação policial, observei que o coronel havia feito a barba."

II

Na semana seguinte, Montenegro se apresentou de novo na penitenciária. No aprazível retiro do camburão, havia premeditado não menos do que catorze contos no estilo aragonês e sete acrósticos de García Lorca, para edificar a seu novo protegido, o habitué da cela 273, Isidro Parodi; mas esse barbeiro obstinado retirou um baralho sebento de seu gorro de praxe e lhe propôs, melhor dizendo, lhe impôs um truco mano a mano.

— Todo jogo é meu jogo — replicou Montenegro. — Na fazenda dos meus antepassados, no ameado castelo que duplica suas torres o Paraná transeunte, condescendi à tonificante sociedade e ao rústico passatempo do *gau-*

cho. Aliás, minha *na lei de jogo tudo está dito* era o pavor dos jogadores de truco mais grisalhos do Delta.

Logo Montenegro (que não se saiu mal nas duas partidas que jogaram) reconheceu que o truco, em razão de sua própria simplicidade, não podia cativar a atenção de um devoto do *chemin de fer* e do bridge com remate.

Parodi, sem lhe dar ouvidos, disse:

— Veja, para retribuir a lição de truco que o senhor deu a este ancião, que já não serve nem para jogar com um infeliz, vou lhe contar um caso. É a história de um homem muito valente, embora muito infeliz, um homem a quem respeito muitíssimo.

— Penetro sua intenção, querido Parodi — disse Montenegro, servindo-se com naturalidade de um Sublime. — Esse respeito o honra.

— Não, não me refiro ao senhor. Falo de um finado a quem não conheço, de um estrangeiro da Rússia, que soube ser cocheiro ou cavalariço de uma senhora que tinha um brilhante valioso; essa senhora era uma princesa na sua terra, mas não há lei para o amor... O jovem, estonteado por tanta sorte, teve uma fraqueza — qualquer um tem — e deu no pé com o brilhante. Quando se arrependeu, já era tarde. A revolução maximalista os havia esparramado pelo mundo. Primeiro numa localidade na África do Sul; depois, em outra do Brasil, uma gangue de ladrões quis arrebatar-lhe essa joia. Não conseguiram: o homem tinha as manhas para escondê-la: não a queria para si; queria para devolvê-la à senhora. Depois de muitos anos de aflições ele soube que a senhora estava em Buenos Aires; a viagem com o brilhante era perigosa, mas o homem não deu para trás. No trem, foi seguido pelos ladrões: um tinha se disfarçado de frade; outro, de militar; outro, de provinciano; outro tinha pintado a cara. Entre os passageiros havia um conterrâneo nosso, meio maluquete, um ator. Esse moço, como tinha passado a vida entre disfarçados, não viu nada de estranho nesse pessoal... No entanto, a farsa era evidente. O grupo era sortido demais. Um padre que tira o nome das revistas de Nick Carter, um catamarquenho de Bancalari, uma senhora que tem a ideia de ser baronesa porque há uma princesa no assunto, um ancião que da noite para o dia perde a barba e que se mostra capaz de levantar o senhor, que deve pesar uns oitenta quilos, "a uma altura considerável" e guardá-lo num reservado. Eram pessoas resolutas; tinham quatro noites para trabalhar. Na primeira, o senhor caiu na cela de Goliadkin e arruinou a tramoia deles. Na segunda, o senhor, sem querer, voltou a salvá-lo; a senhora tinha se enfiado no quarto com a história do amor, mas à sua chegada teve que se retirar. Na terceira, enquanto o senhor estava grudado feito cola na porta da baronesa, o catamarquenho assaltou Goliadkin. Ele se deu mal: Goliadkin o jogou do trem. Por isso o russo andava nervoso e se revirava na cama. Pensava no que tinha acontecido e no que iria acontecer; pensava talvez na quarta noite, a mais perigosa, a última. Lembrou-se de uma frase do padre sobre os que perdem a alma para salvá-la. Resolveu deixar-se matar e perder o brilhante para salvá-lo. O senhor tinha lhe contado o caso do prontuário: compreendeu que se o matassem o senhor seria o primeiro suspeito. Na quarta noite, exibiu dois estojos, para que os ladrões pensassem que havia dois brilhantes, um de verdade e um falso. À vista de todos, perdeu-o em prol de uma negação para as cartas; os ladrões acreditaram que ele queria fazê-los acreditar que tinha perdido a joia verdadeira; fizeram o senhor dormir, com alguma beberagem na sidra. Depois se enfiaram no compartimento do russo e lhe ordenaram que entregasse a joia para eles. O senhor o escutou, em sonhos, repetir que não sabia onde ele estava; talvez também tenha dito que estava com o senhor, para enganá-los. A combinação saiu bem para esse homem valente: ao amanhecer, os desalmados o mataram, mas o brilhante estava seguro, em seu poder. Efetivamente, assim que chegaram a Buenos Aires, a polícia botou as mãos nele e se encarregou de entregar a joia para seu dono.

"Talvez ele tenha pensado que não valia muito a pena viver; vinte cruéis anos tinham caído sobre a princesa, que agora dirigia uma casa de tolerância. Também eu, em seu lugar, teria sido um medroso."

Montenegro acendeu um segundo Sublime:

— É a velha história — observou. — A inteligência atrasada confirma a intuição genial do artista. Eu sempre desconfiei da sra. Puffendorf-Duvernois, de Bibiloni, do padre Brown e, muito especialmente, do coronel Harrap. Não se preocupe, meu querido Parodi: não tardarei em comunicar minha solução às autoridades.

Quequén, 5 de fevereiro de 1942

O deus dos touros

À memória do poeta Alexander Pope

I

Com a franqueza viril que o distinguia, o poeta José Formento não vacilava em repetir para as senhoras e para os cavalheiros que compareciam n'A Casa de Arte (Florida com Tucumán): "Não há festa para meu espírito como os torneios verbais do meu mestre Carlos Anglada com esse Montenegro do século XVIII. Marinetti contra Lord Byron, o quarenta cavalos contra o aristocrático *tilbury*, a metralhadora contra o estoque". Esses torneios compraziam também os protagonistas, que, além disso, apreciavam-se muito. Assim que soube do roubo das cartas, Montenegro (que desde seu casamento com a princesa Fiodorovna havia se retirado do teatro e dedicava seu ócio à redação de um vasto romance histórico e às investigações policiais) ofereceu a Carlos Anglada sua perspicácia e seu prestígio, mas mostrou-lhe a conveniência de uma visita à cela 273, onde, no momento, encontrava-se recluso seu colaborador, Isidro Parodi.

Este, ao contrário do leitor, não conhecia Carlos Anglada: não havia examinado os sonetos de *Os pagodes senis* (1912), nem as odes panteístas de *Eu sou os outros* (1921), nem as maiúsculas de *Vejo e mijo* (1928), nem o romance nativista *O carnê de um gaúcho* (1931), nem um único dos *Hinos para mi-*

lionários (quinhentos exemplares numerados e a edição popular da gráfica dos Expedicionários de Dom Bosco, 1934), nem o *Antifonário dos pães e dos peixes* (1935), nem, por mais escandaloso que possa parecer, os doutos colofones da Editora Probeta (*Laudas do mergulhador, impressas sob os cuidados do Minotauro*, 1939).[1] Dói-nos confessar que, em vinte anos de prisão, Parodi não havia tido tempo de estudar o *Itinerário de Carlos Anglada* (*trajetória de um lírico*). Nesse indispensável tratado, José Formento, assessorado pelo próprio mestre, historia suas diversas etapas: a iniciação modernista; a compreensão (às vezes a transcrição) de Joaquín Belda; o fervor panteísta de 1921, quando o poeta, ávido de uma plena comunhão com a natureza, negava toda sorte de calçado e perambulava, manco e sangrento, entre os canteiros de seu charmoso sobrado da Vicente López; a negação do frio intelectualismo: anos já celebérrimos em que Anglada, acompanhado de uma preceptora e de uma versão chilena de Lawrence, não trepidava em frequentar os lagos de Palermo puerilmente trajado de marinheiro e munido de um aro e de um patinete; o despertar nietzschiano que germinou em *Hinos para milionários*, obra de afirmação aristocrática, baseada num artigo de Azorín, da qual o popular catecúmeno do Congresso Eucarístico se arrependeria logo depois; finalmente, o altruísmo e o mergulho nas províncias, onde o mestre submete ao escalpelo crítico as novíssimas promoções de poetas mudos, a quem dota do megafone da Editora Probeta, que já conta com mais de cem assinantes e algumas *plaquettes* em preparação.

Carlos Anglada não era tão alarmante como sua bibliografia e seu retrato; dom Isidro, que estava cevando um mate em sua canequinha azul-celeste, levantou os olhos e viu o homem: sanguíneo, alto, maciço, prematuramente calvo, de olhos franzidos e obstinados, de enérgico bigode tingido. Usava, como dizia de maneira festiva José Formento, um "terno xadrez". Seguia-o um senhor que, de perto, parecia o próprio Anglada visto de longe; a calvície, os olhos, o bigode, o vigor, o terno xadrez repetiam-se, mas num formato menor. O astuto leitor já deve ter adivinhado que esse jovem era José Formento, o

---

1. A exemplar bibliografia de Carlos Anglada compreende também o cru romance naturalista *Carne de salão* (1914), a magnânima palinódia *Espírito de salão* (1914), o já superado manifesto *Palavras a Pégaso* (1917), as notas de viagem de *No princípio foi o vagão Pullman* (1923), e os quatro números numerados da revista *Zero* (1924-7).

apóstolo, o evangelista de Anglada. Sua tarefa não era monótona. A versatilidade de Anglada, esse moderno Frégoli do espírito, teria confundido discípulos menos infatigáveis e abnegados do que o autor de *Pis-cuna* (1929), *Anotações de um aprovisionador de aves e ovos* (1932), *Odes para gerentes* (1934) e *Domingo no céu* (1936). Como ninguém ignora, Formento venerava o mestre; este lhe correspondia com uma condescendência cordial, que não excluía, às vezes, a amistosa reprimenda. Formento não era só o discípulo, mas também o secretário — essa *bonne à tout faire* que têm os grandes escritores para pontuar o manuscrito genial e para extirpar um agá intruso.

Anglada investiu imediatamente no assunto:

— O senhor vai me desculpar: eu falo com a franqueza de uma motocicleta. Estou aqui por indicação de Gervasio Montenegro. Faço constar. Não acredito e não acreditarei que um prisioneiro seja a pessoa indicada para resolver enigmas policiais. O assunto em si não é complexo. Vivo, como é fama, em Vicente López. Na minha escrivaninha, na minha usina de metáforas, para ser mais claro, há uma caixa de ferro; esse prisma com fechadura encerra — melhor dizendo, encerrava — um pacote de cartas. Não há mistério. Minha correspondente e admiradora é Mariana Ruiz Villalba de Muñagorri, "Moncha" para seus íntimos. Ponho as cartas na mesa. Apesar das imposturas da calúnia, não houve comércio carnal. Planamos num plano mais alto — emocional, mental. Enfim, um argentino nunca compreenderá essas afinidades. Mariana é um espírito encantador; mais: uma fêmea encantadora. Esse pletórico organismo está dotado de uma antena sensível a qualquer vibração moderna. Minha obra primigênia, *Os pagodes senis*, induziu-a à elaboração de sonetos. Eu corrigi esses endecassílabos. A presença de algum alexandrino denunciava uma genuína vocação para o versolivrismo. Efetivamente, agora cultiva o ensaio em prosa. Já escreveu: *Um dia de chuva, Meu cachorro Bob, O primeiro dia de primavera, A batalha de Chacabuco, Por que gosto de Picasso, Por que gosto de jardim* etc. etc. Em resumo, desço feito um mergulhador à minúcia policial, mais acessível ao senhor. Como ninguém ignora, sou essencialmente multitudinário; no dia 14 de agosto, abri as portas do meu sobrado a um grupo interessante: escritores e assinantes da Probeta. Os primeiros exigiam a publicação de seus manuscritos; os segundos, a devolução das prestações que haviam perdido. Em tais circunstâncias, estou feliz como o submarino na água. A vivaz reunião se prolongou até as duas da manhã. Sou, antes de tudo, um combatente: improvisei uma casamata de poltronas e banquetas e consegui salvar boa parte da louça. Formento, mais parecido com Ulisses do que com Diomedes, tratou de aplacar os polemistas mediante uma bandeja provida de confeitos sortidos e de Naranja-Bilz. Pobre Formento! Só conseguiu aumentar as reservas de projéteis que meus detratores emitiam. Quando o último *pompier* se retirou, Formento, com uma devoção de que não esquecerei, jogou um balde de água na minha cara e me restituiu à minha lucidez de três mil velas. Durante o colapso, erigi um poema acrobático. Seu título, "De pé sobre o impulso"; o verso final, "Eu fuzilei a morte à queima-roupa". Teria sido perigoso perder esse metal do subconsciente. Sem solução de continuidade, despedi meu discípulo. Este, na logomaquia, havia perdido o porta-moedas. Com toda franqueza, requereu meu apoio para seu traslado a Saavedra. A chave de meu inviolável Vetere tem seu reduto em meu bolso; tirei-a, esgrimi-a, utilizei-a. Encontrei as moedas solicitadas; não encontrei as cartas da Moncha — desculpe, de Mariana Ruiz Villalba de Muñagorri. O golpe não derrubou minha energia; sempre de pé no cabo Pensamento, revistei a casa e as dependências, do aquecedor até a fossa. O resultado da minha operação foi negativo.

— Afirmo que as cartas não estão no *chalet* — disse a espessa voz de Formento. — No dia 15 pela manhã, voltei com um dado do Campano Ilustrado, que meu mestre requeria para suas investigações. Eu me ofereci para uma segunda vistoria na casa. Não encontrei nada. Minto. Descobri algo valioso para o sr. Anglada e para a República. Um tesouro que a distração do poeta encostara no porão: quatrocentos e noventa e sete exemplares da obra esgotada *O carnê de um gaúcho*.

— O senhor desculpe o fervor literário do meu discípulo — disse rapidamente Carlos Anglada. — Esses achados eruditos não devem interessar a um espírito como o seu, rapidamente confinado no policial. Eis aqui o fato: as cartas desapareceram; em mãos de uma pessoa inescrupulosa, essas vibrações de uma grande dama, esses arquivos de matéria cinza e matéria sentimental, podem ser um motivo de escândalo. Trata-se de um documento humano que une ao impacto do estilo — modelado em vermelho pelo meu — a frágil intimidade de uma mulher do mundo. *Bref*: um prato feito para editores piratas e transandinos.

II

Uma semana depois, um longo Cadillac parou na Calle Las Heras, diante da Penitenciária Nacional. Abriu-se a portinhola. Um cavalheiro, de terno cinza, calça de fantasia, luvas claras e bengala com empunhadura de cabeça de cachorro, desceu com uma elegância algo *surannée* e entrou, com passo firme, pelos jardins.

O subdelegado Grondona o recebeu com servilismo. O cavalheiro aceitou um charuto da Bahia e se deixou conduzir à cela 273. Dom Isidro, assim que o viu, ocultou um maço de Sublimes sob seu gorro de praxe e disse com doçura:

— Puxa, a carne vende bem em Avellaneda. Esse trabalho emagrece a mais de um; ao senhor, engorda.

— Touché, meu querido Parodi, touché. Confesso meu *enbonpoint*. A princesa me encarrega de beijar sua mão — replicou Montenegro entre duas baforadas azuis. — Também nosso amigo comum Carlos Anglada — espírito brilhante, se os há, mas carente da disciplina mediterrânea — lembra do senhor. Lembra demais, *inter nos*. Ontem, sem mais nem menos, irrompeu no meu escritório. Bastaram duas batidas de portas e uma respiração quase asmática para que o catador de fisionomias descobrisse, num abrir e fechar de olhos, que Carlos Anglada estava nervoso. Compreendi logo: a congestão do tráfico é adversa à serenidade do espírito. O senhor, mais sábio, escolheu bem: a reclusão, a vida metódica, a falta de excitantes. No coração da cidade, seu pequeno oásis parece do outro mundo. Nosso amigo é mais frágil: basta uma quimera para aterrorizá-lo. Francamente, pensei que ele era de temperamento mais firme. No início encarou a perda das cartas com o estoicismo de um *clubman*; ontem constatei que essa fachada não era mais do que uma máscara. O homem foi ferido, *blessé*. No meu escritório, diante de um Maraschino 1934, entre a fumaça tonificante dos havanas, o homem se despojou de todo disfarce. Compreendo sua apreensão. A publicação do epistolário da Moncha seria um duro golpe para nossa sociedade. Uma mulher hors-concours, meu querido amigo: beleza física, fortuna, linhagem, presença: espírito moderno em vaso de Murano. Carlos Anglada, lastimoso, insiste em que a publicação dessas cartas comportaria sua ruína e a *besogne*, decididamente anti-higiênica, de ultimar esse colérico Muñagorri num lance de honra. Contudo, meu prezado Parodi, rogo-lhe que não perca seu sangue-frio. Meu espírito organizador encarou bem o problema. Já dei o primeiro passo. Convidei Carlos Anglada e Formento para passarem uns dias na cabana La Moncha, de Muñagorri. *Noblesse oblige*: reconheçamos que a obra de Muñagorri levou o progresso a toda uma zona de Pilar. O senhor deveria decidir-se a examinar de perto essa maravilha. É uma das poucas fazendas onde o acervo nacional da tradição se mantém vivo e pujante. Em que pese a intromissão do dono da casa, homem tirânico e moldado à antiga, nenhuma nuvem empanará essa reunião de amigos. Mariana fará as honras, deliciosamente, sem dúvida. Asseguro-lhe que essa viagem não é um capricho de artista: nosso médico de cabeceira, o dr. Mugica, aconselha tratar energicamente meu surmenage. Em que pese a cordial insistência de Mariana, a princesa não poderá nos acompanhar. Suas múltiplas tarefas a retêm em Avellaneda. Eu, em compensação, prolongarei a *villégiature* até o Dia da Primavera. Como o senhor acaba de comprovar, não vacilei diante do heroico remédio. Deixo em suas mãos a minúcia policial, a obtenção das cartas. Amanhã mesmo, às dez, a alegre caravana automobilística parte do cenotáfio da Rivadavia rumo à La Moncha, ébria de ilimitados horizontes, de liberdade.

Com um gesto preciso, Gervasio Montenegro interrogou seu áureo *Vacheron et Constantin*:

— O tempo vale ouro — exclamou. — Prometi visitar o coronel Harrap e o reverendo Brown, seus *confrères* de estabelecimento penal. Não faz muito visitei, na Calle San Juan, a *baronne* Puffendorf-Duvernois, *née* Pratolongo. Sua dignidade não sofreu, mas seu tabaco abissínio é abominável.

III

No dia 5 de setembro, ao entardecer, um visitante com braçadeira e guarda-chuva entrou na cela 273. Falou em seguida; falou com funerária vivacidade; mas dom Isidro notou que ele estava preocupado.

— Aqui estou, crucificado como o sol na hora do ocaso — José Formento indicou vagamente uma claraboia que dava para o lavatório. — O senhor dirá que eu sou um judas, entregue a tarefas sociais, enquanto o Mestre sofre perseguições. Mas meu motor é bem outro. Venho exigir-lhe, mais ainda solicitar-lhe, que mova as influências acumuladas em tantos anos de convivência com a autoridade. Sem o amor, a caridade é impossível. Como disse Carlos Anglada em seu chamado às Juventudes Agrárias: para compreender o trator, é mister amar o trator; para compreender Carlos Anglada, é mister amar Carlos Anglada. Talvez os livros do mestre não sirvam para a investigação policial; trago-lhe um exemplar do meu *Itinerário de Carlos Anglada*. Ali, o homem que despista os críticos e ainda interessa à polícia revela-se como um impulsivo, quase um menino.

Abriu ao acaso o volume e o pôs nas mãos de Parodi. Este, efetivamente, viu uma fotografia de Carlos Anglada, calvo e enérgico, vestido de marinheiro.

— O senhor como fotografista deve ser uma eminência, não vou discutir; mas o que eu preciso é que me falem sobre o acontecido, desde o dia 29 à noite; também gostaria de saber como essa gente se dava. Li os artiguinhos do Molinari; ele não tem lixo na cabeça, mas a gente acaba ficando tonto com tanta fotografia. Não se altere, meu jovem, e me conte as coisas em ordem.

— Vou lhe dar uma instantânea dos fatos. No dia 24 chegamos à fazenda. Grande cordialidade e harmonia. A sra. Mariana — traje de montar de Redfern, ponchozinho da Patou, botas da Hermès, maquiagem *plein-air* da Elisabeth Arden — recebeu-nos com sua habitual simplicidade. O duo Anglada-Montenegro discutiu o pôr do sol até bem entrada a noite. Anglada reputou-o inferior aos faróis de um automóvel que devora o macadame; Montenegro, a um soneto do mantuano. Por fim, ambos os beligerantes afogaram o espírito polêmico num *vermouth* com bitter. O sr. Manuel Muñagorri, aplacado pelo tato de Montenegro, mostrava-se resignado a nossa visita. Às oito em ponto, a preceptora — uma loira muito grosseira, acredite — trouxe o Pampa, único fruto desse feliz casal. A sra. Mariana, no alto da escadaria, estendeu os braços para o menino e este, de facão e chiripá, correu para se esconder na carícia materna. Cena inesquecível, além de repetida todas as noites, o que nos demonstra a perduração dos vínculos familiares em pleno clima de mundanidade e boemia. Imediatamente, a preceptora levou o Pampa embora. Muñagorri explicou que toda a pedagogia estava cifrada no preceito salomônico: escatima a paulada e estragarás o menino. Consta-me que, para obrigá-lo a usar facão e chiripá, tinha que pôr esse conceito em prática.

"No entardecer do dia 29 presenciamos, da varanda, um desfile de touros, grave e esplêndido. Devemos à sra. Mariana esse quadro rural. Se não fosse por ela, essa e outras impressões gratíssimas nos seriam impossíveis. Com franqueza viril devo confessar que o sr. Muñagorri (apreciável como dono de rebanho, sem dúvida) era um anfitrião antissociável e desatento. Quase não nos dirigia a palavra, preferia o diálogo de capatazes e peões; interessava-lhe mais a futura exposição de Palermo do que essa maravilhosa coincidência da Natureza com a Arte, do pampa com Carlos Anglada, que volta e meia se operava em sua propriedade. Enquanto os animais desfilavam lá embaixo, escuros na morte do sol, lá em cima, na varanda, o grupo humano se afirmava mais conversador e loquaz. Bastou uma interjeição de Montenegro sobre a majestade dos touros para despertar o cérebro de Anglada. O mestre, de pé sobre si mesmo, improvisou uma dessas fecundas tiradas líricas que pasmam por igual o historiador e o gramático, o frio raciocinador e o grande coração. Disse que em outros tempos os touros eram animais sagrados; antes, sacerdotes e reis; antes, deuses. Disse que o mesmo sol que iluminava esse desfile de touros havia visto, nas galerias de Creta, desfiles de homens condenados à morte por terem blasfemado contra o touro. Falou de homens a quem a imersão no sangue quente de um touro havia tornado imortais. Montenegro quis evocar uma sangrenta função de touros embolados que ele presenciara nas arenas de Nîmes (sob o crepitante sol provençal); mas Muñagorri, inimigo de toda expansão do espírito, disse que em matéria de touros Anglada não era mais do que um comerciante. Entronizado numa enorme poltrona de palha, afirmou, coisa evidente, que ele havia se educado entre os touros e que eram animais pacíficos e até covardes, mas muito pancadas. Observe que para convencer Anglada tratava de hipnotizá-lo — não tirava os olhos de cima dele. Deixamos o mestre e Muñagorri em pleno deleite polêmico; guiados por essa incomparável dona de casa que é a sra. Mariana, Montenegro e eu pudemos apreciar o motor da luz em todos os detalhes. Soou o gongo, nós nos sentamos para comer e acabamos com a carne de vaca, antes que os polemistas voltassem. Era evidente que o mestre havia triunfado; Muñagorri, áspero e vencido, não disse uma só palavra durante a refeição.

"No dia seguinte, ele me convidou para conhecer o povoado de Pilar. Fomos só os dois, em sua pequena americana. Como argentino, gozei a plenos pulmões em nossa escapada pelo pampa típico e poeirento. O pai Sol dissipava seus benéficos raios sobre nossa cabeça. Os serviços da União Postal se estendem a esses ermos sem pavimentos. Enquanto Muñagorri absorvia líquidos inflamáveis no armazém, eu confiei à boca de uma caixa de correio um cumprimento filial ao meu editor, no dorso da minha fotografia em roupa de *gaucho*. A etapa do retorno foi desagradável. Aos solavancos da via-crúcis, agora se acrescentavam as torpezas do bêbado; confesso fidalgamente que esse escravo do álcool me apiedou e lhe perdoei o feio espetáculo com que me brindava; castigava o cavalo como se fosse seu filho; a americana soçobrava continuamente, e mais de uma vez temi pela minha vida.

"Na fazenda, umas compressas de linho e a leitura de um antigo manifesto de Marinetti restituíram meu equilíbrio.

"Agora chegamos, dom Isidro, à tarde do crime. Pressagiou-o um incidente desagradável. Muñagorri, sempre fiel a Salomão, acertou uma tunda de pauladas no traseiro do Pampa, que, seduzido pelos falazes reclamos do exotismo, negava-se a portar a faca e o rebenquezinho. Miss Bilham, a preceptora, não soube se colocar no seu lugar e prolongou esse episódio, tão pouco grato, recriminando Muñagorri acerbamente. Não trepido em afirmar que a pedagoga interveio desse modo tão destemperado porque tinha em vista outra colocação: Montenegro, que é um lince para descobrir belas almas, havia lhe proposto não sei que destino em Avellaneda. Todos nós nos retiramos contrariados. A dona da casa, o mestre e eu nos encaminhamos para o tanque australiano; Montenegro se retirou para a casa com a preceptora. Muñagorri, obcecado com a próxima exposição e de costas para a natureza, foi ver outro desfile de touros. A solidão e o trabalho são os dois báculos em que se apoia o verdadeiro homem de letras; aproveitei um desvio do caminho para deixar meus amigos; fui para o meu dormitório, verdadeiro refúgio sem janelas, aonde não chega o mais remoto eco do mundo externo. Acendi a luz e entrei no sulco da minha tradução popular de *La Soirée avec M. Teste*. Impossível trabalhar. No quarto ao lado conversavam Montenegro e Miss Bilham. Não fechei a porta por temor de ofender Miss Bilham e para não me asfixiar. A outra porta do meu quarto dá, como o senhor sabe, para o vaporoso pátio da cozinha.

"Ouvi um grito; não procedia do quarto de Miss Bilham; acreditei reconhecer a incomparável voz da sra. Mariana. Por corredores e escadas, cheguei à varanda.

"Ali, sobre o poente, com a sobriedade natural da grande atriz que há nela, a sra. Mariana indicava o quadro terrível que, para minha infelicidade, não esquecerei. Lá embaixo, como ontem, os touros haviam desfilado; lá em cima, como ontem, o dono havia presidido o lento desfile; mas dessa vez haviam desfilado para um só homem; esse homem estava morto. Pelos desenhos do espaldar de palhinha havia entrado um punhal.

"Sustentado pelos braços da alta poltrona, o cadáver continuava ereto. Anglada comprovou, com horror, que o incrível assassino havia utilizado a faquinha do menino."

— Diga-me, dom Formento, como será que o foragido conseguiu essa arma?

— Mistério. O menino, depois de agredir seu pai, teve um ataque de fúria e jogou seus apetrechos de *gaucho* atrás das hortênsias.

— Eu já sabia. E como explica a presença do rebenquezinho no quarto do Anglada?

— Muito facilmente, mas com razões vedadas a um meganha. Como o demonstra a fotografia que o senhor viu, na proteiforme vida de Anglada houve um período que chamaremos *pueril*. Ainda hoje, o campeão dos direitos de autor e da arte pela arte sente o invencível ímã que os brinquedos exercem sobre o adulto.

IV

No dia 9 de setembro, duas damas de luto entraram na cela 273. Uma era loira, de poderosos quadris e lábios preenchidos; a outra, que se vestia com a maior discrição, era baixa, magra, de peito escolar e de pernas finas e curtas.

Dom Isidro se dirigiu à primeira:

— Pelos boatos, a senhora deve ser a viúva de Muñagorri.

— Que *gaffe*! — disse a outra com um fio de voz. — Já disse o que não era. Como é que vai ser ela, se veio para me acompanhar? Esta é a *fräulein*, Miss Bilham. A senhora de Muñagorri sou eu.

Parodi lhes ofereceu dois bancos e se sentou no catre. Mariana prosseguiu sem pressa.

— Que amor de quartinho, e tão diferente do living da minha cunhada, que é um horror de biombos. O senhor se adiantou ao cubismo, sr. Parodi, embora já não se use. Mesmo assim, eu acho que o senhor devia dar nessa porta uma mão de Duco, de Gauweloose. O ferro pintado de branco me fascina. O Mickey Montenegro — ele não lhe parece muito genial? — disse que a gente podia vir importunar o senhor. Que máximo tê-lo encontrado. Eu queria falar com o senhor, porque é uma droga ficar repetindo essa história para delegados que ficam aturdindo de perguntas e às minhas cunhadas, que são um porre.

"Vou lhe contar sobre o dia 30 desde a manhã. Estávamos Formento, Montenegro, Anglada, eu e o meu marido e ninguém mais. A princesa, pena que não pôde vir, porque tem um *charme* que se acabou com os comunistas. Veja o que são as coisas da intuição feminina e de mãe. Quando a Consuelo me trouxe o suco de ameixa, eu estava com uma dor de cabeça de matar. O que são os homens para a incompreensão. Primeiro fui ao dormitório do Manuel, e ele não quis nem me ouvir porque lhe interessava mais sua dor de cabeça que não era para tanto. Nós, mulheres, como temos a escola da maternidade, não somos tão fracas. Também a culpa era dele, por ir se deitar tarde. Na véspera, ficou até altas horas falando com Formento sobre um livro. Ele se mete a falar do que não sabe. Cheguei ao final da discussão, mas, no ato, pesquei do que se tratava. Pepe — Formento, quero dizer — está para imprimir uma tradução popular de *La Soirée avec M. Teste*. Para chegar às massas, que no fim das contas é o que interessa, colocou como nome em espanhol *A noitada com dom Cacumen*. Manuel, que nunca quis entender que sem amor a caridade é impossível, havia se empenhado em desanimá-lo. Dizia-lhe que Paul Valéry recomenda aos outros o pensamento mas não pensa, e Formento, que já está com a tradução pronta, e eu que digo sempre n'A Casa de Arte que é preciso trazer Valéry para dar conferências. Eu não sei o que havia nesse dia, mas o vento norte deixava a todos nós feito loucos, sobretudo a mim, que sou tão sensível. Até a *fräulein* não se pôs no seu lugar e se meteu com o Manuel por causa do Pampa, que não gosta da roupa de *gaucho*. Não sei por que estou lhe contando essas coisas, que são da véspera. No dia 30, depois do chá, o Anglada, que não pensa a não ser nele e que não sabe que odeio caminhar, empenhou-se em que eu voltasse a lhe mostrar o tanque australiano, com tanto sol e tanto mosquito. Por sorte, pude me safar e voltei para ler Giono: não me diga que não gosta de *Accompagné de la flute*. É um livro sensacional, que distrai a gente das coisas da fazenda. Mas antes eu quis ver o Manuel, que estava na varanda, com a mania dos touros. Deviam ser quase seis horas, e eu subi pela escada dos peões. O caso é que eu que fiquei e disse 'Ah! Que quadro!'. Eu, com a jaqueta salmão e os shorts da Vionnet contra a varanda e, a dois passos, o Manuel cravado na poltrona pela faquinha do Pampa que lhe haviam enfiado pelo espaldar. Por sorte, o inocente estava caçando gatos e se livrou de ver essa coisa horrível. À noite, apareceu com meia dúzia de caudas."

Miss Bilham acrescentou:

— Tive de jogar as caudas pela latrina porque cheiravam muito mal.

Disse isso com uma voz quase voluptuosa.

V

Anglada, nessa manhã de setembro, estava inspirado. Sua mente lúcida compreendia o passado e o porvir; a história do futurismo e os trabalhos de bastidor de alguns *hommes de lettres* urdiam às suas costas para que ele aceitasse o prêmio Nobel. Quando Parodi pensou que essa verba havia se esgotado, Anglada esgrimiu uma carta e disse com um riso benévolo:

— Esse pobre Formento! Sem dúvida, os piratas chilenos sabem seu negócio. Leia esta carta, amigo Parodi. Não querem publicar essa grotesca versão de Paul Valéry.

Dom Isidro leu com resignação:

Excelentíssimo senhor:

Cumpre-nos repetir o que já explicamos em resposta às suas de 19, 26 e 30 de agosto passado. Impossível custear a edição: gastos de *clichés* e direitos de Walt Disney, de impressos para Ano-Novo e Páscoa em línguas estrangeiras tornam impraticável o negócio, a menos que o senhor se disponha a adiantar a importância do caderno único e gastos de armazenamento no Guarda-móveis La Compresora.

Ficamos às suas gratas ordens.

Pelo subgerente: Rufino Gigena S

Dom Isidro, enfim, pôde falar:

— Esta cartinha comercial caiu do céu. Agora estou começando a ligar os fatos. Já faz um tempo que o senhor se dá o gosto de falar de livros. Eu também posso falar. Recentemente li essa coisa que traz essas figuras tão lindas: o senhor com pernas de pau, o senhor vestido de criança, o senhor ciclista. Olha que dei risada. Quem poderia dizer que dom Formento, moço maricas e fúnebre, se é que existe, soubesse rir tão bem de um sonso. Todos os seus livros são uma piada: o senhor solta os *Hinos para milionários*, e o mocinho, que é respeitoso, as *Odes para gerentes*; o senhor, *O libreto de um gaúcho*; o outro, *As anotações de um aprovisionador de aves e ovos*. Ouça, vou lhe contar o que aconteceu desde o início.

"Primeiro veio um pavãozinho com a história de que lhe haviam roubado umas cartas. Não lhe dei ouvidos, porque se um homem perdeu alguma coisa não vai encarregar um preso para que a procure. O pavãozinho dizia que as cartas comprometiam uma senhora; que não tinha nada com a senhora, mas que se carteavam por afeição. Disse isso para que eu pensasse que a senhora era sua amante. Na outra semana veio esse abençoado por Deus, Montenegro, e disse que o pavãozinho andava muito preocupado. Dessa vez o senhor tinha procedido como alguém que realmente tinha perdido alguma coisa. Foi ver uma pessoa que ainda não está na prisão e que é mencionada como meganha. Depois todos foram para o campo, o finado Muñagorri morreu, dom Formento e uma perua vieram para me amolar e eu comecei a maliciar a coisa.

"O senhor me disse que tinham lhe roubado as cartas. Até deu a entender que tinham sido roubadas por Formento. O que o senhor queria era que as pessoas falassem dessas cartas e que imaginassem não sei que fábulas sobre o senhor e sua senhora. Depois a mentira virou verdade: Formento lhe roubou as cartas. Roubou-as para publicá-las. O senhor já o tinha cansado; com as duas horas de monólogo que o senhor me descarregou esta tarde, eu justifico o moço. Tinha ficado com tanta raiva que já não lhe bastavam as indiretas. Resolveu publicar as cartas para acabar de uma vez com essa história e para que toda a República visse que o senhor não tinha nada a ver com a Mariana. Muñagorri via as coisas de outro modo. Não queria que sua mulher caísse no ridículo com um livrinho de baboseiras. No dia 29 deu um basta em Formento. Dessa sessão, Formento não me disse nada; estavam discutindo o assunto quando Mariana chegou e tiveram a fineza de fazê-la acreditar que falavam de um livro que Formento estava copiando do francês. O que pode interessar a um homem do campo os livros de pessoas como vocês! No dia seguinte, Muñagorri levou Formento a Pilar, com uma carta para as pessoas da gráfica para que parassem o livro. Formento viu a coisa ficar preta e decidiu se livrar de Muñagorri. Não lhe doía muito, porque sempre havia o risco de que descobrissem seus amores com a senhora. Essa perua não podia se conter: andava até repetindo as coisas que ouvia dele — a história do amor e da caridade, da inglesa que não havia se colocado no seu lugar... Uma vez até se traiu ao mencioná-lo.

"Quando Formento viu que o menino tinha jogado seus apetrechos de *gaucho*, compreendeu que havia chegado a hora. Caminhou sobre terreno seguro. Arranjou um bom álibi: disse que a porta entre o seu dormitório e o da inglesa estava aberta. Nem ela nem o amigo Montenegro o desmentiram; no entanto, é costume fechar a porta para esses passatempos. Formento escolheu bem a arma. A faca do Pampa servia para complicar duas pessoas: o próprio Pampa, que é meio louco, e o senhor, dom Anglada, que se finge de amante da senhora e que mais de uma vez se fez de criança. Deixou o rebenquezinho no seu quarto, para que a polícia o encontrasse. Para mim, trouxe o livro das figuras, para levantar a mesma suspeita.

"Com toda a comodidade, saiu para a varanda e apunhalou Muñagorri. Os peões não o viram porque estavam lá embaixo, atarefados com os touros.

"Veja o que é a Providência. O homem tinha feito tudo isso para publicar um livro com as cartinhas dessa perua e as felicitações de Ano-Novo. Basta olhar para essa senhora para adivinhar o que são suas cartas. Não é um milagre que o pessoal da gráfica tenha tirado o corpo fora."

Quequén, 22 de fevereiro de 1942

As previsões de Sangiácomo

A Maomé

I

O recluso da cela 273 recebeu com marcada resignação a sra. Anglada e seu marido.

— Serei categórico; darei as costas a qualquer metáfora — prometeu gravemente Carlos Anglada. — Meu cérebro é uma câmara frigorífica: as circunstâncias da morte de Julia Ruiz Villalba — Pumita, para os de sua classe — perduram nesse recipiente cinza, incorruptas. Serei implacável, fidedigno; olho estas coisas com a indiferença do deus ex machina. Imporei um corte transversal dos fatos. Intimo-o, Parodi: seja o senhor um nervo auditivo.

Parodi não levantou os olhos; continuou iluminando uma fotografia do dr. Irigoyen; o introito do vigoroso poeta não lhe comunicava fatos novos: dias antes, havia lido um artiguinho de Molinari sobre o brusco desaparecimento da srta. Ruiz Villalba, um dos elementos juvenis mais animados de nosso mundinho social.

Anglada impostou a voz; Mariana, sua mulher, tomou a palavra:

— Carlos fez com que me acompanhasse à prisão, e eu que tinha que ir me chatear na conferência de Mario sobre Concepción Arenal. Que salvação a sua, sr. Parodi, eu não ter de ir n'A Casa de Arte: tem cada figurão que é um porre, embora eu sempre diga que o monsenhor fala com muita propriedade. O Carlos, como fez a vida toda, vai querer meter sua colher, mas no fim das contas é minha irmã, e não me arrastaram até aqui para que eu ficasse calada como um ente. Além disso, nós, mulheres, com a intuição, damos mais conta de tudo, como disse o Mario quando me cumprimentou pelo luto (eu estava feito uma louca, mas para nós, platinadas, o preto cai bem). Veja, eu com a *suite* que tenho, vou lhe contar as coisas desde o princípio, embora não bote banca com a mania dos livros. O senhor deve ter visto na *rotogravure* que a pobre Pumita, minha irmã, tinha se comprometido com Rica Sangiácomo, que tem um sobrenome que é matador. Embora pareça cafona, era um casal ideal: a Pumita tão bonita, com o *cachet* Ruiz Villalba e os olhos da Norma Shearer, que agora que se foi, como disse o Mario, já não restam senão os meus. É claro que era uma índia e que não lia nada além da *Vogue*, e por isso lhe faltava esse charme que tem o teatro francês, embora Madeleine Ozeray seja um monstrengo. É o cúmulo vir dizer a mim que se suicidou, eu que estou tão católica desde o Congresso, e ela com essa joie de vivre que eu também tenho, embora eu não seja uma mosca-morta. Não me diga que é um papelão e uma falta de consideração esse escândalo, como se eu não tivesse o bastante com o caso do pobre Formento que cravou a faquinha, pela poltrona, no Manuel, que estava abobalhado com os touros. Às vezes me dá o que pensar, e digo que é chover no molhado.

"O Rica tem fama de bom-mocismo, mas o que ele mais queria era entrar para uma família como essa; eles que são uns parvenus, embora eu respeite o pai porque veio a Rosario com uma mão na frente e outra atrás. A Pumita não era trouxa, e a minha mãe, com o *faible* que tinha, jogou dinheiro pela janela quando a apresentaram, e assim não é brincadeira que tenha se comprometido quando era uma pirralha. Disse que se conheceram do jeito mais romântico possível, em Llavallol, como Errol Flynn e Olivia de Havilland, em *Vamos para o México*, que em inglês se chama *Chapéu*: a Pumita tinha deixado o *pony* do *tonneau* de queixo caído ao chegar ao *macadam*, e o Ricardo, que não tem mais horizonte do que os cavalos de polo, quis se fazer de Douglas Fairbanks e parou o *pony*, que não é uma coisa do outro mundo. Ele ficou todo derretido quando soube que ela era minha irmã, e a pobre Pumita, já se sabe, gostava de dar bola até para os empregados de dentro. A questão é que convidei o Rica para ir a La Moncha, e isso que a gente nunca tinha se visto antes. O Commendatore — o pai do Rica, o senhor se lembra — dava a maior força para eles, e o Rica me deixava doente com as orquídeas que mandava todos os dias para a Pumita; então eu me ajeitei com o Bonfanti, que é outra coisa."

— Tome fôlego, minha senhora — intercalou respeitosamente Parodi. — Agora que não está garoando, o senhor poderia aproveitar, dom Anglada, para me fazer um resumo.

— Abro fogo...

— Você tinha que se sair com as suas chatices — observou Mariana, aplicando a seus desanimados lábios um cuidadoso rouge.

— O panorama erigido pela minha senhora é terminante. Falta, no entanto, tirar as coordenadas de prática. Serei o agrimensor, o cadastro. Acometo a vigorosa síntese.

"Em Pilar, contíguos a La Moncha, afirmam-se os parques, os viveiros, os invernáculos, o observatório, os jardins, a piscina, as jaulas dos animais, o golfe, o aquário subterrâneo, as dependências, o ginásio, o reduto do Commendatore Sangiácomo. Esse florido ancião — olhos irrefutáveis, estatura medíocre, matiz sanguíneo, níveos bigodes que interrompem o charuto toscano festivo — é um feixe de músculos, na pista, na plataforma e no trampolim de madeira. Passo da instantânea ao cinematógrafo: abordo sem rodeios a biografia desse vulgarizador do abono. O oxidado século XIX se revolvia e choramingava na sua cadeira de rodas — anos do biombo de estilo japonês e do velocípede destrambelhado — quando Rosario abriu a generosidade de suas portas a um imigrante itálico; minto, a um menino italiano. Pergunto: quem era esse menino? Respondo: o Commendatore Sangiácomo. O analfabetismo, a máfia, a intempérie, uma fé cega no futuro da Pátria foram seus pilotos de cabotagem. Um varão consular — confirmo: o cônsul da Itália, conde Isidoro Fosco — adivinhou o encaixe moral que encerrava o jovem e mais de uma vez lhe brindou um conselho desinteressado.

"Em 1902, Sangiácomo encarava a vida da boleia de madeira de uma carroça da Direção de Limpeza; em 1903 presidia uma frota pertinaz de carroças atmosféricas; desde 1908 — ano em que saiu da prisão — vinculou definitivamente seu nome à saponificação das gorduras; em 1910 abarcava os curtumes e o esterco; em 1914 vislumbrou com olho de ciclope as possibilidades da resina da assa-fétida; a guerra dissipou essa ilusão; nosso lutador, à beira de uma catástrofe, deu uma guinada e se consolidou no ruibarbo. A Itália não tardou em detonar seu grito e seu músculo; Sangiácomo, da outra margem atlântica, gritou 'presente!' e fretou um barco de ruibarbo para os modernos inquilinos das trincheiras. Os motins da soldadesca ignorante não o desanimaram; seus carregamentos nutritivos abarrotaram docas e armazéns em Gênova, em Salerno e em Castellammare, desalojando mais de uma vez os densos bairros. Essa pletora alimentícia teve seu prêmio: o novato milionário crucificou seu peito com a cruz e o mandil de Commendatore."

— Que maneira de contar; parece que você está feito um sonâmbulo — disse Mariana, desapaixonadamente, e continuou levantando suas saias. — Antes que o tornassem Commendatore, ele já tinha se casado com a prima carnal que inclusive mandou buscar na Itália; e você também pulou a história dos filhos.

— Ratifico: me deixei arrastar pelo ferryboat de minha lábia. Wells rio-platense, remonto a corrente do tempo. Desembarco no tálamo possessivo. Já o nosso lutador engendra seu rebento. Nasce: é Ricardo Sangiácomo. A mãe, figura vislumbrada, secundária, desaparece: morre em 1921. A morte (que à semelhança do carteiro, chama duas vezes) o privou nesse mesmo ano do propulsor que nunca lhe negara seu alento, conde Isidoro Fosco. Digo e digo outra vez, sem trepidar: o Commendatore esteve à beira da loucura. O forno crematório havia mascado a carne de sua esposa; restava seu produto, sua estampa: o párvulo unigênito. Monólito moral, o pai se consagrou a educá-lo, adorá-lo. Destaco um contraste: o Commendatore — duro e ditatorial entre suas máquinas como uma prensa hidráulica — foi, *at home*, o mais agradável dos polichinelos do filho.

"Enfoco esse herdeiro: chapéu cinza, os olhos da mãe, bigode circunflexo, movimentos ditados por Juan Lomuto, pernas de centauro argentino. Esse protagonista das piscinas e do turfe é também um jurisconsulto, um contemporâneo. Admito que seu livro de poemas, *Pentear o vento*, não constitui uma férrea cadeia de metáforas, mas não falta a visão espessa, o vislumbre noviestrutural. No entanto, é no terreno do romance que nosso poeta dará o seu máximo. Predigo: algum crítico musculoso não deixará, talvez, de sublinhar que nosso iconoclasta, antes de romper os velhos moldes, reproduziu-os; mas terá de admitir a fidelidade científica da cópia. Ricardo é uma promessa argentina; seu relato sobre a condessa de Chinchón aglutinará o mergulho arqueológico e o espasmo neofuturista. Esse trabalho exige a cópia autenticada dos in-fólios de Gandía, de Levene, de Grosso, de Radaelli. Felizmente, nosso explorador não está sozinho; Eliseo Requena, seu abnegado irmão de leite, secunda-o e o empurra no périplo. Para definir esse acólito, serei conciso como um punho: o grande romancista se ocupa das figuras centrais do romance e deixa que as penas menores se ocupem das figuras menores. Requena (estimável, sem dúvida, como factótum) é um de tantos filhos naturais do Commendatore, nem melhor, nem pior do que os outros. Minto: acusa um traço individual: a insuspeita devoção por Ricardo. Acode agora à minha lente um personagem pecuniário, bursátil. Arranco-lhe a máscara: apresento o administrador do Commendatore, Giovanni Croce. Seus detratores fingem que é riojano e que seu verdadeiro nome é Juan Cruz. A verdade é bem outra: seu patriotismo é notório; sua devoção ao Commendatore, perpétua; seu sotaque, muito desagradável. O Commendatore Sangiácomo, Ricardo Sangiácomo, Eliseo Requena, Giovanni Croce, eis aqui o quarteto humano que presenciou os últimos dias da Pumita. Relego ao justo anonimato a turba assalariada: jardineiros, peões, cocheiros, massagistas…"

Mariana interveio irresistivelmente:

— Como você vai negar desta vez que você é um invejoso e um maldoso? Não falou nem um pouquinho do Mario, que tinha o quarto ao lado do nosso cheio de livros e que se dá conta muito bem de quando uma mulher distinta sai do vulgar, e não perde tempo mandando cartinhas feito um pavão. Bem que te deixou com a boca aberta quando você não disse nem *a*. É incrível como sabe.

— Exato; costumo dar-me uma mão de silêncio. O dr. Mario Bonfanti é um hispanista adscrito à propriedade do Commendatore. Publicou uma adaptação para adultos do *Cantar de myo Cid*; premedita uma severa gauchização das *Soledades*, de Góngora, às quais dotará de bebedouros e de cisternas, de coelhinhos e de nútrias.

— Dom Anglada, já estou ficando tonto com tanto livro — disse Parodi. — Se quiser que eu lhe sirva de algo, fale da sua cunhada, a finadazinha. Afinal de contas, ninguém me salva de ouvi-lo.

— O senhor, como a crítica, não está me captando. O grande pintor — eu disse: Picasso — coloca nos primeiros planos o fundo do quadro e posterga na linha do horizonte a figura central. Meu plano de batalha é o mesmo.

Esboçados os comparsas circunstanciais — Bonfanti etc. —, caio em cheio na Pumita Ruiz Villalba, *corpus delicti*.

"O plástico não se deixa arrastar pelas aparências. Pumita, com sua travessura de efebo, com sua graça algo despenteada, era, diante de tudo, um pano de fundo: sua função era destacar a beleza opulenta da minha senhora. Pumita morreu; na lembrança, essa função é indizivelmente patética. Pincelada de grand-guignol: no dia 23 de junho, à noite, ela ria e chapinhava na sobremesa ao calor de minha lábia; no dia 24, jazia envenenada em seu dormitório. O destino, que não é um cavalheiro, fez com que minha senhora a descobrisse."

II

Na tarde de 23 de junho, véspera de sua morte, Pumita viu Emil Jannings morrer três vezes, em cópias imperfeitas e veneradas de *Alta traição, O anjo azul* e *A última ordem*.

Mariana sugeriu essa expedição ao Clube Pathé-Baby; na volta, ela e Mario Bonfanti se relegaram ao assento de trás do Rolls-Royce. Deixaram que Pumita fosse na frente com o Ricardo e completasse a reconciliação iniciada na compartilhada penumbra do cinematógrafo. Bonfanti deplorou a ausência de Anglada: este polígrafo compunha, nessa tarde, uma *História científica do cinematógrafo*, e preferia documentar-se em sua infalível memória de artista, não contaminada por uma visão direta do espetáculo, sempre ambígua e falaz.

Nessa noite, em Villa Castellammare, a sobremesa foi dialética.

— Outra vez dou a palavra a meu velho amigo, o mestre Correas — disse eruditamente Bonfanti, que animava um paletó tecido em ponto de arroz, um colete da Huracán, uma gravata escocesa, uma sóbria camisa cor de tijolo, um jogo de lápis e caneta-tinteiro do tamanho de um bonde, e um cronômetro de pulso de referee. — Fomos atrás de lã e saímos tosquiados. Os boquirrotos que usurpam o caciquismo do Pathé-Baby Club nos deixaram cansados: deram um mostruário de Jannings no qual falta o mais vigoroso e egrégio. Escamotearam-nos a adaptação da sátira butleriana *Ainsi va toute chair. De carne somos*.

— É como se a tivessem passado — disse a Pumita. — Todos os filmes de Jannings são *De carne somos*. Sempre o mesmo argumento: primeiro vão acumulando felicidades; depois o engessam e o afundam. É uma coisa tão chata e tão igual à realidade. Aposto que o Commendatore me dá razão.

O Commendatore vacilou; Mariana interveio imediatamente:

— Tudo porque fui eu que dei a ideia de irmos. Bem que você chorou feito uma brega, apesar do *rimmel*.

— É verdade — disse Ricardo. — Eu a vi chorar. Depois você fica nervosa e toma essas gotas para dormir que você deixa na cômoda.

— Você deve ser mais do que sonsa — observou Mariana. — Você já sabe que o doutor disse que essas porcarias não são boas para a saúde. O meu caso é outro, porque tenho que lidar com os empregados.

— Se eu não dormir, não vai me faltar o que pensar. Além do mais, esta não será a última noite. O senhor não acredita, Commendatore, que há vidas que são idênticas aos olhos de Jannings?

Ricardo compreendeu que a Pumita queria eludir o assunto da insônia.

— Pumita tem razão: ninguém se livra do seu destino. O Morganti era uma fera para o polo, até que comprou o tobiano que lhe trouxe urucubaca.

— Não — gritou o Commendatore. — O *Homo pensante* não acredita em urucubaca porque eu a venço com esta pata de coelho — tirou-a de um bolso interno do smoking e a esgrimiu com exultação.

— Isso é o que se chama de um direto na mandíbula — aplaudiu Anglada. — Razão pura, mais razão pura.

— Quanto a mim, tenho certeza de que há vidas em que nada acontece por acaso — insistiu Pumita.

— Veja, se você diz isso por mim, você se ferrou — declarou Mariana. — Se a minha casa está sempre uma zona, a culpa é do Carlos, que sempre está me espiando.

— Nada na vida deve acontecer por acaso — zumbiu a voz lutuosa de Croce. — Se não há uma direção, uma polícia, caímos diretamente no caos russo, na tirania da Cheka. Devemos confessar: no país de Ivan, o Terrível, já não resta livre-arbítrio.

Ricardo, visivelmente reflexivo, acabou por dizer:

— As coisas... É uma coisa que não pode acontecer por acaso. E... se não há uma ordem, uma vaca entra voando pela janela.

— Mesmo os místicos de voo mais aquilino, uma Teresa de Cepeda y Ahumada, um Ruusbroec, um Blois — confirmou Bonfanti —, se cingem ao imprimátur da Igreja, ao selo eclesiástico.

O Commendatore bateu na mesa.

— Bonfanti, eu não quero ofendê-lo, mas é inútil que se esconda; o senhor é, propriamente, um católico. Saiba que nós, os do Grande Oriente do Rito Escocês, nos vestimos como se fôssemos padres e não temos que invejar ninguém. Fico doente quando ouço dizer que o homem não pode fazer tudo o que lhe passa pela fantasia.

Houve um silêncio incômodo. Poucos minutos depois, Anglada — pálido — atreveu-se a balbuciar:

— Knockout técnico. A primeira linha dos deterministas foi rompida. Desbordamo-nos pela brecha; fogem em completa desordem. Até onde a vista alcança, o campo de batalha fica semeado de armas e bagagens.

— Não dê uma de quem ganhou a discussão, porque não foi você, que estava mudo — disse de modo implacável Mariana.

— E pensar que tudo o que dissemos vai passar para a caderneta que o Commendatore trouxe de Salerno — disse Pumita, abstraidamente.

Croce, o lúgubre administrador, quis mudar o rumo da conversa:

— E o que nos diz o amigo Eliseo Requena?

Um jovem imenso e albino, com uma voz de camundongo, respondeu:

— Estou muito atarefado: o Ricardito vai concluir seu romance.

O aludido se ruborizou e esclareceu:

— Trabalho feito uma toupeira, mas a Pumita me aconselha que eu não me apresse.

— Eu guardaria os cadernos numa gaveta e os deixaria nove anos ali — disse a Pumita.

— Nove anos? — exclamou o Commendatore, quase apoplético. — Nove anos? Faz quinhentos anos que Dante publicou a *Divina comédia*!

Com nobre urgência, Bonfanti apoiou o Commendatore.

— Bravo, bravo. Essa vacilação é puramente hamletiana, boreal. Os romanos entendiam a arte de outra maneira. Para eles, escrever era um gesto harmonioso, uma dança, não a sombria disciplina do bárbaro, que procura suprir com mortificações o sal que denega Minerva.

O Commendatore insistiu:

— Aquele que não escreve tudo o que fermenta na testa é um eunuco da capela Sistina. Isso não é um homem.

— Eu também sou da opinião de que o escritor deve dar-se inteiro —

68

afirmou Requena. — As contradições não têm importância; a questão é colocar no papel toda essa confusão que é o humano.

Mariana interveio:

— Eu, quando escrevo para a minha mãe, se paro para pensar, não me ocorre nada; em compensação, se me deixo levar é uma maravilha, são páginas e páginas que encho sem perceber. Você mesmo, Carlos, me jurou que eu tinha nascido para a pena.

— Olha, Ricardo — Pumita insistiu —, se eu fosse você não ouviria mais do que o meu conselho. É preciso prestar muita atenção no que se publica. Lembre de Bustos Domecq, esse santafesino de quem publicaram um conto e depois aconteceu que já tinha sido escrito por Villiers de L'Isle-Adam.

Ricardo respondeu com aspereza:

— Faz duas horas que fizemos as pazes. Você já está provocando de novo.

— Tranquilize-se, Pumita — esclareceu Requena. — O romance do Ricardo não se parece nada com Villiers.

— Você não me entende, Ricardo, eu faço isso para o seu bem. Esta noite estou muito nervosa, mas amanhã temos que conversar.

Bonfanti quis conseguir uma vitória e pontificou:

— Ricardo é sensato demais para se render aos reclamos falazes de uma arte novidadeira, sem raiz americana, espanhola. O escritor que não sente subir por sua seiva a mensagem do sangue e da terra é um *déraciné*, um desnaturado.

— Não estou reconhecendo você, Mario — aprovou o Commendatore —, desta vez não falou como um bufão. A verdadeira arte sai da terra. É uma lei que se cumpre: tenho o mais nobre Maddaloni no fundo da adega; em toda a Europa, mesmo na América, estão guardando em porões reforçados as obras dos grandes mestres, para que as bombas não as importunem; na semana passada um arqueólogo sério tinha na mala um puminha de barro cozido, que desenterrou no Peru. Ele me deu a preço de custo e agora o guardo na terceira gaveta da minha escrivaninha particular.

— Um puminha? — disse Pumita, assustada.

— Isso mesmo — disse Anglada. — Os astecas a pressentiram. Não lhes exijamos demais. Por mais futuristas que fossem, não podiam conceber a beleza funcional da Mariana.

(Com bastante fidelidade, Carlos Anglada transmitiu a Parodi esta conversa.)

III

Na sexta-feira, na primeira hora, Ricardo Sangiácomo conversava com dom Isidro. A sinceridade de sua angústia era evidente. Estava pálido, enlutado e sem se barbear. Disse que não havia dormido essa noite, que fazia várias noites que não dormia.

— É uma brutalidade o que está acontecendo comigo — disse de modo sombrio. — Uma verdadeira brutalidade. O senhor, que deve ter levado uma vida bem mais regular, do inquilinato à prisão, como se diz, não pode nem remotamente suspeitar o que isso representa para mim. Eu vivi muito, mas nunca tive um contratempo que não tenha resolvido em seguida. Veja: quando a Dolly Sister me veio com a história do filho natural, o velho, que parece todo um senhor incapaz de compreender essas coisas, arranjou a coisa, ato contínuo, com seis mil pesos. Além disso, é preciso reconhecer que eu tenho uma tremenda cancha. Outro dia, em Carrasco, a roleta me limpou até o último centavo. Era imponente: os sujeitos suavam para me ver jogar; em menos de vinte minutos perdi vinte mil pesos-ouro. Veja só a minha situação: não tinha nem para telefonar para Buenos Aires. No entanto, saí para o terraço na maior tranquilidade. O senhor acredita que resolvi ipso facto o problema? Apareceu um tampinha fanho que tinha seguido meu jogo com muita aplicação e me emprestou cinco mil pesos. No dia seguinte, eu estava de volta em Villa Castellammare, tendo resgatado cinco mil pesos dos vinte mil que os uruguaios me roubaram. O fanho não viu nem sombra de mim.

"Não vou nem lhe falar dos programas com mulheres. Se quiser se divertir um pouco, pergunte a Mickey Montenegro que tipo de pantera eu sou. Em tudo sou assim: vá averiguar como eu estudo. Nem abro os livros, e quando chega o dia da prova, o sujeito solta um brometo e a mesa o felicita. Agora o velho, para que eu tire da cabeça o desgosto da Pumita, quer me meter na política. O dr. Saponaro, que é um lince, disse que ainda não sabe qual partido me convém; mas aposto o que o senhor quiser que o próximo *half--time* vai ser uma barbada no Congresso. No polo é igual: quem tem os melhores cavalos? Quem é *crack* em Tortugas? Não continuo para não aborrecê-lo.

"Eu não falo por gosto, como a Barcina, que ia ser minha cunhada, ou como seu marido, que se mete a falar de *football* e nunca viu uma bola número cinco. Quero que o senhor vá traçando o panorama geral. Eu estava para me casar com a Pumita, que tinha suas luas, mas era uma maravilha. Da noite para o dia aparece envenenada com cianureto, morta, para lhe ser franco. Primeiro fazem correr o boato de que se suicidou. Uma doideira, porque estávamos para nos casar. Imagine se eu vou dar meu nome a uma alienada que se suicida. Depois dizem que tomou o veneno por distração, como se não tivesse um pingo de juízo. Agora saem com a novidade do assassinato, que compromete a todos nós. Eu, o que quer que lhe diga: entre assassinato e suicídio, fico com o suicídio, embora também seja um disparate."

— Veja, moço; com tanta conversa esta cela parece Belisario Roldán.[1] Bastou um descuido e um palhaço já grudou em mim com a história das figuras do almanaque, a do trem que não para em lugar nenhum, ou de sua senhorita noiva que não se suicidou, que não tomou o veneno por acaso e que não a mataram. Eu vou dar ordem ao subdelegado Grondona para assim que os vislumbrar enfiar todos, sem vacilar, no calabouço.

— Mas se eu quero ajudá-lo, sr. Parodi; quer dizer, quero pedir que o senhor me ajude...

— Muito bem. É de homens assim que eu gosto. Vejamos, vamos por partes. A finada tinha topado a ideia de se casar com o senhor? Tem certeza?

— Como sou filho do meu pai. A Pumita tinha suas luas, mas gostava de mim.

— Preste atenção nas minhas perguntas. Estava grávida? Algum outro sonso dava em cima dela? Precisava de dinheiro? Estava doente? O senhor a enchia muito?

Sangiácomo, depois de meditar, respondeu negativamente.

— Agora me explique a história do remédio para dormir.

— Então, doutor, nós não queríamos que ela tomasse. Mas volta e meia ela o comprava e o escondia no quarto.

— O senhor podia entrar no quarto dela? Ninguém podia entrar?

— Todos podiam entrar — assegurou o jovem. — O senhor sabe, todos os dormitórios desse pavilhão dão para a rotatória das estátuas.

---

1. Escritor e advogado argentino, ocupou diversos cargos públicos, como deputado e ministro da Intervenção Federal na província de Tucumán. Foi um brilhante orador e colaborador em diversas publicações literárias. Destaca-se como autor filiado ao decadentismo literário, mais preocupado com o colorido e a musicalidade de seus escritos. (N. T.)

IV

No dia 19 de julho, Mario Bonfanti irrompeu na cela 273. Despojou-se de forma resoluta do sobretudo branco e do chapéu peludo, jogou a bengala de malaca sobre o catre de praxe, acendeu com um *briquet* a querosene um moderno cachimbo de espuma do mar e tirou do bolso secreto um quadrilongo de camurça mostarda, com o qual esfregou vigorosamente as lentes escuras de seus óculos. Durante dois ou três minutos, sua respiração audível agitou o cachecol furta-cor e o denso colete lanar. Sua fresca voz italiana, exornada pelo ciciar ibérico, ressoou galharda e dogmática através do freio dental.

— O senhor, mestre Parodi, já deve saber de cor e salteado as manobras policiais, a cartilha detetivesca. Evidentemente, confesso que eu, mais dado à papelada erudita e não ao busílis delituoso, fui pego de supetão. Enfim, aí estão os esbirros, batendo na mesma tecla de que o suicídio da Pumita foi um assassinato. O fato é que esses Edgar Wallace de fundo de quintal estão com o pé atrás comigo. Sou francamente futurista, porvirnirista; dias atrás, julguei prudente fazer um "donoso escrutínio" de cartas amatórias; quis higienizar o espírito, aliviar-me de todo lastro sentimental. Supérfluo trazer à baila o nome da dama: nem ao senhor, Isidro Parodi, nem a mim, interessa-nos o pormenor patronímico. Graças a este *briquet*, se o senhor me permite o galicismo — acrescentou Bonfanti, esgrimindo com exultação o considerável artefato —, fiz na lareira do meu dormitório-escritório uma resoluta pira postal. Pois veja o senhor: os sabujos armaram o maior escarcéu. Essa pirotecnia inocente me valeu um weekend em Villa Devoto, um duro exílio da cigarreira doméstica e da lauda consuetudinária. É claro que em meu foro íntimo eu os xinguei até a alma. Mas já perdi a euforia: até na sopa me parece encontrar esses sujeitos feiíssimos. Pergunto-lhe com a máxima lealdade: o senhor julga que estou em perigo?

— Se continuar falando até depois do Juízo Final — respondeu Parodi. — Se não amainar, ainda o vão tomar por galego. Faça de conta que não está mamado e me diga o que souber da morte de Ricardo Sangiácomo.

— O senhor disponha de todos os meus recursos expositivos, de minha cornucópia verbal. Num abrir e fechar de olhos farei um esboço, em grandes traços, a sinopse do caso. Não ocultarei à sua perspicácia, cordialíssimo Parodi, que a morte da Pumita havia afetado — melhor, desnorteado — Ricardo.

Dona Mariana Ruiz Villalba de Anglada não está batendo bem, decerto, ao reafirmar, com esse seu invejoso gracejo, que "os pangarés de polo são o horizonte do Ricardo"; o senhor imagine nosso pasmo quando soubemos que de tão abatido e avinagrado havia vendido a não sei que negociante de City Bell essas cavalarias supernas, que ontem eram as meninas de seus olhos e que hoje olhava carrancudo, sem afeição. Já não estava de *grox* nem de *regolax*. Nem sequer lhe desatordoou a publicação de sua crônica novelesca A *espada ao meio-dia*, cujo manuscrito adubei eu mesmo para as prensas e nas quais o senhor, que é todo um veterano nessas lides, não terá deixado de advertir, e aplaudir, mais de uma contrafirma de meu estilo personalíssimo, tão grande como ovo de avestruz. Trata-se de uma fineza do comendador, de uma treta longânime: o pai, para colocar um ponto-final na fossa do filho, apressou, por baixo do pano, a impressão da obra, e, num piscar de olhos, surpreendeu-o com seiscentos e cinquenta exemplares em papel Wathman, formato *Teufelsbibel*. O comendador é proteiforme; de mansinho, dialoga com os médicos de cabeceira, conferencia com os testas de ferro do banco, nega seu óbolo à baronesa de Servus, que brande o cetro peremptório do Socorro Antiebreu, bissecta seu caudal em dois ramos, dos quais destina a maior parte ao filho legítimo — uma dinheirama escoada nos velozes comboios do Soterraño, que se triplicará num lustro — e a menor, adormecida em frugais cédulas, para o filho havido em boa guerra, Eliseo Requena; tudo isso sem desmedro de postergar sine die meus honorários e de virar uma fera com o diretor da gráfica, moroso que só ele.

"Mais vale favor que justiça: na semana da publicação de A *espada* etc., dom José María Pemán deu ao papel um encômio, sem dúvida estimulado por certos arrequifes e galanterias que não se lhe esconderam ao muito certeiro e que não se compadecem com a vulgaridade da sintaxe de Requena e com seu empalidecido vocabulário. A sorte grande lhe estendia o tapete, mas Ricardo, desconsiderado e monótono, teimava em, esterilmente, prantear o passamento da Pumita. Já posso escutar o senhor murmurar com os seus botões. Deixai que os mortos enterrem seus mortos. Sem nos envolvermos, por ora, em disputas inúteis sobre a validez do versículo, esclarecerei que eu mesmo sugeri a Ricardo a necessidade, mais ainda, a conveniência, de cancelar o acabrunhamento imediato e alcançar conforto nas fontes muníficas do passado, arsenal e aparador de todo rebento. Sugeri-lhe que revivesse alguma aventurazinha carnal, anterior ao advento da Pumita. Conselho de Oldrado, pleito ganho: coragem e mãos à obra. Em menos do que tosse um velho, nosso Ricardo, redivivo e jovial, tripulava o elevador da residência da baronesa de Servus. Repórter de raça, não lhe regateio o pormenor autêntico, o nome próprio. A história, por outro lado, sintomatiza o refinado primitivismo que é monopólio inquestionável da grande dama teutônica. O primeiro ato se desliza numa tribuna aquática, anfíbia, nessa candorosa primavera de 1937. Nosso Ricardo espionava com um distraído binóculo os altos e baixos de uma regata preliminar, feminina: as valquírias do Ruderverein contra as colombinas do Neptunia. Subitamente, o cristal enxerido se detém; fica boquiaberto: absorve sedento a grácil e garrida figura da baronesa de Servus, ginete em seu *clinker*. Nessa mesma tarde, um número obsoleto do *Gráfico* foi mutilado; nessa noite, uma efígie da baronesa, realçada pela fidelidade do dobermann pinscher, presidiu a insônia do jovem. Uma semana depois, Ricardo me disse: 'Uma francesa louca está me azucrinando por telefone. Para que cesse de me torrar, eu vou vê-la'. Como o senhor vê, repito os ipsissima verba do falecido. Esboço a primípara noite de amor: Ricardo chega à tal residência; sobe, vertical, no elevador; é introduzido numa salinha íntima; deixam-no; subitamente, a luz se apaga; duas conjecturas tironeiam a mente do imberbe: um curto-circuito, um sequestro. Já choraminga, já se lamuria, já maldiz a hora em que viu a luz, já estende os braços; uma voz cansada lhe impetra com doce autoridade. A sombra é grata e o divã é propício: a Aurora, mulher afinal, devolveu-lhe a visão. Não postergarei a revelação, amicíssimo Parodi: Ricardo se espreguiçou nos braços da baronesa de Servus.

"A sua vida e a minha, mais acomodadas, mais sedentárias, talvez mais reflexivas, por conseguinte, prescindem de lances dessa categoria; na vida de Ricardo, pululam.

"Este, macambúzio pela morte da Pumita, procura a baronesa. Severo, mas justo, foi nosso Gregorio Martínez Sierra quando estampou aquilo de que a mulher é uma esfinge moderna. Certamente o senhor não vai exigir de minha fidalguia que eu faça referência, ponto por ponto, ao diálogo da grande dama tornadiça e do inoportuno galã que a queria rebaixar a um muro das lamentações. Essas conversinhas, essa cozinha mexeriqueira, ficam bem nas mãos de sáfios romancistas afrancesados, não de pesquisadores de verdade. Além do mais, não sei sobre o que falaram. O fato é que em meia hora Ricardo, combalido e alquebrado, descia no mesmo elevador Otis que outrora o elevou tão ufano. Aqui começa a trágica sarabanda, aqui principia, aqui tem início. O que você está perdendo, Ricardo, o que o faz despencar! Puxa, você já está rodando pelo abismo da sua loucura! Não lhe escamotearei nenhuma etapa da incompreensível via-crúcis: depois de confabular com a baronesa, Ricardo foi à casa de Miss Dollie Vavassour, uma desprezível cômica daquelas que não estava presa a nenhum laço e que sei que esteve amancebada com ele. O senhor balbuciará sua irritação, Parodi, se eu me retardar, se eu me alongar nessa mulherzinha insignificante. Um só traço basta para pintá-la de corpo inteiro; tive com ela a atenção de mandar-lhe meu *Góngora já disse tudo*, valorizado por uma dedicatória de punho e letra pela minha assinatura hológrafa; a muito grosseira me deu a calada como resposta, sem que a abrandassem meus envios de confeitos, de massas e de licores, aos quais ainda acrescentei meu *Rebusco de aragonesismos em alguns folhetos de J. Cejador y Frauca*, em exemplar de luxo e entregue em seu domicílio particular pelas Mensajerías Gran Splendid. Fico dando tratos à bola, me perguntando e reperguntando que aberração, que bancarrota moral induziu Ricardo a dirigir seus passos a esse covil, que eu me jacto de ignorar e que é o público e notório preço de sabe-se lá que complacências. No pecado está o castigo: Ricardo, ao cabo de uma desolada conversa com essa anglo-saxã, saiu fugidiço e diminuído para a rua, mascando e remascando o amargo fruto da derrota, o altaneiro chapéu abanado pelos devaneios insanos da loucura. Ainda próximo da casa da estrangeira — na Juncal com a Esmeralda, para não desdenhar a pincelada urbana —, ele teve um arrojo varonil; não vacilou em abordar um táxi, que rapidamente o depositou diante de uma pensão familiar, na Maipú, número 900. Bom zéfiro insuflava suas velas: nesse recoleto asilo, que o rebanho transeunte motorizado pelo deus Dólar talvez não aponte com o dedo, habitava e habita Miss Amy Evans: mulher que, sem abdicar de sua feminilidade, embaralha horizontes, fareja climas e, para dizer tudo numa só palavra, trabalha num consórcio interamericano, cuja cabeça local é Gervasio Montenegro, e cujo louvado propósito é fomentar a migração da mulher sul-americana — 'nossa irmã latina', como diz garbosamente Miss Evans — a Salt Lake City e às verdes granjas que a tingem. O tempo de Miss Evans vale ouro. Não obstante, essa dama furtou um *mauvais quart d'heure* às premências da estafeta e recebeu à altura o amigo que, depois da quimera de um noivado frustrado, havia tirado o corpo fora. Dez minutos de bate-papo com Miss

Evans bastam para vigorar o caráter mais franzino;[2] Ricardo, arre, ganhou o elevador descendente, com o ânimo no chão e a palavra suicídio gravada claramente nos olhos, à vista e paciência do vidente que a decifrasse.

"Nas horas de negra melancolia não há farmacopeia que valha a simples e reiterada Natureza, que, atenta aos reclamos de abril, derrama-se profusa e veraneante pelas planícies e pelos desfiladeiros. Ricardo, amestrado pelos reveses, procurou a solidão campestre, rumou sem detenções para Avellaneda. O velho casarão dos Montenegro abriu suas cortinadas portas envidraçadas para recebê-lo. O anfitrião, que em termos de hospitalidade é muito homem, aceitou um Corona extralongo, e, entre uma pitada e outra, gracejo vai, gracejo vem, *parló* como um oráculo e disse tantas e tais coisas que o nosso Ricardo, entristecido e mofino, teve de retroceder para Villa Castellammare, e não teria corrido mais ligeiro se vinte mil demônios horrorosos estivessem perseguindo-o.

"Sombrias antecâmaras da loucura, salas de espera do suicídio: Ricardo, nessa noite, não conferencia com quem poderia levantá-lo, com um camarada, um filólogo: empoça-se na primeira de uma alongada série de conciliábulos com esse desmantelado Croce, mais árido e ressecado que a álgebra da sua contabilidade.

"Três dias desperdiçou nosso Ricardo nessas perorações malsãs. Na sexta-feira, teve um lampejo de lucidez: apareceu de moto-próprio no meu dormitório-escritório. Eu, para levantar seu ânimo, convidei-o para corrigir as provas da minha reedição de *Ariel*, de Rodó, mestre que, nos dizeres de González Blanco, 'supera Valera em flexibilidade, Pérez Galdós em elegância, Pardo Bazán em excelência, Pereda em modernidade, Valle Inclán em doutrina, Azorín em espírito crítico'; fico especulando sobre que outro a não ser eu teria receitado a Ricardo uma papinha da moda que não esse tutano de leão. No entanto, poucos minutos de magnetizante labor foram suficientes para que o extinto se despedisse, franco e satisfeito. Eu não havia terminado de calçar os óculos para prosseguir a faxina quando, do outro lado da rotatória, retumbou o tiro fatídico.

"Lá fora, cruzei com o Requena. A porta do dormitório do Ricardo estava entreaberta. No chão, infamando de sangue reprovado o macio *quillango*,[3]

---

2. Às vezes Mario é atacante. (Nota concedida por dona Mariana Ruiz Villalba de Anglada.)
3. Manta formada de peles de nútria ou *quiyá*, usada pelos indígenas ribeirinhos do Paraná e do rio da Prata. (N. T.)

jazia, decúbito dorsal, o cadáver. O revólver, ainda quente, custodiava seu sono eterno.

"Proclamo-o bem alto. A decisão foi premeditada. Assim o corrobora e confirma a deplorável nota que nos deixou: indigente, como de quem ignora os riquíssimos recursos do romance; pobre, como de embusteiro que não dispõe de um *stock* de adjetivos; insípida, como de quem não domina o vocábulo. Vem a patentizar o que não poucas vezes insinuei da cátedra: os egressos de nossos pretensos colégios desconhecem os mistérios do dicionário. Eu a lerei: o senhor será o mais inflamado guerreiro dessa cruzada pelo bem dizer."

Esta é a carta que Bonfanti leu, momentos antes que dom Isidro o expulsasse:

O pior é que sempre fui feliz. Agora as coisas mudaram e continuarão mudando. Me mato porque já não compreendo nada. Tudo o que vivi é mentira. Da Pumita não posso me despedir porque ela já morreu. O que o meu pai fez por mim nenhum pai no mundo fez; quero que todos saibam. Adeus e me esqueçam.

Ass.: Ricardo Sangiácomo, Pilar, 11 de julho de 1941.

V

Pouco depois, Parodi recebeu a visita do dr. Bernardo Castillo, médico de família dos Sangiácomo. O diálogo foi longo e confidencial. Cabe aplicar os mesmos epítetos à conversa que dom Isidro manteve, por esses dias, com o contador Giovanni Croce.

VI

Na sexta-feira, 17 de julho de 1942, Mario Bonfanti — gabardina desvanecida, chapéu fatigado, pálida gravata escocesa e flamante suéter de Racing — entrou confusamente na cela 273. Entorpecia-o uma bandeja espaçosa, envolta num guardanapo sem mácula.

— Munições de boca — gritou. — Em menos tempo do que eu conto um dedo o senhor chupará os seus, ameníssimo Parodi. Sopa no mel! As empanadas foram afanadas por mãos bronzeadas; a bandeja que a porta se ufana com as armas e o lema — *Hic jacet* — da princesa.

Uma bengala de malaca o moderou. Esgrimia-a esse triplo mosqueteiro, Gervasio Montenegro — *clac* Houdin, monóculo Chamberlain, negro bigode sentimental, sobretudo com punhos e colarinho de pele de nútria, plastrão com uma só pérola Mendax, pé calçado por Nimbo, mão por Bulpington.

— Celebro encontrá-lo, meu querido Parodi — exclamou com elegância. — O senhor desculpe a *fadaise* do meu secretário. Não nos deixemos ofuscar pelos sofismas de Ciudadela e de San Fernando: todo espírito ponderado reconhece que Avellaneda, por direito próprio, está na página de honra. Não me canso de repetir a Bonfanti que seu jogo de refrões e de arcaísmos resulta, decididamente, *vieux jeu*, fora de contexto; em vão dirijo suas leituras: um rigoroso regime de Anatole France, de Oscar Wilde, de Toulet, de dom Juan Valera, de Fradique Mendes e de Roberto Gache não penetrou em seu entendimento rebelde. Bonfanti, não seja teimoso e *révolté*, prescinda bruscamente da empanada que acaba de subtrair e dirija-se motu proprio a La Rosa Formada, Costa Rica 5791, empresa de obras sanitárias, onde sua presença pode ser útil.

Bonfanti murmurou as palavras com atenção, mesuras alvíssaras, beija-mãos e fugiu com dignidade.

— O senhor, dom Montenegro, que está em cavalo manso — disse Parodi —, tenha a fineza de abrir esse respiradouro, senão vamos ficar sem ar, com estas empanadinhas que, pelo cheiro, parecem de gordura de porco.

Montenegro, ágil como um duelista, subiu num banco e obedeceu à ordem do mestre. Desceu com um pulo teatral.

— Não há prazo que não se cumpra — disse, olhando fixamente uma bituca esmagada. Tirou um potente relógio de ouro: deu corda e o consultou. — Hoje é dia 17 de julho; faz exatamente um ano que o senhor decifrou o cruel enigma de Villa Castellammare. Neste ambiente de cordial camaradagem, ergo o copo e lhe recordo que naquela época me prometeu, para esta data, ano visto, a franca revelação do mistério. Não dissimularei, querido Parodi, que o sonhador perfilou, em minutos escamoteados ao homem do escritório e da pena, uma teoria interessantíssima, nova. Talvez o senhor, com sua mente disciplinada, consiga aportar a essa teoria, a esse nobre edifício intelectual, alguns materiais aproveitáveis. Não sou um arquiteto fechado: estendo a mão a seu valioso grão de areia, reservando-me, *cela va sans dire*, o direito de repudiar o inconsistente e o quimérico.

— Não se aflija — disse Parodi. — Seu grão de areia vai resultar idêntico ao meu, sobretudo se falar antes. Tem a palavra, amigo Montenegro. O primeiro milho é dos pardais.

Montenegro se apressou em responder:

— De modo algum. *Après vous, messieurs les Anglais*. Além do mais, é inútil esconder que meu interesse decaiu prodigiosamente. O Commendatore me enganou: eu pensava que ele era um homem mais sólido. Morreu — prepare-se para uma vigorosa metáfora — na rua. O leilão judicial mal deu para pagar as dívidas. Não discuto que a situação do Requena é invejável e que o oratório hamburguês e a parelha de antas que adquiri a um preço irrisório nessas *enchères* me deram muito resultado. Tampouco a princesa pode se queixar: resgatou da plebe ultramarina uma serpente de barro cozido, uma *fouille* do Peru que outrora o Commendatore entesourara numa gaveta de sua escrivaninha particular, e que agora preside, densa de mitológicas sugestões, nossa sala de espera. *Pardon*: em outra visita já lhe falei desse ofídio inquietante. Homem de gosto, eu havia reservado para mim *in petto* um aglomerado bronze de Boccioni, monstro dinâmico e sugestivo, do qual tive de prescindir, pois essa deliciosa Mariana — substituo: a sra. De Anglada — estava de olho nele, e optei por uma retirada elegante. Essa jogada foi recompensada: agora o clima das nossas relações é decididamente estival. Mas eu estou me distraindo e distraindo o senhor, querido Parodi. Espero, sem arredar pé, seu esboço e desde já lhe adianto minha palavra de estímulo. Falo de cabeça bem erguida. Sem dúvida, esta afirmação motivará o sorriso de mais de um espírito maligno; mas o senhor sabe que eu jogo limpo. Cumpri ponto por ponto meu compromisso: esbocei-lhe um *raccourci* das minhas gestões perante a baronesa de Servus, perante Loló Vicuña de De Kruif e perante essa obcecada *fausse maigre*, Dolores Vavassour; consegui, pondo em jogo um *mélange* de subterfúgios e de ameaças, que Giovanni Croce, verdadeiro Catão da contabilidade, arriscasse seu prestígio e visitasse esta prisão penitenciária, pouco antes de fugir; dei a ele não menos do que um exemplar desse viperino folheto que inundou a Capital Federal e as localidades suburbanas, e cujo autor, respaldado pela máscara do anonimato e perante o cenotáfio ainda aberto, cobriu-se do mais soberano ridículo denunciando não sei que absurdas coincidências entre o romance do Ricardo e a *Santa virreina*, de Pemán, obra que seus mentores literários, Eliseo Requena e Mario Bonfanti, escolheram como rigoroso modelo. Felizmente, esse dom Gaiferos, como se chama o dr. Sevasco, subiu na plataforma e deu o dó de peito: demonstrou que o opúsculo do Ricardo, apesar de consentir alguns capítulos do novelão de Pemán — coincidência fartamente desculpável no primeiro fervor da inspiração —, devia antes ser considerado um fac-símile do *Bilhete de loteria*, de Paul Groussac, rapidamente retrotraído ao século XVII e prestigiado por uma evocação incessante do sensacional descobrimento das virtudes salutíferas da quina.

"*Parlons d'autre chose.* Atento a seus mais senis caprichos, meu querido Parodi, consegui que o dr. Castillo, esse obcecado Blakamán do pão integral e da água panada,[4] desertasse momentaneamente do seu consultório hidropático e o examinasse com olho clínico."

— Dê um descanso às palhaçadas — disse o criminalista. — O enredo dos Sangiácomo tem mais voltas do que um relógio. Olhe, eu comecei a juntar as pontas na tarde em que dom Anglada e a sra. Barcina me contaram a discussão que houve na casa do comendador, na véspera da primeira morte. O que me disseram depois o finado Ricardo, Mario Bonfanti, o senhor e o tesoureiro, e o médico confirmou a suspeita. A carta que o pobre rapaz deixou também explicava tudo. Como dizia Ernesto Ponzio:

O destino, que é cuidadoso,
não dá ponto sem nó.

"Até a morte do velho Sangiácomo e aquele livrinho da máscara do anônimo servem para entender o mistério. Se eu não conhecesse dom Anglada, suspeitaria que tinha começado a ver claro. A prova está em que, para contar a morte da Pumita, reportou-se até o desembarque do velho Sangiácomo em Rosario. Deus fala pela boca dos tontos: nessa data e nesse lugar começa realmente a história. O pessoal da polícia, que é muito novidadeiro, não descobriu nada porque estava pensando na Pumita e em Villa Castellammare e no

---

4. Infusão preparada com pão torrado. (N. T.)

ano de 1941. Mas eu, de tanto estar na sombra, me pus muito histórico, e gosto de lembrar desses tempos quando o homem é jovem e ainda não o mandaram à prisão e não lhe faltam três contos para satisfazer suas vontades. A história, repito, vem de longe, e o comendador é a carta de peso. Vá só imaginando a importância do estrangeiro. Em 1921, quase ficou louco, dom Anglada me disse. Vejamos o que tinha acontecido com ele. A senhora imigrante que lhe mandaram da Itália morreu. Mal a conhecia. O senhor imagina que um homem como o comendador vai ficar louco por causa disso? Afaste-se um pouco que vou cuspir. Segundo o próprio Anglada, a morte do seu amigo, o conde Isidoro Fosco, também lhe tirava o sono. Eu não acredito nisso, mesmo que esteja no almanaque. O conde era um milionário, um cônsul e, quando era lixeiro, não dava mais do que conselhos ao outro. A morte de um amigo como esse é, na verdade, um descanso, a não ser que o senhor precise dele para acalmá-lo a pancadas. Nos negócios também não andava mal: tinha todos os exércitos de italianos entupidos com o ruibarbo que lhes vendia a preço de banana e até tinham lhe dado as ginetas de comendador. Então, o que estava acontecendo com ele? O de sempre, amigo: a italiana jogou sujo com ele, ficando com o conde Fosco. Para piorar, quando Sangiácomo descobriu a falsia, os dois ladinos já tinham morrido.

"O senhor sabe como são vingativos, e até rancorosos, os calabreses. Nem que fossem escreventes da 18ª delegacia. O comendador, já que não podia se vingar da mulher nem do farsante dos conselhos, vingou-se no filho dos dois, em Ricardo.

"Um sujeito qualquer, o senhor, por exemplo, em vias de se vingar, teria endurecido um pouco com o putativo, e ponto-final. No velho Sangiácomo, o ódio foi aumentando. Elaborou um plano que não ia ocorrer nem a Mitre. Como trabalho fino e de luvas, é de tirar o chapéu. Planejou toda a vida do Ricardo: destinou os primeiros vinte anos à felicidade, os vinte últimos, à ruína. Embora pareça invenção, nada de casual houve nessa vida. Vamos começar pelo que o senhor entende: as coisas de mulheres. Aí estão a baronesa de Servus e a Sister e a Dolores e a Vicuña; o velho arranjou todos esses namoricos sem que ele percebesse. Tão logo o senhor contar-lhe essas coisas, dom Montenegro, aposto que terá engordado como novilho com as comissões. Até o encontro com a Pumita parece mais arranjado que uma eleição em La Rioja. Com os exames para advogado, a mesma história. O rapaz não se esmerava e lhe choviam classificações. Na política já ia acontecer a mesma coisa: com Saponaro na máquina, ninguém dá para trás. Veja, é de matar: era igual em tudo. Lembre-se dos seis mil pesos para amansar Dolly Sister; lembre-se do tampinha fanho que brotou de repente em Montevidéu. Era um elemento do pai: a prova é que não tratou de receber os cinco mil de ouro que lhe emprestou. E agora, pegue o caso do romance. O senhor mesmo disse agora há pouco que o Requena e o Mario Bonfanti lhe serviram como testas de ferro. O próprio Requena, na véspera da morte da Pumita, deu uma de joão sem braço: disse que estava muito atarefado, porque o Ricardo ia concluir o romance. Mais claramente, fazer água: o encarregado do livrinho era ele. Depois o Bonfanti lhe pôs umas contra-assinaturas do tamanho de um ovo de avestruz.

"Assim chegamos a 1941. Ricardo acreditava que desempenhava com liberdade, como qualquer um de nós, e o fato é que o manipulavam como a peças de um xadrez. Tinham feito ele ficar noivo da Pumita, que era uma menina de mérito, sob qualquer conceito. Tudo ia sobre os trilhos, quando o pai, que tinha tido a soberbia de imitar o destino, descobriu que o destino o estava manipulando; teve um atraso na saúde; o dr. Castillo disse que só lhe restava um ano de vida. Sobre o nome do mal, o doutor dirá o que tiver vontade; para mim tinha, como Tavolara, um espasmo no coração. Sangiácomo apressou a coisa. No ano que lhe restava, teve que amontoar as últimas felicidades e todas as calamidades e as penúrias. A tarefa não o assustou; mas no jantar do dia 23 de junho Pumita lhe deu a entender que tinha descoberto o enredo: claro que não disse diretamente. Não estavam sozinhos. Falou das visitas do biógrafo. Disse que primeiro cumulavam de triunfos a um tal de Juárez e depois o enjeitavam. Sangiácomo quis falar de outra coisa; ela voltou à carga e repetiu que há vidas nas quais nada acontece por acaso. Trouxe à tona a caderneta em que o velho escrevia seu diário; disse, para fazê-lo entender, que a tinha lido. Sangiácomo, para estar bem seguro, armou-lhe uma cilada: trouxe à baila uma sevandija de barro, que um russo lhe mostrou numa pasta e que ele tinha guardada na escrivaninha, na mesma gaveta da caderneta. Mentiu que a sevandija era um leão; a Pumita, que sabia que era uma víbora, deu o troco: por puro ciúme, tinha mexido nas gavetas do velho, procurando cartas de Ricardo. Ali encontrou a caderneta e, como era muito estudiosa, a leu e ficou a par do plano. Na conversa dessa noite cometeu muitas imprudências: a mais grave foi dizer que no dia seguinte ia falar com o Ricardo. O velho, para salvar o plano que tinha construído com um ódio tão esmerado, decidiu matar Pumita. Pôs veneno no remédio que ela tomava para dormir. O senhor deve se lembrar que o Ricardo tinha dito que o remédio estava na cômoda. Não havia dificuldade para entrar no dormitório. Todos os quartos davam para o corredor das estátuas.

"Vou mencionar outros aspectos da conversa dessa noite. A jovem pediu a Ricardo que atrasasse uns anos a publicação do romancezinho. Sangiácomo teimou com ela francamente, queria que o romancezinho saísse para, em seguida, distribuir um folheto que mostrasse que era pura cópia. Tenho para mim que o folheto foi escrito pelo Anglada, ao mesmo tempo que ficava para compor a história do cinematógrafo. Aqui mesmo anunciou que algum entendido ia perceber que o romance do Ricardo era uma cópia.

"Como a lei não lhe permitia deserdar o Ricardo, o comendador preferiu perder sua fortuna. A parte do Requena, colocou em títulos que, por mais que não rendam muito, são seguros; a do Ricardo, colocou no metrô: basta ver o lucro que dava para saber que era um investimento perigoso. Croce o roubava sem medo: o comendador deixou, para estar bem tranquilo de que Ricardo nunca teria esse dinheiro.

"Logo a renda começou a rarear. Cortaram o salário do Bonfanti; tiraram a baronesa de um só jato; o Ricardo teve que vender os cavalos de polo.

"Pobre moço, que nunca tinha andado na pior! Nessa época, foi visitar a baronesa; ela, despeitada porque a facada tinha falhado, botou ele no chão e jurou que se alguma vez tinha tido amores com ele, fora porque o pai lhe pagava. Ricardo viu seu destino mudar, e não compreendia. Nessa confusão tão grande, teve um pressentimento: foi interrogar a Dolly Sister e a Evans; as duas reconheceram que se antes o tinham recebido fora por causa de uma combinação que tinham com o pai. Depois foi ver o senhor, Montenegro. O senhor confessou que tinha apalavrado com todas essas mulheres e outras, não é verdade?"

— A César o que é de César — arbitrou Montenegro, bocejando com dissimulação. — O senhor não deve ignorar que a orquestração dessas ententes cordiais já constitui para mim uma segunda natureza.

— Preocupado com a falta de dinheiro, Ricardo consultou o Croce; esses colóquios lhe demonstraram que o comendador estava se arruinando de propósito.

"Inquietava-o e o humilhava a convicção de que toda sua vida era falsa. Foi como se de repente lhe dissessem que o senhor é outra pessoa. O Ricardo acreditava ser grande coisa: agora entendeu que todo seu passado e todos seus êxitos eram obra do seu pai, e que este, sabe-se lá por que razão, era seu inimigo e estava lhe preparando um inferno. Por isso pensou que não valia muito a pena viver. Não se queixou, não disse nada contra o comendador, de quem continuava gostando; mas deixou uma carta para se despedir de todos e para que seu pai a compreendesse. Essa carta dizia:

Agora as coisas mudaram e continuarão mudando... O que o meu pai fez por mim nenhum pai no mundo fez.

"Deve ser porque faz tantos anos que vivo nesta casa, mas já não acredito nos castigos. Cada um que fique com o seu pecado. Não é bom que os homens honrados sejam verdugos dos outros homens. Ao comendador restavam poucos meses de vida; por que ia amargá-los delatando-o e mexendo num vespeiro inútil, de advogados e juízes e delegados?"

Pujato, 4 de agosto de 1942

A vítima de Tadeo Limardo

À memória de Franz Kafka

I

O condenado da cela 273, dom Isidro Parodi, recebeu seu visitante com um pouco de descaso: "Outro malandro que vem me amolar", pensou. Não suspeitava que vinte anos atrás, antes de virar um *criollo* velho, ele se expressava da mesma maneira, arrastando os esses e prodigalizando os gestos.

Savastano ajeitou a gravata e jogou o chapéu marrom sobre o beliche de praxe. Era moreno, bonitão e ligeiramente desagradável.

— O sr. Molinari me disse que eu podia importuná-lo — esclareceu. — Venho pelo caso de sangue do Hotel El Nuevo Imparcial. O mistério que está colocando em xeque a cabeça de todos. Quero que o senhor me entenda: estou aqui por puro patriotismo, mas os meganhas estão de olho em mim e eu soube que o senhor é fera para desvendar um enigma. Vou expor os fatos grosso modo, sem subterfúgios, que são alheios ao meu caráter.

"Os reveses da vida me impuseram, por ora, um compasso de espera. Agora estou na minha, contemplando da maneira mais tranquila como as coisas vão aparecendo. Não esquento a cabeça por um mísero centavo. O sujeito estuda, toma soda e, quando lhe convém, dá o bote. O senhor vai dar risada se eu disser que faz um ano que não vou ao Mercado de Abasto. Os rapazes, quando me virem, vão perguntar: quem é esse aí? Aposto o que o senhor quiser que vão ficar de queixo caído quando me virem chegar na caminhonete. Nesse meio-tempo, eu me retirei aos abrigos de inverno. Para ser franco com o senhor: ao Hotel El Nuevo Imparcial, na Cangallo, na altura do 3400, um canto portenho que contribui com sua marca própria para o panorama da metrópole. Quanto a mim, não é por meu gosto que me domicilio nesse pedaço, e quando menos se esperar

vou dar no pé
assobiando um modesto tango.

"Os desavisados que veem na porta o cartaz que diz 'Camas para cavalheiros a partir de sessenta centavos' têm o palpite de que o estabelecimento é um chiqueiro. Peço-lhe sinceramente que não se deixe alucinar, dom Isidro. Aqui onde me vê, disponho de um dormitório particular que, de forma provisória, compartilho com Simon Fainberg, vulgarmente conhecido como Grande Perfil, mas que vive na Casa do Catequista. Trata-se de um hóspede andorinha, desses que um dia aparecem em Merlo e outro em Berazategui, e que já ocupava o recinto quando cheguei há dois anos, e tenho para mim que não vai mais embora. Falo com o senhor com o coração na mão: esses rotineiros me irritam; não vivemos no tempo do Onça, e eu sou como esses viajantes que gostam de renovar seu horizonte. Concretizando: Fainberg é um rapaz que não é do meio e que pensa que o mundo gira em torno do seu baú fechado com chave, mas que na hora do aperto não é capaz de soltar um peso e quarenta e cinco centavos a um argentino. A rapaziada se diverte e goza, a farra continua, e só resta uma gargalhada sardônica para esses mortos que caminham.

"O senhor, no seu nicho, do seu ponto de vista, como se diz, vai me agradecer pelo retrato vivo que lhe vou oferecer: a atmosfera do Nuevo Imparcial tem seu interesse para o estudioso. É um mostruário que só rindo. Eu sempre digo ao Fainberg: para que você vai torrar dois pesos com Ratti, se já temos um zoológico em casa? Para ser franco com o senhor, está estampado na cara dele, porque é um miserável branquelo com cabelo vermelho, por isso não me espanta que a Juana Musante tenha lhe dado um basta. A Musante, o senhor sabe, age como se fosse a patroa: para isso é a mulher de Cláudio Zarlenga. O sr. Vicente Renovales e o mencionado Zarlenga integram o binômio que dirige o estabelecimento. Faz três anos que o Renovales tomou Zarlenga como sócio. O velho estava cansado de batalhar sozinho, e essa injeção de sangue jovem deu um empurrão saudável ao Nuevo Imparcial. Cá entre nós, vou lhe passar um dado que é um segredo público: agora as coisas andam piores que antes, e o estabelecimento é uma pálida sombra do que já foi. A fatídica chegada do Zarlenga se deve a que veio do Pampa; tenho para mim que é um fugitivo. Calcule o senhor: tirou a Musante de um empregado do correio em Banderaló, um bandido. O orçamentívoro ficou comendo mosca; Zarlenga, que sabe que no Pampa não se anda com rodeios para essas coisas, lançou mão da rede ferroviária e veio para o Once. Veio para se esconder entre o povo, se o senhor me entende. Eu, ao contrário, não precisei de nenhum Lacroze[1] para ser o homem invisível; fico de sol a sol metido no meu quartinho, que é um buraco, e me rio da turma do Suco de Carne, que anda aprontando pelo Mercado de Abasto e não vê nem sombra de mim. Na dúvida, no ônibus, fiquei fazendo trejeitos, para que me confundissem com outro.

"O Zarlenga é um animal com roupa, sem traquejo, um malandrão, e olha que isso ainda é pouco. Não tenho por que negar que me trata com luva de pelica, porque a única vez que me levantou a mão já estava alto e eu não levei em conta porque era meu aniversário. O cúmulo da calúnia: a Juana Musante tinha encasquetado que eu me aproveitava da escuridão ambiente para me aventurar, antes de comer, até a metade do quarteirão e passar uma cantada na fulana da borracharia. É o que eu já lhe disse: a Musante fica cega de ciúme e, embora saiba que eu não arredo o pé do jardim, sempre firme na luta, como se diz, foi até o Zarlenga com a história de que eu tinha conseguido me infiltrar no quintal com propósito pecaminoso. O homem veio para cima de mim com um quente e dois fervendo, e eu lhe dou razão. Não fosse o sr. Renovales que, de próprio punho, me deu um soco no olho, eu de repente me enfureço. Fábulas que um simples exame explica: admito que a Juana Musante tem um corpo de derrubar qualquer um, mas um sujeito como eu, que teve um caso com uma mocinha que já é manicure e depois com uma menor que ia ser estrela da rádio, não se perturba com esse corpão atraente, que pode chamar atenção em Banderaló, mas que deixa apática a rapaziada do centro.

1. Referência à companhia de bondes urbanos e suburbanos. (N. T.)

"Como diz Anteojito em sua coluninha da *Última Hora*, a própria chegada de Tadeo Limardo ao Nuevo Imparcial está marcada pelo mistério. Chegou com o Momo, entre lança-perfumes e bisnagas malcheirosas, mas o Momo não o verá no próximo Carnaval. Puseram-lhe o paletó de madeira e foi morar na cidade dos pés juntos: os infantes de Aragón, o que fizeram?

"Eu, que vibro em uníssono com a urbe, peguei uma roupa de urso do ajudante de cozinha, que é um misantropo que não vai à milonga, que não dança. Munido dessa pele inteiriça, calculei que ia passar despercebido e me dei ao luxo de fazer uma reverência ao quintal, e saí como um senhor, em busca de oxigênio. O senhor não me deixará mentir: essa noite a coluna mercurial bateu o recorde de altura; fazia tanto calor que as pessoas até já davam risada. À tarde, houve algo como nove com insolação e vítimas da onda tórrida. Imagine a cena: eu, com o focinho peludo, suava em bicas, e volta e meia me surpreendia a tentação de tirar a cabeça de urso, aproveitando alguns lugares que são um breu danado, que se o Conselho Deliberante os vir vai ficar com a cara no chão. Mas quando eu meto uma ideia na cabeça, viro um fanático. Juro que não tirei a cabeça, não fosse de repente aparecer um dos feirantes do Abasto, que se sabe que vão até o Once. Os meus pulmões já se alegravam com o ar benéfico da praça, que fervia de rotisserias e de churrascos, quando perdi os sentidos, diante de um ancião que tinha se disfarçado de palhaço e que faz trinta e oito anos que não perde um Carnaval sem molhar o vigilante, que é seu conterrâneo, porque é de Temperley. Esse veterano, apesar da neve dos anos, agiu a sangue-frio: com um puxão me arrancou a cabeça de urso e só não levou minhas orelhas porque estavam grudadas. Tenho para mim que ele ou seu pai, que tinha se fantasiado com um gorro, me roubaram a cabeça de urso, mas não lhes guardo rancor: me fizeram engolir uma sopa seca, que me empurravam com uma colher de madeira, e que me despertou pela temperatura. O problema é que agora o ajudante de cozinha não quer mais falar comigo porque malicia que a cabeça de urso que eu perdi é a mesma com a qual o dr. Rodolfo Carbone saiu fotografado num carro alegórico. Falando de carros, um com um folião na boleia e um bando de anjões na caçamba se ofereceu para me depositar em meu domicílio, tendo em vista que os carnavais vão cedendo terreno e que eu já não me aguentava mais em minhas próprias pernas. Meus novos amigos me jogaram no fundo do veículo, e me despedi com uma gargalhada oportuna. Eu ia feito um magnata no carro e tive de rir: margeando o paredão da estrada de ferro, vinha um pobre provinciano a pé, um cadáver desnutrido e de semblante ruim, que mal podia com uma malinha de fibra e um embrulho meio desfeito. Um dos anjões quis se meter onde não era chamado e disse ao provinciano que subisse. Eu, para que o nível da farra não caísse, gritei para o sujeito da boleia que o nosso carro não era de catar lixo. Uma das mocinhas riu com a piada e ato contínuo consegui um encontro com ela num terreno da Calle Humahuaca, ao qual não pude comparecer pela proximidade do Abasto. Eu os fiz engolir a lorota de que morava no Depósito de Forragens, para que não me tomassem por um patogênico; mas Renovales, que não dá nem para o começo, me desafiou da calçada porque o Paja Brava carecia de quinze centavos que tinha esquecido no colete enquanto passava para os fundos, e todos caluniavam que eu os havia aplicado em sorvetes Laponias. Para piorar as coisas, tenho um olho clínico, e percebi a menos de meia quadra o cadáver da malinha que, com o cansaço, vinha aos trambolhões. Cortando em seco os adeuses, que sempre doem, pulei do carro como pude e ganhei o vestíbulo para evitar um casus belli com o extenuado. Mas é o que eu sempre digo: vai você entender esses mortos de fome. Eu saía do quarto dos sessenta centavos onde, em troca de uma roupa de urso que me cozinhava, me obsequiaram com um legume frio e uma emulsão de vinho caseiro, quando no quintal topei com o provinciano, que nem me devolveu o cumprimento.

"Veja o senhor o que é o acaso: onze dias justos passou o cadáver na sala comprida que, é claro, dá para o primeiro quintal. O senhor sabe, a todos os que dormem ali a soberbia sobe à cabeça; dou como exemplo o caso do Paja Brava, que exerce a mendicância por puro luxo, embora alguns digam que é milionário. A princípio, não faltaram profetas que insinuaram que o provinciano mostraria sua verdadeira cara nesse ambiente, que não era para ele. O escrúpulo resultou numa quimera. Vejamos, desafio o senhor a mencionar uma só queixa dos inquilinos do quarto. Não se mate: ninguém levantou um mexerico nem um protesto viril. O recém-chegado era um brinco no quarto. Fazia as refeições na hora certa, não penhorava os cobertores, não se enganava com as moedas, não esparramava cerdas por todo o recinto em busca das notas de um peso que alguns românticos pensavam que iam brotar dos colchões... Eu me ofereci para fazer a ele honestamente todo tipo de bico dentro do próprio hotel; lembro até que num dia de neblina trouxe para ele da barbearia um maço de Nobleza, e ele me cedeu um para fumar quando me desse vontade. Não posso esquecer esse tempo sem tirar o chapéu.

"Um sábado, em que estava quase restabelecido, ele nos disse que não dispunha de mais do que cinquenta centavos; eu ria sozinho pensando que nas primeiras horas do domingo, Zarlenga, prévio confisco da mala, ia deixá-lo nu na rua por não poder pagar a cota da cama. Como todo humano, O Nuevo Imparcial tem suas luas, mas é preciso proclamar aos quatro ventos que em matéria de disciplina o estabelecimento mais se parece a uma prisão do que a qualquer outra coisa. Antes que amanhecesse, eu tentei acordar o elemento farrista, que habita em número de três o quarto do sótão e passa o dia todo arremedando o Grande Perfil e falando de *football*. Acredite ou não, esses fleumáticos perderam a função, mas não têm nada que me recriminar: na véspera, eu os pus de sobreaviso, fazendo circular um papelzinho noticioso, com o letreiro: 'Notícia bomba. A quem dão cobertura? A solução, amanhã'. Confesso que não perderam grande coisa. Claudio Zarlenga nos enganou: é o alcaguete e ninguém sabe como pode lhe dar a louca. Até passadas as nove da manhã eu me mantive a postos, me indispondo com o cozinheiro por não observar a primeira sopa e me tornando suspeito para a Juana Musante, que imputava meu estacionamento no terraço de chapas a qualquer propósito de roubar a roupa estendida. Se eu fizer meu balanço, é um fiasco. Precisamente por volta das sete da manhã, o provinciano saiu vestido para o jardim, onde Zarlenga estava varrendo. O senhor acredita que parou para considerar que o outro tinha a vassoura nas mãos? Nada disso. Falou como um livro aberto; eu não ouvi o que diziam, mas Zarlenga lhe deu um tapinha no ombro, e para mim acabou-se o teatro. Eu batia na minha testa e não queria acreditar. Passei mais duas horas fervendo entre as chapas, à espera de ulteriores complicações, até que o calor me dissuadiu. Quando desci, o provinciano estava ativo na cozinha e não trepidou em me favorecer com uma sopinha nutritiva. Eu, como sou muito franco e me dou com qualquer um, entabulei um papo leve e, ao aflorar os tópicos do dia, arranquei sua procedência: vinha de Banderaló, e tenho para mim que era um dedo-duro, vulgo um observador remetido pelo marido da Musante, com o intuito de espionar. Para sair da dúvida que me queimava, contei para ele um caso que deve apaixonar o ouvinte: a história do bônus-cupom do calçado Titán, permutável por uma camiseta de tricô, que Fainberg premiou à sobrinha da mercearia, sem reparar que já estava recebido. O senhor ficará calvinho se eu lhe sugerir que o campesino não vibrou com o palpitante relato e que nem sequer caiu duro quando lhe revelei que Fainberg, ao outorgar o bônus-cupom, vestia a camiseta de tricô, indumentária que a coitada não surpreendeu em todo seu terrível significado, engambelada pela conversa fina e pelas conversas para boi dormir do catequista. Pesquei no ar que o homem estava como que embarcado numa causa que o deixava de pés e mãos atados. Para pôr o dedo na ferida, perguntei-lhe o apelativo na lata. Meu amigo, entre a cruz e a caldeirinha, não teve tempo de inventar um despropósito e me deu uma prova de confiança que sou o primeiro a aplaudir, dizendo que se chamava Tadeo Limardo, dado que me apressei a receber com benefício de inventário, *si você m'entende*. Dedo-duro, dedo-duro e meio, eu me disse, e o segui por todos os lados com dissimulação, até que o cansei inteiramente e, nessa mesma tarde, me prometeu que se eu o seguisse como um cão ia me dar para provar um guisado de molares. Minha mutreta tinha sido coroada pelo êxito mais rotundo: esse homem tinha algo a esconder. Sinta só a minha situação: pisar os calcanhares do mistério e ficar trancado no meu quartinho, como se o cozinheiro andasse despótico.

"Eu lhe direi que o retrato oferecido essa tarde pelo hotel era pouco ameno: o elemento feminino havia registrado uma forte baixa por Juana Musante ter se ausentado para ir a Gorchs, por vinte e quatro horas.

"Na segunda-feira, dei as caras como quem não quer nada e me apresentei no refeitório. O cozinheiro, questão de princípio, passava com o balde da sopa e não me servia; eu compreendi que esse tirano ia me sitiar por fome, por causa da minha cabulação da véspera, e menti para ele que estava inapetente; o homem, que é a contradição com bigodes, me convidou a dar conta de duas rações para gordo, tão grandes que vão me enterrar com elas dentro, e fiquei maciço como uma estátua.

"Enquanto os outros riam com franca espontaneidade, o capiau acabou com a nossa festa, botou uma cara de velório e até desapartou a tigela de aveia com o cotovelo. Juro por Deus, sr. Parodi, que eu estava feliz espiando o momento em que o cozinheiro ia lhe passar um sabão ao ver a sopa desatendida, mas Limardo o intimidou com impavidez e o outro teve que enfiar a viola no saco, e dei risada. Nisso entrou a Juana Musante, com os olhos que bramiam e as cadeiras que tiveram que me dar oxigênio. Essa crinuda está sempre me procurando, mas eu me faço de soldado desconhecido. Com a mania que tem de não me olhar, pôs-se a recolher as tigelas, e disse ao cozinheiro, vulgo ao Inimigo do Homem, que, para tourear com marmotas como ele, mais valia me conchavar e ela fazer o trabalho sozinha. De repente deu de cara com Limardo e ficou como morta ao ver que não tinha tomado a sopa. Limardo a olhava como se nunca tivesse visto uma mulher; impossível a dúvida: o espião lutava para gravar na sua retina essa fisionomia inesquecível. A cena, tão operante em sua simplicidade humana, se desfez quando Juana disse ao olheiro que depois de tantos dias enfiado na cama sozinho convinha-lhe tomar os ares do campo. Limardo não respondeu a essa fineza, absorto que estava em fazer bolinhas de pão com o miolo, que é um feio costume que o cozinheiro nos tirou.

"Horas depois ocorreu um retrato vivo que se eu contar o senhor vai agradecer ao código por estar preso. Às sete da tarde, segundo meu inveterado costume, eu tinha aparecido no primeiro quintal com o propósito de interceptar a dobradinha que os magnatas da sala comprida costumam mandar buscar na esquina. O senhor, com toda sua agudeza, não adivinha a quem divisei? Ao Pardo Salivazo em pessoa, com chapéu de aba fininha, vestuário papa-fina e calçado Fray Mocho. Ver esse velho amigo do Abasto e me trancar uma semana inteira no meu quarto, foi toda uma coisa. Depois de três dias, o Fainberg me disse que eu podia sair, porque o Pardo tinha se dissipado sem pagar e, com ele, todas as bisnagas do terceiro quintal (salvo a que Fainberg tinha no bolso). Eu suspeitei no ato que a ideia fixa da ventilação tinha feito ele tramar essa fábula, e fiquei até o fim de semana como um patriarca, até que o cozinheiro me evacuou. Devo reconhecer que, dessa vez, o Perfil disse a verdade; da satisfação legítima que me coube, me distraiu um desses episódios vulgares — comuns, se quiser —, mas que o observador de pulso tranquilo sabe enfocar. Limardo tinha passado da sala comprida aos beliches de sessenta centavos; como não pagava em metálico, faziam-no cuidar da contabilidade. Para mim, que tenho sono leve, o assunto me cheirou a uma jogada do caguete para colar-se na administração da casa e levantar uma estatística dos movimentos dela. Com a história dos livros, o capiau passava o dia inteiro infiltrado no escritório; eu, que careço de obrigações fixas no estabelecimento, e se de vez em quando secundo o cozinheiro faço-o para não ficar como um egoísta, passava e repassava diante dele, para marcar a diferença, até que o sr. Renovales me falou como um pai e tive que ganhar o quartinho.

"Vinte dias depois, uma fofoca autorizada soltou a lorota de que o senhor Renovales tinha querido expulsar o Limardo, e que o Zarlenga tinha se oposto. Eu não engulo isso, embora veja de forma clara; se o senhor não levar a mal, eu vou lhe apresentar minha *reconstrução do fato por Rojas.* Francamente, o senhor consegue ver o sr. Renovales castigando um pobre infeliz? Concebe que o Zarlenga, com seus princípios, possa se colocar um pouquinho do lado da justiça? Perca as esperanças, caro amigo, sai dessa: a verdade se deu de outra maneira. Quem quis expulsar o provinciano foi o Zarlenga, que andava sempre ofendendo-o; quem o protegeu, Renovales. Adianto-lhe que os farristas do sótão aderem a essa interpretação pessoal.

"A verdade é que o Limardo não tardou em ultrapassar o estreito limite do escritório; logo se estendeu pelo hotel como um derrame de óleo: num dia tapava a clássica goteira dos sessenta centavos; noutro, modernizava com a pintura desmazelada o gradil de madeira; noutro, esfregava com álcool a mancha da calça do Zarlenga; noutro, davam-lhe o direito de lavar todos os dias o primeiro quintal e de deixar como um espelho a sala comprida, desemporcalhando-a de resíduos.

"Com o pretexto de incursionar onde não o chamavam, Limardo provocava a discórdia. Dou o exemplo do dia em que os farristas estavam bem tranquilos, pintando de vermelho o bichano da dona da loja de ferragens, que se não me avisaram foi porque adivinharam que eu estava repassando o *Patoruzú* que o dr. Escudeiro tinha me cedido. O assunto aparece fácil para o estudioso: a dona da loja de ferragens, que anda com o passo mudado, pretendeu recriminar um da turma por furto de tampas e funis; os rapazes ficaram queimados e pretendiam descontar na pessoa do gato. Limardo foi o obstáculo imprevisto. Privou-os do felino no meio da pintura e o expediu para os fundos da loja de ferragens, com risco de fratura e de intervenção da Sociedade Protetora dos Animais. Sr. Parodi, nem em sonho me faça pensar em como deixaram o capiau. Os farristas resistiram francamente: deitaram ele na lajota, um se sentou na sua pança, outro pisou sua cara, outro fez ele engolir a tinta. Eu, de bom grado, teria contribuído com um cascudo suplementar, mas juro que temi que o provinciano, apesar do estonteamento da surra, me identificasse. Além disso, é preciso reconhecer que os farristas são muito delicados; e quem disse ao senhor que se me meter não acabo sendo vítima também? Nisso Renovales caiu, e se armou a debandada. Dois dos agressores conseguiram ganhar a antecozinha; outro quis imitar meu exemplo e perder-se de vista no galinheiro, mas a mão pesada do Renovales lhe deu um sopapo. Diante dessa intervenção tão paterna eu estive por explodir em aplausos, mas aceitei rir para meu íntimo. O capiau se levantou que era uma lástima, mas teve sua recompensa. O sr. Zarlenga lhe trouxe de próprias mãos um candial e o fez engolir inteiro com estas palavras de alento: 'Não vai fazer fita. Tome feito um homem'.

"Encareço-lhe, sr. Parodi, que com base no incidente do gato não vá formar um conceito pessimista da vida de hotel. Também para nós brilha o sol e há colisões que, embora sejam muito amargas na hora, depois me lembro delas com filosofia e dou risada da caguira que passei. Sem ir muito longe, vou lhe contar a história da circular com lápis azul. Há dedos-duros que não perdem um franzido e que, com tanta sabedoria e tanta bobagem, acabam dando sono; mas para pescar a notícia fresca, travessa, eu não invejo ninguém. Numa terça-feira, recortei com tesoura uns corações de papel, porque um passarinho tinha me contado que a Josefa Mamberto, que é sobrinha da dona da mercearia, andava com o Fainerg a pretexto de reclamar a camiseta do bônus-cupom. Para que até as moscas do Imparcial se inteirassem do acontecido, escrevi em cada coração um letreiro gracioso — claro que com letra de anônimo —, que dizia: 'Notícia bomba. Quem se desposa dia sim, dia não com J. M.? Solução: um pensionista de camiseta'. Eu mesmo me encarreguei pessoalmente da distribuição dessa brincadeira; quando ninguém me via, deslizava-a por baixo das portas, até nos reservados. Esclareço: nesse dia eu tinha menos vontade de comer do que de tomar umas, mas a comichão pelo êxito da brincadeira e o escrúpulo de não perder o guisado de restos me fizeram comparecer antes da hora na mesa comprida. Eu estava em mangas de camisa, todo convencido, sentado na minha porção de banco e fazendo barulho com a colher para fazer valer a pontualidade. Nisso apareceu o cozinheiro, e fingi estar imbuído na leitura de um dos corações. Veja o senhor a diligência do homem. Antes que eu atinasse a me jogar no chão, já tinha me levantado com a direita e, com a esquerda, esfregava meus coraçõezinhos no nariz, amassando-os todos. Não condene esse homem enfadado, sr. Parodi; a culpa era minha. Depois de espalhar essa piada, eu me apresento *de camiseta*, facilitando a confusão.

"No dia 6 de maio, em hora indeterminada, um charuto do país amanheceu a poucos centímetros do tinteiro com Napoleão do Zarlenga. Este, que sabe azucrinar o cliente, queria convencer da solidez do estabelecimento a um mendigo sério, homem que é o braço direito da Sociedade Los Primeros Fríos e que o Asilo Unzué já quisera para um dia de festa. A fim de que o barbudo viesse a tomar pensão, Zarlenga o obsequiou com o lasca-peito. O dos farrapos, que não é maneta, catou-o no ar e acendeu-o em seguida, como se fosse o tal. Mal esse Fumasoli egoísta tinha dado uma pitada para experimentar, quando o mata-rato explodiu, tisnando de um jeito novo a cara desse enegrecido, que ficou toda escura com a fuligem. Ficou uma lástima: nós, a turma de olheiros, segurávamos o abdômen de tanto rir. Depois dessa hilaridade, o bolsudo desertou do hotel, privando a caixa de um valioso aporte. O Zarlenga chegou a se irritar com fúria e perguntou quem era o engraçadinho que tinha trazido o fumante. Meu lema é que mais vale não se meter com os coléricos: ao avançar a passo redobrado para o meu quartinho, quase dou em cheio no capiau, que vinha com os olhos redondos, como um espiritista. Tenho para mim que esse infeliz, com a paúra, estava fugindo na contramão porque se meteu na boca do lobo, vulgo no escritório do raivoso. Entrou sem permissão, que sempre é uma coisa tão feia, e, encarando o Zarlenga, disse: 'Fui eu que trouxe o charuto surpresa, porque me deu a santíssima'. A vaidade é a ruína do Limardo, pensava eu em meu reino interior. Já teve que mostrar o verdadeiro caráter: por que não deixou que outro pagasse o pato por ele? Um rapaz do meio nunca se trai... Veja que estranho o que aconteceu com o Zarlenga. Deu de ombros e cuspiu como se não estivesse em seu próprio domicílio. Sossegou de repente e se fez de sonhador; tenho o palpite de que relaxou porque temia que recebesse o que merecia: mais de um de nós não trepidaria em desertar nessa mesma noite, aproveitando o sono pesado que o exercício lhe produz. Limardo ficou com sua cara de pão que não se vende, e o patrão conseguiu uma vitória moral que deixou todos nós orgulhosos. Ipso facto farejei a esparrela: essa não era a brincadeira de um provinciano, porque a mocinha irmã de Fainberg voltou a dar o que falar com o sócio do Bazar de Cachadas, sito na Pueyrredón com a Valentín Gómez.

"Dói-me lhe dar uma notícia que o afetará na fibra, sr. Parodi, mas no dia seguinte da explosão nossa paz foi perturbada por uma crise que deixou preocupados os espíritos mais propensos à esbórnia. É uma coisa fácil de dizer, mas é preciso tê-la vivido: o Zarlenga e a Musante se desentenderam! Fico quebrando a cabeça para saber como se deu um conflito assim no Nuevo Imparcial. Desde a vez que um turco atarracado, munido de uma meia tesoura e berrando como um porco, despachou antes da sopa o Tigre Bengolea, qualquer desgosto, qualquer contestação de maus modos está formalmente proibida pela direção. Por isso ninguém mesquinha uma mãozinha ao cozinheiro, quando põe a cabeça dos revoltosos no lugar. Mas assim como nos inculcava um avisinho contra a tosse, o exemplo tem de vir de cima. Se as esferas dirigentes são pasto do desequilíbrio, o que resta a nós, a massa compacta de pensionistas? Notifico-lhe que vivi momentos amargos, com o espírito no chão, carente de rumo moral. De mim pode-se dizer o que quiser, mas não que na hora do vamos ver eu tenha sido um derrotista. Para que semear o pânico? Eu estava como que com um cadeado na boca. A cada cinco minutos desfilava com sortidos pretextos pelo corredor que dá para o escritório, onde o Zarlenga e a Musante juntavam raiva, sem a franqueza de um insulto; depois voltava ao dedo-duro dos sessenta centavos, repetindo todo metido a besta: 'Mexerico! Mexerico!'. Esses obscurantistas, metidos em sua escopa de quatro,[2] nem me davam bola; mas cachorro que engole osso nalguma coisa se fia. Limardo, que estava limpando as unhas com os dentes do pente do Paja Brava, acabou tendo que me ouvir. Sem me deixar concluir, levantou-se como se fosse a hora do leite e se perdeu de vista em direção ao escritório. Eu fazia o sinal da cruz e o seguia feito uma sombra. De repente ele se virou e falou com uma voz que me pôs obediente: 'Sirva para alguma coisa e traga aqui, já, todos os pensionistas'. Não foi preciso dizer duas vezes, e saí para juntar esse lixo. Todos nós comparecemos como um só homem, menos o Grande Perfil, que deu baixa no primeiro quintal, e depois descobrimos que faltava o arame-corrente do *water*. Essa coluna viva era uma amostragem das camadas sociais: o misantropo lado a lado com o bufão, o noventa e cinco centavos com o sessenta centavos, o espertalhão com o Paja Brava, o mendigo com o pidão, o mão-leve, sem tarimba, com o grande escrunchante. O velho espírito do hotel reviveu uma hora de franca expansão. Era um quadro que mais parecia um friso: o povo atrás do seu pastor; todos, no confusionismo, sentimos que Limardo era nosso chefe. Adiantou-se e, quando chegou ao escritório, abriu,

2. Jogo para dois ou quatro participantes, no qual o jogador diz *scopa* quando pega todas as cartas da mesa, ou seja, quando limpa a mesa. (N. T.)

sem permissão, a porta. E me disse ao ouvido: Savastano, para o quartinho. A voz da razão clamou no deserto; eu estava rodeado por uma parede de fanáticos, que me fechavam a retirada.

"Meus olhos, embaçados pela nervosidade da hora, retiveram uma cena como Lorusso.[3] O Zarlenga estava meio tapado pelo Napoleão, mas devorei à vontade, com a visual, essa carnudinha da Juana Musante; ela estava com o roupão rosado e as babuchas com grandes rosetas, e eu tive que me apoiar num dos noventa e cinco centavos. Limardo, carregado de ameaças como uma nuvem, ocupou o centro do palco. Uns mais, outros menos, ninguém deixou de compreender nesse momento que o Imparcial ia mudar de dono. Já corria um frio pela nossa espinha com o estampido das bofetadas com que o Limardo ia sacudir o Zarlenga.

"Em vez disso, tomou a palavra, que sempre é impotente diante do mistério. Falou com seu bico de ouro e disse coisas que ainda estão me fermentando os miolos. Em tais ocasiões, o orador costuma resultar um solene bajulador, mas Limardo, sem tanto *voulez-vous*, atropelou direito velho e mandou um sermão ao *uso nostro* sobre a desavença da discórdia. Disse que o casal era uma coisa tão unida que era preciso cuidar para não separá-lo, e que a Musante e o Zarlenga tinham de se beijar diante de todos, para que a clientela soubesse que se gostavam.

"O senhor precisava ter visto o Zarlenga! Diante de um conselho tão são, ficou como que embalsamado e não sabia que linha de conduta seguir; mas a Musante, que tem a pensadora no lugar, não é pessoa propícia para engolir essas firulas. Levantou-se como se tivessem impugnado o cozido. Ver essa dona tão grandiosa e tão irritada indicou que, se ela me descobre um facultativo, me manda feito um foguete para Villa María. A Musante não colocou panos quentes; pegou o capiau, que se ocupasse da sua esposa, se a tivesse, e que se voltasse a meter o focinho onde não era chamado iriam fazer picadinho dele. O Zarlenga, para encerrar o debate, reconheceu que o sr. Renovales (ausente naquela hora por uma Quilmes Bock na Confeitaria La Perla) estava certo ao querer expulsar Tadeo Limardo. Ordenou que saísse chispando, sem consultar que já passava das oito. O pobre iluso do Limardo teve que fazer a mala às pressas, mas as mãos tremiam inteiramente, e o Simón Fainberg se

---

3. Forma acoplada para dizer "como nos romances russos". (N. T.)

deu a coadjuvar; no meio da confusão, o capiau perdeu um canivete de osso e uma jardineira de flanela. Os olhos do provinciano se encheram de lágrimas ao olhar pela última vez o estabelecimento que lhe deu teto. Disse-nos adeus com o movimento da cabeça, entrou na noite e se perdeu, rumo ao desconhecido.

"Com os primeiros galos do outro dia, o Limardo me acordou, portador de um mate que impulsivamente ingeri, sem exigir-lhe prestação de contas de como havia regressado ao hotel. Esse mate de pessoa expulsa ainda me queima a boca. O senhor me dirá que o Limardo se manifestou como um anarquista ao desacatar desse jeito a ordem de seu hoteleiro; mas é preciso ver também o que significa privar-se de um recinto que custou tanta dor de cabeça aos proprietários e que já é uma segunda natureza.

"Minha arrebatada participação no mate tinha me feito pôr o rabo entre as pernas; assim, preferi me limitar ao quartinho, dando parte de doente. Quando me aventurei no corredor, poucos dias depois, um desses farristas me anunciou que o Zarlenga tinha ensaiado a expulsão do Limardo até a porta, mas que este se jogara no chão e se deixara pisar e bater, dominando-o com a resistência passiva. Fainberg não me confirmou o dado, porque é um egoísta que guarda tudo para si, para não me colocar a par da fofoca mais necessária. Eu sorrio, por causa da minha cunha fenomenal com os noventa e cinco centavos, mas dessa vez não abusei, porque no mês passado já tinha soltado a língua. Minha experiência pessoal é que habilitaram o Limardo, com a instalação de uma cama jaula e um caixotinho de querosene, o depósito de vassouras e utensílios de limpeza que há debaixo da escada. A vantagem é que podia escutar tudo o que faziam no quarto do Zarlenga, porque estava separado apenas por um tabique de tábua, fuleiro. O prejudicado acabou sendo eu, porque as vassouras, depois de inventariadas e numeradas, passaram para o meu quartinho, e Fainberg pôs em jogo seu maquiavelismo para que as colocassem do meu lado.

"Caprichos da natureza do homem: o Fainberg, em relação a vassouras, revela-se um fanático rotineiro; em relação à concórdia do hotel, enrola os farristas e o Limardo, para que façam as pazes. Como o litígio da pintura vermelha do gato já estava relegado ao esquecimento, o Fainberg teve que refrescar a memória dos beligerantes, exasperando-os com o abuso cáustico das encheções e tirações de sarro. Quando o único problema era averiguar se estavam deitando com as botinas ou chutando-se calçados, Fainberg conseguiu distraí-los com esse assunto dos vinhos-remédio que, é brincadeira, é preciso confessar que domina fácil, porque dias antes o dr. Pertiné passou para ele um prospecto para que vendesse umas garrafas e meias garrafas de Apache ('grande vinho sanitário aprovado pelo dr. Pertiné'). Eu sempre disse que não há nada como o álcool para conciliar os espíritos; ainda que absorvido com excesso, a direção do Nuevo Imparcial tem que proceder. O fato é que com a história de que uns eram três e o outro estava armado, o Fainberg os fez compreender que a união era a força e que, se queriam brindar, arranjava para eles o elemento líquido a preço irrisório. O pechincheiro que há em todos nós vendeu-os: pagaram doze garrafas e, ao entornar a oitava, eram o Quarteto Curdela. Os farristas, que são o egoísmo em pessoa, não tomaram conhecimento de que eu rondava com um copinho, até que o capiau interveio dizendo, de brincadeira, que não me desprezassem, porque ele também era um cachorro. Eu aproveitei o riso espontâneo para tomar, sem fazer fita, um trago que mais resultou um gargarejo, porque a gente tarda a se aclimatar ao vinhozinho que, depois, asseguro que é um xarope, e a língua do consumidor fica gorda, como se tivesse dado conta de uma panela de calda. Fainberg, com o apego que tinha ao Banco de Empréstimos, também se interessava por armas de fogo e disse que, se tinham cobrado uma facada do Limardo pelo berro que carregava na cintura, ele podia conseguir outro igual a preço de banana. Se a conversa já apresentava um sinal inequívoco de animação, o senhor pode imaginar os contornos que assumiria quando o Grande Perfil saiu com essa lorota. Havia tantos pareceres que nem repartição amistosa. Segundo o Paja Brava, adquirir armas novas era ser fichado de graça; um farrista se revelou patriota decidido do Tiro Suíço versus Tiro Federal; eu soltei a farpa de que as armas são carregadas pelo diabo; o Limardo, que estava deformado pela bebida, disse que tinha vindo com o revólver porque estava seguindo um plano para matar um homem; o Fainberg contou o caso de um russo que não quis comprar dele um revólver e o assustaram, na véspera, com um de chocolate.

"No dia seguinte, para não parecer indiferente, fui me aproximando do estado-maior do hotel, que sabe se congregar à fresca no primeiro quintal para consumir uns mates e preparar seu plano de batalha. Trata-se de deduragens como manda o figurino, em que o pensionista mais endinheirado recebe uma lição em troca de algumas verdades e de que o descubram espiando e o deixem como Meccano desarmado. Ali estava a mesma Trindade, como dizem os três farristas: Zarlenga, Musante e Renovales. A circunstância de que não ficaram mordidos meio que me animou. Aventurei-me com toda a naturalidade, e para que não me enxotassem prometi a eles uma fofoca bomba. Contei, como se não tivesse papas na língua, o banzé da reconciliação, sem deixar no tinteiro o revólver do Limardo e o vinho-remédio do Fainberg. Só vendo a cara de laranja amarga que fizeram. Eu, por via das dúvidas, dei meia-volta, não fosse algum vigarista dizer que ando com histórias para a direção, defeito que não está no meu caráter.

"Eu me retirei ordenadamente, sempre com o olho cravado em todos os movimentos do trio. Não passou um bom tempo e o Zarlenga se dirigiu com passo firme ao depósito de vassouras e utensílios onde o provinciano pernoitava. Com um pulo quase de macaco, me situei na escada e apliquei a orelha nos degraus, para não perder nenhuma letra do que diziam lá embaixo. O Zarlenga exigiu do capiau a entrega do revólver. O outro negou-se redondamente. O Zarlenga fez uma ameaça, que não quero lembrar para não afligi-lo, sr. Parodi. Limardo, com uma espécie de soberbia tranquila, disse que as ameaças não o atingiam, porque ele era invulnerável, como se tivesse colete à prova de balas, e que mais de um Zarlenga juntos não iam lhe meter medo. *Inter nos*, de pouco lhe valeu o colete, se é que o tinha; antes de alcançar o Dia da Abundância, amanheceu cadáver no meu quartinho."

— Como a discussão foi liquidada? — perguntou Parodi.

— Como se liquidam todas as coisas. O Zarlenga não ia perder seu tempo com um pobre alienado. Foi embora como tinha vindo, bem desenxabido.

"Agora chegamos ao fatídico domingo. Dói-me confessar que nesse dia o hotel fica morto, falto de animação. Como eu me entediava como um bendito, me ocorreu tirar o Fainberg da negra ignorância e o ensinei a jogar truco, para que não fizesse um triste papel nos bares de cada esquina. Sr. Parodi, eu tenho jeito para ensinar; a prova é que o aluno me ganhou ipso facto dois pesos, dos quais me cobrou quarenta em metálico, e para saldar a dívida me convocou para que o convidasse a uma matinê no Excelsior. Por algum motivo dizem que Rosita Rosemberg tem o cetro do riso. A plateia gozava como se lhe fizessem cócegas, embora eu não pescasse uma palavra, porque falavam num idioma que os russos têm para que nem o Pibe Sinagoga os manjasse de cara, e eu estava impaciente por chegar ao hotel para que Fainberg me contasse as piadas. Nós não estávamos para piada quando me reintegrei são e salvo ao quartinho. O senhor tinha que ver a lástima da minha cama; o cobertor e a colcha eram uma mancha só; o travesseiro não estava muito melhor; o sangue tinha ganhado até as sacolas, e eu me perguntava onde ia dormir essa noite, porque o finado Tadeo Limardo estava estendido na cama, mais morto que um salame.

"Meu primeiro pensamento foi, como é natural, para o hotel. Contanto que nenhum inimigo fosse pensar que eu tinha sacrificado Limardo e manchado toda a roupa de cama. Adivinhei em seguida que esse cadáver não ia cair nas graças do Zarlenga; e assim foi, porque os tiras o interrogaram até já passadas as onze, horário em que no Nuevo Imparcial já não se pode acender a luz. Enquanto completava essas reflexões, eu não parava de gritar feito um bebum, porque sou como Napoleão e faço muitas coisas ao mesmo tempo. Não estou exagerando: o estabelecimento inteiro acudiu aos meus gritos de socorro, sem excluir o ajudante de cozinha, que me tapou a boca com um pano e quase obtém outro cadáver. Chegaram o Fainberg, a Musante, os farristas, o cozinheiro, o Paja Brava e, por último, o sr. Renovales. Passamos o dia seguinte enfiados na cafua. Eu estava na minha, satisfazendo todo tipo de perguntas e mandando cada retrato vivo que os deixava atarantados. Não descuidei do trabalho de bastidor e consegui a informação de que tinham liquidado o Limardo por volta das cinco da tarde, com seu próprio canivete de osso.

"Olha, eu acho uns desequilibrados aqueles que opinam que essa coisa tão inexplicável é um mistério, porque maior embrulhada teria sido se o crime tivesse acontecido à noite, quando o hotel se enche de caras desconhecidas, que eu não chamo de pensionistas porque depois de pagar a cama vão embora e, se te vi, não me lembro.

"Com exceção do Fainberg e um empregado, ao efetuar-se o caso de sangue quase todos estavam no hotel. Aconteceu que depois o Zarlenga também faltou ao encontro de honra, por causa de uma rinha em Saavedra, à qual tinha comparecido para correr um galo batará do padre Argañaraz."

II

Oito dias depois, Túlio Savastano irrompeu na cela, agitado e feliz. Mal pôde balbuciar:

— Dei o recado, senhor. Aqui vem o meu patrão.

Seguiu-o um senhor algo asmático, rasurado, de cabeleira grisalha e olhos azuis. Sua roupa era asseada e escura; usava uma echarpe de vicunha, e Parodi notou que tinha as unhas lustradas. As duas pessoas de respeito ocuparam, com naturalidade, os dois bancos; Savastano, ébrio de servilismo, percorria e tornava a percorrer a curtíssima cela.

— O quarenta e dois, este cavalheirinho, me entregou seu recado — disse o senhor grisalho. — Veja, se é para me falar do assunto Limardo, eu não tenho nada a ver com isso. Essa morte já está me cansando, e no hotel temos um língua de trapo que só vendo. Se o senhor sabe alguma coisa, é melhor falar com esse mocinho Pagola, que está a cargo dos meganhas. Com toda certeza vão agradecer, porque andam mais perdidos que um negro na cerração.

— Por quem me toma, dom Zarlenga? Eu não lido com essa máfia. Tenho, isso sim, alguns vislumbres, que se o senhor me fizer o obséquio de prestar atenção talvez não lhe pese.

"Se quiser, vamos começar por Limardo. Este jovem, que é uma luz, o tinha por um espião mandado pelo marido da sra. Juana Musante. Respeito o parecer, mas me pergunto, a troco de que enredar a história com um espião?[4] Limardo era o empregado dos correios de Banderaló; diretamente, o marido da senhora. O senhor não vai me negar que é assim.

"Olha, vou lhe contar a história toda, tal como eu a vejo. O senhor tirou a mulher do Limardo e o deixou penando em Banderaló. Depois de três anos de abandono, o homem não aguentou e decidiu vir para a capital. Sabe-se lá a viagem que fez; o negócio é que chegou quebrado quando do Carnaval. Tinha empenhado a saúde e o dinheiro numa peregrinação de penúrias, e ainda por cima lhe tocaram dez dias de confinamento, antes de ver a mulher por quem tinha vindo de tão longe. Esses dias, a noventa centavos cada um, acabaram com seu capital.

"O senhor, em parte para dar uma de importante, em parte por pena, deixava dizer que o Limardo era muito homem; até perdeu a mão, e o fez bandido. Depois, quando o viu aparecer em seu próprio hotel, sem um peso como amostra, não perdeu a ocasião de favorecê-lo, que era afrontá-lo de

---

4. *Entia non sunt multiplicanda praeter necessitate*. (Nota remetida pelo dr. Guillermo Occam.)

novo. Aí começou o contraponto: o senhor, empenhado em rebaixá-lo; o outro, em rebaixar-se. O senhor o relegou ao estrado dos sessenta centavos e ainda por cima lhe empurrou a contabilidade; nada bastava a Limardo, e poucos dias depois já estava tapando as goteiras e até limpando suas calças. A senhora, na primeira vez que o viu, se irritou com ele e disse para ele ir embora.

"Renovales também apadrinhou a expulsão, desgostoso com os procederes do homem e pelo trato descomedido que o senhor lhe dava. Limardo ficou no hotel e procurou novas humilhações. Um dia, uns desocupados estavam pintando um gato; Limardo se intrometeu, não tanto por bons sentimentos, mas porque procurava que o castigassem. Castigaram-no, e ainda por cima o senhor o fez engolir um candial e mais de um insulto. Depois teve a história do charuto. Essa brincadeira do russo custou ao seu hotel um mendigo sério. Limardo se fez de culpado, mas dessa vez o senhor não o castigou, porque começava a maliciar que estava se propondo alguma coisa muito terrível com essas humilhações. Mas até então tudo tinha sido questão de golpes ou de injúrias; Limardo procurou uma afronta mais íntima; na vez em que o senhor tinha se desentendido com a senhora, o homem juntou público e pediu que vocês fizessem as pazes e se beijassem na frente de todos. Veja o que isso representa: o marido juntando olheiros para pedir à mulher e ao amante que voltem a ficar juntos. O senhor o expulsou. Na manhã seguinte estava de volta, cevando mates para o último infeliz do hotel. Depois veio a história da resistência passiva, que é outro nome para deixar-se pisar. O senhor, para cansá-lo, destinou-lhe essa toca ao lado do seu quarto, onde podia ouvir com satisfação as ternezas de vocês dois.

"Depois deixou que o russo o reconciliasse com os farristas. Também engoliu isso, porque seu plano era que todo mundo o rebaixasse. Até ele mesmo se insultou: se pôs à altura deste cavalheiro, aqui presente — tratou a si mesmo de cachorro. Nessa tarde a bebida o fez falar e ele disse que tinha trazido o revólver para matar um homem. Um mexeriqueiro foi com a história à direção do hotel; o senhor tornou a querer expulsá-lo, mas Limardo lhe fez frente dessa vez e lhe deu a saber que ele era invulnerável. O senhor não viu muito claro o que lhe diziam, mas se assustou. Agora chegamos à parte cabeluda."

O jovem Savastano se sentou de cócoras, para prestar mais atenção. Parodi o olhou distraidamente e lhe pediu que tivesse a fineza de se retirar, porque talvez não conviesse que ele escutasse o resto. Savastano, aparvalhado, mal atinou com a porta. Parodi prosseguiu sem pressa:

— Dias antes, este jovem que acaba de nos favorecer com sua ausência tinha surpreendido não sei que história entre o russo Fainberg e uma mocinha Josefa Mamberto, da mercearia. Escreveu essa bobagem em uns coraçõezinhos e, no lugar dos nomes, pôs iniciais. Sua senhora, que os viu, entendeu que J. M. queria dizer Juana Musante. Fez com que o cozinheiro de vocês castigasse o pobre infeliz e, ainda por cima, lhe guardou rancor. Ela também tinha maliciado um propósito detrás das humilhações de Limardo; quando ouviu que ele tinha vindo com o revólver "para matar um homem", soube que ela não estava ameaçada e temeu, como era natural, pelo senhor. Sabia que Limardo era covarde; pensou que estava juntando ignomínias para pôr-se numa situação impossível e ver-se obrigado a matar. Via bem, a senhora; o homem estava decidido a matar; mas não o senhor: outro.

"O domingo era um dia morto no hotel, como disse seu companheiro. O senhor tinha saído; estava em Saavedra correndo um galo do padre Argañaraz. Limardo ganhou o quarto de vocês, com o revólver na mão. A sra. Musante, que o viu aparecer, achou que ele tinha entrado para matar o senhor. Desprezava-o tanto que não tinha tido medo em pegar dele um canivete de osso, quando o expulsaram. Agora usou esse canivete para matá-lo. Limardo, que tinha um revólver na mão, não resistiu. Juana Musante pôs o cadáver no catre de Savastano, para se vingar da história dos corações. Como o senhor deve se lembrar, Savastano e Fainberg estavam no teatro.

"Limardo, afinal, conseguiu seu propósito. Era verdade que tinha trazido o revólver para matar um homem; mas esse homem era ele. Tinha vindo de longe; meses e meses havia mendigado a desonra e a afronta, para ter coragem para o suicídio, porque a morte é o que almejava. Eu penso que também, antes de morrer, queria ver a senhora."

Pujato, 2 de setembro de 1942

A prolongada procura de Tai An

À memória de Ernest Bramah

I

Era só o que faltava! Um japonês quatro olhos — pensou, quase de forma audível, Parodi.

Sem perder o chapéu de palha e o guarda-chuva, o dr. Shu T'ung, habituado ao modus vivendi das grandes embaixadas, beijou a mão do recluso da cela 273.

— O senhor permitirá que um corpo estranho abuse deste prestigioso banco? — indagou em perfeito espanhol e com voz de pássaro. — O quadrúpede é de madeira e não emite queixas. Meu censurável nome é Shu T'ung e exerço, diante do escárnio unânime, o cargo de adido cultural da embaixada chinesa, gruta desacreditada e malsã. Já tampei, com minha narração assimétrica, as duas orelhas tão sagazes do dr. Montenegro. Esta fênix da investigação policial é infalível como a tartaruga, mas também é majestosa e lenta como um observatório astronômico admiravelmente sepultado pelas areias de um deserto infrutífero. Bem dizem que para deter um grão de arroz não é supérflua uma dotação de nove dedos em cada mão; eu, que só disponho de uma cabeça por acordo tácito com os cabeleireiros e chapeleiros, aspiro a coroar-me com duas cabeças de reconhecida prudência: a do dr. Montenegro, considerável; a sua, do tamanho de uma marsopa. Até o Imperador Amarelo, apesar de suas salas e bibliotecas, teve de reconhecer que um besugo privado do oceano dificilmente consegue uma idade provecta e a veneração de seus netos. Longe de ser um velho besugo, sou apenas um jovem homem. O que posso fazer agora que o abismo se abre, como uma suculenta ostra, para devorar-me? Além do mais, não se trata meramente de minha daninha e desaforada pessoa; a prodigiosa Madame Hsin abusa noite após noite do veronal,[1] por causa do desvelo infatigável dos pilares da lei que a desesperam e a incomodam. Os esbirros não parecem levar em conta que seu protetor foi assassinado, em circunstâncias nada tranquilizantes, e que agora a deixam órfã e sem amparo à frente do Dragão Que se Aturde, salão florido que ocupa local próprio na Leandro Alem com a Tucumán. Abnegada e versátil Madame Hsin! Enquanto o olho direito chora o desaparecimento do amigo, o olho esquerdo tem que rir para excitar os marinheiros.

"Ai de seu tímpano. Esperar que a eloquência e a informação falem pela minha boca é como esperar que a lagarta fale com a mesura do dromedário, ou pelo menos com a variedade de uma gaiola de grilos lavrada em papelão e exornada com os doze matizes razoáveis. Não sou o prodigioso Meng Tseu, que, para denunciar ao Colégio Astrológico a aparição da Lua nova, falou vinte e nove anos seguidos, até que seus filhos o substituíram. Inútil negar: pouco tempo restou para o presente; nem eu sou Meng Tseu, nem seus muitos e ponderados ouvidos excedem literalmente o número das aplicadas formigas que socavam o mundo. Não sou um orador: minha arenga será breve como se a pronunciasse um anão; não tenho um instrumento de cinco cordas: minha arenga será inexata e monótona.

"O senhor me sujeitará aos mais primorosos instrumentos de tortura que entesoura este versátil palácio, se eu estender mais uma vez, diante de sua nutrida memória, os pormenores e mistérios do culto da Fada do Terrível Despertar. Trata-se, como o senhor está a ponto de articular, de uma seita mágica do taoismo, que recruta devotos no sindicato dos mendigos e dos intérpretes, e que só um sinólogo como o senhor, um europeu entre chaleiras, conhece como a palma da mão.

"Há dezenove anos, ocorreu o fato abominável que abalou os alicerces do mundo e do qual chegaram alguns ecos a esta consternada cidade. Minha

1. Derivado do ácido barbitúrico, usado como sonífero e tranquilizante. (N. T.)

língua, que mais parece um tijolo, relembrou o roubo do talismã da Deusa. No centro de Yunnan há um lago secreto; no centro desse lago, uma ilha; no centro da ilha, um santuário; no santuário resplandece o ídolo da Deusa; na auréola do ídolo, o talismã. Descrever essa joia, numa sala retangular, é uma imprudência. Tão só recordarei que é de jade, que não dá sombra, que seu tamanho conciso é o de uma noz e que seus atributos fundamentais são a sabedoria e a magia. Há espíritos pervertidos pelos missionários, que fingem refutar esses axiomas, mas se um mortal se apoderasse do talismã e o retivesse vinte anos fora do templo, seria o rei secreto do mundo. No entanto, essa conjectura é ociosa: desde a primeira aurora do tempo até o último ocaso, a joia perdurará no santuário, embora no presente fugaz a tenha escondida um ladrão, já faz dezoito anos.

"O chefe dos sacerdotes encomendou ao mago Tai An a recuperação da joia. Este, segundo é sabido, buscou uma conjunção favorável dos planetas, executou as operações devidas e aplicou o ouvido à terra. Ouviu, nitidamente, os passos de todos os homens do mundo e reconheceu, no ato, os do ladrão. Esses passos distantes percorriam uma cidade remota: uma cidade de barro e com paraísos, desprovida de travesseiros de madeira e de torres de porcelana, cercada por desertos de pasto e por desertos de água sombria. A cidade se escondia no Ocidente, detrás de muitos pores do sol; Tai An, para alcançá-la, não desdenhou os riscos de um vapor movido pela fumaça. Desembarcou em Samerang, com uma vara de porcos narcotizados; disfarçado de clandestino, esteve sepultado vinte e três dias no ventre de um barco dinamarquês, sem outra comida nem bebida que uma inesgotável sucessão de queijos-bola: na Cidade do Cabo, filiou-se ao honorável sindicato de lixeiros e não regateou seu aporte à greve da Semana Fétida; um ano depois, a turba ignara disputava nas ruas e becos de Montevidéu as frugais obreias de maisena que expendia um jovem vestido à estrangeira; esse nutritivo jovem era Tai An. Depois de cruenta luta com a indiferença desses carnívoros, o mago se mudou para Buenos Aires, que adivinhou mais apta para receber a doutrina das obreias e onde não tardou em estabelecer uma vigorosa carvoaria. Esse estabelecimento enegrecido o aproximou da mesa comprida e vazia da pobreza; Tai An, farto desses festins de fome, disse para si mesmo: 'Para a concubina insaciável, os abraços do polvo; para o paladar exigente, um cachorro comestível; para o homem, o Império Celeste', e entrou impetuosamente num consórcio com Samuel Nemirovski, ponderado ebanista que, no próprio centro do Once, fabrica todos os armários e biombos que os admiradores de sua destreza recebem diretamente de Pequim. O piedoso local de vendas prosperou; Tai An passou de uma casinha carbonífera a um apartamento mobiliado, situado exatamente no número 347 da Calle Deán Funes; a incessante emissão de biombos e armários não o distraiu do propósito capital: a recuperação da joia. Sabia com segurança que o ladrão estava em Buenos Aires, a remota cidade que lhe haviam mostrado, na ilha do templo, os círculos e triângulos mágicos. O ginasta do alfabeto repassa os jornais para exercitar sua habilidade; Tai An, menos expansivo e feliz, atinha-se à coluna de marítimas e fluviais.

"Temia que o ladrão se evadisse ou que um barco trouxesse um cúmplice a quem passasse o talismã. Tenaz como os círculos concêntricos que se aproximam da pedra lançada, Tai An se aproximava do ladrão. Mais de uma vez mudou de nome e de bairro. A magia, como as outras ciências exatas, é apenas um pirilampo que guia nossos vãos tropeções na noite considerável; suas verazes figuras delimitavam a zona onde se ocultava o ladrão, mas não a casa nem o rosto. O mago, no entanto, persistia no infatigável propósito."

— O veterano do Salón Doré tampouco se cansa e também persiste — exclamou com espontaneidade Montenegro, que estivera espiando de cócoras, o olho na fechadura e a bengala de baleia entre os dentes; agora, irreprimível, irrompia com um terno branco e um canotier maleável. — *De la mesure avant toute chose*. Não exagero: ainda não descobri o paradeiro do assassino, mas sim deste consultor indeciso. Tonifique-o, meu querido Parodi, tonifique-o: revele, com a autoridade que sou o primeiro em conceder-lhe, como este detetive por direito próprio, que se chama Gervasio Montenegro, salvou num trem expresso a ameaçada joia da princesa a quem logo depois outorgara sua mão. Mas dirijamos nossos potentes focos ao porvir, que nos devora. *Messieurs, faites vos jeux*: aposto dois contra um que nosso diplomático amigo não compareceu a esta cela impelido pelo mero prazer — muito louvável, é claro — de apresentar seus respeitos. Minha já proverbial intuição me diz, por baixo, que esse ato de presença do dr. T'ung não carece de toda relação com o original homicídio da Calle Deán Funes. Rá, rá, rá! Acertei na mosca. Não durmo nos lauréis; descarrego uma segunda ofensiva, a qual auguro desde já o êxito da primeira. Aposto que o doutor condimentou sua narração com todo esse mistério de Oriente, que é a marca de fogo de seus interessantes monossílabos e até de sua cor e seu aspecto. Longe de mim a sombra de uma censura à linguagem bíblica, grávida de sermões e de parábolas; atrevo-me, no entanto, a suspeitar que o senhor preferirá meu *compte rendu* — todo nervo, músculo e ossatura — às adiposas metáforas de meu cliente.

O dr. Shu T'ung encontrou sua voz e prosseguiu docilmente:

— Seu copioso colega fala com a eloquência do orador que ostenta uma fileira dupla de dentes de ouro. Retomo a maligna corrente de meu relato e digo com trivialidade: semelhante ao Sol, que vê tudo e a quem torna invisível seu próprio brilho, Tai An, fiel e tenaz, persistia na busca implacável, estudava os hábitos de todas as pessoas da coletividade e quase era ignorado por elas. Ai da fraqueza do homem! Nem sequer é perfeita a tartaruga, que medita sob uma cúpula de queratina. A reserva do mago teve uma falha. Em uma noite de inverno de 1927, sob os arcos da Plaza del Once, ele viu uma roda de vagabundos e de mendigos que zombavam de um infeliz que jazia no chão de pedra, derrubado pela fome e pelo frio. A piedade de Tai An se duplicou ao descobrir que esse vilipendiado era chinês. O homem de ouro pode emprestar uma folha de chá sem perder o conhecimento; Tai An alojou o forasteiro, cujo expressivo nome era Fang She, na oficina de ebanesteria de Nemirovski.

"Poucas notícias refinadas e eufônicas posso comunicar-lhe sobre Fang She; se os jornais de maior riqueza de abecedário não estão enganados, ele é oriundo de Yunnan e desembarcou neste porto em 1923, um ano antes que o mago. Mais de uma vez me recebeu com sua natural afetação, na Calle Deán Funes. Juntos, praticamos caligrafia à sombra de um salgueiro que há no jardim e que delicadamente lhe lembrava, disse-me, as iteradas selvas que decoram as margens terrestres do aquoso Ling-Kiang."

— Eu, se fosse o senhor, deixava de caligrafias e adornos — observou o investigador. — Fale-me das pessoas que havia na casa.

— O bom ator não entra em cena antes que edifiquem o teatro — replicou Shu T'ung. — Primeiro, descreverei absurdamente a casa; depois tentarei, sem êxito, um débil e grosseiro retrato das pessoas.

— Minha palavra de estímulo — disse Montenegro fogosamente. — O edifício da Calle Deán Funes é uma interessante *masure* de princípios do século, um de tantos monumentos de nossa arquitetura instintiva, no qual persiste de modo invencível a ingênua profusão do capataz italiano, apenas restaurada pelo severo cânon latino de Le Corbusier. Minha evocação é definitiva. O senhor já pode ver a casa: na fachada de hoje, o azul-celeste de ontem é branco e ascético; lá dentro, o pacífico jardim de nossa infância, onde vimos a escravinha negra correr para lá e para cá com a cuia de prata, suporta a preamar do progresso, que o inunda de exóticos dragões e de lacas milenares, filhas da escova falaz desse industrializado Nemirovski; ao fundo, a casinha de madeira indica o habitáculo de Fang She, junto à verde melancolia do salgueiro que acaricia, com sua mão de folhas, as nostalgias do exilado. Vigoroso arame farpado de metro e meio separa nossa propriedade de um terreno vizinho: um desses pitorescos *baldios*, para empregar o insubstituível vocábulo *criollo*, que ainda perduram invictos no coração da urbe e onde o gato do bairro acode talvez para buscar as ervas curativas que mitigarão suas doenças de arisco *célibataire* das telhas. O térreo está consagrado ao salão de vendas e ao atelier;[2] o andar de cima — refiro-me, *cela va sans dire*, a épocas anteriores ao incêndio — constituía a casa de família, o intocável *at home* dessa partícula de Extremo Oriente, transplantada com todas as suas peculiaridades e seus riscos à Capital Federal.

— No sapato do preceptor os alunos põem os pés — disse o dr. Shu T'ung. — Depois da vitória do rouxinol, os ouvidos recebem e perdoam a tosca melodia do pato. O dr. Montenegro erigiu a casa; minha língua indocumentada e obtusa proporá as pessoas. Reservo o primeiro trono para Madame Hsin.

— A meu jogo me chamaram — Montenegro disse oportunamente. — Não incorra num erro que lhe pesará, meu estimável Parodi. Não sonhe em confundir Madame Hsin com essas *poules de luxe*, que o senhor deve ter tolerado, e adorado, nos grandes hotéis da Riviera e que decoram sua pomposa frivolidade com um pequinês contrafeito e com um impecável *quarante chevaux*. O caso de Madame Hsin é bem outro. Trata-se de uma subjugante combinação da grande dama de salão e da tigresa oriental. Desde a obliquidade de seus olhos nos pisca, tentadora, a eterna Vênus; a boca é uma só flor encarnada, as mãos são a seda e são o marfim; o corpo, sublinhado pela vitoriosa *cambrure*, é uma coquete avant-garde do perigo amarelo, e já conquistou as

---

2. De modo algum. Nós — contemporâneos da metralhadora e do bíceps — repudiamos essa indolência retórica. Eu diria, inapelável como o estampido: "No térreo instalou o salão de vendas e o atelier; no andar superior, trancou os chineses". (Nota de próprio punho de Carlos Anglada.)

telas de Paquin e as linhas ambíguas de Schiaparelli. Mil perdões, meu querido *confrère*, o poeta primou sobre o historiador. Para delinear o retrato de Madame Hsin, recorri ao pastel; para a efígie de Tai An, acudo à masculina água-forte. Nenhum preconceito, por inveterado que seja, deformará minha visão. Vou me limitar à documentação fotográfica dos periódicos de toda hora. Além disso, a raça devora o indivíduo; murmuramos "um chinês" e prosseguimos nossa rota febril à conquista de um dourado espelhismo, sem acaso suspeitar as tragédias banais ou grotescas, mas invencivelmente humanas, do exótico personagem. Fique o mesmo retrato para Fang She, cujo aspecto lembro perfeitamente, cujos ouvidos hospedaram meu conselho paterno, cujas mãos apertaram minha luva de pele de cabra. Contraste: ao quarto medalhão da minha galeria assoma um personagem oriental. Não o chamei nem lhe peço que se demore: é o estrangeiro, o judeu, que espreita no escuro fundo de meu relato como espreita e espreitará, se uma legislação prudente não o fulminar, em todos os carrefours da História. Nesse caso, nosso convidado de pedra se chama Samuel Nemirovski. Economizo-lhe até o menor detalhe desse ebanista vulgaríssimo: testa serena e desanuviada, olhos de triste dignidade, negra barba profética, estatura permutável pela minha.

— O contínuo comércio com elefantes faz com que o olho perspicaz não distinga a mosca mais ridícula — opinou bruscamente o dr. Shu T'ung. — Observo com gritos de prazer que meu retrato prejudicial não entorpece a galeria do sr. Montenegro. No entanto, se a voz de um crustáceo significa algo, eu também piorei com minha presença o edifício da Calle Deán Funes, embora minha imperceptível morada se oculte dos deuses e dos homens na esquina da Rivadavia com a Jujuy. Um dos meus passatempos deprimentes é a venda domiciliar de consoles, biombos, camas e aparadores que incessantemente elabora o prolífico Nemirovski; a piedade desse artífice permite que eu guarde e use os móveis, até vendê-los. Agora, exatamente, durmo no interior de um vaso apócrifo da dinastia Sung, porque a pletora de leitos nupciais me desvia do dormitório e um só trono dobradiço me nega a sala de jantar.

"Ousei incluir-me no honorável círculo da Calle Deán Funes, pois Madame Hsin me estimulava indiretamente a deixar de ouvir as justas imprecações dos demais e a ultrapassar, vez ou outra, o portão. Esta incompreensível indulgência não conseguiu o apoio incondicional de Tai An, que de dia e de noite era o preceptor, o mestre mágico de madame. Além do mais, meu efêmero paraíso não conseguiu os anos da tartaruga ou do sapo. Madame Hsin, fiel aos interesses do mago, consagrou-se a adular Nemirovski, para que a felicidade deste fosse redonda e o número de móveis procriados excedesse as permutações de uma pessoa sentada ao redor de umas quantas mesas. Na luta com as náuseas e o tédio, resignava-se com abnegação à imediata proximidade dessa cara ocidental e barbuda, embora, para mitigar o martírio, preferisse encará-la nas trevas ou no cinematógrafo Loria.

"Este nobre regime ligou para sempre a centopeia da prosperidade comercial à fábrica; Nemirovski, infiel à sua admirável avareza, expendia em anéis e em raposas o papel-moeda que agora lhe arredondava a carteira como um leitão. Sob o risco de que algum censor viperino o apelidasse de monótono, acumulava essas frequentes dádivas em dedos e colo de Madame Hsin.

"Sr. Parodi, antes de seguir adiante, permita-me um esclarecimento estúpido. Só um decapitado se atreveria a supor que esses exercícios penosos e, em geral, vespertinos tenham afastado Tai An da proporcionada discípula. Concedo a meus ilustres contraditores que a dama não permanecia imóvel como um axioma, na casa do mago. Quando sua própria cara não podia vigiá-lo e atendê-lo, por intercalação de várias quadras edificadas, encarregava essas tarefas a outra cara muito inferior — a que humildemente arvoro e que agora cumprimenta e sorri.[3] Eu executava essa refinada missão com legítimo servilismo: para não importunar o mago, tratava de moderar minha presença; para não cansá-lo, trocava de disfarces. Às vezes, pendurado no cabideiro, fingia com escassa fortuna ser o sobretudo de lã que me escondia; outras vezes, rapidamente caracterizado de móvel, aparecia no corredor, em quatro pernas e com um vaso de flores nas costas. Desgraçadamente, macaco velho não trepa em galho podre; Tai An, ebanista afinal de contas, reconhecia-me segundos antes do primeiro pontapé e me obrigava a ir impressionar outros seres inanimados.

"Mas a Abóbada Celeste é mais invejosa do que o homem a quem acabam de revelar que um de seus vizinhos adquiriu uma muleta de sândalo, e outro, um olho de mármore. Nem sequer é eterno o momento em que percebemos um grão de alpiste: tanta felicidade teve término. O sétimo dia de outubro nos proporcionou o incêndio, combustível que ameaçou a anatomia pes-

---

3. Efetivamente, o doutor sorriu e cumprimentou. (N. A.)

soal de Fang She, dispersou para sempre nossa suspirada tertúlia; queimou imperfeitamente a casa e devorou uma cifra exagerada de lamparinas de madeira. Não cave à procura de água, sr. Parodi, não desidrate seu honorável organismo: o incêndio foi apagado. Ai, também se apagou o instrutivo calor de nossa tertúlia. Madame Hsin e Tai An se transferiram sob capotas e sobre rodas à Calle Cerrito; Nemirovski dedicou o dinheiro do seguro a fundar uma Empresa de Fogos de Artifício; Fang She, quieto como uma sucessão infinita de chaleiras idênticas, perdurou na casinha de madeira, junto ao único salgueiro.

"Não violei as trinta e nove leis adicionais da verdade quando admiti que o incêndio havia sido apagado, mas só um custoso recipiente de água chovida poderia jactar-se de apagar sua lembrança. Desde o amanhecer, Nemirovski e o mago estavam ocupados em fabricar tênues luminárias de bambu, em número indefinido e talvez infinito. Eu, considerando de forma imparcial a exiguidade de minha casa e a ininterrupta afluência de móveis, cheguei a pensar que o desvelo dos artífices era inútil e que uma dessas luminárias nunca se acenderia. Ai de mim, antes que se acabasse a noite, confessei meu erro: às onze e quinze da noite, todas as luminárias ardiam, e com elas o depósito de farpas e um cercado de madeira superficialmente pintado de verde. O homem valoroso não é o que pisa na cauda do tigre, e sim o que se embrenha na selva e aguarda o momento prefixado, desde o princípio do universo, para dar o salto mortal. Assim agi eu: perseverei trepado no salgueiro dos fundos, reservando-me como uma salamandra para invadir o fogo, ao primeiro grito refinado de Madame Hsin. Bem dizem que vê melhor o peixe no telhado do que um casal de águias no fundo do mar. Eu, sem pretender me gabar com o título de peixe, vi muitos espetáculos aflitivos, mas os tolerei sem cair, sustentado pelo ameno propósito de reportá-los ao senhor, cientificamente. Vi a sede e a fome do fogo; vi a consternação deforme de Nemirovski, que mal atinava a saciá-lo com doações de serragem e papel impresso; vi a cerimoniosa Madame Hsin, que seguia cada movimento do mago, como a felicidade segue aos petardos; vi, por fim, o mago, que, depois de ajudar Nemirovski, correu para a casinha dos fundos e salvou Fang She, cuja felicidade, essa noite, não era redonda por obra e graça da febre do feno. Esse salvamento é tanto mais admirável se enumerarmos de maneira minuciosa as vinte e oito circunstâncias que o distinguem, das quais só exporei quatro, em favor da mesquinha brevidade:

"a) A desacreditada febre que acelerava todos os pulsos de Fang She não era bastante prestigiosa para imobilizá-lo no leito e vedar sua elegante fuga.

"b) A insípida pessoa que agora grunhe esta narração estava encarapitada no salgueiro, pronta para fugir com Fang She, se uma atenciosa massa de fogo o aconselhasse.

"c) A combustão plenária de Fang She não teria prejudicado Tai An, que o nutria e o hospedava.

"d) Assim como no corpo do homem o dente não vê, o olho não arranha e o casco não mastiga, no corpo que por uma convenção chamamos país não é decente que um indivíduo usurpe a função dos outros. O imperador não abusa de seu poder e varre as ruas; o preso não compete com o andarilho e se desloca em todas as direções. Tai An, ao resgatar Fang She, usurpou as funções dos bombeiros, com grave risco de ofendê-los e de que estes o molhassem com suas caudalosas mangueiras.

"Bem dizem que depois do pleito perdido é preciso pagar a conta do verdugo; depois do incêndio, começaram as disputas. O mago e o ebanista tornaram-se inimigos. O general Su Wu celebrou em monossílabos imortais o deleite de contemplar a caçada do urso, mas ninguém ignora que primeiro recebeu em plenas costas as flechas dos infalíveis arqueiros e depois foi alcançado e devorado pela irritada presa. Essa analogia imperfeita se aplica a Madame Hsin, não menos vulnerável e equidistante que o general. Em vão procurou reconciliar os dois amigos: corria da carbonizada alcova de Tai An ao agora ilimitado escritório de Nemirovski, como uma divindade que protege as ruínas de seu templo. O Livro das Transformações adverte que para regozijar o homem colérico é inútil disparar muitos petardos e luzir incontáveis caretas; as tentadoras alegações de Madame Hsin não apaziguavam essa incompreensível discórdia — eu me atreverei a dizer que a acendiam. Essa situação desenhou no mapa de Buenos Aires uma interessante figura com propensão ao triângulo. Tai An e Madame Hsin enalteceram um apartamento na Calle Cerrito; Nemirovski, com sua Empresa de Fogos de Artifício, abriu novos e lúcidos horizontes na Calle Catamarca, 95; o uniforme Fang She ficou na casinha.

"Se o artífice e o mago se tivessem atido a essa figura, eu não gozaria neste momento do imerecido prazer de conversar com vocês; desafortunadamente, Nemirovski não quis deixar passar o Dia da Raça sem visitar seu antigo colega. Quando os gendarmes chegaram, foi necessário recorrer à Assistência Pública. Tão confuso era o equilíbrio mental dos beligerantes, que Nemirovski (desatendendo uma monótona hemorragia nasal) entoava versículos instrutivos do Tao Te King, enquanto o mago (indiferente à supressão de um canino) estendia uma série interminável de histórias judias.

"Madame Hsin ficou tão sentida por esse desentendimento, que me vedou com toda franqueza as portas de sua casa. Diz o adágio que o mendigo a quem expulsam da casinha de cachorro se hospeda nos palácios da memória; eu, para enganar minha solidão, fiz uma peregrinação à ruína da Calle Deán Funes. Atrás do salgueiro declinava o sol da tarde, como em minha aplicada infância; Fang She me recebeu com resignação e me ofereceu uma xícara de chá com pinhões, nozes e vinagre. A ubíqua e densa imagem da senhora não me impediu de advertir um desmesurado baú de roupas que, por seu aspecto geral, parecia um bisavô venerável, em estado de putrefação. Delatado pelo baú, Fang She me confessou que os catorze anos passados nesta república paradisíaca equivaliam a apenas um minuto da mais intolerável tortura e que já havia obtido de nosso cônsul uma acartonada e quadrangular passagem de volta no *Yellow Fish*, que zarpava para Xangai na semana seguinte. O vistoso dragão de sua alegria ostentava um só defeito: a certeza de contrariar Tai An. Na verdade, se, para computar o valor de um incalculável sobretudo de pele de nútria com ribetes de morsa, o juiz mais reputado se atém ao número de traças que o percorrem, assim também a solidez de um homem se estima pelo número exato de mendigos que o devoram. A emigração de Fang She sem dúvida minaria o inamovível crédito de Tai An; este, para conjurar o perigo, não era incapaz de recorrer a trancas ou a sentinelas, a nós ou a narcóticos. Fang She amontoou esses argumentos com agradável lentidão e me rogou, por todos os antepassados de minha linha materna, que não afligisse Tai An com a insignificante notícia de sua partida. Como o exige o Livro dos Ritos, eu acrescentei a duvidosa garantia da linha viril; nós nos abraçamos sob o salgueiro, não sem alguma lágrima.

"Minutos depois, um automóvel taxímetro me depositou na Calle Cerrito. Sem deixar me abolir pelas diatribes do empregado — mero instrumento de Madame Hsin e de Tai An —, me embrenhei na farmácia. Nessa instituição venal cuidaram do meu olho e me emprestaram um telefone numerado. Coloquei-o em funcionamento; como não atendeu Madame Hsin, confiei diretamente a Tai An a projetada fuga de seu protegido. Minha recompensa foi um silêncio eloquente, que perdurou até que me expulsassem da farmácia.

"Bem dizem que o carteiro de pés velozes que corre a distribuir a correspondência é mais digno de encômios e ditirambos do que seu companheiro que dorme junto a um fogo alimentado com a mesma correspondência. Tai An agiu com eficaz prontidão: para exterminar pela raiz qualquer evasão de seu protegido, acudiu, como se os astros o tivessem dotado de mais de um pé e mais de um remo, à Calle Deán Funes. Na casa, duas surpresas o cumprimentaram: a primeira, não encontrar Fang She; a segunda, encontrar Nemirovski. Este lhe disse que uns comerciantes do bairro haviam visto Fang She carregar uma charrete com o baú e com sua pessoa e fugir em direção ao Norte com velocidade medíocre. Procuraram os dois inutilmente. Depois se despediram: Tai An, para dirigir-se a um leilão de móveis na Calle Maipú; Nemirovski, para encontrar-se comigo no Western Bar."

— *Halte-là!* — proferiu Montenegro. — O bêbado do artista se impõe. Admire o quadro, sr. Parodi: ambos os duelistas depõem gravemente as armas, feridos em sabe-se lá que fibra irmã pela sensível perda comum. Peculiaridade que destaco: a empresa que os embarga é idêntica; os personagens diferem tenazmente. Pressentimentos enlutados ventilam, talvez, a testa de Tai An; Nemirovski, surdo a essas grandes vozes ultraterrenas, inquire, interroga, pergunta. Confesso que a terceira figura me atrai: esse *jemenfoutiste* que se afasta do âmbito da nossa história, num carro aberto, é também uma incógnita sugestiva.

— Senhores — prosseguiu com doçura o dr. Shu T'ung —, minha lodosa narração chegou à memorável noite de 14 de outubro. Permito-me chamá-la memorável porque meu estômago incivil e antiquado não soube compreender as rações duplas de canjica que eram o decoro e o prato único da mesa de Nemirovski. Meu candoroso projeto havia sido: *a*) jantar na casa de Nemirovski; *b*) desaprovar, no Cine Once, três musicais que, segundo Nemirovski, não haviam saciado Madame Hsin; *c*) saborear um anis na Confeitaria La Perla; *d*) voltar para casa. A vívida e talvez dolorosa evocação da canjica obrigou-me a eliminar os pontos *b* e *c*, e a subverter a ordem natural de vosso reputado alfabeto, passando do *a* para o *d*. Um resultado secundário foi que não deixei a casa a noite toda, apesar da insônia.

— Essas manifestações o honram — observou Montenegro. — Embora os pratos nativistas da nossa infância resultem, em seu gênero, impagáveis trouvailles do acervo *criollo*, estou calorosamente de acordo com o doutor: no topo da *haute cuisine* o gaulês não reconhece rivais.

— No dia 15, dois meganhas me acordaram pessoalmente — continuou Shu T'ung — e me convidaram a custodiá-los até a sólida Chefatura Central. Aí eu soube o que vocês já sabem: o afetuoso Nemirovski, inquieto pela brusca mobilidade de Fang She, penetrara, pouco antes da lúcida aurora, na casa da Calle Deán Funes. Bem diz o Livro dos Ritos: se tua honrável concubina coabita no caloroso verão com pessoas de ínfima qualidade, algum de teus filhos será bastardo; se abrumas os palácios de teus amigos fora das horas estabelecidas, um sorriso enigmático embelezará a cara dos porteiros. Nemirovski padeceu na própria carne o golpe desse adágio: não só não encontrou Fang She; encontrou, semienterrado sob o salgueiro local, o cadáver do mago.

— A perspectiva, meu estimável Parodi — sentenciou bruscamente Montenegro —, é o calcanhar de aquiles das grandes paletas orientais. Eu, entre duas baforadas azuis, dotarei seu álbum interior de um ágil *raccourci* da cena. No ombro de Tai An, o augusto beijo da Morte havia estampado seu rouge: uma ferida de arma branca, de uns dez centímetros de largura. Do culpado aço, nem sinal. Tratava, em vão, de suprir essa ausência, a pá sepulcral: vulgaríssimo utensílio de jardinagem, relegado — muito justamente — a uns poucos metros. No rústico cabo da ferramenta, os policiais (ineptos para o voo genial e obstinados fregueses da minúcia) descobriram não sei que impressões digitais de Nemirovski. O sábio, o intuitivo, mofa-se dessa cozinha científica; seu papel é incubar, peça por peça, o edifício perdurável e esbelto. Eu me refreio: reservo para um amanhã a hora de antecipar e burilar meus vislumbres.

— Sempre à espera de que seu amanhã amanheça — intercalou Shu T'ung —, reincido em meu relato servil. A entrada ilesa de Tai An na casa da Calle Deán Funes não foi percebida pelos vizinhos negligentes, que dormiam como uma retilínea biblioteca de livros clássicos. Conjectura-se, no entanto, que deve ter entrado depois das onze, pois às quinze para as onze o viram assomar ao inesgotável leilão da Calle Maipú.

— Adiro — Montenegro corroborou. — Sussurro-lhe, *inter nos*, que a picardia portenha comentou a seu modo a aparição fugaz do exótico personagem. Além do mais, eis aqui a localização das peças no tabuleiro: a dama — aludi a Madame Hsin — deixa entrever seus olhos rasgados e seu delicioso perfil, entre o bulício multicolorido do Dragão Que se Aturde, por volta das onze da noite. Das onze à meia-noite atendeu, em seu domicílio, um cliente que reserva sua incógnita. *Le coeur a des raisons...* Quanto ao instável Fang She, a polícia declara que antes das onze da noite se alojou na célebre "sala comprida" ou "sala dos milionários" do Hotel El Nuevo Imparcial, indesejável covil do nosso subúrbio, do qual nem o senhor, nem eu, querido *confrère*, temos a mais leve notícia. No dia 15 de outubro embarcou no vapor *Yellow Fish*, rumo ao mistério e à fascinação do Oriente. Foi arrestado em Montevidéu e agora vegeta obscuramente na Calle Moreno, à disposição das autoridades. E Tai An?, perguntarão os céticos. Surdo à frívola curiosidade policial, hermeticamente encaixotado no típico ataúde de cores vivas, voga e voga no plácido porão do *Yellow Fish*, rumo, em sua viagem eterna, à China milenar e cerimoniosa.

II

Quatro meses depois, Fang She foi visitar Isidro Parodi. Era um homem alto, fofo; sua cara era redonda, vácua e talvez misteriosa. Tinha um chapéu preto de palha e um avental branco.

— O amigo Shu T'ung me disse que o senhor queria falar comigo — declarou.

— Muito justo[4] — respondeu Parodi. — Se não lhe parecer mal, eu vou lhe contar o que sei e o que não sei do assunto da Calle Deán Funes. Seu compatriota, o dr. Shu T'ung, aqui ausente, contou-nos uma longa e arrevesada história, em que deduziu que, em 1922, algum herege roubou uma relíquia de uma imagem muito milagrosa que vocês costumam venerar na sua terra. Os padres faziam o sinal da cruz com a novidade e mandaram um missionário para castigar o herege e recuperar a relíquia. O doutor disse que Tai An, segundo confissão própria, era o missionário. Mas aos fatos me atenho,

---

4. O duelo está empenhado; o leitor já percebe o *cliquetis* dos floretes rivais. (Nota marginal de Gervasio Montenegro.)

dissera o sábio Merlin. O missionário Tai An mudava de apelativo e de bairro, sabia pelos jornais o nome de tudo quanto era navio que chegava à capital e espionava todo chinês que desembarcava. Esses floreios podem ser daquele que está procurando, mas também daquele que está se escondendo. O senhor chegou primeiro a Buenos Aires; depois chegou Tai An. Qualquer um pensaria que o ladrão fosse o senhor, e o outro, o perseguidor. No entanto, o próprio doutor disse que Tai An se demorou um ano no Uruguai, com a ilusão de vender obreias. Como o senhor pode ver, quem chegou primeiro à América foi Tai An.

"Veja, eu vou lhe relatar o que estou tirando a limpo. Se eu estiver enganado, o senhor me dirá 'que mancada, meu irmão' e me ajudará a sair do erro. Dou por sentado que o ladrão é Tai An, e o senhor, o missionário: senão o enredo não tem nem pé nem cabeça.

"Fazia tempo que Tai An lhe mesquinhava o corpo, amigo Fang She. Por isso mudava sem parar de nome e de domicílio. Por fim, se cansou. Inventou um plano que era prudente à força de ser temerário e teve a decisão e a coragem de colocá-lo em prática. Começou por uma malandragem: fez com que o senhor fosse viver na sua casa. Ali viviam a senhora chinesa, que era sua amante, e o moveleiro russo. A senhora também andava atrás da joia. Quando saía com o russo, que também falava com ela, deixava esse doutor de tantos recursos de campana que, se a circunstância o exige, põe tranquilamente um vaso no traste e fica disfarçado de móvel. De tanto pagar o cinematógrafo e outros locais, o russo estava sem um cobre. Lançou mão da velha história e colocou fogo na movelaria, para receber o seguro; Tai An estava de acordo com ele: ajudou-o a fazer essas luminárias que foram lenha para o incêndio; depois o doutor, que estava mais trepado no salgueiro do que uma salamandra, pescou os dois avivando o fogo com jornais velhos e serragem. Vejamos o que as pessoas fazem durante o sinistro. A senhora segue Tai An feito uma sombra; está esperando o momento em que o homem se decida a tirar a joia do esconderijo. Tai An não se preocupa com a joia. Dá de salvar o senhor. Esse auxílio pode ser esclarecido de duas maneiras. O mais fácil é pensar que o senhor é o ladrão e que o salvam para que não morra com o segredo. Minha opinião é que Tai An o fez para que o senhor não o perseguisse depois; para comprá-lo moralmente, para ser claro."

— É verdade — disse simplesmente Fang She. — Mas eu não me deixei comprar.

— Não gostei da primeira suposição — continuou Parodi. — Mesmo que o senhor tivesse sido o ladrão, quem podia temer que morresse com o segredo? Além do mais, se houvesse realmente algum perigo, o doutor teria saído como telegrama, com vaso e tudo.

"No dia seguinte, todos foram embora e deixaram o senhor mais sozinho do que um olho de vidro. Tai An fingiu uma briga com Nemirovski. Eu lhe atribuo dois motivos: primeiro, fazer acreditar que não estava de combinação com o russo e que desaprovava o incêndio; segundo, levar a senhora e afastá-la do russo. Depois este continuou cortejando a senhora, e então brigaram de verdade.

"O senhor enfrentava um problema difícil: o talismã podia estar escondido em qualquer lugar. À primeira vista, um lugar parecia livre de qualquer suspeita: a casa. Havia três razões para descartá-la: ali tinham instalado o senhor; ali tinham deixado o senhor vivendo sozinho, depois do incêndio; o próprio Tai An a tinha incendiado. Suspeito, no entanto, que o homem perdeu a mão; eu, no seu caso, dom Pancho, teria desconfiado de tanta prova demonstrando um fato que não precisava de demonstração."

Fang She se pôs de pé e disse com gravidade:

— O que o senhor disse é verdade, mas há coisas que não tem como saber. Eu as relatarei. Quando todos se foram, tive a convicção de que o talismã estava escondido na casa. Não o procurei. Pedi a nosso cônsul que me repatriasse e confiei a notícia de minha viagem ao dr. Shu T'ung. Este, como era de esperar, falou imediatamente com Tai An. Saí, deixei o baú no *Yellow Fish* e retornei para a casa. Entrei pelo terreno baldio e me escondi. Logo depois chegou Nemirovski; os vizinhos haviam comentado minha partida. Depois chegou Tai An. Juntos, simularam me procurar. Tai An disse que tinha de ir a um leilão de móveis, na Calle Maipú. Cada um se foi para seu lado. Tai An havia mentido: minutos depois, voltou. Entrou na casinha e saiu trazendo a pá com a qual tantas vezes eu havia trabalhado o jardim.[5] Encurvado sob a lua, pôs-se a cavar junto ao salgueiro. Passou um tempo que não sei computar; desenterrou uma coisa resplandecente; por fim, vi o talismã da Deusa. Então me lancei sobre o ladrão e executei o castigo.

5. Toque bucólico. (Nota de José Formento.)

"Eu sabia que cedo ou tarde me arrestariam. Era preciso salvar o talismã. Escondi-o na boca do morto. Agora volta à pátria, volta ao santuário da Deusa, onde meus companheiros o encontrarão ao queimar o cadáver.

"Depois, procurei num jornal a página dos leilões. Havia dois ou três leilões de móveis na Calle Maipú. Compareci a um deles. Às cinco para as onze, eu estava no Hotel El Nuevo Imparcial.

"Esta é a minha história. O senhor pode me entregar às autoridades."

— Por mim, pode esperar sentado — disse Parodi. — As pessoas de agora não fazem mais do que pedir que o governo arranje tudo. Ande o senhor pobre, e o governo tem que lhe dar um emprego; sofra um atraso na saúde, e o governo tem de atendê-lo no hospital; deva uma morte e, em vez de expiá-la por conta própria, peça ao governo que o castigue. O senhor vai dizer que eu não sou ninguém para falar assim, porque o Estado me mantém. Mas eu continuo acreditando, senhor, que o homem tem que se bastar.

— Eu também acredito, sr. Parodi — disse pausadamente Fang She. — Muitos homens estão morrendo no mundo para defender essa crença.

Pujato, 21 de outubro de 1942

DUAS FANTASIAS MEMORÁVEIS
1946

H. Bustos Domecq

A testemunha

Isaías, 6,5

— Disse bem, Lumbeira. Há espíritos nitidamente recalcitrantes, que preferem uma porção de histórias que até o Núncio boceja quando as ouve pela milésima vez, e não um debate mano a mano sobre uma temática que não trepido em qualificar de a mais elevada. O senhor abre a boca e por pouco não desnuca para emitir um parecer fenomenal sobre a imortalidade do caranguejo, e num piscar de olhos metem a patacoada de uma história que, se o senhor ouvir, não o pescam mais nessa leiteria. Tem pessoas que não sabem escutar. Nem piada, meu caro; enquanto eu mando outra média goela abaixo, se o senhor não me apressar, vou lhe passar um caso concreto que se o senhor não cair de costas é porque quando limparam o seu sobretudo o senhor estava dentro. Por mais doloroso que seja reconhecê-lo — e me animo a falar, porque do senhor se dirá com toda justiça que nem pintado de ouro, mas não que não é argentino —, é preciso gritar como um despeitado que, em matéria de lumbricidas, a República deu um passo atrás que não contribuirá para colocá-la numa situação auspiciosa. Outro galo cantava para mim quando meu genro se infiltrou sob a asa do nepotismo no Instituto de Previsões Veterinárias Diogo e, com uma paciência de preso, abriu uma sólida brecha na única fachada que volta e meia não se deixava materializar com a simples menção do meu nome. É o que sempre repito para o Lungo Cachaza — o Tigre da Cúria, o senhor sabe —, há cada atrabiliário que, para remover a sujeira, traz à tona cada mexerico que tem bem ganhado seu nicho junto ao Tatu Gigante: histórias que já são de domínio público, verbi gratia a vez que me multaram quando do confisco de atum ou aquele tropeção dos atestados de óbito para a Maffia Chica de Rafaela. Ah, bons tempos; bastava eu apertar o ferrinho do meu Chandler 6 para apresentar um quadro completo do despertador desarmado e rir até não poder mais dos mecânicos do interior que acudiam como moscas com o sonho de pôr em forma a carroça. Outras vezes, os esquartejadores é que pagavam o pato, que suavam em bicas para me desatolar do barro branco, quando não de um acostamento em projeto. Aqui caio e aqui levanto; eu costumava me arrastar num circuito de oitocentos quilômetros, que o resto dos colegas não aceitava, nem com a história de participar do sorteio das obras do velho Palomeque. Como prenúncio do progresso que sempre fui, minha incumbência era tocar na maciota o mercado em vista do nosso novo departamento, que abrangia o piolho dos porcinos e que não era outra coisa que o nosso velho amigo, o Pó de Tapioca Engarrafado.

"Com o pretexto da inexplicável enterocolite que dizimou em massa o acervo porcino do Sudoeste bonaerense, tive que dizer tchauzinho ao Chandler, arrecadando pela metade em Leubuco e, confundido com a nuvem de energúmenos apalavrados para me rechear até ficar empastelado com pó de tapioca, pude me encaixar numa das quadrilhas veterinárias e ganhar são e salvo os perímetros da Puán. Meu lema sempre foi que zona onde o homem que está por dentro das coisas é um lutador inteligente que dá ao porcino o remédio e o alimento racional que este exige para seu mais elevado rendimento em presunto livre de gordura e osso — o Piolhicida Diogo e a Sementina Vitaminada Diogo, digamos — reveste, à primeira vista, contornos otimistas, alentadores. No entanto, como desta vez não acarretaria nada engrupi-lo como um miserável contribuinte, o senhor vai acreditar em mim se eu mostrar, com a pincelada mais retinta, o quadro que a campanha oferecia ao observador atribulado, na hora em que o ocaso se perdia entre os restolhos, pelo fedor quase repugnante de tanto porco morto.

126

"Aproveitando que fazia um frio de rachar o umbigo, ao que o senhor agregue a beca de brim, menos o paletó que um Duroc Jersey pôs nos últimos estertores da agonia e o avental disfarce que cedi a ele, em troca de um carreto da minha pessoa na sua camionete rural, a um agente da Saponificadora Silveyra, que fazia a América carregando gordura de ossamento, entrei de penetra no Hotel e Estalagem do Gouveia, onde pedi uma média bem quentinha, que o guarda-noturno satisfez, alegando que com tudo isso já passava das nove, com uma soda Sifonazo a uma temperatura que resultava francamente inferior. Trago vai, calafrio vem, dei um jeito de extrair do guarda-noturno, que era um desses mudos que quando desandam a falar têm mais bocas que a debulhadora a prazo Diogo, a hora aproximada do primeiro trem misto para Empalme Lobos. Já me cantava que só me restavam oito horas de santa espera, quando um doido me virou como uma meia, e era uma fresta que se abria para que entrasse esse pançudo do Sampaio. Não dê uma de que não identifica aquele gordo, porque me consta que o Sampaio não é delicado e se dá com qualquer lixo. Ancorou na mesma mesa de mármore onde eu estava tiritando e debateu meia hora com o guarda-noturno sobre as vantagens de um chocolate com baunilha versus um *bol* de caldo gordo, deixando-se convencer pelo cansaço a favor do primeiro, que o guarda-noturno, a seu modo, interpretou servindo-lhe uma soda Sifonazo. Naquele inverno, Sampaio, com um chapéu de palha até o cangote e um paletozinho bem curto, tinha encontrado um leito profícuo para sua comichão literária e redigia com letra cheia de firula uma listinha quilométrica de criadores, invernadores e reprodutores de porcos, para uma edição refundida do *Guia Lourenzo*.

"Assim, enquanto, encolhidos junto ao termômetro, nossos mordedores batiam, olhamos aquele recinto desmantelado e escuro — piso de lajotas, colunas de ferro, o balcão com a máquina de *express* — e recordamos tempos melhores, quando brigávamos para nos desbancar mutuamente diante da clientela e andávamos por esses terrais de San Luis mascando terra, que quando regressávamos a Rosario a limpadora de lençóis entupia. O gordo, por mais que oriundo da nação de não sei que república tropical, é um pança-relâmpago e quis me presentear o espírito com a leitura de sua elucubração em cadernetas; eu, nos primeiros três quartos de hora, me fazia de coitadinho e mantinha o miolo a todo vapor, com a ilusão de que aqueles Ábalos e Abarreteguis e Abatimarcos e Abbagnatos e Abbatantuonos eram firmas que operavam dentro do meu raio de ação, mas muito rápido o Sampaio desembuchou a indiscrição de que eram criadores do Noroeste da província, zona interessante pela densidade demográfica, é verdade, mas desgraçadamente absorvida pela propaganda inócua e obscurantista da concorrência. Olha que eu conhecia o gordo Sampaio de velho, e nunca tinha me passado pela *testoni* que ali, entre tanta gordura, houvesse todo um escriba de garra e valor! Agradavelmente surpreendido, aproveitei, com toda agilidade, o perfil ilustrado que ia tomando nosso papo e, com uma tramoia que em sua mais farrista juventude P. Carbone teria invejado, desviei o temário para os Grandes Interrogantes, com a ideia fixa de plantar esse valioso pançudo na Casa do Catequista. Resumindo grosso modo as diretrizes de uma cartilhazinha que era puro gogó do P. Fainberg, eu o deixei baqueado com a pergunta de como o homem, que viaja como um trem de estrada de ferro entre um nada e outro, pode insinuar que é puro boato e balela o que sabe até o último coroinha sobre os pães e os peixes e a Trindade. Não vai cair para trás, amigo Lumbeira, se eu lhe revelar que o Sampaio nem sequer içou a bandeira branca diante desse rotundo pancada. Ele me disse mais frio que um sorvete de café com leite que, no que se refere a trindades, ninguém tinha sondado como ele os tristes efeitos da superstição e da ignorância e que era inútil que eu ensaiasse uma só sílaba porque ipso facto ia me parafusar debaixo da peruca uma vivência pessoal que o tinha estancado na via morta do materialismo grosseiro. Dom Lumbeira, juro e perjuro que, para arrancar o gordo desse projeto, eu quis tentá-lo com a ideia de puxar um ronco sobre as mesas de bilhar, mas o homem recorreu ao despotismo e me empurrou, sem fazer fita, essa história que eu vou lhe passar assim que eu der cabo, com umas xícaras de café, das existências da manteiga e do miolo que agora me tapam a boca. Ele disse, cravando os olhos na campainha que eu lhe mostrava com um bocejo:

"— Não se deixe levar por estas atualidades — panamá em desuso e terno surrado —, que sempre andei rondando circuitos onde se alterna a planura em que o varrão fede com a hospedaria em que opila o conversante. Conheci tempos galantes. Mais de uma vez já lhe repisei que meu berço fica lá em Puerto Mariscalito, que sempre foi a praia novidadeira onde as meninas da minha terra comparecem com a ilusão de driblar a maré baixa. Meu pai foi um dos dezenove trabucos do golpe do dia 6 de junho; quando os moderados voltaram, ele passou, com todo o setor dos republicanos, do grau de coronel de Administração ao de carteirozinho fluvial entre os aguaçais. A mão que antes girava, temida, o trabuco de cano curto, agora se resignava a divulgar os pacotes lacrados, quando não os envelopes oblongos. Certamente, vou pôr no seu ouvido que meu pai não foi um postal desses que se limitam a receber o selado em limas, graviolas, papaias e cachos de frutíferos; antes fazia do destinatário passivo um índio alerta e ganancioso, que se sujeitava à aquisição regular de toda sorte de quinquilharias em troca de receber a correspondência. Me cante o senhor, dom Mascarenhas, quem foi o bisonho que o auxiliava nesse patriotismo? O menino de bigode de arame que agora lhe anoticia estes fidedignos. Comecei a engatinhar pendurado no botaló da piroga; minha primeira lembrança, de uma água verde, com reflexos de folhas e espessuras de jacarés onde eu, de menino, recusava entrar, e o meu pai, que era um catão, me jogou de supetão para me curar do medo.

"Mas essa pança com duas pernas[1] não era homem para ficar in aeternum atiçando com quinquilharias o habitante simples das palhoças; aspirei a gastar as solas à procura da paisagem-novidade, chame-o Cerro de Montevidéu, quando não, menina lunareja. Cheio de gana de postais chamativos para o álbum que sempre fui, aproveitei uma 'captura recomendada' que eu estava procurando feito louco e disse adeus, do porão de um pesqueiro, às bonançosas planícies roxas, às verdes maniguas[2] e aos salpicados pântanos que são meu país e minha pátria, minha nostalgia bonita.

"Quarenta dias e quarenta noites perdurou aquela travessia marítima entre peixes e estrelas, com paisagens de toda policromia que, com certeza, não vou esquecer porque um marinante[3] do tombadilho se condoía do pobre mareado e descia para me contar o que viam esses exagerados. Mas até o paraíso tem seu termo, e dia chegou que me descarregaram como tapete enrolado

---

1. Valente e oportuna sinédoque, da qual se suspeita, muito às claras, que o afortunado Sampaio não é desses afrancesados e malandros que ladronescamente passam a mão no pequeno Larousse, mas sim bebem de joelhos o leite de Cervantes, copioso e varonil, se os há. (Nota evacuada por Mario Bonfanti, S. J.)*

*Por motivo que escapa à perspicácia desta Mesa de Revisores, o padre Mario Bonfanti, nervosamente secundado pelo sr. Bernardo Sampaio, pretendeu, na última hora, retirar a nota anterior, abundando-nos com telegramas colecionados, cartas certificadas, mensageiros ciclistas, súplicas e ameaças.

2. Terreno úmido, extenso, coberto de matagal ou de bosques, próprio da região das Antilhas. (N. T.)

3. Marinheiro de muita experiência. (N. T.)

nas docas de Buenos Aires, entre o polvilho do tabaco e a folha do plátano. Não vou lhe oferecer o quadro alfabético de quanta licença cursei em meus primeiros anos de argentino, que se eu for colocá-las em fila não vamos caber debaixo destas telhas. Vou lhe fazer uma minúcia, isso sim, do que passou a portas fechadas na razão social Meinong e Cia., cujo pessoal engrossei como empregado único. O casarão ficava na altura do 1300 da Calle Belgrano, e era uma firma importadora de charuto holandilha, que o exilado, à noite, ao fechar os olhos que a industriosa fadiga calejava, se imaginava retirando a erva nos desejados tabacais de Alto Redondo. Tinha uma escrivaninha no térreo, para deslumbrar os clientes, e no porão tínhamos o subsolo. Eu, que naqueles anos moços acusava o ativismo da minha juventude, teria dado todo o ouro negro de Pánuco para mudar de lugar pelo menos uma das mesinhas fuleiras que a retina registrava à mandireita, mas dom Alejandro Meinong tinha me vetado a mudança mais nula na hora de distribuir e embaralhar o mobiliário, fazendo valer que era cego e que transitava pela casa de memória. Parece que eu estou vendo ele, que nunca me viu, com seus óculos escuros que eram duas noites, barba de rabadão[4] e pele de miga, e no entanto de uma avantajada estatura. Eu não parava de repetir para ele: "O senhor, dom Alejandro, assim que o calor aperta, apanha um chapéu de palha"; porém o mais certo é que portava um capacete de veludo, que não omitia nem para acordar. Eu me lembro bem; ele tinha um desses anéis de espelho, e eu me barbeava no seu dedo. Tiro a palavra da sua boca e a boto na minha para dizer que dom Alejandro era, como eu, mais um grãozinho do moderno humo imigratório, porque já ia para meio século que não liquidava a caneca de cerveja na Herrengasse. Empilhava na sala-dormitório uma porção de Bíblias em todos os distintos idiomas e era membro de carteirinha de uma corporação de calculistas que buscava o ajuste das disciplinas geológicas à cronologia marginal que adorna a Escritura. Já tinha abocado seu capital, que não era uma indigência, aos fundos desses birutas, e gostava de reiterar que armava para a neta Flora uma herança mais valiosa que ouro vinte e quatro quilates, ou seja, o amor à cronologia da Bíblia. Essa herdeira era uma menina enfermiça, de nove anos no máximo, de olhos com lunetas, como se divisassem o alto-mar, loira de cabelo, com um jeito de ser decoroso e suavezinho, como a

4. Chefe dos pastores. (N. T.)

silvestre língua de vaca; quem é que já não foi transar na madrugada por essas pradarias e barrancos de Cerro Presidente? Essa menina, sem companhia de sua curta idade, contentava-se em me ouvir entoar, em momentos de folga, o Hino Nacional da terra natal, que eu acompanhava com pandeiro; mas bem dizem que o macaco nem sempre está para macaquices, e quando eu brigava com a clientela ou me despachava um descanso, a menina Flora brincava de Viagem ao Centro da Terra, no porão. Essas expedições não agradavam ao avô. Insistia que havia perigo no porão; justo ele, que se deslocava como um foguete por toda a casa, bastava descer no escuro para dizer que tinham mudado o lugar das coisas e que tinha a impressão de se perder. Para o entendimento obtuso essas queixas não eram nada mais do que luxos do desvario, porque até o gato Moño sabia que o depósito não receava outras surpresas que pilha sobre pilha do holandilha em folha e um remanescente de utensílios em desuso da ex-Casa de Leilões de Artigos Gerais E. K. T., que tinha sido inquilina do local, antes do meu dom Alejandro. Mencionado Moño, vão é persistir ocultando que este gato se somava à confraria dos desafetos do porão, porque toda vez que descia pela escada, tão certo como dois e dois são quatro, fugia como se o Patas o esporeasse. Tais repentes num gatarrão, pelo capão, tranquilo, teriam suscitado o alarmismo do ser mais pachorrento, mas eu sempre sigo a direitura, como o ímã, embora de melhor conselho teria sido, nesse aperto, picar a mula. Agorinha mesmo, quando eu me dei conta, já era bem tarde e como para gatarrões fiquei, com tanta desventura.

"O calvário, que, ainda que o senhor se muna de uma roda suplementar, já não pode escapar de ouvir, começou no momento em que dom Alejandro quase se acomoda numa maleta de courino, com a comichão de ir para La Plata. Outro santarrão veio pegá-lo, e nós o vimos partir, bem vistoso, para o congresso dos bíblicos no cinema-salão Dardo Rocha. Do portal, ele me disse que o esperasse na segunda-feira seguinte, com a cafeteira de apito bem apetrechada. Acrescentou que a viagem duraria três dias e que eu cuidasse da menina Flora feito um tesouro. Bem sabia ele que essa recomendação era um ócio, pois, embora o senhor esteja me vendo aqui tão cheio, tão louco da vida, meu melhor selo era ser o cão de guarda da menina.

"Uma tarde em que eu estava até as tampas de leite assado[5] e tirei uma

5. Doce feito com leite, ovos e açúcar, levado ao forno até coalhar. (N. T.)

soneca que nem um encarregado da vacaria, a menina Flora deu de aproveitar o relaxamento da cuidadosa vigilância para surtar no porão. Na hora da reza, quando deitou a sua boneca, eu a divisei com febre nos pulsos, com alucinações e medo. Percebendo que o calafrio já lhe era abundante, roguei-lhe que ganhasse as cobertas e lhe apliquei uma infusão de erva-doce. Essa noite, para que repousasse com sossego, lembro que velei aos pés da cama, estirado no capachinho de folha de palmeira. A menina madrugou, ainda ressabiada, não tanto pela febre, que tinha baixado, quanto pelo pavor. Mais tarde, quando o cafeeiro a confortara, perguntei sobre o que a angustiava. Ela me disse que, na véspera, tinha vislumbrado no porão uma coisa tão estranha que não podia descrever como era, salvo que era com barbas. Eu dei de pensar que essa fantasia com barbas não era causadora da febre, mas sim o que o curandeiro chama de sintoma, e a distraí com a história do campônio que os macacos escolheram para deputado. No dia seguinte a menina andava por todo o casarão feito uma cabritinha. Eu, que costumo amainar diante da escada, pedi a ela que descesse para procurar uma folha estragada, com vistas ao cotejo. Minha demanda bastou para demudá-la. Como a sabia menina valente, persisti em que, sem demora, satisfizesse a ordem para, de uma vez por todas, expulsar esses musaranhos morbosos. Eu me lembrei, num rompante, do meu pai me expulsando do bongo,[6] e não me deixei ganhar pelas compaixões. Para não desolá-la, fui com ela até o início da escada e a vi descer muito tesa e durinha, como o soldadinho-silhueta do tiro ao alvo. Descia com os olhos fechados e entrou direto por entre os charutos.

"Mal dava eu as costas, quando ouvi o grito. Não era forte, mas agora me parece que vi nele, como em espelho diminuto, o que amedrontava a menina. Desci às carreiras e a pilhei estirada nas lajotas. Abraçou-se a mim como se procurasse reparo, com os braços feito aramezinho, e ali, enquanto eu lhe repetia que não deixasse seu tio San Bernardo (como ela me apelidava) sozinho, deu seu espírito, quero dizer que morreu.

"Fiquei feito um zero à esquerda e tive a impressão de que a minha vida toda, até essa ocorrência, tinha sido cursada por um alheio. À primeira vista, o momento em que desci a escada me pareceu distante. Eu continuava sentado no chão; minhas mãos, como por conta própria, alisavam um cigarro de papel. O olhar rondava, também ausente.

6. Espécie de canoa usada pelos indígenas da América Central. (N. T.)

"Foi então que vislumbrei, sentada numa cadeira de balanço de vime, que ia e vinha docemente, a causa do temor da menina e, por fim, de sua morte. Já vão dizer que sou um insensível, mas o fato é que tive que sorrir quando vi a simplicidade que me havia trazido essa desventura. Logo de cara, dê-se um empurrão e arranque como um voo. Veja, a um só tempo, num abrir e fechar de olhos, os três combinados que, numa espécie de tranquilo entrevero, animavam a cadeira: como cientificamente os três estavam num só lugar, sem atrás, nem adiante, nem embaixo, nem em cima, prejudicavam um pouco a vista, em especial na primeira olhada. Campeava o Pai, que pela abundante barba conheci, e, ao mesmo tempo, era o Filho, com os estigmas, e o Espírito, em forma de pomba, do tamanho de um cristão. Não sei com quantos olhos me vigiavam, porque até o par que correspondia a cada pessoa era, se bem considerado, um só olho e estava, a um só tempo, em seis lados. Nem me fale das bocas e do bico, porque é para se matar. Acrescente, também, que um saía do outro, numa rotação atarefada, e não vá se admirar de que já me limitava um princípio de vertigem, como aparecendo a uma água que gira. Dir-se-ia que se iluminavam com o próprio mover e vinham a ficar a umas poucas varas que, se, distraído, eu espicho a mão, por ventura esse redemoinho a leva embora. Nessas, ouvi o bonde 38 percorrendo Santiago del Estero e pensei que no porão estava faltando o ruído da cadeira de balanço. Quando olhei mais, era de dar risada: a cadeira de balanço estava quieta; o que eu tinha tomado por balanceio era o ocupante.

"Tenho aí a Santíssima, pensei eu, criadora do céu e da terra, e meu dom Alejandro em La Plata! Bastou esse pensamento para me livrar da inércia em que estava. Não era hora de abundar em amenas contemplações: dom Alejandro era varão forjado à antiga, que não escutaria de bom grado minha explicação de ter negligenciado a menina.

"Estava morta, mas não me conformei em deixá-la tão perto dessa cadeira de balanço, e, assim, eu a carreguei nos braços e a deitei na cama, com a boneca. Dei um beijo na sua testa e saí, doído de ter que abandoná-la nesse casarão tão vazio e tão habitado. Com gana de evitar dom Alejandro, saí da cidade pelo Once. Notícias me chegaram, um dia, de que a casa da Calle Belgrano foi derrubada na época do alargamento."

Pujato, 11 de setembro de 1946

O sinal

Gênesis, IX, 13

— Aí, onde o veem, está no momento oportuno o amigo Lumbeira e pode me pagar outra média, que os docinhos mandam força e não é o abaixo assinante que vai se negar a um par de *felipes*[1] recheados de manteiga e uma
dessas rosquinhas gordurosas que, tapando a minha napa até ficar sem dedo,
eu a empurro na base de xícaras de pingado e fico em forma para dar conta
dessa bandejada de tortinhas sem-vergonha. Sem piar, coronel; assim que eu
limpar o gasganete e recobrar o uso da *parola*, enfio nos seus ouvidos a encheção de linguiça da história de um acontecido que o senhor ipso facto vai reclamar a presença do garçom e fundir um menu gigante nessa cachola rebelde, que depois não vai sobrar nem um pingo de gordura a duas léguas de
distância.

"O que o tempo leva embora, Lumbeira! Antes que o senhor crave os
dentes nesse pudim inglês tudo muda de repente, e ontem o senhor era a ca-
ça; hoje, o caçador. O senhor não me deixará mentir se eu lhe disser que eu

1. Pão pequeno, tipo francês. (N. T.)

estava mais preso que um botoque ao Instituto de Previsões Veterinárias Diogo e que, para mim, o cheiro de trem era como o cheiro da cama para o cachorro e, para o senhor, o cheiro do Lacroze: quero dizer que eu, como viajante, sabia sentir a rede ferroviária de um modo francamente contínuo. Da noite para o dia, sem mais introito que uma investigação e processo que se alongou ano e meio, eu lhes cravei uma indeclinável com a caneta que saí levantando poeira. Por fim, meti os de forma quarenta e quatro na *Última Hora*, onde o chefe de redação, que é um miserável banana, me destacou como correspondente viajante, e quando não me refestelo no misto para Cañuelas me transferem para o leiteiro a Berazategui.

"Não vou discutir com o senhor que homem que viaja costuma entrar em contato com a crosta superficial dos partidos do perímetro urbano e, assim, não é estranho que surpreenda cada perfil inédito que, se o senhor escutar, pode ser que lhe saia outro terçol. Nem se dê ao trabalho de abrir a boca, que até as moscas do leite já sabem que o senhor vai se sair com a encheção que eu sou um veterano com mais olfato jornalístico que um focinho de cachorro... achatado; o caso é que ontem mesmo me remeteram a Burzaco, como quem manda um carcamano enrolado em papelão. Grudado feito um queijo à janelinha onde o solzinho das doze e dezoito me fritava a gordura da testa, passei com a cabeça feita um buraco, do asfalto à lata e da lata ao sítio e do sítio ao potreiro onde o porco se dilata. Ou seja, para não me meter em palpos de aranha, cheguei em Burzaco e desci na própria estação. Juro até ficar com barba que não me acompanhou o menor palpite da revelação que me esperava nessa tarde tão sufocante. Volta e meia eu me perguntava, todo frajola, sobre quem ia me dizer que ali, em pleno foco burzaquense, eu me encarregaria de um portento que se o senhor escutar vão tomá-lo por um sujeito azedo.

"Tomei, de outra forma, a Calle San Martín e, na volta do primeiro braço gigante que saía da terra e oferecia um mate *noblesse oblige*, me dei o grande prazer de cumprimentar o próprio domicílio de dom Ismael Larramendi. Imagine uma ruína sem rebocar, um simpático sobradinho pela metade, vulgo uma tapera que, nossa senhora; o senhor mesmo, dom Lumbeira, que a fim de puxar um ronco não faz fita nem com o ninho de formigas, teria desistido de entrar sem cachecol e guarda-chuvinha. Atravessei o canteiro cheio de mato e, já no alpendre, sob um escudo do Congresso Eucarístico tipo

Primo Carnera, brotou um velhote *mezzo* calvento, acondicionado num avental tão asseadinho que vontade não me faltou de salpicá-lo com a lanugem que o bolso costuma juntar. Ismael Larramendi — dom Matecito, como o chamam — se manifestou para mim ser portador de uns óculos de costureira, de um bigode de foca e de um lenço de bolso que lhe deixava interessante todo o cangote. Amainou algum centímetro de estatura quando lhe concedi este cartão que agora esfrego neste seu umbigo que lhe faz as vezes de cara e onde verá em papel Vitroflex e letra Polanco: 'T. Mascarenhas, *Última Hora*'. Antes que pensasse em me driblar com a história de não estar em casa, tapei-lhe a boca com a grande patacoada de que o tinha fichado e que, embora se disfarçasse de bigodudo, eu o ficharia. Visto e considerando que a sala de jantar ficava um pouco apertada para mim, levei a pequena cozinha econômica para o pátio de lavar, mudei meu chapeuzinho para o dormitório, ofereci ao meu pandeiro a cadeira de balanço, acendi um Salutaris que o velhusco tardava em obsequiar-me e, distribuindo todos os meus pisantes numa prateleirinha de pinho com os manuais Gallach, convidei o velhote para que se acomodasse no chão e me falasse como um fonógrafo de buzina sobre seu mentor, o finado Wenceslao Zalduendo.

"Antes não tivesse dito. Abriu a boca e mandou ver, com uma vozinha de ocarina da mais penetrante, que, juro por essa batelada de sanduíches, já não ouço porque estamos na leiteria de Boedo. Disse, sem sequer me dar calço para um enfoque do momento turfístico:

"— Estenda, senhor, uma boa olhadela por essa janelinha fuleira e não lhe custará divisar, um pouco além da segunda mão com mate, uma moradia pequena, é verdade, mas que sempre lhe faltou, puxa vida, o abatimento. Faça com toda a confiança o sinal da cruz e peça a essa casa três desejos, porque sob suas telhas viveu um homem que merece melhor conceito que muitos desses verdadeiros vampiros que chupam por igual o sangue do pobre e do industrial acomodado. Estou lhe falando de Zalduendo, meu senhor!

"Quarenta anos passaram por este arredondadinho[2] — trinta e nove anos nas costas, melhor dizendo — desde o inesquecível entardecer, ou talvez a

---

2. Trata-se, de todo jeito, do mais rudimentar dos monóculos. Nosso homem o improvisou com o polegar e o indicador, aplicando-o ao olho e, com um piscar, riu benevolente. *Tout comprendre c'est tout pardonner*. (Nota *griffonnée* pelo dr. Gervasio Montenegro.)

madrugadora manhãzinha, em que conheci dom Wenceslao. Ele ou outro, porque o tempo traz o esquecimento, que é um grande bálsamo, e a gente acaba por não saber com quem tomou leite da última vez no bar de Constitución, quando não uma aveia com malte, que costuma cair bem no estômago. O caso é que eu o conheci, meu bom senhor, e demos de falar de tudo um pouco, mas, com especial dedicação sobre os carros da linha para San Vicente. Por isso ou por aquilo, eu com meu boné e o avental tomava todos os dias úteis o seis e o dezenove para a Plaza; dom Wenceslao, que viajava mais cedo, era certo que perdia o misto das cinco e das catorze, e eu o via chegar de longe, driblando as pequenas poças geladas, à luz tremelicante do farol da Cooperativa. Ele era, como eu, um adepto insaciável da vantagem do avental e, por acaso, anos depois, nos fotografaram com dois aventais idênticos.

"Eu sempre fui, meu senhor, o mais feroz inimigo de me meter na vida alheia e, por isso, mantive à distância a tentação de perguntar a esse novo amigo por que viajava com o lápis Faber e um rolo de provas tipográficas, além do dicionário de Roque Barcia, que é uma obra tão completa, em tantos volumes! Ofereço ao mais vivo; tive, se o senhor me compreende, minha hora de comichão, mas logo consegui a recompensa: dom Wenceslao, com a mesma boca com que me disse que era revisor da Oportet & Haereses Editorial, convidou-me a secundá-lo nessas tarefas que, com louvável tenacidade, acometia para distrair-se no trem! Minhas luzes, sou-lhe franco, são bem escassas, e a princípio trepidei em acompanhá-lo nesse terreno; mas a laboriosa curiosidade pôde mais e antes que o inspetor aparecesse eu já estava sumido nas provas tipográficas de *La instrucción secundária*, de Amâncio Alcorta. Exígua — que pena! — foi a contribuição que pude prestar nessa primeira manhã de consagração às letras, pois, arrebatado por todos esses problemões do magistério, eu lia e lia, sem perceber as mais garrafais erratas, as linhas transpostas, as páginas omitidas ou empasteladas. Em Plaza não tive outro remédio a não ser articular o 'que lindeza' de praxe, mas na madrugada seguinte dei uma grande surpresa ao meu novo amigo, revisando na plataforma com um lápis que tinha tomado a precaução de arranjar numa sucursal muito séria, isso sim, da Livraria Europa.

"Mês e meio, calculando bem a olho, duraram essas tarefas de correção, que são, como vulgarmente se diz, a mais formidável aprendizagem para entrar em contato com os verdadeiros rudimentos da pontuação e da ortografia em castelhano. De A. Alcorta passamos para a *Pedagogía social*, de Raquel Camaña, não sem fazer uma parada em *Crítica literaria*, de Pedro Goyena, que me capacitou para encarar com renovados brios *Naranjo en flor*, de José de Maturana, ou *El diletantismo sentimental*, de Raquel Camaña. Nem em sonho posso lhe cantar outro título porque, chegando ao último, dom Wenceslao me deu um chega pra lá e disse que sabia apreciar minha aplicação no que esta valia, mas que muito a contragosto se via compelido a me dar um basta, porque o próprio dom Pablo Oportet lhe havia proposto para em breve uma promoção interessante que lhe permitiria conseguir um bom orçamento. Coisa de não saber onde se segurar: dom Wenceslao me participava essas novidades de tanto vulto para seu horizonte econômico, e eu o via com o ânimo no chão, todo chocho. Na semana seguinte, por ocasião de adquirir umas roscas de maisena para as netinhas do sr. Margulis, que tem a farmácia em Burzaco, saía eu do bar de Constitución com meu pacotinho quando tive o agrado de pescar dom Wenceslao, que dava conta de uma grande *tortilla* queimada, que parecia um bico de gás, e de uns quantos copos de aguardente, que me faziam tossir com a fumaça, em companhia de um potentado cor de azeitona e lindo sobretudo de astracã, que lhe acendia nesse momento um charuto de folha. O potentado cofiava o bigode e falava como um leiloeiro, mas na cara do sr. Wenceslao vi a palidez da morte. No dia seguinte, antes de chegar a Talleres, ele me confiou com toda reserva que seu interlocutor da véspera era o sr. Moloch, da razão social Moloch y Moloch, que tinha na mão todas as livrarias do Paseo de Julio e de la Ribera. Acrescentou que tinha assinado um contrato com esse senhor, que agora carecia de qualquer vinculação oficial com a rede de banhos turcos onde faz uma fezinha, para o abastecimento de obras científicas e de cartões-postais. Assim, com muita consideração, esse abençoado por Deus veio me informar que o Diretório o tinha nomeado gerente responsável da editora. Nessa nova qualidade, já tinha assistido a uma prolongada sessão do centro de gráficos em que, mal se atarraxou na poltrona, esses asturianos o tiraram num corre-corre danado. Eu prestava atenção nele como um embelezado, meu senhor, e nisso o comboio deu um tranco e uma das folhas que dom Wenceslao estava corrigindo rolou pelo chão. Conheço minha obrigação e, na mesma hora, fiquei de quatro para apanhá-la. Antes não tivesse feito isso: vi uma figura das mais desbocadas e fiquei vermelho feito um pimentão. Dissimulei como pude e passei a devolvê-

-la como se entregasse a imagem mais respeitável. Quis minha boa estrela que dom Wenceslao estivesse tão Tristão que não se deu conta cabal do acontecido.

"No dia seguinte, que era sábado, não viajamos juntos; devemos ter ido primeiro um e depois o outro, se o senhor me entende.

"Já despachada a primeira sestinha, uma olhadela no almanaque me encasquetou a ideia de que no domingo era meu aniversário. Confirmou-a a bandeja de empanadinhas com que sempre tem a fineza de obsequiar-me a sra. Aquino Derisi, que emprestou seus ofícios de parteira à senhora minha mãe. Sentir o cheirinho desses manjares, que vêm a ser tão nossos, e pensar o instrutivo que resultaria, de repente, uma noitada com o sr. Zalduendo, foi, como dizemos em Burzaco, toda uma coisa. Prudenciando no banquinho da cozinha até que o sol amainasse — porque as insolações de vigilantes estavam na ordem do dia —, fiquei até bem dadas as oito e quinze, aplicando outra mão de pintura preta a um movelzinho de adorno que eu tinha confeccionado com os caixotinhos de açúcar Lanceros. Bem enroscado na echarpe, porque as refrescadas são o diabo, tomei o onze; quero dizer que me encaminhei a pé ao domicílio desse mestre e amigo. Entrei feito cachorro pela sua casa, já que a porta do sr. Zalduendo, meu senhor, sempre estava aberta, como seu coração. O anfitrião brilhava por sua ausência! Para não malgastar a caminhada, optei por esperar um pouquinho, caso voltasse de repente. Na direção da saboneteira, não muito longe da bacia e da jarra, havia uma pilha de livros que me permiti conferir. De novo eu lhe digo, eram da gráfica Oportet & Haereses, e antes não o tivesse feito. Bem dizem que cabeça na qual entra pouco retém o pouco; até o dia de hoje não posso me esquecer desses livros que dom Wenceslao mandava imprimir. As capas eram com umas semelhantes desnudas e de todas as cores, e levavam por título *El jardín perfumado, El espión chino, El hermafrodita*, de Antonio Panormitano, *Kama-Sutra y/o Ananga-Ranga, Las capotas melancólicas*, as obras de Elefantis e as do arcebispo de Benevento. Que frescura que nada, eu não sou um desses puritanos exagerados, que soltam a franga, nem fico mordido com a adivinha picante que costuma propor o pároco de Turdera, mas, veja o senhor, há extremos que passam dos limites e resolvi ganhar a cama. Saí sem perda de tempo, sou-lhe verídico.

"Vários dias passaram e nada sabia eu de dom Wenceslao. Depois, a notícia-bomba andou de boca em boca e eu fui o último a ficar sabendo. Uma tarde, o ajudante do barbeiro me mostrou dom Wenceslao em fotografia, que mais parecia um negro retinto, embaixo da manchete que rezava: O CALDO ENGROSSOU PARA O LADO DO PORNOGRAFISTA. HÁ TRAPAÇA. As pernas me fraquejaram na poltrona e minha vista nublou. Sem compreender, li o folheto até o fim, mas o que mais me doeu foi o tom desrespeitoso com que se falava do sr. Zalduendo.

"Dois anos depois, dom Wenceslao saiu da prisão. Sem estardalhaço, que não estava em seu caráter, o homem voltou a Burzaco. Voltou feito uma ossamenta, meu senhor, mas com a testa bem alta. Disse adeus ao trajeto ferroviário e não saía de sua casa nem nesses passeiozinhos para os mais diversos vilarejos circunvizinhos. Daquela época lhe restou o mote carinhoso de dom Tortugo Viejo, aludindo, imagine o senhor, a que não saía nunca e era difícil encontrá-lo no depósito de forragens Buratti, quando não no criadouro de aves Reynoso. Nunca quis se lembrar dos motivos da sua desgraça, mas eu juntei um mais um e vim a entender que o sr. Oportet tinha se aproveitado da infinita bondade de dom Wenceslao, encarregando-o com a responsabilidade de sua livraria quando viu que as coisas estavam ficando pretas.

"Com o são propósito de agenciar-lhe uma boa dose de arejamento, dei de levar ele, num dominguinho que a atmosfera se apresentava aparente, até as crianças do dr. Margulis, que estavam disfarçadas de *pierrot*, e na segunda-feira meio que o engambelei com a monomania de ir pescar nos charcos. Que pesca que nada, nem que bobagens com a pretensão de distraí-lo: quem ficou pasmo feito um bocó fui eu.

"O sr. dom Tortugo estava na cozinha cevando uns verdes. Eu me sentei de costas para a janela, que agora dá para os fundos do clube Unión Deportiva e antes para o campo aberto. O mestre declinou com a maior urbanidade meu projeto de pesca e anexou, com essa bondade soberana daquele que a todo momento ausculta seu próprio coração, que ele não sentia falta de diversões, desde que o Supremo lhe concedera provas tão às claras.

"Sob o risco de ficar como um chato de galochas, eu lhe roguei que me ampliasse esses conceitos; sem soltar a chaleirinha cor vinho, esse visionário me respondeu:

"— Acusado de trapaça e de comerciar livros infames, eu fui recolhido na cela 272 da Penitenciária Nacional. Entre essas quatro paredes a minha preocupação era o tempo. Na primeira manhã do primeiro dia pensei que estava na pior etapa de todas, mas que se chegasse ao dia seguinte já estaria no segundo, quer dizer, a caminho do último dia, o setecentos e trinta. O ruim é que eu fazia essa reflexão e o tempo não passava, e eu continuava no começo da manhã do primeiro dia. Antes de um lapso considerável, eu já tinha esgotado tudo quanto foi recurso que me ocorreu. Contei. Recitei o Preâmbulo da Constituição. Disse os nomes das ruas que ficam entre a Balcarce e a avenida La Plata e entre a Rivadavia e a Caseros. Depois fui para o bairro Norte e disse as ruas que ficam entre a Santa Fe e a Triunvirato. Por sorte me confundi perto da Costa Rica, o que significou que ganhei um pouco de tempo, e assim meio que cheguei às nove da manhã. Talvez nessa hora tenha então me tocado o coração um bendito santo, e me pus a rezar. Fiquei como que inundado de frescor e acredito que logo a noite chegou. Na semana seguinte, descobri que eu já não pensava no tempo. Acredite, jovem Larramendi, quando se completaram os dois anos da condenação, me pareceu que tinham passado num instante. É verdade que o Senhor me havia deparado muitas visões, todas francamente valiosas.

"Dom Wenceslao me dizia essas palavras e seu rosto ficava mais doce. Logo de início suspeitei que essa felicidade vinha da lembrança, mas depois entendi que alguma coisa estava acontecendo atrás de mim. Eu me virei, meu senhor. Vi o que enchia os olhos do dom Wenceslao.

"Havia muito movimento no céu. Do monte do estabelecimento rural Manantiales e da curva do trem subiam coisas enormes. Dirigiam-se ao zênite em procissão. Umas pareciam evoluir ao redor de outras, mas sem atrapalhar o movimento geral, e todas subiam. Eu não tirava os olhos delas, e era como se subisse com elas. Esclareço que não captei logo de primeira o que seriam esses objetos, mas o bem-estar já me contagiava. Depois pensei que talvez tivessem luz própria, porque já era tarde e, no entanto, eu não perdia nem um tiquinho deles. A primeira coisa que distingui — e convenhamos que é estranho, porque a forma não é nítida, digamos assim — era tamanha berinjela recheada que não tardou em perder-se de vista ao ficar tapada pelo beiral do corredor, mas já lhe pisava os calcanhares um grande bolo que tinha, calculando por baixo, meu senhor, até doze quadras de profundidade. A grande surpresa vogava à direita, em um nível mais alto, e era um só puchero à la espanhola, com sua morcela e seu toucinho, escoltado, isso sim, por cada posta de peixe-rei que o senhor não saberia para onde olhar. Todo o poente era risoto; no entanto, ao Sul já se consolidavam a almôndega, o doce de abóbora e o arroz-doce. A estibordo, as empanadas com franjas, o matambre à la oriental desfilava sob o manto de algumas *tortillas* babosas. Enquanto conservar a memória recorrerei à lembrança de uns rios que se cruzavam sem se misturar: um de caldinho de galinha bem sem gordura e outro de um pedaço de carne com couro, que depois de vê-lo já não embromam o senhor com o arco-íris. A não ser por essa tossezinha de cachorro, que na ocasião me fez desviar o visual, perdi um croquete de espinafre que, num abrir e fechar de olhos, foi apagado pelos *chinchulines* de uma senhora *parrillada*; isso para não falar de uns canelonezinhos requentados que, desdobrando-se em leque, tomaram firme possessão da abóbada celeste. Estes foram varridos por um queijo fresco, cuja superfície apertada abarcou o céu todo. Esse alimento ficou fixo, como encasquetado sobre o mundo, e eu tive a ilusão de que o teríamos para sempre, como antes as estrelas e o azul. Um instante depois, não restava rastro dessa rotisseria.

"Ai de mim, eu não disse nem um adeus a dom Wenceslao. Com as pernas que tremiam, salvei até meia légua de potreiro e entrei feito um foguete na taberna da estação, onde jantei com tão bom dente que era coisa de alugar sacadas.

"Isso é tudo, meu senhor. Ou quase tudo. Nunca me foi dado participar de outra visão de dom Wenceslao, mas este me disse que não eram menos maravilhosas. Acredito nele, porque o sr. Zalduendo era gente fina, sem contar que uma tarde, ao passar por seu domicílio, todo o campo era um cheiro só de fritadas.

"Vinte dias depois, o sr. Zalduendo já era cadáver, e seu espírito reto pôde subir ao firmamento onde, sem dúvida, o acompanham agora todos esses pratos e sobremesas.

"Agradeço sua atenção por haver me escutado. Só me resta dizer-lhe felicidades."

— Vai pela sombra.

Pujato, 19 de outubro de 1946

UM MODELO PARA A MORTE
1946

B. Suárez Lynch

Those insects have others still less than themselves, which torment them.

David Hume,
Dialogues Concerning Natural Religion, X

Le moindre grain de sable est un globe qui roue
Traînant comme la terre une lugubre foule
Qui s'abhorre et s'acharne et s'éxècre, et sans fin
La sphère, imperceptible à la grande est pareille;
Se dévore; la haine est au fond de la faim.
Et le songeur entend, quand il penche l'oreille,
Une rage tigresse et des cris léonins
Rugir profondément dans ces univers nains.

Victor Hugo,
Dieu, I

À maneira de prólogo

Logo para mim, pedir um "À maneira de prólogo"! Em vão faço valer minha condição de homem de letras aposentado, de traste velho. Com a primeira marretada amputo as ilusões de meu jovem amigo; o novato, querendo ou não, reconhece que não tem jeito, que a minha pena, como a de Cervantes, puxa vida, está pendurada, e que eu passei da amena literatura ao *Celeiro da República*; do *Almanaque do mensageiro* ao *Almanaque do Ministério da Agricultura*; do verso no papel ao verso que o arado virgiliano assina no pampa. (Que maneira de se safar, rapazes! O velhinho ainda está com tudo.) Mas com paciência e saliva, Suárez Lynch saiu com uma das suas: aqui estou, coçando a careca

diante desse companheirão
que se chama Anotador.

(Os sustos que o velhinho nos dá! Não embromem e reconheçam que é poeta.)

Além do mais, quem disse que faltam méritos ao bambino? É verdade que, como todos os escribas do tipo do século XIX, recebeu em cheio a indelével marca de fogo que a leitura de um folhetinho desses deixa para sempre no espírito, no qual vocês podem ver todo um literato poderoso, dr. Tony Agita. Pobre mamão: o encontrão lírico lhe subiu à cabeça. Caduco, a princípio, ao ver que lhe bastava romper com tudo para evacuar uma cantilena que até o próprio dr. Basilio, calígrafo expert, atribuía, se não estava em seu juízo perfeito, à acreditada Sönnecken do mestre; depois, com os pés soltando fumaça, quando constatou a *partenza* da mais aquilatada joia do escritor: a marca pessoal. Deus ajuda a quem cedo madruga; neste ano, enquanto esperava a vez na razão social de Montenegro, uma feliz coincidência pôs na sua fuça um exemplar da proveitosa e sisuda obrinha *Bocetos biográficos del dr. Ramón S. Castillo*; abriu-a na página 135 e, sem mais, tropeçou com estas palavras que não tardou em copiar a lápis:

> O general Cortés, disse, que trazia a palavra dos altos estudos militares do país, para fazer chegar aos elementos intelectuais civis algo dos problemas atinentes a esses estudos que nos tempos atuais deixaram de ser um assunto de incumbência exclusivamente profissional para transformar-se em questões de vastos alcances de ordem geral.

Ler essa boniteza e sair batendo as portas de uma obsessão para entrar em outra foi… Raúl Riganti, o homem torpedo. Antes que o relógio da Central de Frutos desse a hora da tripa à espanhola, o *ragazzo* já tinha martelado no juízo o primeiro rascunho, em grandes traços, de outros esboços quase idênticos sobre o general Ramírez, opus que não tardou em arrematar, mas ao corrigir as provas de página um suor frio escorria pela sua testa ante a evidência, em letras de fôrma, de que esse trabalhinho de preso era carente de toda fecunda originalidade e, ainda por cima, resultava um decalque da página 135, acima especificada.

Contudo, não se deixou marear pelo incenso de uma crítica proba e construtiva; repetiu-se, que diacho, que a consigna da presente hora era a robusta personalidade e, ato contínuo, arrancou sua túnica de Neso do estilo biográfico para calçar a bota Simón de uma prosa mais de acordo com as exigências do homem atualizado: a que lhe brindasse um parágrafo medular de *El príncipe que mató al dragón*, de Alfredo Duhau. Agarrem-se, marmotas, que agora vou lhes mostrar o doce de leite:

Para uma animada e vibrante criação da tela daria certamente esta pequena história, nascida e desenvolvida nos bairros mais cêntricos de nossa metrópole, história de amor, palpitante e comovedora. Suas fases são tão profundas e inesperadas como as que triunfam no afortunado cinema.

Não tenham a ilusão de que escavou esse lingote com as próprias unhas; foi cedido por uma testa coroada de nossas letras, Virgilio Guillermone, que o havia retido na memória para uso pessoal e que já não precisava dele por haver engrossado a confraria do bardo Gongo. Presente de grego! O paragrafozinho resultou, bem mais tarde, numa dessas paisagens diante das quais o pintor quebra a palheta; o cadete suava em bicas para reviver os primores que destaca essa amostra num romancezinho de primeira comunhão, que já estava com a assinatura desse grande incansável que se chama Bruno De Gubernatis. Adiante, dom Caranguejo: o romancezinho lhe saiu mais para um informe sobre o Estatuto do Negro Falucho,[1] que lhe valeu ingressar na figuração de *Os morenos de Balvanera*, além do Grande Prêmio de Honra da Academia da História. Pobre leitão! Esse afago da fortuna o estonteou e antes que amanhecesse o Dia do Reservista permitiu-se um artiguinho sobre a "própria morte", de Rilke, escritor de tradição superficial na República, católico, isso sim.

Não atirem em mim a tampa da panela e o cozido depois. Essas coisas se passavam — não o digo com mais voz porque estou afônico — antes do dia

---

1. Negro Falucho: soldado argentino nascido em fins do século XVIII. Seu nome verdadeiro era Antonio Ruiz. Foi um dos soldados que se engajou ao exército patriota que lutou pela independência da América e era conhecido por sua valentia e patriotismo. Portenho, adorava sua cidade. Na noite de 4 para 5 de fevereiro de 1824, parte da tropa se sublevou porque os soldados estavam havia cinco meses sem receber. Segundo relato de Bartolomé Mitre, publicado pela primeira vez em 14 de maio de 1857, no jornal *Los Debates*, Falucho estava de guarda na torre do rei Felipe, onde flameava a bandeira argentina; a guarda real chegou com o estandarte espanhol diante de Falucho e ordenou que ele apresentasse armas diante do pavilhão real. Falucho se recusou a fazê-lo e respondeu: "Eu não posso render honras à bandeira contra a qual sempre lutei". Ainda segundo Mitre, antes de ser fuzilado aos pés da bandeira espanhola, Falucho teria gritado "Viva Buenos Aires!". Muitos historiadores afirmam que a morte heroica de Falucho foi uma invenção de Mitre; o que se afirma é que houve, sim, um soldado negro que foi fuzilado por não render homenagem à bandeira espanhola, mas que este não era Falucho. De todo modo, passou para a história com esse nome. (N. T.)

em que os coronéis, vassoura em punho, puseram um pouquinho de ordem na grande família argentina. Estou falando, coloque-o em banho-maria, do dia 4 de junho (uma pausa no caminho, rapazes, que estou com o papel de seda e o pente e vou tocar a marchinha para vocês). Quando essa data brilhou, nem o mais abúlico pôde esquivar-se da onda de atividade com que o país vibrava em uníssono; Suárez Lynch, nem lerdo, nem preguiçoso, iniciou a volta à terra natal, tomando-me como cicerone.[2] Meus *Seis problemas para dom Isidro Parodi* lhe indicaram o rumo da verdadeira originalidade. Quando menos se esperava, enquanto eu desenferrujava o cacume com a coluna policial, bufei ao divisar, entre um mate e outro, as primeiras notícias do mistério do baixo de San Isidro, que logo seria outro galão na gineta de dom Parodi. A redação do romancezinho pertinente era um dever de minha exclusiva incumbência; mas estando metido até o pescoço em uns esboços biográficos do presidente de um *povo irmão*,[3] cedi-lhe o tema do mistério ao catecúmeno.

Sou o primeiro a reconhecer que o mocinho fez um trabalho louvável, abrandado, é claro, por certos pequenos defeitos que traem a mão trêmula do aprendiz. Permitiu-se caricaturas, carregou nas tintas. Algo mais grave, companheiros: incorreu em erros de detalhe. Não liquidarei este prólogo sem o doloroso dever de deixar sentado que o dr. Kuno Fingermann, em sua qualidade de presidente do Socorro Anti-Hebreu, encarrega-me de desmentir, sem prejuízo da ação legal já iniciada, "a insolvente e fantástica indumentária que o capítulo numerado como cinco lhe imputa".

Até mais ver. Vão pela sombra.

H. Bustos Domecq
Pujato, 11 de outubro de 1945

2. O velhinho canta claro! (Nota do prologuista.)
3. Em português, no original. (N. T.)

Dramatis personae

MARIANA RUIZ VILLALBA DE ANGLADA — senhora argentina.

DR. LADISLAO BARREIRO — assessor legal da A. A. A. (Associação Aborigenista Argentina).

DR. MARIO BONFANTI — gramático e purista argentino.

"PADRE" BROWN — padre apócrifo. Chefe de um bando de ladrões internacionais.

BIMBO DE KRUIF — marido de Loló Vicuña.

LOLÓ VICUÑA DE DE KRUIF — senhora chilena.

DR. KUNO FINGERMANN — tesoureiro da A. A. A.

PRINCESA CLAVDIA FIODOROVNA — proprietária de um estabelecimento em Avellaneda. Esposa de Gervasio Montenegro.

MARCELO N. FROGMAN — factótum da A. A. A.

"CORONEL" HARRAP — membro do bando do "padre" Brown.

DR. TONIO LE FANU — "mancebo de muitas posses", ou, segundo Oscar Wilde, "um Mefistófeles em miniatura, troçando-se da maioria".

GERVASIO MONTENEGRO — cavalheiro argentino.

HORTENCIA MONTENEGRO, A PAMPA — moça da sociedade portenha. Noiva do dr. Le Fanu.

DOM ISIDRO PARODI — antigo barbeiro do Bairro Sul, hoje recluso na Penitenciária Nacional. Da sua cela, resolve enigmas policiais.

BAULITO PÉREZ — jovem encrenqueiro, de família abastada. Ex-noivo de Hortencia Montenegro.

BARONESA PUFFENDORF DUVERNOIS — dama internacional.

TULIO SAVASTANO — malandro de Buenos Aires. Pensionista do Hotel El Nuevo Imparcial.

I

— O senhor é nativo? — sussurrou, com ávida timidez, Marcelo N. Frogman, também chamado Coliqueo Frogman, também chamado Cachorro Molhado Frogman, também chamado Atkinson Frogman, redator, impressor e distribuidor em domicílio do boletim mensal *El Malón*. Escolheu o canto noroeste da cela 273, sentou-se de cócoras e tirou dos fundos das bombachas um pedaço de cana-de-açúcar e o chupou babosamente. Parodi o olhou sem alegria: o intruso era loiro, flácido, pequeno, calvo, sardento, enrugado, fétido e sorridente.

— Nesse caso — prosseguiu Frogman —, apelarei à minha inveterada franqueza. Vou lhe confessar que eu não aguento os estrangeiros, sem excluir os catalães. É claro que por ora estou escondidinho na sombra, e até nesses artigos de combate em que dou a cara para bater sem fazer fita troco agilmente de pseudônimo, passando de Coliqueo a Pincén e de Catriel a Calfucurá. Confino-me nos limites da mais estrita prudência, mas no dia em que a falange vier abaixo, vou ficar mais contente que um gordinho na gangorra, só para você ficar sabendo. Tornei pública essa decisão dentro das quatro paredes da sede central da A. A. A. — a Associação Aborigenista Argentina, o senhor sabe —, onde nós, os índios, costumamos nos reunir a portas fechadas para tramar a independência da América e para rirmos sotto voce do porteiro, que é um catalão contumaz e fanático. Vejo que a nossa propaganda atravessou as paredes de pedra deste edifício. O senhor, se não me cega o patriotismo, estava cevando um mate, que é a bebida oficial da A. A. A.; confio, isso sim, que ao fugir das redes do Paraguai não tenha caído nas do Brasil, e que a infusão que o agaúcha seja missioneira. Se eu estiver enganado, não me acalante; o índio Frogman dirá umas mentirinhas, mas sempre escudado por um regionalismo são, pelo mais estreito nacionalismo.

— Olhe, se este resfriado não me proteger — disse o criminalista, guarnecendo-se atrás de um lenço —, entabulo uma conversa com o senhor. Apresse-se e, antes que os lixeiros o divisem, diga-me o que tem para dizer.

— Basta a indicação mais ligeira para que eu me ponha no meu lugar — Pescadas Frogman declarou com sinceridade. — Entabulo, ato contínuo, o papo:

"Até 1942, a A. A. A. era um discreto acampamento de índios, que recrutava seus aguerridos adeptos entre as brigadas de cozinheiros e que só de tarde em tarde aventurava seus tentáculos na direção das colchoarias e fábricas de sifões que o progresso botou para correr para a periferia. Não tinha outra dinheirama a não ser sua juventude: no entanto, a cada domingo, da uma da tarde às nove da noite, não nos faltava uma mesinha de qualquer tamanho na típica sorveteria do bairro. O bairro, o senhor há de compreender, não era o mesmo, porque no segundo domingo o garçom, quando não o lava-pratos em pessoa, reconhecia-nos infalivelmente e saíamos por essas plantações de berinjela a todo vapor, para evitar os impropérios do energúmeno que não conseguia entender que uma turma de *criollos* pode ficar tagarelando até dizer chega, até muito caída a noite, sem mais consumo que uma meia garrafa de soda Belgrano. Ah, bons tempos. O *criollo* na disparada por San Pedrito ou por Giribone ouvia cada lindeza que depois anotava em sua caderneta de capa de tule e assim conseguia enriquecer o vocabulário. Colheita desses anos que já passaram são as palavras autóctones: bestalhão, imbecil de marca maior, besta quadrada, imbecil, otário, leproso, pão-duro, biruta e lelé. Puxa vida! Nossa, a moça da limpeza ia estrilar se me ouvisse! Olha que nós, índios, somos bem ladinos: postos a escarafunchar o idioma, um sistema, por melhor que fosse, ficava pequeno para nós; quando um semelhante se cansava de nos ameaçar, prometíamos figurinhas a uma criança do terceiro ano, que são o diabo, para que nos ensinasse palavras não aptas para menores. Assim juntamos uma porção, que já não me lembro nem fazendo naninha. Numa outra vez, nomeamos uma comissão para que me comissionassem para que ouvisse no gramofone um tango e levantasse um censo aproximativo com todas as palavras nacionais que o tango mandava ver. Logo de cara, recolhemos: mulher--dama, colocar no prego, alfinete, de marca, ficando de campana, catre, cafofo e outras que o senhor pode consultar na caixa de ferro da nossa sucursal Barrio Parque, quando lhe der a louca. Mas uma coisa é a boa vida e outra, a maré baixa. Mais de um veterano da A. A. A. não vacilou em se pirulitar quando o dr. Mario Bonfanti se consagrou a minar a tranquilidade do país anexando uma lista de barbarismos aos folhetos grátis da Pomona. A essa primeira marretada das forças da reação, seguiram outras tão implacáveis como o adesivo de dizeres que rezavam:

Não diga etiqueta,
me chamo Marbete.

"E o diálogo matreiro, que nos feriu a todos por igual:
"— O senhor 'fiscaliza'?
"— *Fiscalizo!*
"Eu tentei assumir a defesa do nosso bate-papo nativo a partir da coluna de um pasquim bimensal que havia saído, iludido pelo propósito de se consagrar por inteiro aos interesses dos lavadores de lã; mas meu ex abrupto caiu nas mãos de um tipógrafo de nacionalidade estrangeira, que o publicou tão apagado que parecia ex professo para a Casa do Oculista.
"Um cabeçudo desses que se metem por tudo quanto é canto ouviu por acaso que a chácara que foi do dr. Saponaro, na Calle Obarrio, havia sido adquirida no leilão judicial por um patriota que acabava de chegar de Bremen e que não podia engolir os espanhóis, a ponto de ter se negado à presidência da Câmara do Livro Argentino. Eu mesmo cometi o denodo de propor que um de nós, enrolado no poncho — manto diplomático —, o abordasse na própria toca, como se diz, com a ideia fixa de lhe arrancar uma mãozinha. Veja o senhor a debandada que se produziu. Para que a sociedade não se dissolvesse sobre tábuas, o cabeçudo propôs que se tirasse na sorte quem seria o bode

expiatório a quem caberia visitar a chácara e ser expulso de lá sem nem sequer vislumbrar a silhueta do dono. Eu, como os demais da tribo, disse que sim porque pensei que tocaria aos demais da tribo. Assombre-se: para Frogman, servidor, deram a palhinha mais curta da vassoura e tive de aguentar o sufoco, pronto, claro,

para me apartar da trilha
ainda que venham degolando.

Faça uma ideia do colapso da minha moral: uns diziam que o dr. Le Fanu, que assim se chamava o patriota, não tinha pena para com aquele que se deixava pisar; outros, que era o inimigo do tímido; outros, que era um anão de estatura inferior à normal.

"Todos esses temores se confirmaram quando ele me recebeu na plataforma, florete em guarda, secundado por um professor que não perdoava nem chique nem mique. Eu entrar e o patriota apertar uma campainha que dava a dois empregados de Valladolid foi toda uma coisa; mas depois me tranquilizei, porque ele ordenou que abrissem as janelas e bandeirolas e eu disse ao Frogman que há em mim: o que menos vai te faltar são brechas para sair como canhonaço. Encorajado por essa ilusão, eu, que até aquele momento havia fingido ser um simples olheiro, parti para cima dele com a facada que tinha de lhe pedir.

"Escutou-me com todo o respeito, depois desfez a careta de defunto que lhe afeava a cara e ficou feito um jovem que havia tirado dez anos de cima. Deu um chute caprichoso no chão e riu como se passasse um palhaço. Foi nesse exato momento que disse:

"— O senhor é uma interessante liga da cacofonia e da falácia. Não muja para seu íntimo; também é apoiado incondicionalmente pela fetidez. Quanto a *feu* Bonfanti comprovo, sem consternação, que foi exterminado, *anéanti*, na especialidade que o tornou famoso: a barafunda linguística. Eu, à semelhança dos deuses, protejo e estimulo a tolice. Não se desespere, charrua diletante. Amanhã um abnegado tesoureiro com escafandro avançará sobre vosso reduto.

"Depois dessa promessa tão afável, não sei se os empregados me retiraram ou se eu me evadi por minhas próprias pernas.

"Qual não seria nosso espanto quando, no dia seguinte, o tesoureiro apareceu e veio com uns planos fabulosos que tivemos de tomar um banho de assento para que nos baixasse a congestão. Depois nos trasladaram de carroça para a sede central onde já estavam os dicionários Granada, Segovia, Garzón e Luis Villamayor, sem contar a máquina de escrever que empurramos a Fainberg e os disparates que lhe escapavam a Monner Sans, para não falar nada da otomana e do jogo completo do tinteiro de bronze com estátua de Micifuz e da caneta com cabecinha. Ah, belos tempos! O cabeçudo, que era o mais cara de pau que o senhor já possa ter visto, andou-o ao tesoureiro para que lhe fiassem umas meias garrafas de Vascolet, mas nem bem as abrimos, o dr. Le Fanu acabou com a nossa festa, pois ordenou entornar todo o conteúdo, que era uma lástima, e disse que lhe subissem, do próprio Duesenberg, um caixote de champanhe. Já lambíamos a valer a primeira espuma quando o dr. Le Fanu agasalhou um escrúpulo, no qual se revelou a nós como um *gaucho* por todos os lados, e se perguntou em voz alta se o champanhe era um refresco indígena; antes que pudéssemos tranquilizá-lo, já estavam retirando as garrafas pelo poço do elevador e, ato contínuo, apareceu o chofer com um tonel de aguardente que é genuinamente santiaguense; meus olhos estão doendo até agora.

"O Lungo Bicicleta, a quem eu sempre irrito quando digo que ele é o glutão dos livros, quis aproveitar a chance e subornar o portador da aguardente, vulgo o chofer particular do dr. Le Fanu, para que nos passasse um verso gracioso, desses com palavras que nem um alienado entende, mas o doutor nos chamou à ordem com a pergunta sobre quem íamos escolher para presidente da A. A. A. Todos nós pedimos que o voto fosse aberto e o dr. Le Fanu saiu presidente sem outro voto contra a não ser o de Bicicleta, que mostrou uma figura com uma bicicleta pintada que sempre leva consigo. Um patriota naturalizado, o sr. Kuno Fingermann, secretário do dr. Le Fanu, falou como uma bala a todos os jornais, e no dia seguinte nós lemos, com a boca aberta, a primeira notícia da A. A. A. e uma descrição completa do dr. Le Fanu. Depois nós a publicamos, porque o presidente nos dotou de um órgão, que se chamava *El Malón*, e aqui lhe trago um numerozinho grátis para que o senhor se torne todo um *criollo* em suas colunas.

"Que belos tempos aqueles para o índio! Mas não alimente a ilusão de que duraram. Agora é cinzas, como se diz. O dr. Le Fanu deixou o local que nem vagão da fazenda, com uns índios do interior, que não manjam nosso papo, mas, para dizer a verdade, nem nós manjamos, porque o dr. Le Fanu contratou os serviços do dr. Bonfanti para que tapasse nossa boca cada vez que, sem perceber, soltássemos uma palavra que não está na gramática. Essa jogada resultou numa mutreta daquelas, porque a oposição ficou a serviço da causa que, dissera o dr. Bonfanti em sua primeira fala pela Rádio Huasipungo, 'neste ano se manifesta farta e pujante, alavancando, à força, o pendão da fala das Índias e batendo, com feroz teimosia, galiciparlistas, novidadeiros e casticistas antiquados no perimido arremedo de Cervantes, de Tirso, de Ortega e de tantos outros mestres de uma conversa fiada mortiça'.

"Agora o senhor vai me perdoar se eu lhe falar de um grande rapaz, um elemento insubstituível, embora mais de uma vez eu faça xixi nas calças de tanto rir com as piadas que se lhe ocorrem. O senhor já deve ter adivinhado que esse correntino é, evidentemente, o dr. Potranco Barreiro, porque é assim que todos nós o chamamos sem que ele saiba, e ele não fica fulo. Ele me tem meio como mascote e me chama de Jazmín e tampa o nariz quando a minha cabecinha aparece, de longe. Não role pela ladeira fatal, querido cacique, não entre pela via morta com a esperança de que o doutor em jurisprudência, Barreiro, seja um brincalhão de marca maior: é um advogado com placa de bronze, que alguns conhecidos cumprimentam no café-bar Tokio e que está por defender uma penca de patagões num pleito de campos, embora, para mim, quanto mais rapidamente esses fedorentos forem embora e não detiverem nossa sucursal Plaza Carlos Pellegrini, melhor. Todos se perguntam com um risinho por que o chamam de Potranco. Flores da picardia *criolla*, como se diz! Até um estrangeiro começa a ver que o nosso Potranco tem cara de cavalo e gana não lhes falta de julgá-lo na primeira junta de La Plata; mas é o que sempre me inculcam, que todos parecem algum animal e que eu pareço uma ovelha."

— Ovelha? Meu candidato é a raposa — disparou dom Isidro, conscienciosamente.

— Dê-se ao prazer em vida, meu chefe — aprovou Frogman, iluminado pelo rubor.

— Se eu fosse o senhor — prosseguiu Parodi —, não tiraria o corpo fora.

— Assim que os vizinhos colocarem o encanamento, prometo seguir seu conselho desinteressado; que susto vou lhe pregar: venho vê-lo depois do banho, e o senhor me toma por um mascarado.

Depois de uma brilhante gargalhada, Gervasio Montenegro — peitilho Fouquières, paletó Guitry com debruns, calças de Fortune & Bailey, polainas Belcebú de meia-estação, calçados Belphégor moldados à mão, sedoso bigode de prata levemente estriado — entrou com briosa desenvoltura.

— *Ma condoléance*, querido mestre, *ma condoléance*! — disse eficaz-mente. — Meu *flair*, acredito ter acertado com a palavra, lá da esquina já me denunciava a intrusão *redoutable* deste inimigo de Coty. A consigna da hora é: vamos desinfetar.

Extraiu de uma cigarreira de Baccarat um extenso Mariano Brull satura-do de Kümmel e o acendeu com um *briquet* de prata de lei. Depois, sonha-dor, seguiu por um instante as morosas espirais.

— Pisemos de novo em terra firme — disse, por fim. — Meu velho olfa-to de aristocrata e de meganha me repete junto ao ouvido que o nosso impra-ticável indianista não só compareceu a esta *cellule* com móveis asfixiantes, co-mo para arriscar sua versão, mais ou menos caricatural e disforme, do crime de San Isidro. O senhor e eu, Parodi, estamos acima desses balbucios. O tem-po urge. Acometo minha já clássica narrativa:

"O senhor mantenha sua calma: hei de ater-me à ordem hierárquica dos fatos. Era, por uma sugestiva coincidência, o Dia do Mar. Eu, pronto para o ataque frontal do verão — boné de capitão, paletó de regatas, calças brancas de flanela inglesa, calçados de praia —, dirigia com certa displicência a edifi-cação de um canteiro na chácara que todos, mais dia, menos dia, adquirimos em Don Torcuato. Confesso-lhe que essas *besognes* de jardinagem conse-guem, ainda que pelo instante fugaz, distrair-me dos torturantes problemas que, decididamente, são a *bête noire* do espírito contemporâneo. Qual não se-ria meu legítimo espanto quando o século xx bateu no rústico portão da chá-cara, com os nós dos dedos estridentes do klaxon. Resmunguei uma blasfê-mia, joguei o charuto e, perfilando-me estoicamente, avancei por entre os eucaliptos. Com a deslizada pompa de um comprido galgo, um lento Cadil-lac entrou em meus domínios. Pano de fundo: o verde severo das coníferas e o afável azul de dezembro. O chauffeur abre a portinhola. Desce uma esplên-dida mulher. Bons calçados, lindas meias, linhagem. Montenegro, disse eu! Acertei. Minha prima Hortencia, a indispensável Pampa Montenegro de nos-sa *haute*, estendeu-me a fragrância da mão e o fulgor amável do sorriso. Seria de mau gosto, *cher maître*, ensaiar pela enésima vez uma descrição que Witcomb tornou francamente supérflua: o senhor, leitor inevitável de toda figura que aparece em jornais e revistas, já saúda em seu foro íntimo essa cabeleira cigana, esses olhos de escura plenitude, esse corpo torneado pelas chamas de sua própria *cambrure* e que, dir-se-ia nascido para a conga, esse tailleur em tecido cru pensado por Diablotin, esse pequinês, esse chic, esse sei lá eu...

"A eterna história, meu prezado Parodi: atrás da grande dama, o pajem! Neste caso, o pajem se chamava Le Fanu, Tonio Le Fanu, e era de abreviada estatura. Apressemo-nos a reconhecer seu dom para agradar, atenuado, talvez, pela impertinência vienense, pelo *mot cruel*: parecia um duelista... de bolso, um cruzamento francamente atrativo de Leguisamo com D'Artagnan. Percebi nele algo de professor de dança, com outro tanto de bacharel e outro de janota. Entrincheirado atrás do monóculo prussiano, ele avançava de lado, com passos curtos e reverências inconclusas. A generosa testa se afastava numa mecha de betume, sem prejuízo de que o queixo retinto se dilatasse em colarzinho submaxilar.

"Debulhando uma cascata de risadas, Hortencia me disse ao ouvido:

"— *Lend me your ear*. Este pamonha que me segue é a última vítima. Vamos nos comprometer quando você quiser.

"Sob seu verniz carinhoso, esta declaração encobria o que nós, os verdadeiros sportsmen, chamamos de um 'golpe baixo'. De fato, bastaram essas poucas palavras femininas para que eu adivinhasse imediatamente que se havia rompido o compromisso de Hortencia com Baulito Pérez. Gladiador, afinal de contas, recebi o golpe sem um ai. No entanto, um olho fraterno teria mostrado ao observador a momentânea crispação de todos os meus nervos e o suor frio que escorria pela minha testa...

"Dominei a situação, é claro. *Bon prince*, reclamei para minha chácara a honra da cena obrigatória que dá o reconhecimento pro forma ao feliz... ou infeliz casal do ano. Hortencia me disse sua gratidão com um beijo impulsivo; Le Fanu, com uma interrogação *déplacée*, que me dói repetir neste lugar: 'Que nexo', perguntou, 'há entre a comida e as bodas, entre a indigestão e a impotência?'. Desdenhando com galhardia qualquer resposta, mostrei-lhes ponto por ponto minha propriedade, sem omitir, é claro, o Bufano em bronze de Yrurtia e o moinho da marca Guanaco.

"Ultimada a prolixa visita, empunhei o volante de meu Lincoln Zephyr e me dei o gosto de alcançar, e de distanciar, o carro do futuro casal. Uma surpresa me aguardava no Jockey: Hortencia Montenegro havia rompido seu compromisso com o Baulito! Minha primeira reação, como é natural, foi pedir à terra que me engolisse. O senhor já vá pesando e sopesando os graves perfis do caso. Hortencia é minha prima. Com essa fórmula defino, matematicamente, o berço e a linhagem. Baulito é o melhor partido da temporada; pelo lado da mãe, é um Bengochea; isso quer dizer que vai herdar os trapiches do velho Tokman. O compromisso era um *tout accompli*, apregoado, comentado e fotografado pelo quarto poder; era um desses fatos que reconciliam todos os setores da opinião; eu mesmo havia solicitado o apoio da princesa para que monsenhor De Gubernatis abençoasse a cerimônia. E agora, da noite para o dia, em pleno Dia do Mar, a Hortencia deixa o Baulito plantado. Traço muito Montenegro, reconheçamos!

"Minha situação como *chef de famille* era delicada. Baulito é um nervosinho, um valentão — o último dos moicanos, eu diria. Além do mais, trata-se de um habitué de meu estabelecimento em Avellaneda, um camarada, um freguês cuja perda não me resigno facilmente a enfrentar. O senhor conhece o meu caráter. Iniciei a batalha de imediato: do próprio fumoir do Jockey mandei uma extensa carta ao Baulito, da qual guardo cópia, lavando bem as mãos de todo o acontecido e me gabando de um sarcasmo familiarizado *à l'égard de ce pauvre monsieur Tonio*. Para o bem de todos, a tormenta foi de verão. A noite trouxe o talismã que desvaneceria o imbróglio: o rumor, confirmado minutos depois pelo próprio Tokman, de que um telegrama de Shirley Temple vetava o matrimônio da dileta amiga argentina, em cuja companhia visitara — ontem mesmo! — o Parque Nacional de San Remo. *Rien à faire*, diante do ultimato da pequena atriz. De boa fonte me disseram que até o Baulito havia içado bandeira branca, talvez à espera de que um telegrama futuro vedasse o casamento da esquiva com Le Fanu! Abramos um crédito à nossa sociedade: uma vez divulgado aos quatro ventos o simpático motivo da ruptura, a compreensão e a indulgência foram unânimes. Ao calor desse clima, decidi cumprir minha palavra e abrir as portas de minha chácara a um jantar na qual *tout* Barrio Norte festejaria o compromisso da Pampa com o Tonio. Essa *party* era uma necessidade bem sentida: na arlequinesca Buenos Aires dos dias de hoje o portenho não se reúne, não se frequenta. Se as coisas continuarem assim, atrevo-me a profetizar, chegará o dia em que não conheceremos nossas caras. As poltronas britânicas do clube não devem afastar de nossos olhares a generosa tradição do fogão; é preciso reunir-se, é preciso agitar o ambiente...

"Escolhi, ao cabo de maduras reflexões, a noite do dia 31 de dezembro."

II

No dia 31 de dezembro, à noite, na chácara Las Begonias, a demora do dr. Le Fanu mereceu mais de um comentário engenhoso.

— Como se vê, o seu noivo está que não se contém de vontade de vê-la, e sabe-se lá com que descarada ele deve ter programa para despistar — observou, sonhadoramente, Mariana Ruiz Villalba de Anglada.

— O papelão fenomenal é o seu que, de propósito, veio sem cinta — replicou a srta. De Montenegro. — Se eu tivesse a sua idade tomaria as coisas com soda; aprenda de mim que estou bem contente, embora não tenha ilusões de que o Tonio tenha se matado pelo caminho, o que seria uma boa.

— Eu me atenho à tolerância de um quarto de hora — sentenciou uma dama considerável, de pele branquíssima, de cabelos e olhos retintos, de mãos singularmente belas. — Em nosso regulamento, que já foi copiado em San Fernando, depois de quinze minutos pelo relógio-taxímetro, a dormida já é cobrada como se estivessem no maior fuque-fuque a noite toda.

Um silêncio reverencial acolheu as palavras da princesa. No fim, a sra. De Anglada murmurou:

— Que louca varrida, eu, me pôr a falar estando diante da princesa, que sabe mais do que o Livro Azul.

— Sem menosprezo da elegância personalíssima, do sotaque egrégio — opinou Bonfanti —, suas palavras a consagram porta-voz de quanto sentimos e ressentimos os aqui congregados. Apelido de tapado, apelido de anta, carrega aquele que contraria que na princesa se compendiam, epitomadamente, toda sindérese e toda notícia.

— O senhor não é ninguém para falar de notícias — corrigiu a princesa. — Lembre-se da noite de seu santo, em que a vaca Pasman o surpreendeu na guarita do terceiro pátio lendo o *Billiken*[1] num número atrasado.

---

1. Revista voltada para o público infantil, fundada por Constancio C. Vigil em 1919 e ainda hoje publicada. (N. T.)

— *The elephant never forgets* — aplaudiu a senhorita de Montenegro.

— Pobre Bonfanti — disse Mariana —, agora sim que veio abaixo com uma que sabemos sem o *soutien*.

— *Ordem e progresso, mesdames* — suplicou Montenegro. — *Cessez d'être terribles et devenez charmantes*. Embora o afiado espadachim que há em mim vibre em uníssono com toda a polêmica, tampouco devo manifestar-me insensível aos tonificantes envides da concórdia. Atrevo-me a sugerir, além disso, não sem uma *pointe* de ironia, que o absentismo de nosso novíssimo *soupirant* não deixa de aportar seu pressentimento a meu espírito de epicurista e de cético.

— Bifes! Eu quero que me deem um bife alto assim — disse com despótica voz chilena Loló Vicuña de De Kruif, apertando sua coxa. Era dourada, loira e magnífica.

— O mais autêntico e genial vitalismo fala pela sua boca — esclareceu Bonfanti. — Sem desfazer em um ponto a primazia das fêmeas de aquém, cabe assentar que, no tocante ao espírito, as temerárias que se jogarem na liça desigual com as damas da parte de lá das cordilheiras terão de suar em bicas.

A princesa arbitrou:

— Bonfanti, o senhor sempre espirituoso. Quando vai conseguir entender que o que o cliente paga é uma carne firme, robusta?

A esplêndida sra. De Kruif aperfeiçoou a reprimenda:

— O que é que o esfarrapado desse zé-ninguém vai imaginar? Que nós, chilenas, não temos carne? — protestou, abaixando o decote.

— Ele vai dizer isso para fazer acreditar que ainda não passou pelo seu caramanchão, embora todos passem — comentou Mariana. (Ninguém ignorava que a sra. De Kruif dedicava o caramanchão de sua chácara às práticas venusianas.)

— Que mancada feia, Loló — disse um rapaz turbulento, equino e grisalho. — O pobre zé-mané estava era tratando de a elogiar.

Um senhor que parecia muito com Juan Ramón Jiménez[2] interveio.

— Continue, Potranco, continue — estimulou-o. — Trate minha mulher por você, como se eu não estivesse presente.

---

2. Escritor espanhol (1881-1958), autor de *Platero y yo* (1914), *Eternidades* (1918), *Romances de Coral Gables* (1948), entre outros. Em 1956, recebeu o prêmio Nobel de literatura. (N. T.)

— Quem está presente é a sua bobeira de tonto de marca maior — disse com vagueza a encantadora Loló.

— A mulher tem de se deixar tratar por você — pontificou a princesa. — Eu sempre friso que é um costume do cliente e não custa nada.

— Bimbo! — disse Loló, impulsivamente. — Se quiser que eu te olhe na cara, fique agora mesmo de joelhos e peça perdão à princesa por ter se excedido assim na frente dela.

Uma curiosa coalizão de flautas bolivianas, de alegres campainhas de bicicletas e de negros latidos salvou De Kruif.

— Reconheçamos que meu ouvido de caçador se mantém na primeira fila — observou Montenegro. — Diviso o latido de Tritão. A tomada da *verandah* se impõe.

Caminhou para fora com altivez. Todos o seguiram, salvo a princesa e Bonfanti.

— Embora fique, não tira nada — afirmou a dama. — Já botei o olho em tudo.

Da galeria, Montenegro e os convidados gozaram de um alarmante espetáculo. Puxado por dois cavalos pretos, entre uma clamorosa nuvem de ciclistas com poncho, um funerário e silencioso cupê avançava pela profunda alameda. Sob o risco de rolar pelas valas, os ciclistas soltavam o guidão e cantarolavam tristes acordes nas compridas flautas bolivianas que os entorpeciam. O cupê parou entre a pelouse e a escadaria. Diante da consternação geral, o dr. Le Fanu saltou daquele móvel, agradecendo com visível emoção o aplauso de sua própria escolta.

Como depois repetiria Montenegro, a incógnita não tardou em aclarar-se: os homens de poncho e bicicleta eram membros da A. A. A. Dir-se-ia que eram capitaneados por um gordinho fétido, que respondia pelo nome e sobrenome de Marcelo N. Frogman. Esse cacique estava sob as ordens imediatas de Tulio Savastano, que não dava um pio sem permissão de Mario Bonfanti, secretário do dr. Le Fanu.

— Apoio a trouvaille — vociferou Montenegro. — Em troca de certa antiga arrogância e ar senhorial, esse cupê sugere todo um interessante desdém pelas já caducas *entraves* do tempo e do espaço. Las Begonias, *d'ailleurs* representadas por estas damas, saúdam no senhor o diletante, o argentino, o *promesso sposo*... Não nos antecipemos, no entanto, estimável Tonio, aos fecundos ócios e bagatelas faiscantes da sobremesa. O *clericó* se impacienta no Baccarat, o *consommé*, esse inevitável comensal de todos os ágapes, mal dissimula sob sua reticência de *clubman* o afã das nobres expansões e da comunicativa noitada.

A sobremesa no salão decorado por Pactolus não frustrou as previsões de Montenegro. A sra. De Anglada, revolta a sedosa cabeleira, extenuados os olhos, trêmulas as fossas nasais, sitiava de perguntas e de pressões o jovem arqueólogo com o qual havia autoritariamente compartilhado o prato, a taça e ainda o assento. Este, guerreiro no fim das contas, afundava a rosada calvície no poncho impermeável, de acordo com a estratégia da tartaruga. Com desesperador coquetismo, negava que seu nome fosse Marcelo N. Frogman e procurava distraí-la de seu propósito com algumas adivinhas para passar o tempo de Ratón Perutz de Achala. "Não se apoquente, senhora", insistia, aos gritos, o Potranco Barreiro, descuidando os suntuosos joelhos de Madame De Kruif, "o Garoto Força Bruta sou eu." À direita da *baronne* Puffendorf-Duvernois, o dr. Kuno Fingermann, também conhecido como Bube Fingermann e Jamboneau, improvisava com frutas abrilhantadas, *marrons glacés*, bitucas de charuto importado, açúcar moído e um amuleto-Billiken, provisoriamente cedido por monsenhor De Gubernatis, a planta *machietta* de asilos a serem erguidos em terreninhos que irão para as nuvens quando se benzer a pedra fundamental do curtume. Saudavelmente arrebatado pelas extraordinárias sugestões do tema, não valorizava em todos os seus quilates o elemento *mulher* de sua irritada interlocutora: esta dama (presidenta e fundadora honorária da Sociedade Os Primeiros Frios) interessava-se menos pela glutinosa arquitetura do obeso utopista que pelo diálogo da princesa, do monsenhor e de Savastano.

— Eu não me entendo com os estabelecimentos em formação aberta — disse, guturalmente, a princesa, fixos os severos óculos na *maquette* erigida por Jamboneau. — Não me venham distrair com novidades, eu me aferro como uma rotineira ao panóptico, que é a última palavra no ramo e que permite, a partir da torrezinha onde está o marmota Cotone com os binóculos, levar o censo de todos os movimentos das pupilas, porque tem cada especialista *que vous m'en direz des nouvelles*.

— Hip, hip, urra! — murmurou monsenhor De Gubernatis. — A senhora, Alteza, que vê debaixo d'água, abriu todo um sulco fecundo às atividades e ao altruísmo de nosso interessante Cotone. *The right man in the right place*, indubitavelmente... Eu, no entanto, daria meu voto por uma arquitetura mais rigorosa no Cottolengo a se erigir para dar o contra nesses judeus infiltrados que conseguiram engambelar alguns pilares da nossa igreja com a isca lisonjeira, mas utópica, de Uma Sinagoga por Barba.

Savastano interveio de forma afetuosa:

— Não estrague tudo, monsenhor, porque depois nem os garis vão poder dar um jeito. A senhora princesa mandou cada verdade que o senhor não a ganha mesmo que o entupam de sopa seca. Até os pequenos a quem ainda não pode emprestar as calças compridas sabem qual é a forma do estabelecimento em Avellaneda, com essa torrezinha que eu prometo para o Dia do Vigilante, que é o que Cotone tem livre. Ao senhor, claro, não resta outro recurso senão retrucar que a forma dos hotéis é outra coisa, porque a sala dos milionários dá para o primeiro pátio, e a escrivaninha do sr. Renovales bate no meu narizinho quando o senhor entra.

O Potranco Barreiro entornou a cinza do seu Partagás na orelha esquerda de Frogman e interrogou:

— Você lembra, Le Fanu, da Biblioteca Calzadilla, em Versailles, um local fuleiro, inteiramente desprovido de torre; mas você não precisava dela para ser o louco de plantão, e devolveu o Pardo Loiácomo ao seio do lar porque se lhe escapou um "de que", e a mim por um "concretizando o caso" que até Rotas Cadenas Frogman entende, você me tirou a direção. Mas quem é que vai guardar raiva de um verme?

De seu rigoroso peitilho e colarinho inflexível, o dr. Le Fanu saiu do aperto:

— Tratando-se dessa biblioteca analfabeta e do senhor, o único recurso da memória é a amnésia total. Esqueci-me desse anexo de um mictório; nem o senhor nem seu colega em cacofonia podem jactar-se de infamar minhas lembranças.

— Talvez um critério solidamente comercial obstrua minha visão — pontificou a espessa voz teutônica do dr. Fingermann. — Mas embora sua massa encefálica esteja muito facultada para o esquecimento, custa-me acreditar, dr. Le Fanu, que não se lembre dos feriados em que o senhor, minha irmã Ema e eu investíamos, cada um, um *pfennig* de seu pecúlio para nos transferirmos para o jardim zoológico e o senhor nos explicava os animais que eram da América do Sul.

— Diante de exemplares como o senhor, prescindível Bube, o mais explicativo dos zoólogos optaria pelo silêncio, quando não pela contrição e a fuga — disse secamente Le Fanu.

— Não fique cabreiro, pescoçômano,[3] que você ainda vai se engasgar. Nem eu, nem o russo que tem as sardas suadas, detonamos você a ponto de lhe deixar ao nível de um escarro de metrô — apaziguou-o Potranco e o deixou tossindo como um pobre tuberculoso com um amistoso tapinha nas costas.

Savastano aproveitou esse episódio para deslocar-se até a soberba sra. De Kruif e sugerir-lhe ao ouvido:

— Um passarinho me contou que a senhora atende num quiosque na chácara. Santo Deus, Santo Deus, aquele que conhecesse o Quiosquinho!

Loló, distante como a astronomia, deu-lhe as costas.

— Não seja burlesco e me passe a Parker — ordenou monsenhor De Gubernatis. — Tenho de marcar um endereço para o dr. Savastano, que é bem simpático.

Olhos entrecerrados, dentadura tensa e descoberta, queixo alto, respiração regular, punhos apertados, braços flexionados, cotovelos agilmente colocados à altura regulamentar, o dr. Mario Bonfanti, esse veterano do passo ginástico, salvou sem maiores tropeços os poucos metros que o separavam de Gervasio Montenegro. Quase havia transposto a meta quando conseguiu levantar-se depois da acertada rasteira interposta por monsenhor De Gubernatis. Encostou uma boca ofegante no ouvido direito de Montenegro, e todos ouviram com desafeto um espesso rumor de enes, de eles e de zês.

Montenegro o escutou com perfeita compostura, estudou um Movado extracurto e se pôs de pé. Secundado pelo inevitável champanhe dos grandes oradores, disse com voz arrogante:

— Escravo do louvável afã de *paraître à la page,* nosso noticioso factótum acaba de me revelar que faltam poucos minutos para que 1944 rompa a casca. O cético brandirá seu sorriso; eu mesmo, florete sempre alto contra os *ballons d'essai* da propaganda, não vacilei em consultar meu… *time machine.* Renuncio a esboçar minha surpresa: faltam exatamente catorze minutos para a meia-noite. O informante tinha razão! Abramos um crédito à pobre natureza humana.

---

3. Disse isso por causa do pescoço. (Nota cedida por dona Mariana Ruiz Villalba de Anglada.)

"Em que pese a carga dos anos, 1943 bate em retirada galhardamente, com o equilíbrio de não sei que *grognard* napoleônico, disposto a defender um a um seu estoque restante de minutos; 1944, mais bisonho e mais ágil, não para de fustigá-lo com as flechas que seu coldre hospeda. Senhores, confesso que tomei partido: meu posto, em que pesem a prata das cãs e a piedade severa dos jovens, está no porvir.

"Primeiro de janeiro de todo ano futuro, vindouro... A data evoca, invencivelmente, essas galerias que o acaso brinda aos afãs, quando não à picareta dos mineiros subterrâneos, e que cada qual imagina de maneira sui generis: o escolar espera que o ano lhe trará... calças compridas; o arquiteto, a airosa cúpula que virá coroar seu labor; o militar, a bizarra dragona de lã que compendia toda uma interessante vida de sacrifício no próprio timão da coisa pública, e que fará a noivinha chorar de alegria; esta, o herói civil que a salvará do *mariage de raison*, imposto pelo egoísmo dos avós; o banqueiro ventripotente, a improvável fidelidade da *cocotte grand luxe* que adorna pomposamente seu ritmo de vida; o pastor de homens, o vitorioso fim da guerra pérfida que lhe impuseram, malgrado seu, sabe-se lá que modernos cartagineses; o prestidigitador, o coelho que tantas vezes extraíra do *clack*; o artista pintor, a consagração acadêmica, inevitável corolário do vernissage; o torcedor, a vitória do Ferrocarril Oeste; o poeta, sua rosa de papel; o sacerdote, seu te-déum.

"Senhores, posterguemos, pelo menos por esta noite, as inamovíveis interrogações e as prejudiciais obsessões da hora presente e empapemos os lábios na borbulha.

"De resto, convém não carregar nas tintas. O panorama contemporâneo, examinado pela lupa crítica, é inegavelmente nebuloso, mas não deixa de acusar ao observador habituado algum oásis digno de ser atendido — exceção que apenas confirma, em brasa, a natureza desértica do contorno. Vossos piscares de olhos, que a etiqueta não consegue sufocar, adiantam a conclusão: é inútil ocultar que aludi à nossa imponderável Hortencia e a seu *cavaliere servente*, dr. Le Fanu.

"Encaremos com uma mente aberta, sem o véu rosado que escamoteia as mais mortificantes manchas, sem o insubornável microscópio que as magnifica e destaca, os traços e perfis característicos de nosso casal de plantão. Ela — *place aux dames*, vos conjuro, *place aux dames* — está presente: qualquer esboço é pálido diante da opulência fragrante dessa cabeleira; diante desses olhos que, à sombra do cílio amigo, estendem suas redes enervantes; diante dessa boca que até agora só sabe do gorjeio e do flirt, da guloseima e do rouge, mas que amanhã, ai de mim, saberá da lágrima, diante desse... sei lá eu. Perdão! O água-fortista de raça acaba de ceder outra vez à tentação de rabiscar uma silhueta, um estudo, nuns poucos traços definitivos. Para descrever uma Montenegro, um Montenegro, cochicharão vocês. Passemos — a transição é de praxe — ao segundo termo do binômio. Ao empreender a abordagem dessa personalidade singular, não permitamos que nos rechacem o espinhoso emaranhado da cerca viva e as inevitáveis *broussailles* da periferia. Em troca de uma enfadonha fachada que se compraz em ignorar as mais rudimentares exigências do cânone clássico, o dr. Le Fanu é todo um inesgotável manancial de frases cáusticas e de raciocínios ad hominem, tudo isso temperado por uma ironia de boa qualidade, é claro que só ao alcance daqueles *amateurs* capazes de pronunciar o *abra-te sésamo*, que fará baixar a ponte levadiça e nos fará deparar com os tesouros da simplicidade e da bonomia, tanto mais aceitáveis quanto menos usuais no comércio! Trata-se de um produto de invernáculo, de um estudioso, que une à sólida argamassa teutônica o imortal sorriso de Viena.

"No entanto, o sociólogo que todos levamos in petto não tarda em se elevar a uma altura considerável. Nesse feliz casal, já comentado até o cansaço pelos mais recentes *bridges* de... beneficência, talvez importem menos os indivíduos — brilhantes, mas efêmeros passageiros entre um nada e outro — do que o volume ideal deslocado por este fait divers. Efetivamente, o *mariage de raison*, a se realizar em San Martín de Tours, não só dará motivo a uma exibição do poderoso estilo litúrgico de monsenhor De Gubernatis; constituirá também todo um indício das novas correntes que infundem o vigor de sua seiva — nem sempre livre de impurezas! — no envelhecido tronco secular das famílias próceres. Tais núcleos fechados são os depositários da arca da pura e genuína argentinidade; na própria madeira da arca, o dr. Tonio Le Fanu se encarregará, certamente, de injetar os mais pujantes botões do Fascio, sem excluir, dou fé, as profícuas lições de um nativismo bem entendido. Trata-se, como sempre, de uma simbiose. Nesse caso, os átomos interessados não se repelirão: nossas famílias medulares, talvez prostradas pelo mais desesperador liberalismo, saberão acolher de bom grado esta infusão de porvir... Mas — o orador mudou de voz e de cor — eis aqui o presente, sob uma forma decididamente atrativa..."

Um senhor compacto e sanguíneo, indignado e fornido, de módica estatura e de braços curtos, entrou pelo terraço e repetiu com apaixonada monotonia um único palavrão. Todos notaram que o intruso estava como que embutido num paletó branco; Montenegro, menos sintético, limitou-se a observar que empunhava uma bengala com nós; Loló Vicuña de De Kruif, sensível a todos os vigores da natureza e da arte, admirou essa cabeça encravada diretamente sobre os ombros, sem a claudicação de um pescoço. O dr. Fingermann avaliou em trezentos e vinte e dois pesos as abotoaduras em forma de ferradura.

— Engula em seco, Mariana, engula em seco — disse, num sussurro de êxtase, a senhorita de Montenegro. — Você é testemunha de que o Baulito vem para brigar por mim. Por você, nem o galego briga.

Estimulado por essa indeclinável alusão, o dr. Mario Bonfanti — macrocefálico, esportivo e lanar — fechou o caminho do colérico e não tardou em assumir a posição de guarda do pugilista negro Jack Johnson.

— São, de um parto, vilões e porfias — disse de forma erudita. — Ao seu estrondo, meu cavalheiresco silêncio! À sua canalhice, meu esbregue; ao seu denosto, meu denodo; à sua intromissão, meu...

Frogman, cuja cadernetinha com lápis havia recolhido mais de uma sílaba das quais emitia (sem dúvida, em *papo argentinista*) Mario Bonfanti, teve de se resignar a desconhecer o final da frase. Uma sonora bengalada do Baulito deixou-a irreparavelmente inconclusa.

— Pedra livre para dom Pesto — aclamou Savastano. — Para mim, que ao torcer-lhe a napa, curou seus fungos.

Inacessível à lisonja, Baulito retrucou:

— Mais uma palavra e arruíno essa sua cara de bunda de nenê.

— Não seja pessimista, doutor — protestou Savastano, retrocedendo velozmente. — Não diga essas coisas tão tristes, que já vou me retirar em ordem.

Depois do impacto dessa frase, retomou o diálogo iniciado com a prestigiosa Loló.

O dr. Le Fanu se pôs de pé.

— Eu me nego a depreciar esta escarradeira, ou Frogman, empregando-os como arma de arremesso — gritou. — Fuja, Mattaldi: amanhã meus padrinhos visitarão sua estrebaria.

Um soco de Baulito estremeceu a mesa e quebrou umas taças.

— Não estavam asseguradas! — disse com admirativo pavor o dr. Kuno Fingermann. Levantou-se, magnificado pelo espanto, segurou o Baulito pelos cotovelos, levantou-o a certa altura e o arremessou pelo terraço, sempre repetindo: — Não estavam asseguradas! Não estavam asseguradas!

O Baulito caiu no pedregulho, levantou-se de maneira pesada e se afastou proferindo ameaças.

— Uma tempestade de verão, *décidément*! — sentenciou Montenegro, já de volta do terraço, onde o incorrigível sonhador aparecera um momento para cumprimentar as constelações e ensaiar um charuto. — Para o observador de alta escola, o risível final que acaba de assumir este lance denota, com eloquência de sobra, a inconsistência e a insignificância do ocorrido. Talvez algum *friand* de emoções fortes deplorará que o espadachim que está incógnito sob meu impecável peitilho não tenha saído antecipadamente para a plataforma; mas o inveterado analista deverá confessar que bastaram figuras menores para essa subalterna *besogne*. Por fim, senhores, o fugaz Baulito se calou. Apesar desses *enfantillages* que me resultam francamente pueris, levantemos a taça e molhemos o sedoso bigode em honra do ano, de seu casal e de todas as damas aqui sorridentes.

Loló, reclinando a faustosa cabeleira no ombro de Savastano, murmurou sonhadoramente:

— Bem que essa gaiata da baronesa de Servus me disse que o Bube Jamboneau era muito certinho. Lindo, vai me devolver o endereço agora mesmo, porque vou passar para o judeu.

III

— Forçoso é reconhecer, sem sombra de dúvida — observou Montenegro, acendendo o terceiro *tabaco* desta manhã —, que a cena que acabamos de presenciar, o choque mais ou menos perigoso de dois aços toledenses e de dois temperamentos, é um sólido tônico nesses anos de pacifismo *à outrance* e de guerras endossadas por Wall Street. Ao longo de uma vida proteiforme que qualquer observador estupefato qualificará, talvez, de variada, cruzei o estoque inapelável nesses grandes duelos ancien régime que a nossa fantasia de voo galináceo, medíocre, mal consegue esboçar. Confessemos sem rodeios que o mais aguerrido dialético deve empunhar na ocasião o argumento da espada!

— Fecha o bico, Tegobi,[4] que o seu café ainda vai esfriar — gritou carinhosamente o dr. Barreiro.

— Supérfluo! — replicou Montenegro, com bonomia. — A pituitária nos adverte que esse diabo de Moka é impostergável.

Tomou a cabeceira da mesa. Já Fingermann, De Kruif, Barreiro, Baulito (com remendo poroso), Le Fanu (com envoltura úmida) e o próprio Tokman disputavam os croissants distribuídos a mancheias por Marcelo N. Frogman, também chamado Berazategui, sobriamente caracterizado de empregado.

Um hábil tapa do Potranco frustrou a gula do dr. Le Fanu. Intimidou-o:

— Não enfie goela abaixo todos os Terrabusi,[5] seu comilão.[6]

— Comilão? — comentou de forma enigmática Jamboneau Fingermann. — Comilão? Mórmon, isso sim; ha ha ha.

— Apressando-me a admitir, nulo Fingermann, que não basta a posse de uma envoltura úmida e de uma urticária incipiente para abismar-me à sua altura — pronunciou o dr. Le Fanu —; proponho-lhe, sem temor ao paradoxo, que se mude para o campo da honra e repare esse atoleimado *ha ha ha* com as armas ou com a fuga.

— Vejo que o senhor opera num campo decididamente afastado da materialidade bursátil — bocejou o aludido. — Sua proposta fica congelada.

Como o leitor deve ter adivinhado — sensível como um grumete ao primeiro rodopio —, a cena que enfocamos ocorria a bordo do iate *Pourquoi-pas?*, de Gervasio Montenegro, que alinhava a proa em direção a Buenos Aires, dando altivamente as costas à charmosa costa uruguaia, *parsemée* de cores e de veranistas.

— Repudiemos todo personalismo néscio — propôs Montenegro. — Sublinhemos bem alto que em meu papel, sem dúvida difícil, de diretor de duelo, o esgrimista não desmereceu o homem de sabre, o aristocrata do *salonnard*. Reivindico meus direitos a… este pão de leite.

— Para que tanto diretor e tanto petit-fours — resmungou Baulito —, se ao primeiro arranhão você se alterou como mate de leite…

---

4. *Vesre* de Bigote (Bigode). O *vesre* (revés) é uma modalidade do lunfardo — a gíria portenha — que consiste em inverter todas ou algumas sílabas da palavra. (N. T.)

5. Marca de alfajor. (N. T.)

6. No original "morfón", similaridade com a palavra "mórmon". (N. T.)

— Concordo — afirmou o dr. Le Fanu. — Quanto à sua cor pessoal, evasivo Pérez, eu não pude precisá-la, já que o senhor se deslocava com entusiasmo em direção à fronteira do Brasil.

— Mentiras e calúnias — replicou Baulito. — Se você não fosse salvo pelo gongo, eu ia deixá-lo feito um purê, seu verme.

— Purê? — inquiriu Tokman, interessado. — Eu sempre dou meu voto aos farináceos.

Mas Barreiro já intervinha com discrição:

— Acabem com isso, seus micróbios. Como vocês não manjam que estão enchendo?

— Mais cheio vai ficar você quando, com um chute, eu o fizer tomar um banho de assento na água doce — explicou o Baulito. — Renda-se à evidência: olha a cara de cachorro do sujeito e depois não se espante se eu latir.

— Isso do cachorro me faz pensar em outra bobagem — refletiu o Potranco. — Da última vez, para testar a vista na casa do barbeiro, me deu a louca e me pus a ler uma historinha do Suplemento. Haviam publicado O oráculo do cão, mas não era engraçado. Era sobre o caso de um sujeito de terno branco que encontram em estado de presunto, num caramanchão. Você fica quebrando a cachola com a ideia fixa em como o criminoso bolou para chispar do recinto, porque havia uma só artéria de acesso, vigiada por um inglês de cabelo vermelho. Por fim o convencem de que você é um ordinário, porque um padre descobre a esparrela e lhe abotoam o paletó.

Le Fanu protestou:

— Ao mistério hipotético dessa fábula, nosso centauro acrescenta o autêntico mistério de uma exposição embrionária e de uma sintaxe quadrúpede.

— Quadrúpedes? — inquiriu Tokman, interessado. — Eu sempre digo que o trenzinho do Zoo encarna a derrota definitiva da tração a sangue.

— É, mas se fosse puxado por uma longa fila de animais economizariam combustível — observou Fingermann. — Mesmo assim, custa dez centavos!

O dr. Barreiro exclamou:

— Deixa esses dez centavos para lá, Jacoibo, que ainda vão tomá-lo por judeu. Afinal, a maquininha de fazer pesos não vai dar o pinote.

Olhou para o dr. Le Fanu com beatitude. Este o interpelou:

— Pela enésima vez, relinchante jurista, comprovo que o argot e o solecismo não o abandonam. Refreie esse entusiasmo solípede: enquanto o senhor persistir em ser a sombra de tão rechonchudo Bube, eu me resignarei em ser a sua.

— Sorte madrasta, rapazes — comentou Barreiro. — Coube a mim uma sombra com monóculo.

Montenegro interveio, sonhador:

— Às vezes o *causeur* mais ágil perde a lebre. Uma elegante distração na qual intervieram, sem dúvida, certo desculpável desdém e as cavilações de um cérebro que habita bem no alto me forçou a perder alguns *replis* do diálogo que aviva nosso simpósio.

Nem todos os presentes haviam avivado o simpósio. Até o leitor deve ter percebido que Bimbo De Kruif, olhos fixos numa verossímil pomba de marmelada, não havia articulado nem um monossílabo.

— Ufa, De Kruif — relinchou Barreiro —, se a sua boca ficou cheia, por que não avisou? Não dê uma de cinema mudo, Barbone, que somos garotos modernos.

Montenegro o apoiou decididamente.

— Faço chegar minha palavra de estímulo — disse, atacando seu quarto brioche. — Esse mutismo exagerado é sempre uma máscara que o homem de bom gosto reveste na solidão, mas que se apressa a atirar assim que se submerge no círculo dos grandes amigos diletos. Um *badinage*, um potin, prezado Bimbo, ao menos um *mot cruel*!

— Veio mudo como o touro agachado a quem pesam os chifres — comunicou ao universo o dr. Fingermann.

— Mutile sua metáfora — propôs Le Fanu. — Substitua touro por boi: seu epigrama ganhará precisão, sem perder vulgaridade.

Pálido, impassível, remoto, De Kruif articulou:

— Mais uma palavra contra minha senhora e eu os abato como porcos.

— Porcos? — inquiriu Tokman, interessado. — Eu sempre digo que para valorizar o gado porcino não basta consumir uma pilha de sanduíches de alface na Confitería del Gas.

IV

Referidos os fatos anteriores, não sem alguma olhadela sarcástica nos grandes panoramas contemporâneos, Montenegro se resignou a fumar o último

La Sin Bombo de Frogman e invocou sua flamejante afonia para ceder a palavra a esse cacique:

— Ponha-se o senhor em minha camiseta, sr. Parodi, compreenda o meu caso — sussurrou Marcelo N. Frogman, também chamado Cano Mestre. — Juro pelas termas de Cacheuta que nessa noitada nós, os rapazes, estávamos mais contentes do que se eu tivesse cheirado um queijo. O Bicicleta, que é um loroteiro sério, passou o dado, confirmado pouco depois pelo Diente de Leche, que se atém a repetir todas as patacoadas do Bicicleta, que na mesma noite do crime o dr. Le Fanu se deslocaria de San Isidro para Retiro, sob pretexto de ver, no cine Select Buen Orden, a fitinha patriótica que se obteve quando do desfile dos *gauchos* no Balneário. Calcule o senhor, a olho, nosso entusiasmo: alguns, com paúra de que os dedos-duros divulgassem que todos havíamos desertado para uma dessas fitas de honra, até projetamos nos deslocar em massa para o cine Buen Orden, que fica na esquina, para ver de perto o dr. Le Fanu vendo a fita dos *gauchos* que, com a isca da produção Ufa, *Ginástica para o adulto de classe média*, a encaixavam de contrabando como encheção de linguiça, embora mais de um levantasse uma vaia que, se eu comparecesse, penso que minha sovaqueira os teria alterado. Claro que depois aconteceu o de sempre: o fantasma da bilheteria bastou para esfriar os ânimos dos demais, embora outros se destacassem escudados em razões de peso: o Diente de Leche, por carência de uma confirmação oficial de que o Trompa compareceria; o Golpe de Furca, que é o carneiro da disciplina porque foi seduzido pela ilusão (apresentada sob o contorno atrativo de um convite de papelão) que distribuíam, nas esquinas da Lope de Vega e da Gaona, colheradas de sêmola ao sortudo que se saísse com seu ato de presença; o Tortugo Viejo, também chamado Leonardo L. Loiácomo, porque um mala sem alça anônimo lhe confiou por telefone que o padre Gallegani assinaria em pessoa, de um bonde sem reboque, especialmente fretado pela Cúria Eclesiástica, um retrato postal do Negro Falucho. Eu mesmo, para me safar dessa, aproveitei que tinha de rumar para San Isidro pedalando como um mico-preto em meu automoto. Puxa vida! O índio se diverte tirando finos dos ônibus com a bicicleta e apostando corrida com os meninos patinadores, que logo de cara o deixam grudado, suando em bicas dentro de seu abriguinho. Eu já estava lustroso de cansaço, mas não caía do guidom porque o orgulho argentinista de ver na própria carne a grandeza da pátria me mantinha firme, e isso que eu tinha chegado na Vicente López engatinhando. Aí optei por soltar a franga e entrei bem ladino, e só não me retiraram num carrinho de mão porque não havia nenhum na popular churrascaria El Requeté, onde, em vez da travessona de canjica com pãozinho para embeber que reclamei com prepotência, astutamente me entupiram de guisado de grão-de-bico, que se não protestei como um sem-vergonha foi para não fomentar essas reações do garçom, que costumam ser tremendas. Ainda por cima, me entulharam com até meia garrafa de Hospitalet, que quando tive de pagá-la segui viagem mais aliviado, porque a minha camiseta com mangas agora está esquentando o patrão.

— O destino desse restaurateur — observou Montenegro — é, de toda forma, evidentemente mefítico. Sob a espécie francamente atraente de uma camiseta com mangas o senhor lhe inferiu, isso sim, uma moderna túnica de Neso, que lhe assegurará — para sempre! — essa solidão que é privilégio inquestionável da raposa de nossos campos.

— Com essa verdade do tamanho de um bonde me distraía eu — admitiu Frogman. — Claro que o índio, quando estrila, fica fulo da vida, e eu não trepidava em imaginar uma porção de vinganças, que se eu as divulgar agora vocês vão rir como uns gordinhos. Juro a vocês que, a não ser pelo grande invento argentino das impressões digitais, eu daria as caras e poria um anônimo no basco, com o firme propósito, isso sim, de não voltar a me imiscuir na churrascaria, não fossem esses déspotas a me colocar no meu lugar. A mesma decisão com que dei as costas a Vicente López me fez chegar como que de carro alegórico a San Isidro. Sem nem sequer me resolver a fazer xixi numa arvorezinha, não fosse algum menor de idade a tomar posse da bicicleta sem dar a menor bola para os meus mais lastimosos ais, cheguei como que por um tobogã aos fundos da chácara com caramanchão da sra. De Kruif.

— E o que andava procurando a essas horas pelos baixios de San Isidro, dom Mico-Preto? — perguntou o investigador.

— O senhor tocou na ferida, sr. Parodi; eu procurava cumprir com o meu dever e entregar ao sr. Kuno, em mãos, um livrinho de Natal, que lhe mandava o nosso presidente, a obrinha cujo nome tem por título um letreiro em gíria.

— Uma trégua — implorou Montenegro —, uma trégua! O trilíngue abre fogo. O opus em questão é A incredulidade do padre Brown, no mais hermético dos textos anglo-saxões.

— À força de fazer barulho de trem com a boca para me distrair — continuou Frogman —, cheguei sem me dar conta, com a cara lavada pelo suor e as pernas tão moles que mais pareciam de queijo fresco. Chucu-chucu-chucu fazia eu, quando quase caio duro, porque nisso vejo um homem apressado subindo o barranco como se brincasse de pega-pega. Nesses transes em que se esquece até de Túpac Amaru, eu nunca deixo de contar com uma válvula de escape: a fuga incontida, torrencial, cruzando o campo. Dessa vez, fui detido pelo medo do merecido pito que o dr. Le Fanu me daria sem asco, por não ter entregado seu livrinho. Tirando coragem da paúra, cumprimentei-o como um animal amestrado, e logo me dei conta de que o desconhecido que subia era o sr. De Kruif, porque a lua batia em cheio no seu cavanhaque vermelho.

"Olha que o índio é safo, sr. Parodi! Nem bem o sr. De Kruif não me cumprimentou, eu manjei que ele havia me reconhecido, porque tem cada urso que se você o deixar sem o cumprimento ele lhe faz a barba e o bigode grátis, duma só vez. Comigo é outra coisa, porque já se sabe que o medo não é sonso nem junta raiva.

"Eu continuei feito um bacana, claro que suspendendo meu chucu--chucu para outro Carnaval, para que esse barbicha não fosse pensar que eu havia abusado ao chamá-lo para um macarrão e descarregar sua cólera. Saí marcando tempo, e mais me teria valido ficar quieto como um coelho embalsamado, porque se o senhor me visse, subindo por uma montanhazinha surpresa... Depois tive de me livrar do barro e sair da vala, porque se vocês me divisassem me tomariam por um *candombe*.

"Que susto levou um criado! A montanhazinha veio a ser a pancinha do dr. Le Fanu, que eu, sem pedir permissão, pisei, mas ele não me mandou à merda porque estava mais morto que um bife com batata frita. Obstruía a via pública de costas, com um buraco na testa do tamanho de um dedão, que é por onde lhe saía o sangue preto que agora deixava sua cara com uma crosta. Eu me encolhi feito um rolinho quando vi que era o Trompa, que estava todo embecado, com o colete branco e as polainas idem e os calçados da marca Fantasio, que faltou pouco para eu gritar *resaca y tierra negra para las plantas*, como no tango cômico, porque os tamancos me lembraram a fotinho do sr. Llambías em pessoa, instalado como um magnata na lama medicinal de Huincó.

"Eu tinha mais medo do que lendo uma historinha com gente aborrecida, mas essa trégua durou pouco porque logo em seguida encasquetei que o dr. De Kruif também havia maliciado que o criminoso andava solto por aí e por isso não havia trepidado em sair feito um foguete. Eu dei uma senhora olhada panorâmica, que não passou do quiosque-caramanchão, porque ali vi, pondo-se em fuga, a sra. De Kruif, com o cabelo solto."

— A intervenção do grande pincel é impostergável — observou Montenegro. — Sublinhemos a simetria de seu desenho: dois personagens detêm o andar superior; dois, o inferior. No topo aéreo do barranco, Loló Vicuña, soberanamente destacada por um justo enfoque lunar, retira-se, blasée, do vão *quid pro quo* policialesco. Galharda lição para o esposo que, assimilado às trevas afins, foge pela medíocre ladeira, mobilizado por sabe-se lá que justificado *souci*. Longe de nós aguardar, prezado Parodi, que a base corresponda à cúpula. Turvam-na duas figuras rudimentares, ainda mal desligadas do impuro lodo fluvial: o cadáver, de quem seria frivolidade esperar ao menos um pulsar, e o velhote pueril que nos depararam, presente de grego, os esgotos de Varsóvia. O quadro é rubricado pelo velocípede do *aztèque*, ou melhor, do *métèque*. Ha ha ha!

— Santas palavras, meu patrãozinho — exclamou Marcelo N. Frogman, também chamado O Fundo à Direita, batendo palmas. — Juro que fiquei azedo. Quem teria reconhecido em mim o grande jovial, o ciclista desinteressado, que atravessava a noite de automoto, confiando aos vilarejos periféricos seu inofensivo chucu-chucu?

"Eu me consagrei por inteiro a emitir gritos de socorro, claro que sotto voce, a fim de que não me ouvisse algum sujeito ferrado no sono ou nem mesmo o criminoso. Em seguida levei um susto que, agora que estou sentado neste quartinho, rio com gosto ao lembrar. Todo gabola, com a gabardina recauchutada e o guarda-chuva cartola de sua propriedade, apareceu diante de mim de luvas de pele de capivara e bengala de meia-estação o dr. Kuno Fingermann, assobiando o tango "A mi nunca me mordió un chancho", sem nenhum respeito pelo defunto em quem, na natural distração, nem sequer dera uma espiada. Eu faço o sinal da cruz e tomo um banho de água benta só de pensar que esse janotinha bochechudo caiu como um patinho no próprio teatro do ato da violência em que, atrás de cada passinho, é bem capaz que um safado espreitasse e fosse capaz de me assustar. Claro que eu não pude traçar o panorama geral logo em seguida, porque só tinha olhos para a bengala na qual esse Trompifay[7] se apoiava como um pobre aleijado, porque mesmo antes de jogar o menino Baulito no canteiro eu o respeitava mais do que o senhor do carrossel, que está sempre de olho para que eu não ande de graça. Não perca o equilíbrio, sr. Parodi, grave este despropósito na inteligência: em vez dessas palavras vulgares, simples se preferir, que o ato de presença do presunto deveria ditar-lhe, esse comilão de natas me segurou pela gravatinha com as cores do clube K. D. T. e me disse com a cara tão perto da minha que ele se olhava na minha testa como num espelho: 'O senhor, Água Bombeada, que mais podia se chamar Águas Servidas, me remeta à vista a importância que lhe pagaram para me espionar, já que o surpreendi *in fraganti*'. Eu, com a ideia de distraí-lo desse feio propósito, me pus a entoar a musiquinha escolar à minha bandeira, do segundo-tenente dos sapadores, interventor, mas cachorro que engole osso em alguma coisa se fia porque, com a distração, ele imediatamente soltou a minha gravata e ficou olhando para o extinto, que já estava à margem da História, como se diz. Só vendo a cara de perturbado e de pompa fúnebre que fez. Se o senhor o escutar falar, vai dar risada como se eu me desse um soco. 'Pobre irmão', disse com sua voz de concreto armado, 'morrer no dia em que as ações subiram meio ponto.' Enquanto um soluço seco o dobrava, aproveitei até um par de vezes para mostrar-lhe a língua, claro que pelas suas costas e encoberto pelas sombras da noite, não fosse esse infeliz notá-lo e me mostrar um pouco de respeito com a mão pesada. Eu, em tudo que se refere à minha segurança pessoal, me cuido como pintura fresca, mas em matéria de infortúnios alheios estou mais para um soldado: o senhor me vê sorridente na luta, sem dar a mínima. Mas, dessa vez, de pouco me valeu o estoicismo, porque antes que eu pudesse me encarapitar na bicicleta para empreender meu alvoroçado chucu-chucu rumo à minha casinha, o dr. Kuno Fingermann já tinha me caçado pela orelha, sem reparar que depois as moscas iam ficar grudadas na sua mão. Então sim que me baixou a crista. 'Compreendo', disse. 'O senhor se cansou de que o tratasse como a sola de sapato que é; pegou um revólver que agora depositou no barro e o estourou — pum, pum, pum — na testa.' Sem me favorecer com uma folga para que eu

---

7. Alusão ao apelido de um personagem alto e bruto, inimigo de Carlitos, nos filmes de Charles Chaplin. (N. T.)

soltasse um xixi nas calças, esse *Platero y yo* se pôs de quatro, com a pretensão de encontrar por chiripá a arma de fogo, como se fosse o delegado Santiago. Eu o esnobava, todo sério, tratando de pensar, para regozijar o espírito, num Patoruzú[8] de flanela só para mim. Mas, nesse meio-tempo, não tirava os olhos dele com a esperança de que o revólver que encontrasse fosse de chocolate e me cedesse todo o papel prateado e um pedacinho. Que chocolate que nada, nem revólver esse comilão ia encontrar no beco! O que encontrou foi, na verdade, uma bengala de 0,93 de longitude, de malaca, de estoque, que só um cegueta teria confundido com outra de propriedade do finado dr. Le Fanu, e que resultou ser o próprio. Ver a bengala do russo e me assustar com ela foi toda uma coisa, porque ele me disse que o verminófilo a havia levado para interromper, cutuca que cutuca, meus tropeços, mas que eu o fiz passar dessa para melhor — pum, pum, pum, pum, pum, pum — de um só tiro. Credo! O índio é uma raposa! Deixei-o falando sozinho. Espetei-lhe com arrojo a grande verdade de perguntar se ele acreditava que eu era homem de atacar pela frente. Sorte madrasta! Não se deixou amolecer nem diante das minhas lágrimas, nem diante dos noventa milímetros de pantomima aquática que o aguaceiro soltou nesse momento e que por pouco não me desgruda a crosta e me deixa pasmo.

"Subiu como um veterano no automoto e, sempre agarrado à orelha que me achatava contra o guidão, tive de chapinhar a seu lado até ter o gosto de divisar a luzinha da delegacia onde os guardiões da ordem me deram uma boa surra. Na manhã seguinte me ofereceram um mate gelado e, antes de jogar um balde de desodorante no local todo, me fizeram jurar que não aportaria mais por ali. Consegui permissão para voltar de infantaria até Retiro, porque confiscaram a bicicleta para que ela saísse retratada num jornal do Lar Policial, que não pude adquirir para satisfazer minha legítima curiosidade porque custa cinco centavos.

"Nunca me lembro de dizer, na delegacia, ao vigilante com resfriado que ele foi destacado para me revistar antes de limpar os meus bolsos. Levantaram um censo do conteúdo porque, embora eu maliciasse grosso modo o

8. Personagem de histórias em quadrinhos, o cacique foi criado por Dante Quinterno (1909-2003). Patoruzú surge de uma bala que na época era vendida nas farmácias, a pasta de oruzu. (N. T.)

que iam encontrar, não lhes dizia nem um ai para trazer, com minha astúcia, o confusionismo. Tiraram tantas coisas que eu costumo me perguntar se não sou um canguru, ou então uma doninha que é cem por cento argentina e fica perto do quiosque onde o amendoim é vendido em canudinhos de papel. Primeiro, eu os surpreendi fácil, fácil com a embromação de tomar ar fresco nas confeitarias; depois, com o rascunho e as correções de um cartãozinho-postal que ia remeter para o Diente de Leche; depois, com meu brevet de índio, da A. A. A., o qual mais de uma vez tive de renegar diante da suspeita de que algum estrangeiro levantasse a voz para mim; depois, com o merengue seco que levo para não ficar todo empapado de creme; depois, com umas moedinhas de cobre que já estão moles com o uso; depois, com um ermitão-barômetro que aparece na guarita quando começam a me doer os *cagliostros*; por último, com o livro de Natal que o sr. Tonio expedia ao sr. Porco Rosadinho Fingermann, assinado pelo dr. Le Fanu. Eu dou tanta risada que, com o movimento, o senhor vai pensar que eu sou o Flan Gigante, e se meu lábio não racha é porque passo manteiga nele; dou risada porque esses panacas, para esquentar um pouco, haviam me dado uma surra leve que quase me desmontam o esqueleto e tiveram de se render à evidência de que eu portava um livro-mosteiro que estava em idioma que nem Deus pescava patavina."

V

Poucos dias depois, o dr. Ladislao Barreiro, também chamado Potranco Barreiro, também chamado Estátua de Garibaldi Barreiro, entrou na cela 273, cantarolando o tango-milonga "El papa es una fija". Livrou-se de uma bituca e, de uma cusparada, tomou posse do único banco, pôs todos os pés no catre regulamentar e, depois de limpar uma unha com o canivete que desprezamos naquela noite, vociferou entre dois bocejos e o bufo de praxe:

— Hoje é seu dia, dom Parodi. Apresento-lhe aqui o dr. Barreiro: pode me olhar como a seu pai no assunto RIP Le Fanu.

"O senhor aqui presente se dá ao luxo de ter me tirado do Garibotto onde levam, para o gorjetômano, um café nitidamente requentado, preto à custa de muito dedo. Siga este resumo: os tiras me deixam putrefato e começo a ficar na lona. Mas eu digo para mim mesmo: ria, Rigoletto, e o abaixo-assinado não dorme nos lauréis; cata o chapéu e o *invernizzio*,[9] se instala no bonde 8 e faz cada visita que nem viajante do Boccanegra. Assim juntou uma porção de dados que a gente fica como uma colônia de meninos frágeis e não sabe para que lado ir. A parte suada eu já efetuei; para o que falta, até um sonso faz; eu lhe passo os dados, o senhor senta praça de bateria de cozinha e já está pronto o *orpington leonado*.[10] Comecemos pelo judeu, que sempre vem a ser uma teimosa obsessão: não me descuide do sabe-da-última Jamboneau, que é o tigre das batatadas. Não é dos que se apequenam no Peduto quando o do cheiro de chulé vem com a tapioca *senza* grão-de-bico! Se o senhor o visse se embalsamar de pão lactal, quando não de rabanadas ou pão moído! Corria para a primeira farmácia Scannapieco e lhe proibiam a balança, visto e considerando o adiposo. Ema, a irmã do Sinagoga, a quem conheço por foto de lambe-lambe, é outra fã do manjamento e deu um quinau em Le Fanu, que em *illo tempore* era o bamba de *Unter den Linden* e agora entregou a *pascualina*. A tipa, sob pretexto dos trigêmeos, que já eram a alegria dos avós, levou-o facilmente ao cartório, cortando pela raiz os movimentos migratórios que o otário nem sequer maquinava. O sujeito deu seu sobrenome à Fritza, abriu para ela um apartamento em pleno centro de um bairro bem situado, descolou uma família de surdos-mudos que do mesmo jeito que serviam para desentupir o estuque serviam para obstruir o passo dos sujeitos carnais, conseguiu para ela um abono de lanterninha para a corrida dos seis dias e, sem esperar o resultado, se meteu como um buraco na Academia Kierkegaard de Prestidigitação Holandesa: disciplina à qual teve de renunciar, pelo fato de que se repatriou a esta República num navio de fazenda no aperto, acondicionado numa mala de imitação de couro, de proporções nas quais está provado que não cabia. Meio que se desinchou no Alvear, onde uns massagistas ortopédicos o deixaram em forma e quase o transformam em Asplanato, o Homem Cobra. Lorotas e firulas à parte, o que é que faz o sujeito direito quando um cara de pau espalhafatoso dá o fora na sua irmã, embora ela seja uma Ribecas descarada, deixando-lhe a barriga feito uma melancia e a conta do Atmosféri-

---

9. Sobretudo. Segundo José Gobello, autor de um importante dicionário de lunfardo, trata-se de um jogo paronomástico de "inverno" com o sobrenome de Carolina Invernizio (1860-1916), escritora italiana muito lida em Buenos Aires. (N. T.)

10. Raça de galinhas de grande porte e cuja carne é muito apreciada. (N. T.)

co por encarar, num bairro que só tirando patente de panaca para passar como um zumbido? Pega o barco a vapor em Hamburgo, manda ver um patronímico fantasioso e desembarca feito um animal com polainas no Hotel Ragusa, onde vegeta obscuramente até que um garoto safo lhe passa a ideia fixa de chantagear, de leve, o cunhado. No ano seguinte, ganha na loteria: o cunhado, também chamado Le Fanu, resolve casar-se com a Pampita, na categoria de bígamo, abrindo novos horizontes profícuos às atividades do fulano. Tanto leite o deixa de miolo mole: no calor do petitório perde a mão e se malquista feio com a própria incubadora dos ovos de ouro."

— Pare o zaino, jovem — observou o criminologista. — Não faça eu me perder como bolo num gordo. Peço-lhe uma aclaração: o senhor fala comigo como um pitoniso por puro palpite ou essa fábula tão cantora tem algo a ver com o sucedido?

— Como é que não vai ter nada a ver, dom Ushuaia,[11] se o Presuntinho e o extinto estão num clinch fechado? Peço-lhe que acredite inteiramente em mim: o índio Frogman, que é uma testemunha de quinta que estava com ele atravessado na garganta com a história de mandar o *reverteris* Le Fanu ir plantar batatas, se saiu com uma declaração que é um golaço: não dando bola para intrusos que não vêm ao caso, o primeiro acessório com que topou, ato contínuo de manjar o cadáver, foi — reserve um vagão Pullman para a surpresa bomba do dia — o Delikatessen de importação Jamboneau. Com o senhor, meu velho, que está me saindo um Sexton Blake[12] de camiseta, considere-se morto aquele que vier com floreio de que o judeu era um transeunte casual. Ah, tigre, o senhor não me engrupe; já está para jogar a bomba de que o assassino é o israelita que lhe fez estirar as pernas. Olha, o senhor vai me classificar de pinel, mas nem mesmo neste ponto estamos de acordo. O assassino é Kuno Fingermann, ha ha ha!

Com o incontido dedo indicador, o dr. Barreiro ensaiou umas estocadas festivas no abdômen de Parodi.

— *Salutaris*, cartolômano, *salutaris*!

11. Brincadeira com a região do extremo Sul argentino, onde se localizava o Presídio de Ushuaia, que funcionou de 1902 a 1947. (N. T.)
12. Trata-se de um detetive particular nos moldes de Sherlock Holmes. Sua primeira história foi publicada em 1893 e suas aventuras foram escritas por vários autores ao longo do tempo. (N. T.)

Este último epigrama de Barreiro não se dirigia ao inamovível detetive, e sim a um sólido cavalheiro obeso-sardento que portava, sem afetação, uma cartola fumigada, um colarinho marca Dogo com devolução com hora marcada, uma gravata de látex inodoro, luvas Mole com polegar, um cigarro Cacaseno em bom estado, um sobretudo-calças da confecção Relâmpago, polainas de feltro animal Inurbanus e botinas Pecus, de papelão para estopa. Esse financista era Kuno Fingermann, também chamado Masorpa Fingermann, também chamado Cada Leitão.

— *Zait gezunt un shtark*, compatriotas — disse com uma voz de argamassa. — De um ponto de vista transacional, esta visita comporta um déficit que proponho a quem fizer o lance mais alto. Dado o pulso da praça, vocês computarão em metálico o custo do mais leve relaxamento de meu olho clínico sobre o panorama bursátil. Eu sou, materialmente, um tanque em linha reta: encaro uma sensível perda, mas sob a condição, que diabos, de me ressarcir com usura. Não sou um quimérico, sr. Parodi: submeto-lhe um projeto já estruturado, do qual passo a dar conta com minha consuetudinária franqueza, porque o registrei sem maior trâmite, e o dr. Barreiro não poderá surpreender minha boa-fé, quero dizer, roubá-lo.

— Imagine se eu vou lhe roubar, imagine... — resmungou o jurisconsulto. — Se não lhe resta nada a não ser a caspa para fazer Brancato.

— O senhor me julga mal, doutor, ao me apresentar uma polêmica que não vai engordar meu pecúlio. Direto ao ponto, direto ao ponto. Conglutinemos nossa força, sr. Parodi: o senhor entra com a matéria cinzenta, eu com a retaguarda em dinheiro, e abrimos um escritório central, com todos os dispositivos modernos, de investigações confidenciais e policiais. Em primeiro lugar, um dique aos gastos: corto o nó górdio da carga do aluguel: o senhor continua aqui, como quem não quer nada, a cargo do governo. Eu me mobilizo...

— Terá de ser a pé... — interrompeu Barreiro — se o negócio do queijo não lhe chamar.

— Ou em seu automóvel, dr. Barreiro, agora que o senhor realizou a arrecadação em Warnes. Quanto a esta roupa que no momento o engorda, abra o olho, não volte o senhor a ingressar por direito próprio na fila dos nudistas.

Barreiro arbitrou com magnanimidade:

— Não dê uma de dedo-duro, dom Varsóvia. Agora que o tacharam de liso crônico, não o desacate, seu sacana.

— Meu primeiro aporte à nossa razão social — prosseguiu, impassível, Fingermann, dirigindo-se a dom Isidro — é a denúncia formal do malfeitor. Repasso ao senhor, Parodi, esta confidência que o senhor poderá confirmar até o ponto de saturação nas crônicas pertinentes dos periódicos. Na mesma noite do ocorrido, com quem topo nos perímetros do cadáver? Com esse pogromizável Frogman, que teve de me acompanhar à delegacia em sua qualidade de suspeito. Meu álibi não admite solução de continuidade: eu me transportava a pé, pelo baixio, coisa de não perder o quiosque grátis da Frau Bimbo De Kruif. O senhor já está ruminando na caixa craniana que o caso Frogman é bem outro. Não serei eu quem vai combater sua ideia fixa de que ele é o assassino. Esse Manneken Pis se cansou de que o sacrificado o tratasse como a sola de sapato que é; pegou o revólver que os policistas não conseguiram perceber no barro e estourou na sua testa: Pum, pum, pum.

— Russômano, sabe que eu acho que você está certo? — comentou calorosamente Barreiro. — Venha aqui, para eu lhe dar uma palmada para diminuir sua gordura.

Nisso, um terceiro cavalheiro entorpeceu a cela: Marcelo N. Frogman, também chamado Cebola Tibetana.

— Caramba, sr. Parodi, caramba — disse com voz dulcíssima. — Não ra-lhe comigo por ter me apresentado no veranico, que é quando fico mais rançoso. Sr. dr. Barreiro, sr. dr. Kuno, se não dou a mão todos sabem que é para não deixá-los melados, mas, guardando distância, eu lhes peço a bênção, padrinhos. Um minutinho, que vou ficar de cócoras; outro, para que me passe a medorreia de entrar em seu domicílio penal, sr. Parodi, e de me achegar a estes dois mentores, que ajudam da mesma forma com um conselho ou com um cascudo. Eu sempre digo que é melhor ser castigado logo de cara, e não ficar mofando no xilindró à espera da primeira cacetada.

— Se quiser que eu azeite para você, não espero o petitório — disse Barreiro. — Por algum motivo me chamam de o garoto Pestalozzi.

— Não me conceda tanta beligerância, doutor — ponderou o indianista. — Se quiser dar-se o gosto de tirar sangue, por que não mete, de um contragolpe, a fuça do dr. Bonfanti para dentro?

— Agora que sou um fabulista que fala com animais — ajuizou Parodi —, vou lhe perguntar se o senhor também, dom Lugar Sagrado, vai vir com o dado sobre quem fez o extinto passar desta para melhor.

— Fico tão contente que minha boca até cai com a baba — aplaudiu Frogman. — Por isso vim patinando até aqui no sebo dos pés. Da última vez, dormi comendo salame e recolhido na caminha sem nem resfolegar, tive um sonho que é cômico porque vi, em letras que até um quatro-olhos pode ver, toda a esparrela do crime e acordei tremendo como Pancinha de Gelatina. Claro que um charrua legítimo, como este servidor, não cansa a cuca estudando sonhos e lobisomens. Faz tempo que, sem me permitir um ai, espreito os movimentos dos galegos. Eu lhe suplico de pés juntos, sr. Parodi, que engula o boato que vou lhe passar se agora eu o deixar feito um franguinho desossado com a notícia de que havia um traidor na tribo. Como sempre, a coisa ficou preta com o problema do cone de doces. O senhor sabe, o colega Bicicleta festeja o dia 9 de maio como um monótono, porque é o dia do aniversário. Volta e meia nós o surpreendemos com um cone de sortidos. Com a vassoura, tiramos a sorte para saber de quem seria a vez de ser o valente que recorreria à Caixa entre as duas e as quatro para solicitar do Tesoureiro a importância do confeiteiro. Coube a um servidor! Minha testemunha é o próprio tesoureiro, o doutor aqui presente, Kuno Fingermann, que não me deixará mentir se eu lhes disser que me tirou do sério com o dado de que não havia gaita para passar uma tinta nos boletins de propaganda, que dirá para que nos melássemos todos. Eu lhes levanto a indagação: quem operou o desfalque, dessa vez? Até um gringuinho bebê sabe: Mario Bonfanti. Vocês, claro que vão me deixar mais mudo que carro de bombeiro, com o rebate fácil de que Bonfanti era o tigre do nativismo, como está cantando esta matéria recortada a dedo, enrugada, de nosso sacal hebdomadário, *El Malón*, que já não sai do buraco, dissera o Nano Frambuesa: "Aqueles que diligentemente resmungam que é coisa de novidadeiros o afã de soerguer e encher a bola da novíssima *parla* indo-castelhana, muito às claras deixam patente sua melancólica condição de caquéticos, quando não de macilentos e esmorecidos".

"Vocês me torram a paciência com o movimento de pinças de que Bonfanti está recoberto pela roupa íntima de tricô, que mais parece uma ovelha de lã inteira, que não precisa recorrer ao desfalque, mas eu, por milagre, vou me escafeder e antes de me esfumar em algum fim de mundo respeitosamente canto: volta e meia, bastava que um servidor se derretesse num mar de lágrimas ou arrancasse do gasganete, ou garganta, um soluço viril, para que o galegáceo me cedesse os cobres para o queijo, quando não um conezinho de miolo de pão para o pássaro, ao passo que eu, atento à pancinha, aproveitava para fazer uma boquinha. Por algum motivo sempre me diziam que enfiar a chave na fechadura é lançar-se ao risco, cem por cento, de operar grátis a catarata, quando não de arranhar o olhinho que ocupava seu posto o mais atento possível. Eu não vou negar a vocês que só com o cheiro dos cobres, ou seu peso em queijo, eu ria como se viajasse de bonde; mas também me dava corda a ilusão de desmascarar este pródigo com a grana alheia. Não me venha com a história de que um homem que penou para ganhar, honesta ou desonestamente, uns tostões não vai esbanjá-lo depois com o primeiro trambiqueiro que fica botando banca. Para mim que aquele sujeito que faz naninha na Recoleta os pegou e que o franquista o matou com a lazarina para que não desse o serviço para os vigilantes."

A porta da estreita cela se abriu. À primeira vista, aqueles que estavam apinhados acreditaram que o novo intruso era um galhardo antropomorfo; minutos depois, o judicioso desmaio de Marcelo N. Frogman, também chamado Minha Pobre Napa Querida, corrigiu esse ligeiríssimo erro.

O dr. Mario Bonfanti — que, segundo seu donairoso dizer "casava o exuberante quepe do chofer com o avental talar do carcomido papa-livros, quando não do deslocado viajante" — se introduziu no angustiante recinto, salvo ombro esquerdo, braço direito e mão tenaz que empunhava seu bom busto cofrinho de barro cozido: um dom Federico de Onís ao vivo e em cores com o qual fizera suas primeiras armas de *artifex* esse protagonista da cacofonia e do caos que carrega, com sua testa bem alta, o apropriado nome de Jorge Carrera Andrada!

— Que todos tenhamos um bom dia; eu com bosta até o pescoço — disse oportunamente Bonfanti. — O senhor vai bufar mais do que um touro, mestre Parodi, ao ver que sem dizer nem *a* nem *b* me entulhei até aqui de gravatas e de coices. Clamo e proclamo que não é escrúpulo de padre o que me empoça, malgrado meu, no *totum revolutum* deste cubículo. Um pontinho louvável me incita: o cesáreo mandato da honradez. Não é papo furado se eu lhe disser que, para acobertar terceiros das toscas investidas da pilhéria, não vacilei em impor um parêntese de galvano nas minhas eruditas fainas de catedrático. Bem disse o nosso José Enrique Rodó que renovar-se é viver; eu mesmo, faz uns dias (para ser mais preciso, o dia exato em que aquele enfadonho Le Fanu as pagou todas juntas), quis desmumificar o juízo, me livrar das teias de aranha e das velharias, me aposentar como traste e lançar a primeira de uma fieira de conversa fiada no capricho que, sob um verniz de camelo, acabam com a cautela do avisado e o fazem engolir sem ânsias a acerba pílula de uma saudável doutrina. Nessa tarde, eu me divertia fartamente com o desígnio de puxar um ronco, refestelado nas enfileiradas poltronas do Select Buen Orden, que nem o próprio Procusto engendraria melhor, quando um telefonema suasório me desalojou desse nimbo e, em menos tempo do que dança um conde, destripou tão malogrado projeto. Nem a sisuda página de Samaniego[13] seria poderosa para descrever meu alvoroço. Efetivamente, telefonava em meu ouvido a voz inconfundível de Francisco Vighi Fernández, quem, em nome do pessoal da limpeza do Ateneu Samaniego, me comunicava ter sido aprovado por maioria de um o pedido para que eu proferisse nessa mesma noite uma doutrinada conferência sobre o alcance paremiológico da obra de Balmes. Sem rodeios, franqueavam à minha eloquência o atestado paraninfo dessa casa de estudos, que, sem dar pelota para o embrulhado rebuliço da urbe, erige, airosa, sua fachada no fim do futuro Bosque del Sur. Outro que não eu, diante do peremptório do prazo, teria se esgoelado aos soluços, não assim o filólogo calibrado para essas lides, que já dominou seu arquivo e que, em dois tempos, organiza, de cabo a rabo, as orelhas do calhamaço pertinente a J. Maspons e Caramaza. Espíritos levadiços, volúveis — o próprio De Gubernatis, generalizemos — costumam se pelar de rir só de estarem diante do logotipo, da etiqueta, do selo, do rótulo ou do letreiro desses ateneus periféricos, mas é forçoso reconhecer que os mais danados costumam, em certas ocasiões, evidenciar que sabem mais que Lepe, que não ladram porque não é do estilo, e que a fim de escolher um orador boníssimo não esquentam e me jogam a isca. Antes que a trubufu planificasse na minha mesa o conduto de dobradinhas condimentadas com molho *ravigote*, às quais muito rapidamente seguiu a já conhecida bandeja de dobradinha à leonesa, com seu sal, sua cebola e sua salsinha, havia eu rematado numa prosa mais nutrícia que o terceiro prato — dobradinha à madrilenha — umas oitenta folhas de ensinamento, de notícia, de gracejo de seminário. Reli-as, adubei-as com piadas de

13. Referência a Félix María Samaniego (1745-1801), escritor espanhol famoso por suas fábulas, nas quais fazia críticas veladas, mas mordazes, a figuras relevantes, hábitos sociais e atitudes políticas. (N. T.)

bascos para desenrugar o cenho dos Aristarcos ou Zoilos; descarregarei um par de azumbres de caldo de peixe, aos quais mitiguei, já de camiseta, com fumegantes canecas de chocolate com *soconusco*[14] e parti, dominado pelos cachecóis, num concorrido bonde que deitava raízes nas ruas que o estio abrandava.

"Mal havíamos deixado para a zaga a parte traseira dos fundos do Escritório Arrecadador do Produzido da Alienação dos Subprodutos Selecionados dos Resíduos Domiciliares quando a densa população de lixeiros que enchiam por igual assentos, plataforma e corredores acumulou-se uma pertinaz turbamulta de aprovisionadores de aves e ovos que, não desprovidos de gaiolas onde sabiam a glória dos cacarejares, não deixavam resquício do comboio que não empapuçassem de milho, de pena ou de esterco. Claro que tantos perus atabalhoados despertaram minha voracidade, e me angustiei por não haver entupido as mochilas com porções de queijo de Cabrales, de Burriana, de perna de mulo. Posto o ânimo em tais tapeações, a minha boca se enchia d'água, e assim não é nenhuma surpresa que me desatolasse do bonde com errada antecipação; por sorte, à mesquinha distância de um boteco que revirou os meus humores com a italianizante divisa de *Pizzeria* e onde, em troca de uns caraminguás, fiz uma provisão de mozarelas e pizzas, italianismos que o calejado filólogo usa com desenfado nas barbas do Dicionário da Língua. Nesse ou em um escritório semelhante me entupi, pouco depois, com uma taça e meia de Chissotti açucarado, com seu implícito séquito de torrões, tortas e tortinhas. Entre um bocado e outro (do lanche), tive, Deus seja louvado, a precaução de arrancar de uns velhacos o itinerário exato da caminhada que me transportaria ao Ateneu. Estes, nem tapados, nem preguiçosos, me responderam, sob o emblema de peidorretas, que o desconheciam por completo. Tão minguado favor outorgam a essas Salamancas sui generis aqueles mesmos que deveriam colocá-las sobre suas cabeças. Tão indigente é seu léxico, tão paupérrima sua cópia de vozes! Para esclarecer as coisas, ponderei com eles o fiasco que era que eles ignorassem o Ateneu onde eu estava na bica de pronunciar uma conferência sobre o filósofo de Vich, o maduro autor de *Celibato clerical*, e, antes que eles saíssem de seu respeitoso estupor, saí eu do tupi e me refundi nas suarentas trevas."

---

14. Mistura de baunilha e outras especiarias com que se aromatizava o chocolate. Alusão à região mexicana de mesmo nome. (N. T.)

— Se você não passar a mão no cardápio — disse o dr. Barreiro —, os panacas da bebedeira vão partir para cima de você.

O filólogo replicou:

— Mas sapateiro no torreão, e eu pelo alçapão. Avancei com bom humor a escassa légua e meia de posta que em vão interpunha seus pedregais, penhascos e lodaçais, entre este padre e a ávida afluência de estudiosos que o aguardavam no Ateneu com tal prurido e comichão que não se mostrariam mais alvoroçados se o mestre em pessoa fosse edificá-los. Airoso e galã, rodei por uma vala de deságue que me pareceu mais profunda que a própria cova de Montesinos, de feliz recordação. O verão tampouco me desconsiderava e me descarregava nas bochechas rígidas e retintas emissões de vento norte, vivificadas de mosquitos e moscas. Mas de hora em hora Deus melhora, e assim, caindo e se levantando, fiz boa parte do caminho, não sem que os arames farpados me arranhassem, os pântanos me entretivessem, as urtigas me acelerassem, os vira-latas me desfiassem e a plenária solidão me mostrasse sua cara de herege. Fanfarrice, confesso, foi não desistir até coroar a meta: a rua exata, o número preciso que o engraçadinho do telefone me indicara, se é que cabe falar de ruas e de números nesse retirado deserto onde não há outro número a não ser o infinito nem outra rua a não ser o mundo. Não tardei a compreender que o tal Ateneu, com suas poltronas, seus Vighi Fernández e seu paraninfo, não era nada mais do que a piedosa armação daqueles que morriam de vontade de me ouvir e haviam tramado essa cadeia de embustes para me afundar no substancioso trabalho, quisesse ou não.

— Uma brincadeira, toda uma *plaisanterie* de bom gosto! — murmurou um cavalheiro de polainas cinza-pérola e de sedoso bigode, que, com uma destreza pouco menos que de contorcionista, havia acrescentado ao cenáculo uma interessante personalidade. De fato, fazia nove minutos que Montenegro, envolto na azulada nuvem de charuto, escutava com visível paciência.

— Isso foi o que eu pressenti e quase me acabo de tanto rir — replicou Bonfanti. — Captei que tinham passado a perna em mim. Mesquinho, temi que ao retomar a via-crúcis o calor me amolecesse as gorduras, mas minha boa estrela determinou que tal coisa não acontecesse, porque uma nuvem de verão fez da planície uma imensidão; de minha altiva cartola, um bobíssimo gorro de papel; de meus cachecóis, um sistema de liquens; de meu esqueleto, um trapo molhado; de meus calçados, pés; de meus pés, bolhas. Assim, *in gurgite vasto*, a aurora que por fim beijou minha testa beijou a um anfíbio.

— Para mim, que vim mais molhado que fralda de nenê — opinou Frogman, momentaneamente infiel ao desmaio. — Seu bebê chorão, olha que não nos custa nada subir até o telefone e incomodar sua mãe; é capaz que ainda se lembre do sabão que lhe passou quando voltou todo ensopado.

O dr. Barreiro aprovou:

— Você acertou, seu fedorento. Quem vai pedir ao Conversa-Fiada que mande ver uma peroração?

— Adiro com escassas reservas — sussurrou Montenegro. — Trata-se, claramente, de um caso de… *impossibilidade psicológica.*

— Vamos, não pavoneiem — protestou Bonfanti, com simpática indignação. — Presumo que os apalermados de tão inverossímil Ateneu não aspiravam a mamar nas minhas tetas; antes, atazanava-os o prurido de fazer algazarra, de vir com caçoadas, de ter boas saídas, bons golpes, boas quedas etc., de ser uma raposa, uma truta.

O dr. Barreiro ajuizou:

— Se o galegaço soltar outra maratona com a língua, eu abandono o barco.

— Com efeito — aprovou Montenegro. — Acatando a vontade dos demais, eu me constituo em mestre de cerimônias e dou a palavra, talvez pelo transitório minuto, ao *maître de maison*, que se evadirá, não vacilo em prognosticar, da ebúrnea torre de marfim onde, cedo ou tarde, se recolhe todo Grande Silencioso.

— Por mim, que ganhe essa torre o quanto antes — opinou dom Isidro —, mas enquanto não dá descanso à peroração, aproveite para declarar seus movimentos na noite de referência.

— Claro que essa alvorada ressoa como um tônico nos ouvidos do veterano de mais de um *racontar* — admitiu Montenegro. — Mediante minha indeclinável renúncia aos enganosos boatos da retórica, dou curso a uma exposição científica que se ufanará tão só com a austera beleza da verdade, amenizada, *noblesse oblige*, de toda sorte de arabescos e galas.

Frogman, sotto voce, interveio:

— Para mim, vai mandar cada idiotice que nem Santos Dumont aguenta.

— É inútil tapear o espírito — prosseguiu Montenegro — com a *baliverne* de que algum pássaro agourento anunciasse, contados minutos antes do fato, a morte do amigo. No lugar de tão hipotético passarão (lúgubres e extensas asas contra o céu turquesa, curva cimitarra por bico, cruéis as garras), bateu na minha porta o impessoal carteiro de Chesterton, portador, desta vez, de um discreto envelope, comprido como um galgo e azul como a momentânea espiral. Claro que o logotipo — escudete de sessenta e quatro quartéis, com *chevron* e debrum — não bastou para saciar a curiosidade deste infatigável bibliófago. A duras penas, outorgando uma olhada nesse hieróglifo, *suranné*, preferi encarar o texto, mais sugestivo e comunicativo, às vezes, do que toda a falcatrua do envelope. De fato, depois de um único bocejo, comprovei que meu correspondente era — diabo de mulher! — essa eletrizante *baronne* Puffendorf-Duvernois que, sem dúvida ignorando que eu acariciava o irrevogável propósito de consagrar essa noite à pátria (na forma de um "Sucesso Argentino" que galhardamente prolongasse no celuloide certo desfile mais ou menos gauchesco), me convidava para examinar um exemplar apócrifo do penúltimo silabário de Paul Éluard. Num plausível ataque de franqueza, a dama não se esqueceu de duas circunstâncias que bem poderiam refrear ao mais vivaldino: a distância de sua chácara — o *Mirador*, vocês não me deixarão mentir, fica em Merlo —; o fato de que só poderia me brindar um cálice de Tokay, 1891, pois a criadagem havia desertado *en masse*, rumo a sabe-se lá que disparate da cinematografia vernácula. Pulso a ansiedade de todos vocês; os chifres do dilema já se perfilam. O folheto ou o filme, ser um espectador na sombra ou um Radamante no Parnaso? Por incrível que vos pareça, neguei-me aos prazeres da perspicácia; o menino que sob o mais nevado bigode segue fiel aos cowboys, a Carlitos e ao chocolateiro nessa noite levou o troféu. Decididamente, soou a hora da revelação: eu me encaminhei, *homo sum*, para o cinematógrafo.

Dom Isidro pareceu interessado. Com sua habitual doçura, propôs:

— Vamos chispando que tem uns chatos aqui. Se não esvaziarem de vez este local, vou destacar dom Frogman para que os dissolva a peidos.

A esse conjuro, Frogman se soergueu, perfilou-se e bateu continência com uma palmada.

— Disponha deste franco-atirador — exclamou entre seus próprios hurras.

Uma unânime corrente migratória o derrubou. Bonfanti, sem fazer uma pausa, gritava sobre o ombro:

— Meus parabéns, dom Isidro, meus parabéns! Por Belzebu! Este lance deixa bem às claras que o senhor sabe de cor o vigésimo capítulo da primeira parte da obra do *Quixote*!

Impetuoso na fuga, Montenegro estava por ultrapassar a dupla papada do dr. Kuno Fingermann, também chamado Das Aves que Voam, quando uma admoestação de dom Isidro o salvou de uma nova armadilha que o Potranco Barreiro, também chamado Tração a Sangue, tinha preparado para ele.

— Não me atrapalhe, dom Montenegro, que assim que nos livrarmos destes hereges vamos conversar mano a mano.

Da turba de visitantes só restavam Montenegro e Frogman, também chamados Cavalheiros. Este continuava fazendo caretas; Parodi lhe ordenou que se perdesse de vista; o convite contou com o repetido apoio da bengala-cigarreira de Montenegro.

— Agora que a sarna diminuiu — observou o recluso —, dê por esquecida a fábula que nos fez engolir e conte a verdade sobre o que aconteceu naquela noite.

Montenegro, encantado, acendeu um Extra-Curto de Pernambuco e não tardou em assumir a posição preliminar do orador de segunda fila José Gallostra y Frau. Seu discurso, atinado e medular, ficou truncado pela raiz, pela calmosa intervenção de seu ouvinte. Este disse:

— Veja, a carta da senhora estrangeira era um convite às vias de fato. Eu, francamente, duvido que o senhor, que sempre anda como se o racionassem com milho, passasse por cima desse desafio, ainda mais que, se me lembro bem, desde aquela noite em que Harrap o guardou na latrina o senhor ficou meio prendado.

— Minha palavra de estímulo — prometeu Montenegro. — Efetivamente, o homem de salão mais parece um palco giratório. Uma coisa é a *devanture*, a vistosa vitrine que preparamos para a ave de arribação, o transeunte; outra, o confessionário que temos à disposição do amigo. Dou curso ao relato *verídico* dessa noite. Como seu *flair* talvez adivinhe, ávido investigador de emoções que é, em última instância, a mola de minha conduta, guiou meus passos à Estação do Once: mero trampolim, *inter nos*, para lançar-me sem rodeios sobre a vizinha localidade de Merlo. Cheguei pouco antes da meia-noite. O calor feral e ardoroso, que eu habilmente enganara com o panamá e o brim, era todo uma antecipação da já inevitável *nuit d'amour*.

O bebê do coldre protege seus fiéis: escangalhado break que muito em breve conseguiria deslocar uma junta de pangarés retardatários, parecia me aguardar sob os plátanos, coroado pelo típico auriga, nesse caso um venerável sacerdote de batina e breviário. Atravessamos, rumo ao *Mirador*, confio-lhe, a praça principal. A profusa iluminação, as bandeiras e as guirlandas, a perigosa banda de música, o gentio, as locomotivas, os cachorros soltos, o festivo palco de madeira com sua tripulação de militares, não eludiram, aliás, a vigilância de meu desvelado monóculo. Uma pergunta ao acaso bastou para desanuviar essa incógnita: o cocheiro-padre confessou, malgrado seu, que se corria, nessa data, a penúltima maratona noturna da quinzena. Reconheçamos, ponderável Parodi, que não foi possível para mim escamotear uma gargalhada indulgente. Quadro que é todo um sintoma: no mesmo instante em que o exército renuncia aos rigores castrenses para se transmitir de geração em geração a tocha sacra de uma soberania bem entendida, uns caipiras perdem a compostura e o... tempo entre os dédalos e meandros de uma topografia decididamente barrenta!

"Mas a torre do *Mirador* já surgia detrás da cortina de lauréis, o coche que me transportava se deteve; pousei os lábios no *billet doux* da fita, abri a portinhola, sussurrei as palavras *Venus, adsum* e pulei, ágil, no centro de uma poça de águas betuminosas, cujas primeiras camadas de limo perfurei sem esforço. Será que me atreverei a confiar-lhe que esse interlúdio submarino durou muito pouco? Braços tenazes me tiraram dali; pertenciam a esse samaritano inquietante que se chama coronel Harrap. Sem dúvida temeroso de uma formidável reação do mago da savate. Harrap e o falso auriga (que não era outro senão meu proverbial inimigo, o padre Brown)[15] me escoltaram a pontapés até o dormitório da Fada Puffendorf. Galhardo chicote prolongava o braço da dama, mas uma janela aberta, que se dava inteira à lua e aos pinheiros, distraiu-me com toda a sedução do *grand air*. Sem me permitir um só adeus, um perdão, uma ironia aveludada ou sangrenta, pulei para a noite do jardim e fugi por entre os canteiros. Capitão de uma cáfila de cachorros que se multiplicavam com os latidos, ganhei os invernáculos, as aroeiras, as colmeias castradas, as valas-canaletas, a cerca pontiaguda e, por fim, a rua. Inútil negar: o destino me favorecia nessa noite. Os excessos de roupa, que teriam entorpecido o progresso de outro menos ágil que eu, me foram gradualmente aligeirados pelas certeiras dentadas de minha matilha. As já clássicas cercas das chácaras tinham cedido seu lugar às Grandes Fábricas Pecus; as Grandes Fábricas, às cantinas La Hostia al Paso; as cantinas, aos insubstan-

---

15. Não, é claro, o de Chesterton. (Nota de próprio punho de Gervasio Montenegro.)

ciais prostibulozinhos da periferia; os prostibulozinhos, à alvenaria e ao macadame, e eu ainda arrastava, sem desmaiar, minha clamorosa esteira de cachorros. Sem me deter, constatei que um aporte de modulações humanas enriquecia o tumulto animal na minha retaguarda; encarei com verdadeiro desgosto a possibilidade de que esses estridentes fossem o coronel e o cocheiro-padre. Corri ofuscado pela luz; corri entre aplausos e felicitações, corri para além da meta; corri até que as baías dos abraços e a imposição da medalha e do mate cevado conseguiram me deter. Não dando a mínima para o protesto dos outros mordidos e do pé-d'água repentino que enxugara a testa do campeão, momentos antes de envolvê-lo em sua tonitruante capa pluvial, o júri, que por direito próprio presidia certa *rara avis* das inesquecíveis tertúlias de Juan P. Pees, declarou-me, por unanimidade de sufrágios, vencedor absoluto da maratona.

VI

Fragmento de uma carta do dr. Ladislao Barreiro, datada em Montevidéu, que dom Isidro Parodi recebeu no dia 1º de julho de 1945:

"[...] com a surpresa que lhe remeto não vão lhe negar cama na enfermaria. Pode dar tratos à bola, mas aqui estou eu, cumprindo a palavra de cavalheiro, sem que as circunstâncias me pressionem. Não fique acanhado com a mitologia de que eu me pavoneio: o que lhe proponho a seguir é uma confissão de quinta categoria.

"O assinante lhe encaminha este chouriço do seu escritório estiloso, com vista... para um *ouro verde do Brasil*[16] que deixou o mercado sem chicória.

"Depois de nossa troca de ideias, corri para estas bandas. Cumpri suas instruções como um relógio; eu sabia que o senhor não ia dar com a língua nos dentes. Na vez que o senhor me deixou contra as cordas, detalhei-lhe com toda a franqueza minha intervenção no lamentável acontecido; agora lhe ponho em letras de fôrma, para que algum caído do catre não fique sujo.

"Como o senhor pescou no ar, todo o fuzuê girou sobre o mexerico do inglês assassinado num caramanchão, que eu meti entre a caspa e o cangote do pobre tumbófilo.

16. Em português, no original. (N. T.)

"Primeiro ato. O pano se levanta sobre uma biblioteca fuleira. Eu a dirigia sem mais trabalho do que absorver o montante de livros. Aí aparece o dedo-duro — Le Fanu, de nome — e, à custa de calúnias, cava-me uma atmosfera decididamente hostil no Ministério. Qual é o miserável prêmio dessa traição a um desconhecido? Digo a quem quiser me ouvir: saí enxovalhado.

"Conste ao senhor que, para lembrar de uma ofensa, eu me rio da escola de memorialistas. Para preguiçoso, boto o Paavo Nurmi[17] para correr, com capote e tudo. Embora o senhor tape o entendimento, juro pelo dinheiro de San Juan que jurei não pôr os pedestres no Perosio antes de acertar contas com Le Fanu. Quando me exoneraram, por pouco não pergunto ao noticioso se o queria como Chippendale.[18]

"Mas seu muito seguro não esquenta. Ele a espia mais tranquilo do que juiz de linha. De tanto esperar sentado tinha criado fungo, quando tirei a sorte grande em forma de um judeu pança sardenta, que veio de Hamburgo com uma partida de esterco em devolução. Sem que mediasse intimidação de minha parte, o Moisés se revelou um cavalheiro, dando-me a grande alegria de que Le Fanu, que já tinha hora com o bispo, para o contubérnio com a Pampita, em anos de uma juventude na gandaia havia mudado de estado em Berlim e era o maridante de sua senhora irmã, uma hebraica descarada que, de todo modo, carregava seu nome: Ema Fingermann de Le Fanu. Eu, coisa de retribuir a confidência, enfiei na sua cabeça dura a desinteressada sugestão de que chantageasse o mormonizante, não sem a safadeza mefistofélica que o russo lhe arrancasse uns pesos.

"Da vitória moral que a mutreta do russo representava para mim, pude passar muito rapidamente aos papéis. Le Fanu, que era a imagem da curiosidade com colarinho duro, descobriu que Fingermann, que fazia as vezes de tesoureiro da A. A. A., dera um desfalque pátrio.

"Não pense que a notícia me alterou o pulso: dei corda ao *morituri te salutant*, jurando por sua cara de bunda que eu daria o esbregue do século no *tesorieri*. Logo de cara, tomei de supetão a conjuntura do Dia do Suboficial e me mudei para Acassuso: domicílio legal onde pernoita o russo *senza caperuz-*

---

17. Paavo Nurmi (1897-1973), corredor finlandês. (N. T.)
18. Estilo artístico cujo nome deriva de um marceneiro inglês do século XVIII, mestre da linha curva. Utiliza extremidades terminadas em garra sobre uma esfera. (N. T.)

za. Apresentei-lhe um quadro clínico de contornos francamente atraentes, que o deixou desidratado. Apliquei-lhe a treta guatemalteca de fazer-lhe chegar ao bestunto que para mim o desfalque era um segredo: era um velho truque. Ato contínuo, acheguei-lhe a grande verdade de que o silêncio é de ouro, e que para obturar minha boca tinha de se transformar ipso facto numa de minhas propriedades móveis, que rendesse mensalmente uma entrada bruta de coronel de administração. O deglutidor-kosher não teve outro remédio senão abrir a torneira e me transferir, mês a mês, a bufunfa que o bígamo lhe pagava a título de chantagem. Assim, o insaciável parasita deu no são costume de *garpar*[19] a cada dia 31, quando não a cada dia 30, com a ilusão, que o deixava de queixo caído, de que eu não fosse até Le Fanu com a história do desfalque, que o próprio Le Fanu me havia divulgado.

"Mas vá se fiando de que a alegria desses bons tempos duraram. Le Fanu, que para meter a pituitária onde não é chamado é pior que cachorro salsicha, deu crédito sabe-se lá a que miserável calúnia e, como dois e dois são quatro, deu de me acusar, cara a cara, de que eu estava bombeando para o russômano. Para que mudasse de tema, optei por pagar-lhe como um inglês a importância do bombeamento, o que permitiu a formação de um circuito fechado, porque o que Le Fanu pagava ao russo, o russo pagava ao abaixo assinante, e o abaixo assinante a Le Fanu.

"Como sempre, o fator sinagoga veio perturbar esse delicado equilíbrio. O sovina do Fingermann extorquiu uma elevação vigorosa da cota que cobrava de Le Fanu. Para que não digam que um *criollo* fica atrás, eu também tive de elevar minha tarifa; belo momento para dar a tesourada no circuito.

"Eu decidi cumprir minha velha aspiração de mandar Le Fanu para baixo da terracota. Quando li, na casa do barbeiro, a história do crime no caramanchão, pensei na história de Loló, estudei o terreno e vi que ali, por uma fresta, eu também podia despachar Le Fanu. Mas por esses dias a Loló não estava andando com ele; estava andando com o russo. Desse contratempo preliminar, que deixaria enjaulado outro menos safo que eu, saiu o plano fenomenal: sugerir a Tonio, mediante a mera indicação da história da espada e do caramanchão, um procedimento sem discussão para matar Bube, que era o estorvo que não lhe permitia efetuar o grande golpe social de se casar com a

19. *Vesre* de pagar. (N. T.)

Pampita. O criminoso pescou no ar a sugestão; acondicionou, pro domo sua, um sistema de álibi do qual eu vim a usufruir, em última instância: encontrou-se num cinematógrafo com sua cambada de acólitos; depois, com o anonimato, mandou cada um aos quatro pontos cardeais, sabendo que iam se enrolar de uma maneira tão contundente que depois optariam por apoiar seu álibi do cinematógrafo, contanto que não ficasse a descoberto. Numa porcentagem elevada, as coisas andaram de vento em popa. Tonio caiu como um patinho no golpe, com a ideia facínora de liquidar o pobre semita e com a bengala-espada para preparar *allo spiedo el corpus delicti*; mas a Providência não quis que se sujasse com essa malvadeza, e eu apareci, detrás de uma árvore, com a lazarina .45 que lhe perfurou a têmpora. Quanto ao livro com a história do caramanchão, que Le Fanu, via Frogman, remeteu à sua suposta vítima, permito-me dissentir de sua melhor opinião. Não o mandou a título de camaradagem, para que a Delegacia de Investigações o tivesse debaixo de seu nariz e o ignorasse; dê tratos à bola: foi uma precaução de garoto escravo: em que miolo ia entrar que o delituoso mandara a solução à polícia, por meio de uma raposa escolada?

"O senhor não vai negar que resultou um feito de sangue que sai do comum, porque as precauções e os álibis e as armações correram a cargo da vítima."

Pujato — La Califórnia — Quequén — Pujato, 1943-5

OS SUBURBANOS

O PARAÍSO DOS CRENTES
1955

B. Suárez Lynch

Prólogo

Os dois filmes que integram este volume aceitam ou decidiram aceitar as diversas convenções do cinematógrafo. Não nos atraiu, ao escrevê-los, um propósito de inovação: abordar um gênero e inovar nele nos pareceu excessiva temeridade. O leitor destas páginas encontrará, previsivelmente, o *boy meets girl* e o *happy ending* ou, como já se disse na epístola ao "magnífico e vitorioso sr. Cangrande della Scala", o *tragicum principium et comicum finem*, as peripécias arriscadas e o feliz desenlace. É muito possível que tais convenções sejam frágeis; quanto a nós, observamos que os filmes que recordamos com mais emoção — os de Sternberg, os de Lubitsch — as respeitam sem maior desvantagem.

Estas comédias também são convencionais no que se refere ao caráter do herói e da heroína. Julio Morales e Elena Rojas, Raúl Anselmi e Irene Cruz são meros sujeitos da ação, formas ocas e plásticas nas quais o espectador pode penetrar para, assim, participar da aventura. Nenhuma marcada singularidade impede que a pessoa se identifique com eles. Sabe-se que são jovens, entende-se que são encantadores, decência e valentia não lhes faltam. Para outros, resta a complexidade psicológica. Em *Os suburbanos* teríamos o desafortunado Fermín Soriano; em *O paraíso dos crentes*, Kubin.

O primeiro filme corresponde aos estertores do século XIX; o segundo, a mais ou menos à nossa época. Já que as cores local e temporal só existem em função de diferenças, é infinitamente provável que as do primeiro sejam mais perceptíveis e mais eficazes. Em 1951 sabemos quais são os traços diferenciais de 1890; não quais serão, para o futuro, os de 1951. Por outro lado, o presente nunca parecerá tão pitoresco e tão comovente como o passado.

Em *O paraíso dos crentes*, o móvel essencial é o lucro; em *Os suburbanos*, a emulação. Esta última circunstância sugere personagens moralmente melhores; no entanto, nós nos defendemos da tentação de idealizá-los e, no encontro do forasteiro com os rapazes de Viborita, não faltam, acreditamos, nem crueldade, nem baixeza. Aliás, ambos os filmes são românticos, no sentido em que o são os relatos de Stevenson. Configuram-nos a paixão da aventura e, talvez, um distante eco de epopeia. Em *O paraíso dos crentes*, à medida que a ação progride, o tom romântico se acentua; julgamos que o arrebatamento próprio do fim pode atenuar certas inverossimilitudes que no princípio não seriam aceitas.

O tema da procura se repete nos dois filmes. Talvez não custe salientar que, nos livros antigos, as procuras eram sempre afortunadas; os argonautas conquistavam o Velocino, e Galahad, o Santo Graal. Agora, em compensação, agrada misteriosamente o conceito de uma procura infinita ou da procura por uma coisa que, encontrada, tem consequências funestas. K..., o agrimensor, não entrará no castelo, e a baleia-branca é a perdição de quem por fim a encontra. Nesse sentido, *Os suburbanos* e *O paraíso dos crentes* não se afastam das modalidades da época.

Ao contrário da opinião de Shaw, que sustentava que os escritores devem fugir dos argumentos como da peste, nós, durante muito tempo, acreditamos que um bom argumento era de importância fundamental. O ruim é que em todo argumento complexo há algo de mecânico; os episódios que permitem e que explicam a ação são inevitáveis e podem não ser encantadores. O seguro e a estância de nossos filmes correspondem, aí, a essas tristes obrigações.

Quanto à linguagem, procuramos sugerir a popular, menos pelo vocabulário que pelo tom e pela sintaxe.

Para facilitar a leitura, atenuamos ou eliminamos certos termos técnicos do "enquadramento" e não mantivemos a redação em duas colunas.

Até aqui, leitor, as justificativas lógicas de nossa obra. Outras há, no entanto, de índole emocional; suspeitamos que foram mais eficazes que as primeiras. Suspeitamos que a última razão que nos moveu a imaginar *Os subur-banos* foi o desejo de respeitar, de algum modo, certos arrabaldes, certas noites e crepúsculos, a mitologia oral da coragem e a humilde música valorosa que rememoram os violões.

J. L. B e A. B. C.
Buenos Aires, 11 de dezembro de 1951
ou, talvez, 20 de agosto de 1975

Os suburbanos

A câmera foca um rosto que abrange a tela toda. É o de um malandro atual, ligeiramente obeso, com o cabelo penteado para trás, com brilhantina, e com o colarinho virado sobre a lapela e uma insígnia na casa do botão. Depois, girando, foca outro rosto: de traços agudos, de tipo intelectual, mesquinho, de cabelo encaracolado, com óculos. Depois a câmera volta a girar e foca o rosto de Julio Morales. Esse rosto, que deve contrastar com os anteriores, tem uma dignidade de outra época. É o de um homem velho, decente, grisalho.

Essas três pessoas estão em um bar de 1948. Ouve-se uma marcha, cheia de vã agitação e de notas agudas. O malandro obeso olha, fascinado, para fora. Vê-se uma rua pela qual passam ônibus, automóveis, caminhões — entre estes, um com alto-falantes de onde procede a música.

A VOZ DE MORALES (*tranquila e firme*) — Não pensem que naquela época havia toda essa algazarra. Vivia-se com outra tranquilidade. Como deviam ser as coisas, que até um forasteiro de outro bairro chamava a atenção. Olha, eu me lembro da vez que o Fermín Soriano chegou do Sul. Eu estava fazendo hora no armazém, porque ia passear com a Clemencia Juárez.

A câmera vai focando a mão de Julio Morales, que brinca com um copo de sangria. Detém-se no copo; abre-se sobre um armazém de mil oitocentos e noventa e tantos. Morales, que é um rapaz de uns vinte anos, vestido de escuro, com lenço e chapéu, deixa o copo no balcão e sai para a rua.

O momento em que se volta para o passado pode ser marcado com uma mudança na música de fundo: da marcha passa para uns acordes de milonga.

Morales caminha por uma calçada alta, sobre um beco de terra, com valas. Há casas térreas, cercas e algum terreno baldio. É a hora da sesta. Em um fio de sombra, um cachorro dorme. Na esquina, estão o pistoleiro Viborita e a turma de rapazes que o obedece. A vestimenta de todos eles compartilha do suburbano e do rústico: uns usam bombachas e alpargatas; outros estão descalços. São caboclos e mulatos. (Nesta primeira cena do passado, convém apresentar muitos tipos criollos.) Na esquina da frente, sentado em uma cadeira de vime, de espaldar alto, um negro toma sol, uma espécie de velho criminoso, aleijado e estático.

Morales quer passar ao largo.

UM DOS RAPAZES — Não se esqueça dos amigos, Julito.

VIBORITA — Vem cá ficar de bobeira com a gente, só um pouquinho.

MORALES — Um pouquinho eu posso, Viborita.

POSTEMILLA (*rapaz de feições rudimentares e aspecto de palerma; usa um chapéu redondo encasquetado; articula com embevecimento pueril*) — Vem vindo ali um sujeito que pode ser uma diversão.

Aponta com o indicador para Fermín Soriano, que avança vindo da outra esquina. É um homem jovem, de ar hostil. Veste-se como um suburbano janota: chapéu preto, requintado, lenço no pescoço, paletó cruzado, calças francesas, com galão, sapatos de salto alto.

MORALES (*para o palerma, como que se desinteressando*) — Você, Postemilla, que é o diabo, anda e vai se divertir com ele.

VIBORITA (*imediatamente, apoderando-se da sugestão*) — Claro, como vocês podem ver, Postemilla é forte como um touro.

ALGUM RAPAZ — Encarregue-se dele, Postemilla.

OUTRO RAPAZ — Viva o Postemilla!

OUTRO RAPAZ — Disse bem, Viborita. O Postemilla é o mais bem-apanhado.

OUTRO RAPAZ — Ânimo, Postemilla! Aqui estamos nós, acantonados, para re-juntar tua ossamenta.

POSTEMILLA (*preocupado*) — E se não se intimidar?

MORALES — Vai até o carpinteiro, que te faça um sabre.

VIBORITA — Você faz "fu" "fu" para ele com essa fuça e dispara.

OUTRO (*apoiando-o*) — Já tem quem chame Postemilla de Mosca Brava.

POSTEMILLA (*encorajado*) — Eu me encarrego, rapazes. Não se afastem.

OUTROS — Abram caminho para o Postemilla!

Postemilla se aproxima do forasteiro. Eles se encaram.

POSTEMILLA — Eu sou o vigilante. Amostre aí sua permissão para andar pela calçada.

O forasteiro o olha com curiosidade. Depois gira seu chambergo para trás.

FERMÍN SORIANO (*autoritariamente*) — Você já está ao contrário. Volte por on-de você veio.

POSTEMILLA (*convencido*) — Com essa me pegou.

Postemilla volta sobre seus passos, com lentidão. Fermín Soriano chega no grupo. Os rapazes o rodeiam, sorrindo, como que compartilhando a raiva.

VIBORITA — Desculpe, mestre. O cidadão quis passar dos limites com o se-nhor?

SORIANO (*severo*) — Quis, mas eu baixei o cangote dele.

VIBORITA (*efusivo*) — Muito justo. Me permite felicitá-lo?

Ele lhe dá a mão. Outro dos rapazes o imita.

VIBORITA — Leve em conta que este mocinho é um irresponsável, que fica pasmo assim que vê um forasteiro. (*rapidamente e aproximando a cara*) O senhor é forasteiro?

SORIANO (*com soberba*) — De San Cristóbal Sur, para servi-lo.

VIBORITA (*atônito*) — Do Sul! (*dirigindo-se a Morales*) Disse que era do Sul!

(*para Soriano*) Não leve a mal se eu lhe disser que esses sim é que são bairros. Ali se vive, ali se sabe respeitar, ali prospera o filho do país.

Morales faz um gesto de ir embora. Viborita o retém. Morales olha para uma janela de uma casa da calçada da frente. A câmera foca a janela. Através da persiana vê-se o rosto de uma moça — Clemencia — que segue a ação. Depois, a câmera foca o negro da cadeira, que olha impassivelmente.

O RAPAZ QUE DEU A MÃO A SORIANO — Que exemplo para o Norte, meu jovem. Aqui tudo é uma franca vergonha.

VIBORITA — Muito justo. Para dizer rápido e mal, as pessoas ficaram safadas. Nem acendendo um fósforo o senhor dá com uma esquina em que não haja uma porção de vadios que intimidam e até cansam o transeunte. (*ao rapaz que deu a mão a Soriano.*) Com o senhor é outra coisa, porque é dos que se fazem respeitar.

SORIANO (*desdenhoso*) — Claro que me faço respeitar, mas isso não quer dizer que eu vá me atracar com o primeiro fantasioso que andar pedindo um talho no rosto.

VIBORITA — Isso mesmo. O homem deve proceder com cautela. Ainda mais vocês, que lá no Sul devem estar sob o jugo de dom Eliseo Rojas, que não deixa vocês nem espirrar sem permissão.

SORIANO — Dom Eliseo Rojas é meu padrinho.

Soriano trata de abrir caminho. Os outros o rodeiam por todos os lados. Postemilla se afasta, alarmado.

VIBORITA (*servil*) — Devia ter dito. Se o senhor conta com um apoio como esse, mais vale consultar sua tranquilidade, ficar caladinho na cama e não se meter por estas bandas, onde derrubo qualquer engraçadinho.

O RAPAZ QUE DEU A MÃO A SORIANO — É ver para crer. Quem podia dizer que um verme como este fosse afilhado de dom Eliseo Rojas?

VIBORITA — Muito justo. O jovem é um verme.

OUTRO QUE NÃO FALOU — Um verme do Sul. Por ali não há nada, a não ser vermes.

OUTRO (*com a cara muito próxima*) — Verme! Verme!

Viborita assobia para o negro, que, iluminado por uma felicidade feroz, joga-lhe, serviçalmente, uma faca. Viborita agarra a faca no ar. Todos se atiram sobre o sujeito do Sul, inclusive Morales. A faca reluz junto à cara de Soriano. Este é lançado à grande vala, a partir da calçada alta.

UMA VOZ — Viva a moçada do Norte!

Postemilla, que chegou à outra esquina, vê algo que aumenta o seu alarme. Leva os dedos à boca e assobia três vezes. Ouvem-se os cascos de uns cavalos. Os rapazes fogem em debandada. (Um pula uma cerca, outro se mete num saguão etc.) Ficam: Morales, em cima; Soriano, na vala.
Chegam dois vigilantes a cavalo. Olham para o negro, que retoma seu ar de hierática indiferença e de majestosa distância. Morales prepara um cigarro. Um dos vigilantes, levantando-se nos estribos, trata de orientar-se para continuar a perseguição. O outro desmonta e ajuda Soriano a se erguer.

MORALES (*para o primeiro vigilante*) — Deixe, Vicente. Os rapazes não têm culpa.

O PRIMEIRO VIGILANTE (*reflexivo*) — Os rapazes, hein?

O SEGUNDO VIGILANTE (*apontando para Soriano, que tem um talho no rosto*) — E este senhor costuma se barbear nas valas?

MORALES — Se há alguma queixa a levantar, que o faça a vítima.

SORIANO (*recobrando o equilíbrio, mas ainda vacilante*) — Eu não levanto queixas nem preciso de escolta. (*Levantando a voz*) E muito menos fico de papo com policiais. (*Vai embora*)

MORALES (*tranquilo*) — Vocês estão vendo. Um fantasioso desses que querem derrubar tudo.

SEGUNDO VIGILANTE (*para o primeiro*) — Estou reconsiderando. Vicente, nós temos muito que conversar com esse sr. Viborita.

MORALES — Viborita? O que ele tem a ver com o assunto?

VICENTE — O sumário dirá o que ele tem a ver. Além do mais, você mesmo falou dos rapazes. Pense bem.

MORALES — Rapazes? São tantos... Suponhamos que você, na corrida dos velhos, ganha a coroa de louros.

VICENTE (*sério*) — Vamos ver. Quem pôs o talho nesse cara-suja?

MORALES — Quem, senão esse valentão que saiu na disparada, mais conhecido por Postemilla?

Vicente ri, festejando a brincadeira.

SEGUNDO VIGILANTE (*reflexivo*) — Com um louco, nunca se sabe.

*Morales olha os vigilantes se afastarem; alisa sua cabeleira e ajeita o len-
ço. Joga o cigarro e se dirige à casa de Clemencia. Na porta há uma mão de
bronze. Morales bate. Ouve-se o latido de Jazmín (o cachorro de Clemencia).
Aparece Clemencia, uma caboclinha modesta, com uma roupa muito rodada.
Não há portão; atrás se vê o quintal, com plantas em tinas. (Durante o diálogo,
vez ou outra Morales dá tapinhas no cachorro.)*

CLEMENCIA — Que sorte que você bateu. Diga: quem era aquele que estava
na vala? Eu estava olhando.
MORALES (*com desinteresse*) — Sei lá eu. Um sulista que disse ser afilhado de
um tal de dom Eliseo Rojas.
CLEMENCIA — Eliseo Rojas?
MORALES — Você conhece?
CLEMENCIA — O Viborita falou dele para o meu irmão. É um desses antigos
valentões, dos quais restam poucos.
MORALES — A verdade é que não restam homens valentes.

*Entram em um quarto de passar; uma mesa, um braseiro, roupas em ces-
tos. Clemencia tira um ferro do braseiro, molha um dedo para experimentar se
está quente e se põe a passar.*

CLEMENCIA — Mas o que aconteceu?
MORALES — Nada, coisas dos rapazes.
CLEMENCIA (*indulgente*) — Também, esse Viborita é tão louco.
MORALES — Pensando bem, foi pura covardia. Eu não devia ter me metido.
Tantos contra um…
CLEMENCIA — Deve ter merecido.
MORALES — É se aborrecer, Clemencia. Eu ando mudado. Acho até que falei
demais com os vigilantes.

210

CLEMENCIA — Não me diga que você deixou os rapazes em uma situação ruim.

MORALES — Não, claro que não. Mas se os vigilantes não falassem comigo, talvez não ficassem sabendo que foi a turma.

CLEMENCIA (*brusca*) — Você tem razão, mais vale não falar. Primeiro você se deixa arrastar por eles e depois vem com histórias.

MORALES (*ensimesmado*) — Mas o que é mesmo que você estava me falando de dom Eliseo?

CLEMENCIA — Sei lá eu, que ninguém lhe fez frente. Mas não posso acreditar que você tenha deixado os rapazes em uma situação ruim.

Esfumatura.

Um velório. Várias pessoas compungidas conversam com torpeza e com gravidade.

UMA DELAS (*com grandes bigodes que se estendem até as costeletas*) — Pobre dom Faustino! Bem ou mal, ele sempre foi o partidário mais sincero do mate cevado.

OUTRO (*talvez muito parecido com o primeiro*) — Fecho os olhos e posso vê-lo claramente com os bolsos cheios de nozes. (*Fecha os olhos.*)

OUTRO (*também parecido*) — De homens assim é que a pátria precisa, mas está visto que ninguém é profeta em sua terra.

Em outro quarto está Postemilla, rodeado por várias pessoas; entre elas, alguns rapazes da turma de Viborita.

UM DELES — Torne a contar, Postemilla, que o senhor aqui quer aprender de cabeça.

OUTRO (*passando-lhe uma taça*) — Não vai desmaiar, colega, e enquanto tampamos as orelhas, conte a fábula de como você lhe botou o talho.

POSTEMILLA (*lisonjeado e confuso*) — Bom... hoje, na hora da sesta, com os primeiros calores, eu saí para fazer meu itinerário...

OUTRO — Ah, moço desperto e atilado. Aproveita o sol forte para sair da cova.

POSTEMILLA — Já me perdi… Tenho de começar de novo. Bom… hoje na hora da sesta, com os primeiros calores, eu saí para fazer meu itinerário. O mundo anda revirado e de pernas para o ar. Quando menos se espera, caras desconhecidas dão para aparecer na freguesia… caras que a gente nunca tinha visto mais gordas. Nessa tarde, aquele que quis nos afanar era um intruso… um desses janotinhas com relógio de corda. O pobre banana se meteu na boca do leão… Primeiro eu o deixei feito um pião com o pedido ali, na chincha, para que me amostrasse a permissão. Depois, eu já ia me deixar ganhar pelas compaixões… quando fui para cima dele com fúria, pus um talho primoroso na fuça dele, disse que no que me dizia respeito não ia me envolver com suas miseráveis astúcias… e o mandei… e o mandei… e o mandei de um só empurrão para o do Sul, que ele se demorou na água estagnada.

VIBORITA — Você é bom de bico.

OUTRO DA TURMA — E pondero a vocês que o sujeito do Sul era um afilhado de dom Eliseo Rojas.

OUTRO (*entre reflexivo e irônico*) — Homem de sorte, dom Eliseo, não ter acompanhado o afilhado. Se eles aparecem juntos, este embusteiro (*apontando para Postemilla, que agradece e sorri*) me destripa os dois.

VIBORITA — Você ganhou outra genebra, Postemilla.

Brindam. Postemilla bebe e saúda.
Um senhor entra com uma moringa na mão e um passo vacilante.

O SENHOR DA MORINGA (*escandalizado*) — Senhores, cavalheiros e familiares, um pouco de respeito! Francamente, estão passando dos limites. (*Ergue a moringa.*)

UM DOS PRESENTES (*desculpando-se*) — O senhor aqui, que é meio tonto, estava nos esclarecendo como deu um basta em um forasteiro.

O SENHOR DA MORINGA (*interessado*) — Bem feito. (*Senta-se e guarda a moringa sob a cadeira.*) Conte com toda a prolixidade o que aconteceu. (*Dispõe-se a escutar.*)

POSTEMILLA (*animado*) — Bom… hoje na hora da sesta, com os primeiros calores, eu saí para…

Com alguma indecisão, aparecem os dois vigilantes que já conhecemos. Postemilla olha para eles, apalermado; depois foge em direção aos fundos. A fuga de Postemilla parece fazer os vigilantes decidirem.

SEGUNDO VIGILANTE (*levantando a voz*) — Para a prisão, imediatamente.

Perseguem Postemilla. Por uma escada de ferro que há no fundo da casa, Postemilla sobe na laje. Foge por uma laje de tijolos, com o chão em diferentes níveis e cordas com roupa estendida. Em um momento, volta sobre seus passos; depois retrocede, de costas para o vazio; tropeça e cai.

Veem-se a roldana e os delicados desenhos do arco de um poço. Depois, aos pés do poço, em um quintal, vemos Postemilla, morto. Entre aqueles que olham, silenciosos, alguém abre passagem: é Julio Morales. Tira o chapéu e olha com tristeza para Postemilla. Os demais também se descobrem.

Escutam-se, incongruentes, os acordes de uma mazurca de Chopin.

ALGUÉM — Que falta de respeito. Nem mesmo um velório basta para tirá-los de cima do piano.
OUTRO — Deixe eles. É a marcha fúnebre do Postemilla.

Esfumatura.

O interior escuro de uma ferraria. No fundo, um portão que dá para um quintal de terra, no qual há um salgueiro. O fogo da fornalha alimenta e agita as sombras dos ferreiros. Estes são: o dono (um velho), Morales (taciturno, de costas para a porta) e um rapaz. Além deles, está de visita, tomando mate, um dos presentes no velório. Colérico, desconfiado, um pouco bêbado, entra Fermín Soriano.

SORIANO — Quem faz as vezes de dono aqui?
O DONO — Eu, se me guardar segredo.
SORIANO — Bem dito. Quanto me cobra para ferrar o tordilho?
O DONO — E esse tordilho tão perguntão é o da sela ou da sua charrete?

Soriano vai replicar; percebe, então, que o rapaz e a visita o olham com hostilidade. Não vê Morales.

SORIANO (*cedendo*) — Da minha sela. (*Dá um passo em direção à porta.*) Vamos vê-lo?

O DONO — Assim eu estou gostando. Francamente, senhor, não posso classificar de animadora a primeira impressão que nos causou. Entra enxotando, se permite gritaria e caretas...

Um silêncio. Morales, sem prestar atenção na conversa, prossegue tristemente seu trabalho.

SORIANO (*conciliatório*) — O que é que o senhor quer? O homem se faz de desconfiado. Veja este talho. Uns vinte se juntaram para efetuá-lo, e eu na vala.

O DONO (*interessado*) — Que temeridade.

A VISITA — Com uma vacina como essa o senhor sorri da varíola boba.

SORIANO (*agressivo*) — Da varíola boba e dos bobos. O que acontece é que aqui todos vocês estão fora de órbita. Linda hospitalidade. Eu ando com vontade de aplicar-lhes um corretivo. (*Reconhece Morales, que se aproxima. Olham-se em silêncio. Prossegue, com exaltação.*) Diga-me: o senhor acha justo agredir um homem porque é um forasteiro? Parece justo que vinte lutem contra um? Parece justa essa afronta?

MORALES (*depois de um silêncio*) — Me parece uma felonia. Quem tem direito de gravar na memória de um homem uma lembrança assim? Me dá vergonha minha participação nesse ato. Sempre me tive por valente, mas agora já não sei o que pensar.

Esfumatura.

Uma desolada rua dos subúrbios, de manhã cedo. Um cachorro, espantado por crianças. Escutam-se muitos latidos. Por entre uma nuvem de pó, surge a carrocinha.

O homem da carrocinha enlaça um cachorro. Dispõe-se a enlaçar outro. Alguém detém o braço do enlaçador.

A VOZ DE VIBORITA — Quieto, San Roque. O peludinho ali, como vocês podem ver, é de respeito.

O HOMEM DO LAÇO — Embora o peludinho seja Frégoli, vou levá-lo.

VIBORITA (*ameaçador*) — Aposto que não.

O HOMEM DO LAÇO (*soltando o cachorro*) — Faz bem de cuidar do seu irmãozinho. Afinal, animais não faltam neste bairro.

Clemencia chega. O cachorro corre até ela.

VIBORITA (*para o homem do laço, que se afasta*) — Com os que nos chegam de fora. (*mudando de tom*) Sai pra lá com essa sua carrocinha.

CLEMENCIA — Obrigada, Viborita! Você é mais valente que as armas.

VIBORITA — Grande coisa. O finado Postemilla teria feito o mesmo.

CLEMENCIA — Pobre Postemilla. Eu sempre me acabava de rir com ele.

VIBORITA — Muito justo, Clemencita. Tudo, no pobre candidato, era, como vulgarmente se diz, cômico. Até morreu em sua lei. Os rapazes o tinham como adestrado, repetindo a balela de como marcou o forasteiro.

CLEMENCIA (*com admiração*) — Mas olha só que audácia! Se foi você que deu a cara pela freguesia.

VIBORITA (*modesto*) — Bom, é que… A coisa é que o infeliz banana estava em plena peroração, quando os de uniforme apareceram. Que baita susto o do homem. Saiu que nem sabia por onde as alpargatas o levavam.

Ambos riem. Morales chega.

MORALES — Menos mal que ainda resta um pouco de bom humor.

CLEMENCIA (*apressada*) — O Viborita estava me contando a morte do Postemilla.

VIBORITA (*com grande impulso*) — Disparou como se visse o lobisomem, foi pela escada de caracol e saiu a toda pela laje, sem nem sequer respeitar a roupa estendida. Daí se enreda em cada firula fantástica, perde pé e zás!

CLEMENCIA — Que louco.

VIBORITA — Veio abaixo perto do poço, que por pouco não o engole, e ali eu encontrei ele, como um sapo arrebentado.

CLEMENCIA — Que louco.

Clemencia e Viborita riem.

MORALES — Vocês riem... A morte desse pobre rapaz é uma coisa horrível e mancha todos nós.

CLEMENCIA — Preste atenção, Julio Morales, que você está falando comigo.

MORALES — Não será por muito tempo. Tudo isso é uma miséria e pura covardia. Nossas brincadeiras são culpadas da morte de um homem. E o que fizemos antes? Vem um forasteiro indefeso e o atacamos em bando, como cachorros.

VIBORITA — Já que você vê tudo tão preto, por que não se mata?

MORALES (*lentamente*) — Talvez fosse melhor. Andei matutando sobre isso.

CLEMENCIA — Não fale assim, Julito.

VIBORITA — Claro que, com o Postemilla morto, não resta um homem com a tua força.

MORALES — Procurar um homem de coragem e de fibra, se é que ele existe; desafiá-lo e averiguar quem se é; isso poderia ser uma solução.

A cena se esfuma. Depois a câmera registra alguns momentos do trajeto de Morales, de seu arrabalde do Norte até as proximidades do Once. As imagens, quase rurais a princípio, são cada vez mais populosas; são comentadas por uma música cada vez mais rápida. Veem-se carros, carroças, carroças d'água, bondes de cavalos, carros de praça e algum particular (fechado). Veem-se tipos da rua: alguma lavadeira majestosa e negra, com a trouxa de roupa na cabeça, leiteiros com suas vacas, vendedores de empanadas, vendedores de guarda-chuvas, vendedores de velas e de chicotes para coches, afiadores. (É preciso intercalar estes personagens típicos entre outros mais comuns, cuidando para que o filme não se transforme em um mostruário deliberado.)

A VOZ DE MORALES — Antes do Once, na esquina da Calle de la Piedad, tinham armado uma rinha. Eu estava passando e, da porta, me chamou um tal de mocinho Pagola, que depois morreu na revolução de 1905. Ia correr um batará de sua propriedade...

Há, simultaneamente, uma cena muda: Pagola, um rapaz decente, com algo de fotografia antiga, talvez com bigode, chama Morales. Conversam um pouco na porta e entram juntos.

Atravessam um quarto cheio de barris e outro com mesas e uma cantina. Nesta há um espelho vasto, embaçado e antigo. A moldura é de madeira escura, com guirlandas e anjos. Dali descem para um porão onde fica a rinha. Esta é uma arena, rodeada por uma espécie de anfiteatro de madeira, com três fileiras de tábuas. A escada corta o anfiteatro. Há muito público, todos homens, salvo uma mulher com uma criança nos braços, à qual lhe dá o peito. Gente urbana, gente suburbana, gente do campo. Na pista há homens com aventais (um que outro com avental está sentado no anfiteatro). O juiz é um senhor de cabelos brancos, com aspecto de pastor protestante. Um menino, gordo, descalço, com uma grande espora nazarena, vende tortas fritas e bolos. Em um canto, há uma balança e gaiolas.

UMA VOZ — Cinquenta a dez no carijó.

OUTRA VOZ — Que engraçado. O branco perdeu o bico.

UM MALANDRO COM JEITO DE FORAGIDO (*para um senhor obeso, de cartola, passando-lhe um jornal*) — Aceite, doutor, *La Nación Argentina*, para o sangue não o salpicar. (*Servilmente, envolve seus joelhos.*)

O senhor segue essa operação com severo interesse.
Enquanto isso, Pagola leva seu batará para a pista. O juiz dá as instruções e a briga começa.

UM ESPECTADOR — Vinte pesos no vermelho.

PAGOLA — Cinquenta a trinta para o meu batará.

OUTRA VOZ — Pago.

O SENHOR OBESO (*a um vizinho, que o escuta com deferência*) — Bem ou mal, a ventilação vem a ser o lado fraco desses locais mal ventilados.

UM VIGILANTE (*desculpando-se com Morales*) — O senhor disse bem. Eu, se fosse a polícia, não permitia esses locais clandestinos.

O galo de Pagola triunfa, entre a gritaria do público.

LUNA (*um tropeiro amulatado, de bombachas e alpargatas*) — O batará se comportou.

Pagola, confuso e feliz, recebe o dinheiro.

PAGOLA — Sempre me dei tão mal, que quando me dou bem me dá medo. Olha, rapazes, todos esses pesos já estão me estorvando. Vamos tomar uns tragos.

Sobem, entram na cantina e se sentam. Morales acaba ficando de frente para Luna. Quando a câmera os foca, eles estão seguindo uma conversa já começada.
A mulher com a criança se aproxima da mesa.

A MULHER — O que os cavalheiros vão querer?

MORALES — Uma caninha, se não for incômodo.

UM AMIGO — Outra.

SEGUNDO AMIGO — Para mim, me traga uma genebra. (*para Luna, amistoso*) O senhor, conterrâneo, tampouco vai rejeitar a moringa.

LUNA — Conterrâneo? Sou de San Cristóbal Sur, graças a Deus. Mas me traga uma genebra, só isso.

PAGOLA — Para mim, senhora, uma cervejinha para começar.

MORALES — De San Cristóbal? Bons bairros, senhor. Estou indo justamente para esse lado.

PAGOLA (*por cortesia*) — E o que você anda procurando por ali?

MORALES — Nada. Um tal de dom Eliseo Rojas.

Luna, que ia começar a beber, deixa o copinho sobre a mesa e fica olhando. (Esta tomada deve ser rápida.) A mulher contorna a mesa, servindo. Vai e vem, contra um fundo de barris; sobre sua cabeça se veem, pendurados, os pés do menino gordo: um descalço, o outro com a espora. Alguém que entra obriga a mulher a ficar de lado; um dos pés do menino roça a cabeça da mulher. Esta levanta os olhos; a câmera segue esse movimento. Vemos o menino encarapitado no alto de uma pilha de barris, quase junto das vigas, encolhido e comendo os bolos da sua cesta.

A MULHER — Te peguei outra vez, seu danado, comendo o suor do meu rosto. Desce daí em dois tempos e vai atender a clientela.

O MENINO GORDO — Estava repondo as forças, minha mãe.

O menino desce e se perde entre o público, gritando.

O MENINO GORDO (*aos gritos*):

> Bolos quentes
> Alegram a gente.
> Pamonha cozida
> Para a mesa estendida.

A câmera volta para a mesa de Pagola e os amigos. Luna está fumando um cigarro. Veem-se taças usadas e taças limpas, para indicar que passou um pouco de tempo.

SEGUNDO AMIGO (*prosseguindo um relato*) — Lá dentro, o sujeito do poncho impunha sua lei. Dom Eliseo Rojas deixou a faca para o dono da venda, que andava clamando que não queria desentendimentos na sua casa. As pessoas faziam o sinal da cruz. Dom Eliseo entrou com o rebenque e já começaram a soar as lambadas. O sujeito do poncho saiu com facão e tudo, dessa freguesia e das freguesias circunvizinhas.

MORALES — A hora do sujeito do poncho tinha chegado, como chega para todo mundo.

SEGUNDO AMIGO — Assim será, mas quando dom Eliseo deita a talhar, sempre chega a hora do *outro*.

MORALES — Fico contente que se mantenha tão animado. Eu, esta noite, vou ajustar uma conta com ele.

Durante essa cena, o menino gordo ficou enchendo com seus bolos. Luna, com agitação reprimida, olha para Morales.

LUNA (*bruscamente furioso, para o menino gordo*) — Você vai parar de encher, seu moleque. Vou te colocar de castigo. (*Leva-o por uma orelha; a câmera o segue; saem para o quintal.*)

Cena muda. Luna explica alguma coisa para o menino. Tira umas moedas da cinta e entrega a ele. Na cinta se vê uma faca (uma arma de tamanho mediano, com algo peculiar na empunhadura). Amarrado a um poste há um pônei muito gordo, muito arqueado, dourado. Luna volta para a mesa.

PRIMEIRO AMIGO (*a Morales*) — Não tem como se perder. Lá pelos lados da ponte todos conhecem a casa. Fica em uma elevação e tem corredores.

SEGUNDO AMIGO — Faz anos que vive ali. Acho estranho que, conhecendo o homem, não conheça a casa.

MORALES — Eu não disse que o conhecia. (*Olha para Pagola, com amistosa cumplicidade.*)

PAGOLA (*com seriedade*) — Olha, Julito, você deve ter suas razões, mas eu sou partidário de viver tranquilo.

LUNA — Estão falando do Rojas? Esta noite vocês não vão encontrá-lo em casa. Vai para a festa dos Bascos de Almagro.

PRIMEIRO AMIGO — Ah! Na sede de Castro Barros?

LUNA (*a Morales*) — Como homem de mais idade, vou me permitir submeter--lhe um conselho. Se eu fosse o senhor não ia ao baile dos Bascos. Para que se esfalfar procurando a sepultura, se de todo modo ela vai nos encontrar? É um pressentimento.

MORALES — A cavalo dado não se olham os dentes. Por isso aceito o conselho, sem sequer examiná-lo.

PAGOLA — Não é preciso tomar as coisas assim. Vamos, senhores…

MORALES — Eu não quis ofender ninguém.

PRIMEIRO AMIGO — Pago outra rodada.

A cena se dissolve. Vê-se a rua. O menino gordo, girando um rebenque, abre caminho com o pônei dourado.

Um saguão, com uma porta lateral. Nas paredes há uma complicada paisagem romântica (um vulcão, um lago, um templo grego em ruínas, um leão, um menino tocando flauta etc.). De costas para a câmera, um homem corpulento dorme, em uma cadeira de balanço. É dom Domingo Ahumada, compadre de Ponciano Silveira.

A VOZ DE SORIANO — Ouça… eh… professor.

O homem da poltrona continua imóvel. Soriano, que entra no saguão, aparece diante da câmera. Bate palmas.

A VOZ DE SORIANO — Professor... senhor.

A enorme cara do homem se vira na direção de Soriano.

AHUMADA (*com alguma estranheza*) — Não lhe ocorreu que com tanta gritaria ia acabar me acordando?

SORIANO — Sabe que gostaria de vê-lo acordado? Já faz três vezes que eu venho e sempre o encontro atirado na mesma poltrona.

AHUMADA — E o que ganha com isso? Vamos ver.

SORIANO — Não vim para discutir ganhos e perdas. Quero saber se dom Ponciano Silveira está.

AHUMADA — Flor de pergunta. Vá pensando em outra tão bonita quanto esta para quando me acordar amanhã. (*Volta a dormir.*)

SORIANO — Abra os olhos antes que seja acordado por uma punhalada.

Entra e fica cara a cara com Ahumada.

AHUMADA (*mudando de atitude; sem pressa, mas muito conscienciosamente*) — Muito bem, senhor. Vamos por partes. Um sujeito dá por me favorecer com suas visitas e pergunta se dom N. N. está. O senhor há de convir que, até aí, não há maiores dificuldades. Perguntar... perguntar... (*acentuando com uma folha de palha*) qualquer um pode perguntar qualquer coisa. (*com voz mais forte*) A responsabilidade começa com a resposta. (*com simplicidade*) Estou sendo claro?

SORIANO (*cético*) — Para mim, o senhor caiu do berço quando era pequeno.

AHUMADA — Perfeitamente. Se eu respondo que N. N. não está — é uma forma de dizer —, o senhor pode dar de supor que esteve alguma outra vez. Se eu lhe digo que não sei quem é N. N., com que cara eu lhe digo amanhã que o conheço? Se, por outro lado, ando com rodeios e meias palavras, o senhor vai matutar em seu foro íntimo que eu ando disfarçando.

Abre-se a porta lateral e dom Ponciano Silveira entra. É um homem alto, robusto, autoritário, citrino, de cabeleira e longo bigode pretos. Está em mangas de camisa (com ligas nos braços); usa calças pretas e botas.

SILVEIRA — Como vai, Fermín? O que o traz por aqui?

SORIANO — Venho por causa daquele assunto, dom Ponciano.

SILVEIRA — Alguma novidade?

SORIANO — Vou lhe explicar...

Entra o menino da espora.

O MENINO (*bruscamente*) — Àquele que for dom Silveira... (*como repetindo uma lição*) me manda o sr. Luna para lhe dizer, com o maior sigilo, que um tal de Morales irá esta noite ao baile dos Bascos.

AHUMADA — Flor de notícia.

SILVEIRA (*para o menino*) — E isso é tudo?

O MENINO — O que mais há de ser? Disse que não se pode deixar que chegue antes da hora na casa de dom Eliseo. Também me recomendou especialmente uma porção de coisas de que não me lembro.

O menino tira uma fatia de bolo e come.

SILVEIRA — Estamos bem-arranjados com o mensageiro. Ele te disse mais alguma coisa?

O MENINO — Que ficava na rinha da Calle de la Piedad, até que chegassem. (*iluminando-se*) Também me parece ter ouvido que o senhor me daria cinco pesos.

SILVEIRA — É melhor que não se lembre disso. (*Indica-lhe a porta.*)

O menino dá de ombros, tira outra fatia de bolo e se afasta comendo.

SILVEIRA (*a Soriano*) — Você sabia alguma coisa sobre isso?

SORIANO — Que me revistem.

SILVEIRA — Vamos entrar. Meu compadre (*aponta para Almada*) vai tirar um cochilo.

Eles entram em um quarto desmantelado, com piso de lajotas, um braseiro, uma cama de ferro, uma cigarreira de couro. Soriano fecha a porta, vira-se para Silveira e lhe diz:

SORIANO — O golpe vai ser esta noite.

Esfumatura.

No crepúsculo, um terreno baldio. Veem-se os fundos de umas casas. Silveira encilha um cavalo escuro. Soriano vai lhe entregando as peças do arreio.

SILVEIRA (*com sobrecasaca e poncho de vicunha sobre os ombros*) — Você deixou o tordilho na taberna?
SORIANO — Não, eu o trouxe. Está amarrado na paliçada.
SILVEIRA — Queira Deus que esse moço Morales não arruíne as coisas. Contanto que tudo não seja uma astúcia do Larramendi...
SORIANO — O senhor está me saindo o rei dos desconfiados.
SILVEIRA — Vai para um mês que o Larramendi está me enrolando. Lá para as minhas bandas a gente não anda com tantos rodeios.
SORIANO (*conciliatório*) — Devagar se vai ao longe. Dom Larramendi é muito rigoroso e é daqueles que veem debaixo d'água.
SILVEIRA — Rigoroso? O que ele gosta é de agir com prudência. Mais me teria valido não lhe dar bola. O assunto era entre mim e o outro...
SORIANO — O meu também. Pena que tantos capiaus tenham se intrometido.

Silveira se vira e olha para ele.

SORIANO (*rapidamente*) — Ou o senhor pensa que não ando morrendo de vontade de ajustar contas com dom Eliseo?

Esfumatura.

A calçada de uma confeitaria com mesas redondas de ferro. Sentados a uma mesa há um importante senhor de bigodes marciais e uma jovem senhora aparvalhada e semiadormecida. (O senhor está com um sobretudo com gola de peles.) O garçom discute com o senhor. Um sujeito de ar servil e de escassa estatura se levanta de outra mesa e intervém, conciliador, na discussão, ouvindo, com alternado respeito, os contendores e aprovando com palmas e reverências. Na rua, um italiano, com realejo e periquito, toca uma habanera. Dois sisudos suburbanos de terno escuro dançam com muitos cortes. (A câmera segue a discussão mostrando, ao fundo, os dançarinos, para quem os outros não olham.) Morales chega. Olha para os dançarinos; depois, de repente, o sujeito de ar servil lhe chama a atenção.

O SENHOR (*para o sujeito de ar servil*) — Vou situá-lo, meu jovem. A minha senhora queria um sorvete de baunilha, desses em forma de obreia. Eu, que sei que ela tem o fígado meio delicado, intervim a tempo e lhe encomendei um chazinho de cidreira, bem suave. Quanto a mim, optei por ativar a digestão com duplo rum da Jamaica.

O SUJEITO SERVIL — Até aqui estou entendendo. Prossiga.

O SENHOR (*limpando a manga onde levou os tapinhas*) — O garçom que não trabalha com amor, com discernimento, incorre em um erro garrafal.

O SUJEITO SERVIL — O que está fazendo?

O SENHOR — Seus ouvidos não vão querer acreditar. Ele serve rum à minha senhora e para mim me traz não sei que desprezível beberagem. Resultado: a senhora está indisposta; eu, insatisfeito e sedento. Formidável. (*Estala a língua contra o céu da boca.*) E agora, este anarquista quer que eu pague a conta!

O SUJEITO SERVIL — É um perfeito escândalo, senhor. O senhor deveria escrever aos jornais. (*Volta a dar-lhe uns tapinhas; depois, dirige-se ao garçom.*) Ouçamos, no entanto, as razões que alega este cavalheiro.

O GARÇOM — Reconheço minha falha. Faz vinte anos que estou na luta e é a primeira vez que me engano. Mas a conta deve ser paga. Fica em trinta e cinco centavos.

O SUJEITO SERVIL — É verdade, a conta deve ser paga. (*Dá uns tapinhas no garçom.*)

O SENHOR (*depois de refletir*) — Pago, sob protesto.

O SUJEITO SERVIL (*com certa pressa*) — Cumprida minha missão, me retiro.

Primeiro o senhor desabotoa o sobretudo, depois a sobrecasaca, e investiga, com crescente alarme, seus bolsos. Morales, que ficou observando-os, pega o sujeito servil pelo colarinho. Enquanto isso, os lanterneiros acendem, com uns paus compridos, os lampiões.

MORALES (*ao senhor*) — Não se canse, senhor. (*ao garçom*) Para o senhor... também há de faltar alguma coisa.

O garçom comprova com estupor que lhe falta a carteira. Morales extrai do sujeito servil as duas carteiras e as entrega a seus donos.

MORALES (*ao sujeito, sem soltá-lo*) — Do senhor, meu amigo, ninguém poderá dizer que viaja sem lastro. (*Tira uma quantidade incrível de objetos, que o senhor e o garçom vão reclamando.*)
O SENHOR — Meus binóculos de teatro que o meu avô me deu de presente no dia do meu santo!
O GARÇOM — Meu lápis de manteiga!

Etc.
Morales tira um punhal que o ladrão tem no colete. Nem o garçom nem o senhor o reclamam.

MORALES (*severo*) — Não sabe que o porte de armas está proibido? Enfim, vá com Deus, que eu não sou a Justiça.
O SUJEITO SERVIL (*recuperando a compostura*) — Muito galante, muito galante. Faço valer, no entanto, que a arma é de minha propriedade.
MORALES — Sim, mas, por coincidência, eu preciso dela para uma diligência.

Guarda a arma, cumprimenta e se retira. Eles olham para ele estupefatos. O ladrão aproxima a mão do bolso do senhor.
Esfumatura.

Rua da periferia. Silveira e Soriano, a cavalo.

SORIANO — Da última vez, um amigo, que é assistente de um arrematador do interior, me mandou um cachorro. Pobre animal! Cada vez que ouvia a corneta do bonde ia para debaixo da cama. (*Ri, olhando intencionalmente para Silveira.*) Com os cristãos não vai acontecer a mesma coisa, talvez.
SILVEIRA (*sereno*) — Linda fábula. Mas agora você vai me escutar.
SORIANO — E por que não?

SILVEIRA — Olhe. Deve fazer uns vinte, trinta anos, em um fortim, um soldado desacatou o sargento. Estavam esperando um ataque e o sargento se
fez de desentendido. Nessa noite, os índios vieram com não sei quantas
lanças.

Um silêncio.

SORIANO — E como a luta acabou?
SILVEIRA — Passaram os índios na faca.
SORIANO — Não. Eu estava me referindo ao soldado e ao sargento.
SILVEIRA — Isso você vai saber esta noite, quando a gente tiver despachado
dom Eliseo.

Esfumatura.

*Silveira e Soriano atravessam o quarto dos barris, passam na frente da es-
cada que desce para a rinha e entram na cantina. As pessoas foram embora:
tudo parece muito vazio e muito grande. Distraído, Luna limpa uma bota com
a faca. A mulher tece, sentada atrás do balcão.*

LUNA — Boa tarde.

Dão-se tapinhas nas costas.

LUNA — Para começar, não gostariam de tomar um trago?
SORIANO — Assim falam os homens.

Sentam-se.

LUNA — E o senhor, dom Ponciano?
SILVEIRA — Agradeço, mas quero estar bem lúcido para esta noite. Faz anos
que espero por ela.

Senta-se.

SORIANO — Faz muito bem, se a bebida o enjoa. Por que não pede água panada?

LUNA (*sem compreender a intenção de Soriano*) — Francamente, não o aconselho, dom Ponciano. (*baixinho*) Aqui não sabem prepará-la.

SORIANO (*para a mulher*) — Duas aguardentes fortes, *misiá*.[1]

SILVEIRA (*sério*) — Vamos aos papéis. Vamos ver; quem é esse moço Morales que está para ir à casa de dom Eliseo?

LUNA — Um sujeito que apareceu na rinha. Tem um assunto pessoal com dom Eliseo e esta noite vai provocá-lo. (*Enquanto fala, a mulher serve as aguardentes.*) Para ganhar tempo, eu lhe disse que ia encontrar dom Eliseo no baile dos Bascos.

SILVEIRA (*aprovando*) — Bem pensado.

SORIANO (*para Luna*) — Avisou dom Ismael?

LUNA — Nem me passou pela cabeça.

SILVEIRA (*pensativo*) — A verdade é que esse Morales vai nos complicar.

SORIANO — Alguém teria de entretê-lo no baile.

SILVEIRA — É. Talvez não fosse demais falar com o Larramendi.

SORIANO — Às nove a gente o pega em casa.

SILVEIRA — Bom, agora vamos esquecer desse mocinho e vamos falar do nosso assunto.

SORIANO — De falar, e de ouvir falar, eu já estou farto.

SILVEIRA (*sem ligar para ele*) — Vocês já sabem. Assim que cruzarmos o portão, vocês ganham os lados do caminho. Eu sigo sozinho até as casas e me encarrego de dom Eliseo.

SORIANO — Nada disso. Eu também tenho raiva desse déspota. Vamos os dois juntos até a casa.

SILVEIRA (*friamente*) — Muito bem, meu jovem. O que é de gosto é regalo da vida. O Luna e eu ficamos nas laterais; ficamos vendo você se enfiar todo pimpão na boca do lobo.

SORIANO — Combinado. (*engolindo*) Quanto antes, melhor.

SILVEIRA (*com o mesmo tom, como se não o tivessem interrompido*) — Você deixa o tordilho entre os salgueiros. Vai até a porta e chama dom Eliseo. Não abra fogo até que esteja bem perto.

---

1. Tratamento de cortesia ou de respeito equivalente a *minha senhora*. (N. T.)

SORIANO — Disse bem. É preciso proceder com consciência. (*Volta a engolir.*)

SILVEIRA — Não vai errar, com a intranquilidade. Se o matarem, adentramos a talhar, o Luna e eu.

LUNA (*depois de uma gargalhada*) — Agora sim que o bicho vai pegar.

SORIANO — Pode ser que me matem, mas saibam que eu não tenho medo, não tenho medo.

SILVEIRA — O que vocês acham se a gente fosse saindo?

SORIANO — Sim, mas antes vou tomar outro trago. (*Pausa; depois nervosamente.*) A gente se encontra às nove na casa do Larramendi. Melhor não sair todo mundo junto.

SILVEIRA (*seco*) — Como você achar melhor. Às nove, então.

Saem.
Esfumatura.

Em uma taberna, diante de uma janela gradeada, Julio Morales está terminando de comer. Pela janela se vê o umbuzeiro que havia na Plaza del Once, na esquina da Ecuador com a Bartolomé Mitre. O chão da taberna, que é de tábuas largas, está um pouco mais baixo que o nível da rua. Em outra mesa, no fundo do cômodo, um homem baixo e fornido, de bengala branca, fala e gesticula confusamente diante de uma taça vazia.

O HOMEM (*com uma voz muito rouca e muito baixa*) — Outra aguardente, chefe. Depressa, que já estão para chegar.

O garçom o serve, com indiferença. De um gole, o homem liquida a taça, seca-se com o antebraço, põe-se de pé, deixa umas moedas sobre a mesa e se aproxima de Morales, como que investindo. Passa junto a Morales, sem vê-lo, quase roçando. Sai para a rua.

O GARÇOM (*piscando para Morales*) — É, já devem estar para chegar.

MORALES — Quem?

O GARÇOM — Os negros. Costumam cair depois da segunda aguardente. Veja. (*Aponta para a janela.*) O dom Lucas já está meio acabado.

Morales olha na direção do umbuzeiro. O homem está duelando sozinho. Tem um braço levantado, como que se escudando com um poncho; na outra mão esgrime uma faca imaginária. Sentado no meio-fio da calçada há um carregador, que não olha para ele.

O GARÇOM — No fim, sempre pode com eles.

MORALES — Deve estar sonhando com alguma coisa que aconteceu.

O GARÇOM — Aqui era a Plaza de las Carretas. O senhor via gente de todos os lugares. Lá pelos anos setenta e tantos, caíram uns negros de Morón, que costumavam se embebedar no cassino que havia ali, dobrando a esquina do Mercado de Frutos. Depois corriam para a praça e ficavam incomodando o transeunte até altas horas.

MORALES — Certo, até que dom Lucas os sossegou?

O GARÇOM — É. Era um mocinho bem diferente, sem outro afã que cumprir suas obrigações. Mas os negros tinham ficado tão soberbos, que o homem os esperou uma noite debaixo do umbuzeiro e lutou com eles na vista de todos. Agora dá pena: toma uns tragos e já se põe a lutar com os negros.

MORALES — Pena? Está velho, está meio louco, mas nunca esquece esse dia em que demonstrou que era um homem.

Levanta-se e paga. Sob o umbuzeiro, cruza com dom Lucas.

MORALES — Boa sorte, dom Lucas.

O HOMEM (*apontando para o chão*) — Vejam. Este está botando sangue pela boca.

Esfumatura.

A rinha, outra vez. Soriano acende um cigarro. Aproxima-se do balcão e se serve de outra pinga. Com o copo na mão, caminha pensativo até a escada que desce para a rinha. Joga o cigarro, que cai na arena. Soriano o segue com o olhar. Vira-se. Encara-se no espelho. Bebe a pinga de um só trago. Olha-se de novo. Vemos a parede, o batente torneado, a imagem de Soriano. No espelho, começa a formar-se uma nova cena: ouve-se uma risada quase histérica; vemos, junto à cara refletida, outra cara de Soriano (mais jovem, com alguma diferença no cabelo). A cara do reflexo desaparece; a outra olha para baixo, interessada, excitada, feliz. Atrás de Soriano há uma parede branca, com um rodapé preto. Uma escada exterior, de madeira, sobe para um sótão; os degraus e a varanda projetam sombras sobre a brancura da parede. De um lado há um espinheiro retorcido, que também projeta sua sombra. A parte baixa da cena é escura. Soriano está encurvado; suas mãos, estendidas para frente, executam algo que não se vê. Ouvem-se agudos e minúsculos gritos dolentes; algo se agita na escuridão.

A câmera sobe; na entrada do sótão está Elena, clara na luz do sol. Ressoa a mazurca de Chopin que se ouviu na cena da morte de Postemilla.

ELENA (*horrorizada*) — Fermín!
SORIANO (*sem afastar os olhos de sua mesa*) — Olha só como se retorce. (*Ri.*)
ELENA (*com profundo cansaço*) — Como você pode ter essa crueldade? Deixa esse animal.
SORIANO (*ao cabo de um silêncio*) — Mas se ele já está morto. (*Bruscamente distraído com o que fez.*) Veja: ali está a Ercilia, estudando a mazurca.

Aparecem, de novo, a parede, o batente torneado, o espelho. Vê-se, fugazmente, o reflexo de Soriano. Essa imagem se desfaz; definem-se folhas, troncos, uma rua de árvores entre canteiros, uma Diana de mármore. Ouve-se, primeiro distante, depois mais claramente, uma dolorida valsa de Ramenti. Dom Ismael Larramendi — obeso, enlutado, flácido e solene —, Soriano, Elena e Ercilia passeiam por uma praça do subúrbio. Ainda é de dia, mas já brilham os lampiões.

Há muita gente. No centro da praça, em um quiosque, está a banda. Soriano, Elena, Ercilia e Larramendi se aproximam.

LARRAMENDI — Me acolheram, me satisfizeram plenamente, asseguro a vocês. Sociabilidade, calor, eloquência, uma mesa regada por bons vinhos. Quando me levantei para agradecer, a emoção me embargava...
SORIANO — Emocionado e tudo, disse cada palavra sentida... Se você tivesse visto, Ercilita.
LARRAMENDI (*com certa amargura*) — Desgraçadamente, sou menos persuasi-

vo em casa do que entre amigos e admiradores. (*iluminando-se*) Mas, a quem vejo? Esse querido Pons! Precisamente, devo conversar com ele de assuntos... financeiros. (*para Ercilia*) Filhinha, não se esqueça de que às sete irão buscá-la na casa do Eliseo. Meninos, adeus.

Avança pomposamente em direção a um grupo de pessoas; estas não lhe respondem o cumprimento e passam ao largo. Elena, Ercilia e Soriano viram a cena.

Esfumatura.

A sala de jantar da casa de dom Eliseo Rojas. Um cômodo grande, com as paredes esbranquiçadas, forro de vigas de madeira. Uma mesa comprida, cadeiras, um aparador. Do espaldar de uma cadeira pende um rebenque, com cabo de prata.

Elena, diante de um espelho, amarra o avental. Depois, silenciosamente, começa a preparar a mesa, ajudada por Ercilia. Apoiado no batente da porta, com o chapéu na mão, Soriano fuma com displicência e olha para elas.

SORIANO (*para dizer alguma coisa*) — Será que dom Eliseo voltou?

ELENA — Já. Não está vendo? Olha só o rebenque.

Um silêncio.

ERCILIA (*bruscamente*) — Para que continuar fingindo que não vimos que afrontaram o meu pai?

ELENA — Não se preocupe, Ercilita. (*docemente risonha*) No fim das contas, o senhor Pons não é o juízo final. (*séria*) Se você gosta do seu pai e ele de você, o resto não tem importância.

ERCILIA — Você é muito boa, Elena. Mas como vai me entender, você que mora em um lar que é a própria decência? Como vai sentir o que eu sinto?... Saber que o meu pai é um sem-vergonha! Descobrir a cada dia uma falsidade, uma miséria!... O seu pai é respeitado por todos...

ELENA (*conciliatória*) — São homens muito diferentes, Ercilia.

ERCILIA — Já sei disso. Dom Eliseo é o homem mais reto que eu conheço. O mais respeitado.

Enquanto falam, uns cachorros latem. Soriano se aproxima da janela e olha para fora.

ERCILIA — O tanto que se pode ser feliz com um pai como o seu!
ELENA *(com estranha emoção)* — É, eu sou muito feliz.
SORIANO *(virando-se)* — Ercilia, vieram te buscar.
ERCILIA — Que tarde que acabou ficando!

Despedem-se. Soriano sai acompanhando Ercilia; quando volta, surpreende Elena, que chora, desconsolada.
Esfumatura.

Uma multidão de cavalos se precipita em direção à câmera. Esta sobe e, de cima, mostra os cavalos no picadeiro da antiga Casa de Leilão de Ismael Larramendi. A casa é de dois blocos; onde começa o segundo há uma galeria circular, que domina o picadeiro. Nessa galeria, e embaixo, ao redor do picadeiro, estão os compradores. De um palanque, dom Ismael Larramendi elogia as virtudes do lote que foi a leilão. Perto do portão por onde os cavalos entraram há um grupo de ginetes, com arreios e laço; um deles é Luna. No fundo, divisam-se currais e cocheiras.

LARRAMENDI — Prestem bastante atenção, cavalheiros, neste lotezinho de escuros, marca líquida de A Encarnação de Zalduendo. Apelo, senhores, a uma visão mais esclarecida do porvir e sei muito bem que vocês não permitirão que este lote, a flor de dom Zalduendo, se queime a um preço francamente irrisório. A origem não se discute. As mães, as famosas eguinhas de A Encarnação. O pai, um Orloff de carro fúnebre que se dava, como se diz, com todo o pessoal da Recoleta.

Enquanto isso, vemos Soriano distribuindo tíquetes aos compradores de lotes que já foram vendidos.

SORIANO — Aqui está o tíquete do parelheiro, delegado Negrotto.

DELEGADO — Se não ganhar, faço o cabo Carbone tosar bem rente essa sua cabeleira.

Soriano se aproxima de outra pessoa.

SORIANO — Pegue seu tíquete, sr. Gomensoro.

Soriano abre caminho por entre os compradores.

A VOZ DE LARRAMENDI — Não desmaie, sr. Doblas. Aí está. Trinta e cinco? Trinta e cinco! Eu estou esperando, sr. Oteiza. O senhor não é dos que desanimam. Quarenta pesos! Quarenta pesos! Quarenta e cinco e são do sr. Doblas! Quarenta e cinco e se foi!

As pessoas começam a se retirar. Soriano se aproxima de outro comprador.

SORIANO — O seu tíquete, sr. Doblas. (*a outro*) O seu, dom Nicanor. O felicito pela compra.

UM DO GRUPO (*a dom Nicanor*) — Linda a estampa do malhado. Meu conselho é que o mande embalsamar antes que caia aos pedaços.

Vão embora. Os peões levam do picadeiro o lote de escuros. Soriano caminha até a escada que dá para o camarote do leiloeiro. Dom Ismael Larramandi se dispõe a descer; vê Soriano e, com um movimento rápido, vira para trás e finge ensimesmar-se na leitura de uns cadernos. Soriano sobe a escada e fica cara a cara com Larramendi. Este suspira e enxuga a testa com um lenço. Dá uns tapinhas em Soriano, que olha para ele com rispidez.

SORIANO — Não pode se queixar, dom Ismael. Hoje sim que deve ter ingressado metálico!

LARRAMENDI — Exatamente, jovem amigo, exatamente. Lotes meritórios, oferta ágil, e — modéstia à parte — um leiloeiro que sorteia os escolhos mais pérfidos. A jornada de hoje é uma que ficará gravada na sua memória.

SORIANO — Acredito. Não me esquecerei tão fácil do dia em que o senhor me pagar.

LARRAMENDI — Nem me fale desse dinheiro. Você já sabe que está à sua inteira disposição. Não esqueça que você o ganhou no jogo e que me emprestou para que eu o devolvesse com juros.

SORIANO — Quase prefiro renunciar aos juros. Pague o que me deve e ficamos quites. O senhor está começando a me cansar com tanta lábia.

LARRAMENDI (*com falsa gravidade*) — Enfoque ruim, enfoque ruim, como dizem os modernos fotógrafos. Empresa que eu encaro, empresa que não abandono até coroá-la com a vitória mais rotunda. Nosso dinheiro evolui... se adapta... procura seu leito...

SORIANO (*alarmado*) — E agora me sai com isso? (*trêmulo de ira*) Se não me pagar... se não me pagar...

LARRAMENDI (*olhando-o rapidamente de soslaio*) — Você pode me matar e se despedir desse dinheiro. Você não tem recibo...

SORIANO (*cedendo*) — O que eu preciso é do dinheiro.

LARRAMENDI — Você vai ter, você vai ter.

SORIANO — Quando, dom Ismael?

LARRAMENDI (*dono da situação*) — Outro erro! Não podemos nos apegar a uma data!

SORIANO (*quase queixoso*) — Mas eu preciso do dinheiro.

LARRAMENDI (*como que acedendo*) — Devia ter dito. Neste caso poderia ensaiar-se um golpe de mestre. E, é claro, a sua ajuda seria valiosa.

SORIANO — Vou ser franco com o senhor, dom Ismael. Não estou entendendo.

LARRAMENDI — É muito simples. Dom Eliseo não queria entrar na firma. Sempre me acompanhou de má vontade. Eu pelejei e suei... Agora chega o momento de dar uma pincelada final nesta obra de romanos, colocando fogo nas instalações e cobrando o seguro.

SORIANO — As coisas andam tão mal assim?

LARRAMENDI (*passando um braço pelo ombro de Soriano*) — Muito mal, muito mal. O pior de tudo é que não me animo a confiar esse plano a dom Eliseo.

SORIANO (*com firmeza*) — Não lhe diga nada. Esta noite eu incendeio o local. (*olhando ao redor*) Esta madeira vai arder que vai ser uma beleza.

LARRAMENDI (*crítico*) — Estou te notando impaciente, outra vez. Eu esperaria até a segunda-feira. Depois da reza não há uma alma viva e você poderá manobrar com toda a soltura. Além disso, fica por resolver o fator detalhe!

SORIANO — Não complique tanto as coisas. Às seis me deixam sozinho e tenho tempo para incendiar esta casa e toda a vizinhança.

LARRAMENDI — Avancemos pisando em ovos. Essa mesma facilidade pode comportar um perigo. Se a seguradora suspeita, estamos perdidos.

SORIANO — E o que aconselha?

A câmera foca, de cima, a entrada do picadeiro. No chão se projeta a sombra de um homem a cavalo. Depois o vemos; entra, lentamente, vindo da rua. De cima se veem o chapéu, o poncho, o cavalo escuro.

LARRAMENDI (*pensativo*) — Seria preciso buscar um sujeito que fosse da nossa inteira confiança. Alguém, no entanto, que não apareça vinculado a mim nem a dom Eliseo.

A câmera volta a focar o ginete. Este desmonta e amarra o cavalo. Ainda não vemos sua cara.

SORIANO — Então, o Luna.

LARRAMENDI — Bem lembrado. Aí tem birra. Eles tiveram um entrevero e dom Eliseo o enxotou.

SORIANO — O homem, cada vez que se embebeda, jura que vai destripar dom Eliseo.

Atrás dos homens que conspiram surge, imponente, o desconhecido: é Ponciano Silveira.

SILVEIRA (*para Larramendi, que olha para ele sobressaltado*) — Pelo que rezam estas letras que estão na porta, esta casa é de dom Eliseo Rojas.

LARRAMENDI (*recuperando a gravidade*) — E de Ismael Larramendi, um servidor.

SILVEIRA — Então o senhor vem a ser o mais indicado para me dizer onde eu posso encontrar o Rojas.

LARRAMENDI — Ele vem de tarde em tarde. O que o trouxe? Foi algum negócio?

SILVEIRA — Negócio? Um negócio de pouca monta. Pessoal, isso sim.

LARRAMENDI — Compreendo perfeitamente. O senhor não quer deixar seu nome?

SILVEIRA — Como não. Diga a Rojas que Ponciano Silveira quer vê-lo.

Larramendi o olha em silêncio; depois, parece tomar uma decisão.

LARRAMENDI — Direi a ele. (*reflexivo*) Eu conheci um Silveira, faz tempo, mas não era daqui.

SILVEIRA — Eu também não sou daqui. (*Olhando fixamente para Larramendi.*) Sou de Junín.

SORIANO (*com impaciência*) — Vê-se claramente que o senhor não é da capital.

Não parecem ouvi-lo.

LARRAMENDI — Ah, eu prezava muito o Beltrán.

SILVEIRA — Meu irmão veio a Buenos Aires quando era um menino e o mataram sem piedade. Diga a Rojas que há um homem que não esquece essa história.

Esfumatura.

A câmera foca um céu com nuvens brancas; depois, uns galhos; depois, Ercilia, trepada entre os galhos.

ERCILIA — Aí vai outra remessa.

Joga umas maçãs para Elena, que está embaixo e estende o avental para recebê-las. A poucos passos, sentado no chão e mordendo algumas ervas, está Fermín Soriano.

SORIANO (*para Elena*) — A apólice... Será que ela está com o seu pai ou será que ele entregou para o tio Ismael?

ELENA (*com desconfiança*) — Não sei o que você está tratando de averiguar. Acho muito estranho.

SORIANO — O que é que tem de estranho?

ELENA — Tudo, a sua impaciência por saber se o seguro cobre, a sua curiosidade...

Enquanto isso, Ercilia desceu da árvore.

ERCILIA — Não seja má com o coitado do Fermín.

ELENA (*olhando-a com indulgência e ternura*) — Me perdoe. Não me lembrava de que ele era perfeito.

ERCILIA (*com certa precipitação*) — Por que não me dizem o que devo fazer? Vou para a casa das tias ou não?

SORIANO (*indiferente*) — Se você ficou de ir...

ERCILIA — Prometi a elas, mas não gosto de voltar sozinha quando escurece.

SORIANO — Se eu não tivesse um dia tão complicado... Agora tenho de levar o relógio do dom Eliseo para consertar... (*mostra o relógio. É um relógio grande, de tampa*) Para de noite, eu me apalavrei com os rapazes.

ERCILIA (*resignada*) — Bom, fica para outra vez.

ELENA — Parece mentira, Fermín. Deixe esses perdulários para lá e acompanhe a Ercilita.

ERCILIA (*reflexiva*) — É melhor que não me acompanhe. Você sabe como as tias são: sempre pensam mal das pessoas.

SORIANO (*atira as ervas que estava mordendo e, bruscamente, ele e Ercilia se encaram*) — Olhe, as tias não têm por que ficar sabendo. A que horas você sai da casa delas?

ERCILIA (*com reprimida felicidade*) — Ah, às sete, quinze para as sete. (*arrependida*) Mas é melhor que você não vá.

SORIANO — Eu a espero às sete, perto da ponte.

Ercilia corta uma flor, cumprimenta com a mão e se afasta.
Esfumatura.

Vemos Elena fechando uma porteira de arame. A luz mudou; entardece.
Elena avança uns passos; a câmera foca seu rosto que, de improviso, se assombra.

ELENA — Vai ficar tarde, Fermín.

SORIANO — Tarde? Para quê?

ELENA (*sem compreender*) — Para pegar a Ercilia, claro.

SORIANO — Pegá-la? Ela não vai se perder se eu não for.

ELENA — Mas ela vai ficar te esperando.

SORIANO — Você sabe muito bem que eu prometi ir pegá-la para que nos deixasse sozinhos.

ELENA (*séria, olhando-o de frente*) — Fermín Soriano, você deve estar louco.

SORIANO — Louco, sim. Louco de vontade de senti-la nos braços.

Quer abraçá-la. Na luta, um pente cai no chão. A câmera o foca. Sobre ele se estende a sombra de alguém que chega. É a sombra de um homem, que leva um cavalo pelo cabresto.

A câmera rapidamente foca Soriano, que cobre os olhos com o antebraço. Depois o antebraço cai e vemos Soriano refletido no espelho da rinha. Soriano, exaltado pelo pavor da empresa que se impôs, e também um pouco pelo álcool, encara o seu reflexo.

SORIANO — Não, não quero me lembrar. Jurei não voltar a me lembrar. Eliseo Rojas me afrontou, me humilhou. Eliseo Rojas ordenou que eu me ajoelhasse, que pedisse perdão a Elena. Depois me esbofeteou diante da Elena. Mas jurei não voltar a me lembrar. Depois, vou me lembrar. Esta noite, nesta noite mesmo.

Esfumatura.

Por uma janela, através dos bordados abertos de uma cortina de linho, enquadrada em outra de damasco, vemos uma rua aprazível, com alguns sobrados. Fermín Soriano chega em seu tordilho. A câmera recua. Estamos na sala da casa de dom Ismael Larramendi (móveis de mogno, um piano, algum petit bronze em uma coluna, algum vaso, um quadro a óleo com árabes e pirâmides). Sentados, deliberam Larramendi, Silveira e Luna.

LUNA (*concluindo uma frase*) — ... O mais estranho é que esse moço Morales parece não conhecer dom Eliseo. É o que eu observei, se me faço entender.

238

LARRAMENDI (*reflexivo*) — Mas você mesmo disse que o está procurando para ajustar uma conta.

SILVEIRA — Não tem nada de particular. (*com dureza*) Eu também não conheço dom Eliseo e também estou procurando por ele.

Soriano entra.

LARRAMENDI (*vai exclamar alguma coisa: contém-se; depois, dominando-se*) — Evidentemente, a minha casa se honra com a presença de vocês. No entanto, é forçoso confessar: esta reunião, aqui, não será… uma imprudência?

SILVEIRA (*equânime*) — É, o senhor pode se comprometer, e por isso está tudo bem.

LARRAMENDI (*ferido*) — Muito bem, muito bem. Eu não disse nada.

SORIANO (*agressivo*) — Claro que muito bem. Nós é que teremos nos comprometido mais, antes que amanheça.

LUNA (*a Larramendi*) — Quando se trata de comprometer os outros, o senhor não toma tantas precauções. Em relação a mim, primeiro me faz tocar fogo na casa; depois…

LARRAMENDI (*recobrando sua gravidade*) — Ninguém o obriga a continuar conosco.

LUNA — Não falei que não quero continuar. Quando dom Eliseo me expulsou, jurei a sua morte. Mas é preciso dizer a verdade: eu queria uma vingança limpa, e o senhor me enredou em um delito.

A câmera recua para um corredor, focando, da porta aberta, Luna; depois gira rapidamente, foca as escadas e, no primeiro andar, a porta aberta do dormitório de Ercilia. Elena se penteia, sentada diante do espelho do toucador. Ercilia, sentada na beira da cama, experimenta uns sapatos de baile. A cama é branca, de ferro, com profusão de folhas e de rosetas. Há um criado-mudo, um guarda-roupa com espelho, um lavatório, com jarra e bacia de louça, um manequim, uma vela da Candelária. Na cabeceira da cama há um rosário. No criado-mudo, retratos de Larramendi, jovem, e de uma senhora (sem dúvida, a mãe de Ercilia). Ercilia se levanta e acende um bico de gás.

ELENA (*distraidamente*) — Seu pai voltou cedo?

ERCILIA — Deve fazer uns quinze minutos que entrou. Eu queria tê-lo visto. Estou preocupada com ele.

ELENA — Esta manhã eu o encontrei muito animado.

ERCILIA — O papai dissimula. Eu sei que os negócios andam mal.

Um silêncio.

ELENA — Volto para casa amanhã, Ercilia. Não quero ser um peso para vocês.

ERCILIA — Não seja louca. Como você pode pensar que eu disse por causa disso? Você sabe que nós somos como irmãs.

Ercilia se levanta e põe as mãos sobre os ombros de Elena. Sorriem uma para a outra, no espelho.

ELENA (*com doçura e melancolia*) — É claro, Ercilia. Me perdoe. Eu estou muito feliz aqui com vocês, mas… (*rindo nervosamente*) é uma vergonha…

Elena sorri, com lágrimas nos olhos. Em silêncio, Ercilia a interroga.

ELENA — Anteontem, quando fui embora de casa, me achei tão valente. Depois do que aconteceu, eu tinha jurado não voltar mais. E agora compreendo que não posso viver sem o meu pai. (*Inclina-se e esconde o rosto com as mãos.*)

ERCILIA (*maternal*) — Bom, amanhã você vai voltar para a sua casa. Mas não chore. Tem de estar linda para o baile.

ELENA — Se você visse a pouca vontade que eu tenho de ir…

ERCILIA — Não podemos desapontar o meu pai. Ele está tão contente de nos levar!

ELENA — Você tem razão. (*deliberadamente animada*) Olhe, ficaria muito bem em você um raminho de flores. Vou descer no jardim para apanhá-lo.

Elena desce a escada, passa na frente da porta da sala, para, vê os conspiradores, olha-os com receio. A câmera se volta para a sala.

LARRAMENDI (*explicativo*) — Estamos de acordo, senhores? Nossa meta não deve ir além da obtenção da apólice. Procurá-la, consegui-la, trazê-la. (*suplicante*) E, sobretudo, nada de violência. Nada de…

SILVEIRA (*cortante*) — A quem quer enganar com isso? O senhor nos meteu na dança e as coisas vão ser feitas como devem.

LARRAMENDI — Eu me rendo, eu me rendo. Desisto de discutir com a juventude. (*reflexivo*) Quis dar exemplo de prudência, fiquei em casa o dia todo e agora vocês nem sequer me escutam.

LUNA — Que gracinha. Falar de prudência a uns cristãos que têm de se enfrentar com o belezinha do Rojas.

SORIANO (*colérico*) — Já sei que vamos nos enfrentar com ele! Não quero que voltem a me falar desse homem! (*Tira o relógio do bolso e olha para ele com nojo.*) Me dá até arrepio andar com o relógio dele. Vou jogar fora.

LUNA (*pensativo*) — Se você fica assim só de pensar, como será que vai ficar quando o Rojas passar a esquartejá-lo?

SILVEIRA (*interpondo-se*) — Esse relógio está me dando uma ideia. (*para Soriano*) Se você não tiver nada contra, me empreste.

SORIANO — O que mais eu posso querer? Tome.

A câmera gira. Mostra-nos Soriano soltando o relógio da corrente e entregando-o a Silveira. No fundo, Elena, que voltou do jardim com as flores, segue a cena com assombro.
Esfumatura.

Já é noite. Vê-se a frente de uma casa, com terraços dando para a rua e pátios laterais, muito iluminados. Há muita gente. Ouve-se uma orquestra. Na porta, alguém recebe os convites dos que entram. Morales olha impassivelmente, fumando. Aproxima-se de um coche.

MORALES (*para o cocheiro*) — Diga, dom, e aqui como se entra?

O COCHEIRO (*da boleia, depreciativo*) — Sem convite, nem o porteiro entra.

A câmera se aproxima da porta. Ouve-se música. Vê-se o primeiro pátio. Está iluminado por lampiões a querosene; é atravessado por estacas de bandei-

rolas e flores de papel. Há muitos casais dançando. Ismael Larramendi fala, no pátio, com Soriano; depois, com um piscar de olhos, chama o porteiro. Soriano se afasta para dentro. Morales aproveita a ausência do porteiro para entrar na casa. Dá uns passos e sente que o seguram pelo braço.

LARRAMENDI — Felizes os olhos. Venha, jovem amigo.

Morales o olha por um momento, perplexo; depois o segue. Avançam por entre os casais. Larramendi fala com animação e se interrompe a cada palavra, para distribuir cumprimentos. Já no segundo pátio, aproximam-se de uma mesinha branca, de ferro, onde estão Elena Rojas e Ercilia Larramendi.

LARRAMENDI (*apresentando-as*) — Minha sobrinha Elena, minha filha Ercilia, o senhor...

Um jovem quer tirar Elena para dançar. Larramendi se interpõe com certa pressa.

LARRAMENDI (*cortesmente*) — O senhor vai desculpá-la. A minha sobrinha está um pouco indisposta.

Ao dizer isso, segura Elena, apertando brutalmente sua mão. Elena, surpreendida, olha para ele.

ERCILIA (*que não notou o que aconteceu*) — Elena, você está pálida. O que é que você tem?
LARRAMENDI (*agitado e oficioso*) — Onde está essa juventude? Quem se digna a trazer uns refrescos para as damas?

Morales olha para ele entre resignado e gozador; depois vai embora. Interroga alguém e volta a abrir caminho entre os casais que dançam. Veem-se cenas de baile.
No bufê há várias pessoas; entre elas, Ponciano Silveira.

MORALES (*apoiando-se no balcão; para o garçom que atende*) — Por favor, chefe, mande levar quatro limonadas para a mesa, sim?

SILVEIRA (*para o garçom, sem olhar para Morales*) — Sirva-o, moço, sirva-o, e me ignore, sem medo. Se não o reforçarem com limonadas, é capaz de desmaiar.

MORALES (*para o garçom, sem olhar para Silveira*) — Desde quando se permite que os bebuns andem entre as pessoas?

SILVEIRA (*também ao já assustado garçom*) — O que nunca se viu é que um remelento criado na base da limonada se ache gente.

MORALES (*para Silveira, sem perder a calma*) — Dá uma folga para o amigo que está no balcão e vá lá para fora se não tem medo de se resfriar.

SILVEIRA (*consultando o relógio de dom Eliseo, impassível*) — Olhe, já passou das dez. Agora tenho uma coisa séria, mas às onze em ponto eu o espero em frente do portão da chácara de Los Laureles. Sabe? Na Calle Europa.

MORALES — Às onze e na Calle Europa? Acho que não vou encontrar nem com uma gorjeta.

SILVEIRA — Não se iluda, mocinho. (*Soltando o relógio e entregando-o a Morales.*) Deixo para você, como garantia, o meu relógio. (*Dá as costas para Morales e vai embora.*)

Morales olha o relógio. Na tampa, as iniciais E. R.
A câmera foca a mesa. Morales chega.

LARRAMENDI — Felizes os olhos. Sabe-se lá que beldades o entretiveram!

MORALES (*dirigindo-se a todos*) — Beldades? Um bêbado dos mais chatos que se pode imaginar.

ELENA (*tristemente, olhando nos olhos de Morales*) — E, claro, brigaram.

MORALES (*aproximando-se dela, interessado, espantado*) — Acharia melhor que eu tivesse me portado como um covarde?

ELENA (*com simplicidade*) — O senhor é covarde?

MORALES (*sorrindo*) — Acho que não.

ELENA — Então, que importância pode ter a opinião de um bêbado?

LARRAMENDI — Bravo, bravo. Mulher, afinal de contas, Elena está do lado da coragem.

ELENA (*como se não ouvisse essa interrupção*) — Para vocês, homens, só existem covardia e coragem. Mas existem outras coisas na vida.

MORALES — É, mas até agora quase não pensei em outras coisas. A senhorita deve ter razão. É a primeira vez que me falam assim.

Ouve-se a mazurca de Chopin. Morales e Elena ficam pensativos.

MORALES — Essa música me traz uma lembrança.

Elena, silenciosa, escuta.

ELENA — Acho que para mim também.

MORALES (*como que falando sozinho*) — Não é uma lembrança muito antiga.

ELENA — A minha é. Está muito longe e não posso alcançá-la, mas sei que era atroz.

MORALES — Eu a ouvi outra noite. Eu a ouvi diante de um rapaz que estava morto.

Elena olha para ele em silêncio.

MORALES — E para a senhorita, o que recorda?

ELENA — Não consigo me lembrar. Algo de sofrimento e de crueldade.

Um breve silêncio.

MORALES (*com outro tom*) — Eu sei que na próxima vez em que a ouvir vou pensar que a ouvi com a senhorita, que a ouvimos juntos.

LARRAMENDI (*para Morales, protetor*) — O senhor, homem de gosto seguro, já deve ter apreciado, em todos os seus quilates, a beleza um tanto senhorial desta casa.

ERCILIA — Mais parece uma casa de família que o Club Social.

LARRAMENDI — Como foi a chácara dos Allende. (*para Morales*) Viu a laranjeira do pátio?

Alguém tira Ercilia para dançar.

LARRAMENDI (*apontando com o dedo*) — Dali dá para ver.

Elena e Morales se levantam, atravessam um saguão e chegam a um segundo pátio, com um poço. No fundo de outro saguão eles veem outro pátio, onde está a laranjeira...

244

ELENA — Será que podemos ir até ali?

Morales segura a mão de Elena; prosseguem juntos. O último pátio é de terra. É rodeado por portas escuras e baixas. O lugar, à primeira vista, parece-lhes deserto; depois veem uma velha negra, encolhida em um banco, quieta como um objeto, tecendo à luz da lua. Elena e Morales se aproximam. A mulher não olha para eles.

ELENA (*maravilhada*) — O que está tecendo?
A MULHER (*com doçura*) — Já não sei, menina.
ELENA — A senhora é do tempo dos Allende?
A MULHER — Devo ser. Por mim já passaram tantos anos que é como se não tivesse passado nenhum.

Olham para ela com espanto e com pena.

A MULHER — Não sei o que acontece comigo, não sei quem sou, mas sei o que vai acontecer com os demais.
MORALES (*indulgente*) — Vamos ver, minha senhora, o que vai acontecer conosco?
A MULHER — Vocês dois já podem dizer "nós", embora irão passar por muita amargura antes de voltar a se encontrar.

Elena e Morales se olham com um sorriso.

A MULHER — A menina vai perder tudo e vai encontrar tudo. O menino não vai achar o que procura; vai achar alguma coisa melhor. Mais do que isso não me perguntem. Não vejo tão longe.
MORALES — Obrigado, minha senhora, e aqui está uma ajuda.

Deixa cair uma moeda de prata na saia da velha. Afastam-se. A mulher não os segue com os olhos. A moeda cai no chão.
Voltam para o primeiro pátio. As pessoas estão dançando. Com uma inclinação, Morales convida Elena para dançar. Dançando, percorrem o pátio, atravessam zonas de luz e zonas de sombras, passam por baixo de uma parreira e saem em um jardim de eucaliptos. A música torna-se mais distante.

MORALES (*com tranquila exaltação*) — Que lindo passar a vida perdido entre os acordes.

ELENA (*compartilhando esse fervor*) — Esquecer que se é alguém, só sentir a noite e a música.

MORALES — Esquecer-se de seu próprio destino, do que já foi e do que virá.

Chegam a um caramanchão coberto com jasmins. Morales corta umas flores e as dá para Elena. Voltam, caminhando lentamente.

ELENA (*aspirando os jasmins*) — Se esta fragrância fosse para a vida toda.

MORALES — Se este momento fosse para a vida toda.

A câmera se afasta de Morales e Elena. A música até agora tênue e sentimental se torna insolente, em um tango. As pessoas rodeiam um casal fera, que faz cortes e quebradas. Entre os espectadores está Luna, embevecido.

LUNA — Agora sim que o bicho vai pegar.

Em um canto, em uma mesa solitária, Fermín Soriano bebe. Silveira se aproxima dele.

SILVEIRA — O senhor está se envenenando de tanto matutar e com a beberagem. Divirta-se como em qualquer noite.

Uma salva de aplausos indica que os dançarinos concluíram. Os dançarinos agradecem.

A VOZ DE LUNA — Ah, touros. Ah, gente habilidosa para as figuras.

Agora todo mundo sai para dançar; entre os demais, Elena e Morales. Passam perto da porta de entrada. Veem um grupo de pessoas que se aprontam para sair. Uma destas, uma moça, cumprimenta Elena. Elena pede, com a mão, que a espere.

ELENA (*para Morales*) — Tenho de fazer um pedido a esta menina. Me espera um minuto na mesa?

Elena se aproxima do grupo. Morales volta para a mesa e se senta para esperar. A orquestra toca uma valsa.
Esfumatura.

Elena e as pessoas que saíam sobem para um vis-à-vis.
Esfumatura.

Morales, sentado à mesa, olha o relógio. (Para indicar que se passou um tempo, a orquestra pode estar concluindo um tango) Morales se levanta; procurando Elena com o olhar, chega até a porta. Troca umas palavras com o porteiro. Ao voltar, encontra-se com Ercilia. Falam; no início, não é possível escutá-los.

ERCILIA — Que estranho!
MORALES — Sim, me disse para esperar. Eu não queria ir sem cumprimentá-
-la, mas tenho um compromisso.

Esfumatura.

Morales chega na frente do portão da chácara de Los Laureles.

A VOZ DE MORALES (*reflexiva*) — Lembrem. Em horas de amargura e vergonha eu me impus o dever de lutar com Eliseo Rojas. Agora o destino ia
me conceder o que eu procurava. (*Pausa*) Eu queria pensar na minha luta, mas realmente estava pensando em Elena.

Um silêncio.
Esfumatura.

Vê-se Morales caminhando por uma rua suburbana entre casas e terrenos baldios.

A VOZ DE MORALES — Mas dom Eliseo não chegou. Decidi procurá-lo na sua casa.

Morales avança por um caminho muito largo, com campo dos lados. Há uma luzinha no fundo; é a de um armazém, bem pequeno e bem pobre. Morales entra. No balcão, um violonista solitário, quase ignorado, conclui a estrofe:

Mas para mim não há cidade
Como Carmem de Las Flores.

Enquanto isso:

MORALES (*para o dono do armazém, que ajeita umas garrafas*) — Uma pinguinha de pêssego, chefia.

O VIOLONISTA —

O interior percorri
E vi todas as cidades.
Vi Morrón e Lobos,
San Justo, Pergamino,
Chivilcoy, San Isidro,
San Nicolás e Dolores.
Cañuelas e Baradero
Me pareceram melhores.
Mas para mim não há cidade
Como Carmem de Las Flores.

Linda cidade é Chascomús,
Elegante é Quilmes,
Interessante é Azul,
Exaltación de la Cruz.
Maravilhosa e de primores,
Cañuelas e Barradero
Me pareceram melhores,

Mas para mim não há cidade
Como Carmem de Las Flores.

Estive um tempo em San Pedro,
Em Salto, em Bragado.
Também cheguei a Navarro,
A San Vicente e Moreno.
Mercedes é uma cidade nova,
Tem muitos moradores,
É uma das melhores,
Gosto dela e não nego,
Mas para mim não há cidade
Como Carmem de Las Flores.

Enquanto isso, o dono do armazém termina de ajeitar suas garrafas e serve
a pinga para Morales, que a bebe com lentidão.

MORALES (*ao dono do armazém*) — Poderia me dizer, senhor, se dom Eliseo
Rojas mora por aqui perto?
DONO DO ARMAZÉM — Disse bem. A seis quadras daqui; a chácara fica no alto
da colina.
MORALES — Obrigado. (*com negligência*) Dom Eliseo é um homem alto, de
bigode preto?
DONO DO ARMAZÉM — Alto, eu lhe concedo. Mas bigode não tem. É um homem de muita autoridade, com uma cicatriz na testa.

O CANTOR —

Belgrano é lindo recreio,
Vantajoso é Tapalquén.
Eu a Chivilcoy não nego.

Morales sai. Continua pelo caminho ascendente. Ouve-se o coaxar das
rãs. Atravessa uma ponte de tábuas, sobre um riacho. Sobe com lentidão; nos
arredores, há grupos de árvores. Abre uma porteira de arame e atravessa o jar-

dim pisoteado. De um lado do caminho, Morales vê um lindo cavalo morto. Olha na direção da casa; vê um moinho alto; ouve-se a roda girar. Chega na casa e sobe os degraus de madeira do corredor. Vê-se a luz através das frestas da porta. Bate; como não respondem, abre; à luz de um lampião de querosene que está sobre uma mesa vê dom Eliseo, morto.

A VOZ DE MORALES — Ali no chão estava o homem que eu procurava, o homem com quem eu tinha querido lutar. Eu o vi morto. Eu me senti o mais insignificante, o mais inútil. Um pouco triste, também.

Morales avança lentamente, olhando para a direita e para a esquerda. Ouvem-se seus passos no piso de tábuas. A câmera percorre esse quarto meio abandonado, mas no qual perduram sinais da vida cotidiana do morto: a cuia e a chaleira, um maço de cartas...
Ouvem-se os gritos de uma mulher, que vêm dos fundos. Morales acode. Atravessa um quartinho com um tanque, sai para um espaço aberto no qual há uma figueira. Chega a um comprido galpão branco, com rodapé preto e telhado de duas águas. Entra por uma porta lateral. No extremo da direita fica a entrada dos carros. O centro do galpão está iluminado pela luz da lua, que é filtrada por uma claraboia. Também para a direita há uma estrebaria, com um cavalo. A estrebaria tem cercas de madeira e um cocho. À esquerda há um arado, uma máquina debulhadora. Na parede da frente, perto da estrebaria, pendem os arreios. Ao fundo se vê um break, uma carroça, uma jardineira. Lutam, perto da porta, Elena e Fermín Soriano. Morales livra Elena e enfrenta Fermín, que trata de fugir.

ELENA (*com infinito cansaço*) — Deixe que ele vá embora. Vê-lo me causa horror.

Soriano se afasta.

ELENA (*apoiando-se no braço de Morales*) — Me acompanhe. Meu pai está na casa, morto.

Saem do galpão.

ELENA (*com um princípio de choro*) — Está no chão, está cheio de sangue.

Entram na casa. Chegam ao quarto onde dom Eliseo jaz. Elena cobre o rosto; Morales, de costas para a câmera, inclina-se sobre o morto, levanta-o e caminha em direção ao dormitório, que se vê por uma porta entreaberta.
Esfumatura.

Soriano abre a porteira de arame. Dirige-se, sem levantar os olhos, a um grupo de árvores, à direita do beco. Há dois cavalos amarrados, um é o tordilho. Soriano o desamarra, passa a mão pela testa e monta. A passos largos, encaminha-se para a cidade. Ao atravessar a ponte de tábuas, detém o cavalo, leva a mão à cava do colete e tira a faca de Luna. Olha-a e a atira na água. Depois se afasta a galope.
Esfumatura.

Na sala de jantar, Morales enche, com uma jarra de louça, um copo d'água. Dá o copo para Elena, que parece muito cansada e muito triste.

MORALES — Então a senhorita foi embora da sua casa, nessa mesma tarde?
ELENA (*bebendo lentamente*) — Sim, foi uma coisa horrível.

Esfumatura.

A câmera foca um pente, que cai no chão. Estende-se a sombra de alguém que chega. É a sombra de um homem, que leva um cavalo pelo cabresto.
Fermín Soriano, lutando com Elena, vê dom Eliseo Rojas chegar. Ao fundo, o Riachuelo, cruzado por uma larga ponte.

DOM ELISEO (*de capa, calça e botas. Pega o pente e o entrega a Elena*) — Estão te incomodando, minha filhinha?

Soriano solta Elena. Dom Eliseo encara Soriano.

DOM ELISEO — Quem é você, seu descarado, para faltar com o respeito a Elena?

SORIANO — Não lhe faltei com o respeito e não sou descarado.

DOM ELISEO — Então, o que está fazendo que não se defende como um homem?

SORIANO — Não me peça para lutar com o senhor, dom Eliseo. O senhor é o pai da Elena.

DOM ELISEO — Você não vai escapar de mim tão fácil. Agora mesmo, vai pedir para a Elena que te perdoe. De joelhos, como na igreja.

Soriano olha Elena de frente. Ajoelha-se com gravidade.

SORIANO — Elena, estou pedindo que me perdoe.

ELENA (*assustada*) — Sim... claro que sim. Levante-se.

DOM ELISEO (*para Elena, com a voz muito suave*) — Vamos por partes, minha filhinha. (*para Soriano*) Assim é que eu gosto. Agora é a minha vez. (*Esbofeteia-o.*)

Soriano nem recua, nem se defende.

DOM ELISEO (*rindo, para Elena*) — Você está satisfeita? Viu como eu o coloquei na linha? (*para Fermín*) Agora estou me lembrando. Pegue o baio e apare a crina dele com esmero.

ELENA (*com ódio e desprezo*) — Não sei qual dos dois eu detesto mais. Não quero voltar a vê-los.

Esfumatura.

A câmera volta a focar Elena e Morales. (Estes, para sugerir o transcurso do tempo, devem ter trocado de posição.)

ELENA — Resolvi ir na casa da Ercilia. Ela é como uma irmã para mim. Mas eu estava preocupada pelo meu pai. Pelo que o Fermín e os amigos do Fermín poderiam fazer. Vi uma coisa estranha. Vi o Fermín entregando o relógio do meu pai a um desconhecido. Senti que estavam tramando alguma coisa.

MORALES (*compreendendo*) — Por isso a senhorita saiu do baile e veio aqui…

ELENA (*com doçura, insinuando um sorriso*) — É, eu o deixei sozinho. Me perdoe. Vi umas pessoas e aproveitei para sair com elas. Quando cheguei, era tarde, mas a luz estava acesa. (*A cena se esfuma. Vemos Elena subindo os degraus do corredor. Continuamos a ouvir sua voz.*) Bati na porta.

Simultaneamente, vê-se ela se aproximar da porta do corredor e bater. Dom Eliseo abre.

ELENA — Pai, de pé a estas horas!

DOM ELISEO — Estava te esperando, Elenita. Sabia que você ia voltar.

ELENA — Que sorte que estou aqui. Desde que saí desta casa não fiz mais que pensar no senhor, pai.

DOM ELISEO — Eu pensei em você e depois em mim. Sempre acreditei que bastava só uma coisa: ser homem. Mas hoje você tinha me deixado e entendi, com a minha idade, que a vida não é tão simples.

ELENA — Eu gosto do senhor como o senhor é.

DOM ELISEO — Eu gostaria de mudar, mas também fico me dizendo que já é tarde para querer ser outro.

ELENA — Ninguém escolhe o seu destino, pai. O senhor teve de viver lutando.

Um silêncio. Lá fora, os cachorros latem.

DOM ELISEO — Hoje foi o dia mais amargo: achei que tinha perdido o seu afeto.

Ouvem-se, mais próximos, os cachorros.

DOM ELISEO (*dirigindo-se lentamente para a porta*) — Ah, Elena, eu queria te dizer para mandar podar a santa-rita.

Dom Eliseo abre a porta. Para; depois continua na direção da escada. Nós o vemos alto e perfilado.

A VOZ DE SILVEIRA (*lá de fora*) — Beltrán Silveira te manda esta carta.

Ressoam dois tiros, e dom Eliseo cai sobre os degraus. Irrompem, na luz, Ponciano Silveira, o tropeiro Luna e Fermín Soriano.

SILVEIRA — Fermín e você, vão colocando o finado para dentro.

Soriano e Luna acatam essa ordem. Silveira entra na casa, revólver na mão. Ao ver Elena, vira-se para Luna e lhe faz um sinal.

Luna, como visto a partir dos olhos de Elena, avança, hasteia o rebenque, o qual empunha pela parte inferior, e bate. Toda a cena escurece; depois começam a definir-se contornos, como vistos através de uma água brumosa; a seguir, veem-se, próximas e enormes, algumas coisas (o pé de um dos assassinos; a mão de dom Eliseo — a quem colocaram para dentro —, a gaveta de uma mesa, toda revirada, e, no chão, alguma bituca). Chegam as vozes; primeiro, confusas; depois, mais claras.

SILVEIRA — Está claro que o boleto do seguro não está na casa.
LUNA — O que Larramendi vai dizer quando chegar?
SORIANO — Vai dizer que a gente guardou o boleto para vendê-lo.
SILVEIRA (*com deboche*) — Quando chegar?

Elena, estirada no chão, olha pelas pálpebras entreabertas: Soriano e Silveira vasculham os papéis que estão sobre a mesa.

SORIANO — O boleto não está aqui. Será que Larramendi não nos traiu?
SILVEIRA — Capaz que tenha vindo por estes dias e o tenha roubado. (*Pausa*) Está me parecendo que é inútil esperar por ele.
LUNA — Onde já se viu? O senhor quer, patrão, que o traga agora mesmo?
SILVEIRA — Nada disso. Vocês ficam aqui. Eu vou direto à casa de Larramendi. Se por acaso ele aparecer, vocês o distraem até que eu volte.
SORIANO — E o senhor vai sozinho?
SILVEIRA (*sério*) — Se eu precisar de um totó, assobio para você. (*Sorri amistosamente.*)

Soriano ri com nervosismo e acompanha Silveira até a porta. Vê-se o baio de dom Eliseo preso a uma paliçada. Silveira abre a porteira, caminha uns passos e desaparece para a direita do beco. Depois se afasta a cavalo. Fermín o segue com os olhos até que o perde de vista. Então desce os degraus do corredor, saca o revólver e se aproxima do baio. O baio recua nervosamente. Soriano dá uns tapinhas no seu pescoço e na testa.

SORIANO — Ah, velho baio! Quem vai defendê-lo agora? (*Acaricia sua orelha.*) Sabe que você está me dando pena?

Apoia o cano entre as orelhas e dispara. O cavalo cai.
Luna ficou olhando a cena, da porta. Elena, pálida, descabelada, como que possuída, pôs-se, incrivelmente, de pé e avança, ameaçadora, em direção a Luna. Soriano, que chegou à porta, olha para ela com assombro e com horror.

ELENA — Vou matá-lo com estas mãos.

Tropeça e cai. Soriano a levanta. Elena se deixa cair em uma cadeira.

LUNA (*para Fermín*) — A menina viu demais. Me dá o revólver.
SORIANO — Não permitirei que toquem na Elena.
LUNA — Quem é você para não permitir?
SORIANO (*de frente para a câmera; com lentidão*) — Sou, Deus me perdoe, Fermín Soriano, que de puro despeito se apalavrou com uns facínoras, para roubar e dar morte ao homem que o havia protegido. Sou um covarde e um falsário, sou a última carta do baralho, mas não sou tão vil para consentir que o senhor mate Elena.
LUNA (*desdenhoso*) — Muito bem. Deixe o revólver e vamos conversar.
SORIANO — Olhe, Luna. O senhor pode pensar de mim o que quiser, mas não vou expor Elena para que não me chamem de covarde. (*sacando o revólver*) Vou tirá-la desta casa agora mesmo.

Sempre apontando para Luna, levanta Elena, que se apoia nele. Atravessam o lugar aberto, em que há uma figueira.

SORIANO (*para Elena*) — Vou prender a jardineira para te levar.

Entram na cocheira. Fermín acende um lampião, que pende da parede, na direção esquerda da porta, e se dispõe a prender a jardineira. Elena o ajuda. Quando estão procurando os arreios, perto da entrada principal, Luna aparece. Aproxima-se do lampião.

SORIANO — Alto lá. Mais um passo e faço você rodar com um tiro.

Luna, de forma deliberada e devagar, solta o lampião e o atira no chão. As duas extremidades da cocheira ficam às escuras; pela claraboia, no centro, penetra uma coluna de luz lunar. Em uma extremidade ficam Soriano e Elena; na outra, Luna.

LUNA (*da escuridão*) — Como quiser. Mas recomendo que mire bem. Não lhe restam mais que três balas. Se errar, costuro os dois a punhaladas, para que fiquem sempre juntos.

Soriano dispara imediatamente. O riso de Luna indica que Soriano errou o tiro. Há um longo silêncio. Uma nuvem esconde a lua; a cocheira fica na escuridão.

A VOZ DE LUNA — Isto vai durar pouco.

A câmera foca Soriano, que começa a se angustiar. Soriano volta a disparar. A risada de Luna ressoa mais próxima. Soriano, crispado, com um movimento quase convulsivo, faz fogo pela terceira vez. Luna ri de novo. A câmera foca o aterrorizado rosto de Soriano; depois se afasta dele. Ouvem-se uns passos. Alguma coisa cai. Outro longo silêncio, interrompido pelo distante canto de um galo. Outros passos. Enquanto a cena anterior ocorre, ouve-se o cavalo, às vezes inquieto e escoiceando, às vezes comendo tranquilamente.

A VOZ DE ELENA (*da escuridão*) — Está morto.

A lua volta a iluminar o centro da cocheira. Elena está ajoelhada, perto da porta principal, junto a um corpo que jaz. Soriano, como que cansado pelo

*medo, vai emergindo da sombra. Para diante de Luna. Olha um pouco para
ele, imóvel. Bruscamente, chuta sua cara.*

SORIANO (*espasmódico, com horrível felicidade*) — Ninguém pode comigo.
Dom Eliseo, morto. Você, morto. Vocês pensam que vão me derrubar. Você está morto, Luna, você está entendendo? Cuspo em você e te chuto.

Ele o faz. Elena foge em direção à porta lateral. Soriano a segue. Alcança-a.

SORIANO (*servil e persuasivo*) — Eu fiz isso por você, Elena. Por nós. Você viu
como eu pelejei e te defendi. Vão me dar parte do dinheiro, Elenita.
Gosto de você. Ainda podemos ser felizes.

*Forcejam; Elena grita. Morales entra.
Esfumatura.*

*A câmera mostra Elena e Morales na sala de jantar. Elena deixa o copo
na mesa.*

MORALES — Elena, quanto você sofreu.
ELENA — Sim. Que noite horrorosa! Vi meu pai ser morto.
MORALES — Eu não conheci os meus pais.
ELENA — Deve ter se sentido sempre muito sozinho.
MORALES — É verdade. Muito sozinho. (*reflexivo*) Mas no fundo da história
que a senhorita contou, também há solidão.
ELENA — O senhor entende o que ninguém entendeu.
MORALES — Talvez sejamos parecidos. (*bruscamente, reconsiderando*) Não, eu
não tenho direito de lhe falar assim. (*pausa; com uma mudança de tom*)
Além disso, sabe-se lá o que veremos esta noite.
ELENA (*resoluta*) — O assassino do meu pai vai voltar. (*com cansaço*) Mas de-
pois de coisas tão horríveis eu já não ligo para o que possa acontecer.
MORALES (*com simplicidade*) — Não sei o que vai acontecer. (*Olhando-a.*) Sei
que estou feliz de estar com a senhorita.

Esfumatura.

* * *

Em um cupê, Ercilia e Larramendi regressam do baile. Ercilia, preocupada, olha para frente; virado para ela, Larramendi expressa, com sua atitude, interrogação e impaciência.

ERCILIA — Não entendo por que temos de ir embora.

LARRAMENDI — Como é que vai entender? O que você sabe sobre o inferno que estes dias foram para mim?

ERCILIA (*com determinação*) — Nada, papai. (*Há uma pausa. Larramendi olha para ela assombrado.*) O senhor nunca confia em mim.

LARRAMENDI — Bom. Talvez seja melhor que eu te diga tudo. Deus sabe que são coisas amargas e que a princípio você vai pensar mal de mim. Depois você vai compreender, vai ter indulgência. Vai ver como os fatos se encadeiam e como um desvio traz outro. (*mudando de tom*) A casa de leilões andava mal das pernas. Então cometi o primeiro erro. Eu a incendiei para receber o seguro. Em que pesem todas as minhas precauções, Eliseo deu para suspeitar que o incêndio não era fortuito. No entanto, tinha de receber essa apólice. Cometi o segundo equívoco: me associei com sujeitos de quinta categoria. Dariam o golpe esta noite.

ERCILIA (*assustada, perplexa*) — Mas o senhor está me contando uma coisa horrível…

LARRAMENDI — Também me pareceu horrível. Em que pesem as minhas recomendações explícitas, temi que houvesse violência. Vivi horas de extrema inquietude. Finalmente, optei por prevenir Eliseo. Esta tarde fui à casa dele. Não me deixou falar. Sabia da coisa do incêndio. Me entregou a apólice. Queria me humilhar e selou seu próprio destino. Me ordenou que eu mesmo a devolvesse aos agentes da companhia e confessasse a eles toda a história. Aqui está a apólice. Vamos vendê-la no Uruguai ou onde for possível.

O cupê se detém diante da casa de Larramendi. Ercilia desce com lentidão; de repente, esconde o rosto com as mãos e começa a chorar. Larramendi faz um gesto na direção dela; Ercilia atravessa, correndo, o jardim e entra na casa. Larramendi vê que há alguém no jardim. Em um banco, está Ponciano Silveira, que espera silencioso, fumando.

Uma pausa.

LARRAMENDI (*temeroso*) — Vem de lá?

SILVEIRA — Sim. Meu irmão está vingado.

LARRAMENDI — Vingado? Eu pedi tanto a eles que não houvesse violência. (*mudando de tom*) O senhor fez de mim um assassino.

SILVEIRA — O senhor, de mim, um ladrão.

LARRAMENDI (*com melancolia e sinceridade*) — Está visto que somos como demônios, e que cada um foi a desgraça do outro.

Uma pausa.

SILVEIRA — Dom Ismael, eu vim para buscar a apólice.

LARRAMENDI — Não está comigo.

SILVEIRA — Não minta.

LARRAMENDI — O senhor se esquece de que sei muitas coisas do senhor…

SILVEIRA — O senhor sabe que matei um homem e que posso matar outro.

Gravemente, Silveira se põe de pé, joga o cigarro e, olhando para Larramendi, estende a mão. Larramendi entrega a apólice. Silveira, silencioso, a guarda; sem se despedir de Larramendi, sai para o jardim, dobra a esquina e solta o cabresto de seu cavalo, que estava preso a uma paliçada.
Esfumatura.

Ouve-se o retumbar de cascos de cavalos. Depois vemos o beco largo vazio. Está amanhecendo. De longe, chegam dois ginetes. São Silveira e Soriano. Conversam ao galope dos cavalos.

SORIANO — O Morales ficou na casa. O pior é que Elena já deve ter lhe contado o que aconteceu.

SILVEIRA — Não entendo. E o Luna?

SORIANO — Eu ia lhe contar… (*Vacila; depois, com súbita decisão.*) Me desacatou e tive de matá-lo a tiros.

Silveira olha para Soriano. Há um silêncio.

SORIANO (*oficioso*) — Em todo caso, ficamos dois para despachar o Morales.

SILVEIRA (*lentamente*) — Não é preciso dois. (*pausa*) Luna era um homem fiel e o senhor é um rebelde, e um indisciplinado, e um indigno.

Sem deter o galope, Ponciano Silveira saca a faca e, com um movimento lateral, apunhala Fermín. Entram em uma zona de sombra, entre altos álamos. Depois, à luz, no caminho que sobe, aparece Ponciano Silveira a cavalo; a seu lado o tordilho corre, sem ginete. (Isso é visto do pé da colina; os cavalos estão ao fundo, no alto.) A câmera foca, em uma vala na beira do caminho, o cadáver de Fermín Soriano, entre as águas.

Esfumatura.

Elena e Morales estão de pé, perto de uma janela. Elena entreabre a cortina e olha para fora. Depois se vira.

ELENA — Às vezes acho que tudo isso não passa de um sonho.

MORALES — Um sonho de traição e de crime, mas nós dois estamos aqui.

ELENA — Olho esta casa em que nasci, olho estas coisas da vida toda e as vejo tão diferentes. Como se não as conhecesse.

MORALES (*bruscamente, como que acordando*) — E também não me conhece. Não sou o que a senhorita pensa. Elena, vim a esta casa para lutar com o seu pai.

Elena olha em silêncio para Morales. Baixa os olhos. Está por falar.

MORALES — Eu não o conhecia, Elena. Eu não sabia que era seu pai. Só sabia que era um homem valente. Eu queria enfrentá-lo para saber se eu era valente.

ELENA (*tristemente*) — Então, o senhor é como todos, Morales. (*pausa*) Não o perdoo por ter me enganado.

MORALES — Eu nunca quis enganá-la, Elena. Agora já sabe a verdade.

Olham-se. Uns passos ressoam, muito perto. Na soleira da porta, aparece Ponciano Silveira. Elena olha para ele com horror.

SILVEIRA (*para Morales, tranquilo*) — Estava escrito por Deus que voltaríamos a nos encontrar. O que o senhor faz por aqui?

MORALES — Vim para lutar com dom Eliseo Rojas. Agora vou vingá-lo.

SILVEIRA — Está bem. Vamos saindo. (*Como que pensando em voz alta.*) As voltas que a vida dá. Eu, que odiava Rojas por ter matado um rapaz, e agora vou fazer o mesmo.

Silveira abre a porta. Lá fora é dia. Há muito sol e cantos de pássaros. Os dois saem, devagar. No baixio, ao fundo, o Riachuelo e a ponte. A câmera foca Elena diante da porta, estática, ansiosa.
Morales e Silveira caminham uns passos pelo barranco.

SILVEIRA — Agora a coisa é encontrar uma pista parelha.

A câmera foca os desníveis do barranco; depois, a ponte. Os dois homens caminham e falam:

MORALES (*mostrando a ponte*) — Ali está.

SILVEIRA (*como que continuando a frase*) — E que a água leve um dos dois.

MORALES — Primeiro a água e depois o esquecimento.

Chegam à ponte. Tomam posições. Silveira enrola o poncho no braço esquerdo. Sacam as facas. (No fundo se vê outra ponte sobre o Riachuelo.)

MORALES (*olhando o poncho*) — Faz bem em se precaver. No que depender de mim, não espere compaixão.

SILVEIRA — Sei o que estou fazendo. Eu nunca luto para perder.

MORALES (*entrando na luta*) — Já vamos ver qual dos dois lutou para morrer.

Lutam com grave decisão, sem pressa, como que executando um trabalho. Morales, que é mais destro, leva a melhor. Continuamente faz Silveira recuar e o encurrala contra a balaustrada da ponte. Mediante esforços desesperados, Silveira recupera sua posição. Morales o fere uma e outra vez.
Longe, retumbam cascos de cavalos. A luta para. Uns ginetes atravessam a outra ponte.

MORALES — É a partida. Talvez estejam indo para a casa de Rojas.

SILVEIRA (*gravemente ferido*) — Agora já não tem mais que me entregar.

MORALES — Não vou entregá-lo. O assunto é entre o senhor e mim. (*rapidamente*) Eu o ajudarei a escapar, esperarei que tenha se recomposto, lutarei com o senhor outra vez mano a mano, o matarei de frente.

SILVEIRA — O senhor faria isso?

MORALES — Faria. Não vou deixar para outros a vingança de Elena.

SILVEIRA — Não posso acreditar.

MORALES — Pois acredite. (*Atira a faca na água.*)

SILVEIRA — Não devia ter feito isso. Não vou me deixar matar para que o senhor brilhe.

Ergue-se e, bruscamente, cai sobre Morales. Este lhe dá um soco entre os olhos; volta a cair sobre Silveira, e Morales volta a castigá-lo no rosto. Por fim, bate no seu peito. Silveira vacila e cai no rio.

Morales, da ponte, vê como as águas o perdem. Depois, como que ensimesmado, dirige-se para a casa; no caminho arranca uma erva e a leva à boca. Abre a porta; Elena cai em seus braços.

ELENA — Finalmente. Não me atrevia nem a olhar, nem a me mexer. Quanto tempo passou nestes minutos.

MORALES — O seu pai foi vingado.

ELENA (*como se não entendesse*) — Vingado?... (*depois, com mais animação*) E você acredita que pode haver vingança? Acredita que uma coisa pode ser apagada por outra?

MORALES (*com simplicidade*) — Não sei. O que fiz não é nada para você?

ELENA — É muito. É tudo. Você está aqui, são e salvo. (*muito emocionada*) Mas não gosto de você pelo que fez; gosto de você apesar do que fez.

MORALES (*Olhando-a nos olhos, aproximando-a para beijá-la.*) — Que estranho. Matei um homem e, perto de você, me sinto como um menino.

O paraíso dos crentes

Um pistoleiro, a quem sempre vemos de costas, abre caminho a tiros, contra agressores invisíveis, em uma enorme casa vazia; chega, por fim, a uma porta, atrás da qual há um quarto abarrotado de móveis chineses; o homem, ferido e vacilante, aproxima-se de uma espécie de altar, que está no alto de uns degraus, no último quarto. Pega um cofre de laca; abre-o: dentro deste cofre há outro cofre, igual, só que menor; dentro deste, outro... Quando pega o último, desaba. Vê-se que o cofre está vazio. A cena se esfuma e aparece a palavra fim. A câmera recua. Vimos a última cena de um filme. As pessoas vão saindo devagar. Entre eles, Raúl Anselmi e Irene Cruz. Inútil defini-los; devem se parecer com o ator principal e a jovem dama. Vestem-se com decoro, sem luxo.

IRENE (*olha para Raúl com um sorriso triste e diz, com indulgência*) — Como você gosta de filme de pistoleiro!

ANSELMI (*com suspeitoso excesso, mas sem aspereza*) — Imagine se eu gosto... São imorais e falsos.

Entorpecidos pelas pessoas, ficam calados e continuam saindo.

ANSELMI (*como se tivesse reconsiderado*) — Sei que são imorais e falsos, mas, apesar disso, me atraem. Deve ser porque de pequeno eu ouvia o meu pai contar a história de Morgan. Um chefe de pistoleiros, você se lembra? Mas para mim foi como um herói legendário. Dizem que morreu na Córsega.

Esfumatura.

Irene e Anselmi descem para uma das plataformas da estação de Témperley. Encontram-se com Ramírez, rapaz próspero e efusivo.

RAMÍREZ — Boa tarde, Irene. Como vai, Anselmi?

ANSELMI — Fomos à cidade, para ver A *procura de Tai An*. Tiros e uma série de aventuras e, no final, um cofre vazio.

RAMÍREZ (*para Irene, debochado*) — Você sempre vê os filmes duas vezes? (*em seguida, com outra voz*) Bom, vou deixar vocês. Os namorados querem ficar sozinhos!

Ramírez cumprimenta Irene e bate efusivamente nas costas de Anselmi.

ANSELMI — Adeus, Ramírez.

Esfumatura.

Irene e Anselmi contornam cercas vivas, grades, algum terreno baldio. Anoiteceu.

IRENE — Você está sentindo o cheiro de trevo? É cheiro de campo.

ANSELMI — É como se estivéssemos bem longe.

IRENE — Cada vez que chega em mim o cheiro do trevo eu me sinto muito feliz.

Depois dessa breve exaltação, há um silêncio. Chegam à casa de Irene; uma casa baixa, antiga, com uma porta lateral e dois terraços na frente. Anselmi se despede.

ANSELMI — Adeus, querida. Até amanhã.

IRENE (*como se não o ouvisse*) — Mas hoje eu não estou feliz. Raúl, o que você tem?

ANSELMI — Nada. Não ligue. (*olha o chão*) Por que você não me disse que tinha ido ao cinematógrafo com o dr. Ramírez?

IRENE (*com gravidade*) — É uma história longa e desagradável; eu não queria que você soubesse. Veja, trata-se da fazenda. Você sabe o que ela representa para a Laura e para mim. É toda a nossa infância. Querem colocá-la à venda. Ramírez é advogado dos credores. Se ele tem uma atenção comigo, não posso ofendê-lo.

ANSELMI — Você nunca deve esconder de mim o que está acontecendo. De quanto você precisa?

IRENE — É muito dinheiro, querido. A anuidade é de cinco mil e quatrocentos pesos.

ANSELMI — Quando tem de ser paga?

IRENE — Dentro de vinte dias.

ANSELMI — Eu vou conseguir esse dinheiro para você.

Esfumatura.

De manhã. Anselmi caminha por uma rua dos arredores de Témperly. Contorna uma velha chácara, com um amplo jardim abandonado, rodeado por uma grade de ferro e com um portão enferrujado entre dois pilares de alvenaria, como dois bispos. Entre as árvores se verá o edifício, que é de estilo italiano, com um alto mirante retangular. A câmera foca uma longa fila de furgões de mudança, que entram na chácara; ouve-se um pequeno realejo, que toca uma marcha de circo. Anselmi se aproxima do tocador de realejo. Este é um sujeito obeso, sólido, sanguíneo, entusiasta; usa cartolinha, levemente requintada. Paletó de pijama com alamares, bombachas escuras e alpargatas. Cumprimenta Anselmi, subindo a aba da cartola com o indicador, em um movimento que segue o compasso da música, acompanhado pelos pés, que fazem uma espécie de oito.

TOCADOR DE REALEJO — Meu doutorzinho: há males que vêm para o bem. Uma manhãzinha que tonifica e a chácara de Oliden finalmente alugada. Um porta-voz me assegura que o trato foi firmado a altas horas da noite. Gente nova, em plena mudança! Não me pergunte quem são: uns ilustres desconhecidos. Chegam, apreciam, alugam e, que diabos, se instalam. São todo um fator de progresso.

ANSELMI — Desde que eu me conheço por gente a chácara estava desabitada.

Os peões de mudança abrem os furgões e descarregam. Há um móvel chinês, parecido, mas não idêntico a algum que apareceu no filme da primeira cena. Também descarregam um biombo comprido com espelhos e uma estátua negra, com um candelabro. Anselmi deixa uma moeda em uma caixa de pastilhas Valda que o homem tem sobre o realejozinho. O homem repete o cumprimento e continua tocando.

Esfumatura.

Anselmi na sala de espera de um escritório. Pela janela, vê-se uma rua do centro de Buenos Aires. Várias pessoas esperam.

UMA EMPREGADA — Sr. Anselmi, o engenheiro Landi já pode recebê-lo.

Anselmi entra, com o chapéu na mão, em um pomposo escritório, da mais moderna feiura. O engenheiro Landi — ossudo, corcunda, seco, frágil, calvo — está para abrir um grande envelope que deixa sobre a mesa quando se levanta para cumprimentar Anselmi.

LANDI — Olá, meu sobrinho. O que te traz por aqui?

ANSELMI — Nada… Você deve se lembrar de que no ano passado eu fiz, por encomenda da companhia, o inventário daquele quebrachal em Formosa. O fato é que ainda não me pagaram e agora preciso desse dinheiro.

Landi parece não ouvir essas palavras. Pega o envelope e, lentamente, tira dele umas fotografias. Examina-as na contraluz, usando uma mão como tela. Depois, fala com Anselmi.

LANDI — Mas… você devia ter me dito isso em fevereiro. Agora a minha situa-

266

ção é bem outra. Sou membro do diretório. Por conta mesmo do nosso parentesco, é de todo impossível para mim apoiá-lo nessas gestões.

Volta a examinar as fotografias. A câmera as foca. São imagens do próprio engenheiro Landi, em últimas poses e indumentárias.

ANSELMI — Ordenar que me paguem o que me devem não é uma incorreção.

Landi, sem pressa, escolhe um negativo e o separa. Depois, com aparatosa paciência, encara Anselmi.

LANDI — Sabia que você não ia entender. Por algum motivo eu dizia à sua pobre mãe que todos os Anselmi são iguais.

ANSELMI (*levantando-se*) — Sempre me pareceu que você não gostava do meu pai.

LANDI — O que você pode saber dele? Morreu em Ravena, quando você não tinha três anos. Consagrou seu talento de advogado defendendo canalhas. Por fim, a polícia o prendeu, dizem que injustamente. Ele se matou, tentando fugir. Uma vida insensata, que custou lágrimas à sua mãe. Por ela, eu gostaria de te ajudar.

Esfumatura.

Anselmi, em um elevador, olha as horas com inquietude. As portas se abrem e ele se afasta apressadamente por um corredor. Empurra a porta de um escritório de advogado; lá dentro estão dando uma festa. Há nove ou dez pessoas; duas são mulheres. Há um senhor de certa idade, que é o chefe, e um jovem a quem todos aplaudem e felicitam. Bebem e brindam. Sobre a mesa há garrafas de sidra, copos, bandejas de papelão, com massas e sanduíches. Os móveis são modestos. Nas paredes há diplomas e fotografias de banquetes. Em um canto, há uma biblioteca com códigos.

A chegada de Anselmi quase passou inadvertida. No entanto, uma das moças enche uma taça e oferece a ele.

ANSELMI — Obrigado, Raquel. Vim correndo, temia chegar tarde. Tinha me esquecido de que a festinha seria hoje.

RAQUEL (*com ilusões*) — Está um rapagão o filho do chefe!

Um rapaz muito jovem, despenteado, sardento, míope, com aspecto de sujo, aproxima-se de Anselmi e de Raquel. Esta última deixou um sanduíche sobre a mesa: o sardento o sobrepõe a um pão de leite que traz na mão e os devora a um só tempo.

O SARDENTO — Não engula como o avestruz, glutona Raquel, que você vai ficar como o baby-beef e o Pololo não vai ligar para você.

O sardento pisca um olho, aponta para o jovem festejado e, com mais seriedade, dirige-se a Anselmi.

O SARDENTO — E o senhor, Anselmi, aproveite esta última festa que, aposto, companheirão, vai lhe ser indigesta. Bem dizem todos que tenho alma de espião. Vi na pasta do patrão uma cartinha que lhe interessa.

ANSELMI — E o que dizia a cartinha?

O SARDENTO — Dizia coisas de vulto. Primeiro: o que todos sabemos; que o filhinho do patrão vai entrar neste escritório. Segundo: que tamanha aquisição implica, meu querido senhor, que o senhor saia como uma bala e, "agradecendo-lhe pelos seus serviços prestados e esperando que esta medida, que nos vemos obrigados a tomar, não o prejudique, ficamos ao seu dispor".

A cara do sardento enche a tela. Depois, levanta a taça, brinda, bebe e se esfuma.

Ao entardecer, Irene espera na estação de Témperley. Um trem chega. Anselmi desce. De longe, a câmera os segue: sobem as escadas e atravessam a ponte. Vê-se que caminham por uma profunda rua de árvores.

Chegam a um hotel em uma avenida. Ela está dividida em duas seções: uma é a confeitaria, com piso de serragem e mesas quadradas, de ferro; a outra é o posto de gasolina. Ouve-se o tango "Una noche de garufa"; provém de um rádio que está no balcão do salão. Lá fora, a uma das mesas, um ruidoso grupo de malandros vocifera e bebe. Nas outras mesas há pessoas decentes, um pouco incomodadas. Irene e Anselmi se sentam. (Nota: como o leitor perceberá, esses malandros são um pouco anacrônicos; para que isso não destoe, conviria que os demais fregueses também o fossem. Esta leve sugestão de princípio de século fará com que o final da cena seja mais patético.)

PRIMEIRO MALANDRO — Atenção, que o Pardo Salivazo vai dizer o verso que sabe.

O segundo malandro dirá uma copla; quando chegar à última linha, girará lentamente sobre o assento e irá encarar a audiência.

SEGUNDO MALANDRO —

Dizem que ando provocando
E que não guardo o decoro.
Que decoro vou guardar
Entre tanto bicho-mouro?

Os malandros aplaudem. As pessoas estão incomodadas. O terceiro malandro repete a mímica de seu companheiro.

TERCEIRO MALANDRO — Eu compus outro verso na cabeça. Atenção que lá vai.

Dizem que ando provocando
Sem respeitar o que vejo.
Que respeito vou guardar
Entre tanto bicho-feio!

Nova algazarra dos malandros.

QUARTO MALANDRO —

Dizem que ando provocando
Como quem tem ás de paus.

Por que não vou provocar
O senhor, que é bicho-de-cesto?

Dita a sua estrofe, o quarto malandro encara um senhor obeso, com a roupa muito apertada e chapéu de palha.
Um garçom se aproxima da mesa de Irene e Anselmi.

ANSELMI — Dois chás, fazendo o favor.
QUARTO MALANDRO (*para o garçom, quando este passa*) — Bem fraquinhos, para que não fiquem enjoados.

Pela estrada vem avançando, muito lenta, uma longa fila de carros de praça. Descem uns homens fornidos, ao mesmo tempo eficazes e subalternos. Expulsam, irresistíveis e impessoais como autômatos, toda a plateia, inclusive os malandros. Um desliga o rádio. Quando estão quase chegando à mesa de Irene e Anselmi, de um dos carros desce um senhor alto, corpulento e inválido (Morgan), envolto em uma capa, apoiado em bengalas e em pessoas. Os homens que esvaziaram o hotel param, respeitosos. Eliseo Kubin, um sujeito barbudo, exíguo, gesticulante, grotesco, com cartola de cocheiro, sobretudo comprido puído, segue, servilmente, o inválido. Este se senta; um dos acompanhantes entra no salão do hotel e volta com um copo de leite. O inválido, ao sorvê-lo com lentidão, detém o olhar vago de Anselmi.

MORGAN (*como se pensasse em voz alta*) — Conheço essa testa, esses olhos.

Uma pausa.

MORGAN — Eu os vi em Ravena, em 1923.
ANSELMI — Eu ainda não tinha nascido.
MORGAN — Eu os vi na cara de Doménico Anselmi. Um homem inteligente e honesto, mas que foi traído.
ANSELMI — Era o meu pai.

Esfumatura.

Uma biblioteca pública. Do alto, a câmera foca Anselmi (é visto pequeno e nítido) que, sentado diante de uma carteira, consulta livros enormes; está no cone de luz que um lustre projeta de cima; dos lados, na penumbra, adivinham--se as altas paredes de livros. A câmera desce até Anselmi. Os livros que este folheia são velhos jornais encadernados. De repente encontra uma antiga fotografia em que reconhecemos, muito mais jovem, o inválido que chegou ao hotel. Este cumprimenta, a bordo de um velho Mercedes-Benz. O caput diz: Morgan, der heimliche Kaiser der Unterwelt. *Abre outro livro, folheia e aparece outra fotografia do mesmo personagem, caminhando, cabisbaixo, entre dois vigilantes ingleses. A inscrição diz:* Morgan convicted. *Outra, de outro jornal:* Morgan cleared. *Outra, em um jornal francês, que mostra Morgan com terno claro, tem como título:* M. Morgan en villégiature à la Riviera. *Finalmente, outra, ovalada, em uma antiga* Caras y Caretas; *representa, de meio-corpo, um senhor parecido com Raúl Anselmi, mas de expressão, talvez, mais intelectual. O caput diz:* Dr. Doménico Anselmi, defensor de Morgan.

Esfumatura.

A casa de uma fazenda, com corredor alto, para precaver-se de inundações; algumas árvores, um moinho, o começo de um alambrado. Esta imagem, que permanece imóvel por uns instantes, deve parecer um telão que se quer fazer passar por realidade. A câmera recua e vemos que se trata de um quadro. Pende da parede de um corredor coberto; junto ao quadro há um complicado barômetro. De uma jarra de porcelana alta emerge uma planta com grandes folhas. Há também uma máquina de costura, de pedal. Sobre a caixa da máquina de costura há uma bolsa de mulher. De meio perfil, lá de trás, vemos uma moça (Laura Cruz) sentada em uma poltrona de Viena, de balanço. O cabelo loiro e ondulado, caído sobre os ombros, rodeia sua cabeça com um nimbo de ouro; na parte superior há um pequeno laço de fita. A câmera gira com lentidão e vemos seu rosto. Ela é muito jovem, muito linda e está muito séria, como que com um princípio de aborrecimento. Veste-se com simplicidade, de cor clara. A uns passos, no jardim do pátio, Irene rega umas flores. É um dia de sol, e as sombras se desenham nitidamente.

LAURA — Amanhã eu vou para a fazenda.

IRENE (*interrompendo-se para olhar a fotografia*) — Amanhã nós duas estaremos nesse corredor.

LAURA — Nesse corredor e ouvindo o arrulhar das pombas. (*logo em seguida, com brusco anseio*) Irene, se pudéssemos ir hoje...

IRENE (*com uma voz sem inflexões*) — Eu já te disse, Laura, que hoje não dá. Com a chuva, os caminhos estão intransitáveis. Nós iremos amanhã, querida.

Ouve-se uma campainha. Irene deixa o regador, beija a irmã na testa, pega a bolsa que está sobre a máquina de costura e vai embora. Laura, séria, volta a olhar a fotografia.

A câmera alcança Irene quando esta sai de uma sala de jantar com móveis de mogno. Os móveis são bonitos, mas uma cadeira está bamba. Irene chega ao saguão, abre a porta da rua e sai. Anselmi a está esperando lá fora. Este lhe dá o braço e caminham pela rua que já vimos.

ANSELMI — Notícias da fazenda?

IRENE (*depois de um instante*) — Hoje recebi uma carta da Laura. Está feliz; ela gosta muito do campo.

Chegam a uma rua de terra. Há árvores; no fundo se vê um campo. Uma carrocinha de boia-fria, puxada por um cavalo tordilho, aproxima-se, levantando uma nuvem de poeira. Irene segura o braço de Anselmi e atravessam para a outra calçada, para evitar a terra.

IRENE — Seria atroz se a perdêssemos. Tenho de conseguir o dinheiro.

Esfumatura.

É de manhã. Anselmi entra pelo portão da chácara de Morgan, atravessa o jardim e bate na porta. Pouco depois, a porta é aberta por um dos homens de Morgan.

ANSELMI — Quero falar com o sr. Morgan.

O HOMEM (*de maneira tosca*) — Não recebe.

ANSELMI — A mim vai receber. Sou Raúl Anselmi.

O homem tenta fechar a porta. Anselmi põe um pé na frente e impede esse propósito. Entra em um amplo vestíbulo desmantelado, para o qual dão muitas portas e uma escada de mármore. Os dois homens se olham, como que se enfrentando.

ANSELMI — Vou esperar aqui.

O homem tem um momento de vacilação; depois, aceitando a situação de fato, retira-se. Anselmi espera caminhando devagar de um lado para o outro. Quando Anselmi se afasta de uma das portas, esta se entreabre levemente e pode-se suspeitar que alguém o espia por aí.

Depois se vê um pequinês, que abre a porta com o focinho e entra no vestíbulo. Antes de notar a presença do pequinês, Anselmi ouve uma voz feminina, lânguida e preguiçosa.

A VOZ — Confúcio... Confúcio...

Depois de uma breve perplexidade, Anselmi vê o cachorro, carrega-o e penetra no quarto. A câmera o segue. Contrastando com o vestíbulo desmantelado, o quarto vizinho — uma sala com um bow window *que não era visto da porta — está luxuosa e excessivamente mobiliada (com móveis do Segundo Império; há uma armadura de guerreiro japonês). Em um divã, está recostada Irma Espinosa. É loira, jovem, bem-feita de corpo (quase opulenta). Está vestida de preto, com suntuosidade; no corpete, algo desarrumado, adivinham-se rendas. Em um banquinho próximo há uma caixa aberta de bombons (grandes, envoltos em papel prateado) e frutas carameladas.*

ANSELMI — Senhora, Confúcio está de volta.

Irma pega o cachorro, beija-o e brinca com ele.

IRMA (*com certa curiosidade*) — Pode-se saber com quem tenho o prazer?

ANSELMI — Me chamo Anselmi, Raúl Anselmi.

Irma deixa o cachorro, escolhe um bombom, tira o papel, come o bombom, chupa os dedos, faz uma bolinha com o papel e a joga longe.

IRMA — Anselmi? O jovem está vinculado à máfia?
ANSELMI (*sorrindo*) — Até agora, não.
IRMA (*astuta*) — E então, à Mão Negra?
ANSELMI (*com zombeteira humildade*) — Não mereço tanto.
IRMA (*com brusca desconfiança*) — Não vai me dizer que é da polícia?
ANSELMI — Também não. Sou apenas um estudante de direito e venho ver o sr. Morgan.

Irma de repente se desinteressa. Morde um bombom de licor, que mancha seus dedos; ela os limpa em uma cortina. Há um silêncio.

IRMA (*com soberba*) — O sr. Morgan é como eu: não recebe qualquer um. É um senhor muito importante, é o chefe. Eu e o meu pai somos importantes; ele sempre nos recebe.
ANSELMI (*com deboche quase imperceptível*) — Dá para perceber.
IRMA (*didática*) — Ele recebe o papai porque é Daniel Espinosa e seu amigo íntimo. Quanto a mim, por que não vai querer se relacionar com esta loira?

Um empregado cerimonioso, talvez um dos homens que desocuparam a pousada, traz, em uma mesinha com rodas, sanduíches e uísque. Irma se serve. O empregado, ao se retirar, deixa passar o homem que atendeu Anselmi; o homem entra como que o procurando.

O HOMEM — O chefe lhe pede que espere um minuto. (*com certa ênfase*) Vai recebê-lo em seguida.

O homem vai embora.

IRMA (*efusiva, oferecendo os bombons*) — Por que não disse que era importante? Por que saiu com essa bobagem de Anselmi? Agora que somos tão amigos, vai tomar um pouco de uísque. No mesmo copo que eu, para que saiba todos os meus segredos.

Anselmi molha os lábios.

IRMA — Uma vez em que eu fui a um baile, estava com os ombros tão lindos que todos queriam casar comigo.

Irma se aproxima de Anselmi; ao finalizar o parágrafo, já está junto dele. Senta-o a seu lado, no divã.

IRMA — Agora que somos tão amigos, prometa-me que dirá ao sr. Morgan que o papai é uma pessoa importante e que nunca o traiu.

O empregado entra.

O EMPREGADO (*para Anselmi*) — O chefe o espera.

O empregado abre a porta para que Anselmi entre.

ANSELMI (*para Irma, afastando-a suavemente*) — Adeus, senhorita.
IRMA (*quase se enroscando nele, insistente e confidencial*) — Não vá se esque-cer... fale de papai... Da-ni-el Es-pi-no-sa.

Anselmi reitera seus corteses esforços para se soltar dela.

IRMA (*com um fio de voz*) — Não vai dizer que eu lhe disse para falar.

O empregado segura o braço de Irma e a afasta de Anselmi. Anselmi se levanta.

IRMA (*com pícara cumplicidade*) — Não esqueça do meu pedido.
O EMPREGADO (*para Irma*) — Já sabe que o chefe não gosta que ande incomo-dando as pessoas.

Anselmi sai. O empregado, que não soltou o braço de Irma, o retorce. Ela cai de joelhos e chora.

Esfumatura.

O homem que atendeu primeiro Anselmi está no vestíbulo. Sobe umas escadas, precedendo Anselmi, atravessa diversos cômodos, alguns dos quais estão com os móveis — o biombo de espelhos, a estátua negra com o candelabro — que foram descarregados dos furgões. No fundo de um longo corredor há um homem postado; está recostado contra a parede, tem o chapéu sobre os olhos, olha para baixo, e uma perna está cruzada sobre a outra. Passam junto a ele; o homem, silenciosamente, os segue. (Anselmi caminha entre os dois.) Chegam ao pé de uma escada de caracol. O homem que o precede se afasta para que Anselmi passe. Este sobe sozinho. Chega a um quarto com duas portas (uma diante da outra; uma dá para a escada de caracol; a outra, para um terraço); as paredes estão forradas de livros; o chão é de lajotas brancas e pretas, axadrezado. As janelas têm vidros coloridos, em forma de losango. O quarto está iluminado com luz elétrica. De costas para ele, em uma poltrona, diante de uma mesa, há um homem que projeta uma sombra enorme na parede. Este homem se vira, sorri com cansaço. É Morgan. A seu lado está um dos sujeitos que desocuparam a pousada. Anselmi rodeia a mesa e fica, de pé, diante de Morgan. Este lhe estende a mão.

ANSELMI — Nós nos vimos na pousada, sr. Morgan. O senhor deve se lembrar que sou o filho de Doménico Anselmi.

MORGAN — Tenho uma dívida de gratidão com esse homem. Sei que não poderei pagá-la a seu filho. Eu não posso fazer bem a ninguém. Minha vida tem sido atroz.

ANSELMI (*emocionado, apoiando-se na escrivaninha e olhando para Morgan*) — Minha situação é tal, sr. Morgan, que estou disposto a qualquer coisa.

Ouvem-se uma voz encolerizada e um barulho crescente de portas batendo. O guarda-costas aparece na porta que dá para o terraço.

MORGAN (*para Anselmi, em voz baixa e quase inaudível*) — Procure Abdulmálik, no vilarejo de Olivos.

O guarda-costas se vira. Pedro Larrain irrompe no quarto. É um homem alto, robusto, sanguíneo, de cara quadrada e tenaz; está vestido com roupa de boa qualidade e de corte esportivo. Parece muito seguro de si. É seguido por Eliseo Kubin, aterrorizado e servil.

LARRAIN (*para Morgan, sem se importar com os outros*) — Diga-me: não é incorreto que o senhor se incomode em me receber para que depois este ignorante afantochado me faça esperar?

KUBIN (*para Anselmi, confidencial*) — O sr. Larrain disse bem. É pessoa importante... Eu o fiz esperar.

MORGAN (*para Lorrain, inclinando-se diante dele*) — Apresento as minhas desculpas em nome de meu tesoureiro. (*em outro tom*) Na declinação da vida só nos restam sonhos.

Morgan pega um livro que está sobre a mesa.

MORGAN — Eu me refugio nestes: os mais ilustres que sonharam os homens. O *Livro das mil e uma noites.*

Morgan mostra uma ilustração a Larrain.

MORGAN (*explicando*) — O festim dos devoradores de carne humana.

Larrain o olha com espanto.

LARRAIN — Esta linha não é de minha especialidade, acredite.

Morgan mostra a Kubin uma segunda ilustração.

MORGAN — Simbad, que enfim se livra do Velho do Mar.

Kubin dá um passo para trás, com mal reprimida irritação. Morgan mostra a Anselmi uma terceira ilustração, talvez uma paisagem sem figuras humanas que não combina com a descrição que lhe fará. Anselmi olha para ela com estranheza.

MORGAN — O filho do amigo que revelará que o chefe está no Paraíso dos Crentes.

KUBIN (*à beira da exasperação e do choro*) — Mas, meu chefe, o sr. Larrain é movido por outros interesses. Quer desembocar em um temário concreto.

Morgan olha para Kubin, com irônica resignação. Depois se dirige a Anselmi.

MORGAN (*para Anselmi*) — O senhor vê: eu quis me refugiar nos sonhos, mas a realidade se impacienta. Outro dia, talvez, conversaremos.

Morgan estende a mão para Anselmi e o olha nos olhos. Este cumprimenta e sai. Larrain e Kubin aproximaram poltronas da escrivaninha de Morgan e se aprontam para conversar com ele.
Esfumatura.

Anselmi desce as escadas. Um dos sujeitos que o acompanhou está esperando por ele. Através da casa o sujeito o precede. Ao passar na frente de um pátio ouve-se uma gritaria. Lá de baixo, Anselmi vê, em uma janela alta, um homem avantajado, com ar de artesão decente (Daniel Espinosa), que inutilmente se debate, dominado por um grupo de homens compassivos e afetuosos. Eles o arrastam para dentro.

O HOMEM QUE ACOMPANHA ANSELMI — Um louco que sempre quer se suicidar.

Esfumatura.

Anselmi chega na pousada. Está quase vazia. O homem do bar está lendo um jornal. Uma senhora ocupa o telefone.

ANSELMI (*ao homem do bar*) — Me permite a lista telefônica?

Sem interromper sua indiferente leitura, o homem do bar tira a lista da parte de baixo do balcão e a entrega a Anselmi. Na seção "Subúrbios", Anselmi encontra o nome de Abdulmálik. (Vê-se a página; depois a linha ABDULMÁLIK E COMPANHIA, *Malaver, 3753-741-9774.) Anselmi olha para a senhora do telefone.*

A SENHORA — Olha, é... que é uma coisa que eu fiquei e disse: Ah, não tinham o fustão!

Chega um homem com óculos escuros e se senta a uma mesa muito próxima do telefone. Anselmi olha para ele como que pensando e se vira para a senhora.

O HOMEM DOS ÓCULOS (*para o homem do bar*) — Uma caninha pequena.

O homem do bar serve a caninha para o sujeito dos óculos.

A SENHORA (*ao telefone*) — São uns informais. (*depois de uma pausa*) Você tinha razão, nada como as compressas e o sinapismo. Quando o Fermín teve coqueluche...

Anselmi, vencido, vai embora. Quando chega à porta, nota que o homem dos óculos se levantou e deixou umas moedas na mesa.
Anselmi está a uns cinquenta metros da pousada (esta é vista no fundo). Um poderoso automóvel aproxima-se; para ao lado de Anselmi. É guiado por Pedro Larrain. Durante o breve diálogo de Larrain com Anselmi vê-se, ao fundo, o homem de óculos, que sai da pousada e se aproxima.

LARRAIN (*assomando*) — Quer que o deixe?
ANSELMI — Não, obrigado. Vou esperar o ônibus aqui.
LARRAIN — O ônibus para Buenos Aires? Eu levo você!

Anselmi vacila, vê o homem dos óculos e aceita o oferecimento de Larrain. Contorna o carro e sobe pelo outro lado.
Esfumatura.

No trajeto de Témperley a Buenos Aires, Anselmi e Larrain no carro.

LARRAIN (*cordial*) — O estado de Morgan, formidável. (*com voz mais rápida*) Faz tempo que o senhor se relaciona com ele?

ANSELMI (*com indiferença*) — Não, não exatamente.

LARRAIN — Entendo, entendo. Eu o conheço e ele me conhece. Não critico ninguém. Cada um tem suas manhas. Mas quando um rapaz de valia me estende a mão, eu não o deixo se afogar. O senhor vai dizer que sou um idealista.

Anselmi considera a paisagem.

LARRAIN (*impávido*) — Aqui onde o senhor está me vendo, eu me levantei sozinho. Tenho o Norte todo nas minhas mãos. Não é para me gabar, mas posso fazer propostas interessantes.

Há um silêncio.

LARRAIN (*sorridente*) — Se não quiser falar de negócios, não insisto. Isso, sim, um dia que estiver com ânimo, venha me visitar no stud e terei muito prazer em exibir meus cavalos e meus dinamarqueses. Sem compromisso de sua parte, bem entendido!

ANSELMI (*friamente*) — Terei muito prazer.

LARRAIN — Fica bom para o senhor se eu o deixar na Rivadavia?

Esfumatura.

Anselmi, falando por telefone em uma tabacaria. Atrás, um homem brincando com um futebol mecânico pequeno, muito interessado.

ANSELMI — Olivos 9774? Com o sr. Abdulmálik? Poderia encontrá-lo aí dentro de uma hora? É melhor pessoalmente… Não, o senhor não me conhece. É da parte de Morgan.

Desliga e sai. O homem interrompe o jogo. Olha para Anselmi e se dispõe a sair.

Esfumatura.

Vê-se Anselmi descer de um trem na estação de Olivos. Em uma ruela solitária, quase é atropelado por um automóvel. Mal tem tempo de se esquivar. Fere a mão em um arame farpado. Uma das mangas fica manchada. Estanca o sangue com o lenço.

Anselmi chega a uma fábrica na periferia do vilarejo. Sobre a porta se lê: ABDULMÁLIK E COMPANHIA. *A porta está entreaberta. Anselmi chama; ninguém atende; entra. É uma fábrica de brinquedos. Avança entre bonecos. No fundo, em um compartimento de vidro, fica o escritório. Em uma poltrona giratória, vê-se um homem de sobretudo e chapéu. Ele tem a testa estreita, os traços agudos, o bigode cinza. Está morto. Foi degolado.*

O telefone toca. Anselmi quase o atende. Olha sua mão ferida, o paletó manchado de sangue, e desiste.

Sai da fábrica. Chega, inesperadamente, a uma estrada. Está escurecendo. Anselmi, como que deslumbrado, olha as luzes. Sobe em um ônibus. Ramírez é um dos passageiros.

RAMÍREZ — Olá, Anselmi. Tem um lugar aqui.

Resignado, Anselmi se senta ao lado de Ramírez.

RAMÍREZ — O que você anda fazendo por estas bandas? Alguma dama, hein? Guardarei segredo.

ANSELMI — Dama? Quem dera. Nem todos nós temos a sua sorte.

RAMÍREZ (*reparando na ferida, assobia de forma admirada*) — Parece que a dama se defendeu com unhas e dentes. Sangue na manga! Que título para uma fita policial!

Os passageiros olham.

Esfumatura.

***

De manhã, na porta da chácara de Morgan, Anselmi fala com o homem que o atendeu da primeira vez.

O HOMEM — Entre. O chefe o receberá em seguida.

Anselmi entra no vestíbulo. Pouco depois, desce Kubin.

KUBIN — Sou Eliseo Kubin. O chefe lamenta não poder recebê-lo. Ele lhe manda isto, por serviços prestados.

Kubin entrega um envelope a Anselmi.

ANSELMI (*vendo o conteúdo do envelope*) — Deve haver um engano. Eu não pude cumprir minha incumbência.

KUBIN — Essa não é a opinião do chefe. (*pausa*) A mão do sr. Morgan sempre está aberta. Eu, simples tesoureiro, mais de uma vez deplorei isso. Tenho de fazer cada malabarismo! (*depois de um silêncio, em voz mais baixa*) Um conselho. Não se deixe ver por uns dias. Sobretudo, não venha aqui.

Anselmi, desconcertado, olha para ele. Sai.
Kubin se dirige, com naturalidade, a um telefone escondido e pede um número.

KUBIN — Falo com o *Telégrafo Mercantil*?

Vê-se uma página do Telégrafo Mercantil *com a manchete:* "DESTACADO ASSASSINATO EM OLIVOS. *Suspeita-se de um jovem (segue uma descrição de Anselmi) que o ameaçara por telefone".*
Vemos Anselmi, em seu quarto, jogando o jornal. O quarto é grande e modesto, com lareira; há uma estreita cama de ferro, desfeita; um guarda-roupa; uma cadeira; uma poltrona de balanço; uma estante com livros; um fonógrafo; um lavatório; um espelho. A porta de entrada é com vidros e há uma janela. Anselmi, depois de jogar o jornal, vai até o lavatório, onde se dispõe a se barbear. Enquanto se ensaboa, uma mulher velha fala com ele.

A MULHER — Um tal de sr. Rosales quer vê-lo.

Rosales — um homem gordo, moreno, tranquilo, com alguma avidez nos olhos — afasta a mulher, cumprimenta-a e se instala na poltrona de balanço.

ROSALES — Sou Porfírio Rosales, de Investigações.

Espreguiçando-se, Rosales olha o quarto distraidamente.

ANSELMI — O assento é cômodo? O que deseja?
ROSALES (*sorrindo*) — Desejo falar com o senhor. Antes, faço constar que a minha visita não é oficial.

Anselmi continua fazendo a barba.

ANSELMI — E então?
ROSALES — Veja, venho como um amigo. Convido-o a ser sincero. Vamos falar de homem para homem.
ANSELMI (*indiferente*) — Sobre o quê?
ROSALES — Sobre o homicídio de Olivos. O senhor conhecia a vítima?
ANSELMI — Só pelo que está no jornal.
ROSALES — O senhor não o ameaçou por telefone?

Anselmi está lavando o rosto e lhe responde com exasperação, enquanto se seca.

ANSELMI — Repito que não sei nada sobre o assunto. Quanto a ser sincero com o senhor, não tenho por que fazê-lo. O senhor diz que vem como amigo, mas essa amizade faz parte de uma investigação. (*sorrindo*) Além disso, por que quer ser amigo de um homem de quem desconfia?

Rosales se põe de pé.

ROSALES (*talvez com gravidade*) — Tem razão. Meu dever é chegar à verdade, e a amizade que eu lhe oferecia não é desinteressada. No entanto, acredito que o senhor não tinha nada a perder sendo sincero comigo. (*chega à porta*) Pense no que eu lhe disse.

Esfumatura.

Anselmi se aproxima da casa de Irene. Cruza com o tocador de realejo. Este o cumprimenta como da outra vez.

O TOCADOR DE REALEJO — Outra manhã que é toda um tônico! Otimismo, vigor, tempo aprazível. A região, como diz um leiloeiro de minha amizade, é um paraíso. Não se dirá o mesmo de outras localidades. O que me conta desse industrial degolado sem consideração, em sua própria sede? No entanto, não andemos com a cara amarrada. Círculos, geralmente bem informados, murmuram que a investigação está adiantada. Os matutinos falam de um sujeito que o ameaçara pelo telefone!

Anselmi aplaude o tocador de realejo e prossegue seu caminho. Esfumatura.

Saguão da casa de Irene.

IRENE (*carinhosa*) — Você veio me buscar para caminhar?
ANSELMI — Olhe, estou cansado. A gente não poderia ficar aqui?
IRENE (*depois de uma vacilação*) — Como você quiser.

A porta que dá para os fundos está aberta. Irene a fecha. Leva Anselmi para a sala de jantar. Perto do terraço, ficam de pé, um diante do outro. Olhando-o nos olhos, Irene alisa o cabelo dele.

IRENE (*de modo maternal*) — É verdade. Você parece cansado. Não está se sentindo bem?
ANSELMI (*com ligeira impaciência*) — Estou perfeitamente bem.

Senta-se no sofá.

ANSELMI — Consegui algum dinheiro.

IRENE (*com admiração*) — Você é uma maravilha.

ANSELMI (*com certa amargura*) — Apenas a quinta parte de uma maravilha. Só consegui para você novecentos pesos.

Anselmi entrega um envelope a Irene.

IRENE — Estou deslumbrada. (*um silêncio*) Mas, o que você tem? Não está contente?

Esfumatura.

Ao entardecer, Anselmi caminha por uma rua da periferia. Junto a um caminhão, cruza com um grupo de rapagões amulatados. Ouve risadinhas e gritos. Vira-se; vê que um rapaz do grupo — contrafeito e infeliz — é maltratado pelos outros. (Todos se vestem de maneira pobre; há alguns de lenço; outros, de colarinho virado.)

PRIMEIRO RAPAZ (*para a vítima*) — Mico-preto! Sabe o que você é? Um mico--preto!

O primeiro rapaz bate na vítima com a mão aberta.

SEGUNDO RAPAZ — Se lhe mostrarem a jaula dos macacos, vai achar que está se olhando no espelho!

TERCEIRO RAPAZ (*informativo*) — É um mico-preto.

Batem na vítima.

ANSELMI — Deixem esse rapaz em paz.

Anselmi avança em direção a eles. Um do grupo lhe dá, por trás, um murro no ouvido. Anselmi o derruba com um soco. Todos o atacam, inclusive a suposta vítima. Introduzem-no no caminhão. Amarram suas mãos e o jogam no piso. O caminhão arranca. Veem-se os pés e os joelhos dos meliantes. Cantam uma marchinha estúpida e repetitiva.

Descem-no no pátio de um stud. Larrain, sentado, olha um enorme cachorro dinamarquês que se arremessa sobre um homem grotescamente vestido com sacolas. Junto a Larrain, há uma moça encantadora, inexpressiva, com alguma coisa de fabricado em seu tipo (cabelo ondulado, olhos oblíquos etc.); Larrain, distraído, acaricia-lhe o cabelo. O chefe dos sequestradores de Anselmi procura chamar a atenção de Larrain. Este lhe faz um leve sinal, para indicar-lhe que espere. Todos veem o cachorro trabalhar. Finalmente, o chefe consegue ser ouvido.

O CHEFE DOS RAPAGÕES (*para Larrain*) — Patrão: ao sair do estádio, nós topamos com isto e trouxemos para o senhor.

LARAIN (*irritado*) — Até quando vão fazer disparates? É preciso ter mão de ferro com vocês.

Atônitos, os rapagões olham para Larrain.

LARRAIN — Aqui, no Norte, o senhor é meu hóspede.

ANSELMI — Um hóspede involuntário, indignado.

LARRAIN (*para os rapagões*) — O senhor não pode ficar para jantar. (*mudando de tom*) Envolvam-no outra vez no papel de seda e o descarreguem em Témperley.

Anselmi e os rapazes de Larrain voltam silenciosos para o caminhão.

A MOÇA (*para Larrain*) — Para isso você mandou que o sequestrassem? Tem medo do Morgan?

LARRAIN — Medo, não. Mas reconsiderei. (*com voz segura*) Isso basta para que o pessoal do Morgan não se meta no Norte.

Esfumatura.

Anselmi, de pé no caminhão, entre os rapazes. O caminhão chega ao lugar exato onde se produziu o primeiro incidente.

UM DOS RAPAZES (*para Anselmi*) — Nos disseram que o senhor era nosso hóspede no Norte. Mas agora estamos no Sul e eu era amigo do fabricante de brinquedos.

O rapaz bate no rosto de Anselmi com a mão aberta. A câmera foca o grupo fechado dos rapazes, que, com imóvel hostilidade, fixam os olhos em Anselmi. Todos esses rostos estão sérios; de repente, um deles — o do rapaz simiesco — faz uma careta. Sem deixar de olhá-lo, os rapazes voltam para o caminhão, devagar. Vão embora. Anselmi fica sozinho.
Esfumatura.

O vestíbulo da casa de Irene, ao anoitecer. Irene e Rosales. Irene, com uma malha com bolsos; Rosales, como se tivesse acabado de entrar, perto da porta; está com o chapéu na mão. Os dois estão de pé.

ROSALES (*continuando uma explicação*) — Não quero exagerar. Não descarto a possibilidade de que o jovem esclareça sua posição. Se a senhora intercedesse…
IRENE (*fria*) — Não tenho por que interceder. Tudo isso é monstruoso. O Raúl não é um criminoso.
ROSALES — Talvez não seja. Mas teria de esclarecer uns pontos. Por que falou por telefone com a vítima? O que fazia em Olivos nessa tarde, quando o viram ensanguentado? Por que, ultimamente, anda com sujeitos que não prestam?
IRENE — Esta conversa é inútil.

Irene abre a porta da rua. Rosales, cabisbaixo, se dispõe a sair. Na porta entreaberta, para.

ROSALES (*como que seguindo seu pensamento*) — Talvez tenha precisado de dinheiro.

IRENE (*involuntariamente*) — Dinheiro.
ROSALES — Roubaram novecentos pesos da vítima.

*Irene fecha a porta, lentamente. Vai para o seu quarto. Coloca o imper-
meável. Atravessa a casa como em um sonho. Chega ao pátio do fundo. Um
braço de luz, próximo do quadro da fazenda, ilumina o pátio. Em idêntica
posição, vestida como da primeira vez, na cadeira de balanço, está Laura. Tem,
na mão, um buquezinho de violetas.*

LAURA (*para Irene*) — Apanhei essas violetas para você.

*Irene se aproxima de Laura e se apoia nos braços da cadeira de balanço.
Com um alfinete, Laura prende as violetas no impermeável.*

LAURA — Amanhã eu vou para a fazenda.
IRENE — Amanhã, quando os caminhos estiverem secos.

*Sai e fecha a porta com chave.
Esfumatura.*

*A porta da casa de Morgan. Anselmi, de costas para a câmera, bate. A por-
ta se entreabre. Um homem aparece, diz umas palavras que não se ouvem, faz
um gesto para fora e fecha a porta. Anselmi sai, cabisbaixo.
Esfumatura.*

*Anselmi, de costas, diante da porta do seu quarto. Através da cortininha vê
Rosales, que está instalado, esperando-o, diante da lareira acesa. Anselmi vai
embora.
Esfumatura.*

*Anselmi batendo à porta da casa de Irene. Ninguém responde.
Esfumatura.*

Anselmi bebendo em um armazém.

Esfumatura.

Anselmi vaga pelo campo. Chove.

Em uma passagem de nível há um trem. O trem sai. Anselmi sobe, com brusca decisão, em um vagão de segunda classe.

Esfumatura.

Irene, de impermeável, na casa de Anselmi. (O impermeável está desabotoado.) Fala com a mulher vista na primeira cena de Rosales.

A MULHER — O sr. Anselmi não está. Um senhor se cansou de esperá-lo e foi embora.

IRENE — Eu vou esperar.

A MULHER — Então, menina, você poderia me fazer um favor. Trouxeram esta carta para o sr. Anselmi e me recomendaram que a entregasse pessoalmente. Eu tenho de ir. A senhorita poderia entregá-la?

A mulher lhe dá um envelope; Irene guarda-o no bolso da malha. A mulher abre a porta do quarto. Irene entra. Está nervosa. Põe no fonógrafo o "Concerto n. 2", de Brahms. Abstrai-se na música. De repente se vira e vê que entrou um homem — Daniel Espinosa — que, com os olhos baixos, fala de maneira confusa e soluça. Usa chambergo e sobretudo. Tem barba de vários dias.

IRENE (*sobressaltada*) — Quem é o senhor? O que o senhor tem?

ESPINOSA — Sou Daniel Espinosa. Vim para ver o sr. Anselmi. A senhorita acha que ele vai voltar logo?

IRENE — Não sei. Para que quer vê-lo?

ESPINOSA — Para lhe pedir ajuda. Para lhe dizer uma coisa. Para lhe dizer que não deve andar entre criminosos. (*pausa*) Mas eu também sou um criminoso. Fiz uma coisa horrível. Não mereço nem perdão, nem pena. A senhorita, menina, não deveria falar comigo.

IRENE — Não há quem não mereça perdão e pena.

ESPINOSA — Mas eu sou um assassino, um traidor. Faz dois dias que não posso viver.

IRENE — Eu também achei que não podia continuar vivendo. Agora, me perdoe, acredito ter uma esperança.

Irene esconde o rosto com as mãos.

ESPINOSA — Não sei. Não entendo. (*pausa*) Eles podem chegar a qualquer momento. Vou sair daqui.

Aproxima-se da porta. Irene o segue. Saem. Chove. Espinosa caminha um pouco na frente. Instintivamente, caminham contra as paredes. A câmera os segue, de longe. A chuva se intensifica. A uma esquina, se guarnecem sob um beiral. A poucos metros move-se de modo confuso (talvez, suspeito) a forma de um homem. São iluminados pelo farol de um automóvel. O farol ilumina também, acima deles, uma insígnia com um leão rampante e a inscrição: O Leão da Armênia. O automóvel se aproxima deles; abre-se uma portinhola.

UMA VOZ (*do automóvel*) — Subam.

ESPINOSA (*para Irene, aterrorizado*) — Temos de fazer o que estão mandando.

Ele a obriga a subir no carro. As violetas de Irene caem na rua, junto do meio-fio. A forma humana que se viu confusamente adianta-se e se inclina para apanhá-las. O automóvel gira de forma violenta, dando uma volta completa; ilumina e bate no tocador de realejo (a forma misteriosa que havíamos visto). Volta-se a ver o leão da insígnia.

Dentro do automóvel há três homens do bando de Morgan. Um dirige; outro está sentado bem escarrapachado num strapontin (é corpulento, silencioso; está imóvel; fuma um charuto); o terceiro ocupa o assento do fundo. Irene fica junto a este último. Espinosa, junto ao que guia e do mesmo lado que o fumador do strapontin. Avançam em silêncio, por entre a chuva.

ESPINOSA (*olhando para o interior do automóvel*) — Não há por que envolver a menina nessa história.

Ninguém responde. O fumador tira o charuto da boca e o aplica, como um carimbo, na cara de Espinosa. Este tampa o rosto com as mãos e geme. Ninguém comenta o ocorrido. Irene se sobrepõe a seu horror.

Esfumatura.

O portão da chácara de Morgan está aberto; o carro para diante da casa. No vestíbulo da chácara, são recebidos por outro homem de Morgan. Sentado em um degrau está Pedro, que é uma espécie de gigante tosco e servil. Olha, com avidez, para Irene.

O HOMEM QUE OS RECEBE (*para os sequestradores*) — Levem Espinosa para onde já sabem. (*para Irene*) A senhorita não sai desta casa até que o chefe lhe dê permissão.

Irene fica sozinha. Uma voz de homem (a voz de Brissac), desfigurada pela dor, procede do quarto contíguo.

A VOZ DO HOMEM — Vai quebrar o meu braço... (*pausa*) Vai quebrar o meu braço... (*pausa mais longa*) Já lhe disse que ia quebrá-lo.

Irene se aproxima da porta, para espiar. Vê a sala de Irma, na qual aparentemente não há ninguém. Com cautela, penetra.

UMA VOZ DE MULHER (*a voz de Irma*) — Vai quebrar o meu braço... (*pausa*) Vai quebrar o meu braço... (*pausa mais longa*) Já lhe disse que ia quebrá-lo.

Irene avança até um lugar onde o bow-window é visível: nele há dois personagens, Tonio de Brissac e Irma Espinosa. Eles formam um grupo simétrico, um de cada lado do bow-window. Estão de pé, quase ajoelhados. Cada um segura com a mão esquerda o pulso do braço direito. Brissac olha para Irma. Irma olha, implorante, para cima. Ela está com um vestido de trabalho, de bailarina; ele, uma camisa de manga curta e short. Brissac é um homem pequeno, nervoso, impulsivo, histriônico, ágil e acrobático. Topete, monóculo e bigode enfeitam sua cara.

BRISSAC (*sem ver Irene*) — Não. Irrefutavelmente, não. A senhorita é expressiva demais. A expressão: eis aí o inimigo.

Irma viu Irene; olha para ela com surpresa.

BRISSAC (*para Irma*) — Se distrai, distrai-se com tenacidade. O progresso conseguido neste ensaio é computável a zero.

Brissac percebe a presença de Irene. Irma nota que a água que cai do impermeável de Irene está molhando o tapete.

IRMA — Até quando vai empapar o tapete de Esmirna?

IRENE — Ai! Perdão.

BRISSAC (*tirando o impermeável para Irene, que olha para ele, sobressaltada*) — Eliminemos este tema da conversa. (*Coloca-o na armadura; dirigindo-se a Irene.*) A senhorita, querida deusa ex machina, será juiz. Estou preparando uma comédia em dois atos para nosso teatro de câmara. Esta outra deusa, Irma, hoje se mostra displicente. Minha comédia merece tanto desdém? Primeiro ato: nobres paixões, um palácio em Roma, Epicteto, escravo e filósofo, dois príncipes que sofrem e que amam. Segundo ato: os personagens do primeiro, mas em uma pensão suburbana, no século XX. Averigua-se então que o primeiro ato foi escrito por um personagem do segundo, que busca, nessa obra romântica, uma compensação para suas infelicidades. Jung, Pirandello etc. Falta resolver um problema: o herói e a heroína sucumbirão à mediocridade de nosso tempo ou serão felizes? A senhorita, deusa, é juiz.

Irene está a ponto de dizer alguma coisa.

IRMA — Eu diria, Brissac, que não é preciso procurar pelo em ovo. O papel da heroína claro que é meu. E como as coisas podem ir mal a uma pessoinha que conta com cabeça, elegância, distinção, físico?

IRENE — Vocês vão me desculpar, eu vim aqui com um senhor…

IRMA — Com quem?

IRENE — Um senhor de idade… Acho que se chama Espinosa.

IRMA — Como vieram?

IRENE — Uns homens nos trouxeram… em um automóvel.

Bruscamente, Irma se levanta e sai. Brissac perdeu a petulância: olha para Irma, com inquietude.

A câmera segue Irma. Esta atravessa um quarto desmantelado comprido. O quarto está na penumbra. Abre-se, no chão, um alçapão lateral, com uma escada que dá para um porão. O porão está iluminado; do alçapão sai um facho de luz branca. Depois, ao rés do chão, surge um rosto enorme. É o de um homem — Pedro — que sobe do porão. Pedro espiona Irma. O espectador pode acreditar que Pedro vai assaltar Irma. Pedro aproxima-se dela, como uma espécie de filhote enorme, beija suas mãos e tenciona tocar-lhe as pernas. Sem assombro, sem olhá-lo, ela o rechaça. Pedro, no chão, docilmente a deixa ir, mas a segue com os olhos.

Irma chega a um quarto estreito e alto, com piso de lajota e um ralo no centro. Nas paredes, não há janelas. No chão, de costas, com uma mancha de sangue no rosto, jaz, delirando, Espinosa. Está com os olhos abertos; não vê Irma.

ESPINOSA — Não me batam… Eu não disse nada. Chega, por favor, chega.

Irma se inclina e o sacode, desesperada e brutal.

IRMA — Sou Irma. Sua filha.

ESPINOSA (*falando com os ausentes*) — Bom, não me façam sentir mais dor. Eu lhe disse que o matei.

Irma solta-o, espantada. Depois, frenética, volta a segurá-lo e o sacode.

IRMA — Para quem você disse?

ESPINOSA — A menina não vai dizer para ninguém.

IRMA — Você disse a ela?

ESPINOSA — Sim, me deixem, me deixem.

Esfumatura.

A sala de Irma. Brissac e Irene, em outra parte do cômodo, perto de uma janela.

BRISSAC (*sério*) — Repito que a senhorita corre perigo. Um perigo muito real.

IRENE — Não sei que coisas são reais e que coisas são irreais. Estou vivendo um pesadelo.

BRISSAC — Vamos.

Abre a janela e a obriga a sair. No cômodo, vê-se a armadura com o impermeável de Irene.

Esfumatura.

Na penumbra do cômodo desmantelado comprido, Irma alisa o cabelo, acaricia Pedro e mostra a porta que dá para a sala. Pedro obedece e se dirige para onde o mandam. Entra e sai imediatamente.

PEDRO — Foram embora.

Irma corre para a sala, comprova que não há ninguém e, apontando para a janela aberta, grita para Pedro.

IRMA — Ainda não devem ter chegado ao portão.

Pedro pula pela janela, para o jardim chuvoso, e, torpemente, mergulha na escuridão da chácara. Irma, na janela, está a ponto de segui-lo. Depois, diante da forte chuva, vacila.

A câmera segue Pedro. Este pega um dos caminhos que divergem e logo convergem. Da encruzilhada final, parte uma alameda. Por essa alameda, Pedro vislumbra uma mulher que se afasta. É possível reconhecer o impermeável de Irene.

Pedro corre, a alcança, a derruba, a estrangula. Da rua, a luz dos faróis de um automóvel que roda mostra o rosto da mulher assassinada. É Irma.

Brissac e Irene chegam ao portão. Está trancado. Ouvem-se passos.

BRISSAC — Vamos tentar sair pelos fundos. É preciso contornar a casa.

Nessa mesma noite, Anselmi, em Buenos Aires, caminha pelo Paseo Colón, em direção ao bairro Norte.

Nós o vemos, depois, em um armazém da Leandro Alem; cotovelos apoiados em uma mesa de mármore, diante de uma taça.

Anselmi caminhando pelos terrenos baldios que há perto das docas. O sono e o cansaço o rendem. Depois o vemos no chão, jogado sobre umas vigas.

Abre os olhos, ergue-se e observa, como que perdido, ao seu redor. Vê a recova; vê uma série de fachadas escuras e uma muito iluminada. Caminha em direção a esta última. Quando está por atravessar a rua, um automóvel para na zona de luz. Descem Larrain e uma mulher que pode ser Irene. Entram por uma porta de vidro, sobre a qual brilha, desaparece e volta a brilhar a palavra Styx em letras luminosas. Um porteiro de ar marcial, com algo de cossaco, vigia a entrada. (Esse porteiro pode ser um dos guarda-costas de Morgan.)

Anselmi atravessa a rua. De um lado da porta um retângulo de luz se acende; é uma grande vitrine translúcida. Anselmi olha de soslaio para o porteiro. Sem que este o veja, aproxima-se da vitrine e olha de modo ansioso. Lá dentro, casais fantasiados dançam; vislumbram-se tricórnios, cabeças de animais, mitras, losangos de arlequins. Ouve-se a música "Till Tom Special".

O PORTEIRO (*cordialmente*) — Pode entrar. A casa está aberta para todos.

Anselmi entra. Encontra-se em um pequeno teatro, antiquado e luxuoso, que evoca o Segundo Império. O recinto é estreito, mas alto, com vários andares de camarotes. No lugar que deviam ocupar as plateias, as pessoas dançam. Nas laterais há mesas e, em cada mesa, um abajur. Anselmi tenta avançar, mas a multidão o detém. Ninguém olha para ele. Margeando as paredes, abre caminho até uma das mesas. Senta-se, cabisbaixo e cansado. Quando levanta os olhos, vê, do outro lado da pista, Irene, em uma mesa, com Larrain e Kubin. Olha para ela ansiosamente. Em algum momento, seus olhares se encontram. Ele a cumprimenta com a mão; ela não parece reconhecê-lo. Irene se levanta e caminha em direção a ele; quando já estão bem perto, ela vira e, sempre sem vê-lo, perde-se em uma entrada que dá para uma escada. Anselmi quer segui-la, mas há tanta gente dançando que tem de voltar para sua mesa. Pouco depois, em um camarote altíssimo, perto do teto, ele vê Irene.

ANSELMI (*para um garçom, indicando o camarote*) — Que camarote é aquele?
O GARÇOM — Camarote alto, número dezenove.

Anselmi sobe por escadas solitárias; nos patamares, há estátuas com cinzeiros (uma delas pode ser a estátua negra da chácara de Morgan). Chega ao último andar; em uma placa lê: Camarotes Altos. Bate na porta de número dezenove. Entra. Diante de uma mesa vazia está Morgan. Antes que Anselmi possa falar, Morgan lhe mostra um camarote ainda mais alto, onde está Irene.

MORGAN — Irene corre perigo de morte, mas se o senhor a buscar, ainda pode salvá-la e se salvar.

Anselmi olha para Morgan; este parece definhado e pálido; envelhecido, muito doente.

ANSELMI (*solícito*) — Precisa de alguma coisa? Me dá um não sei quê deixá-lo sozinho.
MORGAN — Estou acostumado a ficar sozinho. Sempre estarei sozinho.

Anselmi sai. Sobe mais dois andares. (Nota: antes, o camarote dezenove estava no último andar; agora há uma escada para cima.) Chega a um camarote cuja porta está aberta. Lá dentro jantam, juntos, Irene e Larrain. Anselmi procura, em vão, atrair a atenção de Irene. Ouve uns passos; vê que Porfírio Rosales desce, em direção ao andar em que ele está, por uma escada de caracol comprida. Anselmi vacila e depois foge por uma segunda escada de caracol, paralela à primeira. Porfírio o persegue. Anselmi, de uma das voltas de espiral, presencia uma violenta altercação entre Larrain e Irene. Continua subindo; da outra volta vê que Larrain saca seu revólver e o dispara no peito de Irene. De um salto Anselmi se joga da escada. Corre para o camarote. Larrain já não está ali. Irene jaz morta no chão. Anselmi se inclina sobre ela; tira do bolso um anel e o põe no dedo da morta. Levanta-se; vê Larrain perto da escada. Persegue-o, escada abaixo. O teatro está vazio. Há zonas de sombras nas escadas, que parecem intermináveis. Anselmi, de uma curva da escada, vê que Larrain, muito mais abaixo, abre um alçapão no chão e se joga lá dentro. Anselmi desce e se joga, por sua vez. Chega a uma rua de terra, em um lugar aberto, com árvores (*a rua dos arredores de Témperley, onde viram o carrinho do padeiro*). *Larrain desapareceu. No chão, como havia ficado no camarote, Irene jaz. Anselmi a toma nos braços; ela entreabre os olhos.*

ANSELMI — Finalmente estou contigo!

IRENE (*acariciando-lhe o cabelo*) — Não sei se você está comigo, Raúl. Eu sou outra e a culpa é sua.

Muitas e estranhas sombras se projetam sobre ela. Anselmi se vira e vê que está rodeado de todos os lados por homens com enormes chapéus de disfarce. São Kubin, Larrain e pessoas do bando de Morgan. Aproximam-se de Anselmi e disparam seus revólveres contra ele. Irene desapareceu. Anselmi cai morto. Kubin e os matadores, com enormes mitras e máscaras, inclinam-se sobre Anselmi.

KUBIN — Está dormindo. Já, já vai acordar.

Anselmi acorda no terreno baldio. Está rodeado por Kubin e os homens de Morgan. Não estão disfarçados. São acompanhados por um senhor (Romualdo Roverano) de ar sedentário, cujas feições, sem serem monstruosas, estão mais para feias. Usa óculos; está de cartola, sobretudo e guarda-chuva. Todos olham para Anselmi, solícitos. (Nota: durante o sono ouviu-se "Till Tom Special"; agora são ouvidos, de novo, os ruídos da cidade.)

ANSELMI (*em uma frágil tentativa de humorismo*) — Em que estado vocês me encontraram!

KUBIN — Digamos que o nosso não é muito melhor.

Anselmi olha com incredulidade.

KUBIN (*com certo desafio*) — Não acredita em mim? (*pausa*) De quanto, em dinheiro vivo, o senhor estipula que é o capital bruto da nossa sociedade?

Anselmi se senta nas vigas.

ANSELMI — Não tenho a menor ideia. Está para me pedir um empréstimo?

ROVERANO (*escandalizado*) — Brincadeira, não. Respeite o lugar em que se encontra. (*Aponta para o terreno baldio circundante.*)

KUBIN (*sem atentar para aquilo que foi dito por Roverano; implacável*) — Dois mil, setecentos e quarenta pesos. Nem um copeque a mais! Se o senhor soubesse o que estas bocas consomem em um mês!

Anselmi o olha com estranheza.

KUBIN (*repetindo a frase e a entonação*) — Não acredita em mim?

Kubin saca um maço de notas. Agita-as diante de Anselmi.

KUBIN — O senhor quer? Está precisando? Aceite! Para nós não têm nenhum valor.

Aponta para um vasto edifício na cidade. Uma espécie de torre de muitos andares.

KUBIN — Essa torre é o Banco de Finanças. Antes que o sol do domingo se ponha, nós teremos todo o ouro que há em suas arcas, ou não teremos nada e não precisaremos dele, porque estaremos mortos.

ROVERANO (*reflexivo*) — Prefiro a primeira possibilidade.

KUBIN — É a menos provável. A empresa é muito difícil, quase impossível. Por isso mesmo é que vamos tentar. A organização Morgan não pode vegetar na miséria. Melhor um final espantoso que um espanto sem fim. (*O relógio do Retiro marca meia-noite. Kubin prossegue com uma mudança de tom.*) Bom, Anselmi, pegue o dinheiro e despeça-se destes homens. (*pausa*) Nós estamos indo.

ANSELMI (*pondo-se de pé*) — Guarde o dinheiro. Vou com vocês. (*pausa*) Talvez este seja o meu destino. (*como que para si mesmo*) Faço isso quase com a esperança de que me matem.

Saem todos juntos. No caminho, cruzam com um caminhão que está estacionado. Kubin fala com o motorista. Junto ao alto edifício que vão assaltar há uma obra em construção. Passam como sombras entre os andaimes. Transpõem uma cerca e chegam a um exíguo pátio interno. No muro alto há uma portinha, quase invisível. Roverano a abre. Entram em um vasto recinto, silencioso e iluminado. Há grandes portas fechadas, de aspecto impenetrável. Também há corredores profundos, que se perdem na distância. Kubin dá ordens. Os assaltantes se dividem em grupos, que se afastam pelos corredores. Anselmi parte com dois homens; um deles é um rapaz loiro. Outros vão abrir uma porta para que o caminhão entre. Ficam: Kubin, Roverano e dois impassíveis guarda-costas.

ROVERANO (*para Kubin*) — Toda esta interessante aventura há de girar com base na minha segurança pessoal. Nem sequer a sombra de uma dúvida deve macular o bom nome da mulher de César!

Enquanto diz a última frase, Roverano bate no peito com os punhos.

KUBIN — Não se preocupe. O rapaz que acabo de enrolar servirá para esse fim.

ROVERANO — Esse jovem intruso deve morrer. Seu cadáver, oportunamente embelezado e trajado com esta roupa (*agita as lapelas com eloquência*), será testemunha inequívoca de que eu, Romualdo Roverano, empregado-modelo, morri defendendo esta sólida instituição bancária.

KUBIN (*olhando o relógio, para um dos guarda-costas*) — Vai ver o que está acontecendo com o Forkel, no controle dos alarmes.

ROVERANO (*abandonado em seu entusiasmo*) — A combinação é, sem dúvida, atraente. O intruso morre. Eu desapareço para ressurgir agilmente em Carrasco, em Copacabana, em Monte Carlo, talvez em Barcelona. Minha vida, até o dia de hoje, foi mansa. Agora, com a parte do leão, abrirei um crédito ilimitado para o meu natural libertino. Quermesses, carnavais, entrudos, corridas. *Tourbillon*, tango, rifa, tabaco, tapioca. Exijo, isso sim, o cadáver.

KUBIN (*com seriedade*) — Asseguro que pode ficar tranquilo. Esse cadáver não vai faltar.

Anselmi e os dois homens que o acompanham sobem por uma escada muito alta. Quando estão quase chegando lá em cima, um dos homens se coloca atrás de Anselmi.

Chegam a uma galeria circular, que se abre sobre o hall central do edifí-cio, para o qual dão todos os andares. No chão há ferramentas de carpintaria e de pintura. Um arco da varanda foi retirado e está apoiado contra a parede. Anselmi avança até uma porta que há no fundo; margeia o espaço aberto; os homens o seguem, mais em direção à parede. Um deles se arremessa sobre An-selmi; este, agachando-se, esquiva o golpe; o homem cai pelo espaço aberto; es-patifa-se; nós o vemos, de cima, com os braços em cruz. O rapaz saca o revólver. Anselmi cai em cima dele. Debatem-se. Em alguma parte da casa soa um dis-paro. Anselmi se apodera do revólver de seu contendor. Os dois descem; Ansel-mi caminha atrás, com o revólver nas costas do rapaz. Enfrentam um corredor que se comunica por uma arcada com a escada. No fundo desse corredor apa-recem Kubin e outros. O rapaz loiro aproveita o momentâneo assombro de An-selmi para correr até seus companheiros. Corre com um sorriso de alívio. Os ou-tros abrem fogo. Já muito perto deles, o rapaz cai, ferido no peito. Morre sem entender. Por corredores, em diferentes alturas, aparecem vigias noturnos. Trava--se um tiroteio entre os vigias noturnos e o bando de Kubin. (Anselmi não inter-vém.) Às detonações se acrescenta o uivo de uma sirene de alarme. Um vigia no-turno cai. Os assaltantes fogem. Uns levam caixotes, que carregam no caminhão. Roverano abre uma porta e por ela passam Kubin e os outros. O caminhão sai por uma porta larga. Anselmi avança em direção à porta de saída, pelo corre-dor por onde entraram.

A câmera volta para Kubin e Roverano. Estão em um quintal dos fundos, no qual há um tanque de lavar roupa e um medidor de gás. O lugar é silencioso.

ROVERANO (*muito agitado*) — Cumpri em tudo. Vocês me devem a minha parte. Apelarei à lei, se for preciso. Se o triunfo não foi total, assumam sua culpa. Nem sequer conseguiram me salvaguardar, matando o jovem do terreno baldio!

KUBIN (*como que se rendendo à evidência*) — Com essa me pegou. Em vez de liquidá-lo ipso facto, cedi ao artista que há em mim e o conquistei com não sei que fábulas de pobreza e perigo. Queria utilizá-lo antes de matá--lo. Agora o pássaro voou. (*Assobia, abre os braços.*) E foi embora!

ROVERANO (*implacável e enfático*) — O senhor disse: foi embora. Por causa da sua torpeza, por sua indesculpável torpeza. (*Aponta para Kubin com o dedo.*) O precioso respaldo do nosso plano ficou em nada. Falta o cadá-ver que eu exigi!

KUBIN (*com paciência*) — Não se preocupe, essa parte do plano se cumprirá. Encontrarão o cadáver. Vão encontrá-lo vestido com a sua roupa. Não será preciso *embelezar* seu rosto.

Kubin saca o revólver e mata Roverano.
Esfumatura.

Anselmi, já na rua, vê Kubin e os homens do bando subirem no caminhão e se afastarem. Pessoas saem pela porta principal do Banco. Anselmi, sem pressa, desce até a recova.

Anselmi, da janela do trem, olha a manhã. Vê carroças puxadas por três cavalos, em Barracas, e depois o Riachuelo.

O quarto de Anselmi. A luz, listrada pelas persianas, o acorda. Anselmi se olha com espanto. Está em sua cama, vestido. Levanta-se, molha a cara e o cabelo e sai para a rua, despenteado e com a gravata afrouxada. É bem cedo. A rua está deserta; as persianas estão fechadas. Junto a uma calçada está um carrinho de leiteiro.

Anselmi chega à casa de Irene. Bate na porta. Bate insistentemente. Ninguém responde. Anselmi parece indeciso. O tocador de realejo avança pela rua, mancando.

ANSELMI — Que estranho. Não abrem. (*pausa*) Deve ser muito cedo.

O TOCADOR DE REALEJO — Tudo é estranho, agora, senhor. Ontem à noite mesmo, para não ir muito longe, fui testemunha — melhor ainda, vítima — de um fato de perfis insólitos. Eu estava a não menos de cem metros da sua casa, diante do Leão da Armênia. De repente apareceu um automóvel, que dias atrás vi na chácara de Oliden. Escoltada por uma pessoa de respeito, claro, sua senhorita noiva entrou no veículo. Um raminho de violetas cai. Desafiando a chuva — que sem dúvida favoreceu a semeadura —, eu me lanço para apanhá-lo. Temi que o automóvel fosse embora. Arrancou com toda a violência, girou sobre si mesmo e me atropelou. Se eu não dou um salto, me mata. Que pressa! Era como se não quisessem deixar pedra sobre pedra.

Anselmi olha para ele e rapidamente se vai.

Anselmi se dirige à chácara de Morgan. No caminho, vê passar o caminhão dos rapazes que o sequestraram.

O vestíbulo da casa de Morgan. Anselmi caminha de um lado para outro. Em uma mesa redonda, alguns dos homens de Morgan jogam cartas. Entre eles há um homem velho de tipo muito criollo, *de bombachas e alpargatas. Jogam, seriamente, truco. De vez em quando se ouve alguma voz (quase sempre, estrangeira).*

AS VOZES — Truco. Quero, retruco. (*pausa*) Dobro. Não quero. Truco.

Batem violentamente à porta. Um dos homens abre. Larrain entra, afastando-o.

LARRAIN (*com indignada insolência*) — Digam a Morgan que Pedro Larrain está aqui. (*levantando a voz*) Quero que me receba no ato.

Os jogadores suspendem o jogo. Apenas o criollo *parece alheio à situação.*

O CRIOLLO (*para Larrain, recriminando-o pacificamente*) — Não vê que o senhor os confunde? Eu estava ensinando truco a estes estrangeiros e o senhor os distraiu com esses desplantes.

Durante esta cena, um homem aparece no alto da escada.

LARRAIN — Cale a boca, seu bêbado.

O criollo (que é bem baixo) se levanta, tira da cintura, de forma desengonçada, uma faca e avança aos trambolhões até Larrain. Este saca o revólver e deixa que ele se aproxime, sempre lhe apontando a arma. No último minuto, mata-o com um tiro no rosto. Larrain rodeia a mesa dos jogadores (a mesa, com as cartas, as garrafas e os copos, cai na direção do espectador) e olha para eles como que os dominando.

LARRAIN — É assim que vou baixar o cangote de todo o pessoal do Morgan.

Um silêncio. Anselmi, inesperadamente, intervém.

ANSELMI — O que o senhor disse não me atinge; eu não sou do pessoal do Morgan. Mas sei que o senhor cometeu uma vil covardia.

A intervenção de Anselmi desconcerta Larrain por um momento. Anselmi o derruba com um soco e se apodera do revólver.

LARRAIN (*sorrindo*) — Ligeiro de mãos, hein? E o senhor, que é tão delicado, por que anda com esse lixo? Eu posso ser um assassino, mas o seu patrão é um traidor e um falsário. Saiba: Morgan mandou me chamar e também mandou chamar Abdulmálik, seu amigo de toda a vida. O que faz depois? Um de seus homens, não me importa qual (*olha significativamente para Anselmi*), mata Abdulmálik. A mim, como se não fosse ninguém, querem deixar fora do assunto do Banco. Mas já vão saber quem é Larrain.

Lentamente, os homens de Morgan se dispõem a rodear Larrain. O homem visto no alto da escada aparece de novo e, com um sinal, os dissuade desse propósito. Larrain e Anselmi estão alheios a tudo isso.

ANSELMI — Nada disso me importa. O senhor matou um homem e eu agora podia matá-lo. Não o faço porque o senhor, Larrain, já está morto. Seu destino é morrer como viveu, na traição e no crime. Que outros, como o senhor, o matem, quando chegar a hora. (*com outro tom*) Hoje aprendi que não sirvo para essas coisas; não sou assassino nem verdugo.

O homem que apareceu na escada vai embora.
Larrain o escutou sem se alterar. Agora responde gravemente.

LARRAIN — Talvez o senhor tenha razão, mas a minha vida é a violência. Se eu sair daqui com vida, vou matar todos vocês e também o senhor, que pôs a mão na minha cara. Aproveite enquanto tiver essa arma; mate-me enquanto eu não puder matá-lo.

Do andar de cima desce um homem, que olha a cena do primeiro patamar da escada.

ANSELMI — É verdade, talvez eu devesse matá-lo, talvez seja uma fraqueza minha… O fato é que não posso matar o senhor nem matar homem nenhum.

Anselmi lhe estende a arma. Depois, mudando de parecer, sorri.

ANSELMI — Melhor não devolvê-la. Nossa briga não acabou e o senhor me mataria no ato. Mas eu não preciso desta arma nem de nenhuma outra.

Anselmi joga o revólver pela janela e sobe a escada. Antes que os homens de Morgan possam reagir, Larrain abre a porta e sai.

O HOMEM QUE ESTÁ NO PATAMAR DA ESCADA (*para Anselmi*) — Pode entrar para ver o chefe.

Repete-se o trajeto que Anselmi percorreu em sua primeira visita a Morgan. O homem o acompanha até o pé da escada de caracol. Anselmi sobe. Chega ao quarto de Morgan. De costas para ele, em uma poltrona, diante de uma mesa, está o chefe, como na primeira visita, projetando uma enorme sombra na parede. Este homem se vira, sorri, cumprimenta grotescamente: é Eliseo Kubin (está vestido com a capa de Morgan).
Sobre a mesa há um tinteiro, uma pena de ganso, uma sineta. No chão estão os caixotes que os homens do caminhão tiraram do Banco.

KUBIN — Que desencanto, bom amigo! Que desencanto! (*com exaltação*) Todo caminho que o senhor seguir para chegar a Morgan desemboca em mim. Faz tempo que Morgan não era outra coisa que um prisioneiro em meu poder. Agora eu o eliminei. Agora Morgan sou eu!

Quando diz a última frase, Kubin bate no peito.

ANSELMI (*enérgico*) — Essa história não me interessa. Onde está Irene Cruz?

KUBIN (*batendo na testa*) — Quem podia imaginar! Essa mulher lhe interessa.

Kubin agita a sineta que está sobre a escrivaninha. Aparecem, imediatamente, dois guarda-costas; entram pela porta do terraço, por detrás de Anselmi.

KUBIN (*para os guarda-costas*) — Tragam a mulher que entrou ontem à noite.

Anselmi, depois de um momento de vacilação, senta-se diante de Kubin. Os guarda-costas se retiram.

KUBIN (*confidencial*) — O fato é que eu sempre fui Morgan. (*abrindo os braços*) O cérebro secreto por trás da imponente fachada! Morgan por aqui, Morgan por ali, sempre o grande Morgan. Ninguém prestou atenção em Eliseo Kubin, seu homem de confiança. Eu me arrastava pelo chão, eu prodigalizava reverências. Eu o detestava do fundo da minha alma!

Kubin se levanta, percorre o cômodo, gesticula.

ANSELMI (*com desprezo*) — Compreendo; antes era um hipócrita; agora é um traidor e um assassino.

KUBIN (*dando de ombros*) — Não vamos discutir por palavras. Não tenha pena do Morgan. O Morgan não teve pena do seu pai, quando mandou matá-lo.

Anselmi o olha como que perdido. Kubin triunfa.

KUBIN — As pessoas são muito superficiais. Todos acreditavam no Morgan. (*com modéstia e bom humor*) É compreensível; quem vai me levar a sério com este físico? (*retoma o relato*) O próprio Larrain acreditava no Morgan. Agitei esse fantoche e Larrain pactuou. Sou maior do que o Morgan!

Anselmi se levanta.

ANSELMI (*com desprezo*) — É muito nobre a história que o senhor está me contando. Mas não vou perder mais tempo. Vou procurar Irene.

Kubin, sem se alterar, agita a sineta. Os guarda-costas entram e, a um sinal de Kubin, agarram Anselmi pelos braços.

KUBIN — Sua urgência também é nobre, mas estúpida. Ouça até o fim e vai mudar de opinião. Tomara que a gente se entenda! Abdulmálik era um antigo camarada de Morgan. Este lhe mandou dizer através do senhor, em uma mensagem cifrada, que íamos matá-lo. Compreendi isso no ato. Resolvi eliminar Abdulmálik e fazer com que todas as suspeitas caíssem sobre o senhor. Tenho certeza de que o senhor será o primeiro a compreender que agi sem paixão: o fiz por razões de con-ve-ni-ên-cia.

ANSELMI — Realmente, o senhor é o mais perfeito que já vi do seu tipo.

KUBIN (*sem perceber o sarcasmo*) — Anselmi, eu lhe ofereço o futuro! Vamos colocá-lo à frente da organização. Sua simpatia contagiosa, sua natural honradez serão nossas melhores credenciais. Que uma falsa modéstia não o acovarde: sempre às suas costas, ditando-lhe cada palavra, dirigindo seu menor gesto, estará o velho amigo, o mentor. Cérebro, cérebro, cérebro!

Ao dizer "o velho amigo, o mentor", Kubin, emocionado, bate no peito. Anselmi, incapaz de palavras que possam expressar seu horror, olha Kubin com ódio.

KUBIN (*ferido*) — Não quer? (*agita a sineta*) Veja como trato os revoltosos.

Um guarda-costas entra. Diz alguma coisa em segredo. O guarda-costas sai. Kubin se aproxima de uma janela e olha com inquieta curiosidade. (Há algo de simiesco em seus movimentos.)

Entre dois guarda-costas, arrastando-se, com a cara machucada e os olhos perdidos, avança Daniel Espinosa. Kubin aproxima uma poltrona. Os guarda-costas o sentam. Espinosa, com o queixo sobre o peito e os braços pendurados, fica imóvel, exausto.

KUBIN (*subindo a voz, como se Espinosa estivesse longe*) — Espinosa! Espinosa!

O guarda-costas esbofeteia Espinosa, cuja cabeça, como se estivesse solta, fica de lado, por causa do golpe.

O GUARDA-COSTAS (*para Espinosa*) — O chefe está falando com o senhor.

Com um gesto de impaciência, Kubin repreende o guarda-costas. Depois, aproxima a boca do ouvido de Espinosa.

KUBIN — Diga como foi a morte do Morgan. Fale sem temor; não vai lhe acontecer nada.

Aqui se intercalam imagens expressivas de algo que estoura e se abre, deixando irromper um elemento: um dique rompido por uma inundação; uma escarpada pendente de rocha, aberta pela dinamite e que desmorona, com terra e com plantas, sobre a câmera; uma avalanche, em uma montanha de neve; uma parede que desaba em um incêndio.
Nos últimos movimentos do desabamento ou da irrupção transluz a cara de Espinosa, sentado.

ESPINOSA — Vou contar a morte do Morgan. Não posso dizer outra coisa. Não posso pensar em outra coisa. Até o fim do mundo. (*pausa*) Eu queria salvar o Morgan. Eles me descobriram.

Aparecem, longínquas e apagadas, como em um velho filme mudo, as cenas que Espinosa vai descrevendo.
Espinosa, em um quarto alto, trata de se atirar pela janela. Seguram-no. Vemos a cena do interior de um quarto; através da janela, lá embaixo, do outro lado do pátio, vemos Anselmi e um guarda-costas olhando na direção da câmera (ver p. 278).

ESPINOSA — Tentei me suicidar. (*pausa*) Depois ameaçaram matar a minha pobre filha. Depois chegou o fim. Eu o havia ajudado a se vestir. Tinha de lhe passar as muletas. Não passei.

Vê-se Morgan de pé, como uma estátua vacilante sobre o piso axadrezado. Espinosa vai buscar as muletas, que estão encostadas na mesa. Alguém — uma silhueta indistinta — aparece na porta. Espinosa, que já pegou as muletas, as deixa cair. Até esse momento a cena foi muda; agora, muito perto, se ouve, no piso de mármore, a queda das muletas. A câmera foca as muletas que caem; essa imagem é vívida. Também o serão as cenas que seguem, tomadas em close--up. Morgan procura caminhar até as muletas; cai; vemos, próximo, seu rosto. Vemos os pés de um homem que se aproxima. Ouvimos a detonação. Morgan morre. A câmera sobe: vemos a mão com o revólver; depois, o rosto do assassino: é Daniel Espinosa.

ESPINOSA (*pausadamente*) — Eu tinha descoberto o seu propósito de assassinar Morgan. Eles me escolheram como verdugo. A mim, para que nunca os denunciasse.

Close-up no rosto de Espinosa. Esse rosto se inclina, se consome, fecha os olhos, fica imóvel. Agora é o rosto de Espinosa, recaindo no torpor, depois de narrada a história da morte de Morgan. A câmera se afasta. Vemos Espinosa na poltrona, para Kubin, para seus homens, para Raúl Anselmi.

KUBIN (*depois de um silêncio, impacientemente*) — Conte mais, conte mais.

Espinosa não responde. Kubin sai da poltrona, aproxima-se de Espinosa e o olha, pondo a cabeça de lado.

KUBIN (*depois de um breve exame*) — Não pode contar mais. Está morto.

Kubin volta para a poltrona.

KUBIN — Bom. Eu contarei o final. Faltava tomar providências sobre o corpo de Morgan. Que se encarregasse da tarefa aquele que o matou! Nessa mesma noite, Espinosa, custodiado por um dos meus homens, jogou o cadáver na rua! (*abrindo os braços, com espanto pueril*) O trem o fez em pedaços!

308

Ouve-se, lá fora, um disparo. Kubin assoma a uma janela.

KUBIN — Não pode ser. O pessoal do Larrain está nos atacando. (*para os guarda-costas*) Vocês, rápido, cada um para seu posto!

Ouvem-se repetidas descargas. De um armário embutido, Kubin saca uma Winchester.

KUBIN — Anselmi, não esqueça este momento. Kubin entra em batalha.

Em um paroxismo de ira, Kubin abre as janelas de par em par, aponta e abre fogo. Um dos agressores tinha escalado a grade; um tiro de Kubin o derruba. Um tiro atinge Kubin, que solta a Winchester e cai. As balas perfuraram os losangos dos vidros. Anselmi sai pela porta que dá para a laje.
Esfumatura.

Abre-se uma porta; Irene aparece; vê que não há ninguém no quarto; atravessa-o correndo. Quando vai entrar em outro quarto, vê Pedro (o gigante), com os cotovelos apoiados em uma janela. Irene fica imóvel. Depois de uns instantes, Pedro despenca. Estava morto. Durante esta cena, o tiroteio continua.
Irene chega na entrada de um quarto comprido, com colunas; lá em cima, no centro, há um espaço aberto, retangular, para o qual dá a galeria do andar superior. Diante de Irene, na porta do outro extremo, aparece Anselmi. As janelas dão para o jardim; há homens de Kubin abrindo fogo; Irene e Anselmi correm muito felizes, com os braços abertos; abraçam-se. Um dos homens das janelas cai morto. O tiroteio se intensifica. Irene e Anselmi se agacham.
Esfumatura.

Larrain, com um tiro na fechadura, abre a porta do vestíbulo. No chão estão a mesa virada, o baralho, uma garrafa quebrada, os copos e o homem que Larrain matou.
O quarto em que estão Irene e Anselmi. O tiroteio continua, ensurdecedor. Irene e Anselmi estão de bruços, no chão; falam, alheios ao perigo, como em um êxtase.

IRENE — De ontem à noite a hoje, quanto tempo! Como em um sonho, lembro que me sequestraram, que antes falei com um tal de sr. Espinosa, que antes (*sorri, tira um envelope do bolso da malha e entrega a Anselmi*) me deram esta carta para você.

ANSELMI (*sorrindo*) — Vamos lê-la com o que nos resta de vida.

Anselmi abre o envelope e dá uma olhada na carta.

ANSELMI — O destino é irônico. O engenheiro Landi me comunica que posso passar para receber seis mil e quinhentos pesos. Aquele inventário, do qual falamos. Irene, a fazenda está salva.

IRENE — A fazenda, não. A casa. Faz anos que perdemos a fazenda. Contanto que me reste a casa, poderei ficar nela com a minha irmã, sem que a levem para um sanatório. A minha pobre irmã, que está louca.

Larrain entra, avança, revólver na mão, em direção a Irene e Anselmi; aproxima-se sem ser visto por eles. Da galeria superior, Brissac pula sobre Larrain e o derruba. Lutam, se levantam. Uma bala (que entrou pela janela) mata Larrain.

Brissac indica a Irene e Anselmi que o sigam. Saem pelos pátios e fogem pelo jardim. O tiroteio cessou. Eles veem que a polícia está entrando na casa. Chegam a uma portinha de ferro, escondida atrás de uma enorme mata de bambu.

BRISSAC — O paraíso será dos belicosos, mas não é desagradável voltar à paz e à terra. (*Mostra uma rua.*)

ANSELMI (*reflexivo*) — Repita o que disse sobre o paraíso.

BRISSAC — Eu estava me lembrando de uma frase que ouvi de Morgan. Os muçulmanos dizem que o paraíso está à sombra das espadas; Morgan me contou que na bandidagem da Alexandria, para designar os sujeitos cuja morte estava decidida, se dizia que estavam no Paraíso dos Crentes.

ANSELMI — Agora entendo o recado que tive de levar para Abdulmálik.

Soa um disparo.

BRISSAC (*apontando para a portinha*) — Podemos sair por aqui.

ANSELMI — Eu não. Tenho uma situação para esclarecer.

BRISSAC (*abrindo a porta*) — Minha única discípula morreu. Tenho de procurar outra. (*Sai; da rua, para Irene.*) Não seria a senhorita, essa outra?

IRENE — Temo que não. Eu fico aqui, com o Raúl.

Brissac faz uma reverência e vai embora. Depois se vira e, com os braços abertos, fala, dirigindo-se aos espectadores.

BRISSAC — Já encontrei o final do meu drama. O herói e a heroína serão felizes!

Rincón Viejo, 20 de fevereiro de 1950

CRÔNICAS DE BUSTOS DOMECQ
1967

A estes três grandes esquecidos:
Picasso, Joyce, Le Corbusier

Every absurdity has now a champion.

Oliver Goldsmith, 1764

Every dream is a prophesy: every jest is an earnest in the womb of Time.

Padre Keegan, 1904

Prólogo

Abordo mais uma vez, por insistência do inveterado amigo e do estimado escritor, os inerentes riscos e dissabores que espreitam, pertinazes, o prologuista. Estes não eludem minha lupa, certamente. Cabe-nos navegar, como o homérida, entre dois escolhos contrários. Caribdes: fustigar a atenção de leitores abúlicos e remissos com a Fata Morgana de atrações que logo dissipará o corpus do livreco. Cila: refrear nosso brilho, para não obscurecer e ainda aquilatar o material subsequente. Inelutavelmente, as regras do jogo se impõem. Como o vistoso tigre real de Bengala que retrai a garra para não riscar com uma patada as feições de seu trêmulo domador, acataremos, sem depor de todo o escalpelo crítico, as exigências que de seu comporta o gênero. Seremos bons amigos da verdade, porém mais de Platão.

Tais escrúpulos, interporá sem dúvida o leitor, resultarão quiméricos. Ninguém sonhará em comparar a sóbria elegância, a estocada a fundo, a cosmovisão panorâmica do escritor de importância, com a prosa bonachona, solta, um tanto *en pantoufles*, do bom homem, a carta cabal que entre uma sesta e outra despacha, densos de pó e tédio provinciano, seus meritórios cronicões.

Bastou o rumor de que um ateniense, um portenho — cujo aclamado nome o bom gosto me veda revelar — consolidasse o anteprojeto de um romance que se intitulará, se eu não mudar de ideia, *Os Montenegro*, para que nosso popular "Bicho Feio",[1] que outrora ensaiou o gênero narrativo, corresse, nem lerdo nem preguiçoso, à crítica. Reconheçamos que essa lúcida ação de se colocar em seu lugar teve seu prêmio. Descontada mais de uma nódoa inevitável, a obrinha explosiva que nos cabe hoje prologar ostenta quilates suficientes. A matéria bruta fornece ao curioso leitor o interesse que o estilo nunca o insuflaria.

Na hora caótica em que vivemos, a crítica negativa é, evidentemente, carente de vigência; trata-se com preponderância de afirmar, além do nosso gosto, ou desgosto, os valores nacionais, autóctones, que marcam, ainda que de maneira fugaz, a pauta do minuto.

No presente caso, por outro lado, o prólogo ao qual empresto minha assinatura foi impetrado[2] por um de tais camaradas a quem nos une o costume. Enfoquemos, pois, os aportes. Da perspectiva que o brinda sua Weimar litorânea, nosso Goethe de brechó[3] pôs em marcha um registro realmente enciclopédico, no qual toda nota moderna encontra sua vibração. Aquele que deseje fuçar em profundidade a novelística, a lírica, a temática, a arquitetura, a escultura, o teatro e os mais diversos meios audiovisuais, que marcam o dia de hoje, terá malgrado seu de engolir este vade-mécum indispensável, verdadeiro fio de Ariadne que o levará pela mão até o Minotauro.

Levantara-se por acaso um coro de vozes denunciando a ausência de alguma figura eminente, que conjuga em elegante síntese o cético e o *sportsman*, o sumo sacerdote das letras e o garanhão de alcova, mas imputamos a omissão à natural modéstia do artesão que conhece seus limites, não à mais justificada das invejas.

Ao percorrer com displicência as páginas deste opúsculo meritório, sacode nossa modorra, momentânea, uma menção ocasional: a de Lambkin Formento. Um inspirado receio nos perturba. Existe, concretizado em carne e osso, tal personagem? Será que, por acaso, não se trata de um familiar, ou talvez de um eco, daquele Lambkin, fantoche de fantasia, que deu seu augusto

---

1. Apelido carinhoso de H. Bustos Domecq na intimidade. (Nota de H. Bustos Domecq.)
2. Semelhante palavra é um equívoco. Refresque a memória, dom Montenegro. Eu não lhe pedi nada; foi o senhor que apareceu com seu ex abrupto na oficina do tipógrafo. (Nota de H. Bustos Domecq.)
3. Por fim, depois de muitas explicações do dr. Montenegro, não insisto e desisto do telegrama colacionado que a meu pedido redigiria o dr. Baralt. (Nota de H. Bustos Domecq.)

nome a uma sátira de Belloc? Enganações como essa reduzem os possíveis quilates de um repertório informativo, que não pode aspirar a outro aval — entenda-se bem — que o da probidade, pura e simples.

Não menos imperdoável é a ligeireza que o autor consagra ao conceito de gremialismo, ao estudar uma bagatela dessas em seis aborrecidos volumes que emanaram do incontido teclado do dr. Baralt. Demora-se, brinquedo das sereias desse advogado, em meras utopias combinatórias e negligencia o autêntico gremialismo, que é robusto pilar da ordem presente e do porvir mais seguro.

Em resumo, um volume não indigno do nosso indulgente reconhecimento.

Gervasio Montenegro
Buenos Aires, 4 de julho de 1966

Homenagem a César Paladión

Elogiar a multiplicidade da obra de César Paladión, ponderar a infatigável hospitalidade de seu espírito é, ninguém duvida, um dos lugares-comuns da crítica contemporânea; mas não convém esquecer que os lugares-comuns têm sempre sua carga de verdade. Do mesmo modo, resulta inevitável a referência a Goethe, e não faltou quem sugerisse que tal referência provém da semelhança física dos dois grandes escritores e da circunstância mais ou menos fortuita da qual compartilham, por assim dizer, um *Egmont*. Goethe disse que seu espírito estava aberto a todos os ventos; Paladión prescindiu desta afirmação, já que ela não figura em seu *Egmont*, mas os onze proteicos volumes que deixou provam que pôde adotá-la com pleno direito. Ambos, Goethe e nosso Paladión, exibiram a saúde e a robustez que são a melhor base para a construção da obra genial. Galhardos lavradores da arte, suas mãos regem o arado e rubricam a gleba!

O pincel, o buril, o esfuminho e a câmera fotográfica propagaram a efígie de Paladión; nós que o conhecemos pessoalmente talvez menosprezemos com injustiça tão profusa iconografia, que nem sempre transmite a autoridade, a hombridade de bem que o mestre irradiava como uma luz constante e tranquila, que não cega.

Em 1909, César Paladión exercia em Genebra o cargo de cônsul da República Argentina; lá publicou seu primeiro livro, *Os parques abandonados*. A edição, que hoje é disputada pelos bibliófilos, foi zelosamente corrigida pelo autor; afeiam-na, entretanto, as mais desaforadas erratas, já que o tipógrafo calvinista era um *ignoramus* cabal no que concerne à língua de Sancho. Os gulosos da *petite histoire* agradecerão a menção de um episódio assaz ingrato, que já ninguém lembra, e cujo único mérito é o de tornar patente de modo claro a quase escandalosa originalidade do conceito estilístico paladionano. No outono de 1910, um crítico de considerável importância cotejou *Os parques abandonados* com a obra de igual título de Julio Herrera y Reissig, para chegar à conclusão de que Paladión cometera — *risum teneatis* — um plágio. Longos extratos de ambas as obras, publicados em colunas paralelas, justificavam, segundo ele, a insólita acusação, que, aliás, caiu no vazio; nem os leitores a levaram em conta, nem Paladión se dignou a responder. O panfletário, de cujo nome não quero me lembrar, não tardou em compreender seu erro e se chamou a perpétuo silêncio. Sua assombrosa cegueira crítica havia ficado em evidência!

O período 1911-9 corresponde, já, a uma fecundidade quase sobre-humana: em veloz sucessão aparecem: *El libro extrano*, o romance pedagógico *Emílio*, *Egmont*, *Thebussianas* (segunda série), *O cão dos Baskerville*, *Dos Apeninos aos Andes*, *A cabana do pai Tomás*, *La provincia de Buenos Aires hasta la definición de la cuestión Capital de la República*, *Fabíola*, *As geórgicas* (tradução de Ochoa) e o *De divinatione* (em latim). A morte o surpreende em pleno labor; segundo o testemunho de seus íntimos, tinha em avançada preparação o *Evangelho segundo São Lucas*, obra de corte bíblico, da qual não restou rascunho e cuja leitura teria sido interessantíssima.[1]

A metodologia de Paladión foi objeto de tantas monografias críticas e teses de doutorado que é quase supérfluo fazer um novo resumo. Basta-nos esboçá-la em grandes traços. A chave foi dada, de uma vez por todas, no tratado *A linha Paladión-Pound-Eliot* (viúva de Ch. Bouret, Paris, 1937) de Farrel du Bosc. Trata-se, como definitivamente declarou Farrel du Bosc, citando Myriam Allen de Ford, de uma *ampliação de unidades*. Antes e depois de nosso Paladión, a unidade literária que os autores recolhiam do acervo comum era a

---

1. Em uma reprodução que o pinta de corpo inteiro, Paladión escolheu, ao que parece, a tradução de Scio de San Miguel.

palavra ou, no máximo, a frase feita. Apenas os centões do bizantino ou do monge medieval ampliam o campo estético, recolhendo versos inteiros. Na nossa época, um copioso fragmento da *Odisseia* inaugura um dos *Cantos* de Pound e é bem sabido que a obra de T.S. Eliot consente versos de Goldsmith, de Baudelaire e de Verlaine. Paladión, em 1909, já havia ido mais longe. Anexou, por assim dizer, um opus completo, *Os parques abandonados*, de Herrera y Reissig. Uma confidência divulgada por Maurice Abramowicz nos revela os delicados escrúpulos e o inexorável rigor que Paladión levou sempre à árdua tarefa da criação poética: preferia *Os crepúsculos do jardim* de Lugones a *Os parques abandonados*, mas não se julgava digno de assimilá-los; inversamente, reconhecia que o livro de Herrera estava dentro de suas possibilidades de então, já que suas páginas o expressavam com plenitude. Paladión outorgou-lhe seu nome e o passou à gráfica, sem tirar nem acrescentar uma só vírgula, norma à qual sempre foi fiel. Estamos, assim, diante do acontecimento literário mais importante do nosso século: *Os parques abandonados*, de Paladión. Nada mais remoto, certamente, do livro homônimo de Herrera, que não repetia um livro anterior. A partir daquele momento, Paladión entra na tarefa, que ninguém acometera até então, de mergulhar nas profundezas de sua alma e de publicar livros que a expressassem, sem sobrecarregar o já opressivo corpus bibliográfico ou incorrer na fácil vaidade de escrever uma só linha. Modéstia marcescível a deste homem que, diante do banquete com que o brindam as bibliotecas orientais e ocidentais, renuncia à *Divina comédia* e a *As mil e uma noites* e condescende, humano e afável, a *Thebussianas* (segunda série)!

A evolução mental de Paladión não foi de todo aclarada; por exemplo, ninguém explicou a misteriosa ponte que vai de *Thebussianas* etc. a *O cão dos Baskerville*. De nossa parte, não trepidamos em lançar a hipótese de que essa trajetória é normal, própria de um grande escritor que supera a agitação romântica, para se coroar à sobremesa com a nobre serenidade do clássico.

Aclaremos que Paladión, fora alguma reminiscência escolar, ignorava as línguas mortas. Em 1918, com uma timidez que hoje nos comove, publicou *As geórgicas*, segundo a versão espanhola de Ochoa; um ano depois, já consciente de sua magnitude espiritual, publicou o *De divinatione* em latim. E que latim! O de Cícero!

Para alguns críticos, publicar um evangelho depois dos textos de Cícero e de Virgílio importa uma espécie de apostasia dos ideais clássicos; nós preferimos ver neste último passo, que não tomou, uma renovação espiritual. Em suma, o misterioso e claro caminho que vai do paganismo à fé.

Ninguém ignora que Paladión teve de custear, de próprio pecúlio, a publicação de seus livros e que as exíguas tiragens nunca superaram a cifra de trezentos ou quatrocentos exemplares. Todos estão virtualmente esgotados e os leitores a quem o dadivoso acaso colocou nas mãos *O cão dos Baskerville* aspiram, captados pelo estilo personalíssimo, a saborear *A cabana do pai Tomás*, talvez *introuvable*. Por esse motivo aplaudimos a iniciativa de um grupo de deputados dos mais opostos setores, que propugna a edição oficial das obras completas do mais original e variado de nossos *litterati*.

Uma tarde com Ramón Bonavena

Toda estatística, todo labor meramente descritivo ou informativo, pressupõe a esplêndida e talvez insensata esperança de que no vasto porvir homens como nós, mas mais lúcidos, inferirão dos dados que lhes deixamos alguma conclusão proveitosa ou alguma generalização admirável. Aqueles que tenham percorrido os seis volumes de *Nor-noroeste*, de Ramón Bonavena, devem ter intuído mais de uma vez a possibilidade, melhor ainda a necessidade, de uma colaboração futura que venha coroar e complementar a obra oferecida pelo mestre. Apressemo-nos a advertir que essas reflexões correspondem a uma reação pessoal, certamente não autorizada por Bonavena. Este, na única vez em que falei com ele, rechaçou qualquer ideia de uma transcendência estética ou científica da obra, à qual havia consagrado sua vida. Rememoremos, ao cabo dos anos, aquela tarde.

Por volta de 1936 eu trabalhava no suplemento literário da *Última Hora*. Seu diretor, homem cuja desperta curiosidade não excluía o fenômeno literário, encomendou-me, em um típico domingo de inverno, a missão de entrevistar o já conhecido, mas ainda não famoso, romancista em seu retiro de Ezpeleta.

A casa, que ainda está conservada, era térrea, se bem que no terraço ostentasse duas sacadinhas com balaustrada, em patética previsão de um andar de cima. O próprio Bonavena nos abriu a porta. Os óculos embaçados, que figuram na mais divulgada de suas fotografias e que corresponderam, ao que parece, a uma doença passageira, não adornavam, então, aquele rosto de vastas bochechas brancas, em que os traços se perdiam. Depois de tantos anos acredito lembrar de um avental de brim e pantufas turcas.

Sua natural cortesia dissimulava mal certa reticência; a princípio pude atribuí-la à modéstia, mas logo compreendi que o homem se sentia muito seguro e aguardava sem ansiedade a hora da consagração unânime. Empenhado em seu labor exigente e quase infinito, era avaro de seu tempo e pouco ou nada lhe importava a publicidade com que eu o brindava.

Em seu escritório — que tinha algo da sala de espera de um odontologista de vilarejo, com suas marinas em pastel e seus pastores e cachorros de porcelana — havia poucos livros, e os demais eram dicionários de diversas disciplinas e ofícios. Não me surpreenderam, é verdade, a poderosa lupa de aumento e o metro de carpinteiro que percebi sobre o feltro verde da escrivaninha. Café e tabaco estimularam o diálogo.

— Evidentemente, li e reli sua obra. Acredito, no entanto, que para localizar o leitor comum, o homem-massa, em um plano de relativa compreensão, conviria talvez que o senhor esboçasse, em traços gerais e com espírito de síntese, a gestação de *Nor-noroeste*, desde o primeiro vislumbre até a produção massiva. Eu o intimo: ab ovo, ab ovo!

O rosto, quase inexpressivo e cinza até então, iluminou-se. Aos poucos chegariam as palavras precisas, em aluvião.

— Meus planos, no início, não ultrapassavam o campo da literatura, mais ainda, do realismo. Meu desejo — nada extraordinário, aliás — era dar um romance da terra, simples, com personagens humanos e o conhecido protesto contra o latifúndio. Pensei em Ezpeleta, minha cidade. O esteticismo não me preocupava. Eu queria render um testemunho honesto, sobre um setor limitado da sociedade local. As primeiras dificuldades que me detiveram foram, talvez, nímias. Os nomes dos personagens, por exemplo. Chamá-los como na verdade se chamavam era expor-se a um processo por calúnias. O dr. Garmendia, que tem seu escritório de advocacia ali na esquina, assegurou-me, como quem se previne, que o homem médio de Ezpeleta é um litigioso. Restava o recurso de inventar nomes, mas isso teria sido abrir a porta à fantasia. Optei por letras maiúsculas com reticências, solução que acabou não me agradando. À medida que me aprofundava no assunto compreendi que a maior dificuldade não residia no nome dos personagens; era de ordem psíquica. Como me enfiar na cabeça do meu vizinho? Como adivinhar o que pensam os outros, sem renúncia ao realismo? A resposta era clara, mas a princípio eu não quis vê-la. Encarei então a possibilidade de um romance de animais domésticos. Mas como intuir os processos cerebrais de um cachorro, como entrar em um mundo talvez menos visual do que olfativo? Desorientado, recolhi-me em mim mesmo e pensei que já não restava outro recurso senão a autobiografia. Também aí estava o labirinto. Quem sou eu? O de hoje, vertiginoso, o de ontem, esquecido, o de amanhã, imprevisível? Quer coisa mais impalpável do que a alma? Se me vigio para escrever, a vigilância me modifica; se me abandono à escritura automática, abandono-me ao acaso. Não sei se o senhor se lembra daquele caso, relatado, acredito, por Cícero, de uma mulher que vai a um templo em busca de um oráculo e que sem perceber pronuncia umas palavras que contêm a resposta esperada. Comigo, aqui em Ezpeleta, aconteceu uma coisa parecida. Menos para buscar uma solução do que para fazer alguma coisa, revisei minhas anotações. Ali estava a chave que eu buscava. Estava nas palavras *um setor limitado*. Quando as escrevi não fiz outra coisa senão repetir uma metáfora corriqueira; quando as reli, uma espécie de revelação me deslumbrou. *Um setor limitado…* Quer setor mais limitado que o canto da mesa de pinho em que eu trabalhava? Decidi limitar-me ao canto, naquilo que o canto pode propor à observação. Medi com este metro de carpinteiro — que o senhor pode examinar *a piacere* — a perna da referida mesa e comprovei que se achava a um metro e quinze sobre o nível do chão, altura que julguei adequada. Ir indefinidamente mais acima teria sido incursionar no forro do teto, no terraço e logo na astronomia; se fosse para baixo, teria sumido no porão, na planície subtropical, quando não no globo terrestre. De resto, o canto escolhido apresentava fenômenos interessantes. O cinzeiro de cobre, o lápis de duas pontas, uma azul e outra vermelha etc.

Aqui não pude me conter e o interrompi:

— Já sei, já sei. O senhor está falando dos capítulos dois e três. Do cinzeiro sabemos tudo: os matizes do cobre, o peso específico, o diâmetro, as diversas relações entre o diâmetro, o lápis e a mesa, o desenho do logo, o preço de fábrica, o preço de venda e tantos outros dados não menos rigorosos que oportunos. Quanto ao lápis — um Goldfaber 873 —, o que direi? O senhor o comprimiu, mediante o dom de síntese, em vinte e nove páginas in-oitavo, que nada deixam a desejar à mais insaciável curiosidade.

Bonavena não se ruborizou. Retomou, sem pressa e sem pausa, a condução do diálogo.

— Vejo que a semente não caiu fora do sulco. O senhor está empapado em minha obra. A título de prêmio, eu lhe obsequiarei um apêndice oral. Refere-se, não à obra propriamente dita, mas aos escrúpulos do criador. Uma vez esgotado o trabalho de Hércules de registrar os objetos que habitualmente ocupavam o canto nor-noroeste da escrivaninha, empresa que despachei em duzentas e onze páginas, perguntei-me se era lícito renovar o *stock*, id est introduzir arbitrariamente outras peças, dispô-las no campo magnético e proceder, sem mais nem menos, a *descrevê-las*. Tais objetos, inevitavelmente escolhidos para minha tarefa descritiva e trazidos de outras localidades do quarto e também da casa, não alcançariam a naturalidade, a espontaneidade, da primeira série. No entanto, uma vez situados no canto, seriam parte da realidade e reclamariam um tratamento análogo. Formidável corpo a corpo da ética e da estética! Este nó górdio foi desatado pela aparição do entregador da padaria, jovem de toda a confiança, embora tolo. Zanichelli, o tolo em questão, veio a ser, como vulgarmente se diz, meu deus ex machina. Sua própria opacidade o capacitava para os meus fins. Com temerosa curiosidade, como quem comete uma profanação, ordenei-lhe que pusesse alguma coisa, qualquer coisa, no canto, agora vacante. Pôs a borracha, uma caneta e, de novo, o cinzeiro.

— A famosa série beta! — prorrompi. — Agora compreendo o enigmático regresso do cinzeiro, que se repete quase com as mesmas palavras, salvo em algumas referências à caneta e à borracha. Mais de um crítico superficial acreditou ver uma confusão…

Bonavena se ergueu.

— Na minha obra não há confusões — declarou com justificada solenidade. — As referências à caneta e à borracha são um indicador mais do que suficiente. Diante de um leitor como o senhor, inútil pormenorizar as deposições que ocorreram depois. Basta dizer que eu fechava os olhos, o tolo colocava uma coisa ou coisas e, depois, mãos à obra! Em teoria, meu livro é infinito, na prática reivindico meu direito ao descanso — chame-o de uma pausa no caminho — depois de evacuar a página 941 do quinto tomo.[1] No mais, o descricionismo propaga-se. Na Bélgica se festeja o aparecimento da primeira entrega de *Aquário*, trabalho no qual acreditei perceber mais de uma heterodoxia. Na Birmânia, no Brasil, em Burzaco emergem novos núcleos ativos.

De algum modo senti que a entrevista já chegava ao fim. Disse, para preparar a despedida:

— Mestre, antes de ir embora, quero pedir um último favor. Eu poderia ver alguns dos objetos que a obra registra?

— Não — disse Bonavena. — Não os verá. Cada colocação, antes de ser substituída pela seguinte, foi rigorosamente *fotografada*. Obtive assim uma brilhante série de negativos. Sua destruição, no dia 26 de outubro de 1934, me causou uma verdadeira dor. Doeu-me mais ainda destruir os objetos originais.

Fiquei consternado.

— Como? — cheguei a balbuciar. — O senhor se atreveu a destruir o bispo preto de ípsilon e o cabo do martelo de gama?

Bonavena me olhou tristemente.

— O sacrifício era necessário — explicou. — A obra, como o filho maior de idade, tem de viver por conta própria. Conservar os originais a teria exposto a confrontações impertinentes. A crítica se deixaria arrastar pela tentação de julgá-la segundo sua maior ou menor fidelidade. Cairíamos assim no mero cientificismo. Ao senhor consta que eu nego à minha obra todo valor científico.

Apressei-me a confortá-lo:

— Sem dúvida, sem dúvida. *Nor-noroeste* é uma criação estética...

— Outro erro — sentenciou Bonavena. — Nego à minha obra qualquer valor estético. Ocupa, por assim dizer, um plano próprio. As emoções despertadas por ela, as lágrimas, os aplausos, as caretas não me preocupam. Não me propus a ensinar, comover nem divertir. A obra está além. Aspira ao mais humilde e ao mais alto: um lugar no universo.

Embutida nos ombros, a sólida cabeça não se moveu. Os olhos já não me viam. Compreendi que a visita havia terminado. Saí como pude. *The rest is silence*.

---

1. Ninguém ignora que um sexto volume apareceu postumamente, em 1939.

Em busca do absoluto

Forçoso é admitir, por mais que nos doa, que o rio da Prata tem os olhos voltados para a Europa e desdenha ou ignora seus autênticos valores vernáculos. O caso Nierenstein Souza não deixa dúvidas a respeito. Fernández Saldaña omite seu nome no *Dicionário uruguaio de biografias*; o próprio Monteiro Novato se reduz às datas 1897-1935 e à relação de seus trabalhos mais divulgados: A *pânica planície* (1897), As *tardes de topázio* (1908), *Œuvres et théories chez Stuart Merrill* (1912), monografia sisuda que mereceu o elogio de mais de um professor adjunto da Universidade Columbia, *Simbolismos em La Recherche de l'absolu de Balzac* (1914) e o ambicioso romance histórico *O feudo dos Gomensoro* (1919), repudiado in articulo mortis pelo autor. Inútil rebuscar nas lacônicas anotações de Novato a menor referência aos cenáculos franco-belgas da Paris de fim de século, que Nierenstein Souza frequentara, ainda que como espectador silencioso, nem a miscelânea póstuma *Bric-à-brac*, publicada por volta de 1942 por um grupo de amigos, capitaneados por H. B. D. Tampouco se descobre o menor propósito de vivenciar as ponderáveis, embora nem sempre fiéis, traduções de Catulle Mendès, de Ephraïm Mikhaël, de Franz Werfel e de Humbert Wolfe.

Sua cultura, como se vê, era abundante. O iídiche familiar lhe havia franqueado as portas da literatura teutônica; o presbítero Planes lhe comunicou sem lágrimas o latim; mamou o francês com a cultura, e o inglês foi uma herança de seu tio, gerente da charqueada Young, de Mercedes. Adivinhava o holandês e arranhava a língua franca da fronteira.

Estando já no prelo a segunda edição de *O feudo dos Gomensoro*, Nierenstein se retirou para Fray Bentos, onde, no antigo casarão familiar que alugaram para ele os Medeiro, pôde consagrar-se por inteiro à escrupulosa redação de uma obra capital, cujos manuscritos se extraviaram e cujo nome mesmo se ignora. Ali, no caloroso verão de 1935, a tesoura de Átropos veio a cortar o obstinado trabalho e a vida quase monástica do poeta.

Seis anos depois, o diretor da *Última Hora*, homem cuja viva curiosidade não excluía o fenômeno literário, arvorou-se a me encomendar a missão, entre detetivesca e piedosa, de investigar in situ os restos dessa obra magna. O caixa do jornal, depois de naturais hesitações, liberou os gastos da viagem fluvial pelo Uruguai, "face de pérolas". Em Fray Bentos, a hospitalidade de um farmacêutico amigo, o dr. Zivago, faria o resto. Essa excursão, minha primeira saída ao exterior, encheu-me — por que não dizer? — da já notória inquietude. Embora o exame do mapa-múndi não tenha deixado de me alarmar, as garantias, dadas por um viajante, de que os habitantes do Uruguai dominam nossa língua acabaram por me tranquilizar não pouco.

Desembarquei no país irmão em um 29 de dezembro; no dia 30, pela manhã, em companhia de Zivago e no Hotel Capurro, dei conta do meu primeiro café com leite uruguaio. Um escrivão intercedeu no diálogo e — caso vai, caso vem — fez referência à história, não ignorada nos círculos jocosos da nossa querida Calle Corrientes, do representante comercial e da ovelha. Saímos ao sol forte da rua; qualquer veículo resultou desnecessário e, passada meia hora, depois de admirar o acentuado progresso da localidade, chegamos à mansão do poeta.

O proprietário, dom Nicasio Medeiro, debitou-nos, depois de uma breve batida de ginja e uns sanduíches de queijo, a sempre nova e festiva piada da solteirona e do papagaio. Assegurou que o casarão, graças a Deus, havia sido reformado por um sujeito meio metido, mas que a biblioteca do finado Nierenstein mantinha-se intacta, por carência momentânea de fundos para empreender novas melhorias. De fato, em prateleiras de pinho, divisamos a nutrida série de livros, na mesa de trabalho um tinteiro no qual pensava um busto de Balzac e, nas paredes, uns retratos da família e a fotografia, com autógrafo, de George Moore. Coloquei os óculos e submeti a um exame imparcial os já empoeirados volumes. Ali estavam, previsivelmente, as lombadas amarelas do *Mercure de France*, que teve sua hora; o mais notável da derradeira produção simbolista do século e também uns tomos desmantelados de *As mil e uma noites*, de Burton, o *Heptaméron*, da rainha Margarida, o *Decameron*, o *Conde Lucanor*, o *Kalila e Dimna* e os contos de Grimm. As *Fábulas de Esopo*, anotadas de próprio punho por Nierenstein, não escaparam à minha atenção.

Medeiro consentiu que eu explorasse as gavetas da mesa de trabalho. Duas tardes dediquei à tarefa. Pouco direi sobre os manuscritos que transcrevi, já que a Probeta Editorial acaba de colocá-los em domínio público. O idílio rural de Golosa e Polichinelo, as vicissitudes de Moscarda e as aflições do dr. Ox à procura da pedra filosofal já se incorporaram, indeléveis, ao corpus mais atualizado das letras rio-platenses, embora algum Aristarco tenha objetado o preciosismo do estilo e o excesso de acrósticos e digressões. Breves de seu, estas obrinhas, malgrado as virtudes que a mais exigente crítica da revista *Marcha* lhes reconheceu, não podiam constituir o *magnum opus* que nossa curiosidade indagava.

Na última página de não sei que livro de Mallarmé dei com esta anotação de Nierenstein Souza:

> *É curioso que Mallarmé, tão desejoso do absoluto, o buscasse no mais incerto e mutante: as palavras. Ninguém ignora que suas conotações variam e que o vocábulo mais prestigioso será trivial ou desdenhável amanhã.*

Pude igualmente transcrever as três versões sucessivas de um mesmo alexandrino. No rascunho, Nierenstein havia escrito:

> *Viver para a lembrança e esquecer quase tudo.*

Em *As brisas de Fray Bentos* — pouco mais que uma publicação caseira — preferiu:

> *Matérias a Memória aprovisiona para Esquecimento.*

O texto definitivo, que aparecera na *Antologia de seis poetas latino--americanos*, dá-nos:

A *Memória depósitos para o Esquecimento eleva*.

Outro frutífero exemplo nos proporciona o hendecassílabo:

E só no que se perde que perduramos

que se transforma em letras de fôrma:

PERSISTIR INCRUSTADO NO FLUENTE

O mais distraído dos leitores observará que em ambas as instâncias o texto publicado é menos decoroso que o rascunho. A questão me intrigou, mas algum tempo passaria antes que eu desentranhasse o busílis.

Com alguma desilusão, empreendi a volta. O que diria a chefatura da *Última Hora*, que havia financiado a viagem? Não contribuiu certamente para a tonificação do meu ânimo a adesiva companhia de NN, de Fray Bentos, que compartilhou meu camarote e me prodigalizou uma enxurrada interminável de histórias, por demais soezes e até chocantes. Eu queria pensar no caso Nierenstein, mas o permanente causeur não me outorgou a menor trégua. Até a madrugada me guarneci em uns cabeceares, que vacilavam entre o enjoo, o sono e o tédio.

Os reacionários detratores da moderna subconsciência custarão a acreditar que na escadaria da aduana da Dársena Sul dei com a solução do enigma. Felicitei NN por sua extraordinária memória e sem mais nem menos alfinetei:

— De onde tira tantas histórias, meu amigo?

A resposta confirmou minha brusca suspeita. Disse-me que todas, ou quase todas, haviam sido contadas por Nierenstein, e as outras, por Nicasio Medeiro, que foi grande companheiro de tertúlia do finado. Acrescentou que o engraçado é que Nierenstein as contava muito mal e que as pessoas da região as melhoravam. De repente tudo se esclareceu: o afã do poeta por alcançar uma literatura absoluta, sua cética observação sobre o transitório das palavras, a progressiva deterioração dos versos de um texto a outro e o duplo caráter da biblioteca, que passou do refinamento do simbolismo às recopilações de gênero narrativo. Que esta história não nos espante; Nierenstein retomou a tradição que, desde Homero até a cozinha dos peões e do clube, compraz-se em inventar e ouvir acontecimentos. Contava mal suas invenções, porque sabia que o Tempo as poliria, se valessem a pena, como já o havia feito com a *Odisseia* e *As mil e uma noites*. Como a literatura em sua origem, Nierenstein se reduziu ao oral, porque não ignorava que os anos acabariam por escrever tudo.

Naturalismo em dia

Não sem alívio comprovamos que a polêmica descricionismo-descritivismo já não detém a primeira página de suplementos literários e demais boletins. A ninguém — depois das ponderadas lições de Cipriano Cross (S. J.) — está permitido ignorar que o primeiro dos pré-citados vocábulos consegue sua mais genuína aplicação na área da novelística, ficando relegado o segundo a toda uma diversidade de parágrafos que não excluem, é verdade, a poesia, as artes plásticas e a crítica. Não obstante, a confusão perdura e de tarde em tarde, diante do escândalo dos amantes da verdade, junge-se ao nome de Bonavena o de Urbas. Talvez para distrairmo-nos de tamanho disparate, não faltam aqueles que perpetram esta outra união irrisória: Hilario Lambkin-César Paladión. Admitamos que tais confusões se embasam em certos paralelos externos e em afinidades terminológicas; contudo, para o leitor bem calibrado, uma página de Bonavena será sempre uma página... de Bonavena. E um folhetim de Urbas... um folhetim de Urbas. Homens de pena, é verdade que forasteiros, soltaram o boato de uma escola descritivista argentina; nós, sem mais autoridade do que a que confere à nossa modéstia o diálogo massivo com as luminárias de uma presumida escola, afirmamos que não se trata de um movimento nucleado nem muito menos de um cenáculo, mas de iniciativas individuais e convergentes.

Penetremos no xis da questão. À entrada deste apaixonante mundinho descritivista, o primeiro nome que nos estende a mão é, o senhor já deve ter imaginado, o de Lambkin Formento.

O destino de Hilario Lambkin Formento é fartamente curioso. Na redação à qual levava seus trabalhos, em geral muito breves e de escasso interesse para o leitor médio, ele era classificado como crítico objetivo, ou seja, como um homem que exclui de sua tarefa de glosador qualquer elogio e qualquer censura. Suas "notículas", que se reduziam não poucas vezes a clichês da capa ou sobrecapa dos livros analisados, com o tempo chegaram a especificar o formato, as dimensões centimétricas, o peso específico, a tipografia, a qualidade da tinta e a porosidade e o cheiro do papel. De 1924 até 1929, Lambkin Formento colaborou, sem colher louros nem desgostos, nas páginas traseiras dos *Anais de Buenos Aires*. Em novembro do último ano renunciou a esses labores para se dedicar plenamente a um estudo crítico sobre a *Divina comédia*. A morte o surpreendeu sete anos depois, quando já havia publicado os três volumes que seriam, e são, o pedestal de sua fama e que respectivamente se intitulam *Inferno, Purgatório, Paraíso*. Nem o público, nem muito menos seus colegas, captaram-no. Foi necessário um chamado à ordem, prestigiado pelas iniciais H. B. D., para que Buenos Aires, esfregando os olhos avivados, despertasse de seu sonho dogmático.

Segundo a hipótese, infinitamente provável, de H. B. D., Lambkin Formento teria folheado, em uma banca do parque Chacabuco, essa mosca branca da bibliografia do século XVII: *Viagens de varões prudentes*. O livro quarto informa:

> [...] *Naquele império, a Arte da Cartografia logrou tal Perfeição que o Mapa de uma só Província ocupava toda uma Cidade, e o Mapa do Império, toda uma Província. Com o tempo estes Mapas Desmesurados não satisfizeram e os Colégios de Cartógrafos construíram um Mapa do Império, que tinha o tamanho do Império e coincidia pontualmente com ele. Menos Afeitas ao Estudo da Cartografia, as Gerações Seguintes entenderam que esse dilatado Mapa era Inútil e não sem Impiedade o entregaram às Inclemências do Sol e dos Invernos. Nos Desertos do Oeste perduram despedaçadas Ruínas do Mapa, habitadas por Animais e por Mendigos; em todo o País não há outra relíquia das Disciplinas Geográficas.*

Com sua perspicácia habitual, Lambkin observou diante de um círculo de amigos que o mapa de tamanho natural comportava graves dificuldades, mas que análogo procedimento não era inaplicável a outros ramos, verbi gratia à crítica. Construir um "mapa" da *Divina comédia* foi, desde aquele momento oportuno, a razão da sua vida. No início, contentou-se em publicar, em mínimos e deficientes clichês, os esquemas dos círculos infernais, da torre do purgatório e dos céus concêntricos, que enfeitam a consagrada edição de Dino Provenzal. Sua natureza exigente não se deu, no entanto, por satisfeita. O poema dantesco escapava-lhe! Uma segunda iluminação, a qual muito rapidamente seguira uma laboriosa e longa paciência, resgatou-o daquele transitório marasmo. No dia 23 de fevereiro de 1931 intuiu que a descrição do poema, para ser perfeita, devia coincidir palavra por palavra com o poema, da mesma forma que o laborioso mapa coincidia ponto por ponto com o Império. Eliminou, ao cabo de maduras reflexões, o prólogo, as notas, o índice e o nome e domicílio do editor e publicou a obra de Dante. Assim ficou inaugurado, em nossa metrópole, o primeiro monumento descritivista!

Ver para crer: não faltaram ratos de biblioteca que tomaram, ou simularam tomar, este novíssimo tour de force da crítica, por mais uma edição do difundido poema de Alighieri, usando-o como livro de leitura. Assim se rende falso culto ao estro poético! Assim se subestima a crítica! O unânime beneplácito foi geral quando um severo ukáse[1] da Câmara do Livro ou, segundo outros, da Academia Argentina de Letras proibiu, dentro do perímetro da cidade de Buenos Aires, este emprego abusivo do maior labor exegético do nosso meio. O mal, não obstante, estava feito; a confusão, como bola de neve, continua ganhando corpo e há tratadistas que se obstinam em assimilar produtos tão diferenciados como as análises de Lambkin e as escatologias cristãs do florentino. Tampouco faltam aqueles que, deslumbrados pela mera Fata Morgana de análogos sistemas de cálculos, irmanam a obra lambkiana à matizada poligrafia de Paladión.

Assaz diferente é o caso de Urbas. Este jovem poeta, que hoje alcança a notoriedade, em setembro de 1938 era quase um incógnito. Sua revelação se deve aos qualificados homens de letras do notável júri que dirimiu, naquele ano, o certame literário da Destiempo Editorial. O tema do concurso, segun-

---

1. Decreto do tsar na Rússia Imperial, que se tornou sinônimo de ordem final ou arbitrária. (N. T.)

do se sabe, foi o clássico e eterno da rosa. Penas e cálamos se atarefaram; pululou a assinatura importante; admiraram-se tratados de horticultura postos em versos alexandrinos, quando não em décima e *ovillejos*;[2] mas tudo empalideceu diante do ovo de colombo de Urbas, que enviou, simples e triunfador... uma rosa. Não houve uma só dissidência; as palavras, artificiosas filhas do homem, não puderam competir com a espontânea rosa, filha de Deus. Quinhentos mil pesos coroaram na mesma hora a proeza inequívoca.

O rádio-ouvinte, o espectador e ouvinte de televisão, e até o *amateur* impenitente e ocasional de periódicos matutinos e de autorizados e copiosos anuários médicos já devem estar estranhando, sem dúvida, nossa demora em trazer à baila o caso Colombres. Atrevemo-nos a insinuar, no entanto, que a palpável notoriedade de tal episódio, verdadeiro menino mimado da imprensa marrom, deve-se talvez menos aos valores intrínsecos que o abonam que à oportuna intervenção da Assistência Pública e ao bisturi de urgência que esgrimira a mão de ouro do dr. Gastambide. O fato, quem se atreve a esquecê-lo, subsiste em todas as memórias. Havia-se aberto, naquela época (estamos falando de 1941), o Salão de Artes Plásticas. Estavam previstos prêmios especiais para trabalhos que enfocassem a Antártida ou a Patagônia. Nada diremos da interpretação abstrata ou concreta de icebergs, de forma estilizada, que coroaram a laureada testa de Hopkins, mas o ponto-chave foi o patagônico. Colombres, fiel até aquela data às aberrações mais extremas do neoidealismo italiano, enviou esse ano um caixote de madeira bem acondicionado, que, ao ser aberto pelas autoridades, deixou escapar um vigoroso carneiro, que feriu na virilha mais de um membro do júri e nas costas o pintor-cabaneiro César Kirón, em que pese a agilidade montaraz com que se pôs a salvo. O ovino, longe de ser uma *machietta* mais ou menos apócrifa, resultou um merino *rambouillet* de cepa australiana, não desprovido, certamente, de sua galharda argentina, que deixara sua estampa nas respectivas zonas interessadas. Como a rosa de Urbas, se bem que de uma maneira mais contundente e mais impetuosa, o referido lanar não era uma fina fantasia da arte; era um indubitável e teimoso espécime biológico.

2. Combinação métrica de três versos octossílabos cruzados com três pés-quebrados, ou seja, versos com mais ou menos sílabas que rimam com aqueles, e de uma redondilha final cujo último verso é formado por três pés-quebrados. (N. T.)

Por alguma razão que nos escapa, os lesados componentes do júri denegaram a Colombres, em peso, o galardão que seu espírito artista já acariciara com ponderáveis ilusões. Mais equitativo e mais amplo se revelou o júri da Rural, que não trepidou ao declarar campeão o nosso carneiro, que usufruiu, desde esse incidente, a simpatia e o calor dos melhores argentinos.

O dilema suscitado é interessante. Se a tendência descritiva prosseguir, a arte se imolará nas aras da natureza; o dr. T. Browne já disse que a natureza é a arte de Deus.

Catálogo e análise dos diversos livros de Loomis

No que diz respeito à obra de Federico Juan Carlos Loomis, grato é comprovar que o tempo das piadas fáceis e da incompreensível pilhéria ficou relegado ao esquecimento. Ninguém tampouco a vê agora em função de uma polêmica circunstancial com Lugones, por volta de 1909, nem com os corifeus do jovem ultraísmo, depois. Hoje nos é dada a fortuna de contemplar a poesia do mestre em sua desnuda plenitude. Dir-se-ia que Gracián a pressentiu ao soltar aquilo, apesar de muito batido não menos cabal, de "o bom, se breve, duas vezes bom" ou, segundo a lição de dom Julio Cejador y Frauca, "o breve, se breve, duas vezes breve".

É indubitável, além disso, que Loomis sempre desacreditou da virtude expressiva da metáfora, exaltada, na primeira década de nosso século, pelo *Lunário sentimental*, e na terceira por *Prisma*, *Proa* etc. Desafiamos o crítico mais esperto a que *deniche*, se nos perdoam o galicismo, uma só metáfora, em todo o âmbito da produção de Loomis, com exceção daquelas que a etimologia contém. Aqueles que guardamos na memória, como em um estojo precioso, os desertos e caudalosos saraus da Calle Parera, cujo arco às vezes abrangia os dois crepúsculos, o da tarde vespertina e o da manhã lactescente, não esqueceremos facilmente das debochadas diatribes de Loomis, *causeur* infatigável, contra os metaforistas que, para significar uma coisa, convertem-na em outra. Tais diatribes, claro, nunca ultrapassaram a esfera do oral, já que a própria severidade da obra as rechaçava. Não há vigor maior de evocação na palavra *lua* — costumava perguntar — do que no *chá dos rouxinóis*, como a disfarçara Maiakóvski?

Mais dado à formulação de perguntas que à recepção de respostas, inquiria ainda assim se um fragmento de Safo ou uma sentença inesgotável de Heráclito não se dilatava mais no tempo que os muitos volumes de Trollope, dos Goncourt e do Tostado, refratários à memória.

Assíduo companheiro de tertúlia dos sábados da Parera foi Gervasio Montenegro, não menos encantador como gentleman do que como dono de um estabelecimento em Avellaneda; por essa multitudinária modalidade de Buenos Aires, onde ninguém conhece ninguém, César Paladión, que saibamos, *nunca* se fez presente. Que inesquecível teria sido ouvi-lo departir, mano a mano, com o mestre!

Uma ou duas vezes Loomis nos anunciou a publicação iminente de um trabalho seu nas hospitaleiras páginas de *Nosotros*; lembro da ansiedade com que os discípulos, todos juventude e fervor, nos aglomerávamos na livraria de Lajouane, para saborear, novatos, a *friandise* que nos prometera o mestre. A expectativa sempre ficou frustrada. Houve quem arriscasse a hipótese de um pseudônimo (a assinatura Evaristo Carriego despertou mais de uma suspeita); aqueste maliciava uma brincadeira; estoutro, uma artimanha para eludir nossa legítima curiosidade ou para ganhar tempo, e não faltou algum judas, de cujo nome não quero me lembrar, que sugerisse que Bianchi ou que Giusti teriam rechaçado a colaboração. Loomis, não obstante, varão de acreditada veracidade, não arredava pé; repetia, sorridente, que o trabalho havia sido publicado sem que o percebêssemos; nosso desconcerto chegou a imaginar que a revista emitira números esotéricos, não acessíveis ao vulgo de assinantes ou à turbamulta que infesta, ávida de saber, bibliotecas, balcões e bancas de revistas.

Tudo se esclareceu no outono de 1911, quando as vitrines da Moën deram a conhecer o depois chamado *Opus 1*. Por que não mencionar desde já o oportuno e claro título que seu autor lhe imprimira: *Urso*?

A princípio, não muitos aquilataram o ímprobo labor que havia precedido a sua redação: o estudo de Buffon e de Cuvier, as reiteradas e vigilantes visitas ao nosso Jardim Zoológico de Palermo, as pitorescas entrevistas com piemonteses, a arrepiante e talvez apócrifa descida a uma caverna do Arizona, onde um ursinho dormia seu inviolável sono invernal, a aquisição de lâminas de aço, litografias, fotografias e até de exemplares adultos embalsamados.

A preparação de seu *Opus 2, Catre*, levou-o a um experimento curioso, não isento de incômodos e riscos: um mês e meio de *rusticatio* em um cortiço da Calle Gorriti, cujos inquilinos, certamente, jamais chegaram a suspeitar da verdadeira identidade do polígrafo que, sob o suposto nome de Luc Durtain, compartilhava suas penúrias e regozijos.

Catre, ilustrado pelo lápis de Cao, apareceu em outubro de 1914; os críticos, ensurdecidos pela voz do canhão, não prestaram atenção nele. O mesmo ocorreria com *Boina* (1916), volume que se ressente de certa frieza, atribuível, talvez, à fadiga da aprendizagem do idioma basco.

Nata (1922) é a menos popular de suas obras, embora a Enciclopédia Bompiani tenha visto nela a culminação do que se passou a chamar de o primeiro período loominiano. Uma enfermidade duodenal passageira sugeriu ou impôs o sujeito do trabalho supracitado; o leite, remédio instintivo do ulceroso, foi, segundo as sisudas investigações de Farrel du Bosc, a casta e branca musa dessa moderna Geórgica.

A instalação de um telescópio no terraço do cubículo de serviço e estúdio febril e desordenado das obras mais divulgadas de Flammarion preparam o segundo período. *Lua* (1924) marca o feito mais poético do autor, o sésamo que lhe abre de par em par a grande porta do Parnaso.

Depois, os anos de silêncio. Loomis já não frequenta os cenáculos; já não é o comandante jucundo que no porão atapetado do Royal Keller tem a voz cantante. Não sai, não, da Calle Parera. No terraço solitário o esquecido telescópio se enferruja; noite após noite os in-fólios de Flammarion esperam em vão; Loomis, enclaustrado na biblioteca, vira as páginas da *História das filosofias e religiões*, de Gregorovius; as criva de interrogações, marginálias e notas; nós, os discípulos, gostaríamos de publicá-las, mas isso implicaria renegar a doutrina e o espírito do glosador. Pena, mas o que se pode fazer.

Em 1931, a disenteria coroa o que a prisão de ventre havia iniciado; Loomis, em que pesem as misérias do corpo, leva a bom termo seu opus máximo, que seria publicado postumamente e cujas provas tivemos o melancólico privilégio de corrigir. Quem é que não sabe que aludimos ao famoso volume que, com resignação ou ironia, intitula-se *Talvez*?

Nos livros de outros autores, forçoso é admitir uma cisão, uma fenda entre o conteúdo e o título. As palavras A *cabana do pai Tomás* não nos comunicam, talvez, todas as circunstâncias do argumento; articular *Dom Segundo Sombra* não é haver expressado cada um dos chifres, cangotes, patas, lombos, rabos, rebenques, caronas, paus, aventais e coxinilhos que integram, in extenso, o volume. *Chez* Loomis, em compensação, o título é a obra. O leitor percebe maravilhado a rigorosa coincidência de ambos os elementos. O texto de *Catre*, verbi gratia, consiste unicamente na palavra *Catre*. A fábula, o epíteto, a metáfora, os personagens, a expectação, a rima, a aliteração, as alegações sociais, a torre de marfim, a literatura comprometida, o realismo, a originalidade, o arremedo servil dos clássicos, a própria sintaxe foram plenamente superados. A obra de Loomis, segundo o cômputo maligno de um crítico, menos versado em literatura que em aritmética, consta de seis palavras: *Urso, Catre, Boina, Nata, Lua, Talvez*. Pode ser, porém atrás dessas palavras que o artífice destilara, quantas experiências, quanto afã, quanta plenitude!

Nem todos souberam escutar essa alta lição. *Caixa de carpinteiro*, livro de um pretenso discípulo, não faz outra coisa senão enumerar, com voo galináceo, o escalpelo, o martelo, o serrote etc. Muito mais perigosa é a seita dos chamados *cabalistas*, que amalgamam as seis palavras do mestre em uma só frase enigmática, turva de perplexidades e de símbolos. Discutível, mas bem--intencionado, parece-nos o labor de Eduardo L. Planes, autor do *Gloglocioro, Hröbfroga, Qul*.

Ávidos editores quiseram traduzir a obra de Loomis aos mais diversos idiomas. O autor, a despeito de seu bolso, recusou tais ofertas cartaginesas, que teriam enchido de ouro suas arcas. Nessa época de negativismo relativista afirmou, novo Adão, sua fé na linguagem, nas simples e diretas palavras que estão ao alcance de todos. Bastou-lhe escrever *boina* para expressar essa típica peça de roupa, com todas as suas conotações raciais.

Seguir seu exemplo luminoso é difícil. Se, por um instante, os deuses nos proporcionassem sua eloquência e talento, apagaríamos todo o anterior e nos limitaríamos a estampar este único e imperecível vocábulo: Loomis.

Uma arte abstrata

Sob o risco de dilacerar a nobre suscetibilidade de todo argentino, seja qual for sua facção peculiar ou cor, forçoso é depor que nossa cidade, insaciável ímã de turistas, pode — em 1964! — vangloriar-se de um só *tenebrarium* e esse, localizado na confluência da Laprida com a Mansilla. Trata-se, de resto, de uma tentativa digna de louvor, de uma genuína brecha que se abre na muralha da China da nossa incúria. Mais de um espírito observador e viajante nos insinuou ad nauseam que o *tenebrarium* em questão ainda está muito longe de se ombrear com seus irmãos mais velhos de Amsterdam, da Basileia, de Paris, de Denver (Colorado) e de Bruges la Morte. Sem entrar em tão aborrecida polêmica, por ora saudamos Ubaldo Morpurgo, cuja voz clama no deserto, das oito às onze da noite, todos os dias menos segunda-feira, escorado, isso sim, por uma seleta roda de fiéis que lealmente se alternam. Assistimos duas vezes a tais cenáculos; os entrevistos rostos, salvo o de Morpurgo, eram outros, mas o fervor comunicativo era o mesmo. Não se apagarão de nossa memória a música metálica dos talheres e o estrépito ocasional de algum copo quebrado.

A fim de apontar antecedentes, consignaremos que esta *petite histoire*, como tantas outras, começara... em Paris. O precursor, o homem guia que fez rodar a bola, foi, segundo se sabe, não outro senão o flamenco ou holandês Frans Praetorius, a quem sua boa estrela jogou em um determinado conventículo simbolista que frequentava, ao menos como ave de arribação, o justamente perimido Vielé-Griffin. Era por volta de 3 de janeiro de 1884; as entintadas mãos da juventude literária disputavam, quem duvida, o último exemplar da revista *Etape*, quentinho do forno. Estamos no Café Procope. Alguém, sob a boina estudantil, brande uma nota escondida no fascículo traseiro da publicação; outro, todo petulância e bigode, repete que não dormirá até saber quem é o autor; um terceiro aponta com o cachimbo de espuma de mar para um sujeito de tímido sorriso e de crânio glabro que, ensimesmado em sua barba loira, cala em um canto. Desvendemos a incógnita: o homem sobre o qual convergem olhos, dedos e caras estupefatas é o flamenco ou holandês Frans Praetorius, que já trouxemos à baila. A nota é breve; o estilo ressecado exala fedor de proveta e retorta, mas certo verniz autoritário, que o abona, rapidamente capta adeptos. Não há na meia página um só similar da mitologia greco-romana; o autor se limita a formular, com parcimônia científica, que são quatro os sabores fundamentais: ácido, salgado, insípido, amargo. A doutrina acirra polêmicas, mas cada Aristarco tem de se entender com mil corações conquistados. Em 1891 Praetorius publica seu hoje clássico *Les Saveurs*; aproveitemos a ocasião para anotar que o mestre, cedendo com impecável bonomia a um reclamo de correspondentes anônimos, acrescenta ao primitivo catálogo um quinto sabor, o do doce, que, por razões que não é o caso inquirir, havia burlado longamente sua perspicácia.

Em 1892, um dos assistentes da referida tertúlia, Ismael Querido, abre, ou melhor, entreabre as portas do quase legendário recinto *Les Cinq saveurs*, pelas costas do próprio Panteón. O imóvel é acolhedor e modesto. O pagamento prévio de uma módica soma oferece cinco alternativas ao consumidor eventual: o torrão de açúcar, o balde de aloé, a obreia de algodão, a casca de uma toranja e o *granum salis*. Tais artigos constam em um primeiro menu que nos foi dado consultar em certo *cabinet bibliographique* da cidade e porto de Bordeaux. No começo, escolher um era privar-se do acesso aos outros; depois Querido autorizou a sucessão, o rotativo e, enfim, a amálgama. Certamente não contava com os justificados escrúpulos de Praetorius; este denunciou, irrefutável, que o açúcar, além de doce, tem gosto de açúcar, e que a inclusão da toranja constituía claramente um abuso. Um farmacêutico industrial, o boticário Payot, cortou o nó górdio; administrou a Querido, semanalmente, mil e duzentas pirâmides idênticas, de três centímetros de elevação cada uma, que ofereciam ao paladar os cinco já famosos sabores: ácido, insípido, salgado, doce, amargo. Um veterano daquelas patriotadas nos assegura que todas as pirâmides ab initio eram acinzentadas e translúcidas; depois, para maior comodidade, elas foram dotadas de cinco cores hoje conhecidas na face da Terra: branco, preto, amarelo, vermelho e azul. Talvez tentado pelas perspectivas de lucro que se abriam a ele, ou pela palavra *agridoce*, Querido caiu no perigoso erro das combinações; os ortodoxos ainda o acusam de haver apresentado à gula não menos de cento e vinte pirâmides mistas, notáveis por cento e vinte matizes. Tanta promiscuidade o induziu à ruína; no mesmo ano teve de vender seu ponto a outro *chef*, a um qualquer, que manchou aquele templo dos sabores, despachando perus recheados para o ágape natalino. Praetorius comentou filosoficamente: *C'est la fin du monde*.[1]

Mesmo que figuradamente, a frase resultou profética para ambos os precursores. Querido, que havia se especializado, senil, na venda de chiclete nas ruas, pagou seu óbolo a Caronte em pleno estio de 1904; Praetorius, coração partido, sobreviveu a ele catorze anos. O projeto de respectivos monumentos comemorativos contou com o apoio unânime das autoridades, da opinião, da banca, do turfe, do clero, dos mais reputados centros estéticos e gastronômicos e de Paul Éluard. Os fundos arrecadados não permitiram a construção de dois bustos, e o cinzel teve de se restringir a uma só efígie que aglutina artisticamente a vaporosa barba de um, o nariz achatado dos dois, e a lacônica estatura do outro. Cento e vinte exíguas pirâmides dão sua nota de frescor ao tributo.

Despachados ambos os ideólogos, ei-nos aqui diante do sumo sacerdote da cozinha pura: Pierre Moulonguet. Seu primeiro manifesto data de 1915; o *Manuel Raisonné* — três volumes em in-oitavo — de 1929. Sua tessitura doutrinária é tão conhecida que nos limitaremos, *Deo volente*, ao mais enxuto e descarnado dos resumos. O abade Brémond intuiu as possibilidades de uma poesia que fosse exclusivamente... poética. Abstratos e concretos — ambos os vocábulos são, evidentemente, sinônimos — pugnam por pintura pictórica, que não se rebaixa à anedota nem à servil fotografia do mundo externo. Pierre Moulonguet impetra do mesmo modo, com seus argumentos de

---

1. Em francês quer dizer: É o fim do mundo. (Nota conjunta da Academia Francesa e da Real Academia Espanhola.)

peso, por aquilo que ele denomina, sem rodeios, *cozinha culinária*. Trata-se, como a palavra indica, de uma cozinha que não deve nada às artes plásticas nem ao propósito alimentar. Adeus às cores, às bandejas, ao que um preconceito chamaria de pratos bem apresentados; adeus à crassamente pragmática orquestração de proteínas, de vitaminas e de outras féculas. Os antigos e ancestrais sabores da vitela, do salmão, do peixe, do porco, do veado, da ovelha, da salsinha, de *l'omelette surprise* e da tapioca desterrados por esse cruel tirano, Praetorius, voltam aos atônitos paladares, sob a espécie — nada de pactos com a plástica! — de uma acinzentada massa mucilaginosa, meio liquefeita. O comensal, finalmente emancipado dos tão alardeados cinco sabores, pode encomendar, segundo seu arbítrio, uma *gallina en pepitoria* ou um *coq au vin*, mas tudo, já se sabe, revestirá a amorfa contextura de praxe. Hoje como ontem, amanhã como hoje, e sempre igual. Um só desconforme lança sua sombra no panorama: trata-se do próprio Praetorius, que, como tantos outros precursores, não admite o menor passo além do caminho aberto por ele, há trinta e três anos.

A vitória, entretanto, não carecia de seu calcanhar de aquiles. Qualquer mão, meia dúzia de dedos, sobra para contar os já clássicos *chefs* — Dupont de Montpellier, Julio Cejador — capazes de reduzir toda a rica gama de comestíveis ao invariável coágulo terroso que exigiam os cânones.

Em 1932 ocorre o milagre. É posto em andamento por um fulano banal. O leitor não ignora seu nome: Juan Francisco Darracq. J. F. D. abre em Genebra um restaurante semelhante a todos os outros; serve pratos que em nada se diferenciam dos mais antiquados: a maionese é amarela, as verduras, verdes, a cassata, um arco-íris, o *roast-beef*, vermelho. Já estão por acusá-lo de reacionário. Darracq, então, põe o ovo de colombo. Com o sorriso à flor dos lábios, sereno, com a segurança que o gênio outorga, executa o ato ligeiro que o fixará para sempre no mais anguloso e alto pico da história da cozinha. Apaga a luz. Fica assim inaugurado, naquele instante, o primeiro *tenebrarium*.

O gremialista

Deploraríamos que este ensaio, cujo único fim é a informação e o elogio, penalizasse o desprevenido leitor. No entanto, segundo reza o adágio em latim: *Magna est veritas et provalebit.* Treparemo-nos, pois, para o duro golpe.[1] Atribui-se a Newton a banalizada história da maçã, cuja queda lhe sugerira a descoberta da lei da gravidade; ao dr. Baralt, o calçado invertido. Quer o fabulário que o nosso herói, impaciente por ouvir Moffo na *Traviata*, indumentou-se com tanta pressa que calçou o pé direito no sapato esquerdo e, por sua vez, o pé esquerdo no sapato direito: essa distribuição dolorosa, que lhe estorvou gozar com plenitude a avassaladora magia da música e da voz, ter-lhe-ia revelado, na própria ambulância que finalmente o afastara do poleiro do Colón, sua hoje famosa doutrina do gremialismo. Baralt, ao sentir o escorregão, deve ter pensado que em diversos pontos do mapa outros estariam padecendo inconvenientes análogos. A charada, diz o vulgo, inspirou-lhe a teoria. Pois bem, eis aqui que nós conversávamos, em ocasião que não se repetiria, com o doutor em pessoa, em seu já clássico escritório de advocacia da Calle Pasteur, e que este dissipara sem fidalguia o popular boato assegurando-nos

---

1. Leia-se: Trepanemo-nos, pois*... (N. A.)
   * Sugerimos a lição *preparemo-nos*. (Nota do revisor.)

que o gremialismo era fruto de longa meditação sobre os aparentes acasos da estatística e da *Arte combinatória*, de Ramón Lull, e que ele nunca saía de noite, para melhor capear a bronquite. Tal é a descarnada verdade. O aloés é amargo, mas inegável.

Os seis volumes, que sob a rubrica *Gremialismo* (1947-54) publicara o dr. Baralt, comportam uma introdução exaustiva à pertinente temática; junto ao Mesonero Romano e ao romance polonês *Quo vadis?*, de Ramón Novarro,[2] figuram em toda biblioteca que se preze como tal, mas se observa que à turbamulta de compradores corresponde, como quociente, zero leitor. Em que pesem o estilo subjugante, a pilha de tabelas e apêndices e a imantação implícita no sujeito, os demais se ativeram à olhadela da sobrecapa e do índice, sem penetrar, como Dante, na selva escura. A título de exemplo, o próprio Cattaneo, em seu laureado *Análise,* não passa da página 9 do A *modo de prólogo*, confundindo progressivamente a obra com certo romancezinho pornográfico de Cottone. Por fim, não estimamos supérfluo este breve artigo, de pioneiro, que servirá para situar os estudiosos. As fontes, ademais, são de primeira; ao exame cuidadoso do tijolão, preferimos o impacto conversacional, em carne viva, com o cunhado de Baralt, Gallach y Gasset, que depois de não poucas demoras resignou-se a nos admitir em seu já clássico tabelionato da Calle Matheu.

Com uma velocidade realmente notável, colocou o gremialismo ao alcance de nossos curtos meios. O gênero humano, ele me explicitou, consta, malgrado as diferenças climáticas e políticas, de um sem-fim de sociedades secretas, cujos afiliados não se conhecem, mudando a todo momento de status. Umas duram mais do que outras; verbi gratia, a dos indivíduos que exibem sobrenome catalão ou que começa com G. Outras logo se esfumam, verbi gratia, a de todos aqueles que, agora, no Brasil ou na África, aspiram o cheiro de um jasmim ou leem, mais aplicados, uma passagem de ônibus. Outras permitem a ramificação em subgêneros que de seu interessam; verbi gratia, os atacados por tosse de cachorro podem calçar, neste preciso instante, pantufas ou fugir, velozes, em sua bicicleta ou fazer baldeação em Témperley. Outro ramo é integrado pelos que se mantêm alheios a esses três traços tão humanos, inclusive a tosse.

2. Leia-se: *H. Sienkiewicz*. (Nota do revisor.)

O gremialismo não se petrifica, circula como seiva mutante, vivificante; nós mesmos, que pugnamos por manter bem alta uma equidistância neutra, pertencemos, esta tarde, à confraria dos que sobem de elevador e, minutos depois, à daqueles que descem ao subsolo ou ficam atravancados com claustrofobia entre a loja de barretes e de utilidades domésticas. O menor gesto, acender um fósforo ou apagá-lo, expele-nos de um grupo e nos alberga em outro. Tamanha diversidade comporta uma preciosa disciplina para o caráter: aquele que brande colher é o oposto do que maneja garfo, mas aos poucos ambos coincidem no emprego do guardanapo para diversificar-se na mesma hora na menta e no boldo. Tudo isso sem uma palavra mais alta que outra, sem que a ira nos deforme a cara, que harmonia! Que lição interminável de integração! Penso que o senhor parece uma tartaruga e amanhã me tomam por um cágado etc. etc.!

Inútil calar que esse panorama tão majestoso é turvado, ainda que perifericamente, pelas bengalas de cego de alguns Aristarcos. Como sempre costuma acontecer, a oposição deixa correr os poréns mais contraditórios. O Canal 7 difunde — até aí, morreu Neves — que Baralt não inventou nada, já que aí estão, desde in aeternum, a CGT, os manicômios, as sociedades de socorros mútuos, os clubes de xadrez, o álbum de selos, o Cemitério do Oeste, a Máfia, a Mão Negra, o Congresso, a Exposição Rural, o Jardim Botânico, o PEN Club, os músicos de rua, as casas de artigos de pesca, os Boy Scouts, a rifa e outras agrupações não por conhecidas menos úteis, que pertencem ao domínio público. O rádio, em compensação, lança a todo vapor que o gremialismo, por instabilidade nos grêmios, resulta carente de praticidade. Para um, a ideia parece estranha; outro já sabia dela. O fato irrefutável rebate que o gremialismo é a primeira tentativa planificada de aglutinar em defesa da pessoa todas as afinidades latentes que até agora, como rios subterrâneos, sulcaram a história. Cabalmente estruturado e dirigido por experiente timoneiro, constituirá a rocha que se oporá à torrente de lava da anarquia. Não fechemos os olhos aos inevitáveis surtos de brigas que a benéfica doutrina provocará: aquele que descer do trem acertará uma punhalada naquele que sobe, o desprevenido comprador de balas de goma vai querer estrangular o idôneo que as vende.

Alheio por igual a detratores e apologistas, Baralt prossegue seu caminho. Consta-nos, por informação do cunhado, que tem em compilação uma lista de todos os grêmios possíveis. Obstáculos não faltam: pensemos, por exemplo, no atual grêmio de indivíduos que estão pensando em labirintos, nos que há um minuto os esqueceram, nos que há dois, nos que há três, nos que há quatro, nos que há quatro e meio, nos que há cinco… Em vez de labirintos, coloquemos lâmpadas. O caso se complica. Nada se ganha com lagostas ou canetas.

A título de rubrica, depomos a nossa adesão fanática. Não suspeitamos como Baralt driblará o obstáculo; sabemos, com a tranquila e misteriosa esperança que a fé dá, que o Mestre não deixará de fornecer uma lista completa.

O teatro universal

Nada menos discutível, neste outono, sem dúvida chuvoso, de 1965, que Melpómene e Tália são as musas mais jovens. Tanto a máscara sorridente como a de sua irmã que chora devem ter superado, segundo preconiza Myriam Allen Du Bosc, quase insuperáveis obstáculos. Em primeiro lugar, a afluência avassaladora de nomes cujo gênio não se discute: Ésquilo, Aristófanes, Plauto, Shakespeare, Calderón, Corneille, Goldoni, Schiller, Ibsen, Shaw, Florencio Sánchez. Em segundo lugar, as mais engenhosas massas arquitetônicas, desde os simples pátios abertos a todos os rigores da chuva e da nevasca, em que Hamlet dissera seu monólogo, até os palcos giratórios dos modernos templos da ópera, sem esquecer a coxia, o panelão e o ponto. Em terceiro, a vigorosa personalidade dos mesmos — Zaconne, esse gigante etc. — que se interpõe entre os espectadores e a Arte, para apanhar sua colheita abundante de aplausos. Em quarto e último, o cinema, a televisão e o radioteatro, que ampliam e divulgam o mal, mediante alardes puramente mecânicos.

Aqueles que exploraram a pré-história do Novíssimo Teatro brandem, à guisa de antecedente, dois precursores: o drama da Paixão, de Oberammergau, atualizado por camponeses bávaros, e aquelas representações multitudinárias, autenticamente populares, de *Guilherme Tell*, que se dilatam por cantões e lagos, no próprio lugar em que se produziu a manuseada fábula histórica. Outros, ainda mais antiquados, dizem da hansa remontada aos grêmios que, na Idade Média, exibiam em rústicos carroções a história universal, encomendando a Arca de Noé às pessoas do mar, e a preparação da Última Ceia aos cozinheiros da época. Tudo isso, ainda que verídico, não mancha o já venerado nome de Bluntschli.

Este, por volta de 1909, ganhou em Ouchy sua notória fama de excêntrico. Era o sujeito impenitente que derruba a bandeja do garçom, empapando-se não poucas vezes de Kümmel, quando não de queijo ralado. Típico, mas apócrifo, é o episódio de que introduzira o braço direito na manga esquerda da capa de gabardine com forro escocês que, na escadaria do Hotel Gibbon, o barão Engelhart lutava por abotoar; mas ninguém negou que pôs para correr esse veloz aristocrata, mediante a abominável ameaça de um descomunal Smith Wesson de chocolate com amêndoas. É coisa comprovada que Bluntschli, em seu bote de remos de madeira, costumava aventurar-se na solidão do pitoresco lago Lehmann onde, ao amparo do crepúsculo, mastigava um breve monólogo ou se permitia um bocejo. Sorria ou soluçava no funicular; quanto aos bondes, mais de uma testemunha jura que o viu pavonear-se com o bilhete inserido entre a palha e a fita do canotier, não sem perguntar a outro passageiro como ele que horas eram no seu relógio. A partir de 1923, imbuído da importância de sua Arte, renunciou a tais experimentos. Andou pelas ruas, incursionou em escritórios e lojas, confiou uma missiva à caixa de correio, adquiriu tabaco e fumou-o, folheou os matutinos, comportou-se, em uma palavra, como o menos conspícuo dos cidadãos. Em 1925, executou o que todos acabamos por executar (cruz-credo): faleceu em uma quinta-feira, bem entradas as dez horas da noite. Sua mensagem teria sido enterrada com ele, no aprazível cemitério de Lausanne, a não ser pela piedosa inconfidência de seu amigo de sempre, Máxime Petitpain, que a tornou pública em uma arenga fúnebre de praxe, com palavras que agora são clássicas. Por incrível que pareça, o dogma comunicado por Petitpain e reproduzido na íntegra no *Petit Vaudois* não encontrou eco até 1932, quando, em uma coleção do periódico, o descobrira e valorizara o hoje reputado ator e empresário Maximilien Longuet. Esse jovem, que havia obtido a difícil bolsa Shortbread para estudar xadrez na Bolívia, queimou, como Hernán Cortés, as peças e o tabuleiro e, sem sequer transpor o tradicional Rubicão entre Lausanne e Ouchy, aproximou-se, corpo a corpo, dos princípios legados à posteridade por Bluntschli.

354

Congregou, nos fundos da sua padaria, um seleto mas reduzido grupo de illuminatti, que não só constituíram a seu modo os inventariantes póstumos do que foi chamado "a postulação bluntschliana", como a colocaram em prática. Pincelemos com letras maiúsculas de ouro os nomes que nossa memória ainda retém, mesmo que embaralhados ou apócrifos; Jean Pees e Carlos ou Carlota Saint Pe. Esse audaz conventículo que sem dúvida havia escrito em sua bandeira a invocação "Ganhemos a rua!" afrontou, nem curto nem preguiçoso, todos os riscos que comporta a indiferença pública. Sem descer um só momento à engenhoca propagandística ou ao cartaz de mural, lançou-se, em número de cem, para a Rue Beau Séjour. Não emergiram todos, aliás, da padaria em questão; aqueste vinha tranquilamente do Sul, estoutro do Noroeste, aquele outro lá de bicicleta, não poucos em tramway; algum com calçados feitos à mão. Ninguém suspeitou de nada. A cidade populosa os tomou por outros tantos transeuntes. Os conspiradores, com disciplina exemplar, nem sequer se cumprimentaram, nem trocaram um piscar de olhos. X andou pelas ruas. Y incursionou em escritórios e lojas. Z confiou uma missiva à caixa de correio. Carlota, ou Carlos, adquiriu tabaco e o fumou. A lenda diz que Longuet permanecera em casa, nervoso, roendo as unhas, todo ele sujeitado ao telefone que lá pelas tantas lhe comunicaria um dos dois cornos da empresa: o *succès d'estime* ou o mais terminante dos fracassos. O leitor não ignora o resultado. Longuet havia aplicado um golpe de morte, ao teatro de quinquilharias e solilóquios; o teatro novo havia nascido; o mais desprevenido, o mais ignaro, o senhor mesmo, já é um ator; a vida é o libreto.

Eclode uma arte

Incrivelmente, a frase arquitetura funcional, que as pessoas do ofício não emitem sem um sorriso piedoso, continua encantando o grande público. Na esperança de esclarecer o conceito, traçaremos em linhas gerais um estreito panorama das correntes arquitetônicas hoje em voga.

As origens, embora notavelmente próximas, apagam-se na nebulosidade polêmica. Dois nomes disputam o território: Adam Quincey, que em 1937 pôs em cena, em Edimburgo, o curioso folheto rotulado *Em direção a uma arquitetura sem concessões*, e o pisano Alessandro Piranesi, que, apenas alguns anos depois, edificou às suas custas o primeiro *caótico* da história, recentemente reconstituído. Turbas ignaras, urgidas pelo insano prurido de penetrar nele, atearam-lhe fogo mais de uma vez, até reduzi-lo à tênue cinza, nas noites de São João e São Pedro. Piranesi falecera nesse ínterim, mas fotografias e uma planta possibilitaram a obra reconstrutiva que hoje é factível admirar e que, ao que parece, observa as linhas gerais do original.

Relido à fria luz das atuais perspectivas, o breve e mal impresso folheto de Adam Quincey fornece um magro alimento ao guloso de novidades. Destaquemos, no entanto, um parágrafo. No inciso pertinente se lê: "Emerson, cuja memória costumava ser inventiva, atribui a Goethe o conceito de que a arquitetura é música congelada. Esse ditame, e nossa insatisfação pessoal diante das obras dessa época, nos levou uma que outra vez à ilusão de uma arquitetura que fosse, como a música, uma linguagem direta das paixões, não sujeita às exigências de uma morada ou de um recinto de reunião". Mais adiante lemos: "Le Corbusier entende que a casa é uma máquina de viver, definição que parece se aplicar menos ao Taj Mahal do que a um carvalho ou peixe". Tais afirmações, axiomáticas ou truístas agora, provocaram na oportunidade as fulminações de Gropius e de Wright, malferidos em sua mais íntima cidadela, além do estupor de não poucos. O restante do folheto torpedeia *As sete lâmpadas da arquitetura*, de Ruskin, debate que hoje nos deixa apáticos.

Nada ou pouco importa que Piranesi ignorasse ou não o folheto em questão; o fato indiscutível é que construiu nos terrenos antes palúdicos da Via Pestífera, com a colaboração de pedreiros e anciãos fanatizados, o Grande Caótico de Roma. Esse nobre edifício, que para alguns era uma bola, para outros, um ovoide, e para o reacionário, uma massa disforme, e cujos materiais amalgamavam a gama que vai do mármore ao esterco, passando pelo guano, constava essencialmente de escadas de caracol que facilitavam o acesso a paredes impenetráveis, de pontes truncadas, de terraços aos quais não era dado aceder, de portas que franqueavam a passagem a poços, quando não a estreitos e altos ambientes de cujo forro pendiam cômodas camas-câmaras e poltronas invertidas. Não brilhava tampouco por sua ausência o espelho côncavo. Em um primeiro ataque de entusiasmo, a revista *The Tattler* saudou-o como o primeiro exemplo concreto da nova consciência arquitetônica. Quem diria então que o caótico, em um futuro não distante, seria tachado de indeciso e de passadista!

Não desperdiçaremos, aliás, uma só gota de tinta, nem um só minuto do tempo em escrever, e injuriar as grosseiras imitações que se abriram ao público (!), no Luna Park da Cidade Eterna e nas mais conceituadas feiras livres da Cidade Luz.

Digno de interesse, embora eclético, é o sincretismo de Otto Julius Manntoifel, cujo Santuário das Muitas Musas, em Potsdam, conjuga a casa-quarto, o palco giratório, a biblioteca circulante, o jardim de inverno, o impecável grupo escultural, a capela evangélica, o oratório ou templo budista, a pista de patinação, o afresco mural, o órgão polifônico, a casa de câmbio, o mictório, o banho turco e a fonte. A onerosa manutenção desse edifício múltiplo provocou sua venda em leilão e a demolição de praxe, quase em seguida aos festejos que coroaram a jornada de seu début. Não esquecer a data! Vinte e três ou 24 de abril de 1941!

Agora chega a vez inelutável de uma figura de deslocamento ainda maior, o professor Verdussen, de Utrecht. Esse homem probo consular escreveu a história e a fez: em 1949 publicou o volume que intitulara *Organum architecturae recentis*; em 1952 inaugurou, sob o patrocínio do príncipe Bernardo, sua Casa das Portas e das Janelas, como carinhosamente a batizara a nação inteira da Holanda. Resumamos a tese: parede, janela, porta, chão e telhado constituem, não resta dúvida, os elementos básicos do habitat do homem moderno. Nem a mais frívola das condessas em seu boudoir, nem o desalmado que aguarda, em seu calabouço, a chegada da alvorada que o acomodará na cadeira elétrica podem eludir essa lei. A *petite histoire* nos conta ao ouvido que bastou uma sugestão de Sua Alteza para que Verdussen incorporasse mais dois elementos: umbral e escada. O edifício que ilustra essas normas ocupa um terreno retangular, de seis metros de frente e algo menos de dezoito de fundo. Cada uma das seis portas que esgotam a fachada do térreo comunica-se, ao cabo de noventa centímetros, com outra porta igual de uma folha só e assim sucessivamente, até chegar a dezessete portas, à parede do fundo. Sóbrios tabiques laterais dividem os seis sistemas paralelos que somam, em conjunto, cento e duas portas. Dos terraços das casas da frente, o estudioso pode espreitar que o primeiro andar abunda em escadas de seis degraus que sobem e descem em zigue-zague; o segundo consta exclusivamente de janelas; o terceiro, de umbrais; o quarto e último, de pisos e tetos. O edifício é de vidro, traço que, a partir das casas vizinhas, facilita decididamente o exame. Tão perfeita é a joia que ninguém se atreveu a imitá-la.

Grosso modo, pincelamos até aqui o desenvolvimento morfológico dos *inabitáveis*, densas e refrescantes rajadas de arte, que não se curvam ao menor utilitarismo: ninguém penetra neles, ninguém se alonga, ninguém fica sentado de cócoras; ninguém se incrusta nas concavidades, ninguém cumprimenta com a mão a partir do impraticável terraço, ninguém agita o lenço, ninguém se defenestra. *Là tout n'est qu'ordre et beauté.*

P.S.: Já corrigidas as provas tipográficas do panorama anterior, o cabo telegráfico nos informa que na própria Tasmânia há um novo surto. Hotchkis de Estephano, que se manteve até esta data nas correntes mais ortodoxas da arquitetônica não habitável, lançou um *Eu acuso*, que não trepida em mover o chão ao outrora venerado Verdussen. Aduz que paredes, chão, tetos, portas, claraboias, janelas, por impraticáveis que sejam, são elementos perimidos e fósseis de um tradicionalismo funcional que se pretende descartar e que se enfia pela outra porta. Com estardalhaço anuncia um novo *inabitável*, que prescinde de tais velharias, sem incorrer, ademais, na mera massa. Aguardamos com não decaído interesse as maquetes, plantas e fotografias dessa novíssima expressão.

Gradus ad Parnasum

No meu regresso de umas breves, mas não desmerecidas férias por Cali e Medellín, aguarda-me no pitoresco bar de nosso aeródromo de Ezeiza uma notícia com veleidades lutuosas. Dir-se-ia que a certa altura da vida a gente não consegue se virar sem que às nossas costas alguém caia duro. Dessa vez me refiro, é claro, a Santiago Ginzberg.

Aqui e agora me sobreponho à tristura que me infunde o desaparecimento desse íntimo, para retificar — valha a palavra — as interpretações errôneas que andaram pela imprensa. Apresso-me a detalhar que em tais disparates não reina a menor animadversão. Filhos são da premência e da desculpável ignorância. Porei as coisas em seu lugar; isso é tudo.

Segundo parecem esquecer certos "críticos", com suas desavenças, o primeiro livro que estampara a pena de Ginzberg seria o conjunto de poemas intitulado *Chaves para tu e eu*. Minha modesta biblioteca particular guarda, a sete chaves, um exemplar da primeira edição, non bis in idem, de tão interessante fascículo. Sóbria capa em cores, reconstrução do rosto de Rojas, título a moção de Samet, tipografia da Casa Bodoni, texto no geral capinado, enfim, tudo um acerto!

A data, 30 de julho de 1923 de nossa era. A resultante foi previsível: ataque frontal dos ultraístas, bocejado desdém da notória crítica da moda, alguma gazetinha sem estrela e, definitivamente, o ágape de praxe no Hotel Marconi, do Once. Ninguém atinou a observar na referida sequela sonetística determinadas novidades de vulto, que calavam muito fundo e que, de tanto em tanto, assomavam sob a empalidecida trivialidade. Destaco-as agora:

Reunidos na esquina os amigos
A tarde bocamanga se nos vai.[1]

O P. Feijoo (Canal?) destacaria, anos depois (*Tratado do Epíteto na bacia do Prata*, 1941), o vocábulo *bocamanga*, que julga insólito, sem atentar que figura em autenticadas edições do *Dicionário da Real Academia*. Tacha-o de audaz, feliz, novidade e propõe a hipótese — *borresco referens* — de que se trata de um adjetivo.

A título de exemplo, outro quadro:

Lábios de amor, que o beijo juntaria
disseram, como sempre, nocomoco.

Fidalgamente, confesso-lhes que a princípio essa história de *nocomoco* me escapava.

Vamos a mais uma amostra:

Buzón! *A negligência dos astros*
abjura da douta astrologia.[2]

Ao que sabemos, a palavra inicial do encantador dístico não suscitou o menor sumário da autoridade competente; leniência que de certa forma se justifica, já que *buzón*, derivada do latim *bucco*, boca grande, luz na página 204 da décima sexta edição do dicionário anteriormente citado.

---

1. "Bocamanga", que em português significa "punho de camisa", não foi traduzido, pois não seria possível fazer o mesmo jogo efetuado pelo narrador no original, ao sugerir que a palavra é a junção de duas outras, "boca" e "manga". Além disso, o próprio texto acaba por explicar o significado do vocábulo. (N. T.)
2. *Buzón*: abertura da caixa de correio, por onde se coloca a correspondência ou, simplesmente, "caixa de correio". Assim como no caso de "bocamanga", não foi traduzido porque o próprio narrador se encarrega de explicar seu significado. (N. T.)

Para colocarmo-nos a salvo de ulterioridades ingratas, julgamos preventivo, naquela época, depositar no Registro da Propriedade Intelectual a hipótese, outrora plausível, de que a palavra *buzón* era mera errata e de que o verso devia ser assim lido:

Tritão! A negligência dos astros

Ou, se se preferir:

Ratão! A negligência dos astros

Que ninguém me tache de traidor; joguei limpo. Sessenta dias depois de registrada a emenda, despachei um telegrama cotejado ao meu excelente amigo, interiorizando-o, sem tantos rodeios, sobre o passo já dado. A resposta nos intrigou; Ginzberg se manifestava de acordo, desde que se admitisse que as três variantes em debate podiam ser sinônimos. Que outro remédio me restava, digo-lhes, senão inclinar a cabeça? Abraço de afogado, assessorei-me com o P. Feijoo (Canal?), que se aproximou sisudo do problema, tudo para reconhecer que, em que pesem os vistosos atrativos que ostentavam as três versões, nenhuma o satisfazia plenamente. Ao que se vê, o expediente ficou arquivado.

O segundo conjunto de poemas, que se intitula *Bouquet de estrelas perfumadas*, repousa poeirento no porão de certas "livrarias" do meio. Definitivo ficará durante alongado tempo o artigo que lhe dedicaram as páginas de *Nosotros*, sob a assinatura de Carlos Alberto Prosciuto, embora, junto de mais outra pena, o glosador de valor não tenha detectado certas curiosidades idiomáticas que constituem, a seu modo, o verdadeiro e ponderável miolo do tomo. Trata-se, ademais, de vocábulos breves, desses que costumam eludir, sob o menor descuido, a vigilância crítica: *Drj* no quarteto-prólogo; *ujb* em um já clássico soneto que campeia em mais de uma antologia escolar; *ñll* no *ovillejo à Amada*; *hnz* em um epitáfio que transborda de dor contida; mas, para que continuar? É cansar-se. Por ora nada diremos de linhas íntegras; nas quais não há nenhuma palavra que figura no dicionário!

Hlöj ud ed ptá jabuneh. Jróf grugnó.

O busílis teria dado em nada, ao não mediar o abaixo-assinante que, já bem entrada a noite, em um Blicamcepero em bom estado, exumou uma caderneta de próprio punho de Ginzberg, que os clarins da fama designarão, quando menos se pensar, *Codex primus et ultimus*. Trata-se, a olhos vistos, de um *totum revolutum* que combina refrões que cativaram o amante das letras (*Quem não chora não mama, Como pão que não se vende, Bata que vão te abrir* etc. etc. etc.), desenhinhos de cor viva, ensaios de rubrica, versos de um idealismo cem por cento. (*El cigarro*, de Florencio Balcarce; *Nenia*, de Guido Spano; *Nirvana crepuscular*, de Herrera; *En Noche-Buena*, de Querol), uma seleção incompleta de números de telefone e, *not least*, a mais autorizada explanação de certos vocábulos, tais como *bocamanga, ñll, nocomoco* e *jabuneh*.

Prossigamos pisando em ovos. *Bocamanga*, que nos chegaria (?) de boca e manga, no dicionário quer dizer: "Parte da manga que está mais próxima do pulso e especialmente pelo interior ou forro". Ginzberg não concorda com isso. Na caderneta de próprio punho propõe: "*Bocamanga*, no meu verso, denota a emoção de uma melodia que escutamos uma vez, que esquecemos e que depois de anos recuperamos".

Também levanta o véu de *nocomoco*. Afirma com palavras expressas: "Os apaixonados repetem que, sem saber, viveram procurando-se, que já se conheciam antes de ver-se e que sua própria felicidade é a prova de que sempre estiveram juntos. Para economizar ou abreviar tais rosários sugiro que articulem *nocomoco* ou, mais econômicos de tempo, *mapü* ou, simplesmente, *pü*". É uma pena que a tirania do hendecassílabo lhe impusesse a voz menos eufônica das três.

No tocante a *buzón*, em seu *locus classicus*, reservo-lhes magna surpresa: não configura, como um medíocre poderia sonhar, o típico artefato de tamanho cilíndrico e avermelhado, que assimila pelo orifício as cartas; pelo contrário, a caderneta nos instrui que Ginzberg preferiu a acepção de "casual, fortuitamente, não compatível com um cosmos".

Nesse ritmo, sem pressa, mas sem pausa, o extinto vai despachando a grande maioria de incógnitas que merecem a atenção do ocioso. Assim, para ajustarmo-nos a um só exemplo, faremos a entrega de que *jabuneh* denomina "a melancólica peregrinação a lugares outrora compartilhados com a infiel", e que *grugnó*, tomado em seu sentido mais lato, vale por "lançar um suspiro, uma irreprimível queixa de amor". Como sobre brasas passaremos por *ñll*, em que o bom gosto de que Ginzberg fez bandeira parece tê-lo traído dessa vez.

O escrúpulo nos impele a copiar a notinha subsequente que depois de tanto encher a paciência com explicações deixa a gente sem saída: "Meu propósito é a criação de uma linguagem poética, integrada por termos que não têm exata equivalência nas línguas comuns, mas que denotam situações e sentimentos que são, e sempre foram, o tema fundamental da lírica. As definições de vozes que ensaiei, como *jabuneh* ou *mlöj*, são, o leitor deve se lembrar, aproximativas. Trata-se, ademais, de uma primeira tentativa. Meus seguidores aportarão variantes, metáforas, matizes. Enriquecerão, sem dúvida, meu modesto vocabulário de precursor. Peço-lhes que não incorram no purismo. Alterem e transformem".

O olho seletivo

O eco que encontrara na imprensa marrom certa guerra de nervos levada em altos brados pela SADA (Sociedade Argentina de Arquitetos), incrementada por obscuras manobras que urdira o diretor técnico da Plaza Garay, lança como saldo uma luz crua, sem filtro nem biombo chinês, sobre o postergado labor e a acreditada personalidade do mais insubornável de nossos cinzéis: Antártido A. Garay.

Tudo isso reverte à memória, tão propensa à amnésia, relevantes lembranças daquele inesquecível peixe-rei com batatas, regado por um vinho do Reno, que degustáramos nas copas de Loomis, lá por volta de 1929. O mais empolado da camada geracional daquela época — falo sob o aspecto literário — havia se concitado essa noite na Calle Parera, ao conjuro do ágape e das musas. O brinde final, que foi de champanhe, esteve a cargo da mão enluvada do dr. Montenegro. Por todos os lados faiscava o epigrama, quando não Franz e Fritz. Meu vizinho de mesa, a um canto, onde esse Tântalo de galego com fraque nos deixou sem sobremesa, resultou um jovem provinciano, todo moderação e prudência, que não chegou uma só vez às vias de fato, quando eu me despachava o mais inchado sobre as artes plásticas. Reconheçamos que, dessa vez pelo menos, o companheiro de tertúlia se manteve à altura da minha copiosa arenga; com o café com leite que ingerimos no Armazém das

Cinco Esquinas, quase ao final do meu ditirambo analítico da fonte de Lola Mora, comunicou-me que era escultor, convidando-me com um cartão para a mostra de suas obras a efetuar-se, perante familiares e ociosos, no Salão de Amigos da Arte, ex-Van Riel. Antes de dar-lhe o sim, deixei que pagasse a conta, ato a que não se decidiu até haver passado o bonde operário número 38...

Na data inaugural, fiz ato de presença. Na primeira tarde a mostra funcionou a todo vapor, amainando-se depois o mercado, sem que tampouco se vendesse uma só peça. As tabuletas que rezavam *Adquirido* não enganaram ninguém. Ao contrário, a crítica do jornalismo dourou, dentro do possível, a pílula; aludiu a Henry Moore e ponderou todo o louvável esforço. Eu mesmo, para retribuir a média, publiquei na *Revue de l'Amérique Latine* minha notinha elogiosa, escondido, isso sim, sob o pseudônimo de "Escorço".

A mostra não rompeu os velhos moldes; integravam-na moldes de gesso, desses que inculca, no ensino primário, a professorinha de desenho, colocados frente a frente, de dois em dois ou de três em três, com figuras de folhas, de pés, de frutas. Antártido A. Garay nos deu a chave de que não se devia fixar nas folhas, nos pés nem nas frutas; antes, no espaço ou no ar que havia entre os moldes e que vinha a ser o que ele chamava, segundo esclareci logo depois na publicação em francês, a escultura côncava.

O sucesso que a primeira mostra alcançara se repetiria mais tarde com a de número dois. Esta se deu em um local do típico bairro de Caballito e constava de um só ambiente, sem outra mobília à vista senão quatro paredes peladas, uma ou outra moldura no forro do teto e, sobre as tábuas do piso, meia dúzia de montes de entulho esparramados. "Tudo isso", desde a banca-bilheteria onde fiz a festa a zero e quarenta e cinco a entrada, pontificava eu aos ignaros, "não vale nada; o essencial para o gosto refinado é o espaço circulante entre as molduras e os montes de entulho." A crítica, que não vê nada além do seu nariz, não captou a irrefutável evolução operada no ínterim e se ateve a deplorar a carência de folhas, de frutas e de pés. As resultantes dessa campanha, que não trepido em qualificar de imprudente, não se deixaram esperar. O público, brincalhão e bonachão a princípio, foi juntando pressão e todos, de uma vez, atearam fogo à mostra na véspera do aniversário do escultor, que sofreu notáveis machucados devido ao impacto do entulho na região vulgarmente chamada glútea. Quanto ao bilheteiro — este servidor —, farejou o que vinha pela frente e, coisa de não remexer em vespeiro, retirou-se antes da hora, salvando em uma valise de fibra o montante pago.

Meu caminho era claro: buscar um esconderijo, um ninho, um refúgio de difícil localização para me manter na sombra quando os práticos do Hospital Durand dessem alta ao contundido. Por insistência de um cozinheiro negro, instalei-me no Nuevo Imparcial, hotel a uma quadra e meia do Once, onde recolhi o material para meu estudo detetivesco *A vítima de Tadeu Limardo*,[1] e onde não deixei de passar uma cantada na Juana Musante.

Anos depois, no Western Bar, diante de um café com leite com *medias lunas*, Antártido A. Garay me surpreendeu. Este, embora já reposto de suas lesões, teve a fineza de não aludir à pequena valise de fibra e logo reatamos nossa inveterada amizade ao calor de um segundo café com leite que, do mesmo modo, custeara de seu pecúlio.

Mas para que memorizar tanto o passado, quando o presente entra em vigência? Falo, como o mais obtuso já deve ter captado, da estupenda mostra que atingiu o auge, na Plaza Garay, o obstinado labor e o gênio criativo de nosso sacudido campeão. Tudo foi planejado *sotto voce* no Western Bar. Alternava a caneca de cerveja com o café com leite; nós dois, alheios à consumição de nós mesmos, conversávamos amigáveis. Aí me segredou seu anteprojeto, que bem-visto não era mais que um letreiro de placa, com a legenda *Mostra escultórica de Antártido A. Garay*, que, uma vez mantido por dois postes de pinho, plantaríamos em lugar aparente, coisa que o vissem os provenientes da Avenida Entre Ríos. Eu brigava, no início, por letra gótica, mas no fim optamos por letra branca sobre fundo vermelho. Sem a menor permissão municipal, nós nos valemos da noite alta, quando o vigia está dormindo, para cravar sob a chuva, que nos molhou as duas cabeças, o cartaz. Consumado o ato, dispersamo-nos em direção contrária, para não sermos presas dos esbirros. Meu atual domicílio fica na esquina, na Calle Pozos; o artista teve de bater perna até a zona residencial da Plaza de Flores.

Na manhã seguinte, escravo da pura cobiça e para madrugar o amigo, eu me levantei com a rosada aurora no verde recinto da praça, quando já escampava sobre o cartaz e me cumprimentaram os passarinhos. Investia-me sua

---

1. Dado importante. Aproveitamos a ocasião para remeter os compradores à imediata aquisição de *Seis problemas para dom Isidro Parodi*, de H. Bustos Domecq. (Nota de H. B. D.)

autoridade um boné liso com viseira de tule, além de um avental de padeiro, com botões de nácar. No alusivo a entradas, eu havia tomado a precaução de guardar em meu arquivo o que havia sobrado da outra vez. Que diferença entre os transeuntes humildes, casuais se se quiser, que pagavam sem chiar os cinquenta do *La Nación*, e a cáfila de arquitetos sindicalizados, que nos meteram um processo, passados três dias! No entanto, do que alegam os rábulas, o assunto é franco, patente. Lá pelas tantas o entendeu, em seu já clássico escritório da Calle Pasteur, nosso advogado, o dr. Savigny. O juiz, que em última instância subornaríamos com uma fração mínima do produzido pela bilheteria, tem a palavra final. Predisponho-me a sorrir à sobremesa. Fiquem todos sabendo que a obra escultórica de Garay, exposta na pracinha de mesmo nome, consiste no espaço que se interpõe, até tocar o céu, entre edificações do cruzamento da Solís com a Pavón, sem omitir, é claro, as árvores, os bancos, o corregozinho e a cidadania que transita. O olho seletivo se impõe!

P.S.: Os planos de Garay vão se ampliando. Indiferente às resultantes do pleito, agora sonha com uma exposição, a de número quatro, que abrangeria todo o perímetro de Núñez. Amanhã, quem sabe, sua obra regente e argentina anexará o que há de atmosfera entre as pirâmides e a esfinge.

O que falta não prejudica

Disséramos que cada século promove seu escritor, seu órgão máximo, seu porta-voz autêntico; o dos apressados anos que correm sentou praça em Buenos Aires, onde nasceu em um 24 de agosto de 1942. O nome, Tulio Herrera; os livros, *Apologia* (1959), o livro de poemas *Madrugar cedo* (1961), que conquistou o segundo prêmio municipal, e em 1965 o romance concluso *Faça-se fez*.

Apologia reconhece origem em um episódio curioso, que concerne, todo ele, na tramoia que a inveja tecera em torno da notabilidade de um familiar, P. Ponderevo, seis vezes acusado de plágio. Conhecidos e desconhecidos tiveram de reconhecer, em seu foro íntimo, a simpática adesão desdobrada por essa jovem pena em favor de seu tio. Bastaram dois anos para que a crítica detectasse um traço por demais singular: a omissão, ao longo da alegação do nome do vindicado, assim como de qualquer referência aos títulos impugnados e à cronologia das obras que lhe serviram de modelo. Mais de um sabujo literário optou pela conclusão de que tais escamoteações obedeciam a uma delicadeza soberana; dado o atraso da época, nem o mais esperto se deu conta de que se tratava do primeiro escoamento de uma estética nova, que se prestou a um tratamento in extenso nas poesias de *Madrugar cedo*. O leitor médio que, atraído pela aparente simplicidade do título, enfrentou a aquisição de algum exemplar não calou, nem pouco, nem nada, no conteúdo. Leu o verso inicial:

Ogro mora folclórico carente

sem suspeitar que o nosso Tulio havia queimado, como Hernán Cortés, as etapas. A cadeia de ouro ali estava; só faltava restituir um que outro elo.

Em certos círculos... concêntricos, o verso foi tachado de obscuro; para esclarecê-lo, nada mais aparente do que o episódio, inventado de cabo a rabo, que nos deixa entrever o poeta na Avenida Alvear, cumprimentando — apertado conjunto de chapéu de palha, bigode ralo e polainas — a baronesa de Servus. Conforme reza a lenda, disse-lhe:

— Senhora, há quanto tempo não a ouço ladrar!

A intenção era óbvia. O poeta aludia ao pequinês que realçava a dama. A frasezinha, a título de cortesia, revela-nos, em um lampejo, a doutrina de Herrera; nada se disse do caminho intermediário; passamos, ó milagre de concisão, da baronesa ao latido!

Mesma metodologia usa-se no verso de mais acima. Um caderno de anotações que obra em nosso poder e que publicaremos nem bem sucumba o vigoroso poeta, ceifado em plena juventude e saúde, informa-nos que *ogro mora folclórico carente* era, no início, ainda mais longo. Cada uma das amputações e podas foi necessária para coadjuvar à síntese que hoje nos deslumbra. O primeiro rascunho era sonetístico e como luz a seguir:

Ogro de Creta, o minotauro mora
em domicílio próprio, o labirinto:
em compensação eu, folclórico e retinto,
carente sou de teto o tempo todo.

No tocante ao título, *Madrugar cedo* comporta uma moderna elipse do secular e remoçado refrão *Não por muito madrugar amanhece mais cedo*, já registrado por Correas em forma larval.

E agora o romance. Herrera, que nos vendeu seu rascunho, que são quatro volumes manuscritos, proibiu-nos, por ora, sua publicação, fato pelo qual esperamos a hora de sua morte, para dá-los ao velho impressor Rañó. O assunto vai longe, porque a compleição atlética do autor, que é um desses que quando respiram fundo nos deixam sem oxigênio, não fomenta a ideia de um fim breve que satisfaça a sã curiosidade do mercado. Consultado nosso assessor jurídico, apressamo-nos em antecipar um resumo de *Faça-se fez* e de sua evolução morfológica.

O rótulo *Faça-se fez*, claro, ele tirou da Bíblia e da frase *Faça-se a luz, e a luz se fez*, afastando, como era inevitável, as palavras do meio. O argumento é a rivalidade de duas mulheres de mesmo nome que estão, as duas, apaixonadas por um sujeito de quem só se fala uma vez no livro, e com nome errado, porque o autor nos disse em um arroubo muito seu, que o honra e nos honra, que se chama Ruperto, e ele escreveu Alberto. É verdade que no capítulo nove se fala de Ruperto, mas esse é outro, um relevante caso de homônimo. As mulheres ficam travadas em uma séria disputa, que se resolve pela administração de cianureto em doses massivas, cena arrepiante que Herrera trabalhou com uma paciência de formiga e que, claro, omitiu. Outra pincelada inesquecível nos proporciona o momento em que a envenenadora descobre — *tarde piache!* — que exterminou a outra em vão, já que Ruperto não estava apaixonado pela vítima e, sim, pela supérstite. Tal cena, que coroa a obra, foi planejada por Herrera com sobrecarregado luxo de detalhes, mas não a escreveu, para não ter de apagá-la. O que não admite discussão é que este desenlace imprevisto, que traçamos muito ligeiramente porque o contrato literalmente nos amordaça, é talvez a realização mais bem-acabada da novelística do momento. Os personagens a que o leitor tem acesso são simples comparsas, talvez tirados de outros livros, e que não interessam em especial à trama. Eles se demoram em conversas de pouca monta e não estão a par do que se passa. Ninguém suspeita de nada e muito menos o público, apesar de a obra ter sido traduzida em mais de um idioma estrangeiro e ter obtido faixa de honra.

Para liquidar o assunto prometemos, em nossa qualidade de inventariante, a publicação *in toto* do manuscrito, com todas as suas lacunas e rasuras. O trabalho será feito por assinatura e por pagamentos adiantados, que começarão a correr assim que o autor expirar.

Fica aberta, também, a assinatura para um busto na vala comum do Chacarita, obra do escultor Zanoni, que constará, aplicando à escultura os módulos do chorado polígrafo, de uma orelha, um queixo e um par de sapatos.

Esse polifacético: Vilaseco

Certamente vêm inculcando as mais aladas penas, a flor e a nata dos Sexton Blake da crítica, que a múltipla obra de Vilaseco cifra como nenhuma outra a evolução da poesia hispanofalante, no que se refere a este século. Sua primeira remessa, o poema *Abrolhos da alma* (1901), que deu à luz em *O correio de Ultramar*, de Fisherton (Rosário), é a simpática obrinha do novato que, à procura de si mesmo, ainda engatinha e cai, não poucas vezes, no chilro. Configura um trabalho de leitor, antes que de gênio que se esforça, já que está infestado de influxos (em geral alheios), de Guido Spano e de Núñez de Arce, com marcada preponderância de Elías Regules. Para dizer tudo em uma palavra, ninguém se lembraria hoje em dia desse pecadilho de juventude, a não ser pela forte iluminação que lhe lançam os títulos posteriores. Com posterioridade publicou *A tristeza do fauno* (1909), de longitude e métrica iguais às da composição anterior, mas já marcada pelo selo do modernismo em voga. Em seguida Carriego o impactaria: em um número de *Caras y Caretas* de novembro de 1911 corresponde a terceira lauda que lhe devemos o verso intitulado *Mascarita*. Em que pese a polarização exercida pelo cantor dos extramuros portenhos, em *Mascarita* aflora substanciosa a personalidade inconfundível, o sotaque egrégio do amadurecido Vilaseco de *Caleidoscópio*, que se exteriorizou na revista *Proa* sobre a consabida vinheta de Longobardi.

As coisas não terminam aí; anos depois emitiria a intencionada sátira *Viperinas*, cuja crueza insólita de linguagem desapartou dele, para sempre, tal qual porcentagem de obsoletos. *Evita capitã* situa-se em 1947 e estreou com estardalhaço na Plaza de Mayo. Subdiretor da Comissão de Cultura poucas horas depois, Vilaseco consagrou esse ócio à planificação de um poema que seria, ai, o último, porque faleceu muito antes de Tulio Herrera, que ainda se aferra à vida como os polvos. *Ode à integração* foi seu canto do cisne, dedicado a diversos governativos. Morre ceifado em plena senilidade, não sem haver reunido em volume sua produção díspar. Uma patética *plaquette*, que assinou in articulo mortis, sob nossa amistosa coerção, momentos antes que a funerária o levasse, difundirá sua obra no seleto círculo de bibliófilos que se subscrever, em meu domicílio particular, sito na Calle Pozos. Quinhentos exemplares em papel pluma, numerados com todo o escrúpulo, integram praticamente a *editio princeps* e, prévio importe do pagamento em dinheiro sonante, serão remetidos pelo correio, que funciona aos trancos e barrancos.

Dado que o exaustivo prólogo analítico, que está em letra cursiva corpo catorze, correu por conta de meu cálamo, fiquei materialmente debilitado, constatando-se uma diminuição de fósforo na análise, motivo pelo qual apelei a um tolo[1] para o envelope, os selos e os endereços. Este factótum, em vez de se contrair à faxina específica, dilapidou um tempo precioso lendo as sete elucubrações de Vilaseco. Chegou assim a descobrir que, salvo os títulos, eram exatamente as mesmas. Nem uma vírgula, nem um ponto e vírgula, nem uma só palavra de diferença! O achado, fruto gratuito do acaso, carece, claro, de importância para uma avaliação séria da versátil obra vilasiquesca, e se o mencionamos à última hora é a título de simples curiosidade. O soi-disant lunar acrescenta ainda uma indubitável dimensão filosófica à *plaquette*, provando uma vez mais, em que pese a minúcia que costuma despistar o pigmeu, que a Arte é una e única.

---

1. Para sua identidade, consulte o estudo *Uma tarde com Ramón Bonavena*, inserido no indispensável vade-mécum *Crônicas de Bustos Domecq* (Buenos Aires, 1966), à venda nas boas casas do ramo.

Um pincel nosso: Tafas

Anegada pela onda figurativa que retorna pujante, periga a estimável memória de um valor argentino, José Enrique Tafas, que pereceu em um 12 de outubro de 1964 sob as águas do Atlântico, no prestigioso balneário de Claromecó. Afogado jovem, maduro só de pincel, Tafas nos deixa uma rigorosa doutrina e uma obra que resplandece. Sensível erro fora confundi-lo com a perimida legião de pintores abstratos; chegou, como eles, a uma meta idêntica, mas por trajetória muito outra.

Preservo na memória, em lugar preferencial, a lembrança de certa carinhosa manhã setembrina em que nos conhecêramos, por uma gentileza do acaso, na banca de jornais que ainda ostenta sua galharda silhueta na esquina sul da Bernardo Irigoyen com a Avenida de Mayo. Ambos, ébrios de mocidade, havíamos comparecido a esse empório em busca do mesmo cartão-postal colorido do Café Tortoni. A coincidência foi fator decisivo. Palavras de franqueza coroaram o que já iniciou o sorriso. Não ocultarei que me aguçou a curiosidade, ao constatar que meu novo amigo complementou sua aquisição com a de outros dois postais, que correspondiam ao *Pensador* de Rodin e ao Hotel Espanha. Cultores das artes os dois, ambos insuflados de azul-escuro, o diálogo elevou-se muito rapidamente aos temas do dia; não o trincou, como bem poderia temer-se, a circunstância de que um fosse já um sólido contista e o outro uma promessa quase anônima, ainda encolhida na brocha. O nome tutelar de Santiago Ginzberg, amizade compartilhada, oficiou de primeira cabeça de ponte. Depois eles formigariam a história crítica de algum figurão do momento e, por fim, encarados por respectivas canecas de cerveja espumante, a discussão alígera, volátil, de tópicos eternos. Marcamos para o outro domingo na Confeitaria El Tren Mixto.

Foi naquela época que Tafas, depois de me impor sua remota origem muçulmana, já que seu pai veio a estas plagas enroscado em um tapete, tratou de me esclarecer o que ele se propunha no cavalete. Disse-me que no "Alcorão de Maomé", isso sem falar nos russos da Calle Junín, fica formalmente proibida a pintura de rostos, de pessoas, de feições, de pássaros, de bezerros e de outros seres vivos. Como pôr em ação pincel e pomo, sem infringir o regulamento de Alá? No frigir dos ovos, acertou no alvo.

Um porta-voz procedente da província de Córdoba havia lhe inculcado que, para inovar em uma arte, é preciso demonstrar às claras que a pessoa, como se diz, domina-a e pode cumprir as regras como qualquer professorzinho. Romper os velhos moldes é a voz de comando dos séculos atuais, mas o candidato deve provar previamente que os conhece de cor. Como disse Lumbeira, fagocitemos bem a tradição antes de atirá-la aos porcos. Tafas, belíssima pessoa, assimilou tão sãs palavras e as pôs em prática como segue. Primeiro pintou, com fidelidade fotográfica, vistas portenhas, correspondentes a um reduzido perímetro da urbe, que copiavam hotéis, confeitarias, bancas e estátuas. Não as mostrou a ninguém, nem sequer ao amigo de todas as horas, com quem se compartilha no bar uma caneca de cerveja. Em segundo lugar, apagou-as com miolo de pão e com a água da torneira. Terceiro, deu-lhes uma mão de betume, para que os quadrinhos ficassem inteiramente pretos. Teve o escrúpulo, isso sim, de mandar cada um dos abortos da natureza, que haviam ficado iguais e retintos, com o nome correto, e na mostra o senhor podia ler *Café Tortoni* ou *Banca dos postais*. Evidentemente, os preços não eram uniformes; variavam segundo o detalhe cromático, as perspectivas, a composição etc. da obra apagada. Diante do protesto formal dos grupos abstratos, que não transigiam com os títulos, o Museu de Belas-Artes marcou um ponto, adquirindo três dos onze por uma importância global que deixou o contribuinte sem fala. A crítica dos órgãos de opinião propendeu ao elogio, mas fulano preferia um quadro e beltrano aquele outro. Tudo em um clima de respeito.

Tal é a obra de Tafas. Preparava, consta-nos, um grande mural de motivos indígenas, que se dispunha a captar no Norte, e que, uma vez pintado, seria submetido ao betume. Uma pena enorme que a morte na água nos privasse, aos argentinos, desse opus!

Vestuário 1

Segundo se sabe, a complexa revolução começou em Necochea. Data, o interessante período que desliza entre 1923 e 1931; personagens protagonistas, Eduardo S. Bradford e o comissário aposentado Silveira. O primeiro, de prontuário social um tanto indefinido, chegou a ser uma instituição no velho calçadão de madeira, sem que isso apresentasse óbice para que fosse visto também nos *thé dansants*, nos bingos, nos aniversários infantis e nas bodas de prata, na missa das onze, no salão de bilhar e nos *chalets* mais respeitáveis. Muitos se lembrarão de sua figura: macio panamá de aba flexível, óculos de aro de tartaruga, ondulante bigode tingido que não conseguia ocultar totalmente o duplo lábio fino, colarinho duro e gravata-borboleta, terno branco com abotoadura importada, punhos com botões removíveis, botinas de salto militar que realçavam a estatura talvez medíocre, a mão direita com bengala de málaca, a esquerda prolongada em uma luva clara que agitava, sem pressa, mas sem pausa, a brisa do Atlântico. Sua conversa, plena de bonomia, sorvia nos tópicos mais diversos, mas se canalizava na sobremesa em tudo o atinente a forros, ombreiras, bainhas, fundilhos, barretes, colarinhos de veludo e agasalhos. Tal predileção não deve nos estranhar; era singularmente friorento. Ninguém o viu banhar-se no mar; percorria o calçadão de ponta a ponta, a cabeça embutida entre os ombros, braços cruzados ou mãos nos bolsos, e todo ele sacudido pelos calafrios. Outra peculiaridade que não escapara aos observadores, que nunca faltam; em que pese a corrente de relógio que unia a lapela ao bolso esquerdo, negava-se travessamente a informar as horas. Embora de generosidade bem provada, não dava gorjetas nem transferia um centavo aos pedintes. Em compensação, sacudia-o com frequência a tosse. Sociável, se os há, mantinha com louvável altura uma distância prudente. Seu lema preferido: *noli me tangere*. Era amigo de todos, mas não franqueava sua porta e, até o fatídico dia 3 de fevereiro de 1931, a *crème* de Necochea não suspeitou de seu domicílio autêntico. Dias antes, uma das testemunhas havia deposto que o viu entrar na loja de tintas Quiroz com uma carteira na direita e sair com a mesma carteira e um embrulho grosso e cilíndrico. Ninguém, talvez, o teria desvendado, a não ser pela perspicácia e garra do delegado aposentado Silveira, homem forjado em Zárate, que a impulso de seu instinto de perdigueiro começou a desconfiar. Durante as últimas temporadas, seguiu-o com toda a cautela, embora o outro, que parecia não perceber, noite a noite lhe dava o cano, a favor da sombra dos subúrbios. A tarefa desenvolvida pelo meganha foi o prato preferido naqueles círculos, e não faltou quem se afastasse de Bradford e passasse do diálogo festivo ao cumprimento seco. Não obstante, famílias cotizadas o rodearam com delicado acolhimento, para reforçar sua adesão. E mais; apareceram no calçadão certos sujeitos que guardavam semelhança com ele e que, submetidos a exame, vestiam-se de modo idêntico, embora de coloração mais pálida e de aspecto francamente indigente.

A bomba que Silveira chocara não tardaria a explodir. Na data marcada, dois esbirros vestidos como civis e encabeçados pelo próprio delegado compareceram a uma casinha de madeira da Calle Sin Nombre. Chamaram repetidas vezes, finalmente forçaram a porta e irromperam, pistola em punho, na frágil moradia. Bradford se rendeu na hora. Levantou os braços, mas não soltou a bengala de málaca nem tirou o chapéu. Sem perder um minuto, enrolaram-no em um lençol que levavam ex professo e o carregaram, enquanto chorava e se debatia. Seu escasso peso lhes chamou a atenção.

Acusado pelo fiscal, dr. Codovilla, de abuso de confiança e atentado ao pudor, Bradford capitulou imediatamente, traindo seus fiéis. A verdade se impôs, palpável. De 1923 a 1931, Bradford, o cavalheiro do calçadão, circulava nu por Necochea. Chapéu, óculos de aro de tartaruga, bigode, colarinho, gravata, corrente de relógio, terno e abotoaduras, bengala de málaca, luvas, lenço, botas de salto militar não eram senão um desenho colorido aplicado à tábula rasa de sua epiderme. Em tão amargo transe, a oportuna influência de amigos estrategicamente colocados teria constituído um apoio, mas veio à luz uma circunstância que o deixou malquisto com todos. Sua posição econômica deixava muito a desejar! Nem sequer havia disposto de meios para saldar um par de óculos. Viu-se compelido a pintá-los, como tudo o mais, inclusive a bengala. O juiz descarregou sobre o delinquente a severidade da lei. A seguir, Bradford nos revelou seu caráter de pioneiro no martirológio de Sierra Chica. Morreu ali de broncopneumonia, sem mais roupa que um terno de listras desenhado sobre a carne enfermiça.

Carlos Anglada, com esse seu olfato para rastrear as mais remunerativas facetas da modernidade, consagrou-lhe uma série de artigos em *L'Officiel*. Presidente da Comissão Pró-Estátua de Bradford no Ex-Calçadão de Madeira de Necochea, reuniu assinaturas e somas consideráveis. O monumento, que saibamos, não foi concretizado.

Mais circunspecto e mais ambíguo se mostrou dom Gervasio Montenegro, que deu um minicurso na Universidade de Verão sobre a indumentária a pincel e as inquietantes perspectivas abertas por esta aos afazeres de alfaiate. As restrições e as renitências do expoente não tardaram em suscitar a famosa Queixa de Anglada: "Até depois de póstumo o caluniam!". Não contente com isso, Anglada desafiou Montenegro a cruzar luvas em qualquer ringue e, muito impaciente para que a *riposte* o alcançasse, deslocou-se em *Jet* a Boulogne-sur-Mer. Enquanto isso, a seita dos Pictos havia se multiplicado. Os mais audazes e novíssimos enfrentavam os riscos inerentes, remedando com precisão o Pioneiro e Mártir. Outros, por idiossincrasia, propensos ao *piano, piano*, recorreram a um meio-termo: *toupet* de cabelo, mas monóculo desenhado e paletó em indelével tatuagem. Sobre as calças, guardemos silêncio.

Tais precauções resultaram inoperantes. A reação se manifestou! O dr. Kuno Fingermann, que naquele tempo promovia o Bureau de Relações Públicas do Centro de Produtores de Lã, publicou um volume intitulado A *essência da roupa é o agasalho*, que complementaria logo em seguida com *Agasalhemo-nos!*. Tais tiros para todos os lados encontraram seu eco em um núcleo de jovens que, urgidos por um afã de realizações muito compreensível, lançaram-se às ruas de forma rodante, envoltos em seu Traje Total, que não admitia um só resquício, e englobava a seu feliz possuidor, dos pés à cabeça.

Os materiais preferidos foram o couro forrado e o tecido impermeável, aos quais em breve se somaria um colchão de lã, para a amortização dos golpes.

Faltava o selo estético. Deu-o a baronesa de Servus, que marcou um novo rumo. Voltou, como primeira medida, ao verticalismo e à liberação de braços e pernas. Em conivência com um grupo misto de metalúrgicos, artistas do vidro e fabricantes de cúpulas e lâmpadas, criou o que se chamou de Traje Plástico. Afastadas as dificuldades de peso, que ninguém pretendeu negar, o Traje Plástico permite a seu portador um deslocamento seguro. Consta de setores metálicos, que sugerem o mergulhador, o cavaleiro medieval e a balança de farmácia, não sem lançar brilhos rotativos que ofuscam o pedestre. Emite tilintares descontínuos que fazem as vezes de agradável buzina.

Duas escolas procedem da baronesa de Servus, que dá (segundo um transcendido) seu melhor beneplácito à segunda. A primeira é a escola da Florida; a outra, de ares mais populares, a de Boedo. Os componentes de ambos os grupos coincidem, malgrado seus matizes diferenciais, em não se aventurar à rua.

Vestuário II

Se bem que, como se indicou no seu devido tempo, o qualificativo *funcional* acusa um marcado descrédito no mundinho dos arquitetos, escalou posições de importância no quesito *vestuário*. Ademais, a indumentária masculina apresentava um flanco fartamente tentador ao embate dos revisionismos críticos. Os reacionários fracassaram redondamente em seu vão propósito de justificar a formosura, ou talvez a utilidade, de aditamentos como a lapela, os punhos, os botões sem casa, a nodosa gravata e a fita que o poeta denominara "rodapé do chapéu". A escandalosa arbitrariedade de ornatos tão inoperantes acaba de ganhar estado público. A esse respeito o veredicto de Poblet é definitivo.

Não folga constatar que a nova ordem emana de uma passagem do anglo-saxão Samuel Butler. Este fixara que o chamado corpo humano é uma projeção material da força criativa e que, bem-visto, não há diferença entre o microscópio e o olho, já que o primeiro é um aperfeiçoamento do segundo. O mesmo cabe asseverar sobre a bengala e a perna, segundo o tão trilhado enigma das pirâmides e da esfinge. O corpo, em suma, é uma máquina: a mão não menos do que a Remington, as nádegas do que a cadeira de madeira ou elétrica, o patinador que o patim. Por isso não faz um pingo de sentido o prurido de fugir do maquinismo; o homem é um primeiro esboço do que complementam, por fim, os óculos e a cadeira de rodas.

Como ocorre não poucas vezes, o grande salto em avanço operou-se pelo feliz acoplamento do sonhador que manobra na sombra e do empresário. O primeiro, professor Lucio Sévola, esboçou as generalidades do caso; o segundo, Notaris, estava à frente da acreditada Loja de Ferragens e Bazar del Mono, que por mudança de ramo é agora a Alfaiataria Funcional de Sévola-Notaris. Nós nos permitimos recomendar ao interessado uma visita sem compromisso ao moderno local dos aludidos comerciantes, que o atenderão com as atenções do caso. Um pessoal especialista lhe permitirá satisfazer as suas necessidades a preço módico, surtindo-o da patenteada Luva Mestra, cujas duas peças (que rigorosamente correspondem às duas mãos) comportam os seguintes prolonga-dedos: buril, saca-rolhas, caneta-tinteiro, artístico carimbo, estilete, sovela, martelo, gazua, guarda-chuva-bengala e maçarico autógeno. Outros clientes talvez preferissem o Chapéu Empório, que possibilita o transporte de alimentos e de valores, quando não de objetos de toda índole. Ainda não se pôs à venda o Terno Arquivo, que substituirá o bolso pela gaveta. O Fundilho com Duplo Elástico em Espiral, que sofreu resistência por parte do sindicato dos produtores de cadeiras, conquistou o favor da praça e seu auge nos exime de recomendá-lo neste *reclame*.

Um enfoque flamante

Paradoxalmente, a tese da história pura, que triunfara no último Congresso de Historiadores, ocorrido em Pau, constitui um obstáculo de monta para a compreensão cabal do dito congresso. Em aberta contravenção com a própria tese, ficamos estagnados no porão da Biblioteca Nacional, seção Periódicos, consultando os referentes ao mês de julho do ano em curso. Obra não menos plausivelmente em nosso poder, o boletim poliglota que registra tim-tim por tim-tim os acirrados debates e a conclusão a que se chegou. O tema inicial havia sido "A história é uma ciência ou uma arte?". Os observadores notaram que os dois grupos em disputa hasteavam, cada qual por seu lado, os mesmos nomes: Tucídides, Voltaire, Gibbon, Michelet. Não desperdiçaremos aqui a grata ocasião de congratular o delegado chaquenho, sr. Gaiferos, que galhardamente propôs aos outros congressistas que dessem um lugar preferencial à nossa Indo-América, começando, é claro, pelo Chaco, conspícua sede de mais de um valor. O imprevisível, como tão amiúde, se deu; a tese que concitou o voto unânime resultou, conforme se sabe, a de Zevasco: a história é um ato de fé.

Realmente, a hora propícia era madura para que o consenso desse seu visto de aprovação a essa postulação, de perfil revolucionário e abrupto, mas já preparada, depois de muita ruminação, pela longa paciência dos séculos.

En efeuto, não há um manual de história, um Gandía etc., que não haja antecipado, com maior ou menor desenvoltura, algum precedente. A dupla nacionalidade de Cristóvão Colombo, a vitória de Jutlândia, que ao mesmo tempo se atribuíram, no século XVI, anglo-saxões e germanos, os sete berços de Homero, escritor de nota, são outros tantos casos que acudirão à memória do leitor médio. Em todos os exemplos aportados pulsa, embrionária, a tenaz vontade de afirmar o próprio, o autóctone, o pro domo. Agora mesmo, ao despachar com ânimo aberto esta sisuda crônica, ataranta-nos o tímpano a controvérsia sobre Carlos Gardel, Moreno de Abasto para uns, uruguaio para outros, tolosano de origem, como Juan Moreira, que disputam as progressistas localidades antagônicas de Morón e Navarro, isso sem falar de Leguisamo, oriental[1] que mete medo.

Estampemos de novo a declaração de Zevasco: "A história é um ato de fé. Não importam os arquivos, os testemunhos, a arqueologia, a estatística, a hermenêutica, os próprios fatos; à história incumbe a história, livre de qualquer trepidação e de qualquer escrúpulo; guarde o numismático suas moedas e o papelista seus papiros. A história é injeção de energia, é alento vivificante. Elevador de potência, o historiador carrega nas tintas; embriaga, exalta, embravece, alenta; nada de amolecer ou enervar; nossa instrução é rechaçar de cara o que não robustece, o que não positiva, o que não é louro".

A semente germinou. Assim a destruição de Roma por Cartago é festa não cultivável que se observa desde 1962 na região da Tunísia; assim a anexação da Espanha aos acampamentos dos índios do expansivo querandí[2] é, agora, e no âmbito nacional, uma verdade à qual garante uma multa.

O versátil Poblet, como tantos outros, já fixou para sempre que as ciências exatas não se baseiam na acumulação estatística; para ensinar à juventude que três e quatro são sete, não se adicionam quatro merengues com três merengues, quatro bispos com três bispos, quatro cooperativas com três cooperativas, tampouco quatro botinas de verniz com três meias de lã; afinal, intuída a lei, o jovem matemático capta que invariavelmente três e quatro são sete e não é

---

1. Forma de se referir aos uruguaios, da época colonial até os dias atuais, derivada do nome do país: República Oriental do Uruguai. (N. T.)
2. Diz-se do povo aborígine pertencente aos tehuelches setentrionais, que na época da Conquista habitava a margem direita do Paraná. (N. T.)

preciso repetir o teste com balas, tigres vorazes, ostras e telescópios. Igual metodologia quer a história. Convém a uma nação de patriotas uma derrota militar? Com certeza, não. Nos últimos textos aprovados pelas respectivas autoridades, Waterloo é para a França uma vitória sobre as hordas da Inglaterra e da Prússia; Vilcapugio, desde Puna de Atacama até Cabo de Hornos, é um triunfo embasbacante. No início algum pusilânime interpôs que tal revisionismo parcelaria a unidade desta disciplina e, pior ainda, poria em grave aperto os editores de histórias universais. Na atualidade consta-nos que esse temor carece de uma base bem sólida, já que o mais míope entende que a proliferação de asserções contraditórias brota de uma fonte comum, o nacionalismo, e referenda, urbi et orbi, o dictum de Zevasco. A história pura cumula, em medida considerável, o justo revanchismo de cada povo; o México recobrou, assim, em letras de fôrma, os poços de petróleo do Texas, e nós, sem pôr em risco um só argentino, a calota polar e seu inalienável arquipélago.

Tem mais. A arqueologia, a hermenêutica, a numismática, a estatística não são, nos dias de hoje, servas; recuperaram, com o passar do tempo, sua liberdade e, equiparadas com sua mãe, a História, são ciências puras.

Esse est percipi

Velho turista da região de Núñez e arredores, não deixei de notar que vinha faltando em seu lugar de sempre o monumental estádio do River. Consternado, consultei a respeito o amigo e doutor Gervasio Montenegro, membro efetivo da Academia Argentina de Letras. Nele achei o motor que me pôs sobre a pista. Naquela época sua pena compilava um livro à maneira de *História panorâmica do jornalismo nacional*, obra cheia de méritos na qual sua secretária trabalhava com afinco. As documentações de praxe o haviam levado casualmente a farejar o busílis. Pouco antes de adormecer de todo, remeteu-me a um amigo comum, Tulio Savastano, presidente do clube Abasto Juniors, a cuja sede, sita no Edifício Amianto, da Avenida Corrientes com a Pasteur, eu me transferi. Esse dirigente, em que pese o regime de dupla dieta a que o tem submetido seu médico e vizinho dr. Narbondo, ainda se mostrava movediço e ágil. Um tanto metido por causa do último triunfo de sua equipe sobre o combinado canário, despachou bem à vontade e me confiou, mate vai, mate vem, pormenores de vulto que aludiam à questão em discussão. Embora eu repetisse para mim mesmo que Savastano havia sido, outrora, o cupincha da minha mocidade da Agüero esquina com a Humahuaca, a majestade do cargo me impunha, e, a fim de quebrar a tensão, congratulei-o sobre a tramitação do último gol, que, a despeito da oportuna intervenção de

Zarlenga e Parodi, convertera o *centro-half* Renovales, depois daquele passe histórico de Musante. Sensível à minha adesão ao Once de Abasto, o homem probo deu uma derradeira chupada na bombilha exausta, dizendo filosoficamente, como aquele que sonha em voz alta:

— E pensar que fui eu que inventei esses nomes para eles.

— Um apelido? — perguntei, gemebundo. — Musante não se chama Musante? Renovales não é Renovales? Limardo não é o genuíno patronímico do ídolo que aclama a torcida?

A resposta me amoleceu todos os membros:

— Como? O senhor ainda acredita na torcida e em ídolos? Por onde o senhor andou, dom Domecq?

Nisso entrou um ordenança que aprecia um encanador e cochichou que Ferrabás queria falar com o senhor.

— Ferrabás, o locutor da voz pastosa? — exclamei. — O animador da sobremesa cordial das treze e quinze e do sabão Profumo? Estes meus olhos o verão tal qual é? Verdade que se chama Ferrabás?

— Que espere — ordenou o sr. Savastano.

— Que espere? Não será mais prudente que eu me sacrifique e me retire? — aduzi com certa abnegação.

— Nem pense nisso — respondeu Savastano. — Arturo, diga a Ferrabás que entre. Tanto faz...

Ferrabás fez sua entrada com naturalidade. Eu ia lhe oferecer a minha cadeira, mas Arturo, o encanador, dissuadiu-me com um desses olharzinhos que são como uma massa de ar polar. A voz presidencial ajuizou:

— Ferrabás, já falei com o De Filipo e com o Camargo. Da próxima vez o Abasto perde, por dois a um. Há jogo duro, mas não vá recair, lembre-se bem, no passe do Musante para o Renovales, que as pessoas conhecem de cor. Eu quero imaginação, imaginação. Compreendido? Já pode se retirar.

Juntei forças para me aventurar à pergunta:

— Devo deduzir que o score é combinado?

Savastano, literalmente, reduziu-me a pó.

— Não há score, nem times, nem partidas. Os estádios já são demolições caindo aos pedaços. Hoje passa tudo na televisão e no rádio. A falsa excitação dos locutores nunca o levou a maliciar que tudo é armação? A última partida de futebol foi jogada nesta capital no dia 24 de junho de 1937. Desde aquele preciso momento, o futebol, assim como a vasta gama dos esportes, é um gênero dramático, a cargo de um só homem em uma cabine ou de atores com camisetas diante do cameraman.

— Senhor, quem inventou essa coisa? — atinei a perguntar.

— Ninguém sabe. Valeria pesquisar a quem primeiro ocorreram as inaugurações de escolas e as visitas faustuosas de testas coroadas. São coisas que não existem fora dos estúdios de gravação e das redações. Convença-se, Domecq, a publicidade massiva é a contramarca dos tempos modernos.

— E a conquista do espaço? — gemi.

— É um programa estrangeiro, uma coprodução ianque-soviética. Uma laudável antecipação, não neguemos, do espetáculo cientificista.

— Presidente, o senhor me dá medo — resmunguei, sem respeitar a via hierárquica. — Então não acontece nada no mundo?

— Muito pouco — respondeu com sua fleuma inglesa. — O que eu não capto é o seu medo. O gênero humano está em casa, refestelado, atento à tela ou ao locutor, quando não à imprensa marrom. O que mais o senhor quer, Domecq? É a marcha gigante dos séculos, o ritmo do progresso que se impõe.

— E se a ilusão se quebrar? — eu disse, com um fio de voz.

— Imagine se vai se quebrar — tranquilizou-me.

— Caso aconteça, serei um túmulo — prometi-lhe. — Juro por minha adesão pessoal, por minha lealdade ao time, pelo senhor, por Limardo, por Renovales.

— Diga o que tiver vontade, ninguém vai acreditar.

O telefone tocou. O presidente pôs o fone no ouvido e aproveitou a mão livre para me indicar a porta de saída.

Os ociosos

A era atômica, a cortina que cai sobre o colonialismo, a luta de interesses encontrados, a postulação comunista, a alta do custo de vida e a retratação dos meios de pagamento, o chamado do papa à concórdia, o progressivo debilitamento do nosso signo monetário, a prática do trabalho sem vontade, a proliferação de supermercados, a extensão de cheques sem fundos, a conquista do espaço, despovoamento do agro e o auge correlativo das favelas compõem todo um panorama inquietante que dá o que pensar. Diagnosticar os males é uma coisa; prescrever sua terapêutica é outra. Sem aspirar ao título de profetas, atrevemo-nos, no entanto, a insinuar que a importação de Ociosos no país, com vistas à sua fabricação, contribuirá não pouco para diminuir, à maneira de sedativo, o nervosismo hoje tão generalizado. O reino da máquina é um fenômeno que já ninguém disputa; o Ocioso comporta um passo a mais de tão inelutável processo.

Qual foi o primeiro telégrafo, qual o primeiro trator, qual a primeira Singer são perguntas que põem o intelectual em apuros; o problema não se coloca em relação aos Ociosos. Não há no orbe um iconoclasta que negue que o primeiro de todos obrou em Mulhouse e que seu incontestável progenitor foi o engenheiro Walter Eisengardt (1914-41). Duas personalidades lutavam nesse valioso teutão: o incorrigível sonhador que publicou as duas monografias ponderáveis, hoje esquecidas, em torno das figuras de Molinos e do pensador de raça amarela Lao-Tsé, e o sólido metódico de realização tenaz e de cérebro prático que, depois de arquitetar uma porção de máquinas claramente industriais, deu à luz, em 3 de junho de 1939, ao primeiro Ocioso de que se tem notícia. Falamos do modelo que se conserva no Museu de Mulhouse: apenas um metro e vinte e cinco de longitude, setenta centímetros de altura e quarenta de largura, mas nele quase todos os detalhes, desde os recipientes de metal até os condutos.

O segundo é de uso em toda localidade fronteiriça, uma das avós maternas do inventor era de cepa gaulesa e o mais notável da vizinhança a conhecia pelo nome de Germaine Baculard. O folheto no qual nos baseamos para este trabalho de fôlego intui que essa elegância, que é a marca da obra de Eisengardt, tem fonte de origem naquela irrigação de sangue cartesiano. Não regateamos nosso aplauso a esta amável hipótese que, além do mais, é adotada por Jean-Christophe Baculard, continuador e divulgador do mestre. Eisengardt faleceu mediante um acidente de automóvel da marca Bugatti; não lhe foi dado ver os Ociosos que hoje triunfam em usinas e escritórios. Prega que os contemple do céu, diminuídos pela distância e, por isso, mais de acordo com o protótipo que ele mesmo rematara!

Aqui vai agora um esboço do Ocioso, para aqueles leitores que ainda não tiveram o escrúpulo de ir examiná-lo em San Justo, na fábrica de Pistões Ubalde. O monumental artefato cobre a largura do terraço que centra o ponto da usina. Assim, a olho, lembra um linotipo desmesurado. É duas vezes mais alto que o capataz; seu peso se computa em várias toneladas de areia; a cor é de ferro pintado de preto; o material, de ferro.

Uma passarela em escadaria permite que o visitante o escrute e toque. Sentirá lá dentro como um leve pulsar e, se aplicar o ouvido, detectará um longínquo sussurro. De fato, há em seu interior um sistema de condutos pelos quais correm água na escuridão e uma ou outra pedra. Ninguém pretenderá, no entanto, que são as qualidades físicas do Ocioso as que redundam na massa humana que o rodeia; é a consciência de que em suas entranhas palpita algo silencioso e secreto, algo que brinca e dorme.

A meta perseguida pelas românticas vigílias de Eisengardt foi plenamente alcançada; onde quer que haja um Ocioso, a máquina descansa, e o homem, reanimado, trabalha.

Os imortais

And see, no longer blinded by our eyes.
Rupert Brooke

Quem diria que, naquele ingênuo verão de 1923, o relato *O escolhido*, de Camilo N. Huergo, do qual me fizera obséquio o autor, com dedicatória assinada, que por fineza optei por arrancar antes de propor vender a sucessivos livreiros, encerrasse sob seu verniz romanesco um adiantamento genial. A fotografia de Huergo, em moldura oval, ornamentava a capa. Quando eu olho para ela, tenho a impressão de que vai começar a tossir, vítima da tísica que ceifou uma carreira que prometia. De fato, pouco depois morreu, sem acusar o recebimento da carta que lhe escrevi em um dos meus magníficos alardes de generosidade.

A epígrafe que anteponho a este sisudo trabalho foi copiada da obrinha em questão, e pedi ao dr. Montenegro que o pusesse no idioma de Castilha, com resultante negativa. Para que o desprevenido leitor trace um panorama geral, eu me disporei a um comprimido resumo do relato de Huergo, que condensarei como segue:

O narrador visita, no Chubut, um fazendeiro inglês, dom Guillermo

Blake, que, além da criação de ovelhas, aplica sua agudeza nas abstrusidades desse grego, Platão, e às mais recentes tentativas da medicina cirúrgica. Com base nessa leitura sui generis, dom Guillermo reputa que os cinco sentidos do corpo humano obstruem ou deformam a captação da realidade e que se nos libertássemos deles a veríamos como é, infinita. Pensa que no fundo da alma estão os modelos eternos que são a verdade das coisas e que os órgãos de que nos dotou o Criador resultam, grosso modo, obstaculizantes. Vêm a ser óculos escuros que obstruem o que está fora e nos distraem daquilo que está dentro de nós.

Blake faz um filhinho em uma feirante para que este contemple a realidade. Anestesiá-lo para sempre, deixá-lo cego e surdo-mudo, emancipá-lo do olfato e do paladar foram seus primeiros cuidados. Tomou, ainda assim, todas as precauções possíveis para que o eleito não tivesse consciência de seu corpo. De resto, ajeitou-o com dispositivos que se encarregavam da respiração, circulação, assimilação e excreção. Pena que o assim libertado não pudesse se comunicar com ninguém. O narrador vai embora, urgido por necessidades de índole prática. Aos dez anos, volta. Dom Guillermo morreu; o filho continua perdurando a seu modo, em seu sótão abarrotado de máquinas e com respiração regular. O narrador, ao ir embora para sempre, deixa cair uma bituca acesa que ateia fogo no estabelecimento de campo e não conseguirá saber se o fez de propósito ou por puro acaso. Assim termina o conto de Huergo, que na sua época era estranho, mas que hoje é amplamente superado pelos foguetes e astronautas dos cientistas.

Despachado assim, de uma penada, esse desinteressado compêndio da fantasia de um morto, de quem já nada posso esperar, reintegro-me ao cerne. A memória me devolve um sábado de manhã, 1964, em que eu tinha hora com o gerontologista dr. Raúl Narbondo. A triste verdade é que nós, os rapazes de antes, ficamos velhos: a cabeleira rareia, um que outro ouvido se tampa, as rugas juntam penugem, o molar é côncavo, a tosse finca raízes, a coluna é corcunda, o pé se enreda nos pedregulhos e, em suma, o páter-famílias perde vigência. Havia chegado para mim, não há dúvida, o aparente momento de solicitar do dr. Narbondo uma repaginada, ainda mais considerando-se que aquele trocava os órgãos gastos por outros em bom uso. Com dor na alma, porque nessa tarde era a revanche dos Excursionistas contra o Deportivo Español e talvez eu não chegasse entre os primeiros ao lugar de honra, encaminhei-me ao consultório da Avenida Corrientes com a Pasteur. Este, segundo quer a fama, ocupa o décimo quinto andar do Edifício Amianto. Subi pelo elevador de marca Electra. Junto da placa de Narbondo, apertei a campainha e por fim, tomando coragem, passei pela porta entreaberta e penetrei na sala de espera. Assim a sós com *Vosotras* e *Billiken*, distraí o passar das horas, até que as doze badaladas de um relógio cuco me sobressaltaram na cadeira. Na hora demandei: O que está acontecendo? Já em plano detetivesco, passei a inspecionar e aventurei uns passos até o ambiente seguinte, bem decidido, claro, a picar a mula ao menor barulhinho. Da rua subiam o barulho das buzinas, o pregão do jornaleiro, a freada que salva o transeunte, mas, à minha volta, grande silêncio. Atravessei uma espécie de laboratório ou de fundo de farmácia, munida de instrumental e de frascos. Estimulado pela ideia de chegar ao toalete, empurrei a porta dos fundos.

Lá dentro vi o que meus olhos não entenderam. O estreito recinto era redondo, esbranquiçado, de teto baixo, com luz neon e sem uma janela que aliviasse a claustrofobia. Habitavam-no quatro personagens ou móveis. Sua cor era a mesma das paredes; o material, madeira; a forma, cúbica. Sobre cada cubo, um cubinho, com uma grade, e debaixo, sua fenda de caixa de correio. Bem escrutada a grade, o senhor notava com alarme que do interior alguém o seguia com os olhos. As fendas deixavam emitir, a intervalos irregulares, um coro de suspiros e vozezinhas que nem Deus captava palavra. A distribuição era tal que cada qual estava na frente do outro e dois dos lados, compondo um cenáculo. Não sei quantos minutos se passaram. Nisso, o doutor entrou e me disse:

— Desculpe, Bustos, que o tenha feito esperar. Fui retirar entrada para o encontro dos Excursionistas — prosseguiu, mostrando-me os cubos. — Tenho o prazer de apresentar-lhe a Santiago Silberman, ao escrivão aposentado Ludueña, a Aquiles Molinari e à sra. Bugard.

Dos móveis saíram sons débeis, mais para incompreensíveis. Eu logo adiantei uma mão e, sem o prazer de apertar a deles, retirei-me ordenadamente, com o sorriso congelado. Cheguei ao vestíbulo como pude. Consegui balbuciar:

— Conhaque, conhaque.

Narbondo voltou do laboratório com um copo graduado cheio d'água, na qual dissolveu umas gotas efervescentes. Santo remédio: o sabor de vômito me despertou. Depois, fechada com duas voltas a porta que se comunicava com o recinto, veio a explicação:

— Constato, satisfeito, caro Bustos, que meus Imortais o impactaram. Quem diria que o *Homo sapiens*, o antropoide mal desbastado de Darwin, conseguiria tal perfeição. Esta sua casa, prometo-lhe, é a única na Indo-América em que se aplica com rigor a metodologia do dr. Eric Stapledon. O senhor deve se lembrar, sem sombra de dúvida, da consternação que a morte do chorado mestre, ocorrida na Nova Zelândia, ocasionou em setores científicos. Jacto-me, além disso, de haver incrementado seu labor precursor com alguns toques de acordo com a nossa idiossincrasia portenha. A tese em si, esse outro ovo de colombo, é bem simples. A morte corporal provém sempre da falta de um órgão, chame-o de rim, pulmão, coração ou o que mais quiser. Substituídos os componentes do organismo, corruptíveis, por sua vez, por outras tantas peças inoxidáveis, não há razão nenhuma para que a alma, para que o senhor mesmo, Bustos Domecq, não resulte Imortal. Nada de argúcias filosóficas: o corpo se recauchuta de vez em quando, calafeteia-se e a consciência que habita nele não caduca. A cirurgia proporciona a imortalidade ao gênero humano. O fundamental foi conseguido; a mente persiste e persistirá sem o temor de uma demissão. Cada Imortal está reconfortado pela certeza, que nossa empresa lhe garante, de ser uma testemunha para in aeterno. O cérebro, irrigado noite e dia por um sistema de correntes magnéticas, é o último baluarte animal no qual ainda convivem rolamentos e células. O resto é fórmica, aço, material plástico. A respiração, a alimentação, a geração, a mobilidade, a própria excreção são etapas já superadas. O Imortal é imobiliário. Falta uma ou outra pincelada, é verdade; a emissão de vozes, o diálogo, é passível de melhoras. Quanto aos gastos que partilha, o senhor não se preocupe. Por um trâmite que evita legalismos, o aspirante nos transfere seu patrimônio e a firma Narbondo — eu, meu filho, sua descendência — se compromete a mantê-lo in statu quo durante os séculos dos séculos.

Foi então que pôs a mão no meu ombro. Senti que sua vontade me dominava.

— Ha-ha! Desejoso, tentado, meu pobre Bustos? O senhor vai precisar de uns meses para me entregar tudo em ações. Quanto à operação, faço preço de amigo: em vez dos trezentos mil de praxe, duzentos e oitenta e cinco, em notas de mil, se me entende. O resto de sua fortuna é seu. Fica por conta de alojamento, atenção e *service*. A intervenção, em si, é indolor. Mera amputação e substituição. Não problematize. Nos últimos dias, mantenha-se tranquilo, despreocupado. Nada de alimentos pesados, de tabaco, de álcool, a não ser um bom uísque, engarrafado na origem. Não se deixe excitar pela impaciência.

— Dois meses, não — respondi. — Um me basta e sobra. Saio da anestesia e sou mais um cubo. O senhor já tem o meu telefone e meu endereço; nos manteremos em contato. Na sexta-feira, o mais tardar, volto por aqui.

Na porta de saída me presenteou com um cartão do dr. Nemirovski, que se poria à minha disposição para todos os trâmites da testamentaria.

Com perfeita compostura, caminhei para a boca do metrô. Desci as escadas correndo. Pus-me imediatamente de campana; nessa mesma noite me mudei, sem deixar um só rastro, para o Nuevo Imparcial, em cujo livro de hóspedes figuro sob o pseudônimo Aquiles Silberman. No quartinho que dá para o pátio do fundo escrevo, com barba postiça, este relato dos fatos.

De aporte positivo

O diálogo com Ortega é dos mais tonificantes. Para o homem, claro, a coisa anda feia; hoje pega o ônibus em Llavallol, amanhã nos cumprimenta todo pimpão da janelinha do trem leiteiro que se desloca como lombriga por Burzaco, e, depois de amanhã, sei lá eu. Espírito inquieto, pode-se divisá-lo por conferências, academias e outras mostras de pintura; ciscando por aqui e por acolá, só vendo como assimila. Já se sabe, é comissionista.

Da última vez eu estava francamente borocoxô, incapaz de levantar a cabeça, ingerindo uns mates que, asseguro-lhe, perfilavam-se dos mais mornos que se pode pedir, quando, lá pelas tantas, enfoco o visual e... quem vejo? Não se matem querendo adivinhar, que isso não vai acertar nem o mais vivaldino. Quem eu vi muito gabola cumprimentando-me de longe com um órgão de publicidade e levantando poeira com o calçado foi um moço Ortega, que é comissionista.

Eram cinco da tarde na cozinha, e eu, gozando a fresca, detinha minha boa parte do alpendre desta sua casa. O homem progredia sem desmaiar, contornando o forno de tijolos e os fundos da certeza. Quando salvou o charco seco, disse-me do chão:

— Rataplã, amigo escrivão, rataplã! Trago-lhe aqui um lenitivo em forma de revista de cultura contemporânea. Artes plásticas. Literatura. Teatro. Cinema. Música. Crítica.

Foi despejada a incógnita! O órgão em questão que havia agitado Ortega não era outro senão *Letra y Línea,* em seu número 3. Os senhores me dirão, e não discuto, que as palavras tão ufanas do grande amigo deveriam ativar como uma injeção de café com leite e pão com manteiga meu desanimado organismo, mas o mais certo é que a gente tantas vezes queimou as pestanas com revistinhas daninhas e insubstanciais que não é fácil, puxa vida, subscrever um voto de confiança. Esses hebdomadários acabam enchendo de eternos jovenzinhos desrespeitosos, que para jogar confete em fulano batem em beltrano e se despacham com uma suficiência chocante.

Com mais resignação do que qualquer outra coisa, agarrei o folheto e qual não seria minha reação favorável quando li:

O tempo de teu sorriso desperta os relógios
o tempo de teu sorriso acelera os relógios
lançaste o canto que não se pode deter
o canto que sacode os personagens imóveis.

Meio que escorreguei com o chacoalhão. Nunca mais seria o mesmo. Mas muito rapidamente me foi dado elevar-me à altitude que se revelou ainda mais considerável, quando topei com o inciso que brilha em seguida:

Já não é possível valorizar a opinião desses entorpecidos em relação a seu tempo, que persistem em uma ignorância em relação à comunicação atual. O escritor deve servir a seu tempo apesar dos bondes.

Fiquei com água na boca com essa citação, como quando a gente enche a boca de açúcar moído, mas me fez bem e atinei a acenar com este outro conceito, que se encontra na mesma folha:

A destruição, a defesa das atitudes insólitas ou conjugação do fracasso são elementos de aporte positivo.

Para esse jovem Ortega — diabo de homem! — a minha tessitura não constituiu uma surpresa. Humano e benevolente sorria para mim, como se fosse meu senhor pai. Bem sabia meu benfeitor que, apesar da escassa margem de tempo que nos deixa a profissão, tenho um cantinho reservado para as coisas do espírito, quando se exibem com toda a seriedade, é claro!

Ele me fez um preço especial pelo número, que era uma pechincha, apalavrando-se de me conseguir outros parecidos. Nisso, um porco que sempre o deixa um pouco nervoso devorou seu cinto, as iniciais e uma parte de seu chapéu de palha preto, e Ortega ficou louco para ir embora. Saiu como se uma fera o perseguisse, e o porco, que é de uma pelagem entre rosada e vermelho-escura, acompanhou-o pessoalmente até que se perderam de vista.

Desanuviado o ambiente pela partida do porco etc., eu me assegurei na cadeira de balanço, onde, perfeitamente acondicionado, passei da leitura ao voo de pássaro a uma revisão ordenada, sisuda, do referido folheto. A expectativa não se frustrou! Na disparada, ponho no papel a minha impressão:

É com louvável satisfação que se saúda a um esforço nosso. O fascículo de *Letra y Línea* que temos diante de nós, tão entoado como os que iniciaram a caminhada, briga com êxito para se manter no nível que já lhe exige o grande público. Assinaturas respeitáveis, valores sólidos, penas de valor prestigiam esse informativo, enfocando, a seu modo, com aportes sempre meritórios e novos, os mais candentes e modernos temas. Destacam-se, no vistoso elenco, Vasco, Vanasco etc.

Sejamos francos, o leitor desprevenido não pode menos que se perguntar: esses escritores, esses professores e essa juventude estudiosa constituem um núcleo? À espera de que um cérebro mais preparado nos dê a chave de tão espinhoso nó, não trepidamos em adiantar que constituem todo um ateneu, em que se luta pelos foros da cultura e são nossos votos de que continuem lutando por muito tempo no topo da página, o rótulo que os encabeça: *Letra y Línea*!

Empresa essa de profunda tradição em nosso meio, já teve seus notáveis antecedentes em diversas publicações e boletins de academias, casas de estudo e outras corporações. O que lhe dá, não obstante, seu cunho próprio é o tom ponderado que, unido aos relevantes dotes de solvência e de ilustração, recolhe os sufrágios do assinante.

NOVOS CONTOS DE BUSTOS DOMECQ
1977

Uma amizade até a morte

Sempre redunda satisfatória a visita de um jovem amigo. Nesta hora prenhe de grossas nuvens de chuva, o homem que não está com a juventude mais vale que fique no cemitério. Recebi, pois, com a maior deferência Benito Larrea e sugeri a ele que me efetuasse sua visita na leiteria da esquina, a fim de não incomodar minha senhora, que lavava o pátio com crescente mau humor. Nós nos transferimos sem mais delongas.

Talvez alguns de vocês se lembrem de Larrea. Quando seu pai morreu, ele se viu herdeiro de uns pesinhos e da chácara da família que o pai comprou de um turco. Foi gastando os pesinhos em farras, mas sem se desfazer de Las Magnolias, a chácara que decaiu ao seu redor, enquanto ele não saía do quarto, entregue ao mate cozido e à carpintaria como hobby. Preferiu a pobreza decorosa a transigir um só momento com a incorreção ou com a malandragem. Benito, no presente momento, beiraria trinta e oito abris. Ficamos velhos e ninguém mais se salva. Eu o vi caidão demais, e não levantou a cabeça quando o zé-ninguém trouxe o leite. Como eu pesquei no ar que ele andava atribulado, lembrei a ele que um amigo está sempre pronto a ceder o ombro.

— Dom Bustos! — gemeu o outro, enquanto escamoteava uma *media luna* sem que eu notasse. — Estou afundado até o pescoço e se o senhor não me der uma mão sou capaz de qualquer barbaridade.

Pensei que ia me arrancar a manga e me pus em guarda. O assunto que trazia o jovem amigo era ainda mais grave.

— Este ano de 1927 resultou para mim a data nefasta — explicou. — Por um lado, a criação de coelhos albinos, auspiciada por um anunciozinho em um boxe como esses de Longobardi, deixou a chácara feito uma peneira, cheia de buracos e de lanugem; por outro lado, não acertei um peso na loteria nem no hipódromo. Estou sendo sincero, a situação havia revestido laivos alarmantes. As vacas magras assomavam no horizonte. No bairro, os fornecedores me negavam o fiado. Os amigos de sempre, ao me avistar, mudavam de calçada. Vencido por todos os lados, resolvi, como corresponde, apelar para a Máfia.

"No aniversário da morte natural de Carlo Morganti eu me apresentei de luto no palacete de César Capitano, do Bulevar Oroño. Sem incomodar esse patriarca com o pormenor pecuniário, que seria de péssimo gosto, dei-lhe a entender que meu desinteressado propósito era proporcionar uma adesão à obra que ele presidia tão dignamente. Eu temia os ritos de iniciação, de que se fala tanto, mas aqui onde o senhor me vê franquearam-me as portas da Máfia, como se o Núncio me respaldasse. Dom César, em um particular, confiou-me um segredo que me honra. Ele me disse que a sua situação, por ser sólida, havia-lhe granjeado mais inimigos do que lêndeas e que talvez lhe conviesse uma temporadazinha em uma chácara meio perdida, onde as escopetas não o alcançassem. Como não sou afeito a perder oportunidades, a toda a velocidade respondi:

"— Tenho exatamente o que o senhor procura: a minha chácara Las Magnolias. A localização é adequada: digamos que não está muito longe, para quem conhece o caminho, e as tocas das *vizcachas* desencorajam o forasteiro. Ofereço-a a título amistoso e até gratuito.

"A última palavra foi o golpe de mestre que a situação requeria. Gabando dessa simplicidade que é própria dos grandes, dom César inquiriu:

"— Com pensão e tudo?

"Para não deixar por menos, respondi:

"— O senhor poderá contar com o cozinheiro e o peão, como conta comigo, para satisfazer o mais inesperado de seus desejos.

"A alma me foi aos pés. Dom César franziu o cenho e me disse:

"— Nem cozinheiro, nem peão. Fiar no senhor, um joão-ninguém, talvez seja um disparate, mas nem louco lhe consinto que meta esses dois no segredo, porque podem me vender para o Caponsacchi como sucata.

"A verdade é que não havia nem cozinheiro, nem peão, mas eu lhe prometi que nessa mesma noite os tocaria para a rua.

"Arqueado sobre mim, o Gran Capo comunicou-me:

"— Aceito. Amanhã, às vinte e uma cravadas, eu o espero, mala na mão, Rosário Norte. Que pensem que eu vou para Buenos Aires! Nem mais uma palavra e retire-se; as pessoas são maldosas.

"O mais fulminante dos êxitos coroava meu plano. Depois de um improvisado sapateio, ganhei a porta.

"No dia seguinte, investi boa parte do que me emprestara o açougueiro kosher em alugar o break a um vizinho. Eu mesmo fiz as vezes de cocheiro e a partir das oito da noite me aboletei no bar da estação, não sem assomar-me a cada três ou quatro minutos, para verificar se ainda não me haviam roubado o veículo. O sr. Capitano chegou com tanto atraso que se quisesse tomar o trem o teria perdido. Não é só o homem de empresa que o Rosário de ação aplaude e receia, e sim um bico-doce contínuo, que não o deixa meter o bedelho. Lá pelas tantas, chegamos com o canto do galo. Um suculento café com leite reanimou o convidado, que logo retomou a palavra. Poucos minutos bastariam para que se revelasse um conhecedor infatigável dos mais delicados meandros da arte da ópera, singularmente em tudo o que atinge a carreira de Caruso. Ponderava seus triunfos em Milão, em Barcelona, em Paris, na Opera House de Nova York, no Egito e na Capital Federal. Carente de gramofone imitava, com voz de trovão, seu ídolo em *Rigoletto* e em *Fedora*. Como eu me mostrava um tanto remisso, dada minha escassa versação musical, limitada a Razzano, convenceu-me alegando que por uma só representação londrina haviam pago a Caruso trezentas libras esterlinas e que nos Estados Unidos a Mão Negra havia exigido dele somas desmesuradas, sob ameaça de morte; só a intervenção da Máfia conseguiu impedir que esses malandros levassem a bom termo seu propósito, contrário à moral.

"Uma sestinha reparadora que durou até as nove da noite evitou o assunto almoço. Pouco depois, Capitano já estava de pé, brandindo garfo e faca, com o guardanapo no pescoço e cantando, com menos afinação do que volume, 'Cavalleria rusticana'. Uma dupla ração de empadão, regada por seu fiasco de Chianti, entreteve-o durante a arenga; arrebatado pela lábia, eu quase não provei nem um bocado, mas cheguei a me compenetrar da atuação pública e privada de Caruso, quase como para fazer prova. Malgrado o crescente sono, não perdi uma só palavra nem passei por cima deste fato capital: o anfitrião estava menos atento às porções que engolia do que ao discurso que despachava. À uma hora, voltou ao meu dormitório e eu me acomodei no depósito de lenha, que é o outro aposento em que não chove.

"Pela manhã, quando eu acordei intumescido para revestir meu gorro de cozinheiro, descobri justamente que os víveres rareavam na despensa. Não era milagre: o amigo kosher, apesar de ser o mais inclinado à usura, preveniu-me de que não voltaria a me emprestar um copeque; dos meus fornecedores de costume, só consegui de Yerba Gato um mínimo de açúcar e uns restos de cascas de laranja, que fizeram as vezes de geleia. Dentro da mais estrita reserva, confiei a um e a todos que a minha chácara hospedava um personagem de grande trânsito e que em breve não me faltaria o metálico. Minha lábia não surtiu o menor efeito, e até cheguei a pensar que não acreditavam em mim quanto ao asilado. Maneglia, o padeiro, excedeu-se e me alfinetou que já estava cansado dos meus embustes e que não esperasse de sua munificência nem um miolinho de pão para o papagaio. Mais afortunado me vi com Arruti, o dono do armazém, a quem importunei até arrancar-lhe um quilo e meio de farinha, o que me habilitava a poder campear o almoço. Nem tudo são flores para o cristão que se quer ombrear com os que se destacam.

"Quando voltei da compra, Capitano roncava a sono solto. Ao meu segundo toque de corneta — relíquia que salvei do leilão judicial do Studebaker — o homem pulou da cama praguejando e não tardou em absorver ambas as xícaras de mate cozido e as fatias de queijo. Foi então que eu notei, junto à porta, a temida escopeta de dois canos. O senhor não vai acreditar, mas a mim não me agrada muito viver em um arsenal que é carregado pelo diabo.

"Enquanto eu lançava mão de uma terceira parte de farinha para os nhoques de seu almoço, dom César não perdeu tempo, que é ouro, e em uma revista geral, que não deixou uma gaveta sem abrir, surpreendeu uma garrafa de vinho branco despistada na oficina de carpintaria. Nhoque vai, nhoque vem, acabou com a garrafa e me deixou boquiaberto com sua interpretação pessoal de Caruso em *Lohengrin*. Tanto comer, tanto beber e arengar despertaram-lhe o sono, e às três e vinte da tarde havia ganhado a cama. Nesse ínterim, eu higienizava o prato e o copo e gemia com a pergunta "o que vou lhe servir esta noite?". Dessas reflexões me arrancou um espantoso grito que, enquanto eu viver, conservarei registrado. O fato superou em horror todas as previsões. Meu velho gato Cachafaz havia cometido a imprudência de aparecer no meu dormitório conforme o seu inveterado costume, e o sr. Capitano o degolou com a tesoura de unhas. Lamentei, como é natural, o passamento, mas no meu foro íntimo celebrei a valiosa contribuição proporcionada pelo rajado ao menu da noite.

"Surpresa bomba. Engolido o gato, o sr. Capitano deixou para trás os temas musicais de costume para me dar uma prova de confiança e me aproximar de seus projetos mais íntimos, que julguei improcedentes em grau máximo e que, o senhor não vai acreditar, assustaram-me. O plano, de corte napoleônico, não só envolvia a supressão, por intermédio de ácido prússico, do próprio Caponsacchi e família, como também de uma porção de cupinchas evidentemente respeitáveis: Fonghi, o mago das bombas em mictórios, P. Zappi, confessor dos sequestrados, Mauro Morpurgo, também conhecido como o Gólgota, Aldo Aldobrandi, o Arlequim da Morte, todos, uns mais, outros menos, cairiam na sua vez. Por alguma razão dom César me disse, dando um soco que diminuiu o jogo de taças: 'Para os inimigos, nem justiça'. Emitiu estas palavras tão enérgicas que quase engasgou com uma rolha, que pegou acreditando ser biscoito. Atinou a vociferar:

"— Um litro de vinho!

"Foi o raio que ilumina a escuridão. Administrei umas gotas de colorante a um grande copo d'água que o homem enfiou entre o peito e as costas e que o tirou do apuro. O episódio, frívolo se se quiser, deixou-me de vigília até que piaram os passarinhos. Nunca se pensou tanto em uma só noite!

"Dispunha de algodão e de naftalina. Com esses ingredientes completei, para a comilança de terça-feira, uma travessa de nhoques muito parcos até então. Dia após dia, incrementei astutamente as doses, em plena impunidade, porque dom César inflamava-se com Caruso ou regalava-se com os planos de sua *vendetta*. No entanto, nosso melômano sabia voltar para a terra. Acredite que mais de uma vez me recriminou, bonachão:

"— Vejo-o consumido. Alimente-se, superalimente-se, caro Larrea. Pelo que você mais quiser, vigore-se. Minha vingança precisa de você.

"Como sempre, a soberba me perdeu. Antes que o primeiro garrafeiro da manhã berrasse seu pregão, meu plano já estava, em linhas gerais, maduro. A sorte quis que descobrisse, em um exemplar atrasado do *Almanaque del Men-*

sajero, uns pesinhos bem passados. Resisti à tentação de investi-los em dois cafés com leite completos e me ocupei, sem pensar duas vezes, na compra de serragem, de pinho e de tinta. Incansável no porão, fabriquei com tais utensílios um bolo de madeira, com dobradiça, que devia pesar mais de três quilos e que artisticamente recobri de pintura marrom. Um violão desafinado, em desuso, brindou-me um jogo de cravelhas, que rebitei com sumo bom gosto como arremate da borda.

"Como quem não quer nada, apresentei esse *capolavoro* ao meu protetor. Este, entusiasmado, cravou-lhe o dente, que cedeu antes que a iguaria. Prorrompeu em uma só palavra máscula, soergueu-se quão alto era e me ordenou, já com a escopeta na direita, que rezasse minha última ave-maria. O senhor tinha de ver como chorei. Não sei se por desprezo ou por pena, o Capo consentiu em estender o prazo por umas horas e me ameaçou:

"— Esta noite, às oito horas, diante dos meus próprios olhos, o senhor vai engolir este bolo sem deixar uma migalha. Senão eu o mato. Agora está livre. Sei que o senhor não tem peito para me delatar nem para tentar uma fuga.

"— Esta é a minha história, dom Bustos. Peço-lhe que me salve."

O caso era, na verdade, delicado. Imiscuir-me em assuntos da Máfia era de todo alheio à minha tarefa de escritor; abandonar o jovem ao seu destino requeria certa coragem, mas o mais elementar juízo o aconselhava. Ele mesmo havia confessado hospedar em sua chácara Las Magnolias um Inimigo Público!

Larrea perfilou-se como pôde e partiu para a morte. A madeira ou o chumbo. Olhei para ele sem pena.

Além do bem e do mal

I

Hotel des Eaux, Aix-les-Bains,
25 de julho de 1924

Querido Avelino:

Peço que você dissimule a carência do timbre oficial. O infraescrito já é todo um cônsul, em representação do país, nesta excelente cidade, meca do termalismo. Da mesma forma que ainda não disponho de papel e envelopes institucionais, tampouco me entregaram o local onde flamejará a azul e branca. Neste ínterim, arranjo-me como posso no Hotel des Eaux, que resultou um fiasco. Possuía até três estrelas no guia do ano passado e agora é eclipsado por estabelecimentos mais metidos a besta do que de confiança, que aparecem como *palaces*, graças à colocação de anúncios. O elemento, falando claramente, não oferece perspectivas animadoras para o lanceiro *criollo*. O setor empregadas responde tarde e mal às exigências de um paladar severo e, quanto à clientela do hotel... Economizando para você uma lista de nomes que não vêm ao caso, passo à palpitante notícia de que por aqui o que menos falta são velhas, atraídas pela Fata Morgana da água sulfurosa. Paciência, irmão.

Monsieur L. Durtain, o dono, é, não hesito em declarar, a primeira autoridade vivente na história de seu próprio hotel e não perde ocasião de alardeá-la, delongando-se com a mais variada amplitude. Às vezes incursiona na vida íntima de Clementine, a governanta. Noites há, juro, que não consigo conciliar o sono, de tanto embaralhar essas cascatas. Quando por fim me esqueço de Clementine, os ratos, que são a praga da hotelaria estrangeira, entram para me incomodar.

Abordemos tópico mais calmo. Para situá-lo um pouco, tentarei uma pincelada em linhas gerais da localidade. Vá formando a ideia de um longo vale entre duas fileiras de montanhas que, se você comparar com a nossa cordilheira dos Andes, digamos que não são grande coisa. O alardeado Dent du Chat, se você o colocar à sombra do Aconcágua, terá de procurá-lo com microscópio. Alegram o tráfego urbano, a seu modo, os pequenos ônibus dos hotéis, entupidos de doentes e de gotosos, que viajam para as termas. Quanto ao edifício, o observador mais obtuso repara que constituem uma réplica reduzida da Estação Constitución, menos imponente, isso sim. Nos arredores há um lago pequenininho, mas com pescadores e tudo. Na calota azul, as nuvens errabundas às vezes estendem cortinados de chuva. Graças às montanhas, o ar não circula.

Traço aflitivo que aponto com as mais vivas apreensões: AUSÊNCIA GERAL, PELO MENOS NESTA TEMPORADA, DO ARGENTINO, ARTRÍTICO OU NÃO. Cuidado para que a notícia não se infiltre no ministério. Só de sabê-la me fecham o consulado e sabe-se lá para onde me despacham.

Sem um compatriota com quem relinchar, não há modo de matar o tempo. Onde topar com um fulano capaz de jogar um truco de dois, embora para o truco de dois não me peguem? É inútil. O abismo não tarda em se aprofundar, não há o que vulgarmente se chama um tema de conversa e o diálogo decai. O estrangeiro é um egoísta, a quem não lhe interessa nada a não ser as suas coisas. As pessoas daqui só falam com você dos Lagrange, que estão para chegar. Eu te digo francamente: e eu com isso? Um abraço a toda a turma da Confeitaria del Molino. Teu,

Félix Ubalde, o Índio de sempre.

II

Querido Avelino:

Teu postal me trouxe um pouco de calor humano de Buenos Aires. Prometa aos rapazes que o Índio Ubalde não perde a esperança de se reintegrar à querida turma. Por aqui tudo continua na mesma batida. O estômago ainda não consegue tolerar o mate, mas apesar de todos os inconvenientes que são de prever eu insisto, porque me propus matear todo santo dia enquanto estiver no estrangeiro.

Notícias de vulto, nenhuma. Salvo que anteontem à noite uma pilha de malas e de baús atravancava o corredor. O próprio Poyarré, que é um francês protestador, começou a berrar, mas se retirou comportadamente quando lhe disseram que toda aquela tranqueira era de propriedade dos Lagrange ou, melhor, Grandvilliers-Lagrange. Corre o rumor de que se trata de uns figurões. Poyarré me passou o dado de que a família dos Grandvilliers é das mais antigas da França, mas que no final do século XVII, por circunstâncias que amaldiçoadamente me incumbem, mudou um pouco de nome. Macaco velho não sobe em galho seco; a mim não me engambelam fácil, e me deixo cair com a pergunta de se os dessa família, para a qual não deram conta os dois carregadores do hotel, seriam de verdade tão figurões ou simples filhos de emigrantes que encheram os bolsos. Há de tudo nas vinhas do Senhor.

Um episódio de aparência banal resultou reconfortante para mim. Estando no restaurante, encostado na minha inveterada mesa, com uma mão segurando a concha de sopa e a outra no cesto de pão, o aprendiz de garçom me sugeriu que mudasse para uma mesinha de apoio, junto à porta de vaivém, que o pessoal, carregado de bandejas, teima em abrir aos pontapés. Por pouco não saí da linha, mas o diplomata, já se sabe, deve reprimir os impulsos e optei por acatar com bonomia essa ordem talvez não referendada pelo maître d'hôtel. Do meu retiro pude observar com toda a nitidez como a quadrilha de garçons encostava minha mesa em outra maior e como o estado-maior do restaurante se dobrava em servis reverências diante da chegada dos Lagrange. Dou minha palavra de cavalheiro que eles não são tratados como se fossem lixo.

A primeira coisa que açambarcou a atenção do lanceiro *criollo* foram duas moças que, ao que parece, são irmãs, salvo que a mais velha é sardentinha, dando para rosada, e a mais nova tem as mesmas feições, mas em moreno e pálido. De vez em quando um urso meio fornido, que deve ser o pai, lançava-me seu olhar furibundo, como se eu fosse um olheiro. Não levei em consideração e procedi ao exame atento dos demais do grupo. Assim que me sobrar tempo, dou a você o detalhe de todos. Por ora, para a cama e o último charuto da jornada.

Um abraço do Índio.

III

Querido Avelino:

Você já deve ter lido, com sumo interesse, minhas referências em matéria Lagrange. Agora posso ampliá-las. *Inter nos*, o mais simpático é o avô. Aqui todo mundo o chama de Monsieur le Baron. Um sujeito formidável: você não daria cinco centavos por ele, magrinho, de estatura de fantoche e cor de azeitona, mas com bengala de málaca e sobretudo azul de bom corte. Sei, em primeira mão, que enviuvou e que o nome de batismo é Alexis. O que se há de fazer.

Em idade o seguem seu filho Gaston e senhora. Gaston beira os cinquenta e tantos anos e mais parece um açougueiro avermelhadinho, em permanente estado de vigilância sobre a senhora e as moças. Não sei por que cuida tanto da senhora. Outra coisa são as duas filhas. Chantal, a loira, a quem eu não me cansaria de olhar, a não ser por Jacqueline, que dá de dez nela. As moças são bem vivas e asseguro que resultam tonificantes, e o avô é uma peça de museu, que, enquanto diverte, desasna.

O que me trabalha é a dúvida de se realmente são gente de bem. Entenda-me: não tenho nada contra os nouveau riche, mas tampouco esqueço que sou cônsul e que devo guardar, quanto mais não seja, as aparências. Um passo em falso, e já não levanto a cabeça. Em Buenos Aires você não corre nenhum risco: o sujeito distinto se fareja a meia quadra. Aqui, no estrangeiro, a gente fica tonto: não sabe como fala o casca-grossa e como fala uma pessoa de bem.

Te abraça, o Índio.

IV

Querido Avelino:

A nuvem negra se dissipou. Na sexta-feira eu me aproximei da portaria, como quem não quer nada, e, aproveitando o sono pesado do porteiro, li no memorando: "Nove da manhã Baron G. L. Café com leite e *medias lunas* com manteiga". Barão: vá anotando o peso.

Sei que essas notícias, talvez não truculentas, mas suculentas, merecerão também a atenção de sua senhorita irmã, que desvive por tudo o que é alusivo ao grande mundo. Prometa-lhe, em meu nome, mais material.

Um abraço do Índio.

V

Meu querido Avelino:

Para o observador argentino, o roçar com a aristocracia mais rançosa provoca verdadeiro interesse. Neste delicado terreno, posso assegurar que entrei pela porta da frente. No jardim de inverno eu estava iniciando Poyarré, digamos que sem maior êxito, no consumo do mate, quando apareceram os Grandvilliers. Com toda a naturalidade, somaram-se à mesa, que é comprida. Gaston, a ponto de acender um havana, apalpou os bolsos, para constatar a carência de fogo. Poyarré tratou de se adiantar a mim, mas este *criollo* lhe passou a perna com um fósforo. Foi então que recebi minha primeira lição. O aristocrata nem me agradeceu e procedeu a fumar com a maior indiferença, guardando no paletó, como se não fôssemos ninguém, a cigarreira com os Hoyos de Monterrey. Esse gesto, que tantos outros confirmariam, foi para mim uma revelação. Compreendi em um instante que me encontrava diante de um ser de outra espécie, desses que planam muito alto. Como arquitetar para penetrar nesse mundo de categoria? Impossível detalhar aqui as vicissitudes e os inevitáveis tropeços da campanha que desenvolvi com delicadeza e garra; o fato é que às duas e meia eu estava cara a cara com a família. Tem mais. Enquanto eu conversava do modo mais correto e faiscante, dizendo sim a tudo, como um eco, minha retaguarda era bem outra. Reprimindo caretas e pantomimas que me saíam da alma, ative-me ao sorriso enigmático e ao baixar de olhos dirigidos a Chantal, a sardentinha, mas que, dada a localização dos circunstantes, fizeram alvo em Jacqueline, a de busto menos túrgido. Poyarré, com o servilismo que lhe é próprio, conseguiu que aceitássemos uma rodada de anis; eu, para não ficar atrás, sobressaltei-me com o grito de "Champanhe para todos!", que felizmente o garçom levou na brincadeira, até que meia palavra de Gaston abaixou-lhe o cangote. Cada garrafa aberta foi como uma descarga em pleno peito, e, ao escapulir para o terraço, com a esperança de que o ar me reanimasse, vi meu rosto no espelho, mais branco que o papel da conta. O funcionário argentino tem de cumprir seu papel e, em poucos minutos, reintegrei-me, relativamente reposto.

Sem mais, o Índio.

VI

Querido Avelino:

Grande rebuliço em todo o hotel. Um caso que deixaria no chinelo a perspicácia de um perdigueiro. Ontem à noite, na segunda prateleira da pâtisserie figurava, segundo Clementine e outras autoridades, um frasco mediano, com a caveira e as tíbias que anunciam veneno para rato. Esta manhã, às dez, o frasco virou fumaça. O sr. Durtain não hesitou em tomar as precauções que os perfis da situação impunham; em um ímpeto de confiança que não esquecerei facilmente, despachou-me a todo vapor para a estação ferroviária, para procurar o vigilante. Cumpri, ponto por ponto. O gendarme, nem bem chegamos ao hotel, começou a interrogar meio mundo, até altas horas, com resultado negativo. Comigo se entreteve um bom tempo e, sem que ninguém me soprasse, respondi quase todas as perguntas.

Não ficou um só quarto sem revistar. O meu foi objeto de um exame cuidadoso, que o deixou cheio de bitucas e tocos de cigarro. Só esse pobre banana do Poyarré, que deve ter seu pistolão, e — claro — os Grandvilliers não foram incomodados. Tampouco interrogaram Clementine, que havia denunciado o furto.

Não se falou de outra coisa o dia todo a não ser do Desaparecimento do Veneno (como um jornal passou a chamar o assunto). Houve quem tenha ficado sem comer, por temor de que o tóxico tivesse se infiltrado no menu. Eu me restringi a repudiar a maionese, a *tortilla* e o zabaione, por ser amarelo como o mata-ratos. Porta-vozes isolados presumiram a preparação de um suicídio, mas tão ominoso prognóstico não se cumpriu até a data de hoje. Sigo atento ao andar dos acontecimentos, que passarei a historiar a você na minha próxima.

Até mais ver, o Índio.

VII

Querido Avelino:

O dia de ontem, sem exagero, foi todo um romance de peripécias, que puseram à prova o temperamento de seu herói (você já deve desconfiar quem é) com final imprevisto. Comecei por tentar um lance. Durante o café da manhã, de mesa em mesa, as moças puseram sobre a toalhinha de mesa o aviso excursões. Eu aproveitei um assobio oportuno da cafeteira para insinuar o sussurro: "Jacqueline, se depois fôssemos ao lago...". Embora você me ache um embusteiro, a resposta foi: "Ao meio-dia, no salão de chá". Dez para meio-dia eu estava a postos, antecipando as mais rosadas perspectivas e mordendo o bigode preto. Por fim, Jacqueline apareceu. Nem um segundo demoramos em escapulir ao ar livre, onde notei que o eco de nossos passos era na verdade toda a família, inclusive Poyarré, que estava colado e pisava, festivamente, em nossos calcanhares. Para o traslado recorremos ao ônibus do hotel, que me saiu mais barato. Ao saber que na beira do lago há um restaurante, de luxo ainda por cima, engulo a língua antes de propor o passeio. Mas já era tarde. Acotovelada na mesa, empunhando os talheres e arrasando o cesto de pães, a aristocracia reclamava o menu. Poyarré me sussurrou com o vozeirão: "Felicitações, meu pobre amigo. Por sorte, salvou-se do aperitivo". A sugestão involuntária não caiu em saco-roto. A própria Jacqueline foi a primeira a pedir uma rodada geral de Bitter de Basques, que não foi a última. Depois foi a vez da gastronomia, onde não faltou nem o foie gras nem o faisão, passando pelo *fricandeau* e o *filet*, para coroá-la com flãs. Empurrou-se toda essa comida com a abertura do Bourgogne e do Beaujolais. O café, o Armagnac e os charutos de folha rubricaram o ágape. Até o Gaston, que é cheio da gaita, não me regateou a deferência, e quando o barão em pessoa me passou, das próprias mãos, a vinagreira, que resultou vazia, eu teria contratado um fotógrafo, para remeter a instantânea à Confeitaria del Molino. Já posso vê-la na vitrine.

Fiz Jacqueline rir com a piada da freira e do papagaio. Ato contínuo, com a insipidez do galã ao qual acabam os assuntos, disse a primeira coisa que me ocorreu: "Jacqueline, e se depois fôssemos ao lago?". "Depois?", disse ela e me deixou com a boca aberta. "Vamos o mais rápido possível."

Desta vez ninguém nos seguiu. Estavam feito Budas com a comida. Bem sozinhos os dois, contornamos a chacota e o flirt, dentro do limite imposto, é claro, dado o alto nível de minha acompanhante. O raio solar pirueteou seu fugitivo rabisco sobre as águas de anilina, e a natureza toda ganhou altura para responder ao momento. No redil balia a ovelha, na montanha a vaca mugia e na igreja vizinha os sinos rezavam a seu modo. No entanto, como a formalidade se impunha, limitei-me ao estoico e voltamos. Uma tonificante surpresa nos aguardava. Nesse ínterim, os donos do restaurante, sob pretexto do fechamento vespertino, haviam conseguido que Poyarré, que agora repetia como gramofone a palavra *extorsão*, pagasse o total da conta, complementando o pagamento com o relógio. Você há de convir que uma jornada como esta dá vontade de viver.

Até a próxima, Félix Ubalde.

VIII

Querido Avelino:

Minha temporada aqui está resultando em uma verdadeira viagem de estudo para mim. Sem maior esforço eu me dedico a um exame a fundo dessa camada social que, diga-se de passagem, está à beira do esgotamento. Para o observador alertado, estes últimos rebentos do feudalismo constituem um espetáculo que reclama algum interesse. Ontem, para não ir muito longe, na hora do chá no salãozinho, Chantal se apresentou com uma travessona de panquecas repletas de framboesas, que ela mesma, por deferência do confeiteiro, preparara nas próprias cozinhas do hotel. Jacqueline serviu a todos o *five o'clock* e me arrimou uma xícara. O barão, sem mais, iniciou o ataque aos manjares, rapando até dois por mão, enquanto nos fazia morrer de rir, alternando casos e piadas, bem picantes, com uma série de gozações às panquecas de Chantal, que declarou incomíveis. Declarou que Chantal era uma charlatã, que não sabia prepará-las, ao que Jacqueline observou que mais valia não falar de preparações, depois do ocorrido em Marrakesh, onde o governo o salvou como pôde, repatriando-o para a França no malote diplomático. Gaston a parou bruscamente, pontificando que não há família na qual não faltem casos delituosos e mesmo censuráveis, que é de muito mau gosto ventilar diante de perfeitos desconhecidos entre os quais esconde-se um de nacionalidade estrangeira. Jacqueline retrucou-lhe que, se não tivesse ocorrido ao dogue meter o focinho em obséquio do barão e cair duro, Abdul Meleck não contaria a história. Por sua parte, Gaston se limitou a comentar que felizmente em Marrakesh não se praticava a autópsia e que, de acordo com o diagnóstico do veterinário que atendia ao governador, tratava-se de um ataque de surmenage, tão comum entre os caninos. Eu, por minha vez, assentia com a cabeça ao que cada um alegava, avistando de soslaio como o velhinho não perdia tempo e anexava mais e mais panquecas para si. Eu não sou nada bobo e dei um jeito, como quem não quer nada, para ficar com o restante.

À *l'avantage*, Félix Ubalde.

IX

Meu querido Avelino:

Segure-se bem porque agora vou te remeter a uma dessas cenas que gelam o sangue no Guamont. Esta manhã eu deslizava todo gabola pelo corredor de tapete avermelhado que desemboca no elevador. Ao passar diante do quarto de Jacqueline, não deixei de notar que a porta estava entreaberta. Ver a brecha e infiltrar-me foi toda uma coisa. No recinto não havia ninguém. Sobre uma mesa de rodinhas dominei, intacto, o café da manhã. Minha mãe, nisso ressoaram passos de homem. Do jeito que pude, perdi-me de vista entre os casacos pendurados no cabide. O homem dos passos era o barão. Furtivamente, aproximou-se da mesinha. Eu quase me traio pelo riso, adivinhando que o barão estava a ponto de engolir o alimento da bandeja. Mas não. Extraiu o frasco da caveira e das tíbias e, diante dos meus olhos, que retratavam o espanto, polvilhou o café com o pozinho esverdeado. Missão cumprida, retirou-se como havia entrado, sem se deixar tentar pelas *medias lunas*, também polvilhadas. Não tardei em suspeitar que maquinasse a eliminação de sua neta, ceifada pelo destino, antes do tempo. Fiquei na dúvida se não estava sonhando. Em uma família tão unida e tão bem como os Grandvilliers não costumam acontecer essas coisas! Vencendo a paúra, tratei de me aproximar como sonâmbulo da mesa. O exame imparcial confirmou a evidência dos sentidos: ali estava o café ainda tingido de verde, ali as nocivas *medias lunas*. Em um segundo sopesei as responsabilidades em jogo. Falar era expor-me a um passo em falso; de repente as aparências me haviam enganado e eu, por caluniador e alarmista, caía em desgraça. Calar podia ser a morte da inocente Jacqueline, e talvez o braço da lei me alcançasse. Esta consideração final me fez esgoelar em um grito surdo, a fim de que o barão não me ouvisse. Jacqueline apareceu envolta em uma saída de banho. Principiei, como a situação o exigia, pelo gaguejar; depois articulei que meu dever era dizer-lhe algo tão monstruoso que as palavras não queriam sair. Pedindo perdão pela ousadia disse-lhe, não sem antes fechar a porta, que o senhor seu avô, que o senhor seu avô, e já me engasguei. Ela começou a rir, olhou *medias lunas* e xícara e me disse: "Será preciso pedir outro café da manhã. Que esse, que o Gran Papá envenenou, seja servido aos ratos". Fiquei pasmo. Com um fio de voz,

416

perguntei-lhe como sabia disso. "Todo mundo sabe" foi a sua resposta. "O Gran Papá tem mania de envenenar as pessoas e, como é tão trapalhão, quase sempre se sai mal."

Foi só então que entendi. A declaração foi conclusiva. Diante da minha visão de argentino de repente se abriu essa grande terra incógnita, esse jardim vedado aos *nouveau riche*: A ARISTOCRACIA ISENTA DE PRECONCEITOS.

A reação de Jacqueline, fora o seu encanto feminino, seria, não demorei em constatar, a de todos os membros da família, adultos e crianças. Foi como se me dissessem em coro, sem má vontade, "até aí, morreu Neves". O próprio barão, você não vai acreditar, aceitou com sorridente bonomia o fracasso do plano que tanto desvelo lhe havia custado e repetiu para mim, cachimbo na mão, que não nos guardava rancor. Durante o almoço amiudaram as piadas e, ao calor da cordialidade, confiei-lhes que amanhã era o dia do meu santo.

Brindaram por minha saúde no Molino?

Teu, o Índio.

X

Querido Avelino:

Hoje foi o grande dia. São dez da noite, que aqui é tarde, mas não posso reter a impaciência e te informo com riqueza de detalhes. Os Grandvilliers, por meio de Jacqueline, convidaram-me para comer em minha honra, no restaurante que fica perto do lago! Na provedoria de um argelino aluguei roupa de etiqueta e o correspondente par de polainas. Haviam-me apalavrado para as sete, no bar do hotel. Às sete e meia passadas, o barão compareceu e, colocando a mão no meu ombro, disse-me como uma piada de mau gosto: "Teje preso imediatamente". Chegou sem o restante da família, mas todos já estavam na escadaria e passamos ao ônibus.

No local, onde mais de uma pessoa me conhece de vista e me cumprimenta com apreço, comemos e conversamos feito reis. Foi um jantar com toda a pompa, sem a menor nódoa: o próprio barão volta e meia baixava na cozinha, para supervisionar o preparo. Eu estava entre Jacqueline e Chantal.

Copo vai, copo vem, eu me senti em casa, como se estivesse na Calle Pozos, e até não vacilei em entoar o tango "El ciruja". Ao traduzi-lo logo em seguida, descobri que a língua dos galegos carece da faísca do nosso lunfardo portenho e que eu havia comido demais. Nosso estômago, afeito ao churrasco e à dobradinha, não se acha capacitado para tanto *voulez-vous* como requer a grande cozinha francesa. Quando soou a hora do brinde, deu-me trabalho soerguer-me nas pernas, para agradecer, não tanto em meu nome como no da pátria distante, a homenagem pelo meu aniversário. Com a última gota de champanhe doce, batemos em retirada. Lá fora, respirei bem fundo a atmosfera e senti um começo de alívio. Jacqueline me deu um beijo na escuridão.

Te abraça, o Índio.

P.S.: Uma da manhã. As câimbras voltaram. Careço da força para me arrastar até a campainha. O quarto sobe e desce com tudo, e eu suo frio. Não sei o que terão colocado no molho tártaro, mas o gosto estranho não amaina. Penso em vocês, penso na turma do Molino, penso nos domingos de futebol e...[1]

---

1. Advertimos o estudioso que as reticências foram incorporadas ao manuscrito pela Sucessão de Félix Ubalde, que publica estas *Cartas savoyardas*. Quanto à verdadeira causa do fait divers, como dizem na França, o véu do mistério a envolve. (Nota do sr. Avelino Alessandri.)

H. BUSTOS DOMECQ

A festa do monstro

> *Aqui começa sua aflição.*
> Hilario Ascasubi, *La Refalosa*

— Eu te alerto, Nelly, que foi uma jornada cívica como manda o figurino. Eu, em minha condição de pé chato e de propenso a que se me corte o fôlego por causa do pescoço curto e da barriga hipopótama, tive um sério oponente na fadiga, ainda mais calculando que na noite anterior eu pensava em me deitar com as galinhas, a fim de não ficar como um pé-rapado na performance do feriado. Meu plano era simples e claro: aparecer às oito e meia no Comitê; às nove, cair desmaiado na cama para dar curso, com o Colt feito um pacote embaixo do travesseiro, ao Grande Sonho do Século, e estar de pé ao cantar do galo, quando os do caminhão passassem para me recolher. Mas me diz uma coisa: você não acha que a sorte é como a loteria, que se encarniça favorecendo aos outros? Na própria pontezinha de madeira, diante da passarela, quase aprendo a nadar em água parada com a surpresa de correr ao encontro do amigo Diente de Leche, que é um desses sujeitos que a gente encontra de vez em quando. Nem bem vi sua cara de orçamentívoro, palpitei que ele também ia ao Comitê e, já em via de nos mandar um enfoque do panorama do dia, entramos a falar da distribuição de berros para o magno desfile e de um russo, que nem caído do céu, que os pagava como ferro-velho em Berazategui. Enquanto fazíamos fila, teimamos em dizer em *vesre* que uma vez na posse da arma de fogo nos mudaríamos para Berazategui, nem que cada um levasse o outro nas costas, e ali, depois de empanturrarmos o baixo-ventre com escarola, com base ao produzido das armas, sacaríamos, diante do total espanto do empregado de plantão, dois bilhetes de volta para Tolosa! Mas foi como se falássemos em inglês, porque o Diente não pescava nadica de nada, tampouco eu, e os companheiros de fila prestavam serviço de intérprete, que quase me perfuram o tímpano, e passavam o Faber estropiado para anotar o endereço do russo. Felizmente o sr. Marforio, que é mais magro que a fresta da máquina de moedinha, é um desses antigos que, enquanto você o confunde com um montículo de caspa, está pulsando as mais delicadas molas da alma do zé-povinho, e assim não tem a menor graça que nos freassem a seco a jogada, postergando a distribuição para o próprio dia do ato, com o pretexto de uma demora do Departamento de Polícia na remessa das armas. Antes de hora e meia de plantão, em uma fila que nem para comprar querosene, recebemos dos próprios lábios do sr. Pizzurno ordem de dispersar rapidinho; cumprida por nós com vivas entusiastas que não chegaram a cortar inteiramente as vassouradas furiosas desse entrevado que faz as vezes de porteiro do Comitê.

"A uma distância prudente, a turma se refez. Loiácomo se pôs a falar feito o rádio da vizinha. A estupidez desses cabeçudos com lábia é que esquentam sua cuca e depois o sujeito — vulgo, o abaixo-assinante — não sabe para que lado ir e lá fico eu jogando trissete no armazém de Bernárdez, que você talvez se amargue com a ilusão de que andei de farra e a triste verdade foi que me pelaram até o último centavo, sem o consolo de *cantar la nápola*[1] nem uma vez sequer.

"(Fica tranquila, Nelly, que o guarda-agulha já se cansou de te comer com os olhos e agora se retira, como um bacana, no pileque. Deixe que o Pato Donald dê outro beliscão no seu pescocinho.)

"Quando finalmente me enrosquei na cama, eu registrava tal cansaço nos pés que imediatamente captei que o soninho reparador já era dos meus.

1. No jogo de cartas, o conjunto de ás, dois e três de um mesmo naipe. (N. T.)

Não contava com esse rival que é o mais são patriotismo. Não pensava a não ser no Monstro e que no dia seguinte eu o veria sorrir e falar como o grande labutador argentino que é. Juro que eu estava tão excitado que pouco depois a manta me atrapalhava para respirar como um baleote. Só agorinha há pouco, na hora da carrocinha, é que concliei o sono, que resulta tão cansativo como não dormir, embora primeiro tenha sonhado com uma tarde, quando era garoto, em que a minha finada mãe me levou a uma chácara. Acredite, Nelly, eu nunca havia voltado a pensar nessa tarde, mas no sonho compreendi que era a mais feliz da minha vida, e isso que eu não lembro de nada a não ser de uma água com folhas refletidas e de um cachorro muito branco e muito manso que eu acariciava, o Lomuto; por sorte saí dessas criancices e sonhei com os modernos temários que estão no painel: o Monstro me havia nomeado seu mascote e, pouco depois, seu Grande Cachorro Bonzo. Acordei e, para sonhar tanto despropósito, havia dormido cinco minutos. Resolvi cortar o mal pela raiz: me esfreguei com o pano da cozinha, guardei todos os calos no calçado Fray Mocho, enredei-me como um polvo entre as mangas e as pernas da combinação de lã — mameluco —, vesti a gravatinha com desenhos animados que você me deu no Dia do Motorista de Ônibus e saí suando gordura porque algum casca-grossa deve ter transitado pela via pública e o tomei pelo caminhão. A cada alarme falso que pudesse, ou não, ser tomado pelo caminhão, eu saía pulando em um trote ginástico, salvando as sessenta varas que há do terceiro pátio até a porta da rua. Com entusiasmo juvenil, entoava a marcha que é nossa bandeira, mas às dez para o meio-dia fiquei afônico e já não me atiravam com todos os magnatas do primeiro pátio. Às treze e vinte chegou o caminhão que se havia adiantado e, quando os companheiros de cruzada tiveram a grande alegria de me ver, que nem havia tomado café da manhã com o pão do papagaio da senhora encarregada, todos votavam por me deixar, com o pretexto de que viajavam em um caminhão de carne e não em uma grua. Eu me juntei a eles como rebocado, e me disseram que, se lhes prometesse não dar à luz antes de chegar a Ezpeleta, eles me levariam na condição de fardo, mas por fim se deixaram convencer e meio que me içaram. O caminhão da juventude ganhou fúria feito uma pomba e antes de meia quadra parou a seco na frente do Comitê. Saiu um tape[2] grisalho, que

2. Tribo guarani extinta, que habitava o Rio Grande do Sul. (N. T.)

era um gosto como nos banqueteava, e, antes que nos pudessem facilitar, com toda a consideração, o livro de queixas, já estávamos transpirando em um brete, como se tivéssemos as nucas de queijo mascarpone. Um berro para cada barba foi a distribuição alfabética; compenetre-se, Nelly; a cada um de nós cabia um revólver. Sem a mínima margem prudente para fazer fila diante do *Cavalheiros*, ou tão somente para submeter à subasta uma arma em bom uso, o tape nos guardava no caminhão daquele de quem já não nos evadiríamos sem um cartãozinho de recomendação para o caminhoneiro.

"À espera da voz de '*aura*,[3] corram!', eles nos deixaram hora e meia aos raios do sol, por sorte à vista de nossa querida Tolosa, que assim que o tira saísse para pô-los para correr tinham a nós, os garotos, como estilingues, como se em cada um de nós apreciassem menos o patriota desinteressado do que o passarinho para a polenta. Passada a primeira hora, reinava no caminhão essa tensão que é a base de toda reunião social, mas depois a cambada me deixou de bom humor com a pergunta de se eu havia me inscrito para o concurso da rainha Vitória, uma indireta, você sabe, a esta pança bumbo, que sempre dizem que deveria ser de vidro para que eu divisasse, ainda que um pouquinho, os embasamentos fôrma quarenta e quatro. Eu estava tão afônico que parecia adornado com a focinheira, mas na hora e minutos de engolir terra meio que recuperei esta linguinha de Campana[4] e, ombro a ombro com os companheiros de luta, não quis provocar meu concurso à massa coral que despachava a todo pulmão a marchinha do Monstro, e até ensaiei meio berro que, francamente, mais saiu um soluço, que, se não abro o guarda-chuvinha que deixei em casa, ando de canoa em cada salivaço que o senhor me confunde com Vito Dumas, o Navegante Solitário. Finalmente saímos, e então sim o ar correu, que era como tomar banho na panela de sopa, e um almoçava um sanduíche de *chouriço*; outro, o seu enroladinho de salame; outro, o seu panetone; outro, a sua meia garrafa de Vascolet; e o de acolá, o bife à milanesa frio, mas talvez tudo isso tenha acontecido da outra vez, quando fomos à Enseada, mas, como eu não compareci, mais ganho se não falar. Não

3. Voz *gaucha* para "agora", que passou para linguagem popular. (N. T.)
4. Enquanto nos repúnhamos com roscas doces, Nelly manifestou* a mim que, nesse momento, o pobre ranheta tirou a referida língua. (Nota doada pelo jovem Rabasco.)

  * *Disse antes para mim.* (Nota suplementar de Nano Battafuoco, peão da Direção de Limpeza.)

me cansava de pensar que toda essa rapaziada moderna e sã pensava em tudo como eu, porque até o mais abúlico escuta as emissões em cadeia, quer queira ou não. Nós todos éramos argentinos, todos de curta idade, todos do Sul, e nos precipitávamos ao encontro de nossos irmãos gêmeos, que em caminhões idênticos procediam de Fiorito e de Villa Domínico, de Ciudadela, de Villa Luro, de La Paternal, embora por Villa Crespo pululasse o russo e eu digo que mais vale a pena acusar seu domicílio legal em Tolosa Norte.

"Que entusiasmo partidário você perdeu, Nelly! Em cada foco de população morta de fome uma verdadeira avalanche, que deixaria obstinado o mais puro idealismo, queria se grudar em nós, mas o capo da nossa carrada, Garfunkel, sabia repelir como se deve essa patifaria sem tamanho, ainda mais se você enfia na cabeça que entre tanto sacripanta patenteado bem se podia esconder um quinta-coluna como luz, desses que antes que você dê a volta ao mundo em oitenta dias é convencido de que é um pé-rapado e o Monstro, um instrumento da Companhia Telefônica. Não estou contando *niente* demais de um cagão que se refugiava nessas escórias para dar baixa no confusionismo e se repatriar à casinha o mais leve possível; mas caçoe e confesse que de dois tontos um nasce descalço e o outro, com patim de munição, porque, quando eu acreditava me separar do carro, lá vinha a patada do sr. Garfunkel que me restituía ao seio dos valentes. Nas primeiras etapas os locais nos recebiam com entusiasmo francamente contagioso, mas o sr. Garfunkel, que não é dos que portam a piolhada como puro adorno, tinha proibido o caminhoneiro de segurar a velocidade, para que nenhum vivaldino ensaiasse a fuga-relâmpago. A história foi bem outra em Quilmes, onde a pilantragem teve permissão para desintumescer os calos plantais, mas quem, tão longe da terra natal, ia se afastar do grupo? Até esse baita momento, diria o próprio Zoppi ou sua mãe, tudo marchou como um desenho, mas o nervosismo se propagou entre a cambada sossegada quando o patrão, vulgo Garfunkel, como é chamado, deixou a gente de perna bamba com a imposição de colocar em cada paredão o nome do Monstro, para o veículo ganhar de novo a velocidade de purgante, caso algum cabra ficasse cabreiro e viesse feito doido batendo na gente. Quando soou a hora da prova, empunhei o berro e desci resolvido a tudo, Nelly, anche a vendê-lo por menos de três pessolanos. Mas nem um só cliente colocou o focinho para fora, e me dei o gosto de rabiscar no tapume uma mixórdia de letras que, se invisto um minuto mais, o caminhão me dá o cano, e o horizonte o traga rumo à civilização, à aglomeração, à *fratellanza*, à festa do Monstro. O caminhão estava mais para aglomeração quando voltei feito um queijo com camiseta, com a língua de fora. Havia sentado na retranca e estava tão quieto que só faltava a moldura artística para ser uma foto. Graças a Deus estava entre os nossos o fanho Tabacman, mais conhecido como Tornillo Sin Fin, que é o empedernido da mecânica, e depois de meia hora de procurar o motor e de tomar toda a Bilz do meu segundo estômago de camelo, que assim eu teimo que sempre chamem o meu cantil, saiu-se com toda a franqueza com seu 'que me revistem', porque o Fargo claramente resultava para ele uma assinatura ilegível.

"Bem me parece ter lido em alguma dessas bancas fétidas que não há mal que não venha para o bem, e assim Papai do Céu nos facilitou uma bicicleta esquecida diante de uma chácara, que a meu ver o ciclista estava em processo de recauchutagem, porque não assomou a fossa nasal quando o próprio Garfunkel lhe esquentou assento com as ancas. Dali arrancou como se tivesse cheirado todo um cubinho de escarola, que mais parecia que o próprio Zoppi ou sua mãe lhe tivesse munido o traseiro com um petardo Fu--Manchu. Não faltou quem afrouxasse o cinto para sorrir ao vê-lo pedalar tão farrista, mas a quatro quadras de pisar em seus calcanhares o perderam de vista, porque, ainda que o pedestre habilite as mãos com o calçado Pecus, não costuma manter seu laurel de invicto diante de dom Bicicleta. O entusiasmo da consciência em andamento fez com que em menos tempo do que você, gorducha, investe em deixar o balcão sem petit-four, o homem se despistara no horizonte, para mim que rumo à cama, à Tolosa...

"Seu porquinho vai confidenciar a você, Nelly: uns mais, outros menos, já pedalava com a comichão do Grande Pernas Pra Que Te Quero, mas, como eu não deixo de sempre reforçar nas horas em que o lutador vem enervado e se aglomeram os mais negros prognósticos, desponta o dianteiro fenômeno que marca gol; para a pátria, o Monstro; para a nossa cambada, em franca decomposição, o caminhoneiro. Esse patriota para quem eu tiro o chapéu correu como se patinasse e parou bruscamente o mais vivaldino do grupo em fuga. Aplicou de súbito uma massagem que no dia seguinte, por causa dos hematomas, todos me confundiam com a égua malhada do padeiro. Do chão, soltei cada hurra que os vizinhos incrustavam o polegar no tímpano. Enquanto isso, o caminhoneiro nos pôs, os patriotas, em fila indiana, que se algum quisesse se afastar, o de trás tinha carta branca para atribuir-lhe cada pontapé nos fundilhos que ainda dói me sentar. Calcule, Nelly, que rabo o do último da fila. Ninguém lhe chutava a retaguarda! Era, quando não, o caminhoneiro, que nos arriou como que a concentração de pés chatos até uma zona que não trepido em caracterizar como da órbita de Dom Bosco, ou então de Wilde. Ali o acaso quis que o destino nos pusesse ao alcance de um ônibus rumo ao descanso de fazenda de La Negra, como pingentes por Baigorri. O caminhoneiro já tinha manjado bem o guarda-condutor, por terem sido os dois — nos tempos heroicos do Zoológico Popular de Villa Domínico — metades de um mesmo camelo, suplicou a esse catalão para que nos levasse. Antes que pudesse soltar seu "Suba, Zubizarreta" de praxe, todos engrossamos o contingente dos que enchiam o veículo, rindo até mostrar os fungos, do sujeito *senza* força, que, para não ficar lelé, não conseguiu incrustar-se no veículo, ficando, como se diz, "caminho livre" para voltar, sem esquentar tanto a cabeça, para Tolosa. Estou exagerando, Nelly, que íamos de ônibus que suávamos feito sardinhas em lata, que, se você der uma olhada, o *Señoras* de Berazategui vai parecer pequeno. As historietas de interesse regular que nos encaminharam! Não digo *niente* da cheirosa que cantou o carcamano Potasman, debaixo das vistas de Sarandí, e daqui aplaudo o Tornillo Sin Fin feito um quadrúmano que, de boa índole, veio a ganhar seu medalhão de Vero Desopilante obrigando-me, sob ameaça de um chute nas bolas, a abrir a boca e fechar os olhos: brincadeira que aproveitou sem um desmaio para encher meus molares com a poeira e o resto das coisas produzidas pelos fundilhos. Mas até as perdizes se cansam, e, quando já não sabíamos mais o que fazer, um veterano me passou o canivetinho e todos nós o empunhamos de uma só vez para deixar o couro dos assentos feito peneira. Para despistar, todos nós ríamos de mim; depois não faltou um desses espertinhos que pulam feito pulgas e que vêm incrustados no asfáltico, como de evacuar-se da carroça antes que o guarda-condutor surpreendesse as avarias. O primeiro que aterrissou foi Simón Tabacman, que ficou com o nariz amassado com o chutaço; logo depois, Fideo Zoppi ou sua mãe; por último, embora você possa explodir de raiva, Rabasco; ato contínuo, Spátola; *doppo*, o basco Speciale. Nesse interinato, Morpurgo se prestou, baixinho, ao grande rejunte de papéis e sacos de papel, ideia fixa de armazenar elemento para uma fogueira como manda o figurino, que fizesse do Broackway alimento para as chamas, com o propósito de escamotear de um severo exame a marca deixada pelo canivetinho. Pirosanto, que é um fanhoso sem avó, desses que levam no bolso menos fiapos do que fósforos, dispersou-se na primeira virada, para evitar o empréstimo do Rancherita, não sem comprometer a fuga, isso sim, com um cigarro Volcán, que me surrupiou da boca. Eu, sem ânimo de ostentação e para dar uma de importante, já estava franzindo a fuça para disputar a primeira pitada quando o Pirosanto, de um golpe, capturou o cigarro, e Morpurgo, como quem me doura a pílula, apanhou o fósforo que já me dourava as frieiras e meteu fogo no papelório. Sem nem sequer tirar o chapéu de palha, o chapéu-coco ou a cartola, Morpungo saiu pela rua, mas eu, pança e tudo, me adiantei e me atirei um pouquinho antes, e assim pude oferecer-lhe um colchão, que amortizou o impacto e quase que acaba com a minha pança, com os noventa quilos que acusa. Santo Deus, quando descalcei dessa boca os mata-ratos até o joelho do Manolo M. Morpungo, l'onibus ardia no horizonte, mesmo como o chato do Perosio, e o guarda-condutor-proprietário chorava que chorava esse capital que virava fumaça preta. A turma, sendo mais, ria, pronta, juro pelo Monstro, para fugir, se o veado se irritasse. Tornillo, que é o maior bufão da paróquia, fez correr uma piada que, ao escutá-la, você, com a boca aberta, vai virar gelatina de tanto dar risada. *Atenti*, Nelly. Desemporcalha os ouvidos, que lá vai. Um, dois, três e PUM. Disse — mas não volte a me distrair com o miserável que fica piscando o olho para você — que o ônibus ardia mesmo como o chato do Perosio. Ha-ha-ha.

"Eu estava todo gabola, mas sofria por dentro. Você, que grava nos miolos com o formão cada parola que me cai dos molares, talvez se lembre do caminhoneiro, que fez uma ursada com o do ônibus. Se é que você me entende, a certeza de que esse desgraçado sairia com uma aliança daquelas com o lacrimogêneo para punir nossa feia conduta estava na cabeça dos mais linces. Mas não tema por seu querido coelhinho; o caminhoneiro saiu com um enfoque sereno e adivinhou que o outro, sem ônibus, já não era um oligarca pelo qual valeria a pena se arrebentar todo. Sorriu como o grande bonachão que é; distribuiu, para manter a disciplina, um que outro joelhaço amistoso (aqui está o dente que me saltou e que comprei depois como lembrança) e cerrem fileiras e passo redobrado: mar!

"O que é a adesão! A galharda coluna se infiltrava nas lagoas alagadiças, quando não nas montanhas de lixo que acusam o acesso à Capital, sem mais

426

defecção que uma terceira parte, grosso modo, do aglutinado inicial que zarpou de Tolosa. Algum inveterado tinha se atrevido a acender seu cigarro Salutaris, é claro, Nelly, que com a autorização do caminhoneiro. Que quadro: Spátola carregava o estandarte, com a camiseta de toda a confiança sobre o resto da roupa de lã; era seguido por quatro, em fila, Tornillo etc.

"Deviam ser sete da noite quando finalmente chegamos à Avenida Mitre. Morpungo se riu todo ao pensar que já estávamos em Avellaneda. Os bacanas também riam, que, sob o risco de cair das sacadas, veículos e demais banheiras, riam de ver-nos a pé, sem o menor rodado. Felizmente o Babuglia em tudo pensa e no outro lado do Riachuelo uns caminhões de nacionalidade canadense estavam enferrujando, que o Instituto, sempre atento, adquiriu na qualidade de quebra-cabeça na Seção Demolições do Exército americano. Subimos em um caminhão feito macacos e, entoando o "Adiós que me voy llorando", esperamos que um louco do Ente Autônomo, fiscalizado por Tornillo Sin-Fin, ativasse a instalação do motor. Sorte que o Rabasco, apesar dessa cara de fundilho, estava mancomunado com um guarda do Monopolio, e, com o prévio pagamento de boletos, completamos um bonde elétrico, que fazia mais barulho que um só galego. O bonde — talán, talán — virou para o Centro; ia soberbo como uma jovem mãe que, *sotto* o olhar do babo, leva na pança as modernas gerações, que amanhã reclamarão seu lugar nas grandes merendas da vida... Em seu seio, com um tornozelo no estribo e outro sem domicílio legal, ia o seu querido palhaço, ia eu. Um observador diria que o bonde cantava; fendia o ar, impulsionado pelo canto; éramos nós os cantores. Pouco antes da Calle Belgrano a velocidade parou bruscamente por uns vinte e quatro minutos; eu transpirava para compreender e *anche* pela grande turba como formiga de mais e mais automotores, que não deixava que nosso meio de locomoção desse materialmente um passo.

"O caminhoneiro esbravejou a ordem 'Descendo, seus cretinos!'. E descemos no cruzamento da Tacuarí com a Belgrano. A duas ou três quadras de caminhada, colocou-se a interrogante: o gasganete estava para lá de seco e pedia líquido. O Empório e Venda de Bebidas Puga y Gallach oferecia um princípio de solução. Mas agora que eu quero ver, escopeta: como pagaríamos? Nesse caminho tortuoso, o caminhoneiro se manifestou como todo um expeditivo. À vista e com a paciência de um dogue alemão, que acabou por vê-lo do avesso, me passou cada rasteira diante da cambada hilariante que enfiei uma palhinha como chapéu até o *nasute*, e do colete caiu a moedinha que eu havia amealhado para não fazer tão triste papel quando o carrinho da ricota rendesse. A moedinha engrossou a bolsa comum, e o caminhoneiro, satisfeito o meu assunto, passou a atender o Souza, que é o braço direito do Gouvea, o dos Pegotes Pereyra — você sabe —, que da última vez se impuseram também como a Tapioca Científica. O Souza, que vive para o Pegote, é seu cobrador, e assim não é estranho que certa feita colocasse em circulação tantos *biglietes* de até zero e cinquenta que nem o Loco Calcamonía deve ter visto tantos de uma só vez, tanto que caiu preso quando aplicava a pintura desmazelada em seu primeiro *bigliete*. Os do Souza, além disso, não eram falsos e pagaram contantes e sonantes a importância líquida das Chissottis, que saímos como aquele que deixou o garrafão seco. Bo, quando pega o violão, se acha Gardel.[5] Mais, ele se acha Gotusso.[6] Mais, ele se acha Garófalo.[7] Mais, ele se acha Giganti-Tomassoni.[8] Violão próprio não havia nesse local, mas Bo saiu com "Adiós Pampa mía" e todos nós fizemos coro e a coluna juvenil era um só grito. Cada um, malgrado sua pouca idade, cantava o que lhe pedia o corpo, até que um sinagoga que impunha respeito com a barba veio nos distrair. A este lhe perdoamos a vida, mas não se livrou tão fácil outro de formato menor, mais maneável, mais prático, de manejo mais ágil. Era um miserável quatro-olhos, sem a musculatura do esportivo. O cabelo era ruivo, os livros, sob o braço e de estudo. Registrou-se como um distraído, que quase derrubava nosso porta-bandeira, o Spátola. Bonfirraro, que é o rei dos detalhes, disse que ele não ia tolerar que um impune desacatasse o estandarte e a foto do Monstro. Ali, nada mais, nada menos, meteu chumbo no Nene Tonelada, de epíteto Cagnazzo, para que procedesse. Tonelada, que é sempre o mesmo, despejou tanto insulto na minha orelha que fiquei com ela enrolada como o cartucho dos amendoins e, a fim de ser simpático com o Bonfirraro, disse ao russovita que mostrasse um tiquinho mais de respeito pela opinião alheia, senhor, e cumprimentasse a figura do Monstro. O outro respondeu com o despropósito de que ele também tinha sua opinião. O Nene, que se cansa com

5. O cantor mais conhecido daquela temporada.
6. Id.
7. Id.
8. Id.

as explicações, empurrou-o com uma mão que, se o açougueiro visse, acabou-se a escassez de carne de terceira e do bife de chouriço. Empurrou-o para um terreno baldio desses em que quando menos se pensa constroem um estacionamento, e o sujeito veio a ficar contra os nove andares de uma parede *senza finestra* nem janela. Enquanto isso, os de trás nos pressionavam com a comichão de observar e nós, da fila zero, ficamos feito sanduíche de salame entre esses loucos que lutavam por uma visão panorâmica, e o pobre hebreu encurralado que, vai se saber por quê, se irritava. Tonelada, atento ao perigo, recuou para trás e todos nós abrimos como leque, deixando a descoberto uma quadra do tamanho de um semicírculo, mas sem orifício de saída, porque a cambada estava de muro a muro. Todos nós bramávamos como o pavilhão dos ossos, e nossos dentes rangiam, mas o caminhoneiro, a quem não escapa um fio de cabelo na sopa, palpitou que mais ou menos de um estava por mandar *in mente* seu plano de evasão. Assobio vai, assobio vem, colocou-nos sobre a pista de um montão aparente de entulho, que se oferecia ao observador. Você deve se lembrar que nessa tarde o manômetro marcava uma temperatura de sopa e não me venha discutir que uma porcentagem de nós tirou o paletó. Fizemos o garoto Saulino de guarda-roupa, que assim não pôde participar do apedrejamento. A primeira pedrada acertou, de puro rabo, Tabacman, e lhe esparramou as gengivas, e o sangue era um jorro negro. Eu me esquentei com o sangue e lhe arrumei outra viagem com um pedregulho que esmagou uma orelha e já perdi a conta dos impactos, porque o bombardeio era massivo. Foi desopilante; o jude se pôs de joelhos e olhou para o céu e rezou como ausente em sua meia língua. Quando soaram os sinos de Monserrat ele caiu, porque estava morto. Nós nos desafogamos um pouco mais, com pedradas que já não lhe doíam. Juro, Nelly, deixamos o cadáver uma lástima. Depois Morpungo, para que os rapazes rissem, me fez cravar o canivetinho naquilo que fazia as vezes de cara.

"Depois do exercício que acalora, pus o paletó, manobra para evitar um resfriado que, por baixo, representa zero trinta em Genioles.[9] Aninhei o pescoço no cachecol que você cerziu com seus dedos de fada e acondicionei as orelhas *sotto* o chapéu, mas a grande surpresa do dia veio com o Pirosanto, com a proposta de tocar fogo no junta-pedras, prévia realização de leilão de

9. Antigripal muito popular desde os anos 1930. (N. T.)

óculos e vestuário. O leilão não foi um sucesso. Os óculos estavam misturados com a viscosidade dos olhos e o terno era um grude só com o sangue. Os livros também ficaram encalhados, por saturação de restos orgânicos. A sorte foi que o caminhoneiro (que resultou ser Graffiacane) pôde resgatar seu relógio do sistema Roskopf sobre dezessete rubis, e Bonfirraro se encarregou de uma carteira Fabricant, com até nove pesos e vinte e um instantâneos de uma senhorita professora de piano, e o otário Rabasco teve de se contentar com um estojo Bausch, para óculos, e a caneta-tinteiro Plumex, isso para não dizer nada do anel da antiga casa Poplavsky.

"Presto, gordinha, esse episódio de rua ficou relegado ao esquecimento. Bandeiras de Boitano que tremulam, toques de clarim que vigoram, por todos os lados a massa popular, formidável. Na Plaza de Mayo nos arengou a grande descarga elétrica que assina dr. Marcelo N. Frogman. Colocou-nos em forma para o que veio depois: a palavra do Monstro. Estas orelhas a escutaram, gordinha, como todo o país, porque o discurso foi transmitido em cadeia."

Pujato, 24 de novembro de 1947

O filho do seu amigo

I

— O senhor, Ustáriz, pode pensar de mim o que quiser, mas sou mais teimoso do que o basco do carrinho de mão. Para mim, o tópico livros é uma coisa, e o cinematógrafo é outra. Meus romancezinhos devem ser como a mixórdia do macaco com a máquina de escrever, mas mantenho a hierarquia de escritor. Por isso, na vez em que me pediram uma comédia bufa para a SOPA (Sindicato de Operários e Produtores Argentinos), pedi-lhes por favor que se perdessem um pouquinho no horizonte. Eu e o cinematógrafo... Sai dessa! Está para nascer o homem que me faça escrever para o celuloide.

"Claro que quando eu soube que o Rubicante gravitava na SOPA me deixei colocar cabresto e maniota. Além do mais, há fatores para os quais é preciso tirar o chapéu para ele. Do anonimato da plateia, perco a conta dos anos que segui com interesse, francamente carinhoso, a campanha que a SOPA faz em prol da produção nacional, enfiando em cada noticiário de cerimônias e banquetes uma penca de conquistas que o senhor se distrai vendo a fabricação do calçado, quando não o carimbo das tampas ou o etiquetado da embalagem. Acrescente que, na tarde que os Excursionistas perderam, o Farfarello se apropinquou no trenzinho do Zoológico, e me deixou passado com a grande notícia de que a SOPA tinha programada para seu exercício de 1943 uma série de filmes que aspiravam a faturar o mercado fino, dando apoio ao homem de pena, para que despachasse uma produção de alto voo, sem a concessão de praxe ao fator bilheteria. Ele me disse e não acreditei até que o disse pelos próprios lábios. Tem mais. Lá pelas tantas me jurou por um velhinho, que já estava nos deixando meio cheios cantando "Sole mio", que dessa vez não me fariam trabalhar, como nas anteriores, sem outra resultante que um apreciável consumo de bloco Coloso. Os trâmites seriam em grande estilo: um contrato em letra de mosca, que esfregam suavemente no seu nariz e depois você coloca uma assinatura que, quando sai para tomar ar, vai com sua coleira e corrente; um adiantamento substancial em metálico, que engrossaria ipso facto o fundo comum da sociedade, da qual eu tinha direito a considerar-me aderente; a promessa, sob palavra, de que a mesa diretiva levaria em consideração, ou não, os argumentos submetidos pelo assinante, que, prévia aprovação da Nena Nux (que para mim tem sua história com um tampinha fanho que costuma circular pelo elevador), assumiriam, em seu devido tempo, a forma de verdadeiros anteprojetos de roteiro e diálogo.

"Acredite em mim uma vez na vida, Ustáriz: sou todo um impulsivo, quando convém. Envaidecido, agarrei-me no Farfarello: ofereci-lhe um refrigerante que consumimos *sotto* a vigilância do zebu; enfiei-lhe um meio Toscanini nas fuças e o levei, em um carro de praça entre histórias ao acaso e palmadinhas, para o Nuevo Parmesano de Godoy Cruz. Para preparar o estômago, tomamos uns tragos de cerveja; depois o minestrone teve sua hora; depois nos demos por inteiro o desengorduramento do caldo; depois, com o Barbera, veio o arroz à Valenciana, que nós meio que assentamos com um Moscato, e assim nos dispusemos a dar conta da vitelinha recheada, mas antes nos deixamos tentar por uns empadões de almôndega, e a pançada foi concluída com panquecas, fruta *mezzo* verdolenga, se o senhor me entende, um queijo tipo areia e outro baboso e um *cafferata-express* com muita espuma, que mais dava vontade de se barbear do que de cortar o cabelo. Na esteira do espumoso caiu o sr. Chissotti em pessoa, em sua forma de *grappa*, que mostrou para a gente sua língua de maçacote, e eu aproveitei para dar uma dessas notícias bomba, que até o camelo da corcova cai de costas. Sem me gastar em prólogos nem antessalas, preparei o Farfarello de mansinho, de mansinho, para tirar-lhe o fôlego com a surpresa de que eu já dispunha de um argumento e que só faltavam o celuloide e um elenco de bufos que o dia de pagamento da SOPA entra em franca dissolução. Aproveitando que uma das tantas balas puxa-puxa se lhe havia incrustado na cavidade, que nem sequer o garçom do cesto de pães conseguiu extrair de todo, principiei a narrar-lhe grosso modo, com riqueza de detalhes, o argumento. O pobre escuta saiu com cada bandeira branca e me rangeu nos ouvidos que esse argumento eu havia contado mais vezes do que espinhas tinha tido o dourado. Assunte o ocorrido: Farfarello me passou o dado de que mais uma palavra e não me apresentaria, quando menos se pensasse, ao governo títere da SOPA. Que outro remédio me restou, pergunto-lhe, que pagar a consumação, acondicioná-lo em um táxi e entregá-lo em domicílio em Burzaco?

"Mal havia passado um mês mofando no xilindró quando veio a citação para me apresentar em um 'edifício próprio', em Munro, onde costumava roncar a tigrada dos que têm prestígio na SOPA.

"Que mostruário não tem seu interesse! Nessa mesma tarde, consegui refestelar o visual sobre as eminências pardas que dão sua diretriz à pujante indústria do cinema. Estes olhos, nos quais o senhor se reflete com essa cara de pão de leite, conheceram tempos melhores, olhando como dois babosos para o Farfarello, que é um desses loiros tipo tijolo, com fuça de negro boçal; para o dr. Persky, com o sorriso de mergulhador e os óculos, que lembra um sapo visto sob a água; à sra. Mariana Ruiz Villalba de Anglada, com a magreza que Patou exige; e à pobre formiga Leopoldo Katz, que faz as vezes de secretário da senhora e o senhor *più tosto* o toma por um japa. Como que para tapar a boca do mais insaciável, a qualquer momento podia comparecer o Pibe do Centro, o empresário dos grandes sucessos, o rei sem coroa da Buenos Aires notívaga, o malandrão do Pigall e de La Emiliana, esse portenho por antonomásia que se chama Paco Antuñano y Pons. Não é tudo: quase chegou também Rubicante, o bancário que dota as quimeras de uma base em metálico. Tem mais: não perdi a cabeça. Rapidamente me dei conta de que girava em um alto círculo e me reduzi a olhar fixo, a tossir, a engolir saliva, a ficar brilhante com o suor, a fazer cara de atenção quando estava com a cabeça nas nuvens e a repetir sim, sim, hã, hã, como um coro grego. Depois serviram o conhaque em taças e eu passei como mala diplomática às histórias mais repugnantes, à pantomima inequívoca e, em uma palavra, ao que se chama um esbanjamento de idiotices e obscenidades.

"As consequências dessa patinada foram frutíferas: o dr. Persky, que não aguenta que outro brilhe, desfigurou-se com a inveja e desde então me controla que dá gosto ver; a sra. Mariana, ao calor da performance, acreditou descobrir em mim uma boa lábia, uma dessas máquinas de causeur que se usavam antes nos salões, e eu me vejo em cada aperto que não abro a boca nem para papar uma mosca.

"Uma tarde, eu estava mais contente do que com o prêmio da rainha Vitória, quando meu amigo Julio Cárdenas caiu. Não me venha com a velha lorota de que não o conhece, o senhor que sempre esteve, por direito próprio, entre a chusma e a negrada. Puxe pela memória: é filho do velho Cárdenas, um velhote de sobrecasaca curta que, levando o cachorro para nadar e vigiando o cachimbo de porcelana que lhe adornava o focinho, salvou minha vida ainda há pouco, quando da última cheia do Maldonado. Julio, um mocinho enlutado, com esses olhos que dão vontade de enfiar um termômetro, e que eu lhe garanto que olhei para ele com franca suspicácia pelo vestuário *baratieri* e a pinta de miserável banana, que se se aproximava às grandes mecas do celuloide é com a triste ideia de vender-lhes um argumento. *Literato habemos*, ele me disse, e eu lhe fiz o sinal da cruz, vendo nesse amigo-surpresa um competidor perigoso. Tome uma vitamina e compreenda a minha situação: se o *giovinotto* revela um caderno e repugna nossos ouvidos com um cinedrama em sua forma de engendro inédito, sou capaz de me resfriar com a raiva. Vi a coisa ficar preta, Ustáriz, mas o destino na última hora me poupou de ter de engolir essa amarga pílula. Cárdenas não vinha como literato, mas sim revestia as características de um estudante aficionado às máquinas filmadoras. *Anche*, a sra. Mariana, segundo a fábula que esse pobre intruso do Farfarello quis enfiar na nossa cabeça. Eu lhe demonstrei até o cansaço (que vontade não me faltou de puxar um ronco na disparada na cama-jaula) que seu relatório carecia francamente de base, porque como, me diga, a sra. Mariana ia se importar se eu disse que só lhe importavam as máquinas filmadoras. O Farfarello mordeu a poeira da derrota!

"O senhor vai pensar que eu, entre tanta estrela, estaria como aquele que se engasgou com sopa seca. Sem essa. Eu me azeitei o cacume e o fiz trabalhar que, mais do que cabeça, parecia ventilador com chapéu Borsalino. O senhor tinha de me ver, com a brocha a duas mãos, dando curso a um libreto de grande sucesso, em que se perfilava o romance de uma bonequinha com chalé próprio na Avenida de Mayo, para não dizer nada da fazendola onde, para tentar de riso às amiguinhas, fez o *gauchito* protagonista acreditar que havia se afeiçoado a ele e no fim — não decole com a surpresa! — enamorou-se de verdade, e o capitão do barco a vapor em que faziam um cruzeiro para Ushuaia — porque antes é preciso conhecer as nossas coisas — os maridou. Um cine-joia com seu interesse para o docente; porque o senhor fica soltando faíscas, do *pericón*[1] ao pampa, e escolta o simpático casal que não deixa de ouvir os imperativos telúricos e dá motivo à câmera para tirar fotos de algumas paragens. A coisa é que, passados alguns dias, eu os deixei preocupados com a notícia de que havia enfeitado com o ponto-final uma comédia bufa — inédita, isso sim. Quiseram levar a coisa na brincadeira, mas eu queria porque queria, e não tiveram outro remédio senão sacrificar uma data para a leitura. Ipso facto promulgaram um estatuto com artigo único, no qual se aconselhava que o ato fosse a portas fechadas para que eu não incomodasse com encheções.

"Ressenti o golpe, mas puxa vida, se eu estava mais encouraçado que uma joelheira com *Terminaram se casando!*, porque foi assim que a soltei, com o título que faria as vezes de nome para a referida comédia bufa. Eu estava tranquilo, tranquilo, porque sabia que a minha comediazinha era um desses comprimidos que não causam impacto e que o comitê de leitura fazia correr a barbada de vir sem baboseira com o palpitante interesse. O senhor, que me conhece, não faça o triste papel de imaginar que eu ia perder tamanha função. Passei uns dias sem formalizar outra coisa que aparecer no relógio, com a comichão de engrossar a turma de escutas, mantendo-me no recinto, quando mais não seja de barriga, debaixo da pele com cabeça de tigre. Na lousa com letra de giz vi que o título Leitura e Repúdio de *Terminaram se casando!* havia sido postergado para a sexta-feira às dezoito e trinta e cinco."

II

— Uma vez que eu estava meio adormecido, o senhor me deu sono com uma história de uma olhadinha para o celuloide. Suponho que o botaram para correr.

---

1. Dança tradicional, semelhante à quadrilha, em que os dançarinos usam lenços azuis e brancos para formar a bandeira argentina. (N. T.)

— Não se iluda, Ustáriz. Vou lhe contar o ocorrido com suma prolixida-de. A sexta-feira fixada para a leitura foi postergada para dali a três meses. Eles mantiveram, isso sim, o regulamento de que eu não poderia assistir. No dia fatal, para que minha mutreta se mantivesse bem acima das mais baixas sus-picácias, fiz ato de presença às dezesseis e me deixei cair no boato de que às dezoito e trinta e cinco se inaugurava, em um lugarzinho ex professo, a Expo-sição Municipal de Produtos Adulterados, que até o senhor, com essa pinta de tonto, sabe que eu não a perco nem por um Provolone, porque tenho a pe-chincha no sangue, e a ideia fixa de comprar a preço de manicômio me faz adquirir cada remessa de pasta de Mascarpone em desuso que se me assegu-ram em uma ratoeira não há um roedor nas redondezas que falte ao encon-tro. Farfarello, que em matéria de comprar munição de boca sempre está alerta, quis se juntar a mim e por pouco o corpo diretivo da SOPA não se trans-feriu em massa para o localzinho que eu havia inventado com base em dispa-rates e na mais pura patranha; por sorte o Poldo Katz cortou pela raiz essa pro-pensão e acabou se revelando o cachorro da disciplina, porque nos lembrou, logo a mim, que nessa tarde era a vez de rechaçar *Terminaram se casando!* co-mo mandava a lousa. Perky, que nem um cavalo calculador consegue contar suas sardas, outorgou-me um prazo prudencial para sair como bicicleta, em seguida. Eu não queria outra coisa, mas a aversão, quem me tira?

"Com uma apreciável margem de erro, que, de fato, não perdoava o de-pósito de vassouras e esfregões que é toda uma mostra de como o chefe de pessoal da SOPA esbanja os centavinhos, tirei a limpo que a leitura obraria no salãozinho da mesa redonda, onde fica o móvel com essa forma. Por sorte que também há um biombo, desses chineses, com animais daninhos, e detrás se constitui um recinto, meio minguado, mas tão escuro que o senhor não é lo-calizado nem por uma mosca. Depois do 'Adeus, adeus, coração de arroz', que impõe o mais frio convencionalismo, saí fazendo caretas e ainda mais,[2] para deixar bem assentado que ganhava a rua, mas o mais certo é que, depois de passear no elevador de serviço, entrei feito enguia no salãozinho da mesa idem e me escondi — se você adivinhar eu lhe dou este ingresso usado — na retaguarda do biombo.

2. "Ainda mais" em português, no original. (N. T.)

"Mal aguentei meus três quartos de hora, Tic-Tac em mãos, quando por ordem alfabética foram se espalhando os supracitados, mas nem pense nesse cabulador do Katz, porque para mim desertou como aquele que não honra sua assinatura. Havia uma cadeira para cada barba e um deles pegou uma poltrona giratória. A conversa era, a princípio, caprichosa, mas Persky os devolveu à realidade com a ducha de água fria de 'leiam, ufa'. Todos queriam não ler, mas o inexorável *Zeta balleta* favoreceu a sra. Mariana, que começou a ler aos tropeções, com um fio de voz, e a cada tanto voltava a se perder. Farfarello, que tem pinta de lambe-botas, já teve de expor o relatório:

"— Na voz da sra. De Ruiz Villalba, veludo e cristal, a barafunda mais horrorosa torna-se transitável. A hierarquia, a distinção nata, a categoria, a beleza, se se preferir, douram a pílula e nos fazem engolir cada gororoba! Eu, antes, proporia que lesse este mocinho Cárdenas, que, do mesmo jeito que é carente de simpatia contagiosa, permitirá, em troca, que fiquemos como que embalsamados, um juízo aproximativo.

"— Até aí, morreu o Neves — disse a senhora. — Eu já estava por dizer que já se sabe que leio de maneira magnífica.

"Persky opinou ponderadamente:

"— Que leia Cárdenas. Leitor ruim, roteiro péssimo. Está em casa.

"Riram que dava gosto. Farfanello, que não sabe de nada a não ser apoiar-se na opinião geral, emitiu um juízo que era todo um insulto sobre minha conduta e sobre minha cara. Só vendo o sucesso que conseguiu! O mínimo que disseram é que eu tenho mais de toupeira que de outra coisa. O que esses pobres cristos não podiam suspeitar era que eu estava à escuta atrás do biombo, e que os espiava todo pimpão e que não perdia uma palavra. Tudo empalideceu quando o insuportável chato de galocha se pôs a ler com aquela vozinha de robinete quebrado. Deixa que eles se mofem, eu me dizia, que a obrinha já vai se impor, por seu próprio peso. Assim foi. De início riam desbragadamente e depois se cansaram. Do meu biombo, eu seguia a leitura com notável curiosidade, aquilatando seu valor a cada pincelada, até que em menos tempo que o senhor possa imaginar como os outros o sono também me agarrou.

"Fui acordado pelas pontadas pelo corpo todo e o gosto de sebo na boca. Ao apalpar a mesa de cabeceira, tropeço com o biombo. Via tudo preto. Depois de um tempo, que Mieditis monopolizara, captei a sincera verdade. Todo mundo tinha se retirado e eu tinha ficado trancado lá dentro, como o que aconteceu na noite no zoológico. Vi claramente que havia chegado a hora de apostar no tudo ou nada e avancei engatinhando na direção do que eu pensei ser a porta e resultou em uma cabeçada. As arestas da mesa fuleira cobraram tributo de sangue e depois quase fico assimilado à parte de baixo da poltrona otomana. Gente sem vontade, que se cansa subitamente — o senhor, Ustáriz, suponhamos —, teria tentado elevar-se sobre as pernas traseiras e acender a luz. Eu não, eu sou de fabricação especial e não me pareço com o denominador comum: continuei o mais quadrúpede possível no escuro, abrindo cada brecha com os galos que ainda me doem a razão social A. Cabeças. Com o movimento do nariz girei a maçaneta e, nisso, *mamma mia*, ouço que no imóvel sem vivalma o elevador sobe. Um Otis de capacidade reforçada! A grande interrogante era certificar-se se eram larápios que me depenariam até a caspa ou um guarda-noturno à antiga capaz de não me olhar com bons olhos. As duas chances me deixaram sem vontade de tomar uma média com *medias lunas*. Mal tive tempo de recuar quando o elevador apareceu, comparável a uma gaiola iluminada que descarregou dois passageiros. Entraram sem prestar atenção a um servidor, fecharam a porta, tchau, e me deixaram sozinho no corredor, mas eu os tinha catalogado. Que larápios nem que guarda-noturno! Tratava-se do moço Cárdenas e da sra. Mariana, mas eu sou um cavalheiro e não ando com histórias. Colei o olho na fechadura: negro, *negrini*, *negrotto*. Nem sonhe, Ustáriz, que ia me plantar para não ver nada. Colocando-os como um só, em voz baixa, tomei as escadas por minha conta, para que não fossem ouvir o elevador. A porta da rua podia ser aberta por dentro, e com tudo isso já era meia-noite passada. Saí como o trenzinho de bitola estreita.

"Não vou lhe mentir que dormi nessa noite. Na cama, estava mais inquieto que a urticária. Deve ser porque a caduquice anda *mezzo* me rondando, mas até pagar o café da manhã na pizzaria eu não tinha tido noção cabal das possibilidades do evento. Gastei a manhã inteira em remoer e remoer a ideia fixa e, quando devorei o pê-efe no Popolare de Godoy Cruz, já tinha incubado o plano de campanha.

"Obtive, com caráter de empréstimo, a roupa nova do lava-pratos do Popolare, indumentária que não tardei em complementar com o chapéu de palha preto do cozinheiro, que é um desses mundanos que vivem para a figuração. Uma passada na barbearia da esquina me pôs em condição de abordar o bonde 38. Eu me evacuei no cruzamento da Rodríguez Peña e com toda a naturalidade desfilei na frente da farmácia Achinelli para, por fim, ancorar na Quintana. Dar, grosso modo, com o número da casa foi coisa de palpitar um pouco as placas. O porteiro, com a autoridade que o bronze dos botões lhe outorga, logo de cara não se dispunha a conversar comigo em um terreno de fraterna igualdade; mas o vestuário surtiu efeito: o celta se conformou de que eu subisse no elevador de serviço, tomando-me talvez por nada menos que pelo cobrador da Vigilância Sanitária. Cheguei todo pimpão ao destino. Abriu a porta do 3º D um cozinheiro, que bem pode ter pensado que meu objetivo era restituir-lhe o chapéu de palha, mas que resultou, submetido a exame, ser outro: o *chef* da sra. De Anglada. Eu o engrupi com um cartão de Julio Cárdenas, no qual coloquei uma figurinha confidencial, coisa que a senhora me deixaria entrar pensando que eu era Cárdenas. Pouco depois, deixando atrás pias e geladeiras, cheguei a uma salinha em que o senhor goza das últimas novidades, tais como luz elétrica e canapé para a senhora deitada, que recebia massagem de um dos japoneses, e outro com pinta de forasteiro lhe escovava o cabelo, que era, como vulgarmente se diz, um sonho de ouro, e um terceiro, que, pela aplicação e por ser cegueta, devia ser professor, ia deixando prateadas suas unhas dos pés. A senhora usava sobre a cútis um roupão, e o sorriso que ostentava resultava um timbre de honra para seu mecânico dental. Os olhos claros me olhavam como se fossem outros tantos amigos com cílios postiços. Meio que tropecei quando computei mais de um massagista e mal pude resmungar entre os bigodes que o mais pasmo com a safadeza do cartão era eu, que nem sonhava que lhe teriam colocado o desenho.

"— Essa figurinha é uma gracinha e não me venha com preconceitos — respondeu a senhora, com uma voz que me caiu como uma barra de gelo no estômago.

"Sorte que sou um homem do mundo. Sem perder a razão, eu me pus a pincelar com toda a fúria um grande sinóptico do histórico do Sportivo Palermo e tive a felicidade de os japoneses me corrigirem os erros mais crassos.

"A senhora, que para mim não é esportiva, interrompeu-nos um tempo depois:

"— O senhor não veio para falar feito o rádio que narra as partidas — me disse. — Não foi para isso que se apresentou nadando na roupa com cheiro de bife à moda *criolla*.

"Aproveitei essa ponte que me estendera e a encarei com renovado brio:

"— Gol do River, senhora! Minha intenção era falar da fita, ou seja, do libreto, que vocês enfrentaram ontem à noite. Um Grande Livro, Produto de um Crânio Gigante. Não lhe parece?

"— Imagine se eu vou achar alguma coisa dessa xaropada. Telescópio Cárdenas não gostou nada, mas nada.

"Eu me permiti uma careta mefistofélica.

"— Essa opinião — respondi — não me altera o metabolismo. O que eu insisto é na promessa conjunta de que a senhora vai se empenhar inteirinha para que a SOPA filme a minha fita. Jure isso e conte com o eterno silêncio deste homem-túmulo.

"Não tardei em obter resposta:

"— O silêncio eterno é atacante — disse a senhora. — O que irrita uma mulher é que não reconheçam que valho mais do que Petite Bernasconi.

"— Eu conheci um Bernasconi que calçava os de fôrma quarenta e oito — retruquei —, mas deixe quieto o capítulo sapatos. O que lhe importa, senhora, é colocar meu cine-joia na SOPA, caso contrário, um passarinho vai contar essa história para o seu marido.

"— Já estou perdida — opinou a senhora. — Para que você teve de dizer o que eu não entendo?!

"O negócio estava ficando difícil, mas estive à altura.

"— Desta vez vai me entender. Estou falando do casal delituoso que a senhora forma com esse tal de Cárdenas. É minudência que pode interessar ao seu maridinho.

"Minha frase bomba se mostrou um fiasco. Os japoneses riram que dava gosto, e a senhora, entre a chacota, me disse:

"— Para isso se custeou com a roupa grande. Se o senhor for com essa história até o pobre Carlos, ele lhe dirá que, até aí, morreu Neves.

"Recebi o impacto como um romano. Mal atinei a apalpar a poltrona giratória para não girar insensível sob a manta de peles. O lance que eu lavrara com tanto carinho destruído, tristemente jogado ao vento, pelo eterno feminino! Como dizia o dentuço da outra quadra: as mulheres são de matar.

"— Senhora — disse-lhe com voz tremelicante —, eu posso ser um incorrigível, um romântico, mas a senhora é uma imoral que não recompensa meu desvelo de observador. Estou francamente desencantado e não posso lhe prometer que me reporei deste golpe em um termo prudencial.

"Enquanto dava curso a estas sentidas palavras, já me havia encaminhado até a porta. Então, acionando com o chapéu de palha preto do cozinheiro, eu me virei devagar para alfinetá-la com amargura e dignidade:

"— Saiba que eu não pensei em me contentar com que a senhora me apoiasse para a fita; ainda por cima, ia tirar seu dinheiro. Eu imaginei que em certas esferas os valores eram respeitados. Me enganei. Saio desta casa como entrei, com as mãos limpas. Não se poderá dizer que recebi um só vintém.

"Depois de lhe jogar na cara estas verdades, coloquei o chapéu preto com as duas mãos até tocar os ombros com as abas.

"— Para que você quer dinheiro se de qualquer jeito é de uma família chinfrim? — e gritou para mim a oligarca, lá do divã, mas eu havia chegado à copa e não a ouvi.

"Juramento-lhe que ganhei a saída em estado de avançada efervescência, com a matéria cinzenta feito um ventilador e a transpiração que já liquefazia o peitilho que me emprestou o garçom do turno da noite do Popolare.

"Sob pena de emporcalhar a indumentária dos meus patrocinadores, atravessei com retidão de bólido humano o tráfego leve das quatro e tantas, até perder pressão. Diga o que disser o positivismo, subitamente se produziu o milagre: tranquilo, bonançoso, profundamente bom, humano no mais fecundo sentido da palavra, pleno de perdão por tudo que foi criado, de repente me encontrei na Pizzaria Jardín Zoológico, enchendo o bucho, como um homem simples, com uma temeridade de roscas doces que — sejamos sinceros ao menos uma vez — caíram mais gostosas do que todos os menus à francesa dessa triste Mariana. Eu era como o filósofo encarapitado no último lance da escada, que vê seus semelhantes como formigas e ri, ha-ha. A consulta alfabética da lista telefônica argentina me confirmou o endereço do jovem Cárdenas, que eu estava cansado de saber. Constatei um fato que me cheirou mal: o miserável se domiciliava em um dos bairros mais mixos que se pode imaginar. Pato, patógeno, patusco, disse eu com amargura. A penosa confirmação lançava um só saldo favorável: Cárdenas vivia na esquina de casa.

"Confiante de que os agiotas do Popolare não me reconheceriam facilmente, baseado em que eu portava um vestuário que não era o habitual, reptei como a solitária frente às próprias portas do mencionado estabelecimento de restaurante.

"Entre a garagem de Q. Pegoraro e a fábrica de sifões registre, de visu, um imóvel térreo e de proporções nitidamente modestas, com seus dois terracinhos de imitação e a porta com campainha. Enquanto media esse imóvel com o olhar, para insultá-lo bem, uma pessoa de respeito abriu a porta, sexo feminino e chinelas que identifiquei, malgrado os anos, como viúva do meu salvador e mãe do meu amigo. Perguntei-lhe se o Julito, na ocasião, fazia ato de presença. Fazia e entrei. A senhora me fez revistar quatro tinas loucas e disse que não sei que chatice de que estava ficando velha — vejam que novidade! — e que já não servia a não ser para cuidar do filho e dos jasmins. Assim, entre insipidezes, chegamos à sala de jantar, que também dava para o outro pátio, onde consegui muito rapidamente verificar o mocinho Cárdenas, que, favorecendo a produção estrangeira, encontrava-se ensimesmado no tomo três da *História universal* de Cantú.

"Assim que a senhora idosa bateu em retirada, dei uns tapinhas nas costas do Julio, que quase pegou passagem para Cosquín com a tosse de cachorro, e o alfinetei com o bafo em cima:

"— Pum, pataplum! A tramoia foi descoberta e me parece, meu filho, que a sua pose acabou. Venho para tributar a você os meus pêsames.

"— Mas do que você está falando, Urbistondo? — disse, tratando-me pelo meu sobrenome, como se não me conhecesse o bastante para me chamar de Catanga Chica.

"Com o propósito de deixá-lo à vontade, tirei a dentadura que o ajudante de cozinha do Popolare me emprestara e a despejei sobre a mesa, amenizando a manobra com um festivo e alarmante au-au. Cárdenas ficou cor de âmbar pálido e eu, que vejo debaixo d'água, acariciei a viva suspeita de que ia desmaiar com o susto. Em vez disso, ele me convidou com um cigarro, que recusei de cara, para aumentar a nota de suspense e de alta aflição. Pobre desorientado, vir com cigarros a mim, habituado a rodar na Buenos Aires residencial, para não dizer no apartamento de luxo da sra. De Anglada nessa mesma tarde, para não ir muito longe.

"— Vou direto ao assunto — disse-lhe, anexando seu cigarro. — Estou falando do casal delituoso que você forma com uma senhora casada da nossa elite. É minudência que pode interessar ao maridinho da esposa de Carlos Anglada.

"Pôs-se mudo como se lhe tivessem fatiado a carne da garganta.

"— O senhor não pode ser tão miserável — disse-me, por fim.

"Soltei uma risada gozadora:

"— Não me atice se quiser que isso fique barato — respondi com o amor-próprio ferido. — Ou me concretiza uma interessante cota em metálico, ou a reputação dessa dama que meu pundonor se nega a nomear ficará, *si você m'entende*,[3] manchada.

"A vontade de me castigar e o asco pareciam disputar a vontade do pobre irresoluto. Eu estava consagrado a suar frio as roscas doces que assumi diante do Zoológico, isso para não dizer nada de um macarrão fino que prestigiou o almoço, quando, viva eu!, ganhou o fator asco. O contrincante mordeu os lábios e me perguntou, como que falando com outro sonâmbulo, quanto eu pedia. Coitado dele. Não sabia que eu sou duro com os fracos e fraco e serviçal com os duros. Claro que, como sistema nervoso, minha primeira consigna foi marcha a ré. Cegado pela própria cobiça, não havia previsto a pergunta ou não podia materialmente sair para consultar um assessor, desses que nunca faltam no Popolare, que me indicaria a tarifa correta.

"— Dois mil e quinhentos contos — disse de repente, com a voz engrossada.

"A cor do aproveitador se alterou e, em vez do corretivo que eu esperava, me pediu uma semana. Eu sou o inimigo do pechincheiro e intimei para dali a dois dias:

"— Dois dias. Nem um minuto, nem um dia, nem um ano a mais. Depois de amanhã, às dezenove e cinquenta e cinco cravadas, na cabine telefônica de número dois da Constitución, você vem com a grana em um envelope. Eu estarei com uma capa de borracha e cravo vermelho na lapela.

"— Mas, Catanga — protestou Cárdenas —, por que vamos nos dar ao trabalho de ir até lá se você mora a meia quadra?

"Compreendi seu ponto de vista, mas tenho por lema não afrouxar.

"— Eu falei na Constitución, depois de amanhã, na cabine dois. Caso contrário, não aceito um centavo seu.

"Despejei essas palavras inexoráveis, lustrei a dentadura com o pano verde, calcei-a com um segundo au-au e, sem nem sequer lhe dar a mão, saí rápido, como aquele que teme que se lhe esfrie a sêmola.

---

3. Em português e em itálico, no original. (N. T.)

"Na segunda-feira, na hora combinada, qual não seria minha surpresa ao encontrar-me em plena Constitución com o moço Cárdenas que, com o semblante severo, me entregou um envelope. Quando o abri, o senhor sabe onde, ali estava o dinheiro.

"Não sei por que saí com a mente moída e pregada. Detive um 38 no ato e, na minha qualidade de um dos trinta e seis passageiros sentados, mas parado, não cedi até que o carro do bonde me repatriou na esquina da Darragueira. A noitada tinha pinta de favorável: como quem não quer nada, eu me deixei cair no Nuevo Parmesano, onde antes de me trancar na cama-jaula quis festejar a vitória percorrendo, sem tanta pressa, o item sopas. Pavesa, cultivadora e de arroz já eram etapas superadas, e o sabor da dobradinha abria caminho entre a cebola quando, ao levar às minhas goelas um Semillón último tipo, vi que, na porta giratória, uns massagistas estavam rindo. Prévio exame, eles puderam me identificar: eu era o senhor de paletó imenso, cheirando a comida, que passou a extorquir a sra. Mariana e, eles, os japoneses da mesma ocasião. Mas a pura chatice de comer sozinho, e para deixar bem claro que estava com fundos, multipliquei as manifestações de afeto e, antes que me pudesse desdizer, já degustavam na minha mesa, em número de quatro, o empadão. A torta pascualina os entreteve enquanto eu embolsava a sêmola. Os tintureiros, meia Bilz, até que me deu um pouquinho de raiva a contumácia. Para inculcar-lhes o que é bom, passei do vinho Toro ao vinho Titán, regando o minestrone com sidra La Farruca. A raça amarela logo de cara fazia-se de dura para me seguir, mas eu como até ferro. Feito um campeão de estilo peito, mandei rodar pelos ares, com um saque circular, os vasilhames de Bilz, que a não ser pelo calçado de sola dupla o senhor machucaria os pés. Meio acalorado, vai se saber a troco de quê, lancei meu primeiro au-au da noite e intimei o garçom para que fosse repondo os vidros quebrados com suas boas garrafas de espumante. Os que estão comigo vão aprender a distinguir um Moscato de um café com leite com *medias lunas*!, gritei para os meus amigos. Havia elevado a voz, confesso, e os pobres nipônicos, atarantados, tiveram de vencer a repugnância e beijar os gargalos. Toquem a beber, toquem a beber, eu gritava para eles com a cara em cima deste energúmeno, unindo o exemplo ao preceito. O veterano mala sem alça, o farrista como manda o figurino, o grande bufão dos rega-bofes da Villa Gallinal renascia em mim, formidável! Os coitados me olhavam desinteressados. Eu não quis exigir-lhes muito nessa primeira noite, porque o japonista não tem pique e vem como que embriagado com a tontura.

"Na matina da terça o garçom me disse que, quando eu rodei por terra, os japoneses me carregaram e me deixaram na minha própria cama. Nessa lutuosa noite, mãos desconhecidas me aliviaram em dois mil e quinhentos pesos. A lei me amparará, tentei dizer com a garganta como língua de papagaio, e em menos tempo do que você leva para fazer uns bochechozinhos já estava eu na seccional auxiliando com franco desinteresse as forças da ordem. Sr. Auxiliar, repeti, eu só peço que descubram o desorbitado que me roubou dois mil e quinhentos pesos e que me devolvam a importância do furto e que descarreguem todo o peso do código sobre esse vil malandro. Meu pedido era simples, como toda melodia arrancada a um grande coração, mas o Auxiliar, que é um detalhista que ama se desviar do assunto, me veio com perguntas totalmente alheias e para as quais eu, sinceramente, não estava preparado. Para não ir muito longe, pretendeu que eu lhe explicasse a origem desse dinheiro! Compreendi que nada de bom poderia sair dessa curiosidade malsã e abandonei a delegacia fulo da vida. A duas quadras, no negócio que N. Tomasevich abriu, que é a eminência parda do Popolare, com quem eu topo? Quando você souber vai ter uma comoção cerebral. Com os japoneses, mortos de rir e com roupa nova, que estavam comprando bicicletas. Um japonês de bici, faça-me o favor! Infantis, irremediavelmente infantis, não suspeitavam a tragédia que carcomia o meu peito de homem e apenas responderam com a risadinha ao superficial au-au que eu lhes lancei da outra calçada. Eles se afastaram ao impulso do pedal; a urbe indiferente os tragou, sem uma só careta.

"Eu sou como a bola de borracha que, quando é chutada, repica. Depois de me permitir uma pausa no caminho (a fim de atracar na minha mesinha do Popolare, para me abastecer com um litro de sopa), cheguei marcando um tempo meritório à casa, ainda por cima hipotecada, de Julio Cárdenas. O próprio interessado me abriu a porta.

"— Sabe, amigão — disse-lhe, enfiando o indicador no seu umbigo —, que ontem nós dois andamos à toa? É isso mesmo, Julito, e não chore. É preciso se colocar de acordo com a sua época, é preciso ir aos papéis. Aquele que não corre voa. Para que o assunto ganhe cor você tem de me pagar a segunda cota. Aprenda o algarismo de cor: mangos, dois mil e quinhentos.

"O sujeito veio de uma tessitura terrosa que parecia o monumento à miga e balbuciou não sei que despropósito que eu não quis ouvir.

"— Nossa regra deve ser não fomentar suspeita — enfatizei. — Amanhã, quarta-feira, às dezenove e cinquenta e cinco, eu o espero ao pé da estátua de dom Esteban Adrogué, na praça suburbana do mesmo nome. Eu irei de chapéu preto, emprestado; você pode agitar um jornal na mão.

"Saí sem dar-lhe tempo de que me desse a mão. 'Se eu receber amanhã', disse para mim mesmo, 'prometo voltar a convidar os japoneses.' Nessa noite quase não dormi com vontade de acariciar o papel-moeda. O longuíssimo dia chegou ao fim. Às dezenove e cinquenta e cinco em ponto já fazia um bom tempo que eu estava circulando, sob o referido chapéu preto, pelos perímetros da estátua. A chuva, que às dezessete e quarenta não superava as veleidades de uma persistente garoa, revestiu contornos enérgicos a partir das quarenta e nove e temi que o lampião e o próprio sr. Adrogué, brinquedos do minuano tormentoso, virassem meu chapéu. Do outro lado da praça, perto do eucalipto que não ostentava nem um minuto de sossego, havia uma banca de jornais que me oferecia um asilo precário, se o senhor jornaleiro me desse sua vênia. Outro menos fiel à sua palavra do que eu não teria ficado feito um dois de paus, desafiando os elementos e com o chapéu preto meio pastoso, que me deixava a cara retinta; o jovem Cárdenas, digamos que brilhou por sua ausência. Até as vinte e duas não desisti, duro sob a ducha, mas tudo tem seu fim, até a paciência de um santo. A suspeita de que Cárdenas não vinha mereceu minha atenção! Sem mais aplausos que os de minha própria consciência, eu me enrosquei, por fim, no ônibus. A princípio, as francas alusões dos passageiros que eu empapava meio que me distraíram, mas nem bem embicamos em Montes de Oca intuí a plena magnitude do acontecido: Cárdenas, a quem não trepidei em chamar de amigo, não havia comparecido ao encontro! O famoso caso do ídolo que tem pés de barro! Do ônibus passei ao metrô e do metrô à casa de Cárdenas, sem nem sequer dar as caras no Popolare, para confortar o ventre com uma sêmola, sob o risco de que o pessoal me castigasse por haver malgasto o chapéu preto ao tingir a cara e o resto da indumentária. Com todos os meus pés e mãos dei de chutar a porta da rua, tonificando-me para a empresa com o meu já clássico e violento au-au. O próprio Cárdenas abriu.

"— O bom coração rende a pura perda — cutuquei-o, calando-o até a ossatura com um só tapinha. — Seu mentor financeiro, seu segundo pai, toca a esperar ao pé da chuva e você, seu inativo, em casa. Aprecie o meu desgosto! Eu já estava achando que você estava moribundo, indisposto — porque só um cadáver podia faltar a um encontro de honra —, e aqui venho surpreendê-lo mais sadio que uma sopa de aveia. Essa é para escrever um livro.

"Ele me disse não sei que disparate, mas era como se me falasse em inglês.

"— Se conseguir, seja razoável — eu disse com a cara em cima dele. — Mas que fé posso depositar em você se começa a falhar logo de cara? Se formos tocando a coisa juntos, podemos percorrer um longo caminho; se não, temo que o mais negro fracasso ponha um ponto-final nos nossos sonhos. Compreenda que não se trata nem de você, nem de mim, simples combinação de dois ou três átomos; trata-se de dois mil e quinhentos pesos. Vamos desembolsando, vamos desembolsando, já foi dito.

"— Não posso, dom Urbistondo — foi a resposta. — Não tenho dinheiro.

"— Como é que não tem se da outra vez tinha? — respondi de bate-pronto. — Vai tirando os pezzolanos desse colchão que deve ser como o corno da abundância.

"Meio dificultoso para falar, por fim respondeu:

"— O dinheiro não era meu. Tirei do cofre da empresa.

"Olhei para ele com assombro e asco.

"— Estou conversando, então, com um ladrão? — perguntei-lhe.

"— É, com um ladrão — respondeu essa pobre coisa.

"Eu fiquei olhando para ele e disse:

"— Pedaço de imprudente, você não se dá conta de que isso me robustece. Minha soberania agora é inquestionável. Por um lado, eu o domino com o desfalque da empresa; por outro, com as picardias da senhora.

"Isso eu o alfinetei do chão, porque esse fraco de espírito estava me aplicando uma sova que bom, bom. É claro que um pouquinho depois, com a tontura da surra, a arquitetura da frase me saiu deficiente e o pobre pugilista, a duras penas, conseguiu entender:

"— Depois de amanhã… dezenove e cinquenta e cinco… coroando a Plaza de Cañuelas… última tolerância… dois mil e quinhentos da nação distribuídos em um único envelope… não me bata tão forte… eu estarei usando capa de borracha e cravo… não bata tão forte em um amigo do seu velho... já me tirou sangue, dá um tempo... você sabe que eu sou inexorável... a função não vai ser suspensa por mau tempo... vá com o Borsalino dando para o verde...

"Isso eu alfinetei da calçada, porque até ali ele me acompanhou aos pontapés.

"Recobrei a vertical como pude, e aqui caio, e aqui levanto, ganhei a cama, onde gozei de um sono bem merecido. Dormi com a cantilena: duas noites e dois dias e sou dono de dois mil e quinhentos paus.

"A tarde do encontro finalmente chegou. Eu me afligia com o sobressalto de que o mão-aberta viajasse no mesmo trem. Se a jogada acontecesse, o que fazer? Cair nos braços um do outro, atrasar o cumprimento até coroar a Plaza de Cañuelas, voltar em um comboio diferente ou no mesmo comboio, em um carro diferente? Tantas incógnitas interessantes me davam febre.

"Respirei ao não ver Cárdenas na plataforma, de Borsalino e com envelope. Imagine se ia ver esse informal que não veio. Mesmo que em Adrogué tivesse estado de plantão em Cañuelas; em todos esses povoados do Sul não faz mais do que chover. Jurei cumprir o ditado da minha consciência.

"Farfarello me recebeu no dia seguinte com o sorriso glacial. Eu maliciei que tinha medo de que eu o viesse a amolar com o meu cine-joia. Fui à forra.

"— Senhor — disse-lhe —, eu me apresento em caráter de cavalheiro para depositar uma delação. O senhor computará o que vale; no pior dos casos, meio me consolará a segurança de haver cumprido meu dever. Inspira-me, sou-lhe franco, o prurido de ganhar a amizade da SOPA.

"O sr. Farfarello me respondeu:

"— Laconismo se chama a maneira de ganhar essa amizade. Para mim deram-lhe essa surra para que calasse a boca, que mais parece um umbigo.

"O tom de confiança fez com que eu me abrisse:

"— O senhor abriga uma serpente em seu seio. Esse ofídio é o empregado Julio Cárdenas, conhecido na malandragem como Telescópio. Não lhe basta faltar à moral neste severo recinto: com fins inconfessáveis, ele lhes roubou dois mil e quinhentos pesos.

"— A acusação é grave — assegurou-me, com fuça de cachorro. — Cárdenas foi, até agora, um empregado correto. Vou procurá-lo, para proceder à acareação. — Da porta, acrescentou: — O senhor tomou a precaução de vir já batido, mas ainda lhe resta algum ponto da tromba para que a deixem feito um tomate.

"Perguntei-me se Cárdenas não voltaria a violentar-se e me retirei, sem mais, à inglesa. Com o mesmo impulso com que desci de uma só vez os quatro andares, escalei um ônibus da Corporação, formato gigante. Coisa de fenecer de raiva: se o rodante não passasse em seguida, eu assistiria a um espetáculo daqueles: Cárdenas, descoberto o desfalque, mergulha do quarto andar do edifício próprio da SOPA e fica difundido no asfalto, feito uma *tortilla* Gramajo. Sim, senhor, o doido se suicidou, segundo o senhor mesmo soube pela fotinho que deram os vespertinos. Perdi a função, mas uma de nossas grandes almas argentinas — meu irmão de leite, o dr. Carbone — tenta me consolar, observando, com riqueza de detalhes, que, se eu me demorasse, receberia em pleno coco os sessenta quilos de Cárdenas *e* o finado seria eu. O Momo Carbone tem razão, a providência está do meu lado.

"Nessa mesma noite, sem me deixar afetar pela deserção do meu sócio, calcei o Birloco e remeti uma carta, da qual guardo a cópia, que o senhor não escapará de escutar:

Sr. Farfarello:

De minha consideração: aguardo de sua proverbial fidalguia que o senhor confesse que, ao retratar-lhe eu, grosso modo, a negra delinquência de Cárdenas, pensou que o louvável zelo que me inspira em tudo o que diz respeito à SOPA talvez me impelisse a carregar nas tintas, formulando uma 'grave acusação', de todo alheia ao meu caráter. OS FATOS VIERAM ME JUSTIFICAR. O suicídio de Cárdenas deixa patente que a minha acusação era *exata* e não um de tantos boatos fantasiosos. Uma tenaz e desinteressada campanha, dirigida com suma prolixidade e à custa de desvelos e sacrifícios, me permitiu, por fim, desmascarar um amigo. Esse covarde fez justiça com as próprias mãos, desviando-se do código, da conduta, que sou o primeiro em repudiar.

Seria lamentável de toda forma que a filmadora de que o senhor é digno gerente não reconhecesse meu trabalho em prol da empresa, trabalho para o qual imolei, gozoso, meus melhores anos.

Seu afetuosíssimo,
(Segue a assinatura)

"Confiada essa carta à caixa de correio de toda a confiança que presta serviço bem na frente do Popolare, passei quarenta e oito horas de alta voltagem, que não constituíram, aliás, o bálsamo de paz que o homem moderno requer, uns mais, outros menos. O que os carteiros me encheram! Não exagero se lhe jurar que me pus insofrível e até chato, averiguando se não levavam carta particular em meu nome, com o clássico timbre da SOPA. Assim que me viam plantado na porta colocavam a carinha tão triste que eu adivinhava que a resposta não havia chegado; nem por isso renunciava a interrogá-los a fundo e a pedir-lhes inutilmente que virassem a sacolona no primeiro pátio, quando não no saguão, para gozar eu mesmo a surpresa de encontrar o envelope esperado. Não chegou, puxa vida.

"Em vez disso, o telefone tocou. Era o Farfarello para marcar um encontro comigo nessa mesma tarde, em Munro. Eu disse para mim mesmo: a minha carta bomba, de um calor tão humano, chegou-lhes ao tutano. Preparei-me como para a noite de bodas; bochechos contra mau hálito, tosa de cabelo, lavagem com sabão amarelo, roupa íntima facilitada diretamente pelo pessoal do Popolare, paletozão na medida do cozinheiro, luvas Patito e um par de pezzutos no bolso, para enfrentar qualquer emergência. Depois, para o ônibus! Na SOPA estavam Persky, Farfarello, o Pibe do Centro e o próprio Rubicante. Também a Nena Nux, que eu pensei que era para o papel principal.

"Enganei-me. A Nena Nux era para o papel de empregada, porque o da bonequinha social foi feito, como a ninguém está mais permitido ignorar, por Iris Inry. Felicitaram-me pela carta, o dr. Persky saiu com um discursinho peso meio-pesado, ponderando minha prova de lealdade, e procedemos a assinar o contrato e a abrir o sr. Arizu. Já meio alegrinhos, brindamos pelo êxito da produção.

"A filmagem-relâmpago se produziu em vários cenários naturais e em cenários de Sorolla que, dissera o dr. Montenegro, 'não chega a ser um pincel, mas é, já, uma paleta'. O sucesso, no Centro e nos bairros, convenceu mais de um pessimista de que a quimera de uma sétima arte argentina não é, neste momento, uma coisa impossível. Em seguida estreei *Suicidou-se para não ir preso!* e depois *A lição de amor no Bairro Norte.* Não sorria até mostrar as cáries dos molares; não exibi o último título para publicar aos quatro ventos os clássicos que persegui, e persigo, com a sra. Mariana. *Au plaisir*, Ustáriz. Aí está a plateia para a première de *Um homem de sucesso*. Vou embora como se tivessem cozinhado a sêmola em gasolina de aviação; não há que fazer as damas esperarem."

Pujato, 21 de dezembro de 1950

Penumbra e pompa

O que são as coisas. Eu, que sempre olhei com extrema indiferença as sociedades beneficentes e demais comissões vicinais, mudei de parecer quando ocupei a poltrona de tesoureiro do Pro Bono Público e me choveram por carta as mais generosas contribuições. Tudo andava que dava gosto, até que algum desocupado, desses que nunca faltam, deu de suspeitar, e o dr. González Baralt, meu advogado, despachou-me no primeiro trem, com o objetivo de irradiar na periferia. Quatro dias e quatro noites me arranjei como pude em um vagão correio, desses que estão como que encostados na localidade de Talleres. Por último, o dr. González Baralt em pessoa apareceu esfregando as mãos para me dar a solução: um cargo remunerado em Ezpeleta, extensivo a nome suposto. O domicílio de Ramón Bonavena, que eu visitara em meus tempos de *Última Hora*, havia sido consagrado museu que perpetuasse nome e memória do romancista ceifado em plena maturidade. Por ironia do destino, eu seria o curador.

O dr. González Baralt me emprestou sua barba postiça; a ela somei uns óculos escuros e o uniforme de ordenança que a investidura exigia e me dispus, não sem justificada apreensão, a receber a leva de estudiosos e turistas que chegariam de balsa. Não apareceu nem uma alma. Como homem de museu, experimentei a desilusão que é de praxe; como fugitivo, um alívio.

Vocês não vão acreditar, mas, enfiado nesse buraco, eu me chateava notavelmente, chegando a ler as obras de Bonavena. Para mim, o carteiro me pulava; em tanto tempo, nem uma carta, nem um folheto de propaganda. Isso sim, o procurador do doutor me trazia meu soldo no fim do mês, quando não o décimo terceiro salário, descontados os gastos de viático e representação. Eu nem aparecia na rua.

Nem bem fiquei sabendo da prescrição, estampei umas palavras fortes no gabinete, como quem se despede para sempre; acondicionei em uma sacola o que a pressa me deixou rapinar, coloquei-a no ombro, pedi carona na esquina e me reintegrei a Buenos Aires.

Algo estranho tinha acontecido, que eu não conseguia pescar, algo que pairava no ambiente da metrópole, um vago não sei quê, um aroma que me espreitava e que me evitava: a esquina chanfrada me parecia menor e a caixa de correio, maior.

As tentações da Calle Corrientes — pizzaria e mulher — cruzaram meu caminho: como não sou dos que tiram o corpo fora, acolhi-as por inteiro. Resultado: nessa semana me encontrei, como se diz vulgarmente, sem fundos. Por incrível que pareça, procurei trabalho, a cujo fim tive de recorrer, infrutífero, ao amplo círculo de meus familiares e amigos. O dr. Montenegro não passou de um apoio moral. O P. Fainberg, como era de prever, não queria se apear materialmente de sua mesa redonda em prol da poligamia eclesiástica. Esse companheiro de todas as horas, Lucio Scevola, não me deu nem as horas. O cuoco negro do Popolare rechaçou de cara as minhas tratativas para lá ingressar como ajudante de cozinha e, com sorna ferina, perguntou-me por que eu não aprendia a cozinhar por correspondência. Essa frase, lançada a esmo, oficiou de centro e pivô de meu triste destino. Que outro recurso me restava, indago a vocês, que o eterno retorno às estafas e ao grosseiro conto do vigário? Vou confessar: foi mais fácil tomar a resolução do que pô-la em prática. Primeira precaução, o nome. Por mais que desse tratos à bola, me revelei totalmente incapaz de encontrar outro que o já tristemente famoso Pro Bono Público. Seu eco ainda zumbia! Para tomar coragem eu me lembrei que um axioma do comércio recomenda que não se mude a marca. Vendidos que foram à Biblioteca Nacional e à do Congresso sete jogos completos da obra de Bonavena, mais dois bustos em gesso do aludido, tive de me desfazer do sobretudo cruzado que o guarda-linha de Talleres me emprestara e do esquecidiço guarda-chuva que sempre se retira do guarda-roupa para pagar com satisfação o montante de envelopes com timbre e papel de carta. Despachei o assunto destinatários mediante uma seleção feita a dedo, em uma lista telefônica que um vizinho me emprestou e que, em virtude de seu estado francamente puído, não pude colocar na praça. Reservei o remanescente para os selos.

Na sequência, procedi até o Correio Central, onde fiz a minha entrada feito um bacana, carregado de correspondência até o teto. Ou a memória me falhava ou aquele recinto tinha se expandido de modo notável: as escadarias de acesso conferiam sua majestade ao mais infeliz, as portas giratórias o estonteavam e quase o jogavam no chão, para apanhar os pacotes; o teto, obra de Le Parc, dava vertigem e até medo de cair para cima; o chão era um espelho de mármore que me refletia claramente, e a você, com todas as suas verrugas; a estátua de Mercúrio se perdia nos altos da cúpula e acentuava o misticismo próprio da repartição; os guichês lembravam outros tantos confessionários; os empregados, do outro lado do balcão, trocam histórias de papagaios e solteironas ou jogavam ludo. Nem uma alma no setor reservado ao público. Centenas de olhos e óculos convergiram para a minha pessoa. Eu me senti um bicho raro. Para efeito de me aproximar, engoli em seco e requeri do guichê mais próximo os selos pertinentes. Foi só eu articular a demanda e o funcionário me dar as costas, para consultar seus pares. Depois de confabulações levantaram, entre dois ou três, um alçapão que havia no chão e me explicaram que iam até o porão, onde ficava o depósito. Voltaram, por fim, pela escadinha de mão. Dinheiro como paga não aceitaram, prodigalizando-me uma porção de selos, que mais teria me valido dedicar-me à filatelia. O senhor não vai acreditar: nem contaram. Se tivesse previsto essa pechincha, não teria vendido os bustos de gesso e o sobretudo. O olhar procurava as caixas de correio e não dava com elas; diante do perigo de que a autoridade se arrependesse de não ter aceitado o pagamento, optei por uma retirada imediata, para pegar a franquia em casa.

Paciente no quartinho dos fundos, fui grudando os selos com saliva, porque eles estavam totalmente sem cola. O penúltimo galo já havia cantado quando me aventurei na esquina da Río Bamba, com uma porção de cartas prontas para serem despachadas. Ali campeia, como vocês devem se lembrar, uma dessas caixas de correio peso pesado que agora viraram moda e que alguns paroquianos já haviam adornado com flores e ex-votos. Dei a volta ao

454

seu redor, procurando sua boca, mas por mais que tenha girado não encontrei o menor resquício para infiltrar as cartas. Nenhuma solução de continuidade, nenhuma fenda, em tão imponente cilindro! Notei que um vigilante me olhava e empreendi a volta ao lar.

Nessa mesma tarde percorri o bairro, tomando a precaução, claro, de sair sem embrulho aparente, para não despertar a suspicácia das forças da ordem. Por mais inverossímil que possa parecer agora, surpreendeu-me que nem uma só das caixas de correio inspecionadas apresentasse boca ou fenda. Apelei a um carteiro com uniforme, que costuma pavonear-se pela Ayacucho e que nem dá bola para a caixa de correio, como se já não tivesse nada para ver. Convidei-o para um cafezinho, enchi-o com *especiales*,[1] saturei-o de cerveja e, quando o vi com as defesas baixas, me animei a perguntar-lhe por que as caixas de correio, cuja vistosidade eu era o primeiro a destacar, não apresentavam boca. Grave, mas não compungido, ele me respondeu:

— Senhor, o conteúdo de sua pesquisa supera a minha capacidade. As caixas de correio não têm boca porque ninguém mais coloca a correspondência ali.

— E o senhor, o que faz? — eu o interroguei.

Ele me respondeu, ingerindo outro litro:

— Parece que o senhor se esquece de que está falando com um carteiro. O que é que posso saber dessas coisas! Eu me limito a cumprir o meu dever.

Não pude tirar dele nem mais um dado. Outros informantes que provinham dos mais diversos estratos — o senhor que atende aos búfalos no Jardim Zoológico, um viajante que acabava de vir de Remedios, o cuoco negro do Popolare etc. — chegaram a me dizer, cada qual por um caminho separado, que em sua vida haviam visto uma caixa de correio com boca e que não me deixasse estontear por semelhantes fábulas. A caixa de correio argentina, repetiram, é uma edificação firme, maciça, una e sem cavidade. Tive de me render aos fatos. Entendi que as novas gerações — o senhor dos búfalos, o carteiro — teriam visto em mim um antiquado, um desses que trazem à baila estranhezas de um tempo que já não vige, e fiquei quieto. Quando a boca cala, o miolo ferve. Discorri que se o correio não funcionasse um serviço de entregas privada, ágil, despreconceituoso, apto para canalizar a correspondência,

---

1. Sanduíche feito com pão francês, vendido em bares e confeitarias. (N. T.)

seria bem recebido pela opinião e me renderia gordas entradas. Outro elemento positivo era, a meu ver, que o próprio serviço de entrega posto em ação cooperaria para propagar os embustes do redivivo Pro Bono Público.

No escritório de marcas e patentes, a que acudira para registrar em altos brados meu acariciado engendro, pairava uma atmosfera sob muitos aspectos similar à do Correio: idêntico silêncio sacerdotal, idêntico ausentismo público, idêntico sem-número de oficiantes para atender, idênticas demoras e abulia. Lá pelas tantas me expediram um formulário em que deixei estampada a minha postulação. Antes não o tivesse feito. Esse ponto foi o primeiro passo da minha via-crúcis.

Entregue que foi o meu formulário, percebi um movimento geral de repulsa. Uns me deram francamente as costas. A cara de outro se contorceu a olhos vistos. Dois ou três formularam com franqueza impropérios e gozações. O mais indulgente me mostrou, fazendo uma banana, a porta giratória. Ninguém emitiu recibo e eu entendi que mais me valeria não reclamá-lo.

De novo na segurança relativa de meu domicílio legal, determinei segurar as pontas até que o ambiente se acalmasse. Ao cabo de alguns dias obtive, em empréstimo, o telefone do senhor da lotérica e me comuniquei com meu confessor jurídico, o dr. Baralt. Este, deformando um pouco a voz, a fim de não se comprometer, disse-me:

— Conste ao senhor que eu sempre estive do seu lado, mas desta vez o senhor passou dos limites, Domecq. Eu defendo o meu cliente, mas o bom nome do meu escritório está acima de quase tudo. Ninguém vai acreditar: há porcarias que eu não pego. A polícia anda à sua procura, meu desventurado ex-amigo. Não insista e não importune.

Ato contínuo, cortou a comunicação com tanta energia que me destapou a cera do ouvido.

A prudência me trancou com chave em meu quarto, mas poucos dias depois o mais tapado compreende que, se a distração escasseia, o medo deita raízes, e, apostando no tudo ou nada, tomei a rua por minha conta. Errei sem bússola. De repente constatei com o coração na boca que me defrontava com o Departamento Central de Polícia. As duas pernas não foram suficientes para me isolar no primeiro salão de barbeiro onde, já sem saber o que formulava, pedi que me fizessem a barba, que era postiça. O barbeiro oficial resultou ser dom Isidro Parodi, com o avental branco e de cara em bom estado de conservação, embora um tanto capenga. Não escondi a minha surpresa; disse-lhe:

— Dom Isidro, dom Isidro! Um homem como o senhor está perfeitamente bem na prisão ou a uma distância considerável. Como lhe ocorreu se instalar na frente do próprio Departamento? É só se descuidar, eles o procuram...

Parodi respondeu com indiferença:

— Em que mundo o senhor vive, dom Pro Bono? Eu estava na 273 da Penitenciária Nacional e um belo dia notei que as portas tinham ficado meio abertas. O pátio estava cheio de presos soltos, com a malinha na mão. Os carcereiros não estavam nem aí para a gente. Voltei para pegar o mate e a cuia e fui me achegando ao portão. Ganhei a Calle Las Heras e aqui estou.

— E se vierem prendê-lo? — eu disse, com um fio de voz, porque pensava na minha própria segurança.

— Quem vai vir? É tudo pura bazófia. Ninguém faz nada, mas é preciso reconhecer que as aparências são respeitadas. Prestou atenção aos cinemas? As pessoas continuam frequentando, mas já não dão nas vistas. Prestou atenção que não há data sem que uma repartição deixe o trabalho? Nas bilheterias não há bilhetes. As caixas de correio não têm boca. A Mãe Maria não faz mais milagres. Hoje em dia, o único serviço que funciona é o das gôndolas nas redes de esgoto.

— Não me abata — supliquei-lhe. — A roda-gigante do Parque Japonês continua girando.

Pujato, 12 de novembro de 1969

As formas da glória

La Plata, 29 de maio de 1970

Sr. Jorge Linares
Universidade de Nova York
Nova York, NY
Estados Unidos

Querido Linares:

Embora nossa longa amizade de *criollos* desterrados no Bronx me demonstrou até o cansaço que na realidade você não pode ser classificado de fuxiqueiro, muito te peço que, no que se refere a esta carta, de índole *puramente* "confidencial", você se transforme em um túmulo. Nem uma palavra ao dr. Pantoja, nem à irlandesa que sabemos, nem à turma do campus, nem a Schlesinger, nem a Wilckinson! Por mais que já faça uma quinzena que nos despedimos em Kennedy, eu poderia apostar que você se lembra, em linhas gerais, que o dr. Pantoja me deu o empurrãozinho para que a Fundação Mackensen me despachasse para entrevistar Clodomiro Ruiz, que, no presente momento, se mudou para La Plata. O próprio Pantoja e eu descontávamos que a minha peregrinação às fontes undaria de inestimável valor para os preparativos da minha tese; mas agora vejo que a coisa traz seus bemóis. Já sabe: nem uma palavra ao mudo Zulueta.

Na mesma semana em que cheguei eu me mandei com suma impaciência para Gualeguaychú, a querida pequena pátria de Ruiz, de onde o poeta escrupulosamente assina a totalidade de sua bibliografia. Realizei minha primeira pesquisa enquanto dava conta de um tonificante café com leite, mano a mano com o dono do hotel, homem democrático e simples que concordou, sem se rebaixar, em conversar com um servidor. O sr. Gambartes me disse que os Ruiz eram gente antiga na região, que haviam chegado na época da intervenção feita por Yrigoyen, e que o mais relevante da família não era Clodomiro, mas sim Francisco, apelidado de Remiendo, dada a sua indumentária. Em seguida teve a deferência de me acompanhar meia quadra, até o casarão dos Ruiz, que resultou mais uma tapera dessas que vão se desmoronando sem a ajuda do homem, pedra por pedra. A porta de acesso, para dar-lhe esse nome, estava trancada, porque o sr. Gambartes me explicou que há muitos anos os Ruiz haviam tomado "o caminho de Buenos Aires" e que o primeiro a ir embora foi Clodomiro. Não desperdicei a ocasião para me fazer fotografar por um menino, a quem confiei a máquina para que tirasse uma foto nossa, do hoteleiro e minha, bem em frente ao casarão. Penso que essa autêntica foto constituirá outro mérito, e não dos menores, do meu livro, quando a universidade o publicar. Vai adjunta uma ampliação, que valoriza a assinatura de ambos os modelos. Eu gostaria de ter saído com um mate na mão, mas investir capital nele não entrava no meu plano de gastos.

Como Julio Camba estampara em *La rana viajera*, a vida do turista é uma sucessão de hotéis. Assim que regressei a Buenos Aires, me instalei em um hotel da Plaza Constitución, a fim de preparar minha próxima viagem a La Plata, que realizei de ônibus.

O senhor motorista, que esteve a ponto de bater com um colega em sentido contrário, passou-me o endereço de Clodomiro Ruiz, que resultou ser vizinho seu e que valorizou com sua assinatura de próprio punho. Uma vez na cidade de Estudiantes de La Plata, pouco tardei em me pôr de campana. Cheguei na 68 com a Diagonal 74. Este dedo, que não desanima tão fácil, pressionou a campainha. Lá pelas tantas me abriu a cozinheira em pessoa. O sr. Clodomiro estava em casa! Ainda por cima me faltava atravessar o saguão e o pátio para ficar cara a cara com o estimável poeta. Uma testa, uns óculos, um nariz, a típica boca das caixas de correio; atrás, a biblioteca do estudioso, com *O jardineiro ilustrado* e com a coleção Araluce. Em primeiro plano, a silhueta que propende à esfera, com um paletó de lustrina. O entrevistado não se soergueu do macio assento, onde se manteve como um emplastro e me indicou o banquinho de pinho. Mostrei-lhe a carta da Fundação, meu passaporte, as instruções de Pantoja e — *not least* — o papel que havia rabiscado o senhor do ônibus. Cotejou-os com o maior escrúpulo e me disse que eu podia ficar.

Ao cabo de uma conversa informal para esquentar o motor, eu lhe expus o verdadeiro motivo da minha visita, que não lhe caiu mal. Sem mais rodeios, esclareci como pude meu propósito de escrever uma monografia tratando dele, para que o conhecessem em toda a extensão da América do Norte, pelo menos no ambiente universitário. Saquei a minha esferográfica e a caderneta com capa de tule. Um minuto de procura e localizei o questionário que preparara com Pantoja, em Harvard. Sem mais nem menos, lancei a interrogante:

— Onde nasceu e em que data?

— Em 8 de fevereiro de 1919, em Gualeguaychú, província de Entre Ríos.

— Seus pais?

— Um vigilante da dezessete, que promoveram a político, e uma senhora de Resistência, que desceu pelo Paraná.

— Sua primeira lembrança?

— Uma marina, em moldura de veludo, com incrustações de nácar para copiar a espuma.

— Seu primeiro professor?

— Um ladrão de galinhas que me iniciou nos mistérios dessa arte.

— Seu primeiro livro?

— *Recado para dom Martiniano Leguizamón*. Um sucesso de estima na região e que ultrapassou a General Paz. Fora dos recortes de praxe, restam os lauréis do prêmio Iniciação para a classe do dezenove, que me dei o imenso gosto de compartilhar com o meu companheiro de prêmio Carlos J. Lobatto, precocemente furtado à glória, quando fenecera um lustro depois da publicação de *Ovo de quero-quero*.

— Como viveu, Mestre, seu galardão?

— Com o saudável entusiasmo do acanhado que arrisca sua primeira bofetada. A imprensa se mostrou deferente, embora nem sempre distinguindo meu ensaio leguizamoniano, um perfil crítico, das *payadas*[1] e tolices do extinto.

— Que outra consideração lhe sugere esse seu primeiro fruto?

— Agora que está me fazendo a pergunta, calculo que o assunto tem mais voltas que, se o senhor não se segurar bem, vai ficar tonto. Ali começou realmente o rolo. Nunca falei disso com ninguém, mas com o senhor é outra coisa, vem de uma região tão distante, que para mim não vige, o que é que vamos fazer. Abro-lhe de par em par meu coração, para que o senhor escarafunche como lhe aprouver.

— O senhor vai me dar um furo? — questionei-o.

— O senhor será o primeiro e o último que ouvirá o que vou lhe dizer hoje. De vez em quando o homem quer desabafar. Mais vale fazê-lo com uma ave de arribação, com um fulano que se dissipará como a fumaça da última pitada. Afinal de contas, um cidadão decente, embora viva de golpes e do peculato, quer que a verdade triunfe.

— Disse bem, mas me atrevo a confortá-lo que já são muitos os que calamos fundo em sua produção e que amamos da maneira mais correta, se o senhor me entende, o homem que essa miscelânea nos revela.

— Merecidas. Mas meu dever é preveni-lo de que o senhor colocou o dedo até o sovaco no ventilador. Veja o que me veio a acontecer com aquele livro. Por dividir o prêmio com o outro, já fiquei para sempre atrelado ao finado Lobatto e suas décimas, que eram de tessitura folclórica. Eu havia usado a palavra *recado* no sentido de mensagem ou missiva, que teve seu auge anos atrás, mas os professores e os críticos, todos, ao mesmo tempo, interpretaram-no como a típica montaria do nosso *gaucho*. Tenho cá para mim que foram desencaminhados por uma confusão com as trovas nativistas de Lobatto. Para satisfazer a expectativa que essa auspiciosa recepção suscitara, escrevi a todo vapor meu segundo aporte: *Querências juidas*.

---

1. Frequente na Argentina, no Uruguai e em outras regiões da América do Sul, espécie de poesia improvisada apresentada em estrofes de dez versos e acompanhada de violão, típica da cultura *gaucha*. (N. T.)

Com todo o orgulho me animei a interrompê-lo:

— Há momentos em que o discípulo conhece a obra do mestre mais do que o mestre. O senhor se atrapalhou feio no título. Com o passar dos anos a memória sinceramente se desgasta. Feche os olhos e lembre. Seu livro, seu próprio livro, chama-se *Querências judias*.

— Assim diz a capa. A verdade, a verdade que até agora sepultei em meu foro íntimo, é que o pessoal da gráfica é que se atrapalhou feio. Em vez de *Querências juidas*, que é o que eu havia posto no bilhete, puseram na folha de rosto e na capa *Querências judias*, erro que, na pressa do momento, me passou batido. Resultado: a crítica me enalteceu como vate das colônias israelitas do barão Hirsch. E eu que não posso nem ver os russos!

Perguntei com lástima:

— Mas como? O senhor não é um *gaucho* judeu?

— É como falar com as paredes. Não acabei de lhe esclarecer o assunto? E digo mais: eu concebi o meu livro como um duro golpe contra os chacareiros e mascates que acabaram com o *gaucho* de lei, sem lhe consentir nem um respiro. Mas é de matar; ninguém pode nadar contra a corrente. Acatei como um cavalheiro o veredito do destino que, não vou negar, significou para mim não poucas satisfações legítimas. Retribuí sem tardança. Se o senhor cotejar com sua lupa a primeira edição e a segunda, não tardará em perceber na última alguns versos que ponderam a esses mesmos lavradores e comerciantes que mecanizassem a agricultura nacional. Com tudo isso, minha fama se incrementava, mas escutei o sino estridente do chamado telúrico e não me fiz de rogado. Meses depois a Casa Editorial Molly Glus publicou o meu folheto conciliador *Chaves do neojordanismo*, fruto de pesquisa e de zeloso ardor revisionista. Sem menosprezo do respeito que nos merece a figura de Urquiza, mergulhei nas águas do jordanismo, onde já bracejara José Hernández, que se fizera chamar pelos familiares de *Gaucho* Martín Fierro.

— Bem me lembro da leitura que o dr. Pantoja fez, ponderando sem asco seu trabalho sobre o Jordão, que não trepidou em igualar a *Nilo, a história de um rio*, do não menos hebreu Emil Ludwig.

— Lá vem você! Pelo visto esse dr. Pantoja lhe colocou viseiras e o senhor não as tira nem aos puxões. Meu folhetim se referia ao crime do Palácio San José e o senhor me vem com seus rios forâneos. Como disse o poeta:

quando a sorte se inclina já não há nada que fazer. Há momentos em que, arrastados pela vertigem, nós mesmos fazemos o jogo da nossa má estrela. Sem me dar conta, eu também coadunei. Com o prurido de me classificar como crítico de peso, dei à luz um enfoque centrado e pessoal sobre *La bambina* e *La mula*, de Luis María Jordán. Esse livro foi interpretado como uma continuação reforçada do anterior sobre o mesmo rio.

— Entendi, senhor — exclamei batendo no peito. — Conte comigo. Eu me entregarei com tudo ao trabalho de anão que a verdade exige. Recolocaremos as coisas em seu devido lugar.

Eu o vi francamente fatigado. Quase fiquei estupefato quando me disse:

— Piano, piano e não abuse. Por causa da sua falta, vou lhe aplicar uma multa por excesso de velocidade. Eu lhe falei como falei na confiança de que, chegada a hora, o senhor pusesse os pingos nos is, mas nem um minuto antes. O senhor dá um passo prematuro, difunde que não sou por quem me tomam e me deixa na estratosfera. Trata-se de um assunto delicado. Pisar em ovos é a ordem! A imagem que a crítica remonta — seu dr. Pantoja, por exemplo — sempre vige mais do que o autor, que é apenas um *primum mobile*. Se derrubar a imagem, me derruba. Sou homem ao mar. Já me veem como o aedo das colônias; ou me veem assim ou não me veem. Tire o mito do homem moderno e tire dele o pão que mastiga, o ar que respira e a erva Napoleón que eu recomendo! Por conseguinte, e por agora, sou o cantor russófilo que o professorado supõe. Tenho sua palavra e retire-se. Quanto menos volume, mais claridade.

Saí como que propelido aos chutes. Análogo àquele que perde a fé, procurei asilo na ciência. Exibindo a carteirinha de universitário, infiltrei-me no museu. Há momentos que não são transmitidos facilmente. De pé diante do gliptodonte de Ameghino, fiz meu exame de consciência, não em vão. Compreendi que Ruiz e Pantoja, que talvez jamais se confundiriam em um mesmo abraço fraterno, eram duas bocas de uma só verdade. A famosa cadeia de mal-entendidos havia resultado, na verdade, na grande confirmação. A imagem que o escritor projeta vale mais do que sua obra, que é um lixo miserável, como tudo que é humano. A quem pode importar no dia de amanhã que o *recado* seja um juízo crítico e que o neojordanismo tenha sua fonte em *La bambina*, de López Jordán?

Um caloroso abraço para a cambada toda. Quanto a você, passo a te recomendar de novo que Cayetano é bom amigo. Minhas obsequências a Pantoja, a quem escreverei longa e detidamente, assim que me anime.

Até o retorno; se despede

Tulio Savastano (f.)[2]

---

2. Em abril de 1977 apareceu, sob o nihil obstat de Harvard, a bem fundada tese de doutorado de Tulio Savastano (f.): *Ruiz, o cantor das colônias*. (N. E.)

O inimigo número um da censura

*(Perfil de Ernesto Gomensoro para fazer as vezes de prólogo
à sua* Antologia)

Sobrepondo-me ao sentimento que o coração me dita, escrevo com a Remington este perfil de Ernesto Gomensoro, para fazer as vezes de prólogo à sua *Antologia*. Por um lado, atormenta-me a gastura de não poder cumprir de um modo cabal o pedido de um defunto; por outro, dou-me o grande prazer melancólico de retratar esse homem de valia que os pacíficos vizinhos de Maschwitz ainda hoje lembram sob o nome de Ernesto Gomensoro. Não me esquecerei facilmente daquela tarde em que me acolhera, com mate e biscoitinhos, sob o alpendre de sua chácara, não longe da estrada de ferro. A culpada de que eu me deslocasse até esses andurriais foi a natural comoção de ter sido objeto de um cartão dirigido ao meu domicílio, convidando-me a figurar na *Antologia* que incubava nessa época. O fino olfato de tão notável mecenas despertou meu sempre vivo interesse: além disso, quis pegar a palavra no ar, caso se arrependesse, e decidi levar de próprio punho a colaboração para evitar as clássicas demoras que costumam imputar-se a nosso correio.[1]

---

1. O texto que levei foi "O filho de seu amigo", que o pesquisador encontrará no corpus deste volume, à venda nas boas livrarias.

O crânio glabro, o olhar perdido no horizonte rural, a ampla face de pelame cinza, a boca no geral provida de bombilha e mate, o pulcro lenço de mão sob o queixo, o tórax de touro e um leve terno de linho meio amarrotado constituíram a minha primeira instantânea. Da cadeira de balanço de vime, o atraente conjunto de nosso anfitrião logo se complementou com a voz afável que me indicou o banquinho de cozinha para que me sentasse. A fim de pisar em terreno firme, agitei, a suas vistas, ufano e tenaz, o cartão-convite.

— Sim — articulou com displicência. — Mandei a circular para todo mundo.

Semelhante sinceridade me revigorou.

Em tais casos, a melhor política é congratular-se com o homem que fora nossa sorte em mãos. Declarei-lhe com suma franqueza que eu era o repórter de artes e letras da *Última Hora* e que o meu verdadeiro propósito era o de consagrar-lhe uma reportagem. Não se fez de rogado. Cuspiu verde para limpar o gasganete e disse com a simplicidade que é ornato das figuras próceres:

— Avalio seu propósito de coração. Previno-o de que não vou lhe falar da censura, porque já mais de um anda repetindo que sou temático e que a guerra contra a censura tornou-se minha única ideia fixa. O senhor me rebaterá com a objeção de que hoje em dia são poucos os temas que apaixonam como esse. Não é para menos.

— Imagino — suspirei. — O pornógrafo mais despreconceituoso observa a cada dia uma nova trava em seu campo de ação.

Sua resposta me deixou sem outro recurso a não ser abrir a boca.

— Eu já imaginava que o senhor iria para esse lado. Reconheço a toda a velocidade que colocar obstáculos ao pornógrafo não é, digamos, lá muito simpático. Mas esse caso tão alardeado não é, que frescura que nada, mais do que uma faceta do assunto. Gastamos tanta saliva contra a censura moral e contra a censura política que passamos por alto sobre outras variedades que são, de longe, mais atentatórias. Minha vida, se o senhor me permite chamá-la assim, é um exemplo instrutivo. Filho e neto de progenitores que invariavelmente levaram bomba, desde pequeno me vi metido nas mais diversas tarefas. Foi assim que fui arrastado pela voragem da escola primária, da corretagem de malas de couro e, em tempos roubados à faxina, da composição de um que outro verso. Este último fato, em si carente de interesse, atiçou a curiosidade dos espíritos inquietos de Maschwitz e não tardou em correr e a aumentar de boca em boca. Eu senti, como quem vê subir a maré, que o consenso do povo, sem distinção de sexo nem de idade, receberia com alívio que eu começasse a publicar em periódicos. Semelhante apoio me impeliu a mandar por correio, a revistas especializadas, a ode "A caminho!". Uma conspiração do silêncio foi a resposta, com a honrosa exceção de um suplemento que a devolveu sem pensar duas vezes.

"Ali pude ver o envelope, em uma moldura.

"Não me deixei desanimar. Minha segunda carga assumiu uma natureza massiva; remeti a não menos que quarenta órgãos simultâneos o soneto 'Em Belém' e depois, continuando o bombardeio, as décimas 'Eu leciono'. À silva 'O tapete de esmeralda' e ao *ovillejo* 'Pão de centeio' coube, o senhor não vai acreditar, idêntica sorte. Tão estranha aventura foi seguida, com simpático suspense, pelas autoridades e pelo pessoal da nossa agência, que se apressaram a divulgá-la. A resultante foi previsível; o dr. Palau, ornato e valor se os há, nomeou-me diretor do Suplemento Literário das quintas-feiras do jornal *La Opinión*.

"Desenvolvi essa magistratura civil durante quase um ano, quando me demitiram. Fui, sobretudo, imparcial. Nada, apreciável Bustos, vem me intranquilizar a consciência às altas horas. Se uma só vez dei espaço a um filho de minha musa — o *ovillejo* 'Pão de centeio', que desatou uma persistente campanha de diligências e cartas anônimas —, o fiz sob o socorrido pseudônimo de *Alférez Nemo*, em alusão, que nem todos captaram, a Julio Verne. Não foi só por isso que me mostraram o caminho da rua; não houve uma alma viva que não me impingisse a culpa de que a folha das quintas-feiras era um lixo ou, se o senhor preferir, a última crosta de sujeira. Aludiam, talvez, à ínfima qualidade das colaborações expostas. A inculpação, não resta dúvida, era justa; não assim a compreensão do critério que me oficiara de bússola. Mais náusea que aos piores Aristarcos continua me dando a retrospectiva leitura daqueles papeluchos sem pé nem cabeça, que eu sem nem sequer folheá-los confiava ao senhor gerente das oficinas gráficas. Estou lhe falando, como o senhor vê, com o coração na mão: passar do envelope para o linotipo era toda uma coisa e eu nem me dava ao trabalho de averiguar se eram em prosa ou verso. Peço que acredite em mim: meu arquivo guarda um exemplar em que se repete duas ou três vezes a mesma fábula, copiada de Iriarte e assinada de maneira contraditória. Anúncios de Té Sol e de Yerba Gato alternavam-

-se gratuitamente com o resto das colaborações, sem que faltassem alguns desses versinhos que os desocupados deixam no banheiro. Apareciam também nomes femininos da maior respeitabilidade, com o número de telefone.

"Como já o farejasse minha senhora, o dr. Palau acabou subindo nos cascos e, me enfrentando, disse que a folha literária já era e que não podia me dizer que me agradecia pelos serviços prestados, porque não estava para brincadeira, e que eu fosse embora bem depressa.

"Sou-lhe sincero; para mim a demissão deve ser atribuída, por incrível que pareça, à publicação fortuita da notável silva 'El malón', que revive um episódio muito querido na região, a devastadora incursão dos índios pampas, que não deixaram títere com cabeça. A historicidade do flagelo foi posta em dúvida por mais de um iconoclasta de Zárate; o indiscutível é que insuflou os galhardos versos de Lucas Palau, leiloeiro e sobrinho do nosso diretor. Quando o senhor, jovem, estiver para pegar o trem, o que falta pouco, eu lhe mostrarei a aludida silva, que está em uma moldura. Eu a tinha publicado, segundo minha norma, sem prestar atenção na assinatura nem no texto. O bardo, disseram-me, arremeteu com outras versalhadas que esperaram sua vez e que não saíram, porque nunca deixei de respeitar a ordem de chegada. Disparate por disparate, eu as ia postergando; o nepotismo e a impaciência entornaram o caldo e foi então que tive de encontrar a porta de saída. Retirei-me."

Ao longo dessa tirada, Gomensoro falou-me sem amargura e com evidente sinceridade. Em meu rosto desenhava-se o recolhimento daquele que contempla um porco voando e demorei bom tempo para articular:

— Devo ser um obtuso, mas não estou captando totalmente. Quero entender, quero entender.

— Ainda não chegou sua hora — foi a resposta. — Pelo que vejo, o senhor não é desta querida região de todos os meus amores, mas pelo obtuso — para repetir seu ditame, não menos objetivo que severo — bem poderia sê-lo, por não haver entendido patavina do que estou lhe martelando. Um testemunho a mais dessa incompreensão difundida foi que a Comissão de Honra dos Jogos Florais, que tanto brilho deram à nossa pujante localidade, ofereceu-me ser jurado. Não haviam entendido patavina! Como era meu dever, declinei. A ameaça e o suborno bateram de frente com a minha decisão de homem livre.

Nesse ponto, como quem já forneceu a chave do enigma, chupou a bombilha e se encastelou um seu foro íntimo.

Quando esgotou o conteúdo da cuia, atrevi-me a sussurrar com voz de flauta:

— Não consigo, meu chefe, compreendê-lo.

— Bom, vou pôr em palavras do seu nível. Aqueles que minam com a pena as bases dos bons costumes ou do Estado não desconhecem, quero acreditar, que se expõem a queimar as pestanas contra o rigor da censura. O fato é inqualificável, mas comporta certas regras de jogo, e aquele que as infringe sabe o que faz. Por outro lado, vejamos o que acontece quando o senhor aparece em uma redação com um original que é, por onde se quiser olhar, uma verdadeira miscelânea. Leem-no, devolvem-no e dizem para você enfiar onde quiser. Aposto que o senhor sai com a certeza de que o fizeram vítima da censura mais impiedosa. Agora suponhamos o inverossímil. O texto submetido pelo senhor não é uma cretinice, e o editor o leva em consideração e o manda para a gráfica. Bancas e livrarias o colocarão ao alcance dos incautos. Para o senhor, todo um êxito, mas a inescusável verdade, meu estimado jovem, é que o seu original, monstrengo ou não, passou pelas forcas caudinas da censura. Alguém o percorreu, ainda que de visu; alguém o julgou, alguém o depôs no lixo ou o impingiu à gráfica. Por mais oprobrioso que pareça, o fato se repete continuamente, em todos os periódicos, em todas as revistas. Sempre topamos com um censor que o escolhe ou o descarta. É isso que eu não aguento e não aguentarei. O senhor está começando a compreender o meu critério quanto à direção das quintas-feiras? Nada revisei nem julguei; tudo achou seu espaço no Suplemento. Nestes dias o acaso, sob a forma de uma súbita herança, vai me permitir, finalmente, a confecção da *Primeira antologia aberta da literatura nacional*. Assessorado pela lista telefônica e outras, dirigi-me a toda alma viva, inclusive ao senhor, solicitando que me mande o que lhe dê realmente vontade. Observarei, com a maior equidade, a ordem alfabética. Fique tranquilo: sairá tudo em letras de fôrma, por mais porcaria que seja. Não o retenho. Já estou ouvindo, me parece, os apitos do trem que o reintegrará à faina diária.

Saí talvez pensando que quem me teria dito que essa primeira visita a Gomensoro seria, o que é que se vai fazer, a última. O diálogo cordial com o amigo e professor não seria retomado outra vez, pelo menos nesta margem da lagoa Estígia. Meses depois, a Parca o arrebatou em sua chácara de Maschwitz.

Avesso a todo ato que envolvesse um mínimo de escolha, Gomensoro, dizem, embaralhou em uma barrica os nomes dos colaboradores e nessa tômbola saí eu o agraciado. Coube-me uma fortuna cujo montante superava meus mais brilhantes sonhos de cobiça, sob a única obrigação de publicar, com brevidade, a antologia completa. Aceitei com a pressa que é de supor e me mudei para a chácara, que antanho me acolhera, onde me cansei de contar galpões, lotados de manuscritos que já beiravam a letra C.

Caí como que ferido pelo raio quando conversei com o gráfico. A fortuna não dava para passar nem o papel serpentina, nem a letra de lupa, além de *Añañ*!

Já publiquei em edição rústica todo esse monte de volumes. Os excluídos, de *Añañ* em diante, estão me deixando louco entre pleitos e querelas. Meu advogado, o dr. González Baralt, alega, em vão, como prova de retidão, que eu também, que começo com B, fiquei de fora, isso para não dizer nada da impossibilidade material de incluir outras letras. Aconselha-me, nesse ínterim, que procure refúgio no Hotel El Nuevo Imparcial, sob pseudônimo.

Pujato, 1º de novembro de 1971

A salvação pelas obras

I

Dou muita razão ao meu colega de escritório dom Tulio Zavastano, que esta manhã estava como que fora de si com o entusiasmo de ponderar a festa oferecida nas noites anteriores pela sra. Webster de Tejedor a uma vasta porção de suas amizades, na sua residência de Olivos. Quem inegavelmente assistiu em pessoa à festa foi José Carlos Pérez, figura de grande trânsito social com o apelido de Baulito. Escasso de cangote, fornido dentro da roupa ajustada, baixinho mas janota e elástico, um sujeito de patota estilo velha guarda, famoso pelo gênio ruim e pelas bebedeiras, o Baulito é por direito próprio um elemento popular e querido em todos os círculos, particularmente onde haja coristas e cavalos.

Dom Tulio, pelo mesmo fato de levar-lhe os livros, goza de franco acesso à casa do nosso herói, onde conseguiu infiltrar-se nas dependências de serviço, sem perdoar a recepção nem o porão da bodega. No momento, Baulito lhe outorga toda a sua confiança e lhe revela, sob a forma de confidência, intimidades que bem, bem. Falo com fundamento; assim que diviso dom Tulio, fico em cima dele e não o deixo em paz até arrancar os mexericos da véspera.

Passo à última fornada; esta manhã Savastano, para se livrar de mim de algum modo, pontuou:

— Acreditar ou explodir; o Baulito, que, embora pareça grupo, se cansou da Tubiana Pasman, agora está de olho na srta. Inés Tejerina, que vem a ser sobrinha carnal da sra. De Tejedor, que deu o baile. A Tejerina é uma beleza de grande trânsito social e é rica e é jovem. Não liga para o Baulito; às vezes vontade não me falta de ir ao Instituto Pasteur para que me apliquem uma injeção contra a inveja. Mas o Baulito sabe o que faz; quer que as mulheres sejam escravas do déspota que carrega no sangue e, para mantê-la na linha, pôs-se a dar em cima da María Esther Locarno no baile, uma parente pobre da Tubiana, que deixou lá na lonjura uma juventude que nunca foi agraciada. A murmuração geral concorda em sustentar que tem outros defeitos e piores. Eu sei estas coisas porque foi o próprio Baulito que me disse, enquanto respondia a uma carta do clube de boxe e eu passava a língua no selo para ele.

"Tudo saiu como uma jogada do Grande Mestre enxadrista Arlequín. A Tejerina estava fula da vida e o Baulito gozava como se lhe fizessem cócegas. Um detalhe que lhe causou graça foi que María Esther não lhe correspondeu especialmente. Aprecie, se puder, o disparate: a mulher mais desairada da reunião não deu a menor bola para esse candidato de luxo que é o Baulito. A Tejerina se aguentou como pôde porque, afinal de contas, deram-lhe uma educação esmerada; mas às três e quinze da manhã não resistiu e a viram sair correndo e chorando. Há quem alegue que a culpa foi de encher a cara, mas o consenso mais generalizado é que chorava por despeito, porque gosta dele.

"Quando fui vê-lo no dia seguinte, encontrei o Baulito radiante, pulando no trampolim da sua piscina."

II

Na quarta-feira, reatamos o diálogo. Savastano chegou com algum atraso, mas um servidor já lhe havia marcado o cartão. O homem ria como um anúncio, e na lapela destacava-se um cravo que nem o do sr. Zamora. Confidência vai, confidência vem, ele me disse:

— Ontem à noite o Baulito me consignou no bolso uma forte soma, com o objetivo de que adquirisse na floricultura da Avenida Alvear um ramo de cravos para a srta. Locarno e o levasse em mãos. Sorte que um familiar é florista no Chacarita e me fez um preço bom; com a diferença, paguei a viagem.

"A senhorita mora no andar de cima de uma casa na Mansilla, esquina da Ecuador, que no térreo é um relojoeiro. Subida a escada de mármore com a língua de fora, a própria interessada me abriu a porta. Eu a reconheci imediatamente por corresponder em tudo à descrição do Baulito. A cara era de poucos amigos. Entreguei-lhe os cravos com o cartão e ela me perguntou por que o sr. Baulito havia se incomodado. Acrescentou que, para não me cansar, ela ficaria com a metade e me encarregou, sem me dar um centavo, de levar o remanescente, com seu cartão, à srta. Inés Tejerina, que reside na Arroyo. Não tive outro remédio senão obedecer, não sem antes reservar alguns cravos para a minha senhora, que é tão afeita. Na casa de Tejerina, o próprio porteiro se encarregou do restante.

"Quando narrei a minha odisseia, o Baulito ajuizou com uma simplicidade de alto voo, que me trouxe à memória o sr. Zarlenga: 'Gosto das mulheres que não se rendem ao primeiro esbarrão'. Registrou que a tal Locarno não era nem um pingo sonsa e que a remissão das flores era todo um acerto para fazer a Tejerina ficar com raiva e espernear."

III

Até a semana seguinte, Savastano se encastelou em um desses grandes silêncios que pressagiam a tempestade. Finalmente arranquei dele, em troca de um Salutaris, o sucedido. Explico:

— Não passa um dia em que eu não me apresente no andar de cima com os cravos. Como costuma repetir o padre Carbone, a história se repete. A senhorita leva mais de meia hora para abrir; nem bem me reconhece, fecha a porta no meu nariz, não sem antes me passar um cartão, para que eu o esfregue na cara da Tejerina, e já nem sequer fica curiosa para saber por que o sr. Baulito se incomodou.

"Tem mais. Anteontem, na mansão da Arroyo, o encarregado de libré me fez passar para a salinha com um Figari,[1] que era um verdadeiro *candombe*, e logo depois Tejerina me deslumbrou com esses olhos enormes que derramavam lágrimas. Ela me disse que por mais que batesse a cabeça contra as paredes do living não conseguia entender o que estava acontecendo, e que às vezes pensava que estava a ponto de perder a razão. Ainda por cima, sentia ódio dessa mulher à qual nunca fez nada. Vez que telefonava para o Baulito, vez que lhe batia o telefone na cara. Respondi-lhe que, se me remunerasse decorosamente, podia contar com um amigo desinteressado. Adiantou-me mil pilas e saí. Que distinta a Locarno, refleti.

"Ontem, ao atracar na casa da Locarno com o ramo de praxe, uma surpresa me aguardava. A senhorita nem se deu ao trabalho de pegá-lo e, do degrau mais alto, gritou para mim que já estava farta dessas belezinhas que tinham de ser colocadas na água e que na manhã seguinte eu não me arriscasse a me apresentar sem uma oferta sólida, um anel de ouro com esmeralda, desses que estão na vitrine da Joalheria Guermantes. À tarde, o Baulito em pessoa encasquetou de efetuar ele mesmo a compra, com o que me privou da comissão. Entreguei com todo o êxito o donativo, que enrosquei no dedo anular da unha machucada. Antes de me encaminhar para o escritório, dei a boa nova ao Baulito, que me recompensou com estas notas de mil. Andamos às boas, como o senhor vê."

IV

Na reunião subsequente, Savastano continuou com seu folhetim:

— Encorajado pelo sucesso do anel, o Baulito pegou o telefone. Da porta ouvi sua voz máscula, que parecia um doce que perguntava se ela tinha gostado do anel. Tropecei em seguida quando reconheci os impropérios dessa ingrata sem alma, que lhe aconselhava que desse um descanso ao telefone e em seguida desligou.

1. Uruguaio, advogado, Pedro Figari (1861-1938) passou a se dedicar exclusivamente à pintura em 1921, aos sessenta anos. Suas telas retratam as últimas décadas do século XIX, nas vastidões do pampa, e trazem tanto o *gaucho* como cenas do *candombe*, uma dança uruguaia de origem africana que se pratica acompanhada por atabaques. (N. T.)

"O Baulito soltou uma gargalhada que não lhe saiu convincente e me tascou outros mil para despistar.

"Bem dizem que quem engole osso em alguma coisa se fia. Longe de amarelar minimamente, o Baulito, na maior estica, empunhou sua temida bengala de barbatana de baleia e me ordenou segui-lo para ver como um cavalheiro ajeita essas coisas. Como uma sombra, segui-o com grande expectativa.

"Junto com o Baulito subiu na casa da Locarno o velho relojoeiro holandês, para entregar um despertador. A fim de não congestionar o acesso, eu me mantive na base da escada, como quem vigia. A porta abriu-se hospitaleira. Desfigurada pela ira, a Locarno apareceu. Um piscar da dama e o velhote, que não sabia que tinha de se ver com um tigre do quadrilátero, segurou o Baulito pelos ombros, sustentou-o no ar e o jogou escada abaixo, onde o agarrei apressado, a fim de que não surrassem os dois. O vigilante que apareceu virou fumaça com a bengala e o chapéu. O Baulito se ergueu como pôde e nos perdemos de vista no primeiro táxi. Na porta de sua relojoaria, o pobre velho, com sua cara de queixo-bola, ria feito um anjo."

V

Nosso moderno Sherazade, Savastano, retomou assim a crônica:

— O Baulito, por cujas veias corre pinta de vencedor, me ordenou, da nova cama ortopédica, a imediata compra de um relógio de pulso, de ouro catorze, para enfeitar ainda mais a Locarno. As radiografias haviam cantado bem claro: quatro costelas quebradas, além dos machucados na calva e do gesso até o fêmur; mas, já se vê, o Espírito sorri da Matéria.

"Estava me dando o dinheiro quando o telefone tocou. 'Deve ser a Locarno, que se inquieta por causa do meu acidente', intuiu, seguro, o Baulito. Enganava-se. Na outra ponta do fio estava nada menos que o secretário de Esportes, para oferecer-lhe a presidência do Círculo de Boxe. Vocês não vão acreditar: o Baulito não se fez de rogado.

"Uma vez lá fora, me bateu a comichão de retomar minha velha amizade com o Pardo Salivazo. Quantas queridas e esquecidas lembranças do Nuevo Imparcial! O homem costumava parar na esquina da Sarmiento com a

Ombú; ali o encontrei, uns toques tordilhos na cabeleira, a cara já sulcada de rugas e, como se diz, mais sujo, porém o grande rapaz de sempre. Para não ficar com rodeios, perguntei-lhe logo de cara se não me acompanharia, mediante um estipêndio a fixar, em uma missão delicada. O Pardo, que para mim estava mamado, disse que sim.

"Diante da escada fatal, o Pardo, que quando menos se espera se enfia em seu egoísmo abúlico, manifestou que até lá em cima não iria, e se pôs a falar com um vizinho, que resultou ser relojoeiro e aquele da última vez. Eu subi trepidante com a pulseira, que havia adquirido previamente no Empório Reducidor.[2] O dedo ainda hesitava diante da campainha, quando a Locarno apareceu, por coincidência, com o propósito de lavar a escada. Indiquei-lhe o obséquio e o recebeu, reforçando que de hoje em diante preferiria dinheiro vivo, e procedeu sem mais demora à limpeza.

"O relojoeiro me franqueou a entrada de sua loja, convidou-me para secar a roupa contra o pequeno aquecedor de querosene, para o que me despi. Nesse ínterim, conversamos. O relojoeiro me confiou que a srta. Locarno era de uso corrente no bairro, e que ele e um negro eram os únicos que a tinham recusado, por serem homens do lar.

"Em seu devido tempo, fomos embora. Salivazo, na rua, devolveu a minha carteira, prevenindo-me sem rodeios que ele já tinha recebido. Eu me vi forçado a regressar a pé."

VI

Esta manhã, na casa do Baulito, um novo enfoque. A residência, sem perdoar a fossa, iluminada a *giorno*! A ânsia de saber me acossou escadas acima. Outra surpresa! O Baulito, brandindo o mais ufano charuto, estava de pé. Ele me disse que tinha boas notícias e, fraterno, desafiou-me para que as adivinhasse. "O sim da Locarno?", sussurrei. "Ainda não, mas assim que ficar sabendo me dá passe livre. Por obra e graça dos intrigantes de sempre, a presidência do Círculo de Boxe não deu em nada, mas no seu lugar eles me

---

2. "Reducidor", na linguagem delitiva, é o lugar ou a pessoa que compra e vende objetos roubados por um preço ínfimo. (N. T.)

476

ofereceram algo de maior hierarquia no organograma: a subsecretaria de Cultura. A dignidade, o salário, as negociatas!"

Eu maliciei que quando chove todos se molham, e lhe fiz a vênia. O Baulito continuou: "Nem o senhor vai escapar, Savastano, porque eu posso não pescar muito de cultura mas, por sorte, conto com um assistente que remexeu nestas besteiras de cabo a rabo: estou falando, como o senhor deve estar suspeitando, do sargento Fonseca, domiciliado em uma garagem da Tres Sargentos. Vou nomeá-lo meu braço direito e o senhor, para não perder posições, vai ter de se esmerar com a Locarno. Como primeira cota, eu havia pensado em remeter-lhe dez mil pratas; mas chega de embromação! É preciso colocar-se à altura do acontecimento do dia. Dobro a oferta".

Entregou-me um envelope com o nome e a cifra em letras e números. Depois de uma palmadinha com a muleta, me disse: Abur!

Eu tiro o chapéu para uma mulher como a Locarno. Abriu sem demora o envelope, contou bem a soma e me ordenou que no dia seguinte passasse mais cedo. Ato contínuo, veio a já conhecida batida de porta. Coloque-se, dom Bustos, no meu lugar. Tive de voltar sem recibo. Se soubesse o que ia acontecer, eu rasgaria o envelope e ficaria com dez pilas, que teriam caído do céu.

VII

Na Direção de Cultura, a cerimônia foi um sucesso. O Baulito leu aos tropeções a galante palavra que o Fonseca e eu redigimos entre os dois. O champanhe e os sanduíches pululavam. Do ministro que é, como eu, de Independiente, arranquei a promessa de uma embaixada. O Baulito, depois da coletiva de imprensa, tomou uma decisão que o revela de corpo inteiro: delegou-me para levar o envelope para a Locarno e para anunciar-lhe que naquela mesma tarde, às seis da tarde, baixaria ali em carro oficial para ler para ela o discurso que colhera tanto aplauso. Parti rumo ao dever, não sem lamentar que o Fonseca ficara dono do campo e que captara, mediante a adulação, o favor do oficialismo presente. A Locarno, como era de esperar, ficou com o dinheiro, mas, por minha interposta pessoa, preveniu o Baulito que, se ele se apresentasse na sua casa, o velho relojoeiro o expeliria sem compaixão.

VIII

Às nove, fiz meu ato de presença na Direção de Cultura. Dessa vez Fonseca madrugou; o Baulito já tinha para a assinatura o anteprojeto para a primeira edição de Jornadas Folclóricas Provinciais, a celebrar-se em cidades capitalinas do nosso interior. Eu, ficando na sua cola, deslizei um rascunho de nota para elevá-lo à Intendência, propondo, de acordo com um sentir mais atualizado, mudar o nome de algumas ruas. O sr. Baulito deu uma olhada. A rodovia Repatriação dos Restos e a avenida Hormiga Negra mereceram sua atenção preferencial. Tanta faina teria deixado qualquer um de cama, mas o sr. Baulito não amainou e, quando o meu estômago apitava, entregou-se por inteiro à sua tarefa específica. Preparou, como um Napoleão, seu plano de batalha. Começou dizendo que eu chamasse ao telefone a sra. De Tejedor e lhe dissesse que estava falando da Comissão de Cultura. Depois ele mesmo agarrou o fone e falou-lhe com essa simplicidade que é monopólio das altas esferas. Pediu-lhe para interceder perante a srta. Locarno, mediante uma comissão que ia lhe interessar. Não se outorgou um respiro. Iniciou um giro de noventa graus e se pôs em contato com o monsenhor De Gubernatis. Foi explicando o assunto descaradamente, despachou-o para uma visita na casa da Locarno, na companhia de seu advogado, o dr. Kuno Fingermann, e lhe prometeu que, se houvesse casório, ele lhe encomendaria a cerimônia, sem pedir desconto no orçamento. Rápido telefonema para o russo completou o trabalho da manhã. Deu, ao Fonseca e a mim, o carro oficial, para que *attenti* vigiássemos a missão desses dois figurões.

Nós nos encontramos na porta. Fingermann, o mais ansioso do Holocausto, tocou a campainha pessoalmente. Mal a senhorita entreabriu, o monsenhor meteu a perna pela fresta e abençoou a casa. Nós nos metemos para dentro, eu fechando a retaguarda. O fedor da talharinada, que o Fonseca e um servidor portávamos em caçarola de barro, e as garrafas com cesta de Chianti, que o monsenhor ia tirando da batina, meio que desarmaram a Locarno, que nos convidou para a cozinha. Ninguém ficou sem seu banquinho e a toalha de tule não tardou em exibir toques de molho e vinho. Sentamos antes da uma e ficamos grudados até as cinco. A Locarno não soltou uma só palavra, mas comeu como um relógio. Um silêncio imponente, que destacava a mastigação dos cinco, fez com que ninguém falasse. Saciada a barriga, o monse-

478

nhor entrou a perorar. Com a eloquência que o púlpito dá, propôs a Locarno a mão branca de Baulito, que, além de uma fortuna pessoal, já considerável, estava recebendo um senhor salário na Avenida Alvear. Os anéis correriam por conta do Baulito, e ele procederia à santa união do novo casal, secundado pela rádio em cadeia e a TV. O dr. Kuno Fingermann fez circular fotocópias que eram a prova de que o monsenhor havia se mantido, grosso modo, dentro da verdade; acrescentou que seu cliente não era muquirana e que lhe passaria antes do fim do mês a cifra que ela quisesse, sem prejuízo de um adiantamento, para o qual Savastano e Fonseca traziam o talão de cheques. Locarno, que já tinha guardado meu envelope, aceitou uma soma inicial que por pouco não nos dá um espasmo. Quando se declarou satisfeita com essas tratativas preliminares, a Locarno disse que em um ponto não daria o braço a torcer. Preveniu-nos bem alto que nunca mais, nessa maldita vida, voltaríamos a falar com ela do sr. Pérez, que era um mala e que nem que estivesse louca se casaria com ele. O monsenhor e Kuno se retiraram um minutinho para deliberar sobre a inesperada reviravolta do assunto. Quando voltaram, confessaram-se vencidos pelas razões da dama. Na despedida não houve amargura. Ficamos de nos reunir outra vez, para outra talharinada com Chianti.

IX

Ao percorrer o jornal esta manhã, dom Bustos, quase caio para trás com a surpresa. Depois me lembrei. Ontem, de volta da comilança, eu tinha dormido no quartinho, quando o telefone tocou. Era o Pérez que, na confiança da amizade, me deixou feito pau de galinheiro, porque o Fonseca já lhe havia contado o que tinha acontecido. Ele me prometeu que ia acabar com as fanfarrices do monsenhor e de Kuno, com uma reprimenda igual à minha. Nós, os amigos, havíamos falhado com ele, e ele havia tomado uma decisão, por incrível que pareça, de tratar cara a cara com a Locarno. Eu continuava abarrotado com o sono e os talharins e o escutei como quem escuta chover. Esta manhã, ao ver a notícia em letra de fôrma, me lembrei do telefonema e revivi, com emoção, a voz do energúmeno. Em grandes ocasiões, a gente tira coragem sabe-se lá de onde. Amparado pela coincidência, saí sozinho para a Calle Mansilla. A srta. Locarno me assegurou que, se ela tivesse suspeitado do que ia acontecer, engoliria a língua e não o rechaçaria. Vamos ver o que havia ganhado. Eu não receberia o cheque de cada dia e o Baulito, com a pressa de dar-se um tiro, talvez não lhe deixasse nada em testamento. Nessas palavras sentidas ouvi, com a consternação que é de supor, minha própria sentença. Um egoísta como o Pérez, que se suicida porque um bagre não o leva a sério, é capaz de esquecer, no instante supremo, aqueles que o serviram e o aguentaram.

Pujato, 7 de dezembro de 1971

Deslindando responsabilidades

> *A pedidos reiterados do autor, que se chama Mejuto, abro um espacinho em meu boletim para o curioso informe* Vida e obras do Molinero, *que nos chegou por correio aéreo e marítimo.*
>
> H. B. D.

VIDA E OBRAS DO MOLINERO

Não sem um gostinho de razão, alguns impulsivos, arrebatados pelo mais louvável dos ciúmes, pretenderam dar por terra o recente opúsculo do dr. Puga y Calasanz: *Rebusco em torno das composições que comumente são atribuídas a Maese Pedro Zúñiga, igualmente apelidado de Molinero*. Grande certamente foi o escândalo da imprensa saragoçana, principalmente no *Pregón de Pretilla*. A bem da verdade, o caso não era para menos. Apoiado na erudição substanciosa e na acuidade imparcial, o tenaz Puga acaba de provar que grossa parte do querido volume, que a Casa Rivadeneyra consagrara — em capa dura espanhola! — ao nosso Molinero, é realmente obra de penas menores, quando não impertinentes. Não tem jeito. Forçoso é negar a Molinero os saborosos romances de forte sabor popular *Queijos caseiros e requei-*

jões, De coelho o escabeche e *Grande senhora é a toranja,* que fizeram as delícias de dom Marcelino Menéndez y Pelayo e de tantos outros críticos sagazes. No entanto, não arriemos cedo demais o pendão: atrás da dolente míngua reluz um fenômeno positivo, que nos fortalece como nunca: ESTAMOS NA PRESENÇA DO MOLINERO. Varrida a folhagem, ergue-se diante de nossos olhos o Homem.

É bem verdade que a discussão continua de pé. Nenhum iconoclasta, nem mesmo o próprio Calasanz, atrever-se-á a negar que Molinero, interrogado sobre a presumida maternidade de *Queijos caseiros e requeijões,* replicou em obstinadas palavras que o bronze eternizou: "Por acaso não se trata de versos? Não é o poeta que faz versos? Não sou eu o poeta?".

Examinemos a coisa com ponderada fleuma. O diálogo, segundo testemunha o padre Buitrago, teve lugar em 30 de abril de 1799; *Queijos caseiros e requeijões* já figurava no *Cancionero baturro* de 2 de janeiro de 1721, vale dizer, uns trinta anos antes do nascimento de Zúñiga. Inútil prolongar o debate. Cabe não esquecer, no entanto, que Garrido detectou no episódio um traço platônico: Molinero, generoso e aberto, viu nos poetas o Poeta e, desinteressadamente, anexou o romance em questão. Brava lição para nosso desorbitado egoísmo.

Antes de acometer o escrutínio que a gravidade do caso requer, seja nossa primeira alvorada um cumprimento ao prócer que soube discernir e publicar o quantioso labor, então disperso, de Maese[1] Pedro Zúñiga, o Molinero. Referimo-nos, é claro, ao conde de Labata. Ei-nos, pois, em 1805. O conde senhoreia as plantações de trigo que tingem os rochedos de Guarra; Zúñiga, humilde, não desaproveita as águas que giram seu moinho. No silêncio aldeão, tange. Algo, que nunca desentranharemos, ocorre. Talvez o bramido de um alaúde, talvez o canto de sereia de uma *zampoña,* talvez o verso repetido a esmo e que o eco prodigaliza. O torreão secular não foi um óbice. Labata, encantado, cede ao reclamo. A voz plebeia o comove até as entranhas mais íntimas. Desde essa hora, cuja data precisa o calendário avaro nos furta, o prócer não terá mais horizonte que divulgar as trovas emanadas do peito do aldeão. A fama apresta suas coroas. A letra de fôrma pulula: *La Hoja de Alberuela* brinda ao bisonho sua mais franca hospitalidade; *El Faro de Ballobar*

---

1. Forma antiga para "mestre", professor. (N. T.)

nem sempre o exclui. Decididamente, a cúpula do Parnaso corre ao seu encontro. O conde, ufano, transfere seu protegido para a corte. Honras e saraus. Jovellanos lhe dá um beijo na testa.

Tais bem merecidos estardalhaços não nos afastarão do passo tranquilo que fixamos para este lance. Ninguém, por singular que possa parecer, reparou até hoje no mais avultado dos traços do Molinero: seu domínio ingênito da língua, seu soberbo desdém a todas as leis retóricas, mesmo as promulgadas por ele. Assim na felicitação que dirigira ao sr. Larrañaga, elevado a seu suplente da Academia:

> *Àquele que remude uma voz...*
> *baterás com a bengala.*

No primeiro desses versos, já clássicos, o apressado leitor vislumbrará uma sinalefa, figura repudiada pelo afinado ouvido de Zúñiga; no segundo, a palavra *bengala* pode entorpecer o andar. Duas conjunturas tentam o estudioso. Uma, que a palavra *bengala*, agora de manejo infrequente, constitui uma relíquia preciosa da fala da época, pelo menos nas mais rústicas vizinhanças; outra, a que melhor se compadece a sua régia índole, é que o Molinero quis afirmar, de uma vez por todas, que a língua era sua e que ele a acomodava ao arbítrio de seu humor.

Certa vez, um professor de latim pedantesco, desses que nunca faltam, jogou na sua cara um verso que, se nos ativermos à sinalefa, resultaria mal medido. Famosamente, Zúñiga replicou-lhe: "Mal medido? Mal medido? Contei com as dedas". O comentário folga.

Se bem que católico castiço de tanto martelar, Molinero não deixou de escutar os buzinaços democráticos que aturdiam o século. Sentiu a democracia profundamente, embora a galicana palavra, se alguma vez a escutasse, causasse-lhe asco ad nauseam. Desde o princípio granjeou para cada letra sua plena independência. Aqui vai este par de amostras do formidável aragonês. Trata-se, como é patente, de versos que o estragado gosto do nosso tempo, insensível à sua música, não entoará com plena eufonia. O primeiro, sob o pseudônimo de Garduña, corresponde à peça que se intitula *Aviso respeitoso ao senhor prefeito de Magallón*. Reza o heptassílabo:

Você fede, Manuel

Que, é claro, devemos escandir:

Vo/cê/fe/de,/Ma/nu/el.

Outro exemplo, ainda mais esmagador, é o que copiamos:

Acuda, alada fêmea
(A ave pernalta).

O instruído leitor escandirá, desta sorte:

A/cu/da/a/la/da/fê/me/a.

Pensar que o modernismo de Rubén,[2] tão alardeado pela crítica de ultramar, não se arriscou jamais a tais bizarrices e alardes?

Aqui de um testemunho fidedigno. Campeia na segunda coluna da página do final do século do boletim anônimo *El Complutense*, ano de 1795, que os eruditos mais equilibrados vacilam em atribuir à pena do padre Terranova. Transcrevemos o parágrafo da folha arrancada do exemplar que, sem tardança, devolvemos à Biblioteca Episcopal de Alicante.

"Encontrando-se na corte o sujeito Zúñiga, que é de uso apelidar de Molinero, assistiu este último à leitura de um *ovillejo* do marquês de Montúfar, que julgou defeituoso na medida. O marquês, homem com um gênio do cão, impingiu-lhe: 'Calado, seu animal'."

Chegando a este momento decisivo o texto fica truncado. Quão tremenda terá sido a reação, quando não os socos, de nosso Molinero, que o cronista, embora oculto no anonimato, não se animou a registrar, nem sequer a sugerir, um leve piscar de olhos ou indício. Certamente, não sonharei em suprir o que falta; a carne se retesa.

---

2. Referência ao escritor nicaraguense Rubén Darío (1867-1916), cujo livro *Azul...* (1888), composto de versos e contos, é o ponto de partida do modernismo hispano-americano, que corresponde ao simbolismo brasileiro. (N. T.)

Passemos, no ato, a um episódio marcial, que está à altura dos *Disparates* de Goya. O general Hugo, durante o infausto curso da vandálica invasão napoleônica, entrou no casario de Labata, onde o conde de igual apelido recebeu-o com suma hospitalidade, para dar ao pireneu[3] uma lição de velha cortesia. Mal o insólito caso chegou aos ouvidos de Zúñiga, este achou um modo de alegrar-se na presença do malfadado estrangeiro. Qual não seria seu espanto ao vislumbrar o gigantesco gaulês tratando de beijar-lhe o anel e gritando, enquanto ensaiava uns passos de uma *jota*:[4]

— *Oui, oui, musiú*. Viva Napoleão!

Outro exemplinho. A partir de mil oitocentos e quarenta e tantos, a imagem que fazemos de sua figura é a de um gigantão que na direita empunha o garrote e na esquerda, o pandeiro com soalhas. Segundo se sabe, a imaginação popular sempre acerta no alvo. Não obstante, a única vera efígie que a *editio princeps* fornece de suas obras, publicada em 1821 por seu irmão de leite, Pedro Paniego, é a de um homem de apoucada estatura, olhos modorrentos, nariz achatado e provido de uma libré de tecido vasto, com botões de bronze. O artista, nada menos que o padre Terranova em seu cronicão, furta o corpo à robusta verdade e apóstata do pincel!

Nossa pena, em compensação, deleita-se em entregar à gráfica o lance que registra o *Provisão de alfinetadas e gracejos* (Madri, 1934), de dom Julio Mir y Baralt. Nem uma gota a acrescentar ao saboroso texto que exumamos; o fato luz em sua integridade mais cabal:

"Estando o Molinero de passagem por Jaca, uns velhacos o divisaram de bate-papo na rua com um sujeito de modos muito distintos e, para zombar de sua simplicidade, gritaram:

"— Homem, com que homem você está?

"Ao que Zúñiga, sem se alterar nem perder a cor, replicou-lhes na lata:

"— Com *Descontador*.

"Pôde-se logo averiguar que se tratava de um comissionista de quem ele esperava, simples, obter algum *desconto*."

Outra instância em prol nos alçaprema. Que alguns tachassem o próprio Calasanz de culpada e mal encoberta ojeriza é mais do que sabido, segundo

---

3. Uso no lugar de *franchute*. (Nota de H. B. D.)

4. Dança popular espanhola de um ou mais pares, que também cantam acompanhados por castanholas. (N. T.)

põem em destaque a página 414 do citado *Rebusco*, que o entremês *A bom touro melhor boi*, de Cornejo, entesoura não poucas linhas da própria defesa do Molinero. Primus inter pares, o imponente hendecassílabo, que ainda agora surpreende e espanta os auditórios:

Saco a espapapapapapada

que os atores, arredrados por tamanha valentia, reduziram a:

Sasasaco a espapapapapapada

como nos dias de hoje retumba nas arenas. *Espapapapapapada* desenha em nosso tino a imagem descomunal do montante.[5]

Mencionaremos, para liquidar, uma hipérbole sugerida pelo nome plural de Behemot, que a escritura (*Jó*, XL, 10) dá ao hipopótamo e que vale por animais: o Molinero confere ao garanhão que impingiu uma atrevida voz ao conde de Jaca o galhardo verso que gelava o sangue de dom Marcelino:

é maior do que dois ou três coelhos.

Assim ruminava o Molinero A Palavra de Deus, ungindo-a a seu capricho de vencedor, quando o reclamava a Musa! E pensar que há miseráveis que lhe negam as credenciais de poeta!

Alberuela, 25 de maio de 1972

5. Vejo no dicionário que o montante é um espadão. (Nota de H. B. D.)

OUTROS TEXTOS

A coalhada La Martona[1]

Estudo dietético sobre os leites ácidos

ÉLIE METCHNIKOFF

Élie Metchnikoff nasceu em Ivanovka (Rússia) em 1845. Foi professor de Zoologia em Odessa em 1870. Em 1890 entrou para o laboratório de Pasteur, do qual era subdiretor na época de sua morte. Ficou célebre por sua teoria da fagocitose, que revolucionou a medicina, por sua teoria da velhice, segundo a qual esta última depende de causas fisiológicas e patogênicas — intoxicações intestinais — e é, portanto, evitável, por sua fórmula para a preparação do maravilhoso leite coalhado que leva seu nome. Em 1908 ganhou o prêmio Nobel.

Membro de uma família perseguida por mortes prematuras, viveu oiten-

---

1. *La Leche Cuajada de La Martona: Estudio dietético sobre las leches ácidas.* Folheto com receitas, Pardo, província de Buenos Aires [inverno de 1935 ou 1936]. Este é o primeiro trabalho que Borges e Bioy fizeram juntos, anterior à publicação de *Destiempo*, de outubro de 1936. Em *L'Herne* (1964), Bioy dá a data 1934-5. Em 1968, corrige para 1935-6. Segundo Daniel Martino, o folheto teve duas edições e foi distribuído na rede de leiterias de La Martona (dado de Gastón Gallo). Tomado de Jorge Luis Borges-Adolfo Bioy Casares, *Museo: Textos inéditos*, edição aos cuidados de Sara Luisa del Carril e Mercedes Rubio de Zocchi. Buenos Aires: Emecé, 2002. (N. T.)

ta e cinco anos. Embora não tenha ido para a guerra, esteve no tributo de vidas que a Humanidade deu para sua festa terrivelmente misteriosa, em 1914. O grupo de seus discípulos se dispersou no campo de batalha; para muitos deles foi como o Hades, sem retorno. E seu laboratório, laboratório da vida, transformou-se numa antessala silenciosa e vazia da morte. O coração do sábio, atavicamente fraco, ressentiu-se. Élie Metchnikoff morreu em 1916, em Paris.

Deixou as seguintes obras: *Leçons sur la Pathologie comparée de l'inflammation* (Paris, 1892), *L'Immunité dans les maladies infectieuses* (Paris, 1901), *La Vieillesse* (Paris, 1903), *Quelques Remarques sur le lait aigré* (Paris, 1905), *Bacterothérapie, vaccination, sérothérapie*, em colaboração com outros médicos. Em italiano, publicou: *Le Desarmonie della natura e il problema della morte* (Bibe. Gen. Di Cultura, Milão, 1906); em alemão: *Beiträge zu einer optimistischen Weltanschauung*, de B. Michailoski (1908).

O LEITE COALHADO

O LEITE COALHADO limpa o organismo do homem; dentro dele, prolonga sua vida. Os maiores arcanos costumam estar ao nosso redor; algumas maravilhas também; o costume escusa a consciência, olhamos sem ver, e o que é pior, acreditando que não há mais nada para ver, e vamos ao remoto, menos inalcançável que o imediato, em busca de esfinges e de maravilhas. O elixir da longa vida, dos contos e de algumas débeis falhas de nossa desesperança é conhecido por todos: O LEITE COALHADO, alimento de Matusalém.

A tão frequente putrefação dos alimentos no aparelho digestivo causa intoxicações; as intoxicações, como um aluvião da vida, estão edificando nossa morte. MARFAN escreveu: "O tubo digestivo é uma fonte permanente de intoxicação". ROCASOLANO, o eminente químico aragonês, corrobora: "A morte é um fenômeno de coagulação lenta da albumina, provocado por tóxicos". Os meios alcalinos favorecem as putrefações; para contrabalançá-las convêm, por conseguinte, os meios ácidos. A formulação dessa verdade se deve à ciência moderna, mas empiricamente já era conhecida por muitos povos e há muitos anos. Desde os tempos mais remotos os homens escolheram como acidificante a COALHADA. Há provas disso na Bíblia. Quando Abraão, "sentado à porta de sua tenda no calor do dia", viu que três homens ou anjos se aproximavam, ofereceu-lhes LEITE COALHADO. O próprio Deus inclui entre os alimentos concedidos ao povo de Israel o LEITE COALHADO (Deuteronômio, capítulo 32, versículo 14).

Não devemos pensar, no entanto, que se trata de um alimento relegado às estantes da História. Ao longo do tempo, a humanidade se manteve fiel a esse fiel defensor de sua vida. Os seguintes exemplos o atestam:

A COALHADA E A GEOGRAFIA

Na Rússia, existem duas variedades: a *prostokvasha*, leite cru espontaneamente coalhado e acidulado, e o *varenetz*, leite fervido preparado com levedura.

O alimento fundamental de diversos povos da África do Sul é o leite coalhado. Os Mpseni o ingerem quase solidificado. O dr. LIMA de Mossâmedes (África Ocidental) refere que os indígenas de muitas regiões de Angola se alimentam quase exclusivamente com leite coalhado. O dr. NOGUEIRA confirma essa observação.

Na Armênia se consome o *mazun*, leite de sabor ligeiramente ácido e com cheiro de queijo. É um fermento láctico fraco.

Quem tem saúde tem esperança e quem tem esperança tem tudo — dizem os árabes, esses musculosos falcões do deserto, mas eles têm, por trás da esperança, algo que luta por sua saúde: a COALHADA.

O *LEBEN RAIB* DO EGITO

Desde tempos imemoriais se toma no Egito essa iguaria preparada com leite de zebu, de vaca ou de cabra. Há séculos que o preparam do mesmo modo. Depois de fervido, o leite é posto para esfriar em vasilhas e quando está a quarenta graus se acrescenta *lében* velho. No verão o coágulo se forma em seis horas, um pouco mais tarde no inverno. Contém um pouco de álcool; o sabor é muito agradável.

Os argelinos fabricam um *lében* diferente do egípcio.

O ALIMENTO ESTIVAL DOS BRETÕES

O *gross-lait* ou leite grosso é o alimento estival dos bretões. Ao leite recém-ordenhado se acrescenta fermento e o agitam; a uma temperatura de vinte e cinco graus a coagulação se dá em doze horas; então afastam o creme acumulado em cima e o destinam ao consumo. Trata-se de um leite gelatinoso, de sabor ligeiramente azedo e com cheiro de creme fermentado. Como o kefir, o *lében* tem o inconveniente de ser preparado com fermentos impuros.

UM RESTAURADOR DA FLORA FISIOLÓGICA

O *bubeurre* [sic] é um soro de manteiga que, se não foi esterilizado antes, sofre a fermentação láctica natural; caso tenha sido esterilizado, acrescentam-lhe fermentos lácticos, até chegar a sete por mil de ácido láctico. Contém pouca gordura. Com farinha e açúcar, serve para preparar a sopa de *babeurre*.

Age de modo favorável nas afecções gastrointestinais. Restaura a flora fisiológica e atenua e elimina os transtornos.

A COALHADA *CRIOLLA*

Via de regra, prepara-se a coalhada *criolla* com elementos encontrados na flor do cardo-de-coalho: obtém-se assim uma coalhada alcalina e, com isso, a ausência de todas as boas qualidades que fazem do leite coalhado um inimigo implacável das intoxicações intestinais...

O ALIMENTO DOS GRANDES CRIADORES DE CAVALOS

O *kumis* é o alimento principal dos quirguizes, tártaros e calmucos, grandes criadores de cavalos. É preparado com leite de égua ou de burra e posto para fermentar em couros ou odres acrescentando *kumis* velho e agitando-o com chutes ou pondo-os sob a sela do cavalo.

Em doses pequenas é ligeiramente laxante. Em doses grandes, adstringente.

A BEBIDA CHAMADA BEM-ESTAR

O kefir foi, durante séculos, a bebida popular dos habitantes do Alto Cáucaso e da Sibéria. Seu nome deriva de uma palavra que significa bem-estar, aludindo, com isso, à sensação agradabilíssima que produz. Uma lenda diz que é uma dádiva dos deuses.

Para sua elaboração se empregam os grãos de milho-painço ou semente de kefir, conservados por muito tempo em local fresco e seco. Ao serem misturados com o leite de vaca recuperam sua atividade, parecem esponjinhas, exalam cheiro e se multiplicam rapidamente.

No início do século se pensou que beber kefir equivalia a tomar leite meio digerido: agora essa opinião é insustentável. Os micróbios lácticos impedem as putrefações intestinais. No entanto, estas não podem ser combatidas com o kefir, pois este contém álcool. Além disso, a absorção diária de kefir é perigosa porque as leveduras que o produzem se aclimatam no tubo digestivo e podem favorecer alguns bacilos patogênicos. HAYEM proíbe o kefir para pessoas em cujo estômago os alimentos permanecem em demasia. "Retido nesse órgão, o kefir continua fermentando, e nele se desenvolvem, bem como em todo o conteúdo estomacal, fermentações butíricas que agravam as desordens digestivas." Já que a utilidade do kefir reside na fermentação láctica, não na alcoólica, convém substituí-lo pelo LEITE COALHADO, que não contém álcool.

UM LEITE MEIO DIGERIDO

Na península Balcânica é muito popular outro alimento parecido: o *Iogurte*.

Esteriliza-se o leite. Quando a temperatura baixa para trinta e cinco graus acrescenta-se *maya búlgara* (mistura de bactérias e leveduras). A coagulação demora de oito a doze horas, conforme as estações do ano.

O *Iogurte* é obra de uma fermentação um pouco análoga à digestão gástrica, que proporciona ao aparelho digestivo um leite meio digerido.

É um alimento completo, um pouco laxante, diurético, antipútrido. Pode ser tomado puro ou diluído em água.

Entretanto, há outros leites coalhados cuja elaboração obedece a princípios mais racionais e que, por conseguinte, o superam.

Aludimos ao LEITE COALHADO segundo o procedimento de ÉLIE METCHNIKOFF. Antes de passar a considerá-lo, convém lembrar, em grandes pinceladas, alguns dados fundamentais para a compreensão dos mistérios da flora microbiana.

O HOMEM, PAÍS DE MICRÓBIOS

O ar entra na boca com a primeira inspiração e com o primeiro grito; o ar carrega milhões de seres que fazem sua morada no homem e que perduram depois de sua morte. Essa invasão vertiginosa não é forçosamente maléfica; das bactérias inumeráveis que nos povoam, algumas são hostis ao organismo, outras o defendem. Entram por múltiplas vias: pela pele, pelo conduto auditivo externo, pelas fossas nasais e, sobretudo, pela cavidade bucal, com os alimentos.

PODEMOS GOVERNAR NOSSOS MICRÓBIOS?

O estudo da flora intestinal das crianças estabelece que esta varia conforme a dieta alimentar. Daí se depreende a possibilidade de uma ação inteligente do homem sobre sua flora microbiana. Já indicamos, no início, que as putrefações intestinais são inimigos perpétuos de nossa vida.

NOSSOS ALIADOS INVISÍVEIS

Os micróbios lácticos impedem essas putrefações. Convém ingeri-los vivos: encontram matérias açucaradas que os mantêm, continuam vivendo nos intestinos e produzem ácido láctico.

O ácido láctico foi utilizado com eficácia por HAYEM, LESAGE, MARFAN, GRUNDZACH, SINGER, THALER, SCHMITZ, no tratamento da diarreia verde das crianças, das febres gástricas, das febres tifoides, das enterites tuberculosas, do diabetes, da difteria, das úlceras, do lúpus, do câncer, de outras neoplasias malignas e da infecção puerperal.

SISTEMA METCHNIKOFF

Agora se prefere, em geral, dar o ácido láctico em fermentos e, em especial, com o bacilo búlgaro e com o bacilo paraláctico.

O bacilo búlgaro se caracteriza por seu grande poder acidificante (até vinte e cinco e trinta gramas por litro de leite), é o fermento láctico mais potente. BELENOWSKY chegou à conclusão de que o bacilo búlgaro vivo mantém os intestinos em bom estado.

No entanto, o bacilo búlgaro oferece o perigo de produzir ácido butírico. Esse risco se anula com o bacilo paraláctico ou estreptobacilo, que não se encontra no Iogurte, mas no LEITE COALHADO METCHNIKOFF. O bacilo paraláctico dá ao leite um sabor mais agradável e não ataca as gorduras.

As análises realizadas por FOUARD no Instituto Pasteur confirmam as boas qualidades da COALHADA preparada com cultivos puros de bactérias lácticas. Isso evidencia a superioridade da COALHADA pelo procedimento de METCHNIKOFF sobre todas as outras.

O CASO PERDIDO DO ACIDÓFILO

Há alguns anos, esteve em voga nos Estados Unidos o leite acidófilo.

Comprovara-se a ação benéfica do acidófilo no aparelho digestivo das crianças. Alguns médicos o incluíram no tratamento de adultos. Argumentou-se que, à diferença dos bacilos búlgaro e paraláctico, bastava ingeri-lo poucas vezes para que perdurasse no organismo. Esse aparente mérito comporta, na verdade, uma desvantagem, já que os leites fermentados podem produzir acidez. No caso do LEITE COALHADO pelo sistema de Metchnikoff, basta suspender por alguns dias o tratamento; no do leite acidófilo, é preciso se resignar a um longo período de transtornos, agravado pela aclimatação do acidófilo no estômago.

VOLTA A MATUSALÉM

O tempo médio de vida do homem, espantosamente, varia conforme a dieta alimentar. A crença geral de que os antigos viviam mais do que nós é totalmente infundada. No século XI, a média era de vinte anos (os homens também eram menores: as armaduras medievais que se conservam seriam pequenas para nós). No século XVII, a média subiu para vinte e seis anos, para trinta e quatro no XVIII, para quarenta e cinco no final do XIX.

Não há apenas diferenças cronológicas; há também as geográficas. São muitos os centenários na Bulgária, onde o LEITE COALHADO constitui o alimento essencial; em 1896 havia cinco mil. O exemplo clássico é dos onze irmãos Petkof que passaram dos cem anos, todos, com exceção de Maria Petkof, que morreu aos noventa e um.

Na França se registram, entre muitos outros, os casos de Marie Priou, que morreu em 1837 aos cento e cinquenta e oito anos, e de Ambrosio Jante, que morreu em 1751 aos cento e onze. O alimento principal dos dois era COALHADA, pão de centeio, queijo e água.

Outro longevo memorável, GEORGE BERNARD SHAW, pensa que a média de vida deve subir para trezentos anos e que, se a humanidade não alcançar essa cifra, "nunca chegaremos a ser adultos e morreremos puerilmente aos oitenta anos, com um taco de golfe na mão".

COMO SE DEVE TOMAR A COALHADA

Os gregos tomavam o LEITE COALHADO com mel de Himeto. O mel continua sendo o melhor complemento da COALHADA. Mas, em termos gerais, podemos dizer que convém tomá-lo com substâncias açucaradas, pois o açúcar, no aparelho digestivo, transforma-se em ácido láctico. Para evitar a fadiga do paladar, pode-se acompanhá-lo às vezes com geleias, outras com doces, compotas de cerejas, pêssegos.

Pode-se ingeri-lo com o almoço, na hora do chá ou do jantar; também como café da manhã, mas convém assinalar que, assim, é mal tolerado por algumas pessoas que em outras horas o digerem com suma facilidade.

DOSES

Pode-se começar tomando três *coalhadas* por dia; assim será possível infectar o organismo com os bacilos búlgaro e paraláctico, que é o que se busca. Depois a porção diária poderá se limitar a duas coalhadas.

Nos casos de intolerância, aliás muito raros, será preciso seguir o método inverso: tomar uma coalhada, ou meia, se necessário, durante os primeiros dias; depois ir aumentando a dose, até chegar a três; finalmente, estabilizá-la em duas coalhadas diárias.

RECEITAS

Pão de milho com coalhada

2 xícaras de leite coalhado
2 xícaras de farinha de milho
2 colheres de sopa de manteiga
1 ½ colher de chá de sal
2 colheres de sopa de mel
2 ovos
1 colher de chá de bicarbonato de sódio

Passar pela peneira os ingredientes secos. Acrescentar leite coalhado e ovos batidos, assar durante cinquenta minutos em forno moderado.

Pão moreno

1 xícara de leite coalhado
1 xícara de leite fresco
2 xícaras de farinha integral
½ xícara de farinha branca
½ xícara de farinha de milho
½ xícara de mel

Peneirar os ingredientes secos, misturá-los com o leite. Assar tudo numa caçarola untada com manteiga, em forno moderado.

Bolinhos de farinha de milho

1 ½ xícara de leite coalhado
1 xícara de farinha de milho
1 xícara de farinha de trigo
1 colher de chá de sal
1 colher de sopa de mel
¾ colher de sopa de bicarbonato de sódio
2 ovos
1 colher de sopa de manteiga

Peneirar os ingredientes secos, acrescentar os ovos batidos, o leite, a manteiga derretida. Cozinhar numa caçarola bem untada com manteiga, durante quinze minutos.

Pastéis de arroz

2 xícaras de leite coalhado
2 ovos
1 xícara de arroz cozido
1 xícara de farinha de milho
1 colher de sopa de manteiga derretida
1 colher de chá de sal
1 colher de chá de bicarbonato de sódio

Bater os ovos, acrescentar e misturar os demais ingredientes, assar em forno moderado.

Dois argumentos[1]

Jorge Luis Borges redigiu dois argumentos com Adolfo Bioy Casares para dois filmes: *Invasión* (1969) e *Los otros* (1974). Neste último, interveio também Hugo Santiago.

INVASIÓN

Invasión é a lenda de uma cidade, imaginária ou real, sitiada por fortes inimigos e defendida por uns poucos homens, que talvez não sejam heróis. Lutam até o fim, sem suspeitar que sua batalha é infinita.

LOS OTROS

O filho de um livreiro de Paris se suicida. Seu pai, um homem de cinquenta e tantos anos, que pensava tê-lo entendido, agora sente que nunca o conheceu e o procura entre os que foram seus amigos.

1. Tomado de Edgardo Cozarinsky, *Borges y el cine*. Buenos Aires: Sur, 1974. (N. T.)

Antes houve um baile de máscaras, um filme que estava por se fazer, o simulacro de um duelo e uma partida de pôquer que era mesmo um duelo. Depois, brusca, a morte. E então, quando o livreiro avança na busca, fatos cada vez mais imprevisíveis que começam a povoá-la.

Há um homem que se espanta por ser alguém, um mago que diz se chamar Artaxerxes, uma mulher que o filho havia amado e um jogador abandonado. Há um filme que estava por se fazer e não se faz, a moça que não esquece o outro lado do mar, e há uma aparição numa cavalgada. Há outro homem que joga dinheiro no fogo e açoita, do nada, a moça, há o livreiro que reencontra o amor nessa moça, e essa moça que o engana com um desconhecido que se parece com o filho morto. E há um crime num observatório e uma revelação final:

Depois da morte do filho, o livreiro deixou de ser um homem para ser outro, e depois outros. Ele não interveio nessas mudanças, alguma coisa que ele não entendeu estava acontecendo com ele e o arrastava. Era aquele que se espanta por ser alguém, o mago que aparece e desaparece, o violento que arrebatou o dinheiro do jogador e o golpeou, o desconhecido que por uma noite lhe roubou a mulher. Deixou de ser ele mesmo para ser tantos. Agora pode ser todos e já não sabe quem é.

POSFÁCIOS

Nós é um outro

Michel Lafon

Logo para mim pedir um "À maneira de prólogo"!
(H. B. D., "Um modelo para a morte", 1946)

O escritor mais divertido, mais estrepitoso, mais revolucionário da literatura argentina — e talvez de todo o continente latino-americano — nasceu em Buenos Aires, a princípio dos anos 1940, ao cabo de quase um decênio de gestação e, de certo modo, nunca saiu do anonimato ou, melhor dizendo, da invisibilidade... O encontro de Adolfo Bioy Casares e Jorge Luis Borges, ocorrido por volta de 1931-2, em Villa Ocampo, na casa da *grande dame* das letras argentinas da época, Victoria Ocampo (que tinha acabado de criar a revista *Sur*), já pertence à lenda. Apesar dos quinze anos que os separam (Giorgie, nascido em 1899, já é uma das figuras mais conhecidas e reconhecidas do mundo literário portenho, enquanto Adolfito, nascido em 1914, é um jovem tímido que sonha em segredo com uma carreira literária), a amizade é instantânea e definitiva. É o princípio de um diálogo cotidiano que durará a vida toda, quando não impedido por alguma viagem. Logo os amigos se acostumam a contar um para o outro seus escritos *in progress*, a confrontar seus projetos, a comentar suas leituras. Ao longo dos anos, juntos realizarão traduções, antologias, edições críticas. Criarão revistas, como a efêmera *Destiempo* (1936-7), na qual inventam uma seção intitulada "Museo", feita de textos ou fragmentos de autores reais ou imaginários. Criarão também coleções, como El Séptimo Círculo, na editora Emecé, magnífica coleção de romances policiais mais para clássicos, que a partir de 1945 contribui à sua maneira para sua "campanha" a favor da trama, de uma literatura ordenada de acordo com fins precisos, nos antípodas das incoerências e facilidades do romance psicológico (naquela época, ambos os amigos rebaixam Proust, sem tê-lo lido…).

Teria sido surpreendente que esse fervor comum pelas ficções, aliado com tão íntima coabitação intelectual, uma tão estreita cumplicidade, não desembocasse, mais dia menos dia, na colaboração literária propriamente dita. É o que se produz, em circunstâncias que desenham, elas também, uma espécie de lenda. A partir de 1936, reúnem-se na fazenda dos Bioy, com o pretexto de redigir um "folheto científico" sobre o leite coalhado e o iogurte comercializados por La Martona, próspera companhia leiteira que pertence à família materna de Bioy, os Casares. O tio de Adolfito que a dirige lhes promete um bom pagamento e lhes proporciona uma bibliografia sobre o tema, a partir da qual os dois dão asas à imaginação, inventando uma família búlgara cujos membros lidam com a imortalidade graças às virtudes de tais sobremesas lácteas:

> Escrevemos o folheto na sala de jantar da fazenda, em cuja chaminé crepitavam galhos de eucalipto, bebendo cacau, feito com água e muito forte. Aquele folheto significou para mim uma valiosa aprendizagem; depois de sua redação eu era outro escritor, mais experiente e habituado. Toda colaboração com Borges equivalia a anos de trabalho. Tentamos também um soneto enumerativo […] e projetamos um conto policial — as ideias eram de Borges — que tratava de um dr. Praetorius, um holandês vasto e suave, diretor de um colégio onde por meios hedônicos (brincadeiras obrigatórias, música o tempo todo) torturava e matava crianças.[1]

A descoberta, no princípio dos anos 1990, de três páginas manuscritas onde se alternam — pela primeira e única vez — a letra de Bioy e a de Bor-

---

1. Adolfo Bioy Casares, *Memorias*. Barcelona; Buenos Aires: Tusquets, 1994.

ges nos mostra que esse conto não foi um mero projeto, mas teve um princípio de realização escrita, sem chegar, é verdade, a ser um texto acabado. Quanto ao seu tema, com esse personagem sádico e *grandguinolesco*, logo o veremos reaparecer na pena dos dois amigos...

Bioy, na citação anterior e em muitas declarações, atribui a Borges seus progressos literários durante esses anos de "aprendizagem". E Borges, por seu lado, repete em várias oportunidades que deve tudo a seu jovem amigo. Além da cortesia mútua e das reciprocidades obrigatórias da amizade, a crítica sente, às vezes, a necessidade de concluir, atribuindo então a Borges o papel decisivo: em boa lógica, o irmão mais velho teria ajudado o irmão menor a se desfazer das escórias de seus primeiros livros (entre 1929 e 1937 Bioy publica seis livros pouco legíveis, os quais renega), guiando-o a uma espécie de classicismo, de pureza de escritura que logo será a característica essencial de ambas as obras. No entanto, é preciso desconfiar de tais evidências: nunca se conhece tudo de uma relação humana, a fortiori quando é acompanhada de uma operação tão misteriosa como a colaboração. Nunca saberemos, na verdade, o que um aportou ao outro ou recebeu dele. Mais vale constatar que Borges e Bioy (qualquer que seja a parte de cada um nessa feliz conjunção) chegam juntos ao momento-chave de sua obra individual: Borges publica em 1939, na revista *Sur*, "Pierre Menard, autor do Quixote", sua primeira ficção, reunida pouco depois — com os contos que a seguem — em *O jardim de veredas que se bifurcam* (1942), depois em *Ficções* (1944); enquanto Bioy publica em 1940 *A invenção de Morel*, primeiro romance de sua obra oficial, adornado de um prólogo de Borges, para a eternidade, da aventura do fugitivo e de Faustine — um prólogo que é como o manifesto de uma verdadeira revolução literária, que irá se estender muito além do rio da Prata.

Foi em meio a essa efervescência que *a coisa aconteceu*. Bioy e Borges não esqueceram o sabor de sua primeira tentativa de escritura em duo de 1936 e, em uma tarde de spleen de 1941 (Bioy, segundo a lenda, quer distrair Borges de uma nova pena de amor), tentam ir mais longe do que no dia de sua primeira experiência. De um modo quase mágico, a partir desse novo começo a colaboração *engrena*, os textos se encadeiam e um verdadeiro dispositivo se põe em marcha:

Escrevíamos, habitualmente, à noite. Conversávamos livremente sobre a ideia que tínhamos de um tema até que se ia formando, quase sem que propuséssemos, um projeto comum. Depois eu me sentava para escrever, antes à máquina, ultimamente à mão, porque escrever à máquina agora me dá dor no quadril. Se a um ocorria a primeira frase, propunha-a, e assim com a segunda e a terceira, os dois falando. Ocasionalmente Borges me dizia: "Não, não vá por aí", ou eu lhe dizia: "Já chega, são brincadeiras demais".[2]

Também se estabelece uma série de "regras" que vão presidir quarenta anos de criação "a quatro mãos": oralidade triunfante, propostas alternadas, exigência mútua, permanente direito de veto, prioridade ao jogo e ao prazer, riso incontido... Mas, sobretudo, desde o primeiro instante dessa colaboração surge um autêntico *terceiro homem* que vem a ser o autor exclusivo (e excludente) de toda essa produção atípica:

> Nós nos pusemos a trabalhar, nos entusiasmamos, e quase em seguida fez sua aparição um terceiro homem, que passou a dominar a situação; seu nome era Honorio Bustos Domecq. Com o passar do tempo, esse personagem terminou por não se parecer em nada conosco e depois por nos dominar com mão firme, impondo-nos seu próprio estilo literário.[3]

Bustos é o sobrenome de um bisavô de Borges; Domecq, de um bisavô de Bioy. De fato, mais do que pais de dom Honorio, Bioy e Borges parecem ser seus filhos, quando não seus netos ou bisnetos, respeitosos e submissos. A criatura rebelde toma o poder e passa a dominar seus criadores. Apenas nascido, o "Bicho Feio" monopoliza abruptamente a palavra e encontra sua voz — uma voz enorme, excessiva, inconfundível —, que não é a soma de duas vozes (Bustos Domecq não é "Biorges", essa superposição vagamente obscena de dois retratos fotográficos seus), mas sua transcendência, sua transmutação, nascida de um misterioso *entre dois*, que "só existe quando estamos os dois conversando"...

Em janeiro e março de 1942 são publicados na *Sur* os dois primeiros frutos do terceiro homem, "As doze figuras do mundo" e "As noites de Goliad-

---

2. Id.

3. *Borges en diálogo: Conversaciones de Jorge Luis Borges con Osvaldo Ferrari*. Barcelona: Grijalbo, 1985.

kin", e em dezembro do mesmo ano sai *Seis problemas para dom Isidro Parodi* pela editora Sur, que acrescenta a esses dois textos quatro problemas inéditos, sob a assinatura de H. Bustos Domecq.

O pseudônimo dual não é a única armadilha periférica do livro; outra é a "Palavra preliminar" de Gervasio Montenegro, "amigo" do autor e membro da Academia Argentina de Letras. Apesar de todos os seus traços ridículos (grandiloquência, egocentrismo, nacionalismo) e de seu menosprezo patente por dom Honorio, Montenegro tira de antemão algumas lições importantes, ao situar Parodi em uma ilustre e apaixonante tradição de "pesquisadores estáticos", inaugurada pelo Auguste Dupin de Edgar Poe, ou ao resumir a estrutura de cada relato:

> [H. B. D.] se atém aos momentos capitais de seus problemas: a proposição enigmática e a solução iluminadora. Meros títeres da curiosidade, quando não pressionados pela polícia, os personagens comparecem em pitoresco tropel à cela 273, já proverbial. Na primeira consulta expõem o mistério que os aflige; na segunda, ouvem a solução que pasma por igual a crianças e anciãos.

Tudo já fica dito, ao mesmo tempo sobre a ambição dos autores (que parecem apontar para a essência do gênero policial anglo-saxão clássico, até um extremo inaudito de condensação e depuração) e sobre o íntimo ambiente dos problemas: de um lado, a impossibilidade de Parodi, sua imobilidade forçada, sua ironia, quando não seu menosprezo; do outro, a agitação, o delírio e a estupidez de seus visitantes, que beiram a cegueira a ponto de invejar-lhe a tranquilidade da morada...

Já que não pode sair da penitenciária, o único método de Parodi é escutar os que vêm para delirar — mais que para interrogar ou testemunhar — em sua cela. Escutá-los, interpretá-los, analisá-los, tal é seu método para explicar tudo, descobrir tudo, resolver tudo, como uma figura de justiceiro infalível e supremo, embora às vezes prefira não condenar o assassino, deixando que o faça o Criador...

Esses discursos delirantes, misturados e ensurdecedores, com seus preconceitos de classe, suas estúpidas pretensões intelectuais, seus racismos obscenos, constroem uma desapiedada sátira social. Mas desempenham também um papel-chave no relato, já que dissimulam todos os indícios necessários para a resolução do caso. Como uma selva onde o detetive sabe distinguir as figuras da razão, as formas de uma ordem secreta, a chave do enigma. Um dos maiores feitos de Bustos Domecq é ter entendido a utilidade narrativa desse dispositivo, em que os períodos de delírio são, na verdade, tão decisivos — tão necessários — como os momentos de serenidade e reflexão.

Quatro anos depois, em 1946, nosso escritor de duplo sobrenome publica *Duas fantasias memoráveis*, dessa vez em uma editora apócrifa de ranços bíblicos, Oportet & Haereses. Assim se chega ao extremo de um sistema de embuste do qual resulta difícil, quarenta anos depois, medir a eficácia: os amigos de Bioy e Borges estão, é claro, a par da verdadeira identidade do misterioso grafômano — e quem sabe se para esses jogos refinados o círculo dos leitores vai além do círculo dos amigos... Na verdade, ninguém — a começar pelos próprios autores — outorga a menor importância a essas ficções, a essas fantasias: sem falar da estranheza dos textos produzidos nessas circunstâncias, a colaboração funciona como um autêntico tabu, que por si só bastaria para ocultar qualquer ficção produzida fora da solidão criadora. Um texto escrito em duo não existe...[4]

Com *Duas fantasias memoráveis*, os autores se despedem do modelo policial clássico (embora tenha se mostrado tão eficaz e frutífero) para se dedicar a uma estranha mescla do popular com o bíblico. O gozo, dessa vez, parece estar em situar visões e aparições prodigiosas nas zonas mais baixas, mais grosseiras, mais ignóbeis da sociedade. O contraste já não se constrói entre um detetive cordato e comedido e seus perturbados clientes, mas entre um Céu e um Inferno tomados ao pé da letra.

Esses dois novos textos orientam a produção de Bustos Domecq rumo ao crescente desconcerto, à desordem universal, que alcançará seu ápice, no mesmo ano de 1946, com outro livro escrito pelos dois amigos, sob outro pseudônimo. Sua unidade está no modo narrativo (essa maneira de multiplicar as instâncias do discurso, de meter discursos dentro de discursos) e, pois, em sua temática bíblica: cada um dos dois contos é aberto por uma misteriosa referência bíblica que o relato, às escondidas, ilustra ou perverte, confirma ou contradiz...

---

4. Permito-me remeter a Michel Lafon e Benoît Peeters, *Nous Est Un Outre: Enquête sur les duos d'écrivains*. Paris: Flammarion, 2006.

Como prática, a escritura em colaboração costuma suscitar na crítica, ou no mero leitor, duas perguntas recorrentes, que têm a ver com a própria possibilidade de colaborar: como se constrói um relato a duas vozes, a quatro mãos? Qual é exatamente a parte de cada um no edifício comum?

Concretamente, ante a necessidade de desenvolver uma trama, os dois amigos estão, de algum modo, como Parodi diante de seus visitantes: como escolher, como avançar, como seguir o fio (da trama, da investigação) em meio a tanta logorreia? Uma improvisação absoluta (cujo horizonte seria, por exemplo, a escritura automática dos *Champs magnétiques* de Breton e Soupault) romperia quase em seguida esse fio, não permitiria que o detetive resolvesse o enigma que lhe é proposto, e sim o afogaria em uma massa proliferante de elementos heterogêneos e absurdos. O gênio de Borges e de Bioy (ou, se preferir, de Bustos Domecq) consiste, pois, em manter diante de tudo o equilíbrio entre razão e desrazão, rigor e humor, investigação e sátira — trama e trauma. Essa escritura em colaboração, já dissemos, passa pela espontaneidade, a oralidade, o riso e se abre para momentos de total liberdade e divagação; mas essa liberdade está controlada por alguns elementos predeterminados da trama, concertados antes de começar. Uma ideia prefixada, um esboço de argumento governa o relato e permite que os dois colaboradores se orientem, saibam mais ou menos aonde vão. À medida que ocorre, sua maneira de construir a ação, de semear indícios, de criar um ambiente, de dar densidade aos personagens, de reencontrá-los de um problema a outro, é reveladora do extraordinário talento dos dois. O argumento pode estar limitado a um jogo intelectual, o que nos lembra, mais ainda que os contos de Poe, os de Chesterton, às vezes fundamentados em um simples jogo de palavras, uma simples construção intelectual sem a menor exigência de verossimilhança (não é por acaso que um padre Brown cruza estas páginas): tal seria o caso, por exemplo, de "As doze figuras do mundo", que segue o esquema de um jogo de cartas, ou, mais bem dito, de um *tour de passe-passe...* O leitor se lembrará também do Stevenson de *O clube do suicídio*. Mas nem todos os problemas se reduzem a um elementar *tour de passe-passe*. Às vezes, o argumento é tão forte, a maquinaria é tão fascinante, a trama é tão implacável que o conto adquire a profundidade de um mito fundador: em tal caso, sua construção oral meio improvisada, na espontaneidade do intercâmbio, desafia o entendimento. Penso sobretudo em "As previsões de Sangiácomo", sem dúvida o texto mais sutil e complexo escrito pelos dois amigos. Ele revela, sobre o inconsciente de um pai e um filho aparentemente unidos, coisas terríveis e nunca escritas por Bioy ou por Borges em nenhum texto individual (é preciso saber, para apreciar melhor essa ficção e seus segredos, que tanto um como o outro foram, de algum modo, programados pelo pai para chegar a ser escritores...). Como se a colaboração permitisse que aflorassem verdades reprimidas, que a escritura individual nunca deixou expressar...

Outra complexidade maior, que à primeira vista parece incompatível com uma criação linear globalmente improvisada: o jogo com os diferentes níveis narrativos, em *Seis problemas* e nos livros seguintes. A princípio, em boa lógica, Bustos Domecq parece inventar seus personagens; mas, pouco a pouco, o leitor se dá conta de que estes podem contestar seu autor (essencialmente nas notas de rodapé), que têm acesso ao que ele escreve e que não se privam de lê-lo, corrigi-lo e contradizê-lo... Bustos Domecq se rebela contra seus dois criadores, mas ele mesmo, como se vê, encontra-se submetido à rebelião permanente de suas criaturas, que às vezes chegam a ameaçá-lo... Essa complexidade, essa perversidade é outra riqueza e outro mistério dessa criação em duo...

Outro tópico da crítica, o da relativa contribuição de cada um ao edifício comum. A crítica (confrontada com qualquer colaboração) prefere não acreditar em equilíbrios secretos nem em relações serenas; suspeita sempre que um contribui mais do que o outro, ou inclusive que um contribui tudo e esconde a impotência do outro, o que é outra maneira, para ela, de não acreditar na colaboração, de reduzi-la a uma fachada de mentiras fabricadas, ou à edição de contribuições individuais e, como tais, separáveis e reconhecíveis. Já mostrei, no entanto, que a personalidade do terceiro homem é tão forte, tão invasiva, seu estilo tão radicalmente diferente, que proíbe qualquer tipo de busca de paternidade. Além disso, é preciso pensar que a colaboração não é uma relação unidimensional, mas que abre a porta às homenagens e intercâmbios entre colaboradores: de modo que um traço "tipicamente borgiano" pode vir de Bioy, e vice-versa.

Mais pertinente, mais apaixonante também, é procurar o que nas obras individuais posteriores de ambos vem de Bustos Domecq — interessar-se pela influência do terceiro homem em seus dois criadores (seus dois filhos): os ambientes urbanos oníricos (errância labiríntica, carnaval de pesadelo etc.) que encontramos, por exemplo, em "As doze figuras do mundo" ou "A vítima de Tadeo Limardo" voltam a se encontrar nos romances de Bioy a partir de *O sonho dos heróis* (1954) e em ficções de Borges como "A morte e a bússola" (1942). Muitos traços ridículos dos clientes de Parodi vão se cristalizar nos frágeis sedutores de muitos contos de Bioy, a partir de *Guirnalda con amores* (1959), e de modo exemplar no Carlos Argentino Daneri de Borges. Do lado de Borges, efetivamente, o caso de "O aleph" (1945) é o mais óbvio: esse conto não existiria sem essa feliz "aprendizagem", sem vários dos problemas de Parodi (por exemplo, "A prolongada busca de Tai An") e sem o primeiro conto de *Duas fantasias memoráveis*, "A testemunha", cuja visão prodigiosa no segredo de uma escada anuncia a escritura da ficção borgiana — como uma repetição em duo antes da escritura solitária de um de seus contos mais famosos... Tampouco devemos esquecer, é verdade, a presença latente de Bustos Domecq no filme *Invasión* (1968-9), devido ao trio Borges-Bioy-Hugo Santiago.

Como teriam feito nossos escritores para se livrar da influência desse considerável contemporâneo? Por que não teriam sido, como outros depois deles, tragados por esse alegre turbilhão que pouco a pouco foi absorvendo tantos jovens escritores argentinos? Até ser um emblema de sua modernidade: todos filhos ou netos de Bustos Domecq...

Devo confessar que minha vocação argentinista nasceu da leitura de Borges, de Bioy e, inseparavelmente, de Bustos Domecq. Acabo de reler, pela enésima vez, os dois únicos livros assinados por dom Honorio, os oito contos inspirados que fazem parte deste volume — os seis problemas e as duas fantasias. Como sempre, saio dessa releitura em um estado de absoluta fruição. Em minha longa vida de leitor, poucos livros me pareceram mais gratos e mais amenos do que *Seis problemas para dom Isidro Parodi*, poucos livros me pareceram capazes de mesclar com tanta sutileza o riso e a inteligência.

A relação de Borges e Bioy com dom Honorio sempre foi bastante ambígua: por um lado, amiúde manifestaram sua convicção de haver alcançado a excelência em sua criação comum, de haver escrito por seu intermédio algumas de suas melhores páginas; por outro, juntaram suas brincadeiras às de seus amigos para confessar que tudo isso era menor... *Menor*, sim, como existe, nas palavras de Deleuze e Guattari, uma *literatura menor*: invisível e revolucionária. *Seis problemas para dom Isidro Parodi* bastaria para nos obrigar a repensar em que a colaboração pode contribuir com a literatura, e mais precisamente no que a colaboração de Bioy e Borges aportou para a literatura do século XX...

Dez anos mais tarde, o duo renunciará a seu (relativo) anonimato e abandonará as aventuras policiais para cultivar as delícias da investigação cultural. Os dois únicos livros assinados por H. B. D. são os mais narrativos, os mais aventureiros, o núcleo (insuperável?) de uma das obras mais divertidas e revolucionárias do século passado. São como o motor de uma máquina que já não deixará de funcionar, alimentando-se de amizade, riso e liberdade.

Mas acredito advertir uma velada impaciência no rosto de meu leitor. Hoje em dia, os prestígios da aventura primam sobre o pensativo colóquio. Soa a hora do adeus.

De igual para igual

Júlio Pimentel Pinto

No dia 2 de novembro de 1975, um domingo, Adolfo Bioy Casares escreveu, nos diários que manteve durante toda a vida, que Jorge Luis Borges havia jantado em sua casa e que, depois, leram contos de Kipling em voz alta. Parecia uma noite agradável, como tantas outras passadas na casa dos Bioy — inclusive aquelas em que, anos antes, escreviam e riam juntos. No entanto, e pelo menos para Bioy, a noite não terminou bem. Antes de ir embora, Borges lhe disse que seu editor pretendia publicar suas obras completas junto com as de outros autores. Com evidente dissabor e orgulho ferido, Bioy anotou no diário: "Livros que escrevemos de igual para igual agora me colocarão de etc., entre Fulanita Guerrero e Fulanita não sei quê. [Borges] Está muito interessado no projeto, como em tudo que é seu".[1]

A irritação de Bioy, julgando-se colocado em plano inferior, se justificava, ao menos em parte. Os textos que escreveram em parceria desde o fim dos anos 1930 não implicavam nenhum predomínio de um ou de outro. Compromissos previamente estabelecidos incluíam o direito de veto de ambos a qualquer coisa e superavam toda hierarquia, inclusive a etária — Borges era quinze anos mais velho que Bioy e, quando começaram a escrever juntos, já era

---

1. Em Daniel Martino (org.), *Borges*. Buenos Aires: Planeta, 2006, p. 1501.

literariamente celebrado havia pelo menos uma década. Mas é claro que o projeto da edição das obras de Borges em colaboração, nos anos 1970, não pretendia estabelecer nenhuma proeminência; era uma iniciativa editorial que partia do grande reconhecimento nacional e internacional de Borges — maior do que o de Bioy, independente dos óbvios méritos literários de sua obra.

Curiosamente, porém, a preocupação de Bioy de que seus escritos em parceria fossem banalizados se cumpriu: as obras que escreveram juntos acabaram relegadas a segundo plano pela bibliografia borgiana. Claro que não foi responsabilidade da *Obra completa em colaboração* ou de Bioy ter figurado ali com autores que depreciava. Até porque o julgamento crítico que subestimou os escritos a dois era bem anterior ao momento da edição. A colaboração era tomada como mero divertimento, apesar de ser improvável que dois autores como Borges e Bioy — conhecidos pela precisão e pelo cerebralismo — escrevessem e publicassem qualquer texto desprovido de rigor e de seriedade. Mas havia motivos para tal julgamento, como os pseudônimos que usavam (e que combinavam nomes de antepassados), o tom jocoso, paródico e satírico das narrativas e os relatos das gargalhadas que davam enquanto escreviam. Até o texto que deu início a essa colaboração incitava a desconfiança quanto à seriedade da parceria: um célebre folheto de propaganda para um iogurte, de 1936, feito para ganhar um bom dinheiro e embalado em um arremedo de discurso científico.

Talvez por isso a crítica tenha demorado tanto tempo para reconhecer que a brincadeira era feita a sério. Honorio Bustos Domecq, primeiro e principal pseudônimo que usaram, é hoje visto como um escritor original de narrativas policiais. Sua primeira história, "As doze figuras do mundo", perscrutava o gênero de Edgar Allan Poe e Arthur Conan Doyle, reinventava suas matrizes, interpretava de forma muito peculiar o isolamento do detetive, combinava jogos lógicos e literários. *Seis problemas para dom Isidro Parodi* (1942), livro que reuniu esta e outras cinco histórias do detetive paródico, só saiu porque Bioy o custeou; tempos depois o *Queen's Quorum* o considerou um dos cem melhores livros policiais de todos os tempos.[2]

---

2. Donald Yates, "La colaboración literaria de Jorge Luis Borges e Adolfo Bioy Casares". *AIH. Actas IV.*, 1971. Disponível em: <http://cvc.cervantes.es/obref/aih/pdf/04/aih_04_2_080.pdf>. Acesso em: 6 abr. 2023.

E foi exatamente o tão importante autor de policiais Bustos Domecq que, com aparente contrariedade, assinou o prólogo de *Um modelo para a morte*, livro de estreia (e único) de B. Suárez Lynch, publicado em 1946. Bustos Domecq — autodenominado "traste velho" — celebrou a "paciência e a saliva" do *bambino* Suárez Lynch, ridicularizou a crítica ("não se deixou marear pelo incenso de uma crítica proba e construtiva") e os militares ("os coronéis, vassoura em punho, puseram um pouquinho de ordem na grande família argentina"). Assumiu sua imodesta precedência sobre o jovem autor ("Meus *Seis problemas para dom Isidro Parodi* lhe indicaram o rumo da verdadeira originalidade") e a paternidade do livro que prologava ("A redação do romancezinho pertinente era um dever de minha exclusiva incumbência; mas estando metido até o pescoço em uns esboços biográficos do presidente de um *povo irmão*, cedi-lhe o tema do mistério ao catecúmeno"). Elogiou o resultado, mas, prudente e superior, não deixou de fazer reparos à elaboração de Suárez Lynch: "Sou o primeiro a reconhecer que o mocinho fez um trabalho louvável, abrandado, é claro, por certos pequenos defeitos que traem a mão trêmula do aprendiz". E esclareceu: "Permitiu-se caricaturas, carregou nas tintas. Algo mais grave, companheiros: incorreu em erros de detalhe".

Era o olho do mestre sobre a obra do *bambino*, *mocito*, *novato*, que não partilhava só uma história (concebida por um e desenvolvida por outro), mas procedimentos narrativos, personagens e até algum traço biográfico. Tal qual Bustos Domecq, B. Suárez Lynch nasceu da combinação de sobrenomes de antepassados (Suárez, de Borges; Lynch, de Bioy), precedido do "b" comum aos nomes de ambos. Tal qual Bustos Domecq, o texto de Suárez Lynch associava investigação rigorosa a sátira ininterrupta, exageros racionais com saídas ilógicas, discursos bem articulados e ações planejadas com comentários aleatórios e reações espontâneas. Por trás desse jogo de contrastes (um duplo equivalente à duplicidade de autoria), a mesma valorização da oralidade que caracterizava os textos do mestre — tanto que, no prólogo a *Um modelo para a morte*, Bustos Domecq advertiu que "não o digo com mais voz porque estou afônico".

Um modelo para a morte é aberto com o inventário — evidentemente sarcástico — dos personagens. Prática adotada por alguns autores de policiais, a listagem sugere um tom teatral, reforçado pela predominância de diálogos em toda a narrativa. Logo notamos alguns egressos das primeiras histórias de

Bustos Domecq. O mais notável, evidentemente, é o próprio Parodi, barbeiro e detetive. Condenado de forma injusta a vinte e um anos de prisão por assassinato, em 1919 (graças à interferência de seu inquilino, um policial que aproveitou a oportunidade para se livrar do senhorio e de uma boa dívida), Parodi continua estranhamente encarcerado em julho de 1945, cinco anos após o suposto encerramento da pena. Outra personagem recorrente é a baronesa, "a grande dama teutônica" e "internacional", cuja voz nunca é ouvida de maneira direta, mas é sempre lembrada por outros personagens, já presente em diversos contos de Bustos antes de aparecer em *Um modelo para a morte*. Ou o "acadêmico" dr. Gervasio Montenegro, responsável pelo prólogo de *Seis problemas* e personagem constante nas histórias de Bustos Domecq (aparece em quatro contos de *Seis problemas* e nas *Crônicas de Bustos Domecq*, de 1967). Elegante e mundano, "homem de letras e de teatro", Montenegro adora falar de si mesmo e é eloquente ao extremo: seus brindes nas festas do final de 1943 ocupam várias páginas de *Um modelo para a morte*, no qual é apresentado como "cavalheiro argentino". Tem faro incomum para negócios e uma "proverbial intuição" para solucionar mistérios — tanto que lamenta não ganhar os créditos por algumas das decifrações de Parodi. Híbrido de personagem e amigo de Bustos, Montenegro age, às vezes, como suporte involuntário da razão de Parodi — o clássico auxiliar, tantas vezes obtuso, que acompanha o detetive analítico. Em outra perspectiva, é seu antípoda: aquele que aposta na intuição e, por isso, não é suficientemente rigoroso e racional para assumir a função de detetive.

Do círculo intelectual de Bustos Domecq, Suárez Lynch foi o único — observa a jornalista Cristina Parodi — que se dedicou exclusivamente à literatura.[3] Os poucos dados biográficos de Suárez Lynch que conhecemos nos chegaram, inclusive, pelo mestre, cuja influência era tamanha que sufocava o aprendiz: Suárez nasceu em 1919 (mesmo ano da condenação de Parodi) e, antes de escrever *Um modelo para a morte*, tentou sem sucesso vários gêneros literários. Só obteve reconhecimento quando se aproximou em definitivo

---

3. "Una Argentina virtual: El universo intelectual de Honorio Bustos Domecq". Em *Variaciones Borges*, Aarhus: Centro Jorge Luis Borges, n. 6, pp. 53-143, 1998. De Cristina Parodi, veja também: "Borges y la subversión del modelo policial", em Rafael Olea Franco (org.), *Borges: Desesperaciones aparentes y consuelos secretos*. México: El Colegio de México, 1999.

de Bustos e assumiu sua dicção, abandonando para sempre a busca de uma personalidade literária própria. E, mesmo assim, um reconhecimento relativo. Na verdade, de fato e de ficção, a obra de Suárez Lynch não adquiriu a notoriedade da escrita por Bustos Domecq, o que pode ser explicado pelo alcance menor de sua prosa. *Um modelo* é uma narrativa policial à semelhança dos outros casos de Parodi, mas, como explicou o próprio Borges em *Ensaio autobiográfico*, "esse livro era tão pessoal e estava tão cheio de brincadeiras particulares que só foi publicado em uma edição não destinada à venda".[4] De fato, em 1946, apenas trezentos exemplares de *Um modelo*, ilustrados por sete gravuras de Xul Solar, foram impressos e circularam entre amigos.

Também foram restritas a edição e a circulação do volume que, em 1955, reuniu *Os suburbanos* e *O paraíso dos crentes*. Borges e Bioy assinaram com seus próprios nomes esses dois roteiros cinematográficos. As duas histórias — datadas, conforme o prólogo, de 1951 — retomavam algumas das preferências que já haviam aparecido nas colaborações sob os pseudônimos de Bustos Domecq e Suárez Lynch: "A estilização, o trabalho sobre os gêneros, os personagens arquetípicos, a obsessão de uma trama perfeita que gire sobre si mesma como um mecanismo perfeito".[5] Ou seja, novamente as matrizes do policial eram visitadas, sob o impacto do rigor lógico e narrativo e do esforço na construção cuidadosa de personagens e de suas vozes.

Os suburbanos, como o nome já diz, conta uma típica história das *orillas* — o arrabalde de Buenos Aires —, com forte influência oral. No final do século XIX, o herói Julio Morales vai a Almagro, no Sul, "procurar um homem de coragem [...]; se é que ele existe". Busca a si mesmo nessa região de velhas quintas e ruas de terra: desafia os outros para se desafiar, provar sua coragem e apagar a lembrança de um gesto covarde. Tenta — homem de ação — penetrar na mitologia das *orillas*, recheada de gestos grandiosos e decididos e de brigas com punhais. Já a ação de *O paraíso dos crentes*, segundo os próprios autores, corresponde cronologicamente "mais ou menos à nossa época". No lugar do Sul, a sordidez do submundo, em uma representação que lembra os

---

4. *Um ensaio autobiográfico: 1899-1970*. Colaboração de Norman Thomas di Giovanni. Trad. de Maria Carolina Araújo e Jorge Schwartz. São Paulo: Companhia das Letras, 2009, p. 66.
5. David Oubiña, "*Monstruorum Artifex*: Borges, Hugo Santiago y la teratologia urbana de *Invasión*". *Variaciones Borges*, Aarhus: Centro Jorge Luis Borges, n. 8, p. 72, 1999.

policiais duros do cinema ou da tradição americana (que Borges repudiava). Em tom de folhetim (cujas características românticas, em especial o desfecho, foram destacadas pelos autores no prólogo), *O paraíso dos crentes* combina a rejeição dos filmes de gângster por um casal — que os toma por imorais e inverossímeis — e seu envolvimento duplo com o lado obscuro de Buenos Aires: no presente, quando se vê enredado em uma ação violenta, e no passado, pela lembrança de antigos pistoleiros.

No prólogo, Borges e Bioy identificaram as duas narrativas como comédias, obviamente no sentido aristotélico: histórias de homens e mulheres comuns. E mostraram como esses pequenos heróis viajaram atrás de aventuras que, de alguma forma (nem que seja pela ânsia, algo vil, do lucro que movia os personagens de *O paraíso dos crentes*), permitia-lhes emular os grandes heróis do passado. Sua busca, porém, não tinha fim: "Talvez não custe salientar que nos livros antigos as procuras eram sempre afortunadas [...]. Agora, em compensação, agrada misteriosamente o conceito de uma procura infinita ou da procura por uma coisa que, encontrada, tem consequências funestas". O desfecho da comédia, portanto, não trazia salvação, mas — à semelhança de várias outras histórias de Borges — apenas o cumprimento de um destino, equivalente miúdo dos finais das grandes tragédias.

O paraíso dos crentes nunca foi filmado; *Os suburbanos* só foi para a tela vinte anos depois.[6] De qualquer forma, mesmo para Borges e Bioy, era improvável que os roteiros fossem bem-sucedidos. Em entrevista de 1994, Bioy comentou, com a habitual autoironia:

> Trabalhamos muito neles [nos roteiros], mas na verdade não sabíamos como escrever um roteiro de cinema. *Os suburbanos* era um filme com vários segmentos, e cada um deles tinha seu próprio final; mas um filme deve caminhar em direção a um final só. Borges queria que os personagens do filme falassem

6. Dirigido por Ricardo Luna, o longa-metragem de noventa minutos *Los orilleros* foi lançado em 1975. Ver Edgardo Cozarinsky, *Borges em/e/sobre cinema*. Trad. de Laura J. Hosiasson. São Paulo: Iluminuras, 2000, p. 155. Para David Oubiña, ver nota anterior; no entanto, elementos dos dois roteiros foram parcialmente recuperados em *Invasión*, filme de Hugo Santiago que estilizou Buenos Aires sob o nome de Aquilea e incorporou personagens e ambientações, em especial de *O paraíso dos crentes*, por trás da ideia de uma luta infinita, heroica porque antecipadamente derrotada.

de maneira sentenciosa, soltassem frases inesquecíveis. Você imagina atores argentinos falando desse jeito? Seria ridículo. E o que normalmente era engraçado tornou-se muito cansativo. Hoje, os filmes estão completamente esquecidos.[7]

Diferentemente do que supôs Bioy, os roteiros não ficaram esquecidos. E, ao contrário de sua preocupação irritada com a publicação da *Obra completa em colaboração* de Borges, ela teve o papel de facilitar a difusão de originais quase desconhecidos e, a partir daí, dimensionar alguns significados desses textos periféricos, que tiveram elementos compartilhados com as obras individuais, anteriores e posteriores, de ambos. Além do impacto da escrita em parceria — já comentado por Michel Lafon no texto anterior — e do aprendizado recíproco, há pelo menos três traços importantes que vinculam *Um modelo para a morte*, *Os suburbanos* e *O paraíso dos crentes* às obras individuais e a textos centrais de Bioy e de Borges: a mobilidade e variação do texto, os jogos de citações e as referências (falsas, verdadeiras, diretas, invertidas) e a busca incessante pelo rigor na arquitetura literária.

A metáfora a que Beatriz Sarlo[8] recorreu para interpretar a relação de Borges com a memória e a história — como proposto por Pablo Brescia[9] — parece especialmente adequada para compreendermos o lugar desses textos em sua obra: um escritor de *"las orillas"*. Margens, bordas, fronteiras, limites: a possibilidade de vários termos pelos quais poderíamos traduzir *orillas* é inevitavelmente dupla. Sugere a finitude de um espaço, que termina onde outro se inicia. Mas também indica a porosidade de qualquer lugar de separação: as incontáveis formas como podemos transgredir as delimitações e torná-las territórios de combinação e de diálogo, possibilidade de contaminação e de extensão ilimitada. Da mesma maneira que o isolamento dos textos em parceria — compilados, inclusive, fora da "obra completa" — assume sua marginalidade, no sentido estrito, em relação às obras individuais de ambos, também permite enxergá-los como local ininterrupto de diálogo e de influência sobre os escri-

7. Entrevista de Bioy a James Woodall, 18 nov. 1994. Em *The Man on The Mirror of The Book: A Life of Jorge Luis Borges*. Londres: Hodder and Stoughton, 1996, p. 164.

8. *Jorge Luis Borges, um escritor na periferia*. Trad. de Samuel Titan. São Paulo: Iluminuras, 2008.

9. "De policías y ladrones: Abenjacán, Borges y la teoría del cuento". *Variaciones Borges*, Aarhus: Centro Jorge Luis Borges, n. 10, pp. 145-66, 2000.

tos individuais. É decisivo, para ficar em um exemplo, notar coincidências entre a viagem de Julio Morales ao Sul, em *Os suburbanos*, e a odisseia inevitavelmente trágica de Johannes Dahlmann no conto "O Sul", de *Ficções*.[10]

O próprio manejo do gênero policial identifica irreversivelmente a obra em colaboração e as individuais.[11] O policial, além do rigor analítico e do cerebralismo que implica, favorece a constituição de regras fixas para a narrativa. Em uma resenha depreciativa de um livro de Georges Simenon, Borges fez o elogio à matriz clássica — "inglesa" — do policial, notando exatamente a rigidez de seus procedimentos de construção: "Na Inglaterra, o gênero policial é como um xadrez governado por leis inevitáveis".[12] Poucos anos antes, e por duas vezes, Borges compilara essas leis, em artigos quase idênticos, publicados com dois anos de diferença.[13] As "leis inevitáveis", porém, existem para que sejam subvertidas — desde que a transformação não afete a matriz lógica do enigma. Foi esse modo *orillero* de incorporar as leis do policial que Bioy e Borges realizaram ao utilizar o gênero: desviavam suas funções e o tornavam uma espécie de "modelo epistemológico experimentável".[14] Recolheram o policial da periferia da literatura canonizada e o elevaram; os recursos para tanto foram vários: a valorização de seus aspectos formais, a introdução de reflexões filosóficas, a entonação satírica e a determinação de um lugar privilegiado para o leitor.

Se, para Bioy e Borges, todo leitor deve interferir na escritura e proble-

10. Embora *Ficções* tenha sido originalmente publicado em 1944, "O Sul" só foi incorporado ao livro a partir da edição de 1956. Antes disso, apareceu em versão pré-original no jornal *La Nación*, 8 fev. 1953. Sua redação, portanto, é cronologicamente muito próxima da de *Los orilleros* (datado de 1951 e publicado em 1955).

11. Para ficar em apenas um exemplo, dos mais famosos, de cada: "A morte e a bússola" (1942), de Borges, e *A invenção de Morel* (1940), de Bioy. Evidentemente, o segundo não se limita à exploração do policial, mas recorre repetidas vezes a estratégias narrativas do gênero. E é interessante notar que "A morte e a bússola" (que seria editado mais tarde em *Ficções*) apareceu, já em 1943, na antologia *Los mejores cuentos policiales*, organizada por Bioy e Borges para a editora Emecé.

12. "*Les sept minutes*, de Simenon", em *Textos cativos* (1986). *Obras completas*. v. 4. Trad. de Sérgio Molina. São Paulo: Globo, 1999, p. 423. Essa resenha foi originalmente publicada em 13 de maio de 1938.

13. "Leyes de la narración policial". *Hoy Argentina*, ano 1, n. 2, pp. 48-9, abr. 1933; "Los laberintos policiales y Chesterton", *Sur*, n. 10, jul. 1935.

14. Cristina Parodi, "Borges y la subversión del modelo del policial", op. cit.

matizá-la, mais decisivo ainda é o leitor do policial, que precisa encarar as várias possibilidades abertas pelo texto, ingressar na "estética da suspeita"[15] que caracteriza os relatos detetivescos e fazer suas opções, na esteira do investigador, mas com o repertório acumulado de outras tantas leituras anteriores. Diante da obra em colaboração, esse leitor ainda conta com um recurso extra: a fragilidade dos autores — Bustos Domecq ou Suárez Lynch —, que desloca a intencionalidade do relato e reforça a suspeita de que todo texto independe da figura do autor, compondo-se pela apropriação e combinação de outros relatos.

Sob a arquitetura narrativa criteriosamente constituída, os hipotéticos Suárez ou Bustos, intermediários da recuperação e da reinvenção do gênero, também privilegiam o leitor ansioso pelo divertimento sem sacrificar a qualidade literária e valorizam, de forma estratégica, o ato da leitura. Em uma entrevista de 1961, Borges e Bioy responderam à pergunta "O que é o gênero policial?" por meio deste elogio:

> Deve-se suspeitar que alguns críticos negam ao gênero policial a hierarquia que merece apenas porque lhe falta o prestígio do tédio. Paradoxalmente, seus detratores mais implacáveis costumam ser aquelas pessoas que mais se deleitam com sua leitura. Isso se deve, talvez, a um inconfessado juízo puritano: considerar que um ato puramente agradável não pode ser meritório.[16]

O alvo de todo texto é o leitor — mesmo se, no caso da publicação inicial de *Um modelo para a morte*, *Os suburbanos* e *O paraíso dos crentes*, este seja numericamente restrito e composto quase apenas do grupo de amigos. É para ele que se constroem os jogos de adivinhação: para que percorra os passos do detetive e desvende a trama ou siga as linhas do texto e identifique as citações diretas ou cifradas (outra conhecida marca das obras individuais), ininterruptas em *Um modelo*. O crime cometido por Ladislao "Potranco" Barreiro, afinal, repete em parte o narrado por G. K. Chesterton no conto "O

15. Jorge Hernández Martín, *Readers and Labyrinths: Detective Fiction in Borges, Bustos Domecq and Eco*. Nova York; Londres: Garland, 1995.
16. Citado por Jorge Lafforgue e Jorge B. Rivera, em *Asesinos de papel: Ensayos sobre narrativa policial*. Buenos Aires: Colihue, 1996, p. 250.

oráculo do cão". As tramas amorosas que motivam um e outro são semelhantes; os cenários, as armas e os vestuários se identificam. O próprio conto de Chesterton circula dentro da história de Suárez Lynch e, destaca Rosa Pellicer, "se transforma em uma espécie de versão da carta roubada de Poe: uma mensagem escondida que está à vista de todos".[17] O mistério se resolve por meio de uma carta do próprio criminoso, que impõe sua leitura (e apropriação) do conto de Chesterton, assume o papel de autor e manipula os fatos para obter o efeito (intertextual e criminoso) desejado.[18]

Esse mesmo leitor pode enxergar que, por trás das brincadeiras e das sátiras, Borges e Bioy se referiam diretamente à experiência vivida:

> O tom de burla [...] recorda, em alguma medida, a ironia que Borges e Bioy empregarão em sua obra em colaboração ao ridicularizar aqueles personagens da aristocracia portenha que, ao falar, intercalam termos em inglês e em francês para mostrar sua elevada cultura.[19]

A burla, porém, não se restringe a personagens da sociedade ou do mundo cultural argentino — cruelmente retratado na figura do dr. Gervasio Montenegro (da mesma forma que em "O aleph", um dos contos mais destacados de sua obra pessoal, Borges carrega nas tintas para desenhar de maneira maliciosa o "escritor" Carlos *Argentino* Daneri). Bioy e Borges falavam de uma Argentina maior, completa e recheada de tensões e impossibilidades políticas: a Argentina sob o governo de Perón.

Borges lamentou, anos depois, que não havia sido percebida a sátira política em Bustos ou Suárez:

> O livro era também uma sátira sobre os argentinos. Durante anos, a dupla identidade de Bustos Domecq não foi revelada. Quando por fim se soube, as

---

17. "Borges, Bioy y Bustos Domecq: Influencias, confluencias". *Variaciones Borges*, Aarhus: Centro Jorge Luis Borges, n. 10, pp. 18 ss., 2000.

18. Alfred MacAdam, *"Un modelo para la muerte*: La apoteosis de Parodi". *Revista Iberoamericana*, n. 112-3, p. 551, jul.-dez. 1980.

19. Fabiana Sabsay Herrera, "Para la prehistoria de H. Bustos Domecq: *Destiempo*, una colaboración olvidada de Jorge Luis Borges y Adolfo Bioy Casares". *Variaciones Borges*, Aarhus: Centro Jorge Luis Borges, n. 5, p. 112, 1998.

pessoas pensaram que, como Bustos era uma brincadeira, não se podia levar muito a sério o que ele escrevia.[20]

Mas é improvável que os leitores dos anos 1940 e 1950 tenham ficado indiferentes à corrosão que o humor provocava na intelectualidade favorável ao peronismo ou omissa diante de seu autoritarismo e do conjunto de limitações e determinações da produção artística que o mesmo Borges devastou na corajosa conferência de 1953, "O escritor argentino e a tradição", quando contestou com veemência o primado nacionalista na representação.[21] Os escritos em parceria expressavam, de resto, sempre na estrutura rígida e alterada do policial bioy-borgiano, as opiniões e declarações políticas de seus autores, incorporando uma dimensão ideológica geralmente insuspeitada.[22] Mais uma vez, a figura em destaque é a do leitor, que pode reconhecer o que Alfred MacAdam, um precursor nas análises da obra em colaboração, definiu como "a culminação de um estudo do ambiente sórdido, celinesco, que, para os autores, caracteriza a Argentina contemporânea".[23]

Na aparente margem da obra "séria" de Borges e de Bioy, os relatos escritos a dois retomaram a estratégia alusiva à experiência histórica que caracterizou ambas as obras individuais e que, por tanto tempo, foi negada ou mal compreendida. E o fizeram por meio da construção de um cuidadoso e divertido diálogo entre textos, e destes com o leitor — o mesmo que Borges iludiu em "A morte e a bússola", ao fazê-lo seguir as confusas pegadas lógicas de Lönnrot, ou a que o narrador-fugitivo recorreu no apelo final de A invenção de Morel, livro mais conhecido de Bioy. Sempre o leitor: único e privilegiado, foco de uma poética partilhada pelos dois amigos.

20. *Um ensaio autobiográfico: 1899-1970*, op. cit., pp. 65-6.
21. Em *Discussão*. Trad. de Josely Vianna Baptista. São Paulo: Companhia das Letras, 2008, p. 147.
22. Ricardo Romera Rozas, *L'Univers humoristique de Jorge Luis Borges et Adolfo Bioy Casares*. Paris: L'Harmattan, 1995.
23. Alfred J. MacAdam, "El espejo y la mentira, dos cuentos de Borges y Bioy Casares". *Revista Iberoamericana*, n. 75, p. 365, abr.-jun. 1971.

Quando dois são três ou mais

Davi Arrigucci Jr.

I

Estes livros são fruto da colaboração de dois grandes escritores que um encontro casual tornou amigos, marcando para sempre suas longas vidas paralelas. Brotaram em parte do acaso e da livre invenção, mas também da determinação férrea e da militância de seus autores em um trabalho comum de anos a fio, levado adiante decerto com muito senso de humor. Vários resultados decorreriam dessa íntima parceria: crônicas e contos policiais ou fantásticos de intenção satírica, roteiros para cinema, artigos e prefácios, a direção de coleções de livros, a compilação de antologias, a anotação de obras clássicas.

Movidos pela paixão argentina da amizade e por outra que não lhe ficava atrás — a da literatura —, Jorge Luis Borges e Adolfo Bioy Casares inventaram também, logo depois de se conhecerem na década de 1930, um heterônimo: H. Bustos Domecq.[1] Sem nunca terem se referido a Fernando Pessoa, praticaram à maneira dele, no entanto, uma dramatização similar de eus potenciais que traziam dentro de si, com a peculiaridade de serem dois a cria-

---

1. Veja-se o relato que dá desse primeiro encontro Bioy Casares no seu diário póstumo *Borges* (Daniel Martino (org.). Barcelona: Destino, 2006. Coleção Imago Mundi), pp. 27 ss.

rem um terceiro. Embora sem a radicalidade e a importância estética dos heterônimos pessoanos, o que fizeram em parceria tem implicações não menos essenciais e complexas para sua própria produção ortônima, siderada, cada uma a seu modo, pelos enigmas do outro e pelas questões gerais da divisão do ser e da alteridade.

Como em geral acontece nesses casos, Bustos Domecq era o primeiro de uma série; para se ter uma ideia desses avatares, basta considerar o que tem a dizer sobre o assunto B. Suárez Lynch, outro heterônimo que nasceu junto com o primeiro argumento policial sonhado pelos parceiros, ou recorrer ao depoimento do detetive encarcerado Isidro Parodi,[2] que resultou dessa curiosa multiplicação de escritores. Sem falar, é claro, da parte de Borges em certos personagens ficcionais como Pierre Menard ou o "outro Borges" narrador, *hacedor* recorrente e múltiplo no espelho de suas ficções. Todos eles têm implicações estéticas importantíssimas na configuração das obras de próprio punho que Borges e Bioy escreveram.

A colaboração entre os dois amigos tinha nascido de uma brincadeira bem conhecida: compuseram a quatro mãos o folheto publicitário de um iogurte produzido por La Martona, a companhia leiteira dos Casares, e se a experiência valeu como uma decisiva aprendizagem para o então jovem Bioy — que assim queimava etapas na árdua disciplina de aprender a escrever —, não parece ter sido menos importante para Borges, cujo veio satírico aflorou em sua própria obra com maior intensidade e brilho nos anos seguintes, quando os encontros se reiteram quase a cada dia, até aproximadamente um mês antes de sua morte em 14 de junho de 1986.

O novo escritor resultante da obstinada parceria foi tratado, desde o início, com todas as honras da casa, isto é, com a mesma refinada arte, espírito lúdico, consciência crítica, autoironia e sentido paródico que caracterizaram a dedicação de ambos ao ofício das letras. Por isso mesmo, não se deve confundir essa colaboração contumaz e decisiva com outras a que se entregou Borges ao longo dos anos, pois nenhuma das demais pode ser comparada a esta sob o aspecto literário, em termos de valor e significação. É também por esse motivo que Bustos Domecq se torna um sósia capaz de se imiscuir no modo

---

2. O leitor só terá a ganhar com a leitura esclarecedora do excelente "De igual para igual", de Júlio Pimentel Pinto, publicado nesta edição.

de ser mais íntimo das obras de ambos. Ou melhor, é por essa razão que ele as representa sob um aspecto fundamental, cujas implicações mais fundas não foram ainda de todo examinadas e avaliadas, pois se inserem no tecido mais delicado e fino da constituição dos textos e dependem, para se mostrarem, da exegese cerrada das obras individuais.

Borges e Bioy (que em fotos se fundiram ludicamente em *Biorges*) só conseguiram que esse duplo sobrevivesse (e se multiplicasse) através de um persistente trabalho cotidiano durante anos seguidos, de que o diário póstumo de Bioy sobre o amigo nos dá um longo testemunho, revelador e comovente. Na verdade, Bustos Domecq, em cujo nome ecoam sobrenomes de antepassados dos dois autores, parece a manifestação daquele filão recorrente do espírito satírico que atravessa toda a obra de Borges e encontrou eco na requintada ironia do amigo Bioy.

II

Tanto a sátira quanto a ironia têm, como se sabe, uma origem dramática e dialógica em suas origens gregas. Esse pendor borgiano só ganhou de fato com a convivência miúda e contínua com Bioy, como se necessitasse de um diálogo daquele nível e daquela constância para se mostrar com força plena e de corpo inteiro, como uma espécie de princípio inventivo e organizador com que ele molda sua prosa narrativa e está na própria raiz de sua criação ficcional.

Com efeito, esse viés satírico liga-se não apenas à gênese, em termos sistemáticos, da ficção de Borges, como se vê em "Pierre Menard, autor do Quixote", que inaugura na revista *Sur*, em 1939, a sequência de contos enfeixados mais tarde nas *Ficções*, em 1944. Encontra-se também no auge desse gênero nas mãos do autor como se comprova por "O aleph", publicado pela primeira vez na mesma revista, em 1945, antes de integrar o volume a que dá nome, em 1949. E, por fim, está presente nessa espécie de súmula de seus contos que é "O Congresso", publicado isoladamente em 1971 e incluído n'*O livro de areia*, em 1975.

Pierre Menard e Carlos Argentino Daneri (assim como Alejandro Ferri, o último guardião do Congresso) são literatos marcados pelo academicismo pedante e pela literatice. Seus sonhos literários configuram, no entanto, vastos projetos impossíveis, derivados da herança simbolista, com seu idealismo espiritualista e seus anelos de absoluto, conforme se observa em Mallarmé. É nessa direção que deita suas raízes mais profundas uma das tendências predominantes da literatura moderna do século XX, como demonstrou com precisão Edmund Wilson, em seu *O castelo de Axel*. Também a própria obra de Borges parece nela mergulhar, já que a todo momento glosa e parodia as altas aspirações e os cacoetes desse período, que, sem dúvida, deve ter sido decisivo para a sua formação.

Esse momento pós-simbolista que se estende pelo século XX adentro teve em Paul Valéry, como é sabido, um de seus mentores mais eminentes e decerto um indicador do desenvolvimento a que chegou a autoconsciência literária moderna com relação a seus próprios meios e fins. Borges parece travar um diálogo constante e fecundo com a herança simbolista catalisada por Valéry, cuja presença transparece com nitidez na invenção de Pierre Menard. Com efeito, percebe-se neste certa semelhança com o personagem de fantasia, a quem só conhecemos através de pessoas interpostas, que é Monsieur Teste. Também só conhecemos Menard por intermédio de seus amigos e de seus detratores, ou pelas obras visíveis e invisíveis arroladas pelo narrador, cujo relato parece ainda obedecer ao esquema construtivo de uma resenha literária. É muito significativo que entre as obras relacionadas haja uma cômica "transposição em alexandrinos do *Cimetière marin* [*O cemitério marinho*] de Paul Valéry", além de uma contraditória invectiva contra esse autor. Trata-se, na verdade, de todo um contexto biográfico-literário que serve de fonte para a invenção borgiana, marcada pela memória daqueles salões literários, das preciosas baronesas desgarradas, das revistas um tanto secretas, dos literatos minuciosamente pedantes, investidos por antecipação da grandiosidade dos projetos irrealizáveis e inúteis a que aspiram.

Desse contexto histórico-literário, Borges retira um elemento fundamental de composição de seus contos e um determinado sentido da própria invenção ficcional: a concepção que reduz o texto a um produto de outros textos, e a literatura à própria fonte da literatura. Uma concepção que faz da memória, cujo repositório é a tradição, o buraco negro onde se dissolve a própria ideia de autoria. Desse ponto de vista, que parece se casar à perfeição com um difuso panteísmo idealista na consideração do universo, todos os autores são o mesmo autor e nenhum, uma vez que toda verdadeira invenção individual acaba por pertencer, em última instância, à tradição comum.

A linhagem que vai de Poe a Valéry encontrou no autor de "O corvo" a ideia matriz da obra como um projeto intelectual, que tantas consequências teria na tradição da modernidade. Além disso, também derivou de Poe a noção moderna do poema como um objeto de palavras concentrado em si mesmo, tão consciente e deliberado quanto possível, de modo que o processo de composição tende a se tornar mais interessante que o próprio resultado a que conduz.[3] A paixão pelo método e o desprezo pelo resultado que pode rondar o vazio ou o silêncio do *ptyx* mallarmeano se transformam em polos solidários de um ímã irresistível, para além dos apelos do mundo e da atração possível de qualquer assunto. Através dessa linhagem, a crescente consciência da linguagem poética leva ao extremo da absolutização da autonomia da obra de arte (a consciência artística se isolaria assim em um último refúgio diante de um mundo cada vez mais desencantado, agressivamente invadido pela mercadoria e pelos interesses do capital, no qual a experiência do choque se tornou a norma).[4]

Ao retomar, glosar e, em certo sentido, dar continuidade a essa tradição, à primeira vista poderia parecer que a arte de Borges, sempre espelhada na autoconsciência, com sua consequente propensão intelectualista, se afastaria assim mais uma vez de toda realidade concreta e da experiência histórica. O fato paradoxal, porém, é que justamente por se vincular a esse contexto, pelo viés satírico e paródico com que pratica a crítica desmitificadora dessa linguagem rarefeita, enrodilhada sobre si mesma, é que consegue incorporar a experiência histórica através dos interstícios da própria linguagem que desmonta com tanta comicidade. Basta pensar no caso das duplicações de Menard ou de suas propostas inutilmente inovadoras que acabam por recusar aquilo mesmo que propõem: esse pretenso disparate acaba revelando camadas mais fundas e complexas das relações entre literatura e sociedade do que se poderia imaginar à primeira vista. O contexto literário vira uma matéria histórica

---

3. Ver, nesse sentido, o ensaio de T.S. Eliot, "From Poe to Valéry", em *To Criticize The Critic and Other Writings*. Londres: Faber and Faber, 1965, pp. 27-42.

4. Ver, nesse sentido, Walter Benjamin, *Charles Baudelaire: Un poète lyrique à l'apogée du capitalisme*. Trad. de Jean Lacoste. Paris: Petite Bibliothèque Payot, 1974, p. 159. [Ed. bras.: *Charles Baudelaire: Um lírico no auge do capitalismo*. São Paulo: Brasiliense, 1991.]

da literatura levada até seu limite, tornando seus múltiplos e infindáveis espelhamentos em alvo da crítica. Na verdade, Borges opera, por esse meio, uma crítica do moderno, armado da mesma tradição moderna de que se serve como tema e diretriz, em um movimento parecido ao de Menard.

Nesse sentido, a invenção de Bustos Domecq, espécie de Pierre Menard enredado nos bastidores da ficção de Borges e de Bioy, realiza no fundo invisível do espelho a duplicação paródica de seus inventores que nele põem à prova os limites da própria teoria literária que praticam. De algum modo, na projeção dessa figura narcísica que é Bustos Domecq, a consciência artística se dobra vertiginosamente sobre o vazio que a espreita e desafia no fundo do espelho.

É por isso que Bustos Domecq parece ter muito que nos contar a propósito da arte da narrativa que deu fama universal ao autor das *Ficções*. É que ele se vincula à mesma tendência básica responsável por certas peculiaridades da construção do relato e de traços de estilo que nos permitem reconhecer a marca de fábrica de Borges, para quem serve de imagem especular, vigilante e secreta.

O que Bustos Domecq nos conta, porém, não é nada fácil a princípio para o leitor desprevenido. É bem verdade que os contos talvez sejam mais acessíveis e engraçados (quando não terríveis como aquele de que vou tratar mais adiante). Mas o assunto das crônicas é um comentário escarninho e paródico de tipos e atitudes mentais do mundo cultural e político argentino da época, sobretudo dos círculos acadêmicos, cujo discurso inflado até o bombástico, com recheios de literatice e pedantismo, é glosado e parodiado a cada passo. São literatos, escultores, arquitetos e pintores imaginários, mas verossímeis em seu meio, como se fossem imagens vivas e exemplares do que se entende por moderno, a estética dominante com sua constelação de atributos consagrados, respeitados, temidos, vistos aqui no entanto pelo viés da ironia e da sátira.

Apesar das inúmeras referências à literatura universal, a matéria peculiar das crônicas, tanto pelo localismo quanto pela expressão obscuramente alusiva ou cifrada, torna-se de difícil entendimento imediato, embora muitas passagens sejam contundentes pela agudeza e de uma comicidade por vezes hilária. Essa dificuldade inicial, que corre o risco de tornar a leitura tediosa, não deve, porém, intimidar o leitor, que encontrará motivos de sobra para se aventurar na decifração exigente desses relatos, nos quais são discutidos, sob máscaras do cotidiano, as contradições e os percalços da modernidade todo-poderosa em uma sociedade em desenvolvimento, na qual a retórica e a ideologia do nacionalismo não correspondem à estética moderna dominante, criando um descompasso cômico e uma profusão de disparates. O sonho da razão mais uma vez engendra monstros, como se verá.

Além disso, ao parodiar pretensões ridículas da linguagem elevada dos literatos, Borges parece estar também zombando de si mesmo e tratando de exorcizar o estilo solto, a prosa retórica e guindada de sua mocidade, quando ele se mostrava incansável na busca do assombro a cada frase e dado a floreios e excessos barrocos que pareciam se casar às mil maravilhas com o seu pendor nacionalista de então. De tudo isso fugiria como o diabo da cruz mais tarde. Mas, ao longo dos anos, enquanto se desfazia do nacionalismo (sobretudo ao se defrontar com o nacionalismo peronista e com os horrores do nacional-socialismo e da Segunda Guerra Mundial), foi deixando também os excessos estilísticos pelo caminho. Em parte pelo contato com Bioy Casares — "mestre não é quem sempre ensina, mas quem de repente aprende", como diria nosso Guimarães Rosa —, em parte talvez também pelos modelos de Alfonso Reyes e de Paul Groussac,[5] cuja frase límpida admirava pela sabedoria de tornar invisível todo esforço de estilo. Afora isso, houve decerto o amadurecimento natural que os anos trazem: a lenta acumulação da experiência que, na tradição ocidental, desde Demócrito e Longino, sabemos ser a medida do estilo. O fato é que a soma complexa de tudo isso acabou levando afinal Borges à prosa contida, de clareza e elegância clássicas, que se tornou dominante na obra madura.

III

Os criadores de Bustos Domecq divertem-se a cada linha com suas próprias brincadeiras, mas é árduo acompanhá-los em seus jogos verbais e no alcance de suas tiradas ferinas e sibilinas, cuja agressividade disfarçada em chiste não deixa pedra sobre pedra no quem é quem do mundo cultural e político

---

5. Ver "Paul Groussac", em *Discussão*. Trad. de Josely Vianna Baptista. São Paulo: Companhia das Letras, 2008, p. 94.

a que remetem, com verve sempre mordente e de vez em quando maldosa. Talvez se possa resumir a matéria geral de que tratam, lembrando o tema medular das obras finais de Flaubert, *Bouvard e Pécuchet* e o *Dicionário das ideias feitas*: a *bêtise* humana. Borges voltou diversas vezes a essas obras a partir da "vindicação" que escreveu sobre elas em seu livro *Discussão*,[6] de 1932, mas explorou sub-repticiamente seu tema central nos textos em colaboração com Bioy. A idiotice em seu contexto meramente argentino vem então fartamente ilustrada e caricaturizada no discurso academicista em que ambos se eximem nesses textos, discurso esse encarnado e ridicularizado desde o "Prólogo" de Gervasio Montenegro para as *Crônicas*.

Borges não se limitou a ler e comentar as obras finais de Flaubert; seu ensaio revela também o empenho com que acompanhou a repercussão que elas tiveram no meio francês, como na lúcida leitura de Rémy de Gourmont, crítico cuja importância para nosso autor não foi ainda de todo estudada. Rémy de Gourmont pertence justamente àquele momento do pós-simbolismo tão rico de ideias estéticas e sugestões que alimentariam a imaginação de nosso autor na criação de Pierre Menard, Carlos Argentino Daneri e Alejandro Ferri, e deve ter sido uma das suas referências para o estudo e o aproveitamento da obra de Marcel Schwob,[7] a cujas *Vidas imaginárias* Borges se referirá de modo explícito como uma das fontes de sua *História universal da infâmia*.[8]

Na verdade, a relação com o último Flaubert revela o vínculo de Borges à longa tradição das metamorfoses da sátira menipeia ou de Varrão, de que foram balizas autores tão destacados por ele, como Swift, o Samuel Butler de *Erewhon*, o Voltaire de *Cândido*. Como no caso de nosso Machado de Assis com as *Memórias póstumas de Brás Cubas* (ou com "O alienista"),[9] a quem

6. "Vindicação de *Bouvard e Pécuchet*", *Discussão*, op. cit., pp. 135-40.

7. Ver as excelentes anotações de Jean-Pierre Bernès a esse respeito na edição de Borges da Pléiade: *Œuvres complètes*. Paris: Gallimard, 1993, v. I, pp. 1484 ss.

8. Ver "Vidas imaginarias", em Jorge Luis Borges, *Biblioteca personal: Prólogos*. Buenos Aires: Emecé, 1998, p. 112. No mesmo sentido, ver também seu *Ensaio autobiográfico: 1899-1970*, op. cit., pp. 56-7.

9. Creio que foi José Guilherme Merquior o primeiro a chamar a atenção para esse vínculo de Machado com a tradição da sátira menipeia, que, se não basta para explicá-lo, ajuda a compreendê-lo. Ver José Guilherme Merquior, "Gênero e estilo das *Memórias póstumas de Brás Cubas*". *Colóquio/Letras*, n. 8, 1972.

jamais se referiu Borges, trata-se da mesma tradição que remonta até Luciano de Samósata, evocado por nosso autor no admirável "Diálogo de mortos" de *O fazedor*, no qual pratica uma remontagem da experiência histórica da formação da nação argentina através de uma conversa imaginária, tão insólita quanto iluminadora, entre Facundo e Rosas.

Para os autores dessa tradição, a fantasia intelectual aliada ao humor tem mais peso que a coesão dos eventos em um enredo determinado, como se vê na prosa digressiva de Laurence Sterne, citado por Machado, e os traços estilizados e caricaturais dos personagens representam antes atitudes mentais que o estofo simbólico das contradições de um caráter ou uma pessoa moral conforme a tradição do realismo no romance, mas um mesmo efeito realista é obtido aqui por outros meios. Em muitas dessas crônicas e nos contos, os caracteres se prestam sobretudo à caricatura corrosiva de estereótipos e mazelas do ambiente social. Constituem, portanto, fulcros para uma leitura crítica, por intermédio das deformações caricaturais da linguagem, da sociedade em que se inserem e que por sua vez neles se espelha e se resume, projetada, pelo modo de ser de seu próprio discurso, em alto-relevo grotesco.

É surpreendente observar como Borges (com seu fiel escudeiro Bioy) se aproxima assim, através de Bustos Domecq, de uma forma de realismo grotesco, semelhante ao da tradição estudada por Mikhail Bakhtin, expressa, no caso, pela visão cômico-fantástica da sociedade argentina. Com efeito, as crônicas e os contos de Bustos Domecq constituem uma crítica feroz baseada no *"cómico de la lengua"*, erodindo a sociedade a partir do interior de sua linguagem, com o cáustico veneno de suas próprias palavras. Borges sempre afirmou que saber como fala um personagem é saber como ele é: a fala que caracteriza os seus nesses textos de corte humorístico, largamente bebida nas informalidades do discurso oral e na contínua mescla com a prosa oratória, funciona como um espelho *esperpéntico*[10] da sociedade do tempo, alvo da deformação grotesca, mas criticamente reveladora pela penetração e contundência que lhe imprime o olhar satírico.

Nesse sentido, para se ter uma ideia precisa disso a que me refiro, basta ler o imbróglio linguístico — mescla de um registro informal da linguagem

---

10. Como se sabe, o *esperpento* é o gênero teatral criado pelo escritor espanhol Ramón del Valle-Inclán, que nos apresenta, de modo expressionista, uma realidade grotescamente deformada.

falada na Argentina com o lunfardo e abundantes italianismos — que o anti-peronismo dos dois amigos (sobretudo o de Borges) põe na boca de um militante peronista de Pujato, em 1947.[11]

IV

Trata-se de "A festa do monstro", certamente o texto mais terrível da coletânea *Novos contos de Bustos Domecq*, o que significa que, pela voz de seu heterônimo, Borges e Bioy se arriscam a dizer coisas que não chegaram a exprimir com todas as letras em suas obras ortônimas. Borges afirmou certa vez ter descoberto que a "brutalidade pode ser uma virtude literária".[12] Se há texto brutal na literatura argentina digno de se ombrear com *O matadouro* de Esteban Echeverría ou com certa página do poema gauchesco *La refalosa* de Ascasubi, cujo caráter íntimo é "uma sorte de inocente e grosseira ferocidade", segundo o próprio Borges, será "A festa do monstro". Não é à toa que lhe serve de epígrafe um verso do poema de Ascasubi. Dele pode ter saído ainda a ideia de que uma "batalha pode ser também uma festa", como Borges assinalou mais uma vez.[13]

O conto reproduz, até certo ponto, o clima de violência e brutalidade que marcou a memória histórica argentina dos anos 1940. Depoimentos de testemunhas oculares desse tempo relatam conflitos de rua, com espancamentos, pedradas e tiros que ocorreram em Buenos Aires logo após a ascensão de Perón ao poder, em fevereiro de 1946,[14] mas o foco principal da narrativa está centrado sobretudo na violência intestina da mobilização social e política que deu sustentação ao peronismo.[15]

11. Pujato é a cidade da província de Santa Fé onde teria nascido Bustos Domecq. Veja-se o irônico perfil biográfico que se acha na abertura de *Seis problemas para dom Isidro Parodi*, pretensamente escrito pela "educadora, srta. Adelma Badoglio".
12. Ver *Prólogos con un prólogo de prólogos*. Buenos Aires: Torres Agüero, 1975, pp. 81-2.
13. Id., p. 21.
14. Ver, nesse sentido, o relato de Scott Seegers, reproduzido no livro de Donald Marquand Dozer, *América Latina: Uma perspectiva histórica*. Trad. de Leonel Vallandro. Porto Alegre: Globo; Edusp, 1966, p. 571.
15. A natureza da mobilização popular tem estado no centro da discussão sociológica em torno das relações entre peronismo e fascismo desde os estudos pioneiros de Gino Germani, que

Tal como se mostra no relato direto, em primeira pessoa, de um militante durante os preparativos para um comício de Perón na Plaza de Mayo, a narrativa aproxima o populismo peronista das formas da violência fascista, com suas tropas de choque, pancadarias, estandartes, insígnias, cantorias e pichações, e do nazismo, pelo antissemitismo, levado até o extremo da execução de um moço judeu, nomeado, a certa altura, como um *jude*.

O tratamento ficcional dessa matéria histórica e conflituosa em uma narração em primeira pessoa de um participante direto permite a expressão interna e dramatizada dos acontecimentos que é com certeza do maior interesse, pois, além de outras implicações a serem examinadas mais adiante, vai contra a própria postulação borgiana da realidade na ficção.

Em um ensaio importante de seu livro *Discussão*, "A postulação da realidade", Borges nega a identificação feita por Benedetto Croce entre arte e expressão e recusa, consequentemente, a prevalência do modo imediato e expressivo adotado pelos românticos para se exprimirem pela cena dramática direta. Defende então, ao contrário, o seu próprio modo de narrar, filiado às formas clássicas de apresentação mediata da realidade: seja através de uma notação genérica dos fatos que importam, seja imaginando uma realidade

---

procurou diferenciá-los com base no tipo de mobilização: o peronismo teria nascido de uma mobilização primária do operariado, característica da sociedade tradicional; já o fascismo italiano, da conjugação simultânea da mobilização primária e da secundária, esta própria de uma sociedade modernizada, envolvendo as classes médias. Até a Primeira Guerra Mundial, a mobilização primária da classe operária italiana teria encontrado canais de expressão aceitos e tolerados e, apesar do ritmo crescente da mobilização no Pós-Guerra, não teria conseguido tomar o poder por não encontrar uma elite disponível; daí o deslocamento da violência fascista dessas massas em disponibilidade que então se associam à mobilização das classes médias proletarizadas pela guerra. O peronismo, apesar dos múltiplos aspectos totalitários, de traços nitidamente fascistas, seria antes um movimento nacional-popular, não muito diferente da mobilização liberal-popular do partido radical com o qual disputava o poder na Argentina. Estudos posteriores refinam as diferenças entre o quadro europeu e o latino-americano, como se vê no trabalho de Torcuato Di Tella, que mostra como o peronismo não conta propriamente com uma classe operária organizada, mas com um "espontaneísmo operário", com forte antagonismo às classes altas e enorme atração pela violência, sujeito, pela frágil perspectiva social, à manipulação pelas lideranças sindicais instáveis e pela demagogia política. Para uma discussão mais ampla do problema, ver a ótima conferência de Hélgio Trindade, que me serviu de base para esta nota: "Fascismo e neofascismo na América Latina", em Luis Milman e Paulo F. Vizentini, *Neonazismo, negacionismo e extremismo político*. Porto Alegre: UNFRGS, Corag, 2000.

mais complexa do que a declarada ao leitor, seja, por fim, pelo método mais difícil, mas seu preferido, da invenção circunstancial, mediante a criação de "pormenores lacônicos de longa projeção".[16] Sem abdicar da riqueza dos pormenores concretos, levados aqui até o máximo de sua potencialidade alusiva, o narrador nos apresenta o relato minucioso, intenso, atroz, do assassinato de uma vítima aparentemente casual.

Embora escrito de uma perspectiva política contrária ao peronismo, a construção e a eficácia estética do conto dependem da penetração coerente e adequada na matéria espinhosa de que trata a ficção para que sua forma significativa vá além do panfleto antiperonista e do simples documento histórico de uma época turbulenta da vida argentina. É só assim que a ficção consegue extrair da experiência histórica, por via da imaginação, um conhecimento de valor simbólico que está além do meramente factual.

No texto, o narrador relata à mulher (namorada ou amante) Nelly um dia de "jornada cívica como manda o figurino". Seu tom é de intimidade confidencial e vulgaridade melosa, o que lhe permite as baixarias mais simplórias e a pieguice infantil mais derramada — "Seu porquinho vai confidenciar a você, Nelly...", ou ainda: "Deixe que o Pato Donald dê outro beliscão no seu pescocinho...".

É bem provável que esse continho, a princípio cômico, mascarado pela brincadeira e desviado pelo interlúdio amoroso, seja o mais violento que se possa achar entre os textos do próprio Borges (mesmo se incluirmos as obras em colaboração), apesar da paixão neles reiterada pela disputa física ou intelectual, pela briga de facas e pelo gosto de sangue dos tigres. Até a história feroz das degolas de "O outro duelo", em *O informe de Brodie*, não se compara a esta narrativa, cuja brutalidade latente a cada linha irrompe de súbito com a violência de tragédia no que poderia ser apenas um episódio de rua. Não será por nada que a inconsciência e a memória do narrador logo o apagam, cedendo lugar à comoção diante da palavra do líder.

Um moço judeu, de óculos e com livros debaixo do braço, atravessa por acaso o caminho da tropa de choque dos peronistas e é instado a saudar o estandarte e a foto do monstro. Recusando por ter opinião própria diversa da malta que o assedia, é de súbito atirado contra a parede de um prédio sem ja-

---

16. *Discussão*, op. cit., p. 77.

nelas em um terreno baldio onde, rodeado pela multidão delirante em semicírculo, é exterminado a pedradas. O narrador crava-lhe um canivete (o mesmo que usara para vandalizar os assentos do ônibus durante o trajeto) no que lhe resta de rosto, rouba seus pertences e queima seu cadáver. Torna-se, assim, uma espécie de *pharmakós*, bode expiatório ou vítima sacrificial do excesso e da ferocidade enrustida mas sôfrega da milícia política, armada até os dentes (com revólveres fornecidos pelo Departamento de Polícia) e arrebatada pelo entusiasmo de um deus ausente até o momento culminante da "festa do monstro".

Com essa expressão figurada se alude, como a um nome proibido ou indizível — um nome sagrado —, ao comício de Perón, cujo pronunciamento em cadeia radiofônica parece trazer, em um *gran finale*, a completa harmonia à massa, antes dominada pela violência unânime. A música desempenha, aliás, um papel aglutinador e metafórico ao enfeixar as vozes em uma força única: as marchinhas patrióticas de louvor ao líder misturam-se aos berros, vociferações, hurras, ao "Adiós que me voy llorando", até o "Adiós, Pampa mía", entoado em coro de um grito uníssono no momento que precede a lapidação do jovem judeu.

Desde o início, porém, a violência intestina da milícia se arma em um feixe só, como um arco em um crescendo de tensão até o desfecho no instante do apedrejamento em que se cumpre, como em um ritual, o sacrifício humano, ao qual se segue o referido momento final de distensão e apaziguamento diante da palavra do líder. O diálogo melado em primeiro plano consiste, pois, em uma desconversa literal quanto à tensão crescente do que está sendo dito por esse motorista de ônibus transformado em feroz militante, cujo empenho é a travessia tumultuada — em caminhão, ônibus e bonde — de Tolosa à Plaza de Mayo, no coração histórico de Buenos Aires, onde vai se dar a "festa do monstro".

Os termos "festa" e "monstro", ligados sintaticamente na expressão do título, revelam um enlace mais fundo, do ponto de vista semântico, porque remetem a um mesmo mundo de exceção. Sabemos muito bem que a festa[17]

---

17. Ver, para uma teoria da festa, Roger Caillois, *L'Homme et le sacré*. Paris: Gallimard, 1950, pp. 123 ss.; e especialmente, para as relações entre festa e sacrifício, René Girard, *La Violence et le sacré*. Paris: Grasset, 1972.

instaura um mundo diferente da rotina do dia a dia, um tempo de excessos, e desde o início de seu relato o narrador parece estar tomado por um frenesi incontrolável: entusiasta insone, ele mal pode esperar pelo caminhão que o levará ao seu destino, da mesma forma que depois viverá o constrangimento da permanência obrigatória no grupo, mantida a tapas, pescoções e pontapés.

Assim como a palavra "festa" parece implicar a explosão dos sentidos e a situação extrema em que a alegria transbordante e a angústia se estreitam, em que o paroxismo de vida se limita com a violência, a destruição e a morte, também parece conter uma análoga ambivalência irônica. Ela serve tanto para designar o ser de exceção que é o líder carismático, encarnação do sagrado para os militantes, quanto para guardar oculta a ameaça do crime contrário à natureza: pode significar também a anomalia teratológica, a deformidade fantástica que parece se exteriorizar na fúria de que é possuída a massa a caminho do comício e da comemoração.

Um dos momentos decisivos desse processo, em meio ao frenesi vivido pelo narrador nos preparativos da festa, é aquele em que, sem conciliar o sono, sente-se dominado "pelo mais são patriotismo", representado pela imagem invasora do monstro sorrindo e falando com ele como "o grande labutador argentino que é". Observa-se assim que o líder é o duplo monstruoso dele mesmo, com o qual se identifica inteiramente: o foco de seu desejo e o absoluto a que aspira, imagem sublimada da quinta-essência do nacionalismo. Adormece então e sonha com o episódio mais feliz de sua infância, em uma chácara a que a mãe já morta o teria levado, onde brinca com um cachorro manso, Lomuto, que ele acaricia; sonha depois com o monstro nomeando-o seu mascote e, a seguir, seu "Grande Cachorro Bonzo". "Acordei e, para sonhar tanto despropósito, havia dormido cinco minutos." Seu sonho de paraíso se reduz à função de cão de guarda do líder.

No extremo, a imagem sugerida pelo narrador, a que poderíamos denominar "Grande Labutador", funciona como um duplo projetado pelo desejo mimético do trabalhador/narrador, que nela parece encontrar a sua transcendência. Ela ocupa o lugar do sagrado, cujo fundo sem fundo é a mais absoluta violência. Parte desta (como em um ritual) se encarna na vítima no momento do sacrifício,[18] que é um modo de religar o sagrado com a transcendência.

18. Para o sentido que atribuo aqui ao sacrifício e para as questões relativas ao duplo monstruoso e o desejo mimético, ver René Girard, op. cit.

A milícia não pode existir sem a figura sagrada, mas tampouco pode se entregar à violência que lhe é constitutiva sem o fazer à destruição recíproca de seus membros. O apaziguamento final que a voz do líder em cadeia parece trazer à massa de seus seguidores, após o sacrifício do jovem encontrado pelo caminho, na verdade mascara a violência intestina da milícia que surge espontaneamente do entrechoque de seus participantes como uma faísca irradiante. No entanto, é dessa violência unânime que se alimenta o monstro. O sacrifício do outro (do judeu que não pertence ao grupo e afirma sua divergência para com ele) toma assim a forma de um substitutivo da violência recíproca que reina internamente entre os militantes, que se destruiriam de forma mútua se não encontrassem vazão no sacrifício. O nacionalismo extremado e acrítico exige a eliminação do outro, para evitar a autodestruição de seus partidários. A imolação da vítima (e da alteridade divergente) vira condição de sobrevivência do grupo.

A visão caricata e satírica que Borges e Bioy apresentam do peronismo, assimilado ao nazifascismo, através desse conto de Bustos Domecq, não está decerto isenta dos temores que a mobilização social e política peronista provocou, com seu ódio às classes altas argentinas, ao arregimentar a massa dos trabalhadores, entre os quais milhares de descendentes de italianos que as levas da imigração haviam trazido ao país. Os italianismos que compõem a algaravia do narrador do conto não deixam de ser um registro ambivalente desse processo de transformação social pelo qual passou a sociedade argentina sob a liderança carismática de Perón. Na prosa italianada e sibilante do narrador talvez esteja enredado também o preconceito sob o qual se oculta o medo ao outro que vinha ocupar o espaço da nação.

Contudo, a análise da raiz da violência tal como se configura nesse breve relato vai muito além dos prejuízos de classe que o texto possa também conter, para exprimir as contradições mais fundas do processo de modernização com as aberrações a que ela por certo deu lugar. Temores semelhantes levaram Sarmiento, no século XIX, a pregar contra a barbárie dos *gauchos* em nome da civilização fundada na ideologia do liberalismo; eles parecem retornar aqui diante da tentativa de organização das massas trabalhadoras nos tempos de Perón, quando, segundo Borges, "a barbárie não só está no campo, mas na plebe das grandes cidades, e o demagogo cumpre a função do antigo caudilho, que era também um demagogo".[19] Embora eivado de problemas, desacertos e descalabros, além, sem dúvida, dos fortes traços autoritários, o peronismo constitui uma etapa decisiva do processo de modernização da sociedade argentina que é preciso compreender com todas as suas contradições.

A verdade poderosa e mais funda, porém, é que Borges parece ter encontrado na convivência íntima e criativa com o outro, nesse vínculo da amizade com a paixão literária, uma crítica aguda do que representa de fato o nacionalismo em uma sociedade em desenvolvimento e em busca de si mesma. Percebeu, por isso mesmo, o desajuste da vida cultural argentina, com sua pretensa modernidade, que não correspondia inteiramente aos fundamentos da realidade social. A lição esclarecedora dessa longa e frutífera aprendizagem de mais de cinquenta anos de parceria com Bioy Casares está não apenas no conto tratado, mas em todos os escritos atribuídos a esse ser de imaginação, resultado da convivência humana e livre entre dois amigos, que se chama Bustos Domecq.

19. "Domingo F. Sarmiento — *Facundo*", em *Prólogos con un prólogo de prólogos*, op. cit., p. 134.

Sobre os autores

ADOLFO BIOY CASARES nasceu em Buenos Aires em 15 de setembro de 1914. Dedicado desde muito jovem à literatura, a publicação de A *invenção de Morel*, em 1940, marca o início de uma vasta carreira literária que se desenvolveu no conto, no romance, no ensaio, no diário e em trabalhos em colaboração com a escritora Silvina Ocampo, com quem foi casado, e com Jorge Luis Borges. Entre seus principais livros estão *O sonho dos heróis*, *Diário da guerra do porco*, A *trama celeste*, *Plano de evasão*, *História prodigiosa*, *Grinalda de amores* e *Dormir ao sol*. Recebeu o prêmio de Honra da Sociedade Argentina de Escritores, o Nacional de Literatura, o Internacional Alfonso Reyes, o Cervantes, entre outros. Morreu em Buenos Aires em 8 de março de 1999.

JORGE LUIS BORGES nasceu em Buenos Aires em 24 de agosto de 1899. Entre 1914 e 1921 viveu com sua família na Europa. De volta à Argentina, fundou as revistas *Prisma* e *Proa* e escreveu livros como *Fervor de Buenos Aires* e *História universal da infâmia*. Nas décadas seguintes, publicou os contos que lhe trariam reconhecimento mundial. Foi presidente da Sociedade Argentina de Escritores, diretor da Biblioteca Nacional, membro da Academia Argentina de Letras e professor da Universidade de Buenos Aires. Recebeu o título de doutor honoris causa das universidades de Columbia, Yale, Oxford,

Michigan, Santiago de Chile, Sorbonne e Harvard. Entre seus principais livros estão *Ficções, O aleph, O livro de areia* e *História da eternidade*. Ganhou, entre outros, o prêmio Nacional de Literatura e o Cervantes. Considerado um dos mais importantes escritores em língua espanhola da história da literatura, morreu em Genebra em 1986.

ESTA OBRA FOI COMPOSTA PELO ACQUA ESTÚDIO EM ELECTRA E IMPRESSA
EM OFSETE PELA LIS GRÁFICA SOBRE PAPEL PÓLEN NATURAL DA SUZANO S.A.
PARA A EDITORA SCHWARCZ EM JULHO DE 2023

A marca FSC® é a garantia de que a madeira utilizada na fabricação do papel deste livro provém de florestas que foram gerenciadas de maneira ambientalmente correta, socialmente justa e economicamente viável, além de outras fontes de origem controlada.